MISSCHIEN WISTEN ZIJ ALLES

Andere boeken over de eekhoorn en de andere dieren

Toen niemand iets te doen had (dierenverhalen, 1987; als e-book)
  Gouden Griffel
De genezing van de krekel (roman, 1999, 2008; ook als e-book)
  De Gouden Uil 2000
Morgen was het feest (dierenverhalen, met tekeningen van Ingrid
  Godon, 2008)
Het vertrek van de mier (roman, 2009; ook als e-book)
Iedereen was er (verzamelde dierenverhalen, 2009)
Wat dansen we heerlijk (prentenboek, met tekeningen van
  Annemarie van Haeringen, 2010)
Het wezen van de olifant (roman, 2010; ook als e-book)
Het geluk van de sprinkhaan (roman, 2011; ook als e-book)
Een lied voor de maan (prentenboek, met tekeningen van Mance
  Post, 2012)
Brieven aan bijna niemand anders (dierenverhalen, met tekeningen
  van Jessica Ahlberg, 2012)
De verjaardag van de eekhoorn en andere dieren (dierenverhalen,
  met tekeningen van Jessica Ahlberg, 2012)
Toen bijna niemand iets te doen had (dierenverhalen, met tekenin-
  gen van Jessica Ahlberg, 2013)

Toon Tellegen
Misschien wisten
zij alles

313 verhalen over de eekhoorn
en de andere dieren

Met prenten van
Mance Post

Amsterdam   Antwerpen

Em. Querido's Uitgeverij bv   2013

Dit boek bevat alle verhalen uit:

Er ging geen dag voorbij (1984)
Toen niemand iets te doen had (1987) Gouden Griffel 1988
Langzaam, zo snel als zij konden (1989) Zilveren Griffel 1990
Het feest op de maan (1990)
Misschien waren zij nergens (1991)
Bijna iedereen kon omvallen (1993) Libris Woutertje Pieterse Prijs 1994
   en Gouden Griffel 1994
Brieven aan niemand anders (1996)
De verjaardag van alle anderen (1998) Zilveren Griffel 1999

Daaraan toegevoegd zijn twaalf niet apart gebundelde verhalen (pagina 603 tot en met 628).

www.queridokinderboeken.nl

Eerste druk, 1995; tweede druk, 1996; derde druk, 1997; vierde, herziene druk, 1998; vijfde, vermeerderde druk, 1999; zesde druk, 2000; zevende en achtste druk, 2001; negende, tiende en elfde druk, 2002; twaalfde en dertiende druk, 2003; veertiende druk, 2004; vijftiende, zestiende en zeventiende druk, 2005; achttiende druk, 2006; negentiende, twintigste en eenentwintigste druk, 2007, tweeëntwintigste, drieëntwintigste en vierentwintigste druk, 2008; vijfentwintigste, zesentwintigste en zevenentwintigste druk, 2009; achtentwintigste en negenentwintigste druk, 2011; dertigste, eenendertigste en tweeëndertigste druk, 2012; drieëndertigste druk, 2013

Omslag Barbara van Dongen Torman
Omslagillustratie Mance Post

ISNB 978 90 451 0001 2 / NUR 283

ER GING GEEN DAG VOORBIJ OF DE EEKHOORN WAS WEL OP stap. Hij liet zich 's ochtends uit de beukenboom naar beneden vallen op het mos, of soms van het puntje van een tak in de vijver op de rug van de libel, die hem dan zwijgend naar de kant bracht. Hij sloeg altijd de eerste de beste weg in die voor zijn voeten kwam. Maar als hij een zijweg zag dan sloeg hij die in, en als het hem lukte zijn plannen voor die dag te vergeten dan vergat hij ze.

Zo was hij op een dag op weg naar de olifant, die ging verhuizen en nog wat hulp nodig had, toen hij een kronkelig zandpad zag. Dat sloeg hij in. Er stond een bordje: WEG NAAR DE RAND. Daar wil ik heen! dacht de eekhoorn. Maar tot zijn verdriet was er al spoedig weer een zijweg die hij niet links kon laten liggen, hoe graag hij dat ook had gewild.

DOODLOPENDE WEG, stond er op een bordje op de zijweg. Met grote tegenzin liep de eekhoorn langs deze weg die al snel doodliep in een dik en doornig struikgewas. De eekhoorn haalde zijn huid open en worstelde langdurig met het struikgewas. Toen rolde hij in een greppel en sliep onder een deken van oude bladeren.

Toen hij wakker werd was het avond en kon hij weer gaan slapen.

De volgende ochtend bereikte hij een weg die hem zonder omwegen of zijwegen naar het strand bracht. Daar lag een bootje gereed. De eekhoorn stapte aan boord en voer naar de horizon, en vervolgens over de horizon langs kromme zeeën, door poorten in ijsbergen en over spiegelgladde watervlaktes naar steeds weer nieuwe horizonnen. Soms voer hij loodrecht naar beneden langs de randen van reusachtige draaikolken, soms vloog hij van top naar top over de toppen van witte golven.

De zon werd steeds groter en groter, of misschien werd zij niet groter maar kwam zij steeds dichterbij.

Ten slotte werd de eekhoorn door een golf op een kust geworpen waar hij avonturen beleefde, zo veel en zo wonderbaarlijk dat hij er nog weken over vertelde toen hij kort daarna weer thuis was. Tot de mier en de egel, twee vrienden van hem, er genoeg van kregen en hem dat ook zeiden.

'En óveral daar...' probeerde de eekhoorn nog.

'Genoeg!' gilde de mier.

OP EEN MIDDAG ZAT DE EEKHOORN NA TE DENKEN IN HET weiland langs de rivier. Hij leunde op een van zijn ellebogen en lag gedeeltelijk op zijn staart, gedeeltelijk op het gras, terwijl om hem heen boterbloemen, klavers en madeliefjes bloeiden.

Hij dacht over van alles na. De zon scheen en hij keek, al nadenkend, naar het glinsterende water. Soms vloog de reiger voorbij en zag hij een schaduw over het water glijden.

Plotseling was het alsof hij wakker schrok, maar hij wist niet of hij had geslapen. Hij herinnerde zich wel dat de rivier tegen hem had gesproken en hem had gezegd dat hij maar eens honderd jaar moest gaan slapen en dat ze dan wel verder zouden zien. Dat had hij erg lang gevonden. Hij had zo snel mogelijk geslapen of gedaan alsof hij sliep, en voor hij het wist was hij al gewekt door...

'Au!' riep hij.

'Ja,' zei de wesp. 'Je stond op mijn vleugel.'

'Maar ik sliep!' zei de eekhoorn, hoewel hij dat niet helemaal zeker wist.

'Nou en? Vind je dat dat iets uitmaakt?'

'Maar ik lag stil...'

'Nou en? Als er op mijn vleugel wordt gestaan dan kan het mij niet schelen hoe of wat. Voor mijn part staat er lucht op, of licht of niks, maar ik voel het. En dan steek ik. En voor mijn part steek ik in de lucht of tegen het licht in of in het niks, maar ik steek!'

De wesp viel achterover van het gewicht van zijn woorden, maar stond snel weer op.

'Dus zodoende,' zei hij.

'Het doet pijn,' zei de eekhoorn en hij voelde de bult op zijn knie snel groter worden.

'Dus het was niet niks!' zei de wesp, met een eigenaardige glimlach.

De eekhoorn zuchtte. Hij was moe en het was avond en de rivier glinsterde tot in de verste verte niet meer, zelfs niet voorbij de brug in het westen waar de lucht nog rood was.

'Ik ga maar weer eens,' zei de wesp.

'Ja,' zei de eekhoorn.

'Iets aan mijn vleugel doen,' zei de wesp, 'want zo is het niks.'

'Nee,' zei de eekhoorn. De wesp vloog moeizaam weg, terwijl de eekhoorn strompelend het bos in ging, in de schemering, op weg naar huis.

DE EEKHOORN WAS ZIEK. HIJ LAG TE RILLEN ONDER ZIJN dekens. De mier, die ervan overtuigd was dat hij verstand had van ziektes, keek in het oor van de eekhoorn en zei dat hij daar heel ver weg iets roods zag, het leek wel een edelsteen, zo flonkerde het.

'Zou dat het zijn?' vroeg hij zich af.

'Maar ik heb geen pijn in mijn oor,' zei de eekhoorn en hij kroop verder weg onder zijn dekens.

De krekel kneep even later met een ernstig gezicht in het puntje van de staart van de eekhoorn.

'Au!' riep de eekhoorn.

'Aha!' zei de krekel. 'Dat is het.'

Maar de eekhoorn schudde zijn hoofd en vroeg de mier en de krekel om weg te gaan.

Urenlang lag hij daar helemaal alleen te klappertanden in zijn warme bed. Het werd donker. De eekhoorn doezelde weg, maar schrok opeens wakker toen er op zijn deur werd geklopt.

'Wie is daar?' vroeg hij.

'Ik ben het,' zei een stem.

'Wie?'

'Ik.'

Er kwam iemand binnen, maar het was zo donker dat de eekhoorn niet kon zien wie het was.

'Wie bent u?' vroeg hij.

'Ik,' zei de stem weer. De eekhoorn herkende de stem niet.

'Wat wilt u?'

'Je moet op reis,' zei de stem. 'Je bent ziek van het ziek zijn.'

'Maar ik wil helemaal niet op reis,' zei de eekhoorn. 'Dat kan toch nooit goed voor mij zijn?'

'Het moet,' zei de stem.

De eekhoorn voelde een windvlaag door de open deur naar zijn bed toe waaien. Hij werd hoog opgetild en meegenomen. Hij vloog langs de bovenkant van de lucht en zag duizenden sterren flonkeren onder hem, met de maan als een gele stip helemaal onderaan. Er klonk een vreemd gefluit in zijn oren, soms onderbroken door flarden van zinnen.

'...niet thuis, en daarnet nog...' Het was de stem van de mier.

'...misschien naar de giraffe...' De stem van de krekel.

'...ijlt hij wel, zeilt hij wel...' De stem van de olifant.

'...leert eindelijk eens toveren...' De stem van de kameleon, die hij slechts één keer eerder had gehoord op de verjaardag van de kolibrie, of was het bij de potvis...

Hij kon de stemmen niet meer verstaan en het gefluit werd steeds luider. En met een zachte plof viel hij op het mos onder de beukenboom, vroeg in de ochtend, op een mooie dag in het voorjaar.

De mier stond al snel naast hem.

'Je bent uit bed gevallen,' zei hij met een ernstig gezicht. 'En dat niet alleen,' voegde hij eraan toe.

'Het is een wonder,' zei de krekel, die buiten adem aan kwam hollen, 'dat het zo is afgelopen.'

De eekhoorn knikte. Op een pijnlijke bult op zijn achterhoofd na had hij verder nergens last van.

AAN HET FEESTMAAL ZATEN ZE BIJEEN. ZE WISTEN NIET WAT zij vierden, maar wel wat zij aten. De eekhoorn leunde op zijn ellebogen en slurpte dik beukennotensap naar binnen door een riet, langs de oever van de rivier gesneden, en naast hem zat de mier, die tussen zijn handen een reusachtige suikerklont hield waarop hij zoog en waarin hij soms ook beet. Dan zei hij: 'Hm,' alsof hij gromde.

Iets verderop zat het hert, dat een groothoefblad op zijn bord had dat hij met mes en vork in fijne stukjes sneed die hij een voor een in zijn mond stak. Hij zat er zeer tevreden bij. Tegenover hem zat de bij die een kelk van een dovenetel vasthield en niets meer hoorde of zag en alleen maar dronk van de zoetste honing.

'Bij, bij, bij!' riep soms het everzwijn naast hem, maar de bij hoorde hem niet. Het everzwijn at een bord met pap, en toen dat op was een emmer met in zure melk gedoopte hompen brood. Naast hem zat de bladluis, die zijn eigen eten had meegebracht, en daarnaast de kraai, die in een glimmende zwarte veter pikte, en daarnaast dreef de baars lui achterover in een waterbed, waar zoete wieren in zweefden waar hij zo nu en dan aan sabbelde. Soms fluisterde hij iets in het oor van de giraffe, die dan even ophield met zijn dessert van roze rozen en distels en vriendelijk knikte.

Verderop aan de tafel zat ook de olifant die zich te goed deed aan grote lappen boombast die op een schaal van vurenhout lagen: berkenbast, beukenbast, dennenbast, eikenbast, kastanjebast, lindebast, olmenbast en wilgenbast, die hij alfabetisch verorberde. De hyena zat er wat verloren bij, achter een leeg bord, en giechelde maar zo'n beetje. De mug stak in een neuspunt op een schotel en zat zichtbaar te genieten. Aan het hoofd van de tafel zat de tor, die een zwart gerecht uit een doosje peuterde, terwijl de kikker en de pad voor het eerst naast elkaar zaten en op elkaars gezondheid dronken en afspraken eens vaker bij elkaar langs te gaan.

De lucht boven het bos was blauw en de zon werd duizendvoudig weerkaatst in de glinsterende glazen van de dieren die daar zaten, in onafzienbare rijen. En telkens sprak een van hen één woord: 'Vrienden,' zei de duif. Iedereen klapte dan één keer en at weer verder.

'Wij,' zei de wesp.

'O,' zei de neushoorn.

Als iemand langer zou spreken zou zoveel eten koud worden dat het zonde zou zijn, want uiteindelijk ging het feest in elk geval om het eten, en daarnaast hoogstens nog om iets minder belangrijks, waar niemand het fijne van wist.

Toen het donker werd ontstak de vuurvlieg zich, en liet de luipaard zijn ogen over de tafels dwalen. De bomen en de wind verzorgden de muziek.

Toen de zon weer opging zaten ze daar nog, maar de meesten sliepen. Alleen de mier zat tenslotte nog te sabbelen op zijn reusachtige suikerklont. De warme zonnestralen smolten het laatste ijs in de beker van de walrus.

Op een dag vertrokken de eekhoorn en de mier voor een lange reis naar het noorden.

Ze voeren over de zee en kwamen al spoedig tussen de ijsbergen terecht. Daar was het zo koud dat hun monden stijf werden en ze niet meer tegen elkaar konden zeggen dat ze eigenlijk toch maar beter naar huis konden gaan. Zo reisden ze verder. Tenslotte konden ze zich niet meer verroeren. Ze lagen op een ijsschots die over de ijszee dobberde.

Na lange tijd dreven ze op de ijsschots naar het zuiden. Het werd warm, de ijsschots smolt en zwemmend bereikten ze tenslotte het strand, niet ver van het bos.

Het was zulk mooi weer dat zelfs de haai zong, als hij af en toe zijn hoofd boven het spiegelgladde wateroppervlak uitstak.

Maar de mier en de eekhoorn waren uitgeput. De mier wist zich nog naar huis te slepen. Maar de eekhoorn bleef daar liggen.

Plotseling voelde hij iets zachts tegen zijn wang. Hij rolde opzij en zag dat het de vleugel van de vlieg was.

'Ga je mee?' vroeg de vlieg.

'Ik ben net terug,' zei de eekhoorn.

'Nou?' zei de vlieg.

'En ik ben moe.'

'Je mag slapen. Op mijn rug!' zei de vlieg.

Met moeite hees de eekhoorn zich op de rug van de vlieg. Maar toen hij eenmaal zat en het bos onder zich zag liggen, was hij snel weer uitgerust. Ze haalden de reiger in, die breed klapwiekend over de rivier vloog, waarin de zon werd weerkaatst. En daar liep de olifant. Hij lijkt wel te stofzuigen! dacht de eekhoorn. En daar liep de tor, die nog nooit zo mooi geglommen had.

De eekhoorn sprong van de ene kant van de rug van de vlieg

naar de andere kant, om maar niets te missen.

'Niet doen,' zei de vlieg. Maar de eekhoorn ging ook nog op zijn hoofd staan en aan één vleugel hangen, met zijn tenen, zodat beneden op de grond iedereen bleef staan en verbaasd naar boven keek. Hij luisterde niet.

'Dan moet je het zelf maar weten,' zei de vlieg. Hij klom plotseling steil omhoog, maakte een scherpe bocht en dook recht omlaag. De eekhoorn kon zich niet meer vasthouden en vloog door de lucht.

Met een fraaie boog, bewonderend bekeken door tientallen dieren, landde hij in de vijver, waar de kikker juist zou gaan kwaken. Nu wachtte hij nog even, de kikker, en kwaakte toen: 'Goedemiddag meneer, het verheugt mij zeer...'

Maar verder kwam hij niet want de eekhoorn drukte zwaar op zijn rug en trok hem mee onder water.

OP EEN MIDDAG BESLOTEN DE EEKHOORN EN DE MIER EEN wedstrijd te houden tegen elkaar. De zon scheen, er dreven enkele heel kleine wolkjes door de lucht en ze hadden die dag niets bijzonders te doen.

Ze dachten eerst na over wat de eerste prijs zou moeten zijn, maar ze konden niets bedenken. Toen dachten ze na over het soort wedstrijd dat ze zouden houden. In de meeste dingen hadden ze geen zin: hardlopen, takken verslepen, graven, klimmen, zingen, kruipen, springen, op hun handen staan: het leek hun allemaal niets.

'Laten we eerst maar wat gaan eten,' zei de eekhoorn ten slotte.

'Dat vind ik een goed idee,' zei de mier.

'Ik heb nog een beukennoot,' zei de eekhoorn en hij haalde een mooie, grote, glanzende beukennoot tevoorschijn.

'En ik heb nog een kilo suiker,' zei de mier en hij haalde een prachtige kilo suiker uit zijn zak.

De eekhoorn begon al te knabbelen, maar de mier hield hem tegen en zei: 'Ik tel tot drie, dan beginnen we. Wie het meeste smult wint. Eén twee drie.'

Met grote gulzigheid vielen ze op hun lekkernijen aan. De eekhoorn was het gulzigst. Het geknaag van zijn tanden kaatste heen en weer tussen de bomen, terwijl zijn ogen glinsterden. De mier was het zorgvuldigst en sabbelde heel omzichtig om zijn kilo suiker heen. Het leek wel alsof hij ervoor op zijn tenen ging staan. Zijn ene voorpoot legde hij in zijn nek, van louter genot, terwijl zijn knieën glommen.

Zo aten zij daar geruime tijd.

'Klaar,' zei de eekhoorn en hij veegde de laatste splinters van zijn mondhoeken.

'Ik ook,' zei de mier en hij liet zich voldaan achteroverzakken.

Lange tijd zeiden ze niets tegen elkaar. Toen herinnerden ze zich de wedstrijd weer. De mier stelde voor, nu ze toch geen eerste prijs hadden, aan beiden de tweede prijs toe te kennen. De eekhoorn was het daarmee eens. Vervolgens stelde de mier voor de volgende dag op dezelfde plaats onder dezelfde voorwaarden een nieuwe wedstrijd te houden. Ook daar was de eekhoorn het geheel mee eens.

'Ik heb nog een suikervlam,' zei de mier.

'En ik heb nog iets waarvan ik de naam niet weet,' zei de eekhoorn.

'Dus geen beukennoot?' vroeg de mier.

'Nee, want daar weet ik de naam van.'

'Zoethout dan?' vroeg de mier.

'Nee, dat niet.'

'Dropstengels? Zuurwit? Kruimelspek?' vroeg de mier met steeds grotere belangstelling.

'Nee, ik weet echt niet hoe het heet,' zei de eekhoorn. 'Maar dat zie je morgen wel.'

'Toverslijm? Room?' vroeg de mier nog. Maar de eekhoorn was al op weg naar huis, vastberaden de volgende dag weer ongeëvenaard te smullen.

'Gom?' riep de mier hem nog na. 'Gevulde gom??'

DE EEKHOORN LIEP DOOR HET BOS. HIJ HOORDE DE KIKKER kwaken in de vijver en wilde hem graag spreken, maar hij zag hem niet. Naar het water en het riet turend liep hij achteruit.

'Au,' zei de sprinkhaan. 'Je staat op de punt van mijn jas.'

'Sprinkhaan!' zei de eekhoorn. 'Ik dacht dat je ver weg was.'

'Daar was ik ook,' zei de sprinkhaan, die onder een vochtig blad tevoorschijn kwam, 'maar het beviel me er niet. Met name het eten was er te anders.'

'Ah,' zei de eekhoorn, 'wat jammer.'

De sprinkhaan wilde er verder niets over zeggen en gebaarde de eekhoorn door te lopen. De eekhoorn klom in de lindeboom die daar stond en verborg zich tussen de bladeren.

Het hert had hem naar boven zien gaan en riep hem na: 'Hé, wacht even!'

'Wat?' riep de eekhoorn.

Het hert klom achter hem aan de boom in. Toen hij halverwege was zei de eekhoorn: 'Ik dacht dat jij niet klimmen kon.'

'Dat is waar ook,' zei het hert. Hij keek over zijn schouder naar beneden en kon er toen verder niets aan doen dat hij in het gras plofte.

'Au,' zei de sprinkhaan. 'Ben je daar alweer?' Terwijl hij juist een betere plaats had uitgezocht om verder te treuren over zijn mislukte reis.

Hij besloot nu maar weer helemaal tevoorschijn te komen, zodat hem geen ongelukken meer zouden overkomen.

De avond viel en vanuit de verte naderde een reusachtig onweer. De eerste bliksemschicht sloeg voor de sprinkhaan in de grond en bleef daar rillend staan, terwijl de eerste donderslag besluiteloos heen en weer rolde over de toppen van de bomen.

De sprinkhaan hield niet van het verblindende licht van de bliksemschicht en kroop terug onder het blad. De wind stak op en blies het blad weg. Toen wist de sprinkhaan niet meer waar hij met enig gemak verder kon treuren. Ik ben toch echt niet veeleisend, dacht hij. Hij verborg zijn hoofd in zijn groene jas en zuchtte diep.

Het was een warme dag en de eekhoorn dacht maar aan één ding: zwemmen. Hij liep naar het zwembad, dat aan de rand van het bos was aangelegd door de bever en de rat, terwijl de slang er badmeester was.

Toen hij zijn zwembroek aanhad en in het verlokkelijke water wilde duiken gleed de slang naar hem toe.

'Laat me je voeten eens zien!' siste hij. 'Aha! Die zijn niet schoon.'

'Maar die zijn altijd zo!' zei de eekhoorn. Maar hij wist dat het geen zin had de slang tegen te spreken.

'En waar is je staartmuts?' vroeg de slang.

'Mijn staartmuts?'

'Wel een beetje vies, zo met je blote staart...' fluisterde de slang. 'Maar...'

'Er zitten klitten in. Kijk eens aan. Haha.' Hij liet zijn eigen staart langs de staart van de eekhoorn heen en weer gaan.

'Ik wil zwemmen! Nu!' zei de eekhoorn.

De slang was echter onvermurwbaar en zwaaide dreigend met zijn tong. En zo verscheen de eekhoorn enige tijd later met schone voeten en een paarse muts over zijn staart opnieuw aan de rand van het zwembad. Het was inmiddels nog veel warmer geworden en zonder te aarzelen dook hij in het water.

Ah, wat heerlijk, dacht hij. Hij stak zijn hoofd boven water om adem te halen en hoorde de slang sissen: 'Tijd! Iedereen het bad uit!'

De olifant, die daar tijdelijk terreinknecht was, zoog onmiddellijk het bad leeg zodat de eekhoorn plotseling op de drooggevallen bodem zat. De tranen sprongen hem in de ogen.

'Als je wilt huilen, bedenk dan eerst iets verdrietigs,' zei de slang.

'Maar dit ís verdrietig,' zei de eekhoorn snikkend.

'Wat?'

'Dat ik niet zwemmen kan. Terwijl het zo warm is dat zelfs de tor loopt te zweten.'

'Verdrietig is als je altijd uit je humeur moet zijn, zoals ik,' zei de slang.

'Dat is waar,' zei de eekhoorn. Hij keek de slang aandachtig aan en meende zelfs even een traan te zien blinken in een van zijn venijnige ogen. Maar misschien was het nog een van zijn eigen tranen waardoor hij keek.

'Ah...' zei de slang. 'Laat maar. Of ga weg! Het is toch tijd? Wat doe je daar nog? Eruit!'

De slang stak zijn tong uit tegen de eekhoorn, die niet wist hoe snel hij op de kant moest klimmen en in zijn hokje moest verdwijnen.

Het was die avond nog steeds warm. De mier en de eekhoorn lagen zwijgend naast elkaar op hun rug naar de sterrenhemel te kijken. De Grote Beer zagen zij, en Orion, die wel leek weg te hollen. Maar waarheen?

DE EEKHOORN STOND IN DE WINKEL VAN DE SPECHT. HIJ paste een broek terwijl de specht een spiegel voor hem hield.

'Tja,' zei de eekhoorn, 'ik weet het niet.'

'Ach,' zei de specht, 'neem hem nou maar, dan doe je mij tenminste een plezier.'

'Ik weet het niet, ik weet het niet,' zei de eekhoorn.

De bel ging en de giraffe stapte de winkel in.

'Hebt u ook veters?' vroeg hij.

'Tja,' zei de specht, 'dat is me ook een vraag, maar gaat u hier even zitten. Ik heb in elk geval iets voor u, ook als het geen veters zijn.'

De tor kwam binnen en wilde een hoedje hebben.

'Zo'n klein zwart hoedje met een fluwelen veer aan de linkerkant, een koperen knoop in het midden en een gele bies langs de onderzijde, maat vierenhalf.'

'Ik zal even nadenken,' zei de specht.

'Nee,' zei de giraffe, 'u kunt maar één ding tegelijk denken. Zo is dat bij mij tenminste. Ik weet niet of dat bij u anders is.'

'Nee, dat is bij mij ook zo,' zei de specht.

'Hoe duur is zo'n hoedje?' vroeg de tor. 'Het mag niet te duur zijn.'

'Dat dacht ik ook,' zei de giraffe. 'Maar waaraan denkt u nu?'

'Ik vind hem toch wel wat krap,' zei de eekhoorn.

De bel ging en de slang gleed naar binnen. Hij vroeg of hij alleen maar even in de spiegel mocht kijken.

'Wat een prachtig plafond hebt u toch,' zei hij, terwijl hij zijn ogen verzaligd naar omhoog sloeg.

'Het zijn eigenlijk balken,' zei de specht.

'Wat vroeg ik u nu?' zei de giraffe.

'Mag ik de spiegel even, voor straks, voor mijn hoedje?' zei de tor en hij trok de spiegel voor de slang weg, die zich juist in zijn volle lengte had opgericht en zou beginnen met naar zichzelf te kijken.

'Nee,' zei de eekhoorn. 'Ik neem hem toch niet. Het is toch niet helemaal mijn maat.'

'Groot gelijk,' zei de specht, 'als het uw maat niet is. Dat zou wel heel onverstandig zijn.'

'U weet het dus niet meer?' zei de giraffe.

'Jawel, jawel,' zei de specht, nu tegen iedereen tegelijk.

De slang gleed onopvallend en ontmoedigd naar buiten. Nu wist hij nog altijd niet hoe hij er precies uitzag.

'U had hier vroeger ook van die glimmende dassen,' zei de tor.

'Ja, dat is waar ook,' zei de specht, 'wat leuk dat u dat onthouden hebt.'

'Met van die gelakte spelden,' ging de tor verder.

'Nee, dat weet ik niet meer,' zei de specht en hij draaide zich om naar de giraffe, die hem fors bij zijn schouders had gepakt.

'Waar zou u over nadenken!' brulde de giraffe.

'Ja,' zei de specht, 'dat is ook zo.'

De eekhoorn kon de broek niet meer uit krijgen en viel sjorrend en trekkend door de deur van de winkel op de stoep, kon niet meer overeind komen en gleed met broek en al naar de vijver waar hij, nog steeds worstelend, op de rug van de kikker onder water verdween.

'Hoe wist je dat je hier moest zitten om mij te redden?' vroeg de eekhoorn even later.

'Let maar op,' zei de kikker.

Even later zeilde de tor naar buiten. Hij droeg een eigenaardig zwart hoedje dat hij niet meer over zijn ogen terug kon trekken, viel in het water en werd gered.

Druipend en koud klommen de eekhoorn en de tor de wal weer op. Ze hoorden de giraffe nog roepen: 'Maar weet u dan misschien soms eindelijk wát ook zo is? Hoe staat het daarmee? Want wát zoek ik? En wát weet u niet?'

Ze vingen nog een glimp op van de specht, mager en voorovergebogen, in een hoek van zijn winkel.

'Dat zijn me toch een vragen die u mij daar stelt,' hoorden zij hem daar nog zeggen.

TOEN DE EEKHOORN EENS SLIEP IN HET HOGE GRAS AAN DE oever van de vaart, vroeg de goudvis aan de reiger: 'Wat is er aan de hand met jou? Je laat me zo rustig zwemmen vandaag.'

'Ach...' zei de reiger.

'Ben je ziek?' vroeg de goudvis. 'Dat lijkt me niks voor jou.'

'Nee,' zei de reiger. Hij zuchtte en ging verder: 'Ik heb je wel honderd keer opgegeten.'

'Ik denk wel duizend keer,' zei de goudvis. 'Maar goed, ga verder.'

'Wel duizend keer,' zei de reiger. 'En als ik je net op heb ben ik ook heel tevreden. Maar nog geen uur later heb ik alweer honger en zie ik je hier weer zwemmen. Het lijkt wel of er nooit een eind aan komt...'

'Wat zou dan een eind zijn?' viel de goudvis hem in de rede.

'Ik weet het niet,' zei de reiger, zijn snavel wanhopig naar de hemel heffend, 'want het komt er nooit aan.'

'Maar ga verder.'

'Het gaat altijd en eeuwig om dezelfde twee dingen: de honger en jij. Ik eet jou op en jullie zijn weg. Ik doezel even wat, word wakker en jullie zijn er weer: de honger, hier ergens achter mijn snavel, en jij, daar, naast de waterlelie, achter de lisdodde, en dan eet ik jou weer op en doezel ik weer weg... Alsof ik de regen ben! Maar ik ben de regen niet!'

'Nee,' zei de goudvis.

'Ik ben de reiger.'

'Ja,' zei de goudvis.

'En ik wil nooit meer honger hebben.'

'Ja,' zei de goudvis.

'En jou voor het laatst opeten.'

'Ja... eh... ik bedoel: nee... of eigenlijk: ja...' zei de goudvis. 'Laat je me daarna met rust?'

'Daarna ga ik studeren. Door die honger komt daar nooit wat van. Ik denk dat ik ga studeren voor houtboorder of voor aardegraver. Het lijkt me heel interessant onder de grond. En met mijn soort mond heb ik daar zeker wel aanleg voor.'

'Goed dan,' zei de goudvis en hij liet zich voor het laatst naar binnen slokken. 'Als het hierna dan ook echt afgelopen is...' riep hij nog toen hij door de lange, kronkelige hals van de reiger gleed.

De zon scheen en tevreden doezelde de reiger weg aan de oever van de vaart die tussen het weiland en het bos liep. Maar toen hij even later opkeek zag hij de goudvis alweer zwemmen en waarschuwend met één vin naar hem zwaaien.

Alles goed en wel, dacht de reiger, maar zo heb ik het niet bedoeld. En terwijl de eekhoorn daar nog rustig lag te slapen duwde de reiger de waterlelie alweer opzij en at hij met een diepe zucht de goudvis voor de zoveelste maal op.

'Niet eerlijk...' riep de goudvis nog.

DE EEKHOORN WAS BEDROEFD. WEER HAD DE WIND HEM overgeslagen en hem geen brief bezorgd.

Niemand denkt aan mij, dacht hij. Terwijl hij zelf wel aan duizend dieren dacht. Hij dacht aan de mier en aan het nijlpaard en aan de mug, en hij dacht aan de otter en aan de leeuw en aan de ekster, de beer, de wesp, de olifant, de mus. Hij dacht aan iedereen. Aan wie dacht hij al niet?

'Aan mij,' zei een stem. De eekhoorn schrok op en keek naar buiten. Het regende en er was niemand te zien.

'Hallo,' riep hij.

'Hallo,' zei de stem.

'Waar ben je, ik bedoel: wie ben je?' riep de eekhoorn.

'Ik ben hier.'

'Hier?'

Toen zag de eekhoorn naast zijn deur, in een donkere hoek, helemaal opgevouwen, het nachtuiltje liggen.

'O, ben jij het,' zei de eekhoorn.

'Zie je wel,' zei het nachtuiltje. 'Je dacht niet aan mij, terwijl ik al dagenlang aan jou denk!'

'Aan mij??'

'Aan jou!' zei het nachtuiltje. 'Kijk maar.' En hij vouwde zijn vleugels open. De eekhoorn las, van de ene vleugel naar de andere:

Hallo eekhoorn,

Hoe gaat het met jou? Met mij gaat het goed, of eigenlijk niet zo goed omdat je nooit eens aan mij denkt. Denk je eens aan mij?

Nou dag!

Nachtuiltje

Toen vouwde het nachtuiltje zijn vleugels dicht, schudde zich een paar keer door elkaar en vouwde zijn vleugels weer open. Ze waren wit. Met ernstige, glanzende ogen gaf hij een takje aan de eekhoorn en de eekhoorn schreef:

Lief nachtuiltje,
Weet je, ik moet altijd een beetje aan je denken. Ik bedoel: voortaan.
Want ik vind je lief. Schrijf je me gauw nog eens?
Dag!
Eekhoorn

Het nachtuiltje vouwde heel voorzichtig zijn vleugels dicht, steeg op en vloog weg. De eekhoorn ging naar binnen om in de stoel voor het raam een tijd te gaan nadenken.

DE EEKHOORN KEEK NAAR BUITEN EN ZAG HOE HARD HET had geregend. Het hele bos stond onder water. Hij nam een korte aanloop en dook met zijn armen vooruit het water in. Zijn staart kwam slingerend achter hem aan.

Hij zwom onder water langs het pad door het bos naar het huis van de mier. Daar dook hij op en haalde diep adem. De mier zat op zijn dak en knikte hem ernstig toe.

'Niet leuk,' zei de mier.

'Nee,' zei de eekhoorn. Hij trok zich aan de dakgoot omhoog en klom op het dak. Maar het dak was nat en glibberig en hij gleed uit en viel terug in het water.

Nu zwom daar juist de zeehond voorbij. De eekhoorn voer weg op zijn grijze rug.

'Ook niet leuk!' riep de mier hem na.

'Nee!' riep de eekhoorn, met spijt in zijn stem.

Hij was te zwaar voor de zeehond, die hem overdroeg aan de watertor. De watertor had een slecht humeur en rook naar beschimmelde boombast. De eekhoorn wist niet hoe snel hij weg moest komen. Hij zwom naar de eerste de beste boomtop, zette zich schrap tussen twee takken en liet zich over het bos heen slingeren naar de woestijn, waar de zilvervos lag te sluimeren en vervolgens wreed wakker geschud werd door de naast hem neerploffende eekhoorn. Samen gingen ze op weg naar de olifant, die voor enige tijd aan de andere kant van de wereld woonde. Het was daar plat en donker, maar bij het licht van de maan vonden ze de olifant, die juist zo'n beetje voor zich uit zat te trompetteren.

Ze namen de olifant mee en lieten hem het bos leegdrinken. Dat duurde niet langer dan één teug. Nog geen uur later lag iedereen alweer in de zon sterke verhalen te vertellen over de eenhoorn die één keer één seconde in het bos was geweest en iedereen had willen doen geloven dat hij echt bestond... Maar daarvoor is één seconde te weinig.

's Avonds sliep iedereen weer in zijn eigen huis. De eekhoorn dook in zijn droom van de hoogste tak en zweefde sierlijk over de wereld, plonsde neer tussen de sterren die rondom hem opspatten en zwom met kalme slagen de hemel uit. Maar waarheen? Wat lag er achter de hemel?

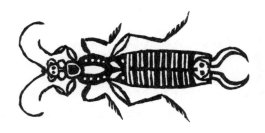

DE EEKHOORN WREEF ZIJN OGEN UIT. HIJ WAS WAKKER GE-
schrokken van een schreeuw of een gil. Had hij gedroomd? Hij
spitste zijn oren.

'Aiiiiiii...' Weer hoorde hij dezelfde gil. Nu wist hij het zeker.
Het was de gil van de vlieg, die in nood moest zitten. Hij gooide zijn benen, en vervolgens zijn staart, uit bed en ging naar het
raam. Maar het was in het holst van de nacht, bij nieuwe maan, en
de eekhoorn zag niets. Hij deed zijn deur open en tuurde met in-
spanning van al zijn krachten naar buiten. Het was alsof zijn ogen
braken, maar hij zag niets. En hij hoorde alleen het zachte geruis
van de regen op de bladeren van zijn boom. Ach, dacht hij, weer
eens loos alarm. De vlieg moet 's avonds ook thuisblijven. Misschien heeft hij weer eens te veel gezoemd, en is de oorwurm op
zijn voelspriet gaan staan, of...

'Aiii... aiii... aiii...' Weer klonk het gegil, maar nu klaaglijker en
dichterbij.

Ik móét helpen, dacht de eekhoorn. Hij gleed vliegensvlug van
zijn tak naar beneden en rende het bos in.

'Vlieg... vlieg... waar ben je... ik kom al...' riep hij, snel vaart
minderend nadat hij door een struik heen was gelopen.

'Aiiiiiii... ai...'

Plotseling stond hij voor de vlieg, herkende hem aan zijn manier
van zuchten.

'Wat is er met jóú aan de hand?' vroeg de eekhoorn.

'Ja,' zei de vlieg, 'dat zou ik ook wel eens willen weten.'

'Maar ik hoorde je gillen... ai... of aiii... of aiiiiii, ik ben niet zo
goed in gillen.'

'Ja, dat hoorde ik ook.'

'Maar wat is er dan?'

'Dat weet ik niet.'

'Maar jij gilde toch?'

'Nou en? Dan hoef ik toch nog niet te weten waarom?'

'Maar jij gilde zélf?!!'

'Hè hè, dat weet ik ook wel. Als dat alles is wat je mij weet te vertellen. Je bent zeker niet goed wakker. Je lag natuurlijk weer eens te slapen. Ja ja.'

Als het dag was geweest had men zelfs van grote afstand kunnen zien dat de eekhoorn langzaam opzwol en op het punt stond te ontploffen.

'Laat maar,' fluisterde hij.

'Wat laat maar?' zei de vlieg. 'Dat jij sliep, of dat het enige wat je kunt zeggen is dat je mij hoorde gillen, wat zelfs de kwartel had kunnen horen?'

'Laat maar,' fluisterde de eekhoorn, steeds heser.

'Ik vroeg je: wat laat maar?'

'Niks.'

'Wat is niks?'

'Niks is niks.'

'Aan jou heb ik dus niks. Je had toch op zijn minst iets kunnen bedenken?'

Toen ontplofte de eekhoorn. Alle dieren schrokken wakker. De mier was als eerste op de plaats van de ramp en veegde de eekhoorn zo goed en zo kwaad als het ging bij elkaar.

'Wat gebeurde er?' vroeg hij.

'Ik weet het niet,' zei de vlieg. 'Er zat hem iets dwars. Maar wat? Ik zou het niet weten. Ik probeerde hem nog te vragen wat er aan de hand was, maar hij had bijna geen stem meer en mompelde aan één stuk door: laat maar, laat maar...'

'Ja,' zei de mier, die zo zijn vermoedens had. Hij nam de eekhoorn op zijn rug, bond hem vast met een twijg en bracht hem naar zijn huis. Daar lijmde hij hem weer aan elkaar.

De eekhoorn sliep tot diep in de volgende dag. Nooit vertelde hij iemand over de gebeurtenissen van die nacht. En als hij de vlieg weer tegenkwam groette hij hem vriendelijk en deed hij alsof hij bij de ontploffing zijn geheugen had verloren. Maar dat was niet het geval.

DE EEKHOORN LIEP NAAR HET SMALLE STRAND VAN ZAND en kiezelstenen dat zich uitstrekte langs de rivier. Hij was van plan om daar te gaan nadenken. Hij wist nog niet waarover, maar dat was altijd zo als hij wilde gaan nadenken. Als hij wel had geweten waarover hij wilde nadenken was hij thuisgebleven en had hij daar meteen nagedacht over datgene waarover hij wilde nadenken.

Zo, in voorgedachten verzonken of misschien zelfs gedachteloos, bereikte hij de oever van de rivier. Er hing een zware, zwarte lucht boven het water en het was duidelijk dat het spoedig zou gaan regenen. Snel bouwde de eekhoorn een huisje van takken en stokken. Hij trok een paar plaggen mos los uit de rand van het bos en bedekte daarmee de takken. Toen de eerste druppels vielen zat hij droog en behaaglijk in zijn huisje en kon hij ongestoord beginnen na te denken.

Als ik nu eens... dacht hij. Maar de regen kwam in volle hevigheid neer en de dieren daar in de buurt wisten niet hoe gauw zij een schuilplaats moesten vinden.

Als eerste stormde de olifant het huisje van de eekhoorn in, en schudde zich eens goed uit. De eekhoorn was meteen doornat. Toen was het de libel, en vervolgens de specht, de krekel en de kraai die binnenkwamen. Het huisje raakte algauw vol, en de eekhoorn stond nat en benauwd in een hoek te rillen. Daar kwam ook nog de horzel aanzetten, met zijn eigenaardige stem: 'Is dat even een regen. Mag ik van harte even schuilen?'

Zonder een antwoord af te wachten wrong hij zich naar binnen. Het huisje was toen te klein geworden en viel in stukken uiteen. Naast elkaar stonden de dieren in de stromende regen.

'Jij had óók wel onder een boom kunnen gaan schuilen,' zei de kraai tegen de horzel.

'En jij had gewoon thuis kunnen blijven,' zei de krekel tegen de kraai.

'Jullie hadden wél kunnen zien dat toen ik eenmaal binnen was er niemand meer bij kon,' zei de olifant.

'Ik dacht dat ik jou voor je verjaardag een paraplu had gegeven,' zei de specht tegen de libel.

'Dat heb je ook! Nou!' zei de libel. 'En ik heb jou een taart gegeven, weet je nog?'

'Weten jullie trouwens dat ik zeer binnenkort jarig ben?' vroeg de olifant.

'O ja?' zei de krekel.

'Ik wil graag het volgende hebben,' ging de olifant verder. 'Ten eerste...'

De eekhoorn liep naar huis. De regen hield op. In de verte hoorde hij de olifant nog zijn lange rij wensen opsommen.

'Als ik nu eens...' zei hij tegen zichzelf. 'Waar was ik ook maar weer gebleven?' Maar zonder de rivier en zijn witte met zand en kiezelstenen bedekte oever kon hij niet nadenken. En nat en enigszins verdrietig klom hij even later langs de stam van de beukenboom omhoog naar zijn huis.

ER GING EEN GERUCHT DOOR HET BOS DAT DE KIKKER DE maan had opgegeten. In de eerste plaats was er al zeven nachten lang geen maan te zien geweest en in de tweede plaats was de kikker dikker dan ooit.

Het was 's nachts aardedonker in het bos en wie buiten liep kon er zeker van zijn dat hij om de stap struikelde, ergens tegenaan botste, ergens in viel, een verkeerde kant op liep en niet aankwam waar hij zijn moest.

Met name het everzwijn had het hard te verduren. Hij was vrijwel altijd hongerig zodat hij geen verjaardag, van wie dan ook, oversloeg en dus elke avond op pad moest. Nu was hij al zeven nachten lang vergeefs op weg geweest. De mier, de tor, de lijster, de giraffe, de snoek, de egel en de mug hadden hem op hun verjaardagen gemist.

Op de ochtend van de achtste dag stond hij bij zonsopgang op de open plek in het bos en brulde: 'Waar is de maan? Ik wil de maan! Ik eis de maan! Help me toch! Breng toch de maan terug! Houd de dief! Ik heb honger! Help!'

Zo ging het tot de middag door totdat de dieren die in de buurt van de open plek woonden er moe van waren en een eikenblad voor zijn mond bonden. Hij bleef wel knorren, maar dat stoorde niemand meer. Laat in de middag ging hij naar huis. De eekhoorn zag hem mistroostig, zacht knorrend, op een drafje, naar zijn huis toe lopen. Hij had met hem te doen en zei tegen de merel: 'Dat is niet goed. De maan móét vanavond terug zijn. Anders wordt het bos te klein, ben ik bang.'

De merel was het met hem eens en zei het tegen de nachtegaal, die er een liedje over maakte en dat voorzong aan het hert, terwijl het hert het in het oor achter de linkervoorpoot van de spin fluisterde. En de spin schreef het met grote draden tussen de kastanje en de eik: de maan móét vanavond terug zijn.

En of de kikker hem nu wel of niet had opgegeten of dat iemand anders er misschien meer van wist, hoe het ook zij: toen de zon die avond goed en wel onder was verscheen heel dun, heel bleek en beverig, boven de oever van het meer, waar, toeval of niet, de kikker woonde, eindelijk de maan. Er ging een zucht van verlichting door het bos, terwijl de beer, met gefronste wenkbrauwen, toezag hoe de eerste gast op zijn verjaardag, luid knorrend, met enkele goed gerichte happen alle drie zijn honingtaarten verorberde, zelfs nog vóór hij de jarige had gefeliciteerd.

De eekhoorn zat aan zijn tafel, likte aan zijn pen, doopte hem in de galappel, dacht na, fronste zijn wenkbrauwen, rolde zijn staart op en schreef:

Geachte secretarisvogel,
*   Ik ben de eekhoorn en woon in het bos. Ik houd van brieven schrij-*
ven, maar niemand schrijft mij ooit terug. Nu heb ik zomaar een ver-
moeden dat u niets anders doet dan terugschrijven. Zoudt u mij ook
eens willen terugschrijven?
*   Hoogachtend,*
*   Eekhoorn*

Hij vouwde de brief op en wierp hem in de wind, en de wind blies de brief over de zee naar de steppe waar de secretarisvogel woonde, die dag in dag uit brieven naar de uithoeken van de wereld schreef.
    De volgende dag al kreeg de eekhoorn antwoord.

Geachte eekhoorn,
*   Ja.*
*   Hoogachtend,*
*   Secretarisvogel*

Vol trots liet de eekhoorn de brief aan de mier zien. Het was de eerste brief die hij ooit had ontvangen. De mier las de brief en was niet erg onder de indruk van de woorden van de secretarisvogel.
    'Dat had hij toch ook wel kunnen zéggen? Dat hoef je toch niet te schrijven?' zei hij.
    'Hoe kan hij dat nou zeggen?' zei de eekhoorn. 'Hij woont over de zee!'

'Of kunnen roepen?'

'Dat kan niet.'

'Of kunnen gillen? Jáááááááááááááááá!' gilde de mier.

De eekhoorn kreeg tranen in zijn ogen. Daar stond hij met zijn brief, op glanzend wit geschept papier geschreven, in een plechtige grijze envelop met een gebloemde binnenkant gearriveerd, terwijl de mier maar doorging met zijn gegil, waarbij de tranen hem over de wangen stroomden.

De mier gilde nog enige uren door tot hij schor werd en geen traan meer over had. Hij kuchte en ging naar huis.

De eekhoorn las de brief steeds maar weer aan zichzelf voor, legde hem 's nachts naast zijn bed en hing hem overdag aan de binnenkant van zijn deur. Hij vond het woord ja het mooiste woord en de mooiste zin die hij kende.

Drie dagen later ontving hij een nieuwe brief, in een iets grijzere envelop.

Geachte eekhoorn,

Ik heb al lang niets meer van u gehoord. Er is toch niets ernstigs met u? Ik hoop spoedig iets naders van u te ontvangen.

Met de allervriendelijkste groeten,

Secretarisvogel

DE VLINDER ZAT OP DE BLOEM EN VIEL IN SLAAP. HET WAS warm en laat in de middag en de vlinder had het druk gehad, die dag.

De bloem was even moe als de vlinder en wilde ook gaan slapen. Hij aarzelde even, schudde met zijn blaadjes, maar de vlinder sliep vast en voelde niets. Toen kon de bloem zijn kelk niet langer openhouden en sloot hij zich. De bloem sliep en in de bloem sliep de vlinder. En boven de bloem dommelde de beuk, laat op een zachte zomermiddag. Op een tak van de beuk zat de eekhoorn. Hij rustte. En even later viel hij in slaap.

Er hing een diepe, lome stilte over het bos.

Wie niet sliep was de kameel. Hij stond aan de rand van het bos te wachten op de vlinder die hem zou uitleggen hoe hij over de rivier door de velden bij de woestijn kon komen. Dáár, zo had hij gehoord, was het altijd droog, en de kameel had aan niets zo'n hekel als aan regen.

De kameel wachtte en wachtte, maar de vlinder kwam niet. Het werd donker en de kameel begreep dat de vlinder die dag niet zou komen. Af en toe vielen er enkele druppels regen, terwijl het in de verte onweerde.

Na de regen had de kameel de grootste hekel aan tranen. Hij rilde al bij de gedachte aan het glibberige en natte gevoel van die zoute druppels langs zijn wangen. Maar hij kon ze nu niet tegenhouden. Hij was zo verdrietig. De ene traan na de andere rolde uit zijn oog langs zijn wang naar beneden en viel op de grond.

De mier ontwaakte toen zijn vloer blank stond van de tranenvloed van de kameel. Het was inmiddels middernacht geworden. Hij klom op een tak en roeide tegen de stroom in tot hij bij de kameel kwam, die tot zijn middel in zijn eigen tranen stond.

37

'Wat is er?' vroeg de mier.

Maar de kameel kon door zijn tranen heen geen woord uitbrengen.

De mier plukte een blad van de struik die daar stond en droogde de tranen van de kameel.

'Dank je wel,' snikte de kameel nog na, 'dank je wel, hoor.'

Maar hij zag er nog heel verdrietig uit.

De tranenvloed zakte geleidelijk de grond in.

'Weet je wat,' zei de mier, die aan de ene kant bang was dat de kameel opnieuw zou gaan huilen, en aan de andere kant graag naar huis wilde.

'Nee,' zei de kameel.

'Als je met mij meegaat heb ik iets lekkers voor je.'

'Maar ik heb nooit honger,' zei de kameel.

Toch ging hij met de mier mee. Ze liepen langs het glibberige, zoute bospad, terwijl de maan uit een heldere hemel op hen neer scheen.

In het huis van de mier kreeg de kameel een korst brood die zo droog was dat de slang er nog geen druppel vocht uit had kunnen wringen. Met een verbaasde glimlach beet de kameel in de korst en vond hem lekker, terwijl de mier geeuwde en een paar maal nadrukkelijk welterusten zei.

Toen de eekhoorn op een keer niets te doen had verkleedde hij zich als de spin en ging naar de spin toe.

De spin zag hem aankomen en wist niet wat hij zag. 'Maar... maar... dat ben ik zelf...' hakkelde hij. En zo snel hij kon rende hij naar de verste hoek van zijn web.

'Ja,' zei de eekhoorn. 'Dit ben jij zelf!'

'Maar dat kán niet!' riep de spin. 'Dat mág niet! Ik bedoel: ik ben toch alleen ik?'

Het zwarte zweet verscheen op zijn voorhoofd en zijn harige benen trilden op hun draden.

'Nee. Dit mág ook niet,' zei de eekhoorn, 'maar toch is het zo.'

Met moeite kon hij zijn lachen houden, terwijl met evenveel moeite de spin zich op de been wist te houden. De wereld leek wel om hem heen te draaien.

De eekhoorn stond op een dunne tak van de berkenboom. Heel voorzichtig stapte hij op het web. Maar verkleden is één ding, langs een web lopen is een ander ding. Al na twee stappen plakten zijn voeten vast aan de kleverige draden van het spinnenweb.

'Help!' riep hij. 'Help.'

'Dat lijkt helemaal niet op mijn stem,' zei de spin.

'Help me dan toch, spin. Ik ben het!'

'Nee, ik geloof dat ik het helemaal niet ben,' zei de spin en hij deed een paar stappen naar voren om zichzelf beter te zien. 'Nee,' zei hij toen vastbesloten. 'Nu weet ik het zeker. Ik ben het niet.'

De eekhoorn worstelde wanhopig om zich los te maken. In de worsteling vielen zijn spinnenpoten af en kwam zijn staart tevoorschijn.

'Nou ja,' lachte de spin. 'Nu lijkt het al helemaal niet meer op mij. Ik was bang voor niets!'

Hij draaide zich om, liep naar het midden van het web en viel, na de ontmoeting met zichzelf, in een diepe slaap.

Het was de reiger die de eekhoorn tenslotte bevrijdde, de krekel die hem thuisbracht en de giraffe die hem 's avonds vertelde dat hij nooit meer zoiets moest doen. Nu was het avontuur nog goed afgelopen, maar de trief had eens de baars nagedaan, aan de rand van de vijver, en niemand had ooit meer van hem gehoord.

'De trief?' vroeg de eekhoorn.

'Precies,' zei de giraffe.

De eekhoorn boog zijn hoofd, liet de giraffe uit, stapte in bed en droomde die nacht van niets, zo diep sliep hij.

Toen de eekhoorn eenmaal de smaak van het schrijven van brieven te pakken had was hij niet meer te stuiten. 's Ochtends vroeg installeerde hij zich onder de beuk: hij legde een stapel vellen berkenbast neer, een dozijn galappels en twee veren van de gans, die deze hem bereidwillig had afgestaan, en begon te schrijven. Hij schreef aan de pinguïn en vroeg hem hoe het was van een ijsberg naar beneden te glijden, hij schreef aan de impala om te weten hoe je kon leren ver te springen, hij schreef aan de ibis en vroeg hem om een afschrift van zijn lied, hij schreef aan de walvis en nodigde hem uit eens langs te komen.

Wanneer om elf uur de wind opstak gaf hij de brieven mee, terwijl meestal om drie uur een nieuwe bries een stapel post uit alle hoeken van de wereld voor zijn voeten wierp. De albatros schreef hem wonderlijke verhalen over het leven boven de wolken, en het zeepaard vertelde hem over spelonken, riffen, de zee-egel en de wilde branding op de kusten van een geheimzinnig land.

Op een dag verscheen opeens de walvis in de vijver die tegenover de beuk lag.

'Hallo, eekhoorn! Hier ben ik dan,' riep hij.

De eekhoorn kon zijn ogen niet geloven. Hij sprong in het water, sloeg de walvis op de schouders en schreeuwde: 'Welkom! Welkom!'

De walvis wreef vergenoegd in zijn vinnen en spoot een sierlijk fonteintje recht de lucht in.

'Maar kom binnen!' zei de eekhoorn.

'Tja,' zei de walvis, 'maar... eh... ik kan niet zo goed klimmen.'

'Geen probleem,' zei de mier, die op het tumult was afgekomen. Hij nam de walvis op zijn rug en droeg hem tegen de stam van de beuk op naar de kamer van de eekhoorn, die inmiddels een kuip had neergezet die als zitplaats voor de walvis dienst moest doen.

'U zult wel moe zijn,' zei de mier.

'Ach, wat is moe...' zei de walvis en hij glimlachte met de volle breedte van zijn vriendelijke mond. Hij glimlachte zo vriendelijk dat de mier en de eekhoorn niet anders konden doen dan ook te glimlachen.

Urenlang zaten ze bij elkaar en spraken over al die dingen waar je het in een brief toch eigenlijk nooit goed over hebben kunt.

DE EEKHOORN ZAT IN HET GRAS AAN DE OEVER VAN DE rivier en was bedroefd.

'Ik weet niet waarom,' zei hij tegen de mier, 'maar ik ben erg bedroefd.' Hij wreef langs zijn wang om te voelen of daar misschien een traan biggelde.

De mier zweeg en kauwde op een sprietje. Het was lang stil daar, in het bos, die middag. De eekhoorn was de eerste die weer sprak.

'Waarom zou ik eigenlijk zo bedroefd zijn?' vroeg hij.

'Tja,' zei de mier.'

'Dat is geen antwoord,' zei de eekhoorn.

'Nee,' zei de mier.

'Misschien hóórt het wel bij mij,' zei de eekhoorn, 'zoals mijn trek in beukennoten, of mijn staart.'

'Ja,' zei de mier.

De eekhoorn zuchtte. En weer werd het lange tijd stil.

Toen stak de wind op en trokken zich donkere wolken samen boven het bos.

'Kom,' zei de mier. 'Ik stap weer eens op.'

'Ja,' zei de eekhoorn.

Maar opeens merkten ze daar de hommel op, vlak boven hen, op de onderste tak van de wilg die daar voorovergebogen over het water leunde. De hommel had het gesprek gehoord en was heel bedroefd geworden. Hij kon zijn snikken niet meer beheersen.

De eekhoorn keek omhoog en zag daar de vochtige ogen, de voelsprieten en het wollige vel van de hommel.

'Maar waarom ben jij bedroefd?' vroeg hij.

De hommel hield op met snikken.

'En dat vraag jij???' zei hij.

De eekhoorn knikte en vroeg niet verder.

43

Het begon zacht te regenen. De dieren zwegen. De eekhoorn en de hommel waren beiden in hun geheimzinnige, droevige gedachten verzonken, terwijl de mier niet goed wist of hij nu wel weg kon gaan. Je kunt beter een vrolijk gezelschap verlaten dan twee treurige vrienden die niet eens weten waarom ze treurig zijn en er ook wel nooit achter zullen komen, dacht hij.

Met trage wiekslagen vloog de reiger langs de rivier. Er stroomden tranen uit zijn ogen en zijn veren waren dof. Hij schudde zijn hoofd. En de baars, die zijn hoofd boven water stak, keek sip en ontroostbaar.

Het lijkt wel of iedereen bedroefd is, dacht de mier, waarom ik dan niet? Hij voelde zich zenuwachtig worden en even later zelfs boos. En toen de salamander met schokkende schouders langsstrompelde, luidkeels jammerend, en met moeite ondersteund door de asgrauwe das, toen werd de mier woedend. Want wáárom was hij als enige niet bedroefd? Waarom werd hij buiten al het verdriet gehouden? En wat had dit allemaal te betekenen? Wie maakte er uit of je wel of niet bedroefd mocht zijn? Hij stampte op de grond en er kwam een grimmige trek op zijn gezicht.

Met grote stappen liep de mier naar huis, alleen, in de schemering.

Maar toen hij in de buurt van zijn huis was gekomen, verschenen er tranen in zijn ogen en verdween de grimmige trek van zijn gezicht, terwijl zijn stappen steeds kleiner werden. Tot zijn onuitsprekelijke genoegen was hij eindelijk zelf ook bedroefd geworden. En nog wel zonder reden. Hij kon wel juichen tussen zijn luide snikken door. En als het niet donker was geweest, was hij teruggerend naar de eekhoorn om hem te laten weten hoe bedroefd hij was.

DE EEKHOORN LIEP HET BOS IN EN ZOCHT DE SCHILDPAD op.

'Hallo schildpad,' zei hij. De schildpad wist wat er van hem werd verwacht. Hij kwam uit het struikgewas tevoorschijn en liep naar een open plek, waar hij zich door de zon liet beschijnen.

De eekhoorn begon het schild te poetsen, waarbij de schildpad kreunde. Het was een laag gekreun, maar van genot. Toen het schild glom spiegelde de eekhoorn zich erin. Hij keek naar zichzelf, zoals hij daar stond, groot, bruin, met zijn wollige staart en zijn aandachtige ogen.

'O,' schreef hij aan de mier, 'kom zo snel mogelijk hier. Je zou mijn staart nú eens moeten zien...'

'Ik kom,' schreef de mier terug.

Maar toen ze eenmaal bij elkaar waren had het alweer geregend en was de schildpad alweer dof geworden. Om toch nog iets te doen namen ze de weg naar de rivier om te gaan uitkijken over het water. Maar de oevers waren glibberig en ze vielen in het water. Toen ze de wal op klommen stonden daar de beer en de tor en keken hen verwonderd aan, de een bruin als een beukenblad in de herfst, de ander zwart als drop in een fles op de onderste plank achter de toonbank in de winkel van de reiger. Heerlijke drop, en toen ze zich daarmee in gedachten hadden vol gegeten gingen ze naar een helling naast het weiland aan de rand van het bos en lieten zich daar vanaf naar beneden rollen. De zon was ondertussen weer gaan schijnen.

'O mier,' schreef de eekhoorn, 'ik wou dat je hier bij mij was.'

'Maar ik ben toch hier?' schreef de mier terug.

'Je hebt gelijk,' schreef de eekhoorn.

En zo, in het gras, op hun ellebogen leunend, naast elkaar, schre-   45

ven ze de ene brief na de andere aan elkaar en wachtten telkens ongeduldig op elkaars antwoord.

HET WAS EEN WARME DAG EN DE EEKHOORN HAD DE HELE dag buiten in het gras gelegen, zodat zijn vel nu nog roder was dan het anders altijd al was.

Hij liep naar de rand van het grote meer en droomde ervan naar de overkant te zwemmen, zodat zijn huid niet meer zo zou gloeien en hij ook eindelijk weer eens iemand zou ontmoeten die hij niet kende.

'Waarom ook niet,' zei hij tegen zichzelf en hij sprong in het water. Het meer was spiegelglad en glinsterde in de stralen van de ondergaande zon.

Met kalme slagen zwom de eekhoorn naar de overkant. Moe maar tevreden stapte hij daar de oever op en keek om zich heen naar die geheimzinnige wereld waar hij zo dikwijls naar had verlangd.

'Hallo, eekhoorn.'

De eekhoorn keek verbaasd opzij. Wie zou hem hier nu kennen? Het was de mier die daar op een vezel zoethout stond te zuigen.

'Wat doe jij hier?' vroeg de eekhoorn.

'O, ik kom hier de egel opzoeken. Dat doe ik wel vaker, als het me zo uitkomt.'

'Uitkomt??'

'Hé, daar heb je de eekhoorn,' zei een andere stem. Het was de merel die hij zojuist nog in het bos had gezien. En daar liep ook de mol op een drafje voorbij.

'Is dit nu de overkant?' vroeg de eekhoorn verbaasd.

'Nee, dat daar is de overkant, waar je net vandaan komt,' zei de mier. Hij wees naar de overkant van het meer waar vaag het bos was te herkennen. Er hing een geheimzinnig blauw waas over de overkant. De eekhoorn meende ook dat hij daar iemand zag staan.

'Het lijkt wel de sprinkhaan,' zei hij.

'Ik ben hier,' zei de sprinkhaan, die zich al die tijd achter de mier verscholen had gehouden.

'Wie is het dan?'

'Ik weet het niet,' zei de sprinkhaan. 'Ik heb hem nog nooit gezien. Er zijn zoveel dieren die ik nog nooit heb gezien en waarvan ik misschien hooguit één keer heb gedroomd of misschien niet eens één keer.'

Het wazige dier waadde, heel ver weg, het meer in en leek wel te wenken.

'Ik ga naar huis,' zei de eekhoorn. En hij zwom over het meer terug naar de overkant. Al zwemmend zag hij het vreemde dier in de schemering verdwijnen, alsof het een andere kant op zwom, terwijl de sterren geleidelijk begonnen te flonkeren in de reusachtige lucht.

De eekhoorn had genoeg verstand van het bos om te weten hoe het in elkaar zat. Maar waar kwam het vandaan? Hij vermoedde dat iemand het op een keer had uitgevonden en toen vertrokken was.

De eekhoorn ging op reis. Hij wilde degene vinden die het bos en misschien ook de rest van de wereld had uitgevonden.

Al spoedig bereikte hij de voet van een berg en kon hij niet verder. Hij wachtte enkele minuten. Toen tilde de zwaluw hem op en vloog hij over de berg naar de woestijn. Daar zette de zwaluw hem neer, wiste het zweet van zijn vleugels en vloog terug.

De eekhoorn begon te lopen. Na enige tijd zag hij de woestijnrat die met een stuk steen op een rots sloeg en één druppel water naar buiten liet stromen. De eekhoorn deed het hem na, liet de druppel over zijn neus glijden en dronk hem half op. De andere helft bewaarde hij. Je weet maar nooit, dacht hij.

Voorbij de woestijn lag een haven en daarin lag een holle wilg. De eekhoorn ging aan boord en roeide de oceaan op. De zon ging juist onder.

Hij liet zijn staart in het lauwe water hangen. De oceaan was spiegelglad. Na weken, of misschien dagen, voer hij tegen een kust op. Hij ging aan land en liep een vallei in tot hij tegen het web van de spin botste.

'Tot hier,' zei de spin.

De eekhoorn viel in een kuil en kwam in een kaal en donker vertrek terecht.

'Wacht even,' zei een stem. Toen werd het licht en zag hij de gloeiworm die daar in een hoek zat. De gloeiworm liet hem zijn tekeningen zien op de ruwe wanden. De eekhoorn kon de tekeningen niet mooi vinden en had bovendien andere dingen aan zijn hoofd.

49

'Het spijt me,' zei hij tegen de gloeiworm.

'Ach,' zei de gloeiworm, die bleek wegtrok, 'dat verbaast mij niets.'

Toen hij weer boven de grond kwam zat de mus hem daar op te wachten. Hij bracht de eekhoorn naar een huis dat geheel uit lucht bestond. Ook het eten was van lucht, en de messen en de vorken. De honger van de eekhoorn werd niet gestild door de onzichtbare borden vol dampende lucht.

Hij dronk de halve druppel water en ging verder, viel in een rivier en zwom langs de olifant die daar aan de kant stond te zingen hoe schoon hij het leven vond terwijl hij zelf tot aan zijn nek onder de modder zat.

Ten slotte bereikte hij de eerste boom van het bos. De tor stond trots voor een laaghangende tak.

'Hier woon ik sinds onheuglijke tijden,' zei de tor, terwijl zijn vleugels glommen.

'Maar daarvoor nog niet,' zei de eekhoorn, die niet meer precies wist hoe lang hij was weg geweest.

'Nee,' zei de tor. 'Daarvoor woonde ik buiten.'

De tweede boom kwam de eekhoorn bekend voor. Hij klom naar boven en ging een deur in. Hij stond in een kamer die hij zich ergens vaag nog van herinnerde, en stapte vervolgens in een bed waar hij het fijne niet meer van wist. Pas toen hij droomde wist hij weer precies waar hij was.

OP EEN AVOND WAS ER EEN MUZIEKUITVOERING IN HET BOS, ter gelegenheid van iets feestelijks. Voor de pauze trad de mug op, als solist. Hij zoemde hard en zacht, hoog en laag, en begeleidde zichzelf door in zijn poten te wrijven. In de pauze was er taart. Daarna werd het concert voor duizendpoot en olifant uitgevoerd, dat oorverdovend was en minder saai dan het muziekstuk van de mug.

De vlinder zat op een blad van de berkenboom en luisterde aandachtig. Hij leed aan slapeloosheid en hij hoopte vurig dat hij iets zou horen wat hem in slaap zou laten vallen. Maar telkens als hij wegdommelde blies de olifant een verkeerde noot die iets deed trillen in zijn rug, ongeveer daar waar zijn vleugels vastzaten, en schrok hij weer wakker.

Toen het concert was afgelopen ging hij met de eekhoorn mee naar huis. Hij vroeg de eekhoorn of hij van hem een slaapverwekkend boek mocht lenen.

'Voor vannacht,' zei de vlinder en hij sloeg zijn ogen neer.

De eekhoorn gaf hem een stoffig boek met een grijze omslag en dikke letters die in de loop van de jaren naar de bodem van de bladzijden waren gezakt en daar door elkaar heen lagen.

Met het boek onder een vleugel vloog de vlinder naar zijn eigen huis, in een wilg bij de rivier. Daar trof hij de giraffe aan die wilde blijven logeren. 'Dat lijkt mij gezellig voor jou.'

'Goed,' zei de vlinder en ze stapten in bed.

De vlinder sloeg het boek open en probeerde erin te lezen, maar dat stoorde de giraffe, die naast hem lag.

'Als jij je ogen open hebt kan ik niet slapen,' zei de giraffe. 'Dat heb ik altijd.'

De vlinder deed zijn ogen dicht en prompt viel de giraffe in   51 slaap en begon te snurken. Daar schrok de vlinder zo van dat hij zijn ogen weer opendeed, waarop de giraffe weer wakker schrok en aan de vlinder vroeg of hij zijn ogen weer dicht wilde doen. Zo verstreken de uren van de nacht.

De ochtend kwam en beiden rekten zij zich uit.

'Een wisselvallige nacht,' zei de giraffe. 'Dat is wel eens goed voor een keer.'

De tak van de wilg waarop het huis van de vlinder stond was niet sterk en toen de giraffe een sprong maakte om zijn benen te strekken, brak hij. De giraffe en de vlinder vielen op de grond, en nog verder: ze vielen tot ver onder de grond. Daar was het donker, stil en warm zodat ze uiteindelijk allebei tegelijk in slaap vielen en goed sliepen, ook al snurkte de giraffe hevig.

De eekhoorn lag ondertussen nog thuis te slapen. Hij droomde dat de oorwurm een gat in een boom voor een oor hield, naar binnen kroop en begon te boren. Hij hoorde dat de boom hem riep en hem smeekte om hulp. Hij schraapte zijn keel en van ver weg in zijn dromen riep hij de oorwurm toe zijn geboor te staken.

Enige uren later droomde hij dat hij met de mier de wereld ontdekte, en de sterren, en dat zij met zijn tweeën de maan uitvonden, een rond, geel, lichtgevend ding hoog boven het bos. De kleur was een idee van de mier en ook de vorm en de plaats van de maan in de lucht, maar het eigenaardige schijnsel, helder en toch dof, licht en toch ook een beetje donker, bedacht de eekhoorn helemaal alleen.

Tussen de brandnetels stak de eekhoorn zijn hoofd omhoog. Gevallen! En hoe! De tranen sprongen in zijn ogen en dikke bulten verschenen op zijn armen, benen en staart, waar hij als een bezetene aan begon te krabben.

Zojuist had hij nog aan tafel gezeten, boven in de boom, in het huis van de reiger. Hij had er lui achterovergeleund, zijn ogen gesloten en was juist even ingedommeld toen hij plotseling de vlieg had zien zitten.

'Hè,' zei de eekhoorn, 'ik schrik.'

'Ja,' zei de vlieg.

'Kun je niet wat minder onhoorbaar doen?'

'Nee,' zei de vlieg.

'Ik ben hier op bezoek,' zei de eekhoorn.

'Ik ook,' zei de vlieg.

'Wie heeft jou dan uitgenodigd?' vroeg de eekhoorn.

'En wie heeft jou dan een duw gegeven?' vroeg de vlieg, en hij gaf de eekhoorn zo'n harde duw dat deze achteroverviel door het raam door de lucht in de brandnetels.

Toen zijn tranen weer waren opgedroogd en de jeuk wat was gezakt, probeerde de eekhoorn de vlieg te vergeten.

Onmogelijk! En hoewel hij eigenlijk niets meer van deze hele geschiedenis wilde weten merkte hij toch dat hij de boom in klom, op zijn tenen door de deur van de reiger naar binnen sloop en de vlieg hard in zijn vleugel kneep.

'Au!' gilde de vlieg.

Snel liet de eekhoorn zich langs de stam naar beneden glijden. Hij kwam in het mos neer, rende weg en dook het huis van de mier in. Boven hem hoorde hij het zoemen van de vlieg, die hem zocht. Het zoemen klonk vreemd, met wisselende hoge en lage tonen. Toen hoorde hij een klap.

De eekhoorn ging naar buiten. Onder de eikenboom, naast een paddenstoel, was de vlieg neergestort. Hij stond ondersteboven, scheefgezakt, in het gras. De vleugel, waar de eekhoorn in had geknepen, hing slap langs zijn lijf. Met een woeste blik keek hij de eekhoorn aan.

'Wacht maar!' zei hij.

De eekhoorn huiverde. Even later kwam de giraffe aanhollen, vergezeld door de luipaard. Ze legden de vlieg op twee takken bedekt met mos en draafden weg, de takken tussen hen in, het bos uit naar de geheimzinnige plaats waar iemand woonde – men zei: de boktor, die alle dieren altijd beter maakte, al waren zij nog zo ernstig gewond, ziek of dood.

Peinzend liep de eekhoorn naar huis, af en toe nog krabbend aan de laatste bulten op zijn staart.

DE EEKHOORN LIEP IN GEPEINS VERZONKEN LANGS HET korenveld. Het koren was hoog en rijp, en de zon stond aan de hemel. De eekhoorn wist niet waarheen hij ging. Hij dacht: misschien ben ik onderweg naar huis, of misschien ook wel naar de mier. Hij wachtte maar af waarheen zijn voeten hem zouden brengen.

Er was nu en dan een kleine grijze wolk in de lucht, die hem deed denken aan de muis, en er hingen zware bramen aan de struiken langs het pad waarlangs zijn voeten hem leidden. Ze leidden hem naar een berm, stonden stil en maakten een halve slag omhoog, zodat de rug van de eekhoorn een halve slag omlaag maakte, in het gras terechtkwam en zich daar strekte.

Toen de eekhoorn wakker werd regende het. Snel namen zijn voeten hem weer mee.

Ik moet maar naar huis gaan, dacht de eekhoorn, maar zijn voeten dachten daar anders over. Ze brachten hem naar de top van de berkenboom waar onder het bladerdek het huis van de merel lag.

'Welkom,' zei de merel.

'Het was niet mijn bedoeling...' mompelde de eekhoorn, maar zijn voeten zaten al onder de tafel.

Ze speelden domino, waarbij ze afspraken dat de verliezer voor een avontuur moest zorgen. De merel won en ging meteen op stap in het avontuur dat de eekhoorn voor hem bedacht. Het was een prachtig avontuur, deels vrolijk, deels treurig, dat niet goed na te vertellen was. De eekhoorn was toen inmiddels al door zijn voeten naar huis gebracht. En sliep. En droomde dat hij 'welkom' zei tegen de dieren die onverwacht bij hem op bezoek kwamen: de muis, de lijster, de inktvis en de duizendpoot. Ze speelden een spel met dobbelstenen, ondersteboven tegen de lucht. Ze rolden hun reus-

55

achtige stenen van horizon tot horizon. De muis won, met dubbel vier, ver in het noorden, dicht bij de volle maan, en de anderen, op hun rug in het natte mos, klapten van bewondering. Zo droomde de eekhoorn die nacht.

OP EEN DAG KWAM DE EEKHOORN ERACHTER DAT HET ON-
verstandig was om niet verder te kunnen tellen dan tot vijf. Hij
ging naar de school aan de voet van de eik in het midden van het
bos en vroeg aan de mus die daar onderwijzer was of hij hem tot
tien wilde leren tellen.

'Ik zal mijn best doen,' zei de mus. 'Maar wat je vraagt is niet
eenvoudig. Ik kan zelf tot zeventien tellen, maar vraag mij niet hoe
lang ik daarvoor heb gestudeerd, want dat weet ik al niet meer.'

'Ik heb er alles voor over,' zei de eekhoorn.

'De meeste dieren komen nooit verder dan tot twee.'

'Laten we maar beginnen,' zei de eekhoorn.

'Goed,' zei de mus.

En zo gebeurde het dat de eekhoorn dag in dag uit, van 's ochtends vroeg tot 's avonds laat, in de klas van de mus zat. Naast hem
zat de lepelaar, die tot twee kon tellen, en voor hem de bij, die al bij
vier was, en de goudvis in een kom, die tot zeven kwam.

Na een week kon de eekhoorn tot zes tellen. Vol trots vertelde
hij dat aan de mier. Maar de mier was niet onder de indruk.

Na een maand kon hij tot zeven tellen. Maar de mier was nu nog
minder onder de indruk.

'Wat is zeven?' vroeg hij. De eekhoorn wist het niet.

'Als je niet eens weet wat zeven is, wat heb je er dan aan om
daarheen te tellen? Als ik niet weet wat een suikerpluim is dan ga
ik er toch ook niet op af, en zeker niet een maand lang?'

De eekhoorn moest lang nadenken over de suikerpluim. Hij
meende dat de mier geen gelijk had, maar aan de andere kant was
hij ook zo moe geworden van het leren dat hij de volgende dag tegen de mus zei dat hij niet meer naar school kwam.

'Jammer,' zei de mus, 'want acht is een prachtig getal. Vooral als
je er langzaam naartoe telt.'

'Maar wat is acht dan?' vroeg de eekhoorn.

'Tja,' zei de mus en hij trok een geheimzinnig en geleerd gezicht, alsof hij zeggen wilde: daar kom je pas achter als je acht echt helemaal kent. Maar hij zei niets meer.

De eekhoorn ging naar huis. Hij dacht die dag grondig na, maar hij kwam geen stap verder, laat staan dat hij begreep waarover hij nadacht. De volgende dagen vergat hij zeven en zes weer, zodat hij al spoedig weer even ver was als de mier, die al jaren tot vijf kon tellen.

DE BEER WAS WEER EENS JARIG EN GAF EEN GROOT FEEST.
zijn vorige verjaardag was nauwelijks een week voorbij, maar telde
al niet meer mee. Dit was zijn echte verjaardag. Voor zijn vrienden
was het geen enkel bezwaar dat de beer steeds vaker jarig werd.

Het feest kwam al snel op gang. De kraai en de nachtegaal zorg-
den voor de muziek en de eerste dansers verschenen op de vloer.
Het waren de sprinkhaan, in zijn nieuwste jas, en de olifant die
zich voor de gelegenheid had gewassen en er prachtig uitzag in
zijn gladde grijze vel. Ze dansten van de ene hoek van de dansvloer naar de andere, struikelden over elkaars benen, vielen soms
door een plotselinge versnelling van de muziek op een tafeltje van
enkele gasten en rolden af en toe over de grond wanneer de muziek een zwierige draai vereiste. Maar ze kregen toch een groot
applaus.

Op verzoek van de beer zoemde de bij een somber lied over de
wesp die een bloem in ging en verdwaalde en pas dagen later te-
ruggevonden werd, uitgeput en bedolven onder stuifmeel, en die
sindsdien nooit meer honing durfde te zoeken. De beer stond tijdens de voordracht een paar maal ontroerd op en klapte in zijn
handen. Aan het slot liet hij zijn tranen de vrije loop: 'Dank je, bij,
dank je zeer...' stamelde hij.

Na de bij was het de beurt van de giraffe, die een paar stelten
op de kop had getikt en deze nu wilde demonstreren. Het was een
prachtig gezicht, de verstrooide giraffe daar te zien rondstappen.
Toen hij nog een treetje hoger klom stootte hij met zijn hoofd door
het dak van het huis van de beer, dat niet berekend was op dieren
op stelten. De mier en de specht moesten eraan te pas komen om
hem te bevrijden.

Iedereen maar dan ook iedereen vermaakte zich uitstekend en

feliciteerde de beer telkens opnieuw en wenste hem een spoedige nieuwe verjaardag toe.

De eekhoorn zat op een divan en at het ene stuk taart na het andere. Langzaam zakte hij achterover terwijl zijn buik dikker en dikker werd. Ten slotte was zijn buik zo dik dat niemand er meer overheen kon kijken. Vol ontzag dromde iedereen samen voor de eekhoorn die nog steeds doorging met eten, maar niemand slaagde erin, zelfs op zijn tenen, en ten slotte zelfs op een stoel, om over de enorme buik heen te kijken. Men hoorde wel het gerommel van de taarten, maar men kon er slechts naar gissen wat zich daarachter afspeelde, hoe hij daar uit zijn ogen keek, en hoe hij daar nog altijd at.

DE EEKHOORN SCHROK MIDDEN IN DE NACHT WAKKER. HAD hij gedroomd? Hij herinnerde zich geen droom, maar hij was wel bang. Hij rilde, terwijl hij het toch niet koud had, en hij voelde koude zweetdruppeltjes op zijn voorhoofd en in zijn hals.

Hij probeerde zich zo stil mogelijk te houden en te luisteren naar geluiden van buiten. Misschien had er iemand geklopt of had er in de verte iemand gegild. Maar hij hoorde niets. Hij ging weer liggen, maar hij kon niet meer in slaap komen. Talloze gedachten gingen door hem heen. Hoe moet dit, en waarom is dat, en wat gebeurt er later? Het waren vragen waar hij geen antwoord op wist, vooral niet op de laatste vraag, die maar door zijn hoofd bleef gaan: wat gebeurt er later?

Hij kon niets bedenken wat ook maar leek op een antwoord op die vraag. Wat is later? dacht hij. Hij had het er wel eens met de mier over gehad, maar die had zijn schouders opgehaald en gezegd dat hij nooit van later had gehoord en dat het dus wel niks zou zijn. Maar voor de eekhoorn was dat niet voldoende. De ekster had hem eens verteld dat later het omgekeerde was van vroeger, maar wat was vroeger dan?

Het was een donkere nacht. De eekhoorn deed zijn raam open om de donkere lucht op te snuiven en hier en daar tussen de wolken misschien een ster te zien.

Ik ben alleen maar nu, dacht hij, voor het raam, in de nacht, tegenover de lucht. Misschien heeft de mier wel gelijk, dacht hij verder, en is later niets. Maar wat is het omgekeerde van niets: iets of niets? Bestond vroeger wel of niet? En waarom kon hij eigenlijk niet slapen, terwijl zo te denken iedereen sliep?

Hij zuchtte diep en blies met zijn zucht een blad van de beukenboom de lucht in. Hij hoorde het ritselende blad in de verte wegzweven.

Ik ben alleen maar nu, dacht hij opnieuw. Ik ben nooit later geweest en ik zal nooit vroeger worden. En terwijl hij zijn gedachten, die altijd wijzer waren dan hijzelf, niet langer volgen kon, voelde hij zich weer tevreden worden. Hij ging terug naar bed, stapte onder zijn deken, zei: 'Nu of nooit' en sliep op hetzelfde ogenblik in.

TIJDENS DE DAGELIJKSE VERGADERING OP DE OPEN PLEK IN het bos stelde de kakkerlak voor een pudding te maken.

'Ga je gang,' zei de vos, 'maar waar hadden we het over?'

'Over de gang van zaken,' zei de tjiftjaf.

'Precies,' zei de karper, met gefronst voorhoofd.

'Nee,' zei de kakkerlak. 'Jullie begrijpen mij niet. Ik bedoel een pudding voor iedereen. Met álles erin wat iedereen lekker vindt: gras, eikels, honing, schors, beukennoten, wier, schelpen, bladeren, hars, water, distels, krijt, modder, noem maar op...'

'De gang van zaken...' mompelde de vos nog. Maar de anderen spitsten hun oren bij het vernemen van hun lievelingsgerechten.

'Een goed idee,' zei de eekhoorn. De beer kon zich al nauwelijks meer bedwingen.

Onmiddellijk gingen ze aan de slag en tegen de avond stond er een pudding die de hele open plek in het bos in beslag nam, zodat de dieren er nauwelijks nog langs konden, en die tot aan de kruinen van de bomen reikte en slechts met haastig in elkaar getimmerde trappen bestegen kon worden. De kakkerlak zat midden in zijn schepping, maar de pudding was zo zacht dat hij langzaam naar beneden zonk en slechts met moeite door de ooievaar gered kon worden. De rups liet zich van boven naar beneden rollen, langs een flauwe helling van kastanjebladeren, en gilde van plezier.

Die avond was het feest. Het vuurvliegje ontstak zijn licht, de olifant trompetterde, de bij zoemde harder dan ooit, en op een welluidende slag van de nachtegaal viel iedereen aan.

Urenlang was het gesmul te horen. Het kraakte, knarste en knerpte daar alsof het hele bos werd fijngemalen.

Niemand sprak een woord. Iedereen at. Niemand bleef bij een ander achter.

Toen ten slotte rond middernacht de mier de laatste korrel suiker tussen zijn kaken vermaalde leunde iedereen behaaglijk achterover, knikte dankbaar naar de kakkerlak en achtte zich niet meer
in staat om nog naar huis te gaan.

Een uur later rees een reusachtige snurk omhoog naar de lucht
die vol met glinsterende sterren over het bos hing. Alsof hij moe
was en even op de wereld leunde.

ZOALS ZO VAAK WAS ER WEER EEN GROOT FEEST IN HET BOS, en zoals altijd was dit feest weer het grootste feest aller tijden. De olifant gaf het feest en iedereen moest verkleed komen.

De eekhoorn dacht lang na en besloot toen als de mier te gaan. Hij kende de mier zo goed dat het hem geen moeite kostte er precies zo uit te zien als de mier.

Toen hij de feestzaal wilde betreden hield de olifant hem tegen: 'Mier, je mag alléén binnenkomen als je verkleed bent.'

'Maar...'

'Nee. Geen gemaar. Je gaat eerst naar huis en je zorgt maar dat je wat aantrekt zodat ik je niet meer kan herkennen, en dan kom je hier terug. We hebben overigens heerlijke suikerstengels...'

Suikerstengels, dacht de eekhoorn. Teleurgesteld ging hij naar huis. Hij ging voor de spiegel zitten en dacht lang na. Toen besloot hij als de wesp te gaan. Dikwijls had hij met de wesp op een tak gezeten of hem vergezeld als hij een bloem betrad, en hij had altijd zijn prachtige geel-zwarte kostuum bewonderd. Ik heb nog wel zoiets liggen, dacht de eekhoorn. Van een paar beukennotenschillen en wat hars maakte hij in de kortst mogelijke tijd een fraai wespenpak.

Maar weer werd hij teruggestuurd.

'Wesp,' zei de olifant, 'je mag hier alleen komen als je verkleed bent. Ik heb daarnet de mier ook al teruggestuurd. Ik kan dus geen uitzondering maken voor jou.'

'Maar...'

'Dat zei de mier ook. Er komt niets van in. Dit is het grootste feest aller tijden en dat mag jij niet bederven door als jezelf te komen. Trek wat aan. Het geeft niet wat.'

Verdrietig liep de eekhoorn naar huis. Hij had geen zin meer om naar het feest te gaan, en bovendien was het al laat en zouden de meeste lekkere hapjes al op zijn. In de verte hoorde hij het getrommel van de duizendpoot. Hij vermoedde dat de aardworm daar nu danste, naast tafels vol met schalen vol met taart. Hij versnelde zijn pas en trok al lopend zijn wespenpak uit. Thuisgekomen gooide hij alle kleren in een hoek, knoopte zijn staart rond zijn middel en plakte één oor met wat hars over één oog en ging weer terug.

'Ah,' zei de olifant. 'Kijk eens wie we daar hebben... Schitterend, schitterend. Ik herken je niet eens!'

De olifant stond nog te aarzelen of het nu de mier was of de wesp die zich verkleed had als de eekhoorn, toen de eekhoorn al van het eerste stuk notentaart stond te genieten, terwijl de aardworm sierlijk over de dansvloer gleed.

Op een frisse ochtend waarop dauwdruppels glinsterden aan de takken van de struiken en aan de draden van het web van de spin, terwijl de stralen van de opgaande zon hier en daar het dwarrelen van wat stof vertoonden, tussen de bomen, klom de eekhoorn naar het puntje van de hoogste tak van de beukenboom. Heel ver in de diepte zag hij de grond. Hij voelde een duizelig gevoel in zijn hoofd. De tak kraakte, terwijl de blaadjes onder hem zachtjes ritselden in een flauwe windvlaag.

'Als ik nu nog één stap naar voren doe breekt de tak, en wat er dan gebeurt hoef ik mijzelf niet te vragen,' zei hij tegen zichzelf.

Maar toch deed hij één stap naar voren. De tak kraakte vervaarlijk, maar brak niet. Vreemd, dacht de eekhoorn. Maar vooral vond hij het vreemd dat hij die stap naar voren had gedaan. Ik wilde helemaal geen stap zetten, dacht hij, en ik wil ook niet vallen, en toch...

Weer kwam dat eigenaardige duizelige gevoel in zijn hoofd toen hij naar beneden keek. De grond draaide langzaam naar boven, naar hem toe, en de hemel draaide naar beneden. Alsof ik op mijn hoofd sta, dacht de eekhoorn. Hij kon zijn evenwicht nauwelijks bewaren.

'Als ik nu nog één stap doe breekt de tak zeker en val ik zo hard dat ik wel alles zal breken wat er maar breken kan,' zei hij zacht.

Er was niemand die hem daar zag, en de zon klom geleidelijk hoger boven de horizon die achter het bos langs liep. Er was geen wolkje te bekennen aan de hemel, en het mos zag er zacht en vriendelijk uit, ver weg in de diepte.

En zonder dat hij begreep waarom deed de eekhoorn weer één stap naar voren. De tak kraakte, kraakte en brak. De eekhoorn sloeg wild met zijn armen en zijn staart om zich heen, probeerde

67

iets vast te grijpen, maar greep in de lucht. Hij viel met steeds grotere snelheid van de top van de beukenboom door allerlei takken heen naar de donkere grond. 'Ai,' riep hij nog. En: 'Nee!'

De mier vond hem daar, enige tijd later. De eekhoorn kreunde zacht. Hij had zijn armen, zijn benen, zijn staart en zijn neus gebroken.

'Ik begrijp het niet, ik begrijp het niet...' kreunde hij.

'Ik begrijp het wel,' zei de mier. 'Je bent gevallen. Maar eigenlijk begrijp ik het ook niet.'

Het duurde lang voor de eekhoorn weer beter was en heel voorzichtig, van grote afstand en vol verbazing, de afgebroken tak kon bekijken, in de top van de boom, waar hij op een ochtend zomaar afgevallen was.

Toen de zomer op zijn heetst was en de bladeren van de bomen slap naar beneden hingen en verlangden naar de herfst, wanneer ze zouden gaan dwarrelen en vallen en op elkaar zouden gaan liggen en andere kleuren zouden aannemen, wanneer het fris zou zijn en helder, met doorzichtige regendruppels aan elk takje en twijgje, ging de eekhoorn uit varen.

Hij stapte in een bootje dat aan de oever van de rivier vastgemeerd lag. Het bootje was rond als de ondergaande zon, zodat hij niet wist wat de voorkant was en wat de achterkant. Zodoende wist hij ook niet welke kant hij op moest varen. Hij trok de roeispanen naar binnen en liet zich meedrijven met de stroom van de rivier.

Het felle zonlicht kaatste van het water naar zijn hoofd en weer terug en hij zag hoe hij de zweetdruppels van zijn voorhoofd wiste, die van zijn kruin steeds maar weer naar voren stroomden.

Hij had het druk met zijn gedachten. Ze lieten hem niet met rust. Hij wilde niet denken, maar het lukte hem niet zijn gedachten in bedwang te houden. Zij waren sterker dan zijn wil.

Ze bedachten dat hij niet in een bootje lag, maar in een pan die op het vuur stond. Angstig sprong hij overeind. Het bootje begon heftig te schommelen en sloeg om. De eekhoorn verdween onder water.

Toen hij weer boven kwam was hij woedend op zijn gedachten. Maar het is onmogelijk je gedachten een klap te geven of ze eens hard te knijpen. En terwijl hij dat bedacht dreef het bootje weg en moest hij zwemmen om de kant te bereiken.

Mistroostig hees hij zich op de warme oever en ging op zijn rug liggen. Onmiddellijk sprongen zijn gedachten weer tevoorschijn, alsof ze op de loer hadden gelegen. Ze bedachten voor hem dat hij door de lucht zweefde, als een blad dat lichter is dan de lucht, en dat hij landde voor de deur van de mier, en dat de mier juist naar buiten kwam met een groot glas beukennotensap, ijskoud beukennotensap.

Plotseling waren zijn gedachten weer verdwenen. Ze hadden hem nog net zijn hand laten uitsteken naar het glas.

De zon ging onder en de eekhoorn sjokte naar huis. Aan de deur van de hut van de mier hing een briefje:

Eekhoorn, ik wist niet of je langskwam, maar toen je langskwam was ik even weg.
Mier

De eekhoorn zuchtte. De deur ging open en de mier kwam naar buiten.

'Maar niet heus,' zei hij, met een glimlach die vanachter zijn linkeroor tot ver voorbij zijn rechteroor reikte. 'Ik heb wat lekkers voor je,' voegde hij eraan toe.

'Ik moet je iets laten zien,' zei de eekhoorn. Hij wenkte naar de mier die op een stoel voor het raam zat. De mier stond op en volgde hem.

De eekhoorn ging naar de kast en haalde een boek tevoorschijn. Hij legde het boek op de tafel en sloeg het open op een bladzijde die met een grassprietje was aangegeven.

'Kijk,' zei hij.

De mier boog zich voorover en zag een plaatje. Maar hij kon niet goed zien wat het plaatje voorstelde.

'Ja,' zei hij, om niet onbeleefd te lijken.

'Nou?' vroeg de eekhoorn.

'Ja,' zei de mier nogmaals.

'Is hij niet eigenaardig?'

'Maar wie is het?' vroeg de mier voorzichtig. Hij vreesde dat er een gesprek zou volgen waar hij niets van zou begrijpen.

'Zie je dat dan niet?' vroeg de eekhoorn.

'Ja... eh... mijn ogen zijn vandaag een beetje wazig, misschien moet ik wat drinken...'

'De hond!' zei de eekhoorn.

'De hond?'

'Ja. Dat had je niet gedacht, hè?'

De mier zweeg.

Ze keken langdurig naar het plaatje van de hond in het boek dat de eekhoorn die ochtend van de spreeuw had geleend.

De hond was één keer in het bos geweest, lang geleden, en de meeste dieren hadden hem toen gezien. Hij had geblaft, gesnuffeld en rondgerend. Hij had met niemand gesproken.

Na een tijd was hij gaan huilen. Alle dieren die het hadden gehoord waren gaan rillen. De bladeren waren van de takken gevallen, de schors van de boomstammen, en de molshoop was uit zichzelf ingestort.

Het gehuil had niet lang geduurd. De hond had plotseling zijn oren gespitst, alsof hij iets hoorde. Het was doodstil geworden in het bos. Iedereen hield zijn adem in en keek vanachter zijn takken en bladeren toe. Toen was hij weggerend, het bos uit, de sloot over, het weiland in en ten slotte de horizon over. Hij was nooit meer teruggekomen.

De dieren hadden nog lang over hem gepraat, maar niemand had ooit het fijne van zijn bezoek begrepen.

De eekhoorn deed het boek dicht en keek de mier aan. 'Ja,' zei hij. Hij knikte, fronste zijn voorhoofd en voelde zich zeer belangrijk, alsof hij de enige eigenaar was van een zeldzame herinnering.

'Ik doe mijn ogen dicht,' zei de eekhoorn, 'en wat er dan gebeurt is altijd wonderbaarlijk.'

Hij zat op de tak voor zijn deur en de wonderbaarlijke dingen begonnen meteen.

De wind stak op, de tak wiebelde en de eekhoorn viel met gesloten ogen naar beneden. Hij kreeg een bult op zijn linkerschouder.

'Au,' zei hij.

Hij stond op en liep langs het pad door het bos naar de vijver. Daar ging hij in het gras zitten.

'Heb ik geen gelijk?' zei hij tegen zichzelf.

'Nee, je hebt geen gelijk,' zei hij terug.

Hij stoof overeind. Hoe kan ik nou denken dat wat er daarnet gebeurde níét wonderbaarlijk is? Hij draaide zich om, maaide wild met zijn armen om zich heen, maar vond zichzelf niet terug.

'Je bent bang, eekhoorn,' zei hij tegen zichzelf. 'Dat is het.'

'Poeh,' zei hij. 'Ik. Bang. Hoe durf je.'

Hij wilde zichzelf een klap geven, maar sloeg mis en viel op de grond. Hij bezeerde daarbij opnieuw zijn schouder.

'Au,' zei hij opnieuw.

'Dat komt ervan,' zei hij vervolgens tegen zichzelf.

'Als je nog één keer...' was zijn antwoord.

Hij krabbelde overeind, maar hij kon niet meer stil blijven staan.

Hij draaide met razende snelheid om zijn as. En zoals een windhoos in de rondte draait en zand en stenen en takken omhoogzuigt, zo steeg de eekhoorn daar al draaiend omhoog, en verdween tussen de wolken.

Ik word misselijk, dacht hij, straks moet ik nog overgeven. Maar wonderbaarlijk is het wel! Dat zal ik nu toch niet meer kunnen ontkennen.

73

'Nee,' gaf hij deze keer zichzelf volmondig toe.

Nog lang vloog hij door de ruimte, met grote snelheid om zijn as draaiend. Bijna was hij tussen de sterren verdwenen. Maar nog net op tijd kwam hij het winterkoninkje tegen, dat verdwaald was en huilde van verdriet. De tranen vielen op de eekhoorn. Ze spatten van zijn rondtollende lijf terug, maar ze remden hem wel. Ten slotte hing hij roerloos in de hemel en kon hij aan zijn lange val terug naar het bos beginnen, waarbij hij het winterkoninkje de weg wees.

'Wonderbaarlijk,' zei hij tegen zichzelf.

'Wat is hier nu wonderbaarlijk aan?' zei hij daarna.

'Hou ooooooooooooooooooooooooooooooop,' weerklonk zijn stem toen hij in de vijver viel. Het water spatte tot in de toppen van de bomen.

DE EEKHOORN KEEK MET GROTE OGEN NAAR DE WERELD
om hem heen. Het was een warme dag in de zomer en daar was de
grasspriet die groen en scherp omhoogschoot uit de zwarte grond.
En daar lag de kiezelsteen met zijn kronkelige grijze strepen, en
daar de wortel van de beukenboom waar hij zojuist over was ge-
struikeld en waarnaast hij met grote ogen naar de wereld zat te kijken. De wereld!

De eekhoorn schudde zijn hoofd en besloot eens nauwkeuriger
naar de wereld te kijken. Hij raapte de kiezelsteen op en zag midden in de steen in het wit een paar kleine gaatjes zitten. Hij bracht
zijn ogen wat dichterbij en zag op de bodem van een van de gaatjes een stofje liggen, en midden in dat stofje liep, met tranen in zijn
ogen, waarin een raam weerspiegeld werd, waarachter...

Op dat ogenblik voelde de eekhoorn een hand op zijn schouder.

'Wacht even!' riep hij, maar er was een schaduw over het gaatje
in de kiezelsteen gevallen. Hij draaide zich om en keek recht in het
vriendelijke gezicht van de giraffe.

'Eekhoorn!' zei de giraffe.

De eekhoorn schudde zijn hoofd en zei: 'Je stoort me, giraffe. Ik
zag steeds meer van de wereld, ik kon steeds verder kijken, ik keek
al bijna door een raam... en net nu moet jij komen...'

'Ga je mee?' vroeg de giraffe.

'Waarheen?'

'Op ontdekkingsreis.'

'Om wat te ontdekken?'

'Ja, als ik dat wist was het geen ontdekkingsreis meer.'

De eekhoorn zuchtte opnieuw. Hij werd zo moe van ontdek-
kingsreizen. Het waren er zo veel. En elke keer ontdekte je weer
iets nieuws. Het was altijd hetzelfde. Hij gooide de kiezelsteen laag

75

over de grond langs het pad, zodat hij een zoemend geluid maakte en in de struik verdween.

'Goed,' zei hij. 'Laten we maar op ontdekkingsreis gaan.'

Hij sjokte achter de giraffe aan, in de richting van de rand van het bos. Daar ontdekten zij de mier die lag te slapen en de beer die aan een met honing ingesmeerd voorwerp sabbelde. Daar ontdekten zij ook hoe warm het was, die dag, en gingen ze zitten aan de oever van de sloot langs het weiland. Samen ontdekten ze daar hoe gemakkelijk het is in slaap te vallen aan de rand van de wereld.

DE EEKHOORN VLOOG. HIJ HAD AL LANG EEN VLIEGREIS in zijn gedachten gehad, maar er was altijd iets tussengekomen: de regen, de sneeuw, de verjaardag van de mug, het feest van de spreeuw, de laatste brief van de dolfijn of de restanten van de taart van de vorige dag. Maar nu was het dan zover.

De eekhoorn zat op de rug van de zwaan. Hij hield zich vast aan de hals en keek over de rechterschouder van de zwaan naar beneden. Het was een heldere dag en de eekhoorn was blij dat die vliegreis er nu eindelijk eens van kwam.

'Dan heb ik hem tenminste achter de rug,' zei hij tegen zichzelf.

'Wat is er achter mijn rug?' riep de zwaan, tegen de wind in.

'Wat is er in de lucht?' riep de eekhoorn, die de zwaan niet goed verstond.

'Niets!' riep de zwaan. 'Daar is nooit iets! Alles is beneden!'

'Ik zie geen nevel,' riep de eekhoorn.

'Had je hem verwacht?'

'Waarvan? Wat heb ik gedaan?'

'Nee,' riep de zwaan, 'dat is te ver.'

'Nou!' riep de eekhoorn.

'Dat valt best mee,' riep de zwaan.

'Ja graag!' riep de eekhoorn.

Zo spraken zij al vliegend met elkaar om de tijd te verdrijven tot ze weer zouden landen. Ze vlogen over het bos, over de rivier, over de kust, over de zee, over de overkant en weer terug.

'Daar is de haai!' riep de zwaan.

'Ja!' riep de eekhoorn, die de laatste woorden niet kon thuisbrengen.

'Zit stil!' riep de zwaan.

'Die zie ik niet,' zei de eekhoorn.

Het woei hard en zo nu en dan werden enkele woorden weggeblazen en wie weet door welke vreemde oren ergens ver weg opgevangen.

'Daar is de vijver,' zei de zwaan. 'Tevens eindpunt.'

Met een sierlijke wending schudde hij de eekhoorn van zijn rug en zette zich neer aan de oever van de vijver. De eekhoorn vloog nog even door en landde toen iets verderop in het water. De brasem ving hem op en zette hem aan de kant. Daar stond de mier hem op te wachten om van zijn avontuurlijke reis te horen.

'Hij heeft me álles uitgelegd,' zei de eekhoorn, terwijl hij zich uitschudde. De waterdruppels glinsterden in de zon.

Op een ochtend stond er een krachtige zuidenwind die veel brieven met zich meevoerde. De eekhoorn zat voor zijn deur en pakte de brieven aan.

'Veel, vandaag,' zei hij bij zichzelf. Hij opende de eerste brief en las:

Eekhoorn! Van harte! Je kameleon

Verbaasd bekeek de eekhoorn de brief en vervolgens zichzelf in de spiegel die hij al lang voor alle zekerheid naast zijn deur had hangen.

Hij scheurde de volgende envelop open en nam een klein, groen velletje in zijn hand:

Lieve eekhoorn,
Ook namens mij de allerbeste wensen,
je leguaan

Nou ja, dacht de eekhoorn. Wat is er met mij aan de hand? Hij bekeek zichzelf van alle kanten maar kon niets bijzonders ontdekken.

De volgende brief ging als volgt:

Geachte Dokter Eekhoorn,
Wil zo vrij zijn mijn gelukwensen in vriendelijke ontvangst te nemen. Ik heb vorige week nog een fraaie wandeling gemaakt. Het weer werkt niet mee. Met dankbare groeten, Uw cobra

79

Peinzend staarde de eekhoorn naar het gladde vel papier dat wel tussen zijn vingers leek te kronkelen. Maar hij staarde niet lang want een doordringende stem tetterde plotseling in zijn oren: 'Gefeliciteerd!'

'Maar waarmee?' vroeg de eekhoorn.

'Waarmee??' vroeg de olifant, één ogenblik verbaasd en stokstijf. Toen rolde hij om van het lachen, gleed in de vijver en krabbelde aan de andere oever, nog naproestend, weer op de wal.

De zwaluw scheerde met zijn gelukwensen vlak over het hoofd van de eekhoorn, de mier bracht hem zelfs een cadeautje, dat weliswaar zo goed als onzichtbaar was en nogal nutteloos, maar dat wel goed bedoeld was. Niemand wist wat het was. De beer verscheen vroeg in de middag en informeerde of het feest al begon, want hij wilde niet na de eerste gast komen, terwijl de vuurvlieg zich al poetste.

Nog steeds wist de eekhoorn niet waarmee hij werd gefeliciteerd. Maar geleidelijk vergat hij daaraan te denken en raakte hij meer en meer in een feeststemming. En toen het avond was en een dicht gedruis opsteeg en de sprinkhaan in zijn oudste pak, zonder iets te zeggen, voorbijliep en zelfs niet in zijn richting keek, toen keek de eekhoorn zelfs verstoord en zei hij hardop, zodat de sprinkhaan het wel moest horen: 'Sommige dieren denken ook nooit aan een ander...'

Laat in de avond was er vuurwerk en werd hij toegesproken en hoog in de lucht gegooid, tot in de wolken, waar de dar hem opving. Samen vielen ze terug in de armen van de krab. De glimworm moest daar zo van lachen dat hij bijna uitging.

EEN ENKELE KEER HIELD DE EEKHOORN ZICH BEZIG MET ernstige problemen. Hij zat met de mier onder een boom. Na over veel onbelangrijks gesproken te hebben kwam de afstand tussen hun neuzen ter sprake. De mier had een takje dat precies de lengte van zijn voet had. Hij hield één uiteinde daarvan tegen het puntje van zijn neus en wees met het andere uiteinde in de richting van de neus van de eekhoorn. Hij draaide het takje vervolgens om het laatste uiteinde heen, en nog eens, en nog eens, en nog eens tot hij de punt van de neus van de eekhoorn had bereikt.

'Vijf voet,' zei de mier.

'Laat mij eens meten,' zei de eekhoorn.

De zon scheen zwaar naar beneden en de verte was in een trillende nevel van hitte gehuld. De eekhoorn pakte het takje, boog zich iets voorover en mat de afstand tussen de twee neuzen.

'Drie voet,' zei hij.

'Dat kan niet,' zei de mier. Hij pakte het takje en kwam tot zes voet. De eekhoorn kroop naar hem toe en kwam niet verder dan één voet.

'Het lijkt nergens op,' zei de mier, 'zo komen we er nooit achter.'

'We moeten het aan iemand vragen,' stelde de eekhoorn voor.

Op dat moment kwam het konijn voorbij en ze vroegen hem de afstand tussen hun neuzen te meten.

Het konijn schudde zijn hoofd.

'Daar begin ik niet aan,' zei hij. 'Eens heb ik me laten verleiden om de afstand van mijn neus tot het puntje van de slurf van de olifant te meten. Maar mijn neus staat nooit stil, zoals je ziet, en dus kon er ook niet gemeten worden. De olifant raakte daardoor zeer verstoord. Hij moest en zou het weten, anders zou er dit gebeuren

81

of dat gebeuren, ik weet het niet, maar hij stond op zijn achterste benen. Goed. Met mijn uiterste wilskracht, en na drie diepe zuchten, ben ik er toen in geslaagd om mijn neus even, één tel, stil te houden. Maar hij viel toen meteen van mijn gezicht. Hij beweegt niet voor niets! Daar kwam ik toen pas, tot mijn verdriet, achter! De olifant heeft er de slak bij gehaald en die heeft mijn neus er toen weer aan gelijmd, maar dat heeft toch zo lang geduurd dat er wel tien groene kolen voorbij zijn gekomen, die ik niet heb kunnen ruiken. Ja! Dus je kunt je voorstellen dat ik sindsdien mijn neus nooit meer heb stilgehouden. De olifant ging toen akkoord met een geschatte afstand, dat is dus zomaar een afstand, van vier voet. Maar als je het mij eerlijk vraagt dan is dat neuzen-afstanden meten nergens goed voor, zo niet zeer gevaarlijk. En nu: gegroet. Ik ruik kool.'

Het konijn boog voor de mier en de eekhoorn en schoot toen het struikgewas in.

'Tja,' zei de eekhoorn. 'Laten wij het ook maar op vier voet houden. Of heb jij een betere afstand?'

'Nee,' zei de mier.

De zon scheen steeds feller naar beneden, die dag, en uit alle hoeken en gaten van het bos steeg een luid gepuf naar boven.

ER WERD GEKLOPT.
'Wie is daar?' vroeg de eekhoorn.
'De sperwer,' zei de sperwer.
De eekhoorn klom uit bed en stommelde naar de deur.
'Pakje,' zei de sperwer.
'Van wie?' vroeg de eekhoorn.
'Als u hier even tekent,' zei de sperwer. Hij stak zijn vleugel uit en liet de eekhoorn tekenen op een witte veer die daar tussen de bruine veren zat.
'Beleefd,' zei hij, draaide zich om en verdween.
De eekhoorn zette het pakje op de tafel neer en besloot eerst zijn gezicht te wassen om beter te kunnen kijken. Toen hij terugkwam van de kraan was het pakje verdwenen. De deur stond open. Snel rende de eekhoorn naar de deur. Hij zag nog juist hoe het pakje voorbij het uiteinde van de tak langzaam naar het oosten zweefde, over de toppen van de bomen, in de richting van de opgaande zon.
Het was een vierkant pakje, met touw eromheen, met een knoop, en postzegels in de rechterbovenhoek.
Toen de eekhoorn die ochtend aan de mier vertelde wat hem was overkomen zei de mier, min of meer achteloos: 'Ik heb het ook gezien. Het vloog goed.'
'Het pakje?' zei de eekhoorn verbaasd.
'Heb je daar nooit van gehoord? Nou ja, dat kun je ook niet helpen. Het is ook niet zo bekend. Het woont meestal onder de grond, maar soms komt het opeens tevoorschijn, niemand weet waarom, en probeert het te vliegen. Dat lijkt meestal nergens op, zodat iemand het opvangt en ergens neerzet of afgeeft. Om ongelukken te voorkomen.'

De eekhoorn keek de mier eens aan. Hij wist nooit helemaal zeker wanneer hij voor de gek werd gehouden en wanneer niet. Meestal vond hij dat van geen belang. Maar nu...

'Maar lééft het pakje dan?' vroeg de eekhoorn.

De mier keek hem verbaasd aan: 'Lééft het pakje?? Alles leeft. De wolk leeft, de eik leeft, de roos leeft, mijn voet leeft, mijn schoen leeft, mijn veter leeft, de knoop in mijn veter leeft. Wacht even.'

Hij boog zich voorover en maakte zijn veter vast.

'Verwachtte je iets?' ging hij verder, nadat hij zich weer had opgericht.

'Iets verwachten?' vroeg de eekhoorn.

'Nou ja, iets speciaals, een verrassing.'

'Ik verwacht altijd een verrassing,' zei de eekhoorn zacht, en keek ernstig naar de verte.

'Wie weet,' zei de mier.

'Maar wat zit er dan in het pakje?' vroeg de eekhoorn, na een korte stilte.

'Wat zit er in jou, en in mij?' vroeg de mier.

De eekhoorn keek naar de mier en toen naar zichzelf, naar zijn buik, naar zijn borst, naar zijn staart. Hij had niet het flauwste vermoeden wat daarin zat.

'Ik weet het niet,' zei hij.

'Nou dan,' zei de mier.

Even was het stil tussen de mier en de eekhoorn. Toen zei de mier: 'Kom.'

'Ja,' zei de eekhoorn.

Ze liepen zwijgend naast elkaar naar de open plek in het midden van het bos.

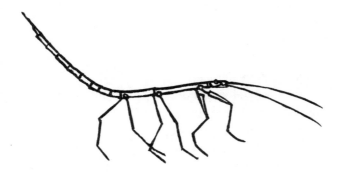

'WEET JE,' ZEI DE WANDELENDE TAK TEGEN DE EEKHOORN IN de top van de beukenboom, 'als je helemaal alleen bent kun je niet goed nadenken.'

De eekhoorn keek hem vragend aan en wist niet goed wat hij zeggen moest.

'Ja,' zei hij toen, een beetje aarzelend. 'Nou ja, ik bedoel,' ging de wandelende tak verder, 'dat je dan steeds hetzelfde denkt.'

'Ja,' zei de eekhoorn.

'En niet nádenkt.'

'Nee.'

'Zoals nu.'

'Ja,' zei de eekhoorn. Hij deed zijn ogen dicht en bedacht dat hij daar goed zat en dat hij de wandelende tak graag hoorde nadenken.

'Ik denk nu ná over het nádenken, omdat ik nu niet alleen ben.'

'Nee.'

'En er echt met iemand samen over kan nádenken.'

'Ja.'

De wind blies langs de top van de boom en de wandelende tak ritselde even. Of rilde hij, of schudde hij iets van zich af?

'Weet je,' zei hij.

'Ja,' zei de eekhoorn.

'Ik vind nadenken heel belangrijk.'

'Ja.'

'Belangrijker dan wat ook.'

'Ja.'

'En ik ben heel blij dat ik dat nu heb bedacht.'

'Ja.'

Het was even stil. De eekhoorn opende zijn ogen tot een spleetje 85 en zag dat er een droevige glimlach speelde rond de mond van de wandelende tak.

'Weet je,' zei de wandelende tak.

'Ja.'

'Ik ben heel vaak heel alleen.'

Dat zijn wij allemaal wel eens, wilde de eekhoorn zeggen, maar hij bedacht dat dat lelijk klonk en zei: 'Ja.'

De wandelende tak zuchtte diep.

'Kom,' zei hij. 'Ik ga maar weer.'

'Ja,' zei de eekhoorn en ook hij zuchtte diep want hij wist niets mooiers te zeggen.

Voorzichtig wandelde de wandelende tak langs een tak naar de stam van de beukenboom, en wandelde toen langzaam naar omlaag.

'Weet je,' riep hij nog.

'Ja,' riep de eekhoorn.

'Dank je wel.'

'Ja,' zei de eekhoorn.

En peinzend keek hij het magere groene wezen na, dat hem voor het eerst was komen opzoeken en over wie nooit iemand nadacht, zover de eekhoorn wist.

Het begon te sneeuwen in het bos. Het had al lang niet meer gesneeuwd. De mier was zelfs het woord sneeuw vergeten en moest het aan de eekhoorn vragen. En de beer dacht dat de versiering voor zijn feesttaart zomaar uit de lucht kwam vallen. De snoek keek naar boven en zag allemaal witte vlokken tegen zijn venster waaien. Hij voelde zich veilig en tevreden binnen in de sloot.

Het sneeuwde net zolang tot het bos vol was met sneeuw. Alleen de toppen van de bomen staken nog naar buiten, terwijl in de verte boven het strand en de zee en de woestijn daarachter de warme zon bleef schijnen.

De eekhoorn en de mier zaten op de hoogste tak van de beukenboom. Af en toe kwam er iemand tevoorschijn uit de sneeuw, zoals de olifant.

'Hè hè,' zei de olifant, terwijl hij met zijn slurf de sneeuw van zijn rug blies. Hij ging naast de mier zitten en begon diep te zuchten.

'Wat is er?' vroeg de mier. Maar de olifant kon niet meer, na al het graven en blazen, en hij viel van de tak terug in de sneeuw en verdween in de diepte. 'Help!' riep hij nog, heel zwak en treurig.

De mier sprong hem achterna, terwijl de eekhoorn op de tak nadacht over wat hij zou gaan doen.

'Wacht eens even,' riep hij.

'Nee,' riep de mier uit de diepte. 'Help me liever.'

'Ja, dat bedoel ik,' riep de eekhoorn terug. Hij brak een paar twijgen van de tak af, knoopte ze aan elkaar en liet ze als een koord naar beneden zakken. De mier bond het uiteinde aan de slurf van de olifant vast en ging zelf aan diens staart hangen. Van diep onder de sneeuw klonk zijn gedempte stem: 'Hijsen!' De eekhoorn be-

87

gon te trekken, en heel langzaam, centimeter voor centimeter, hees hij de olifant en de mier omhoog. Eerst verscheen de slurf van de olifant boven de sneeuw, toen zijn uitgeputte flaporen, zijn grijze buik en zijn ronde benen, en toen kwam de mier met zijn nijvere lijf tevoorschijn. Even bungelden ze zo heen en weer boven de sneeuw, toen kregen ze vaste grond onder hun voeten in de kruin van de boom. De eekhoorn wees de olifant een veilig plekje aan waar hij kon uitrusten en niet meer zou kunnen vallen, terwijl de mier zichzelf gelukwenste. De eekhoorn trok zich bescheiden terug om wat na te denken.

Spoedig daarna ging het dooien en verdween de sneeuw. En het duurde weer zo lang voor hij terugkwam dat de mier zijn naam opnieuw vergat, en de beer tenslotte aan niemand meer vroeg wanneer eindelijk dat strooisel voor zijn taart weer eens gratis uit de lucht zou vallen.

OP EEN MIDDAG AAN DE RAND VAN HET BOS BESLOTEN DE eekhoorn en de krekel verstoppertje te gaan spelen. Maar omdat ze geen van beiden tot tien konden tellen wisten ze niet hoe lang ze moesten wachten voor ze konden gaan zoeken.

'Als ik me verstop dan hou jij je ogen dicht en wacht tot het begint te regenen,' zei de krekel, die in de verte een wolkje zag naderen. Maar het wolkje dreef weg en toen het donker werd tikte de krekel de eekhoorn op de schouders en stelde hem voor iets beters te bedenken.

De volgende middag had de krekel een nieuw idee. Hij zou zich verstoppen, en als hij zich verstopt had zou hij zwaaien naar de leeuwerik die hoog in de lucht hing, en die zou dan roepen: 'Kom maar.'

Het was een goed plan en toen de leeuwerik 'kom maar' riep begon de eekhoorn meteen te zoeken. Hij zocht zeer nauwkeurig. Hij draaide elk steentje om, keek aan alle vier de kanten van elke grasspriet, stak zijn pink in elk gaatje in de grond, maar hij vond de krekel niet.

Toen het donker werd riep de leeuwerik: 'Nou, ik ga naar huis. Dag hoor.'

'Daaag!' riepen de eekhoorn en de krekel. De krekel kwam nu ook tevoorschijn en sloeg de eekhoorn vrolijk op zijn schouder.

'Dat was fantastisch!' riep hij. 'Geweldig! Je hebt me niet gevonden! Ha ha! Morgen gaan we verder!'

En zo gingen ze de volgende dag en vele dagen nadien verder. De eekhoorn deed zijn ogen dicht, de krekel verstopte zich, de leeuwerik riep 'kom maar' en de eekhoorn zocht tot zonsondergang, waarna de leeuwerik naar huis ging en de krekel vrolijk tevoorschijn kwam.

Na een maand had de eekhoorn er genoeg van.

'Geen sprake van!' riep de krekel. 'Eerst moet je me vinden.'

De eekhoorn sleepte zich die dagen voort, en de tranen stonden hem vaker wel dan niet in de ogen, maar hij vond de krekel niet.

Tenslotte verscheen hij op een ochtend niet meer aan de rand van het bos.

Verontwaardigd klopte de krekel even later op zijn deur: 'Wat is dát nou? Dát hadden we niet afgesproken.'

Er kwam geen antwoord. De krekel ging naar binnen, maar het bed was leeg. En hoe hij ook zocht, in welke hoeken of gaten ook, binnen of buiten, boven of onder de grond, hij vond de eekhoorn niet.

En toen de zon die avond onderging liep de krekel peinzend naar huis.

TERWIJL DE EEKHOORN NAAR DE LUCHT KEEK EN ZICH VER-
baasde over de blauwheid van de hemel en terwijl de mier juist een
grassprietje uitzocht dat hem zou moeten smaken, kwam de krekel buiten adem aangehold. Met moeite kon hij uitbrengen: 'Er is
ingebroken... bij de eland... zijn gewei...'

Inbraken waren zeldzaam in het bos. Na de geheimzinnige ver-
dwijning van een potje honing uit de kast van de kever, lang geleden, had men er niet meer van gehoord.

De eekhoorn en de mier sprongen overeind en renden in de
richting van de woning van de eland.

Aan de rand van het weiland zagen ze hem staan, met afhangen-
de schouders, een rode doek om zijn hoofd.

Toen hij de mier en de eekhoorn zag begon hij eerst klaaglijk te
loeien en vertelde vervolgens wat er was gebeurd.

'Ik had het maar éven weggelegd, een ogenblik van niets, en toen
zag ik een arm door het raam langs de tafel over de stoel naar de
kast gaan waar het bovenop lag, en voor ik had kunnen zuchten of
hola roepen of íets had kunnen doen was het weg, in die hand...'

Er blonken dikke tranen in de grote, glanzende ogen van de
eland.

'Het geeft niet,' zei de mier.

'Het geeft wél,' zei de eekhoorn.

'Ik bedoel,' zei de mier, 'óf het gewei komt terug óf we vinden
een andere oplossing. Dát bedoel ik.'

'Wat bedoel je met een andere oplossing?' vroeg de eland, terwijl hij de rode doek van zijn hoofd haalde en een gladde, glimmende, roze schedel toonde. De eekhoorn kuchte even achter zijn
hand.

De mier zei niets meer. Eerst ging hij op zoek naar de dief. Maar toen hij die niet vond vertrok hij naar het kreupelhout. Enkele uren later kwam hij weer tevoorschijn met een schitterend gewei, van tientallen takken, takjes, twijgjes, stokjes en andere stukken hout. Het oude gewei leek op niets vergeleken bij dit gewei.

Triomfantelijk plaatste de mier het op het onthutste hoofd van de eland, deed een stap achteruit en zei: 'Voilà.'

De eekhoorn keek hem peinzend aan, maar zei niets, terwijl de eland de eerste schuchtere stappen zette met zijn kunstgewei, vervolgens de eerste sprongen maakte, en tenslotte zelfs een salto deed, die niemand hem ooit had zien doen.

Toen die avond het oude gewei op de bodem van de rivier gevonden werd door de waterslak, wilde de eland er al niets meer van weten. Hij gaf het aan de tor, die er wel oren naar had en reeds de volgende ochtend bij zonsopgang parmantig rondstapte met zijn nieuwe hoofdversiering. De kraanvogel, juist van een verre reis teruggekeerd, zag de tor daar lopen en viel uit de lucht, óf van verbazing óf van het lachen. Dat wist hij later ook niet meer, toen hij weer bijkwam.

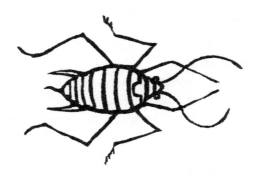

Op een ochtend besloot de eekhoorn te gaan verhuizen. Het tochtte hem te veel, boven in de beukenboom, en bovendien was er een paar takken lager een mooi huis vrijgekomen, toen de bladluis naar de eikenboom was vertrokken.

De eekhoorn zag de mier lopen en riep naar beneden of hij, de mier, hem wilde helpen.

'Ja!' riep de mier terug en hij stormde naar boven. Even later zette hij al de kast op zijn rug. Maar in plaats van daarmee naar de nieuwe woning af te dalen zette hij ook nog de tafel op zijn rug, en de stoel.

'Niet alles ineens!' riep de eekhoorn nog. 'Dat hoeft toch niet?' Maar de mier was eigenwijs en zette de hele inboedel in één keer op zijn rug: de kast, de stoel, de tafel, het bed, de spiegel, de teil, de kist, de emmer, de klopper, de pan, het kleed, de speld, de bezem en nog veel meer.

Zonder ook maar te zuchten of te kreunen liep hij door de voordeur naar buiten, nam in het voorbijgaan de deurkruk nog mee en zette een van zijn voeten op een lagere tak.

Die tak had hij echter niet goed kunnen zien door de dweil die voor zijn ogen hing. Hij stapte mis en een lichte windvlaag woei alles van de vallende rug van de mier weg. De wind genoot en begon steeds harder te waaien. De kast verdween tussen de wolken, het bed dwarrelde tussen de bladeren van de top van de beukenboom, en de spiegel zweefde hoog over het bos over het weiland over het strand naar de zee, waar hij de golven en hun schittering weerkaatste, en aan de dolfijn plotseling zijn gezicht liet zien.

'O,' zei de mier.

'Ja,' zei de eekhoorn, die met tranen in zijn ogen zijn stoel een zweefduik zag maken boven de rivier alvorens hij in het water verdween.

Zonder verder iets te zeggen gingen ze het kale, nieuwe huis van de eekhoorn in.

'Nou, ik timmer wel wat,' mompelde de mier.

'Goed,' zei de eekhoorn.

Ze keken door het smalle, nieuwe raam. De zon ging onder. Boven de horizon dreef de tafel.

'Wat heb ik daar vaak aan gezeten,' zei de eekhoorn.

Hij sliep die nacht op de kale vloer. De mier lag in zijn eigen bed en vroeg zich nog urenlang af waar zijn eigenaardige kracht van die ochtend toch wel vandaan was gekomen. Niet uit mijn hoofd, dacht hij. Maar waar dan uit?

OP EEN DAG BESLOOT DE EEKHOORN DAT HIJ NIEMAND MEER wilde zien. Hij had de avond tevoren urenlang met de mug gesproken, gedroomd van de otter en 's ochtends alweer de rups moeten aanhoren die een ellenlang verhaal had gehouden over de nerf van het eikenblad dat hij de vorige dag gevonden had.

'Wat mij betreft,' zei hij tegen zichzelf, 'is de maat vol.'

Hij hing een bordje onder aan de beukenboom waarop geschreven stond:

De eekhoorn is er niet.

Voor alle zekerheid plakte hij nog een stuk berkenbast op zijn deur waarop stond:

Nee, ik ben er echt niet.

En hij nam zich voor om, als iemand toch op zijn deur zou kloppen, woedend op te springen en te roepen: 'Kun je niet lezen?'

Aan het eind van de ochtend was het de sprinkhaan die klopte en op de woedende woorden van de eekhoorn antwoordde: 'Nee, dat kan ik niet.'

'Ik ben niet thuis! Dan weet je het nu!' riep de eekhoorn.

'O,' zei de sprinkhaan. 'Waar ben je dan?'

'Overal, behalve hier!'

De sprinkhaan keek tevergeefs om zich heen.

'Maar ik zie je niet.'

Om te voorkomen dat hij uit zijn vel zou springen gooide de eekhoorn de deur open en duwde de sprinkhaan van de tak waarop hij stond. Op dat moment kwam echter juist de mier voorbij, die de eekhoorn zocht.

'Ik dacht dat je er niet was,' riep de mier naar boven.

'Nee!' riep de eekhoorn.

'Maar je bent er dus wel. Ben je net terug?'

'Nee!' was het enige dat de eekhoorn nog kon uitbrengen.

'Ik kom eraan,' riep de mier.

'Is dat de eekhoorn?' vroeg de egel aan de mier. Het kostte hem altijd moeite om zelf naar boven te kijken.

'Ja,' zei de mier.

'Eindelijk,' zei de egel, 'ik heb hem zoveel te vertellen.'

Terwijl iets verderop de wielewaal zich gereedmaakte om op te stijgen en naar het huis van de eekhoorn te vliegen om hem iets belangrijks te vragen.

En op de tak voor zijn deur was het de eekhoorn zelf die droevig voor zich uit staarde, de verwijtende blik van de sprinkhaan, één tak lager, op zich gericht voelde en zich voornam een reis te maken die zo lang was dat niemand hem ooit zou kunnen meten.

DE EEKHOORN ZAT ONDER DE WILG LANGS DE KANT VAN DE sloot toen de storm opstak. De wilg werd omvergeblazen en viel op de staart van de eekhoorn, terwijl het water van de sloot hoog opgezwiept werd en over hem heen golfde.

De eekhoorn gilde van pijn, maar zijn stem kwam niet boven het geloei van de storm uit.

Toen de storm verder getrokken was werd het weer stil. Het water sijpelde langs de berm terug in de sloot en het riet richtte zich weer op. Maar de wilg lag nog altijd zwaar op de staart van de eekhoorn.

'Help!' riep de eekhoorn.

Uit het gras stapte het wilgenhaantje tevoorschijn.

'Wie ben jij?' vroeg de eekhoorn.

'Riep je daarom help!?' vroeg het wilgenhaantje, terwijl hij zijn bovenlip omkrulde.

'Nee, nee...' zei de eekhoorn snel. 'Au, mijn staart!'

Het wilgenhaantje tuitte nu zijn beide lippen, spuugde in zijn handen en tilde de wilg op. Met een zelfverzekerd gebaar slingerde hij hem het weiland in.

'Goed voor een paaltje te zijner tijd,' zei hij.

'Mag ik u vragen...' begon de eekhoorn weer.

'Nee, dat mag u niet,' viel het wilgenhaantje hem in de rede. 'U mag mij bedanken, maar u mag mij niet vragen.'

'Ja, ja, hartelijk dank, dank u beleefd, maar wie...'

'Nu doet u het toch!' zei het wilgenhaantje. Hij beet op zijn onderlip, trok de populier uit de grond en legde hem over de staart van de eekhoorn.

'Au!' gilde de eekhoorn.

'Ik hoor u wel,' zei het wilgenhaantje.

97

'Ja,' huilde de eekhoorn.

'Wat nu?' vroeg het wilgenhaantje.

'Ik zal u niets meer vragen!'

Maar het wilgenhaantje was niet te vermurwen en verdween weer tussen het gras langs de sloot.

In de loop van de dag kwamen de leeuwerik, de olifant, de snoek en de krekel voorbij, maar geen van hen kon de populier optillen.

Met een gordijn van tranen voor zijn ogen ging de eekhoorn de nacht in, daar, aan de rand van de sloot. Het was bitter koud.

Toen verscheen het wilgenhaantje weer.

'...' Maar nog net op tijd beet de eekhoorn op zijn lippen, riep ook daarom au en zei verder niets.

Het wilgenhaantje tilde met zijn ene hand de populier op, wiegde hem even in de andere hand en wierp hem toen over de horizon. En zonder de eekhoorn nog één blik waardig te keuren verdween hij weer in het gras.

'O,' zei de mier de volgende dag toen de eekhoorn hem vertelde wat hem was overkomen, 'dat was het wilgenhaantje. Kende je die niet? Vroeger waren er twee manen. In een van die twee heeft hij eens uit woede, en niet eens om iets, zo hard geknepen dat hij uit elkaar spatte. Dat zijn nu de sterren.'

De eekhoorn zei verder niets en voelde eens aan de bult op zijn staart. Hij wist nooit zeker of hij de mier mocht geloven.

HET MINSTE GERUCHT ZOU DE EEKHOORN DOEN VALLEN. Hij lag op een heel dun takje en sliep. Het was doodstil in het bos. De beek was spiegelglad en de rups hield zijn kaken stil. De beer liet zijn duim, beladen met honing, voor zijn mond hangen maar stak hem niet naar binnen. De traan op de wang van de libel die aan iets treurigs dacht, rolde niet verder, maar bleef roerloos liggen.

De eekhoorn sliep, en niets of niemand wilde het minste gerucht maken waardoor hij uit de top van de boom zou vallen.

Maar er hing één blad aan de beukenboom dat zich nergens aan stoorde, zich zomaar losmaakte en begon te dwarrelen. Eerst dwarrelde het rond het takje, toen tussen de grote takken door, langs de stam, en ten slotte dwarrelde het naar de grond. Met een plof kwam het op het mos terecht. Het was een geluid van niets, maar het was een geluid, luider dan het minste gerucht, en de eekhoorn viel.

Hij viel met donderend geraas door de dichte takken van de boom op de rug van de neushoorn, stuiterde omhoog en opzij en viel in het water, dat klaterend opspatte en in het rond vloog. De vlinder, die zich daar juist op de oever lag te drogen, werd nat en stond woedend op. Van louter boosheid gaf hij de hyena een draai om zijn oren, waardoor deze begon te huilen en de snoek in het riet wakker maakte. De snoek zwom snel weg, maar botste tegen de zinkende eekhoorn.

'Au,' zei de snoek. De eekhoorn zei niets, want hij kon onder water niet goed praten, maar hij vloog wel omhoog, het water uit, tot in de lucht, en verder nog de wolken in. Daar bleef hij een tijdje hangen om na te denken waar hij het beste terecht kon komen. Hij koos voor het gras op de open plek in het bos. Daar zat de mier hem op te wachten, aten ze samen een versnapering en vertrokken ze met onbestemde bestemming.

Toen de nacht viel had nog niemand gehoord waar ze heen gingen. Ze wisten dat zelf evenmin.

AAN HET EINDE VAN DE DAG WAS DE EEKHOORN MOE. HIJ liet zijn voeten van de tak naar beneden bungelen, leunde tegen de stam en sloot zijn ogen, de laagstaande zon in zijn gezicht.

Achter zijn gesloten ogen zag hij het strand. De krekel stond daar aan de ene kant, de sprinkhaan aan de andere.

'Ik zal je,' zei de krekel.

'Ik jou,' zei de sprinkhaan.

Wat? wilde de eekhoorn roepen, maar daar, achter zijn oogleden, kon hij geen geluid voortbrengen.

Plotseling stormden ze naar voren, de krekel en de sprinkhaan, en botsten met grote hevigheid op elkaar. Schilden, sprieten, armen, kaken, alles kraakte en brak.

De eekhoorn rende op hen af en zag de restanten van de twee vrienden op een grote hoop op het strand liggen, dicht bij het water, terwijl het juist vloed werd. Toen werd het donker.

Hij opende zijn ogen weer. De zon was ondergegaan. Een kille wind kwam aangewaaid bij de boom waarin hij zat. Hij rilde en ging naar binnen.

Wat heb je eraan om je ogen dicht te doen en dit te zien? vroeg hij zich af. Maar toen hij in zijn donkere kamer zijn meubels kon onderscheiden zag hij daar de krekel, en naast hem de sprinkhaan.

'Maar...' zei de eekhoorn.

'Sst,' zei de krekel. 'We komen jou om raad vragen.'

'Maar...'

'Wij hebben namelijk ruzie.'

'Waarover?'

'Dat weten we juist niet.'

'Maar...'

'En we zijn bang dat we elkaar te lijf zullen gaan, nietwaar sprinkhaan?'

De sprinkhaan knikte ijverig.

'Ik zie niets van die ruzie.'

'Dat is het hem juist,' zei de sprinkhaan. 'Er is niets van te zien, te horen of te voelen, er is geen oorzaak voor, geen reden toe, geen aanleiding, en toch...'

'Kan ik hem wel villen,' zei de krekel.

'Precies,' knikte de sprinkhaan. 'Wat nu?'

'Maar waarom komen jullie bij mij?' vroeg de eekhoorn.

'We zijn al bij iedereen geweest,' zei de krekel.

Het was lang stil. De eekhoorn dacht diep na. Toen zuchtte hij en zei: 'Ik weet het niet.'

'Nou, in elk geval bedankt,' zeiden de sprinkhaan en de krekel. 'Dan gaan we maar weer.'

Ze stonden op, gaven de eekhoorn een hand en gingen naar buiten.

Door zijn raam zag hij hen weglopen, de armen om elkaars schouders, de hoofden gebogen, de lange jassen langs hun achterbenen naar beneden bungelend.

Ze liepen in de richting van het strand.

'Hé...' gilde de eekhoorn plotseling. 'Hé...' Maar ze hoorden hem niet meer.

Op een warme dag toen niemand iets te doen had en iedereen min of meer slaperig uit zijn raam hing, voor zijn deur zat of aan de oever van de rivier in het gras lag liep de eekhoorn van huis naar huis om te zien of er misschien iemand was die zin had in een avontuur.

'Een avontuur?' vroeg het aardvarken, geeuwde, deed zijn ogen dicht en begon te snurken.

'Zin in wat?' vroeg de pelikaan, vouwde zijn vleugels op, legde zijn hoofd tussen zijn schouders en droomde al van niets.

'Ik zal erover nadenken,' zei de snoek en hij liet zich naar de bodem van de rivier zakken, waar de eekhoorn zelden kwam.

Er was niemand die aandacht had voor de eekhoorn, niemand die niet moe werd bij de gedachte aan een avontuur.

Toen zei de eekhoorn tegen iedereen die hij tegenkwam: 'Ik ken een raadsel.'

'O,' zei de olifant. 'Wat krijg ik als ik het raad?'

'Dat weet ik niet, want je raadt het nooit.'

'Dan raad ik niet,' zei de olifant.

'Het is wit en...' Maar de olifant rolde zijn oren op en zei: 'Ik raad toch niet.'

'Het is wit en heeft...' zei de eekhoorn even later tegen de reiger.

Maar de reiger schoot uit het riet omhoog en verdween uit het gezicht. De eekhoorn liep naar het strand.

'Het is wit en heeft vier kanten, het komt alleen 's ochtends voor, ruikt naar hars, knerpt, valt soms om en is meestal vrolijk,' zei hij zo vlug als hij kon tegen de haai die in de branding lag. Maar de branding ruiste en de haai verdween in een grote golf en wilde niet aan het antwoord denken voordat de eekhoorn gezegd had wat hij voor de goede oplossing zou krijgen.

De eekhoorn werd bedroefd. Hij had niets om weg te geven en bovendien was hij bang dat het antwoord op het raadsel dat hij ooit eens van de raaf had gehoord niet goed was. Het antwoord was: de walvis. Maar volgens de eekhoorn knerpte de walvis niet. Hij hoopte maar dat niemand het ooit zou raden.

De zon stond hoog in de lucht en er was niemand meer die nog iets anders wilde dan slapen of sluimeren. De eekhoorn zocht een koele graspriet op, vlijde zich daaronder, sloot zijn ogen en droomde van een rode ijsberg die over zee aan kwam drijven en die hij helemaal alleen mocht opeten. Al dromend zuchtte hij van genot.

Toen de eekhoorn nog lag te slapen blies de wind een brief onder zijn voordeur door.

De eekhoorn hoorde het geritsel van het papier, sprong uit bed en maakte de brief open. Het was een kleine, grijze brief en hij rook een beetje zuur.

De eekhoorn las:

Beste Eekhoorn,
   Hierbij nodig ik je uit voor mijn feest. Het is een heel klein feest. Ik nodig niemand anders uit. Kom je zo meteen?
   Mossel

De eekhoorn kleedde zich snel aan, pakte een potje gepekelde beukennoten en liep zo snel mogelijk naar het strand. In een inham woonde de mossel.

De eekhoorn klopte op zijn schelp.

'Sst,' hoorde hij binnen fluisteren.

'Ik ben het,' zei de eekhoorn zacht, 'de eekhoorn.'

De mossel deed zijn schelp op een kier open en keek de eekhoorn aan.

'O,' zei hij.

'Gefeliciteerd,' zei de eekhoorn. 'Ik heb iets bij me.'

'Zet maar neer,' zei de mossel.

De eekhoorn ging zitten. Het warme zeewater golfde rond zijn staart en tegenover hem deinde de mossel heen en weer.

Het was een hele tijd stil. Toen vroeg de mossel: 'Vind je het een leuk feest?'

'Ja hoor,' zei de eekhoorn.

'Weet je,' zei de mossel, 'op grote feesten moet je altijd lachen.'   105

'Ja,' zei de eekhoorn.

Toen was het weer stil. Na een hele tijd pakte de mossel een stukje zoethout onder zijn schelp vandaan.

'Ik heb nog wat lekkers voor je,' zei hij.

'Heerlijk,' zei de eekhoorn en hij begon op het stuk zoete hout te kauwen.

'Ik ben niet jarig, hoor,' zei de mossel even later.

'Nee?' vroeg de eekhoorn.

'Nee,' zei de mossel. 'Mijn verjaardag vier ik nooit. Want dan moet je altijd van alles voorbereiden.'

'Ja,' zei de eekhoorn.

'Het is zomaar een feestje.'

'O.'

Het was weer lange tijd stil. De mossel keek de eekhoorn onafgebroken aan en de eekhoorn liet de zonnestralen van het water tegen zijn gezicht kaatsen.

'Is het gezellig genoeg?' vroeg hij.

De mossel knikte.

Tegen het eind van de middag zei de mossel: 'Nu moet je gaan. Dag.'

Hij deed zijn schelp dicht en liet zich wegdrijven.

'Dank je wel,' zei de eekhoorn nog, maar de mossel hoorde hem al niet meer.

Langzaam en tevreden waadde de eekhoorn naar de kant en wandelde langs het strand terug naar het bos.

OP EEN KEER MISTE DE EEKHOORN DE MIER HEVIG. HIJ WIST niet waarom, maar hij had dat gevoel tot in het puntje van zijn staart.

Mier, dacht hij. Mier, mier, mier.

De eekhoorn wist dat zulke gedachten niet helpen, maar hij kon ze niet tegenhouden.

Was er maar een hand in de lucht, dacht hij, die je kon gebruiken om iets ver weg te pakken...

Hij zag die hand voor zich en hij zag ook de mier ergens opgekruld in een holle boomstam liggen.

De hand liep vinger voor vinger tussen de bomen van het bos door, zonder ook maar één blaadje te verroeren. Hij bleef even voor de holle boomstam staan. Toen ging de wijsvinger naar binnen en tikte op de rug van de mier.

'Hè, wat?' riep de mier, die blijkbaar had liggen slapen.

De vinger boog zich, strekte zich en boog zich weer voorover in de richting van de uitgang van de boomstam.

'Je bedoelt meekomen?' vroeg de mier.

De vinger knikte.

'Wie ben jij eigenlijk?' vroeg de mier, terwijl hij de vinger en even later buiten de hele hand bekeek.

Maar hij kreeg geen antwoord. De hand liep langzaam voor hem uit, tussen de bomen door, vinger voor vinger. Als de mier soms even bleef staan gleed de pink geruisloos naar achteren en gaf hem een duw.

Zo liepen zij door het bos, de hand en de mier.

De zon ging langzaam onder. Overal ruisten de bladeren aan de bomen en kabbelde het water in de rivier. Toen ze vlak bij de beuk waren schrok de eekhoorn op.

Ach, dacht hij, wat een gedachten heb ik toch. Had je dáár maar een spiegel voor, dan zou ik ze zéker bekijken! Hij zuchtte. Hij miste de mier nog steeds, ook al wist hij nog steeds niet wat missen eigenlijk was. Maar voor hij nog meer had kunnen bedenken hoorde hij een soort geschuifel dat hem bekend voorkwam, en zag hij nog juist een eigenaardige schaduw, die leek op een hoofd met vijf oren, langs de stam van de beuk naar beneden glijden.

'Hoe kom jij hier opeens?' vroeg de eekhoorn.

De mier haalde zijn schouders op.

'Is er nog een tak vrij?' vroeg hij. Hij stapte van de stam op een takje naast de grote tak waarop de eekhoorn zat.

'Ik heb je gemist,' zei de eekhoorn. En zacht voegde hij daaraan toe: 'Je moet me toch eens uitleggen wat dat eigenlijk is: missen.'

'Ja,' zei de mier.

De eekhoorn zat op het puntje van een tak, raakte in gedachten verzonken en viel. Een windvlaag sleepte hem mee en hij kwam in de vijver terecht. Daar verdween hij onder water en dook hij even later weer op.

'Help,' zei hij.

Naast hem stak de karper zijn hoofd omhoog.

'Ik ben doornat!' riep de eekhoorn.

'Nat, nat...' zei de karper. 'Kijk maar uit dat je niet droog wordt.'

'Maar als ik nat ben krijg ik het koud,' zei de eekhoorn en hij begon alvast te rillen.

'Als ik het droog heb krijg ik het warm,' zei de karper en hij trok zijn hoofd zo ver mogelijk terug onder water. Alleen zijn lippen bleven boven, zodat hij nog wel iets kon zeggen.

'Soms,' ging hij verder, 'regent het lucht hier beneden, van die dikke luchtdruppels, dan ga ik helemaal koken. Pas ben ik daar nog drie dagen heel erg dor van geweest, zodat ik onder het wier moest gaan liggen. Nee, je kunt beter maar nooit droog zijn...'

'Maar wat voor jou droog is, is voor mij...'

Maar de karper was al in de diepte verdwenen en de eekhoorn dacht: ik moet niet altijd doen alsof ik alles weet. Want misschien heb ik wel ongelijk. Misschien heb ik altijd wel ongelijk.

Hij rilde en dacht: wie weet heb ik het nu wel warm.

Hij zwom naar de kant en dacht: wie weet vlieg ik nu wel in een groene jas hoog door de lucht...

Hij ging op de oever in de zon liggen en dacht: en misschien weet ik wel niets. Wat zou dát eigenaardig zijn!

Hij fronste zijn voorhoofd zodat de laatste waterdruppels en een klein stukje kroos tussen twee rimpels tevoorschijn kwamen en langs zijn wangen naar beneden gleden.

Toen viel hij in slaap.

Even later stak de karper zijn hoofd weer omhoog, keek om zich heen en zag de eekhoorn in het gras liggen. Hij schudde zijn hoofd, zwom naar de kant en sloeg heel voorzichtig met zijn staart een golf water over de eekhoorn heen.

'Je wordt nog dor,' zei hij zacht.

De eekhoorn droomde dat hij het heel warm had en dat de zweetdruppels aan alle kanten van hem af gutsten, terwijl zijn vingers, zijn oren en zijn neus blauw werden en wit.

Op een dag regende het zo hard dat de rivier buiten haar oevers trad. Gestaag steeg het water en het duurde niet lang of de meeste bomen stonden tot halverwege hun stam onder water.

De karper had geen bezwaar tegen de regen en zwom uit de rivier het bos door. Hij klopte op de deur van de eekhoorn. De eekhoorn zat op zijn tafel.

'Binnen,' zei hij met een benauwde stem.

'Hallo eekhoorn!' zei de karper en hij zwom naar binnen.

'Ga zitten,' zei de eekhoorn. Hij ging zelf op de tafel staan, die juist onder water verdween. De karper ging voor het raam zitten en maakte het zich gemakkelijk. Hij genoot van het donkergroene uitzicht en hij wuifde naar de snoek die aan de overkant langs de eik zwom en nieuwsgierig in het rond keek.

'Wil je thee?' vroeg de eekhoorn.

'Graag,' zei de karper.

De eekhoorn strooide wat theeblaadjes in een hoek van de kamer en roerde met zijn staart in het water.

'Het is wel slappe thee,' zei hij.

'O dat geeft niet,' zei de karper, die zeer goed gestemd was. Hij zwom naar de hoek en nam een paar slokken van de thee die daar rondklotste.

'Weet je,' zei hij. 'Ik wou dat het altijd regende. En ik wou ook dat de maan eens onder water scheen.'

'O ja?' zei de eekhoorn en hij klom op de vaas die midden op zijn tafel stond.

'Ik houd niet van de lucht,' zei de karper. 'Ik vertrouw de lucht niet. Ik vind hem eigenlijk geniepig.'

'Maar dat is niet zo,' zei de eekhoorn. 'Ik houd heel veel van de lucht.' Kleine golfjes kabbelden tegen zijn schouders.

Er werd op het raam getikt.

'De zalm!' riep de karper. Hij gooide het raam open en de zalm zwom naar binnen.

De eekhoorn dook van de vaas af en zwom naar buiten. Hij klom op een tak boven zijn huis. Het regende nog steeds.

Na een tijd kwam de mier aanzwemmen. Hij keek even verdrietig als de eekhoorn. Zwijgend zaten ze naast elkaar.

Onder hen, in het huis van de eekhoorn, was het druk geworden, want ook de baars en de dolfijn waren nog langsgekomen, en even later ook de brasem en het stekelbaarsje.

'Er is thee genoeg,' zei de eekhoorn.

Aan de luchtbellen die naar boven kwamen zagen zij dat er gedanst werd en gezongen.

De maan kwam op en met een zachte plons viel de laatste druppel regen in het glinsterende water dat tot aan de toppen van de bomen reikte. Niet lang daarna flonkerden er sterren en vielen de mier en de eekhoorn voorzichtig in slaap.

Op een dag lag de eekhoorn in het gras aan de rand van het bos naar de lucht te kijken toen een woord hem ontschoot.

'Ach!' riep hij, zonder dat iemand hem hoorde, want hij was daar helemaal alleen.

Welk woord is het nou ook weer, dacht hij. Zand, gras, schors, krabben, dik...

Hij kon zich het woord niet meer herinneren. Het was en bleef weg.

Toen even later de zwaluw langskwam vertelde de eekhoorn wat hem overkomen was.

'O,' zei de zwaluw, 'dat gebeurt mij zo vaak. Ik ben vanochtend nog het woord ik vergeten. En gisteren ontschoot mij zomaar mijn naam.'

'Zwaluw,' zei de eekhoorn.

'Ja, dat weet ik nu ook wel weer,' zei de zwaluw. 'Maar gisteren wist ik echt niet wie ik was.'

De eekhoorn schudde zijn hoofd. Hij vond dat heel vreemd.

'Ik ook,' zei de zwaluw. 'En nu we het er toch over hebben: nou ontschiet me toch weer een woord... hè... wat vervelend toch...'

Hij fladderde onrustig heen en weer. De eekhoorn keek hem verbaasd aan.

'Dit hier...' zei de zwaluw en hij wees naar alle kanten.

'De lucht?' vroeg de eekhoorn.

De zwaluw sloeg zijn vleugels om de eekhoorn heen. 'Dank je wel, dank je wel!' jubelde hij.

De eekhoorn maakte zich met moeite uit de vleugels los.

'Pas ben ik nog iets voorgoed vergeten,' zei de zwaluw, plotseling weer ernstig.

'Wat dan?' vroeg de eekhoorn.

'Ja... als ik dat wist...'

'Maar hoe weet je dat je het voorgoed vergeten bent?' vroeg de eekhoorn.

'Omdat ik overal heb gezocht,' zei de zwaluw. 'Ik heb niets overgeslagen.' Hij zweeg even en zei toen: 'Maar ik vind het nu niet erg meer.'

De eekhoorn vroeg zich af of hij ooit iets voorgoed had vergeten. Maar hij kreeg het gevoel dat die vraag iets deed kraken in zijn hoofd, als ijs onder een zware voetstap, en hij dacht vlug aan iets anders.

'Ik ga maar weer,' zei de zwaluw.

'Ja,' zei de eekhoorn.

De zwaluw steeg op en vloog langzaam weg. Na een paar vleugelslagen draaide hij zich om en riep: 'Waar vlieg ik ook alweer heen?'

'Naar de verte!' riep de eekhoorn.

'O dank je wel,' riep de zwaluw, 'dank je wel!'

De zwaluw werd snel kleiner, terwijl de verte zich oneindig ver uitstrekte en glinsterde en hier en daar ook trilde en onbereikbaar leek. Dát woord zal ik nooit vergeten, dacht de eekhoorn. De verte.

'Ik heb een keer mijn reuk gebroken,' zei de krekel.

'Je reuk? Hoe kun je die nou breken?' vroeg de eekhoorn.

'Alles kan breken,' zei de krekel. 'De grond, de golven, de stilte, je voet, je stem. Dus ook je reuk. Het gebeurde toen ik eens héél hard aan een roos stond te ruiken.'

'Deed het pijn?' vroeg de eekhoorn.

'Verschrikkelijk,' zei de krekel. 'Maar het is eigenlijk geen pijn, het is stank. Je voelt een verschrikkelijke stank, van bedorven grond, van rotte wortels, oud vet. Huh.'

'Wat ontzettend,' zei de eekhoorn. 'En toen?'

'Ik ben naar de boktor gegaan, en die heeft mijn reuk gespalkt.'

'Wat zeg je nou??'

'Die heeft hem gespalkt. Met de geur van alsemsap. Twee maanden lang rook ik alleen maar alsem. Ik mocht níéts anders ruiken.'

'Tsjonge tsjonge,' zei de eekhoorn.

'Toen was ik weer beter,' zei de krekel.

'En dat alles door zo'n roos...'

'Ja, maar ik had ook wel héél hard geroken.'

De eekhoorn zocht in zijn herinnering naar iets bijzonders dat hij had beleefd, maar hij kon niets vinden.

'Ik heb nog nooit iets beleefd,' zei hij zacht.

'O ja?' zei de krekel. 'Wat ongelofelijk!' En hij keek de eekhoorn met grote, nieuwsgierige ogen aan.

Op een ochtend blies de wind een brief onder de voordeur van de eekhoorn door. De envelop was blauw, en rook zout, alsof hij langdurig over de zee onderweg was geweest.

De eekhoorn maakte de brief open en las:

Eekhoorn,
Ik wens je van harte geluk met wat je hier leest. Ik hoop dat je erdoor geroerd zult raken en, wie weet, wel zult gaan wenen. Met tranen van geluk. Schrijf mij niet terug, maar geniet van mijn woorden en hoop vurig dat je nog meer van zulke brieven ontvangen zult.
Je nederige paradijsvogel

De volgende dag ontving de eekhoorn een brief in een rode envelop, die rook naar palmen en riet.

Eekhoorn,
Hoe vond je mijn vorige brief? Prachtig, hè? En deze is nog véél mooier. Deze brief zal je laten tintelen van geluk. Tintel je wel eens van geluk? Of doe je iets anders van geluk? Stralen? Gloeien? Als het gloeien is dan gloei je nu.
Je nietige paradijsvogel

De dag daarna was er een gele brief, die rook naar vuurhout en wilde thee.

Eekhoorn,
De brief die je morgen zult ontvangen... dié brief...
Je alleronvindbaarste paradijsvogel

116

De volgende ochtend zat de eekhoorn al vroeg voor zijn voordeur, luisterend naar de wind, die misschien een nieuwe brief zou bezorgen.

Op een dag had de vos de eekhoorn uitgenodigd voor een bezoek. De eekhoorn zat in een gemakkelijke stoel en keek om zich heen of hij al iets van de versnaperingen zag die hij die middag zeker zou krijgen.

De vos zag hem kijken en zei: 'Kijk maar goed. Er is niets. Ik had beukensoezen voor je, maar ik vond ze plotseling zo saai dat ik ze maar heb weggegooid.'

'Saai?' vroeg de eekhoorn.

'Ja,' zei de vos.

'Je hebt ze dus weggegooid?' vroeg de eekhoorn.

De vos knikte.

'Je dacht dus...'

'Laten we het er maar niet over hebben,' viel de vos hem in de rede.

De eekhoorn stond op en ging naar het raam.

Er zat een plank voor het raam.

'Is dit het raam?' vroeg hij.

'Ja,' zei de vos. 'Maar je kunt er niet meer door kijken. Ik vind het uitzicht lelijk. Voorlopig wordt er hier niet naar buiten gekeken.'

Het was toch al geen geslaagde middag, vond de eekhoorn, maar nu begon hij pas goed te mislukken. Hij ging weer zitten.

Na een tijd zei hij: 'Ik vind...'

'Zeg het maar niet,' zei de vos. 'Het slaat toch nergens op. Laten we het zwijgen er maar toe doen.'

De eekhoorn zuchtte en zweeg. Maar even later zei hij snel en luid: 'Ik vind stilte saai.'

'Daar kun je wel eens gelijk in hebben,' zei de vos en hij begon

allerlei geluiden te maken met zijn keel, zijn tenen, zijn staart en zijn oren. Sommige van die geluiden waren zo lelijk dat de eekhoorn zijn handen voor zijn oren moest houden.

Zo zaten ze bij elkaar, die middag. Nu eens was het stil, dan weer braken er hartverscheurende, onsamenhangende geluiden los, terwijl de eekhoorn daar tussendoor zo af en toe luidruchtig zuchtte.

Toen de avond viel geeuwde de vos en viel hij in slaap. Heel voorzichtig stond de eekhoorn op, ging naar de tafel en schreef op een briefje: 'Bedankt.'

Maar hij vond dat toch niet het goede woord en verscheurde het briefje weer. Hij overwoog nog even om de vos hard aan zijn oor te trekken, maar hij vond dat te ver gaan en hij was bovendien bang dat de vos wakker zou worden en het bezoek zou willen voortzetten.

Hij keek nog een keer goed om zich heen, want hij vermoedde dat hij daar wel nooit meer zou komen, en sloop de deur uit.

Buiten zocht hij in de schemering nog lange tijd naar de resten van beukensoezen. Maar hij vond niets.

ER HING EEN TAAIE, ZWARTE LUCHT IN HET BOS. DE EEK-hoorn deed zijn raam open, keek naar buiten en dacht: de zwarte zwaan heeft weer eens gezucht. Hij snoof de donkere damp op en schudde zijn hoofd.

Toen hij buitenkwam trof hij verspreid in het bos kleine groep-jes dieren aan die met gedempte stemmen over de zwarte lucht spraken en er zo nu en dan met een vinger of een vleugel aan voel-den.

'Volgens mij,' zei de olifant, 'heeft de zwarte zwaan een groot soort verdriet. Want hij heeft wel heel diep gezucht.'

Hij wees naar zijn romp, waarop de zwarte lucht al grote zwarte vlekken had achtergelaten.

'We moeten hem helpen,' zei de eekhoorn. En even later bega-ven de dieren zich op weg naar het huis van de zwarte zwaan aan de rand van de vijver.

De zwarte zwaan zat in het gras.

'Heb je een groot verdriet, zwarte zwaan?' vroeg de olifant.

'Ik?' riep de zwarte zwaan. 'Ik weet van niets!'

'Maar je hebt wel heel diep gezucht,' zei de olifant en hij wees naar de flarden zwarte lucht die overal ronddreven.

'Ai,' zei de zwarte zwaan. 'Je hebt gelijk. Maar ik weet echt niet waarom. Wat raar.'

Iets terzijde van de groep fluisterde de marter in het oor van de beer: 'Valt jou iets op?'

'Huh?' zei de beer. 'Wat dan?'

'Zijn hals,' zei de marter.

Toen zagen ook de andere dieren het. Er zat een knoop in de hals van de zwarte zwaan.

120 'Er zit een knoop in je hals,' zei de olifant.

'Een knoop? In mijn hals?' zei de zwarte zwaan. 'Ai... nu je het zegt...'

Snel haalde hij zijn hals uit de knoop.

'Ik wist wel dat ik iets onthouden moest...' mompelde hij.

'Maar wát moest je dan onthouden?' vroeg de olifant.

'Wist ik dat maar...'

'Geeft niets,' zei de lijster, voor de zwarte zwaan weer had kunnen zuchten. 'Geeft niets, hoor. Het is vast iets heel onbelangrijks. We vergeten allemaal wel eens wat. Trek het je niet aan. Heb je zin in iets lekkers?'

Achter zijn rug maakte de lijster een gebaar naar de anderen, en heel snel toverde de beer een potje honing, de olifant wat zoete schors en de otter een bosje waterwende tevoorschijn.

'Al dat onthouden ook...' zei de olifant. 'Daar heb je niets aan.'

De zwarte zwaan keek met grote ogen om zich heen en haalde toen diep adem. De laatste resten zwarte lucht verdwenen in zijn donkere lijf en overal in het bos heerste weer frisse, lichte lucht.

Op een dag nam de mier afscheid van de eekhoorn.

'Ik ga voor geruime tijd op reis,' zei hij, 'maar ik weet niet voor hoe lang. Ik neem dus maar zo afscheid dat het ook voor heel lang kan zijn.'

Ze schudden elkaar vijf keer de hand en omhelsden elkaar ook zoals het bij een afscheid voor lange tijd hoort.

'Laat je nog iets van je horen?' vroeg de eekhoorn.

De mier had zich al omgedraaid en riep, terwijl hij langs het bospad liep: 'Ja!'

Even later was hij uit het zicht verdwenen en bleef de eekhoorn alleen achter. Wat zou het voor reis zijn? dacht hij. Maar hij wist hoe weinig je kon zeggen van reizen die nog moesten beginnen.

Niet lang daarna ontving de eekhoorn een brief.

Beste eekhoorn,

Ik ben nu volledig op reis. Ik heb je beloofd dat ik iets van mij zou laten horen. Als je straks een uitroepteken leest laat ik iets van mij horen.

Lees je goed? Let op!

Op dat moment klonk er een zacht gefluit dat onmiskenbaar het gefluit van de mier was.

'Mier!' riep de eekhoorn opgetogen. Hij draaide de brief om en om, keek tussen alle letters en toen in de envelop en op de grond, maar er was geen spoor van de mier te bekennen. Hij begon opnieuw te lezen, en weer hoorde hij, toen hij het uitroepteken las, hetzelfde zachte gefluit. Als hij lang naar het uitroepteken keek kon hij zelfs een liedje herkennen dat de mier dikwijls floot.

Hij deed de brief in de envelop en legde hem op de tafel naast zijn bed.

Hij moet heel ver weg zijn, dacht de eekhoorn. Maar hij denkt aan mij!

De zon scheen en de eekhoorn ging op de tak voor zijn deur zitten. Maar telkens stond hij op en ging hij naar binnen om de brief opnieuw te lezen, en telkens als hij bij het uitroepteken kwam hoorde hij weer het zachte fluiten van de mier die van ver weg iets van zich liet horen. En telkens schudde de eekhoorn zijn hoofd, glinsterden zijn ogen en dacht hij: mier, mier!

Toen de eekhoorn wakker werd hoorde hij het geluid van timmeren. Hij sprong zijn bed uit, keek uit het raam en riep: 'Hela!'

Beneden zich zag hij een muur die dwars over het pad stond, niet ver van de beuk waarin hij woonde. En aan de voet van die muur stond de bever, die druk in de weer was een balkje op maat te knagen.

'Wat doe je daar?' riep de eekhoorn.

De bever keek omhoog, zag de eekhoorn en zei: 'Een schutting bouwen.'

'Waarom?'

'Dat leek me wel wat.'

'Maar waarvoor is die schutting?'

'Tja... waarvoor. Waarvoor is de lucht, waarvoor ben ik?'

Daar had de eekhoorn geen antwoord op. Hij ging snel naar beneden en bekeek de schutting. Ze was al flink hoog en de bever timmerde er het ene balkje na het andere bovenop. Toen hij daar stond te kijken hoorde de eekhoorn de mier roepen: 'Eekhoorn!'

'Ja! Ik ben hier!'

'Wat is er aan de hand?'

'Een schutting.'

'Ik wou naar je toe komen...'

De eekhoorn keek naar de bever, maar de bever schudde zijn hoofd.

'Nee,' zei hij. 'Dat gaat nu niet. Ik bouw niet zomaar een schutting, en ook niet elke dag. Jullie moeten elkaar maar even niet zien.'

'Maar ik eis...' zei de eekhoorn.

'Eisen, eisen...' zei de bever. 'Jullie kunnen best naar elkaar roepen. En stoor me nu niet verder.'

De bever pakte een gladde balk, klom op een steiger en sloeg de balk dwars over een bocht in de schutting. Het werd een zware schutting. Geen storm zou er vat op kunnen krijgen.

'Mier!' riep de eekhoorn.

'Ja!' riep de mier.

'We moeten vandaag maar een heleboel naar elkaar roepen.'

'Ja.'

Toen was het stil.

'Eekhoorn!' riep de mier even later.

'Ja!'

'Heb jij nog iets te roepen?!'

'Ik weet het niet!'

Weer was het lange tijd stil.

'Hallo mier!' riep de eekhoorn toen.

'Hallo eekhoorn!' riep de mier terug.

Zo zaten zij die dag daar aan weerszijden van de schutting, die steeds hoger en dikker werd, en riepen af en toe iets naar elkaar.

Tegen de avond was de schutting klaar. De bever was tevreden.

'Zo een heb ik er nog nooit gemaakt,' zei hij.

De schutting was toen zo hoog dat de mier en de eekhoorn er niet meer overheen konden roepen. Maar ze konden elkaar altijd nog schrijven.

Toen de eekhoorn eens in het mos onder de beuk zat voelde hij pijn in zijn buik. De krekel kwam toevallig langs en zag dat er iets aan de hand was. Hij riep de boktor erbij, die veel verstand van pijn had.

De boktor onderzocht de eekhoorn en zei, na lang aarzelen: 'U bent ziek.'

'Maar...'

Maar voor de eekhoorn iets had kunnen vragen had de boktor zich al omgedraaid en was hij weggedraafd, het bos uit.

Dus ik ben ziek, dacht de eekhoorn. Hij besloot aan de mier te vragen wat dat betekende.

'Het is goed dat je dat aan mij vraagt,' zei de mier, 'want ik weet daar alles van.'

De eekhoorn keek de mier onderzoekend aan. De mier scheen overal verstand van te hebben.

'Je hebt verschillende soorten ziek,' zei de mier. 'Licht ziek, hard ziek en ernstig ziek. Ernstig ziek is het ergste.'

'Daar heeft de boktor niets over gezegd,' zei de eekhoorn. 'Wat gebeurt er als je ernstig ziek bent?'

'Nou,' zei de mier, 'eigenlijk niets. Je wordt altijd beter.'

'Waarom heet het dan ernstig ziek?'

'Er zóú iets heel verschrikkelijks kunnen gebeuren,' zei de mier. 'Maar het gebeurt nooit.'

'Hoe weet je dan dat het zóú kunnen gebeuren?'

'Dat is nu eenmaal zo.'

'Maar als het nooit gebeurt...'

'Is de lucht ooit ingestort?' vroeg de mier, tamelijk korzelig.

'Nee.'

'Zou hij ooit kunnen instorten?'

'Nee,' zei de eekhoorn. 'De lucht kan niet instorten.'

'Jawel!' riep de mier. 'Dat is het hem nou juist. Er zijn dingen die niet kunnen, maar wel zouden kunnen. Geloof dat maar, eekhoorn. De zon zou ook heel klein kunnen worden, kleiner dan dit stofje hier...'

De eekhoorn huiverde.

'Maar het gebeurt nooit,' zei de mier, terwijl hij met een breed gebaar een stofje van zijn schouder sloeg. 'Zo is het ook met ernstig ziek.'

Het was een nevelige dag. Wolkenslierten zweefden vlak boven de toppen van de bomen. Alle takken waren nat. Soms regende het even, met kleine, kille druppels, of zakte er een mistflard tussen twee bomen door op het mos.

De eekhoorn keek heel somber.

'Hoe is het met je buik?' vroeg de mier.

'Met mijn buik?'

'Ja.'

Toen voelde de eekhoorn plotseling dat de pijn in zijn buik verdwenen was.

'Waarheen zou zo'n pijn eigenlijk gaan?' vroeg hij.

'Zo ver naar binnen dat je hem niet meer kunt voelen,' zei de mier en hij blies een regendruppel van zijn neus.

De eekhoorn zweeg en dacht hoe ver iets binnenin hem wel zou kunnen gaan en hij vroeg zich af of er zich in zijn diepste binnenste ergens een open plek bevond en of alle pijn die hij ooit had gevoeld daar misschien nog was. Oorpijn, staartpijn, neuspijn, vingerpijn, elleboogpijn, kriskras door elkaar. Wie weet, dacht hij.

Het gebeurde vaak dat de olifant, na een bezoek aan de eekhoorn, van de top van de beuk naar beneden viel en enkele bulten en schrammen opliep.

Op een dag maakte de eekhoorn speciaal voor de olifant een bord met de woorden NIET VALLEN dat hij naast zijn voordeur ophing.

Niet lang daarna was de olifant weer eens bij hem op bezoek.

Grijs en gewichtig zat hij in de luie stoel voor het raam en vertelde aan de eekhoorn wat hij allemaal van plan was. Hij wilde een bezoek brengen aan de maan, hij wilde te voet de oceaan oversteken, hij wilde zich eens in nevelen hullen en hij stond op het punt om een reusachtige bloesemtaart te maken die van de bergen langs de rivier stroomafwaarts zou drijven en bij de waterval zou neerstorten en dan op iedereen die daaronder met zijn mond open omhoog stond te kijken terecht zou komen.

'Maar eerst,' zei hij, 'ga ik iets bedenken wat ik nog nooit bedacht heb. Ik ben heel benieuwd wat dát zal zijn.'

De eekhoorn zei niets en zat tevreden in een hoek een kopje thee te drinken.

Aan het einde van de middag zei de olifant: 'Kom, ik ga weer eens naar huis.' Hij vouwde zijn oren langs zijn hoofd, gaf de eekhoorn een hand en stapte de deur uit.

'Eerst nog even dat bord lezen,' zei de eekhoorn.

De olifant draaide zich om, begon te lezen en viel toen met donderend lawaai naar beneden.

Toen hij zijn ogen opsloeg zag hij de eekhoorn hoog boven zich in de top van de beuk zitten.

'Heb je het niet gelezen?' riep de eekhoorn.

'Ik had het nog niet uit,' zei de olifant. 'Wat stond er na NIET?'

'VALLEN,' riep de eekhoorn.
'Vallen??' vroeg de olifant. 'Waar slaat dát op?'

OP EEN OCHTEND KLOPTE DE MIER AL VROEG OP DE DEUR van de eekhoorn.

'Gezellig,' zei de eekhoorn.

'Maar daar kom ik niet voor,' zei de mier.

'Maar je hebt toch wel zin in wat stroop?'

'Nou ja... een klein beetje dan.'

Met zijn mond vol stroop vertelde de mier waarvoor hij gekomen was.

'We moeten elkaar een tijdje niet zien,' zei hij.

'Waarom niet?' vroeg de eekhoorn verbaasd. Hij vond het juist heel gezellig als de mier zomaar langskwam. Hij had zijn mond vol pap en keek de mier met grote ogen aan.

'Om erachter te komen of we elkaar zullen missen,' zei de mier.

'Missen?'

'Missen. Je weet toch wel wat dat is?'

'Nee,' zei de eekhoorn.

'Missen is iets wat je voelt als iets er niet is.'

'Wat voel je dan?'

'Ja, daar gaat het nou om.'

'Dan zullen we elkaar dus missen,' zei de eekhoorn verdrietig.

'Nee,' zei de mier, 'want we kunnen elkaar ook vergeten.'

'Vergeten! Jou?!' riep de eekhoorn.

'Nou,' zei de mier. 'Schreeuw maar niet zo hard.'

De eekhoorn legde zijn hoofd in zijn handen.

'Ik zal jou nooit vergeten,' zei hij zacht.

'Nou ja,' zei de mier. 'Dat moeten we nog maar afwachten. Dag!'

En heel plotseling stapte hij de deur uit en liet zich langs de stam van de beuk naar beneden zakken.

De eekhoorn begon hem onmiddellijk te missen.

'Mier,' riep hij, 'ik mis je!' Zijn stem kaatste heen en weer tussen de bomen.

'Dat kan nu nog niet!' zei de mier. 'Ik ben nog niet eens weg!'

'Maar het is toch zo!' riep de eekhoorn.

'Wacht nou toch even,' klonk de stem van de mier nog uit de verte.

De eekhoorn zuchtte en besloot te wachten. Maar hij miste de mier steeds heviger. Soms dacht hij even aan beukennotenmoes, of aan de verjaardag van de tor, die avond, maar dan miste hij de mier weer.

's Middags hield hij het niet langer uit en ging naar buiten. Maar hij had nog geen drie stappen gedaan of hij kwam de mier tegen, moe, bezweet, maar tevreden.

'Het klopt,' zei de mier. 'Ik mis jou ook. En ik ben je niet vergeten.'

'Zie je wel,' zei de eekhoorn.

'Ja,' zei de mier. En met hun armen om elkaars schouders liepen ze naar de rivier om naar het glinsteren van de golven te gaan kijken.

Op een zonnige ochtend maakten de eekhoorn en de mier een wandeling door het bos. De mier legde, al wandelend, aan de eekhoorn uit waarom de zon scheen en waarom de regen, als hij viel, als druppels viel, en niet als blaadjes. De eekhoorn knikte, zei af en toe ja en dacht aan andere dingen.

Geleidelijk kwamen ze in een deel van het bos dat ze niet goed kenden.

'Maar ik weet wel waar we zijn,' zei de mier.

'Jij weet alles,' zei de eekhoorn.

'Zo goed als,' zei de mier en hij voegde daaraan toe: 'Weet jij trouwens waarom een boom omhoog groeit en niet opzij? Opzij zou toch gemakkelijker zijn?'

De eekhoorn wist het niet en zou het zeker te weten zijn gekomen als zij niet op een klein grasveld terecht waren gekomen. Ze kenden die plek niet en wisten niet wie daar woonde.

Midden op het veld stond een grote gedekte tafel met borden en glazen en schalen vol met de heerlijkste gerechten. Sommige van die gerechten dampten, andere leken nog te gisten of lieten zoete geuren omhoogkringelen.

'Hm!' zei de mier en hij moest zichzelf dwingen om niet meteen ergens een vinger in te steken.

Er was niemand te bekennen, daar.

'Hallo!' riep de eekhoorn.

'Gefeliciteerd!' riep de mier.

'Is hier iemand?' vroeg de eekhoorn.

'We beginnen vast!' riep de mier, die zijn oog had laten vallen op een tulband van kristalsuiker. De eekhoorn kon hem nog net tegenhouden.

Er was geen zuchtje wind, de zon scheen, de suiker smolt en er was niemand in de wijde omtrek te zien.

'Ik tel tot drie,' zei de mier en hij begon onmiddellijk te tellen.

'Tja,' zei de eekhoorn, 'ik weet het niet.'

'Drie,' zei de mier, die vervolgens niets meer hoorde en alles proefde.

De eekhoorn nam even later ook een hapje.

Zo zaten ze daar geruime tijd te smullen. De zon begon al te dalen toen ze tenslotte opstonden en zich gereedmaakten om voetje voor voetje naar huis te gaan.

Opeens hoorden ze een stem: 'Dank jullie wel.'

Ze keken om zich heen. Toen zagen ze de waterjuffer, die bijna onzichtbaar op een takje van de struik zat.

'O neem ons niet kwalijk, hoor...' zei de eekhoorn. De mier was niet in staat om daar iets aan toe te voegen.

'Weet je,' zei de waterjuffer, 'ik ben altijd bang dat ik te weinig heb of dat er niets aan is, daarom houd ik mij schuil. Als iemand dan niets wil of het niet lekker vindt, nou ja, dan ben ik er niet.'

'O waterjuffer,' zei de eekhoorn.

De waterjuffer verschoot van kleur en deed een stapje terug.

'De rest van mijn verjaardag vier ik alleen,' zei ze vlug.

'Morgen kom ik je een cadeautje brengen,' zei de eekhoorn.

De mier knikte met enige moeite.

'Waar houd je van?' riep de eekhoorn.

Maar de waterjuffer was al verdwenen achter een blaadje van de struik, vroeg op de avond van haar verjaardag.

De mier en de eekhoorn waren op een dag langer op pad geweest dan ooit. Ze hadden zich een weg gebaand door onbekend kreupelhout en onbetreden struiken. Ze hadden lang met elkaar gepraat, maar tenslotte wisten ze niet meer wat ze elkaar te zeggen hadden en zwegen ze.

Onder een oude boom, in een gure uithoek van het bos, troffen ze de mammoet aan.

'Wie is dat?' fluisterde de eekhoorn.

'De mammoet,' fluisterde de mier, die zelfs de namen kende van dieren die niet bestonden.

'Nooit van gehoord,' zei de eekhoorn.

'Nee,' zei de mier.

De mammoet kauwde op een dun sprietje hooi en keek de twee dieren met vermoeide ogen aan.

'Wie zijn jullie?' vroeg hij.

'Ik ben de mier,' zei de mier. 'En dit is de eekhoorn.'

'Ach, het doet er ook niet toe,' zei de mammoet. 'Ik ken toch niemand.'

'Niemand?' vroeg de eekhoorn.

'Niemand,' zei de mammoet.

'Zelfs de vlieg niet?'

'De vlieg?'

'En de olifant?'

'De olifant? Nooit van gehoord.'

De mammoet geeuwde.

'Heb je slaap?' vroeg de mier.

'Ik heb nog nooit slaap gehad,' zei de mammoet. 'Hoe kun je daaraan komen?'

De mier en de eekhoorn zwegen. Toen vroeg de mier: 'Wanneer ben je eigenlijk jarig?'

'Ik geloof niet dat ik jarig ben,' zei de mammoet.

'Maar wat vier je dan?' vroeg de eekhoorn verbaasd.

'Niets,' zei de mammoet.

Zijn jas was dun en vol met gaten, en zijn slurf zag er moe en log uit, terwijl zijn ogen traag heen en weer dwaalden van de eekhoorn naar de mier en terug.

De eekhoorn stelde de mammoet voor binnenkort iets te vieren. Maar de mammoet schudde zijn hoofd.

'We hebben alle tijd,' zei de eekhoorn nog.

'Ik niet,' zei de mammoet. 'Ik heb helemaal geen tijd.'

Hij kauwde verder op het sprietje hooi, schudde zijn hoofd en leek de mier en de eekhoorn niet meer te zien.

Ze lieten hem daar achter en liepen het bos weer in.

'Zouden we hem aan tijd kunnen helpen?' vroeg de eekhoorn voorzichtig.

'Nee,' zei de mier. 'Onze tijd past hem niet.'

'Te groot?' vroeg de eekhoorn.

'Te krap,' zei de mier.

HET WAS EEN PRACHTIGE OCHTEND IN HET BOS. DE LIJSTER zat zacht te fluiten in de struik onder de eik en de karper liet het water van de vijver af en toe even rimpelen. Er woei geen wind, de zon scheen langs de takken, liet hier en daar een druppel dauw glinsteren, en langs de rivier leek de grond wel te dampen. Het werd een warme dag, maar het was nog een zachte, heldere ochtend.

De eekhoorn was vroeg opgestaan en snoof de geur van hars en seringen in zich op. Hij liet zijn voeten bungelen in het water van de vijver en vroeg zich af welke dag nog mooier zou kunnen zijn dan deze dag. Een dag met dikke, verse sneeuw? Of een dag met zwarte wolken in de verte, als de zon nog schijnt, en met bliksemschichten zo mooi dat je ze wel zou willen pakken?

Naast hem lag een vel papier. Hij wilde een brief schrijven. Hij wilde eindelijk weer eens iemand iets laten weten. Maar hij wist niet wie of wat.

Hij pakte zijn pen en schreef:

Beste

Toen legde hij zijn pen weer neer. Hij wilde iedereen wel schrijven: de albatros, de potvis, de buffel, de spitsmuis. Hij wilde iedereen wel feliciteren of uitnodigen of vragen of ze ooit zo'n mooie dag hadden meegemaakt. Maar met wie moest hij beginnen?

Al denkend sloot hij zijn ogen. In zijn gedachten zag hij de woestijn en werd het heel warm. Hij zocht de schaduw van een rots op en viel in slaap.

Plotseling schrok hij wakker. Er dreef een klein, bijna doorzichtig wolkje langs de zon. Hij wist meteen weer waar hij was en pakte zijn pen. Ik ga de mier schrijven, dacht hij, en het geeft niet wat.

Hij las wat hij al geschreven had.

Beste eekhoorn,

Hij fronste zijn voorhoofd. Beste eekhoorn? Had hij dat zelf geschreven?

Maar hij wist plotseling wat hij verder schrijven moest.

Je vroeg je af of je ooit zo'n mooie dag hebt meegemaakt. Het antwoord is: nee.
Dag,
jezelf

Vreemde brief, dacht de eekhoorn. Maar hij stuurde hem toch weg. Met een lichte bries werd de brief even later weer bij hem bezorgd. Vlug maakte hij hem open en las:

Beste eekhoorn,
Dank je wel voor je brief. Ik wil je alleen nog even laten weten dat er nog veel meer van zulke dagen zijn die je nooit hebt meegemaakt. Ontelbare!
Dag,
jezelf

De eekhoorn keek naar de lucht, naar de wind, naar de struiken, naar het water, naar zijn pen en naar zijn hand.

De lijster zweeg en de karper was in de diepte verdwenen.

Wat een dag, dacht de eekhoorn en hij deed zijn ogen dicht.

DE KRAAI SCHRAAPTE ZIJN KEEL.

'Ik weet niet hoe ik beginnen moet,' zei hij.

De eekhoorn leunde achterover in zijn stoel en keek de kraai ernstig aan. De kraai zag er somber uit. Zijn veren waren dof en verfomfaaid en er was weinig glans in zijn ogen.

'Dat geeft niet,' zei de eekhoorn vriendelijk. 'Begin anders maar middenin.'

'Nou ja,' zei de kraai, 'als er een blaadje van de boom valt denk ik dat het op mij wil vallen, en ik denk dat ze me willen storen als ik slaap, want ik word telkens wakker en dan hoor ik een gebonk en gesuis. Vlak bij mijn oor! Ik heb zoveel argwaan, eekhoorn!'

De eekhoorn legde zijn vingertoppen tegen elkaar en deed alsof hij de kraai goed begreep. Argwaan, dacht hij, wat is argwaan? Zou het een soort soep zijn? Het klinkt als een zwart soort soep met hompen van het een of ander erin...

'Tja,' zei de eekhoorn. 'Als je er te veel van hebt, kraai, waarom gooi je het dan niet weg?'

'Weggooien??'

De eekhoorn dacht: het is vast geen soep. Maar wat dan? Iets wat je niet zomaar kunt weggooien. Een soort schors misschien?

'Nou, maar je zou het toch kunnen afkrabben? Krab al die argwaan toch af!' zei hij.

De kraai zweeg. Toen zei hij zacht: 'Ik denk dat ik er niet bij kan, eekhoorn.'

'O,' zei de eekhoorn, 'dan komen wij wel even helpen, de mier en ik, dat is geen enkel probleem.'

'Maar ik ben bang dat het heel veel pijn doet.'

'Nee hoor,' zei de eekhoorn. 'Wij zijn heel voorzichtig. Zullen we zeggen dat wij morgen komen? Zo in de loop van de ochtend?'

De kraai keek de eekhoorn onderzoekend aan.

'Ik heb nu ook argwaan,' zei hij. 'Heel veel!'

'Ja natuurlijk,' zei de eekhoorn. 'Het is ook nog geen morgen.'

'En denk ik dan nooit meer dat de olifant er alleen maar op uit is mij weg te blazen?'

'Wat heeft dat er nou mee te maken?' zei de eekhoorn. 'De olifant blaast nooit iemand weg. En trouwens, misschien zou het wel goed zijn als je eens hoog de lucht in geblazen werd. Misschien vlieg je altijd wel te laag! Ga nou maar rustig naar huis. Morgen komen wij alle argwaan weghalen.'

'We zullen zien,' zei de kraai somber. Hij voelde de argwaan als dikke, kleffe druppels langs de binnenkant van zijn gedachten rollen.

'Zo tegen het eind van de ochtend,' zei de eekhoorn.

De kraai schikte zijn veren wat en ging de deur uit. Somber krassend vloog hij over de struiken weg.

Ik hoop niet dat het heel vast zit, dacht de eekhoorn, want dan kom je er niet met krabben. Dan zouden we er de specht bij moeten halen... nou ja... we zien wel. Hij gooide een beukennoot in de lucht, liet hem op zijn neus vallen en van zijn neus in zijn mond rollen. Vrolijk knagend keek hij om zich heen.

Op de verjaardag van de sprinkhaan zong de mug een lied waarbij hij een muts droeg die hij tijdens het zingen opat. Toen de muts op was, was het lied uit.

Het was een droevig lied geweest en hier en daar kuchte iemand of duwde iemand een traan van zijn wang af.

'Dank je wel, mug,' zei de sprinkhaan.

'Laten we nog iets eten!' riep de beer.

'Ja!' riep iedereen.

Een druk geschuifel en geknor weerklonk toen iedereen zijn bord weer vol schepte.

De mug was in een hoek gaan zitten. Waarom, dacht hij, heb ik mijn muts opgegeten?

Het was de enige muts die hij had en als het koud was in het bos kreeg hij altijd hoofdpijn als hij zonder muts naar buiten vloog.

Nu moet ik de hele winter weer binnen blijven, dacht hij. En ik heb nog buikpijn ook! Ik ga nooit meer zingen.

Zo zat hij daar in zichzelf te peinzen. Alle anderen zaten voorovergebogen boven hun bord en hadden hem vergeten. Alleen de vlinder dacht aan hem en kwam naar hem toe.

'Wat een prachtig lied was dat!' zei hij en hij sloeg een vleugel om de mug heen.

'Ach,' zei de mug, 'had ik maar niet gezongen. Nu is mijn muts op.'

'Als je die niet had opgegeten was je gebroken van verdriet om wat je zong,' zei de vlinder.

De mug keek hem verbaasd aan.

'Ja,' ging de vlinder verder. 'Ik ben vaak gebroken van verdriet om iets wat ik zei of droomde of dacht.'

'En als je dan iets had gegeten...'

'Precies,' zei de vlinder. 'Maar ik kan niet meer eten.'

'Maar nú ben je toch niet gebroken meer?' vroeg de mug.

'Niet zichtbaar,' zei de vlinder zacht.

'O,' zei de mug.

'Ik heb thuis nog een muts voor je,' zei de vlinder. 'Van mos. Precies jouw maat.'

'O dank je wel,' zei de mug en hij begon opgetogen te zoemen. Plotseling kreeg hij ook trek in iets.

'Zal ik wat zoets voor je halen?' vroeg hij.

Maar de vlinder schudde zijn hoofd en even dacht de mug een barst te zien die dwars door hem heen liep.

'Kom morgen maar langs,' zei de vlinder en hij vloog in grote, ronde lussen weg.

De mug ging aan een tafel zitten en schonk zichzelf een glas donkerrood sap in.

'Mooi lied, mug,' zei de eekhoorn.

'Hoe smaakt muts?' vroeg de beer met volle mond.

'Muf,' zei de mug.

's Ochtends als hij wakker werd wist de eekhoorn soms niet goed wat hij denken moest van zichzelf.

Hij rekte zich dan uit en vroeg zich af: zou ik nu besluiteloos zijn? Dan dacht hij enige tijd na over de besluiteloosheid. Hij vond het een mooi woord, besluiteloosheid, maar hij kon er nooit goed achterkomen wat het precies betekende. Vervolgens zei hij tegen zichzelf: 'Eekhoorn, doe nu óf gewoon óf ongewoon óf iets nieuws óf niets óf je kleren aan.'

Meestal deed hij dan het vierde: niets. Maar als hij een tijdlang niets gedaan had kon hij ontevreden worden over zichzelf en roepen: 'Eekhoorn, kies nu of kies niet, één van beide! Desnoods slaak je een zucht.'

Als hij dan niets koos was hij toch tevreden want dan had hij de tweede mogelijkheid gekozen.

Allengs werden zijn gedachten dan ingewikkelder en soms raakten ze zelfs helemaal in de knoop. De eekhoorn wilde dan denken: ontwar jezelf! Maar door de knoop in zijn gedachten kwam hij niet aan die gedachte toe. Roerloos lag hij dan in bed en keek omhoog. Maar zijn plafond drong niet tot hem door. Dat kon duren tot de honger hem zijn bed uit joeg, naar de kast liet lopen, een beukennoot liet pakken en in een stoel voor het raam liet neervallen om gulzig te gaan knabbelen. Zijn gedachten raakten dan meestal ongemerkt weer uit de knoop.

Na zo'n ochtend bleven zijn gedachten eenvoudig en weinig eisend. Hij lag de hele dag op de tak voor zijn deur of voerde een onbelangrijk gesprek met de mier aan de rand van het bos. Soms maakten ze plannen en soms namen ze zich voor nooit meer iets te beleven.

'Wat moet dat heerlijk zijn,' zei de mier.

'Ja,' zei de eekhoorn dan, half in slaap. Hij hoorde meestal niet meer dat de mier hem even later op zijn schouder tikte en riep: 'Eekhoorn! Ga je mee?'

'Drghjyt,' mompelde hij dan, of 'Mirrrr' of 'Gr'.

'Ik vind het hier niets!' riep de mier dan soms. Maar de eekhoorn sliep zelfs vaak nog als de mier hem aan zijn staart mee-sleepte, het bos in, op weg naar een groot en ingewikkeld avon-tuur.

'JA,' ZEI DE VLEERMUIS, 'JIJ KUNT NU WEL LACHEN...'
'Maar ik lach helemaal niet,' zei de eekhoorn.

Ze zaten naast elkaar op een tak van de wilg boven de feesttafel van de kikker. De vuurvlieg danste en de beer schommelde heen en weer, terwijl de mier een reusachtige homp honing aan het uithollen was op zoek naar iets nog zoeters dan het allerzoetste zoet.

'...maar voor mij is dat onmogelijk,' ging de vleermuis verder.

'Maar ik lach helemaal niet!' zei de eekhoorn opnieuw.

'Ja ja,' zei de vleermuis.

'Lach ik?' vroeg de eekhoorn aan de lijster, die een tak hoger zat. Hij keek met gefronste wenkbrauwen omhoog en liet zich zorgvuldig bekijken.

'Nee,' zei de lijster langzaam, 'je lacht niet.'

'Zie je nu wel,' zei de eekhoorn tegen de vleermuis, 'ik lach helemaal niet. Hoe kom je daarbij? Waarom zou ik lachen? Ik wóú dat ik kon lachen. Maar ik lach niet.'

'Jij hebt makkelijk praten...' zei de vleermuis.

'Ik heb helemaal geen makkelijk praten,' zei de eekhoorn. 'Lijster, heb ik makkelijk praten?'

De lijster dacht diep na, overwoog alles wat hij de eekhoorn de laatste tijd had horen zeggen, vroeg zich ook af wat de eekhoorn graag wilde horen en zei toen: 'Nee, jij hebt geen makkelijk praten.'

'Hoor je nu wel,' zei de eekhoorn tegen de vleermuis. 'Ik heb helemaal geen makkelijk praten.'

'Dat kun je nu wel zeggen...' zei de vleermuis.

'Dat kan ik helemaal niet nu wel zeggen!' schreeuwde de eekhoorn. 'Ik kan niets zeggen! Niets!'

De vleermuis zweeg en de eekhoorn liet zijn hoofd tussen zijn schouders zakken.

Het feest beneden hen ging ononderbroken door. De mier was inmiddels in de honing verdwenen en de beer viel om, rolde de oever af en plonsde dik en rond in het donkere water.

Na een hele tijd zei de vleermuis, heel zacht: 'Je hebt gelijk.'

'Ik heb helemaal geen...' vloog de eekhoorn op. Maar hij maakte zijn zin niet af en liet zijn hoofd weer tussen zijn schouders zakken. Even later zei hij: 'Ja.'

Zo zaten ze daar nog een tijd naast elkaar, zeiden af en toe dat een van hen gelijk had, knikten dan, zuchtten eens en zwegen weer.

'Kom,' zei de eekhoorn tenslotte. Beneden hen was iedereen in slaap gevallen.

De vleermuis knikte, stond geruisloos op en verdween somber zwevend in de nacht.

'Tot hier. En verder niet,' zei de eekhoorn tegen zichzelf. Hij trok een streep in het zand langs de oever van de rivier en bleef aan één kant van de streep staan.

Hij had zich al lang voorgenomen zo'n streep te trekken en daar dan niet voorbij te gaan. Dan weet ik tenminste waar ik aan toe ben, dacht hij.

Hij was moe en ging zitten. De zon ging langzaam onder en er heersten stilte en rust in het bos en boven de rivier. Soms dreef de geur van hars of heide voorbij. De eekhoorn liet zijn hoofd op zijn handen rusten en keek naar de andere kant van de streep. Het was alsof alles daar anders was. Maar hij kon niet goed uitmaken wat er dan anders was.

'Eekhoorn! Eekhoorn!' hoorde hij plotseling roepen.

'Ja,' riep hij terug. Hij herkende de stem van de krekel.

'Kom eens hier,' riep de krekel.

'Waar ben je?'

'Hier.'

De eekhoorn keek om zich heen en zag iets bewegen in het struikgewas.

'Ach,' zei hij. 'Je zit aan de verkeerde kant van de streep. Ik kan niet bij je komen.'

'Dan eet ik hem maar alleen op,' zei de krekel.

De eekhoorn rekte zich uit om te zien wat de krekel bedoelde, leunde met zijn bovenlichaam ver over de streep, maar hij zag alleen het puntje van de staart van de krekel. De geur kwam hem echter bekend voor.

'Wacht even!' riep hij. Hij keek om zich heen of niemand hem zag en wiste toen snel, met zijn staart, de streep uit. Misschien is het wel helemaal niet goed om te weten waar je aan toe bent, dacht hij.

'Ik kom eraan,' riep hij.

Maar toen hij bij het struikgewas aankwam, zei de krekel: 'Waar bleef je toch? Ik heb hem nu zelf maar opgegeten.'

'Wat?' vroeg de eekhoorn.

'Ja... eh... hoe heet zo'n ding ook alweer...'

'Een beukennoot?'

'Ja! Inderdaad. Hoe wist je dat? Een beukennoot. Op is op. Maar om nou te zeggen lekker...'

De krekel haalde zijn schouders op en de eekhoorn liet zijn hoofd zakken en slofte in de schemering naar huis. Hij nam zich voor nooit meer een streep te trekken of zich iets voor te nemen of te willen weten waar hij aan toe was. En als ik ooit nog eens 'Tot hier' zeg, dacht hij, dan moet ik meteen daarachteraan mijn hoofd schudden. Beloof je dat? Hij knikte en beloofde het zichzelf.

Op een ochtend kreeg de eekhoorn een brief van de ibis. Het was een klein oranje velletje in een grote blauwe envelop. Er stond niet veel in de brief.

Eekhoorn,
Schrijf je mij nog wel eens?
Ibis

De eekhoorn bekeek de brief aan alle kanten. Vreemd, dacht hij, ik heb nog nooit een brief aan de ibis geschreven. Ik weet niet eens wie hij is. Hij dacht lang na en schreef toen terug:

Beste ibis,
Nee, eigenlijk niet.
Eekhoorn

De brief woei langzaam weg naar de verte, voorbij de woestijn, waar de ibis volgens de mier woonde. Hij heeft het daar vast erg eenzaam, dacht de eekhoorn.

Er gebeurde veel in het bos en het duurde niet lang of de eekhoorn was zijn brief en de ibis volledig vergeten.

Een hele tijd later kreeg de eekhoorn opnieuw een brief.

Beste eekhoorn,
Ik jou ook niet.
Ibis

De eekhoorn begreep niets van die brief. Hij vroeg aan de mier wat 'Ik jou ook niet' betekende. Maar zelfs de mier wist het niet.

'Dat is een eigenaardige zin,' zei hij.

En ook de olifant en de uil wisten niet wat die zin betekende.

De eekhoorn werd steeds nieuwsgieriger. 's Nachts hoorde hij die vier woorden op zijn dromen stampen.

'Ik Bonk Jou Bonk Ook Bonk Niet Bonk.'

Hij kreeg hoofdpijn, barstte soms in snikken uit en hoorde in elke boom tussen elke twee takken een van die woorden klinken.

Ten slotte stopte hij twee beukennoten in zijn tas en vertrok hij naar de verte, waar de ibis moest wonen.

Hij reisde door de woestijn, langs de andere kant van de wereld, vlak onder de hemel door en kwam bij twee rietstengels aan.

'Ibis!' riep de eekhoorn.

De ibis stoof tevoorschijn, keek de eekhoorn aan, trok zijn wenkbrauwen op en zei: 'Wie ben jij? Ik ken jou niet.'

'Ik jou ook niet,' zei de eekhoorn beduusd.

Even was het stil. Toen zeiden ze allebei tegelijk: 'Ach!'

Even later zaten zij tussen de rietstengels te genieten van de halve beukennoot, die de eekhoorn nog over had van zijn lange reis.

'Ik ben benieuwd of we elkaar veel te vertellen hebben,' zei de ibis toen hij klaar was met eten.

'Ik ook,' zei de eekhoorn.

IEDEREEN WIST DAT DE EKSTER NIETS LIEVER DEED DAN voorgoed vertrekken, alles nog één keer goed bekijken, tegen iedereen roepen: 'Nu zie ik je echt nóóit meer terug', een traan nadrukkelijk naar beneden laten rollen, wegvliegen en een halve dag later weer terugkomen.

'Heel onverwacht,' zei hij dan en hij keek naar de verbazing op de gezichten. De mier wilde dan wel verbaasd kijken en zeggen: 'Ach, ben je daar alweer, en ik dacht...' terwijl de olifant zijn slurf achter een oor legde om niet te lachen.

Maar op een dag vertrok de ekster echt, voorgoed, en werd het stil in het bos.

Die avond miste de eekhoorn hem al. En de volgende dag keek ook de mier bezorgd omhoog naar de lege lucht. Vreemd, dacht hij, hij heeft niets bijzonders gezegd, alleen maar dat hij voorgoed ging vertrekken en ons nooit meer terug zou zien.

Het was een donkere dag en iedereen sprak over de ekster. Niemand was ooit voorgoed vertrokken, waarheen dan ook.

'Je kunt niet voorgoed vertrekken,' zei de sprinkhaan.

'En je kunt ook niet iemand nooit meer zien,' meende de spreeuw.

De dieren besloten hem te roepen. Het bos kraakte van het geroep, maar de ekster kwam niet terug. Toen schreef iedereen hem een brief. De lucht zag zwart van de brieven die naar alle windstreken woeien. Er kwam geen antwoord. Vervolgens ging iedereen op zoek. De hele wereld raakte vol met zoekende dieren. Tevergeefs. Toen keerde iedereen naar het bos terug en werd er een vergadering belegd op de open plek onder de eik in het midden van het bos.

De egel stelde voor nog eens goed na te denken. De meeuw

achtte dat nutteloos en wilde nog eens roepen. De reiger stelde één reusachtige brief voor die de hele lucht zou bedekken.

Ten slotte nam de mier het woord.

'Vrienden,' zei hij, 'ik stel voor dat wij de moed opgeven.'

Er klonk een zucht door de lange rijen dieren op de open plek, maar iedereen was het met hem eens.

'Behalve ik,' schetterde de ekster toen opeens, op de achterste rij.

'Dat kan niet! We hebben je overal gezocht! Heb je mijn brief niet gekregen? Waar kom jij vandaan?' riep iedereen door elkaar.

De ekster maande tot stilte, schraapte zijn keel en zei toen: 'Ik ben voorgoed terug. Jullie zullen mij nooit meer zien vertrekken.'

'Ekster, ekster,' zei de mier. 'Zeg maar niets. Blijf maar gewoon hier.'

Op de verjaardag van de hagedis zaten de hommel en de horzel naast elkaar aan de lange, fraai versierde tafel.

'Hoe gaat het met jou?' vroeg de hommel, terwijl hij een honingpunt naar zijn mond bracht.

'Somber,' zei de horzel.

'O ja?' vroeg de hommel, terwijl hij een paar kruimels van zijn bovenlip veegde.

'Ja,' zei de horzel, en met een donkere blik keek hij naar de verte achter de woning van de hagedis, waar een zwarte populier stond te ritselen in de wind.

Hij slikte iets weg en vertelde toen aan de hommel wat hij allemaal niet had gedaan om van zijn somberheid af te komen. Hij had een maand lang alleen maar honing gegeten, hij had met één vleugel leren vliegen...

'Waarom?' onderbrak de hommel hem. 'Word je daar minder somber van?'

'Ik weet het niet,' zei de horzel, 'maar misschien wel.'

...hij had leren rekenen, leren zingen, leren gillen.

Maar niets had geholpen.

'Ik ben somberder dan ooit!' riep hij met een zware stem.

De hommel keek hem van opzij aan en zag de rimpels en de bedroefde mondhoeken in het gezicht van de horzel. Hij schudde zijn hoofd en begreep niet waarom de horzel niet ging gonzen, fladderen of buitelen. Er was niets vrolijkers dan dat, meende hij.

'Als je eens ging gonzen...' zei hij.

'Ach,' zei de horzel, 'ik heb zoveel gegonsd. Tot ik het niet meer kon horen.'

'O ja?' zei de hommel verbaasd.

De horzel schraapte zijn keel en zei, met een stem die leek op het gerommel van de donder in de verte: 'Ik ben zo somber dat ik... dat...'

Hij sprak niet verder en legde zijn hoofd naast zijn bord op de tafel. Zijn schouders schokten.

Het was stil geworden. De andere gasten aten niet meer en keken naar de horzel. Iedereen had wel eens van somberheid gehoord, maar niemand wist hoe erg het was.

Toen stak de adder zijn hoofd omhoog en gleed van zijn plaats naar de stoel van de horzel. De horzel leek nog te snikken. De adder gleed naast hem en likte aan zijn rug.

'Dacht ik wel,' zei hij. 'Dacht ik wel. Hij smaakt helemaal niet somber. Onzin.'

De horzel tilde zijn hoofd op en keek de adder giftig aan.

'Ik ben wél somber!' zei hij.

'Onzin,' zei de adder. 'Storm is somber. Droge modder is somber, glad zand. Maar jij niet.'

De adder snoof aan een van de vleugels van de horzel.

'Zie je wel,' zei hij. 'Je ruikt heel opgewekt. En hier ruik je zelfs fleurig.' Hij wees naar het puntje van de vleugel.

De olifant kwam nu ook dichterbij en rook aan de andere vleugel.

'Inderdaad,' zei hij. 'Hij ruikt heel opgewekt. Wat een leuke geur!'

Er ontstond een luid geroezemoes, waarin de snikken van de horzel verloren gingen. Toen ging iedereen weer verder met eten en feestvieren. De hommel verslikte zich bijna in een reusachtige meelsoes.

De horzel wierp donkere blikken om zich heen, maar niemand lette meer op hem.

Toen begon hij echt te snikken en werd hij overmand door een verschrikkelijk verdriet.

OP EEN DAG SCHEEN DE ZON ZO HARD DAT BIJNA AL HET water verdampte. In de rivier bleef nog slechts hier en daar wat donker slijk achter. Daarin verdrongen zich de karper, de forel en het stekelbaarsje.

'Hang iets voor de zon!' schreeuwden ze naar de lijster.

'Wat?' schreeuwde de lijster.

'Iets,' schreeuwden zij. 'Alles!' Maar de lijster had niets om voor de zon te hangen.

De libel botste tegen een kiezelsteen toen hij laag over de dorre bedding scheerde en de aal raakte bekneld in de droge modder.

De eekhoorn, de mier en enkele andere dieren stonden op de oever en keken naar beneden.

'Ik heb het zo droog,' jammerde de karper.

De dieren overlegden met elkaar en stuurden de kraai, de tor en de olifant erop uit om een wolk te halen.

Ze bleven lang weg, want in de wijde omtrek van het bos was geen wolkje te bekennen. Maar tenslotte kwamen ze terug met een oude, donkergrijze wolk.

'Jullie moeten maar niet kijken,' zei de tor. 'Het is een wolk van niets.'

Het was een rafelige wolk. En als de toestand niet zo ernstig was geweest had de eekhoorn zeker moeten lachen om de gaten en scheuren in de wolk.

De kraai en de olifant hesen de wolk boven de rivier, terwijl de tor aanwijzingen gaf.

'Schiet op!' riep de snoek.

'Iets naar links!' riep de tor.

'Je staat op mijn vin!' riep de forel.

'Ik kan niet meer,' lispelde het stekelbaarsje, half verscholen onder het uitgedroogde kroos.

De wolk hing ten slotte recht boven de rivier en de kraai vloog omhoog en stak er zijn snavel in.

De wolk brak en een reusachtige hoeveelheid water viel in één keer naar beneden. De zalm en de baars sprongen op, sloegen met hun staart in de lucht en zwommen snel weg door het nieuwe water.

In de lucht was niets meer van de wolk over en de zon scheen nog even hard als tevoren. Maar in de verte verschenen een paar nieuwe wolkjes, die groeiden en langzaam donkerder werden en dichterbij kwamen.

De eekhoorn en de mier moesten nog hollen om voor de regen thuis te zijn.

'Kun jij eigenlijk op één hand staan?' vroeg de eekhoorn op een middag aan de mier.

'Moeiteloos,' zei de mier en hij ging op één hand staan, terwijl
hij met zijn andere handen naar de eekhoorn wuifde.

De eekhoorn wilde niet bij hem achterblijven en stond even later ook op één hand in het gras langs de oever van de rivier.

'Maar kun jij op één hand ook praten?' vroeg de mier.

'Ja hoor,' zei de eekhoorn, gevaarlijk heen en weer zwiepend,
'hallo, ai, oe, hé, hola!'

'En kun jij op je staart staan?' vroeg de mier.

De eekhoorn had nog nooit op zijn staart gestaan, maar hij blies
zijn wangen bol en ging op het puntje van zijn staart staan.

'O,' riep de mier vol bewondering.

Toen kon de mier niet achterblijven en hij deed iets wat niemand voor mogelijk had gehouden: hij ging op zijn mond staan.

'Ai,' riep de eekhoorn.

Op dat ogenblik kwam de olifant voorbij. Hij wilde evenmin
achterblijven en ging op zijn slurf staan. En even later was het de
slak die op één steeltje ging staan. Dat was zo'n eigenaardig gezicht dat de mier en de eekhoorn omvielen en naar lucht moesten
happen. Toen kwam ook de reiger voorbij, die op zijn snavel ging
staan.

Maar dat had hij beter niet kunnen doen, want de snavel zakte
de grond in en de reiger kon zich niet meer verroeren, terwijl hij
ook niets meer kon zeggen of iets kon eten.

Het was een pijnlijk gezicht, de zwijgende reiger daar ondersteboven langs de rivier te zien staan. De kikker kwam hoofdschuddend uit het riet tevoorschijn om te verklaren hoe erg hij het
vond.

De mier stelde voor met zijn allen te trekken. Hij pakte één been van de reiger, de kraai pakte een achterpoot van de mier, de eekhoorn pakte de staart van de kraai en klom op een tak van de wilg, en de zwaluw trok vanuit de lucht aan de staart van de eekhoorn.

De slak telde tot drie en iedereen trok met al zijn kracht.

Heel langzaam kwam de snavel van de reiger uit de grond omhoog. Het laatste stukje kwam echter snel, en de mier, de kraai en de eekhoorn vlogen, met de reiger, de lucht in en kwamen weer neer in de rivier, terwijl de zwaluw dwars door een wolk heen schoot.

'Ik kan niet meer op mijn benen staan,' zei de eekhoorn toen hij enige tijd later doornat met de mier naar huis liep.

De mier was in gepeins verzonken.

'Denk je,' zei hij, 'dat de duizendpoot ook op één poot zou kunnen staan?'

'Vast wel,' zei de eekhoorn, terwijl hij aan iets anders dacht, wat op een plank in zijn kast lag en waar je je tanden in kon zetten. De mier kon hem nauwelijks meer bijhouden.

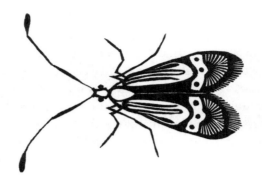

Laat op de avond klopte de mot op de deur van de
eekhoorn. Hij had een groezelig stukje papier bij zich waarop
stond:

Ik ben verloren. Ik kan niet meer praten. Help mij.
  De mot

'Kom maar binnen,' zei de eekhoorn en even later zat de mot in
een stoel aan een dikke suikerkorrel te knabbelen.
    'Zal ik je weer leren praten?' vroeg de eekhoorn.
    De mot knikte opgewekt en met volle mond.
    De volgende dag, na een flink ontbijt, begonnen de lessen.
    'Aaaaaaaaa...' zei de eekhoorn. De mot schudde zijn hoofd.
    'Ooooo... pppp, rrrr, knknknkn...' zei de eekhoorn en hij duw-
de de kaken van de mot uit elkaar, schoof zijn tong heen en weer,
kneep in zijn hals, blies in zijn neus en brulde in zijn oren. Maar er
kwam geen geluid uit de mot.
    Aan het eind van de ochtend hielden ze op met de lessen en zet-
te de mot zich aan de dennenhoning die de eekhoorn nog had. Hij
kon goed eten en hij was al aanzienlijk dikker dan de dag tevoren.
    's Middags gingen de lessen verder, maar de mot maakte geen
vorderingen.
    De volgende ochtend lag de mot nog tevreden te slapen toen
de eekhoorn erop uitging om verse honing te kopen. Onderweg
kwam hij de mier tegen. De eekhoorn vertelde hem over zijn leerling.
    'O de mot,' zei de mier.
    'Hij schiet nog niet op,' zei de eekhoorn.
    'Ik krijg hem wel aan het praten,' zei de mier en hij likte zijn lip-
pen af.

Die middag, terwijl de mot met wat kaakoefeningen thuisbleef, maakten de mier en de eekhoorn een reusachtige taart van louter honing. De mier kon er zelf nauwelijks van afblijven.

Toen de taart af was haalde de eekhoorn de mot.

'Voor jou,' zei hij en hij wees naar de taart, 'omdat je het toch al zo moeilijk hebt.'

De mot keek met grote ogen naar de taart, haalde diep adem, slikte en begon te eten. Hij zwol daarbij zichtbaar op. Na een uur onafgebroken eten kon hij al niet meer. Maar toch at hij door. Na twee uur kwam hij in het midden van de taart aan. De laatste hap die hij daar nam kreeg hij niet meer door zijn keel. De honing stroomde uit zijn mond terug op zijn voeten. Toen stond daar opeens de mier voor hem, tussen twee witgepoederde stutten, midden in de taart, met een fonkelend brok honing in zijn hand.

'Nog één stukje,' zei de mier. 'Toe nou. Nog één stukje maar. Het is zo lekker. Toe nou, mot.'

De mot zakte door zijn knieën, bleef op zijn buik rusten en zei: 'Ik kan niet meer.'

Toen zweeg hij beschaamd.

De mier en de eekhoorn droegen hem de taart uit en legden hem in een struik.

'Je bent een goede leerling,' zei de eekhoorn en hij klopte hem op zijn schouder, terwijl de mier aan de resten van de taart begon.

Toen het feest van de zebra op zijn hoogtepunt was stond de muis op om een toespraak te houden. Het applaus dat hem begroette was zo luid dat de eekhoorn met stoel en al omviel. Degenen die al sliepen droomden dat het onweerde en verscholen zich haastig op beschutte plaatsen in de hoeken van hun slaap.

'Vrienden!' begon de muis.

Weer klapten en juichten de dieren. Nog nooit had de muis een toespraak gehouden. Maar men vermoedde, zonder te weten waarom, dat hij buitengewoon mooi kon spreken.

De muis maande tot stilte.

'Ik ben bedroefd,' zei hij. Het werd plotseling heel stil op de open plek in het bos waar alle dieren zaten of lagen. De maan scheen recht naar beneden en verlichtte de gespannen gezichten.

'Ik ben bedroefd,' zei de muis nogmaals. 'Want spoedig zal ik uitgesproken zijn. En dan zal alles, ja alles wat ik te zeggen heb nog steeds onuitgesproken zijn.'

'O,' zuchtten de dieren. 'Wat jammer.'

'Er zal daar geen tijd voor zijn.'

'Spreek eeuwig!' schreeuwde de egel.

'Hoe lang duurt eeuwig?' vroeg de merel fluisterend aan de duif.

'Totdat niemand meer kan,' zei de duif zacht.

'Nee,' zei de muis. 'Want zelfs dan zou ik nog geen woorden kunnen vinden om alles te zeggen wat ik zeggen wil.'

De dieren lieten hun hoofden op hun borden zakken of leunden op de schouders van hun buren. De zalm zwom dicht tegen de steur aan en de olifant vlijde zijn slurf tegen de flank van de eland.

'Dank jullie wel,' zei de muis zacht, en met een vorstelijk gebaar van zijn rechterarm ging hij weer zitten.

Er was geen dier dat niet verlangde naar de mooie dingen die nu onuitgesproken bleven. En toch zei iedereen: 'Wat heeft hij mooi gesproken!'

'Wat sterk!'

'Wat aangrijpend!'

'Wat schoon!'

Alleen de leeuwerik klapwiekte plotseling omhoog, bleef boven de tafel hangen en riep: 'Maar hij heeft niets gezegd! Niets!'

Iedereen zweeg en keek naar de muis. Maar de muis zat onverstoorbaar op een stukje belegen kaas te knabbelen en zei: 'Dat zei ik toch?'

'Dat zei hij toch!' riep iedereen toen en ze keken woedend omhoog naar de leeuwerik.

'Niets!' riep de leeuwerik. 'Niets! Niets! Hij heeft niets gezegd!' Hij klom steeds verder en verdween achter een wolk.

'Kom, ik stap eens op,' zei de eekhoorn. 'Ik heb nog iets te doen.'

'Ik ook,' zei de tor. 'En niet zo weinig ook.'

Binnen enkele ogenblikken was het grasveld verlaten. Alleen de zebra zat daar nog, en de muis, die onvermoeibaar doorging met knabbelen.

'Wat wilde je nou eigenlijk zeggen?' vroeg de zebra voorzichtig.

'Niets,' zei de muis. 'Dat zei ik toch?'

De zebra zweeg. De muis had de belegen kaas op en begon aan de vette kaas die daar naast de jonge, de magere, de volle en de oude kaas lag. Gestaag at hij verder.

'Mier!' riep de eekhoorn langs de wand van het ravijn naar beneden. 'Mier! Mier!'

Hij wist dat de mier daar niet was, maar ver weg in de woestijn op bezoek bij de leeuw.

Wat vreemd, dacht de eekhoorn, toch roep ik zijn naam en denk ik ook nog: wie weet antwoordt hij wel!

'Mier! Mier!'

Het ravijn liep steil naar beneden en was begroeid met varens en scheefgezakte dennen.

De eekhoorn liep voorzichtig langs de rand, gleed uit en viel.

'Mier!' riep hij nog een keer, maar nu snerpend, wanhopig.

Toen werd het donker om hem heen.

Waar ben ik nu? dacht hij even later. Voorzichtig tastte hij in het rond. Hij voelde iets glibberigs.

'Mier!' riep hij. Maar hij bedoelde: 'Help!'

'Wees gerust,' zei de slak. 'Ik ben het.'

De eekhoorn zuchtte opgelucht en begon geleidelijk iets te onderscheiden. Boven zich zag hij de lucht, om zich heen struikgewas en onder zich zwarte grond.

'Waar ben ik?' vroeg hij.

'Ja,' zei de slak. 'Wat moet ik daarop antwoorden? Hier, zou ik zeggen. Maar dat zegt niet veel.'

'Nee,' zei de eekhoorn. 'En hoe kom ik hier vandaan?'

'Dat vraag ik me nooit af,' zei de slak.

'Mier!' riep de eekhoorn weer. 'Mier! Mier!'

'Wat betekent dat?' vroeg de slak.

'Ach,' zei de eekhoorn, 'eigenlijk niets.'

'Mag ik het ook roepen?' vroeg de slak. En hij riep, heel zachtjes en glibberig: 'Mier! Mier.'

Iets anders wisten ze niet te zeggen of te roepen, daar, op de bodem van het ravijn. En zo trof de mier hen daar aan toen hij, op de rug van de zwaan, terugkeerde uit de woestijn en heel ver beneden zich zachtjes zijn naam hoorde roepen.

'Wat doe jij hier?' vroeg hij aan de eekhoorn toen hij geland was.

'Ik dacht dat je nooit meer terug zou komen,' zei de eekhoorn zacht.

'En ik woon hier,' zei de slak. 'Maar ik weet niet of je dat wilt weten.'

De mier keek de slak even onderzoekend aan en zei toen: 'Kom. Ga mee.'

Hij stapte met de eekhoorn op de rug van de zwaan.

'Ik blijf voorlopig nog hier,' zei de slak, 'voor het geval je dat nog niet vermoedde.'

De zwaan strekte zijn vleugels en stond op het punt om te vertrekken.

'Mier,' zei de slak.

'Ja?' vroeg de mier.

'Mier, mier,' zei de slak.

'Wat heeft dat te betekenen?' vroeg de mier.

De slak keek de eekhoorn hulpbehoevend aan.

'Ach,' zei de eekhoorn, 'dat betekent eigenlijk niets. We gaan!'

Ze stegen op en vlogen langs de wanden van het ravijn omhoog naar de lucht en door de lucht naar het bos.

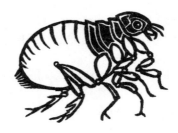

Op zijn wandeling door het bos werd de vlo staande gehouden door de gier.

'Ik houd hier toezicht,' zei de gier, 'en sta niets toe.'

De vlo wilde omkeren, maar de gier stond hem dat niet toe.

'Ik houd aan alle kanten toezicht,' zei hij.

'Waar moet ik dan heen?' vroeg de vlo.

'Dat is mijn zaak niet,' zei de gier.

De vlo krabde aan zijn neus en dacht diep na. De gier zat op een tak en hield hem scherp in de gaten.

Al wachtend zakte de vlo geleidelijk de grond in.

'Hé,' riep de gier, 'je mag ook niet verdwijnen.'

Maar de vlo was al verdwenen. De gier dook van de tak af en vloog het gat in waardoor de vlo de grond in was gezakt.

'Ach!' krijste hij. Zijn stem werd weerkaatst door de zwarte wanden van het gat. Hij vloog steeds dieper, maar hij haalde de vlo niet in. Soms meende hij even een glimp van hem op te vangen, of een geruis van zijn vleugels te horen, maar dan was het weer stil en donker om hem heen.

Hoe dieper hij vloog, hoe warmer hij het kreeg.

Ik vraag me af wie hier toezicht houdt, dacht de gier. Het zou mij niets verbazen als dat niemand was.

Ten slotte kwam hij in een grote ondergrondse zaal terecht. Rusteloos loerend vloog hij daar in het rond, maar er was geen spoor van de vlo te bekennen. Hij kwam bij een deur die op slot zat. Het was de enige uitgang uit de zaal. Op de deur zat een briefje:

Wacht hier even. Ik ben zo terug.

Ah, dacht de gier, dat moet van de vlo zijn. Ik had zo'n briefje nooit geschreven.

Hij begon op zijn gemak te wachten, terwijl hij de duisternis en zichzelf zorgvuldig in de gaten hield.

Hij wachtte lang. Ten slotte wachtte hij zo lang dat hij geen veer meer kon verroeren. Zelfs al had hij toen weg willen gaan of de deur willen openbreken of willen krijsen, hij had het niet meer gekund.

Ah, dacht hij toen nog, nu hoef ik dus eigenlijk niet meer op mijzelf te letten. En hij glimlachte verbaasd.

Op een prille dag in het voorjaar, toen de zon nog nauwelijks kracht genoeg had om door een dun ochtendneveltje heen te schijnen en het gras zich op zijn dooie gemak voornam weer eens te gaan groeien, zei de wesp: 'Ik heb niets te klagen, niets. Daar gaat het niet om. Maar één ding zit mij dwars.'

'Wat dan?' vroeg de tor.

'Ik weet het niet,' zei de wesp. 'Ik denk er altijd over na, en ik wéét dat het iets is. Maar ik weet niet wat.'

'Ik weet het ook niet,' zei de tor.

'Nee,' zei de wesp.

'Leg een knoop in je angel,' zei de olifant, 'dan vergeet je nooit meer iets.'

'Maar dat helpt alleen vóór je iets vergeet,' zei de wesp.

'Maak je ceintuur een beetje los,' zei de beer. 'Volgens mij zit die je dwars.'

'Nee,' zei de wesp. 'Die past precies.'

'Als je een gewei had,' zei de eland, 'dan wist ik het wel. Dan was het jeuk. Verschrikkelijk. Krab eens even, dáár, nee... dáár, aan dat uitsteeksel... ik weet niet eens hoe het daar heet...'

De wesp krabde en de eland slaakte een zucht van opluchting.

'Volgens mij,' zei de zwaan, 'heb je aan iets verkeerds gedacht, gisterenavond, op de verjaardag van de slang.'

Maar de wesp schudde zijn hoofd.

'Misschien zijn het wel twee dingen...' zei de mier.

'Nee, één ding,' zei de wesp. 'Eén ding maar.'

'Je zult er nooit achter komen,' zei de oehoe in de eik, 'en dát is nou precies wat je dwarszit.'

'Maar waar zal ik nooit achter komen?' riep de wesp wanhopig.

De oehoe knikte en deed zijn ogen zorgvuldig toe.

DE EEKHOORN EN DE MUS WANDELDEN OP HUN GEMAK door het bos en spraken over allerlei dingen die in hun gedachten opkwamen. De zon scheen en ze hadden niets bijzonders te doen.

De mus legde aan de eekhoorn uit hoe je de diepte van de slaap kon meten.

'Ik heb dat zelf ontdekt,' zei hij en hij sloeg enkele bescheiden stofjes van zijn vleugels af. 'Je gaat tien stappen van een slapend iemand af staan en zegt dan zijn naam, net zo hard als ik nu hu zeg. Hu.'

'Hu?' vroeg de eekhoorn.

'Dat is een maat,' zei de mus. 'Als hij niet wakker wordt doe je één stap naar hem toe en zeg je weer zijn naam. Net zolang tot hij wakker wordt. Het aantal stappen dat je dan hebt gezet is de diepte van de slaap.'

'O,' zei de eekhoorn.

'Kijk, daar ligt de tor te slapen,' zei de mus.

Toevallig passeerden ze juist de tor, die onder de eik lag te slapen en zacht snurkte.

'Let maar op,' zei de mus. Hij nam tien stappen van de tor af, draaide zich om en zei, net zo hard als hij zo-even hu had gezegd:

'Tor.'

Er gebeurde niets. De tor sliep door. De mus kwam één stap dichterbij en zei weer: 'Tor.'

Er gebeurde weer niets.

Zo ging hij telkens één stap dichter naar de tor toe, tot hij voor zijn oor stond en tamelijk luid riep: 'Tor.'

Maar de tor sliep door.

De mus wendde zich tot de eekhoorn en zei: 'Hij slaapt onmeetbaar diep.'

'Wat is onmeetbaar?' vroeg de eekhoorn.

'Ja...' zei de mus, 'dat is bijvoorbeeld hoe warm de tijd is of wie er het meest van de lucht houdt of het jarigst is...'

'O,' zei de eekhoorn.

Er ritselde iets.

'Kunnen jullie niet doorlopen en verderop gaan praten?' vroeg de tor. 'Ik lig hier te slapen.'

De mus en de eekhoorn liepen verder.

'De tor is een slecht voorbeeld,' zei de mus. 'Die slaapt maar raak.'

Ze liepen enige tijd zwijgend verder.

'Het is een goede methode,' zei de mus.

De eekhoorn zweeg. Even later troffen ze de leeuw aan, slapend in het gras.

'Ah,' zei de mus, 'dat is een goede slaper. Let maar op.' Hij nam tien passen, draaide zich om en zei: 'Leeuw.'

'Ja?' brulde de leeuw en hij sprong overeind.

'Ha, zie je wel!' zei de mus tegen de eekhoorn. En tegen de leeuw zei hij: 'Je had niet ondieper kunnen slapen.'

'Ja,' zei de leeuw en hij keek de mus boosaardig aan.

'Nou?' zei de mus tegen de eekhoorn.

De eekhoorn knikte.

Ze liepen verder, terwijl de leeuw nog brulde: 'Maar hoe kom ik nu weer in slaap?'

De mus streek zijn veren glad en zei: 'Ik ben nu aan het uitvinden hoe je kunt meten hoe diep iemand nadenkt.'

'Hola!' brulde de leeuw nog in de verte.

'Dat zal wat zijn,' zei de eekhoorn.

'Ach,' zei de mus, 'als je wilt kun je alles uitvinden.'

'IK,' ZEI DE SLAK OP EEN KEER TEGEN DE MIER, 'GA NET ZO-lang oefenen tot ik harder kan lopen dan jij.'

'Nou...' zei de mier en hij keek de slak van terzijde aan, 'dan zou ik maar meteen beginnen.'

'Ja,' zei de slak en hij trok zich terug in een struik, zette een baan uit en begon te oefenen. De mier hoorde hem kreunen en hijgen en schudde zijn hoofd. Hij kuierde op zijn gemak verder door het bos en nam zich voor aan de oever van de rivier in slaap te vallen. Wie weet waar ik vandaag niet van droom, dacht hij. Niet lang daarna lag hij te slapen en droomde hij van een getal dat niet groot was, zelfs kleiner dan één, maar waarvan hij nog nooit had gehoord.

Toen hij die avond terugliep naar huis en nadacht over dat getal riep de slak hem.

'Mier!'

'Ja,' zei de mier en hij zag de slak uit het struikgewas tevoorschijn komen.

'Ik ben zover,' zei de slak.

'Waarmee?' vroeg de mier verbaasd.

'Ik kan harder lopen dan jij.'

De mier herinnerde zich het gesprek van die ochtend weer. Hij zuchtte. Maar de slak had al een streep getrokken en zei: 'Tot de rivier.'

Hij telde tot drie en rende weg.

Tot zijn verbazing zag de mier de slak in volle vaart tussen de bomen verdwijnen. Hij begon toen zelf ook zo hard mogelijk te hollen en volgde het dunne, slijmerige spoor van de slak.

Buiten adem kwam hij bij de rivier aan, waar de slak een eind-streep had getrokken. De slak was daar in alle rust zijn huisje aan het wassen.

'Gewonnen,' zei hij.

De mier zei niets, klemde zijn kaken stijf op elkaar, keek de andere kant op en hoopte dat de eekhoorn hem niet had gezien.

'Morgen ga ik vliegen,' zei de slak. 'Tenminste, ik ga eerst oefenen.'

De mier liep naar huis en sliep die nacht slecht.

De volgende dag betrapte hij zich erop dat hij telkens naar de lucht keek.

Maar, dacht hij dan, vliegen kan hij nooit. Nooit! Dat bestaat niet!

Laat in de middag kwam de slak voorbij, traag en stuntelig fladderend. Hij slingerde, botste tegen de toppen van grassprieten aan, helde soms vervaarlijk opzij. Maar hij vloog.

Toen hij de mier zag wuifde hij en riep: 'Kom jij ook vliegen? Het valt best mee. Je hoeft alleen maar op te stijgen.'

De mier keek naar de grond en trapte met volle kracht tegen een losliggende wortel.

Toen de eekhoorn eens niet kon slapen ging hij op zijn rug in het mos liggen.

Het was stil in het bos en warm, en boven hem hing de hemel. De eekhoorn schoot plotseling overeind.

Waarom, dacht hij, word ik nu opeens verdrietig?

'Ik weet het,' fluisterde een stem in zijn oor. De eekhoorn zag niemand en vermoedde dat er ook niemand was.

Het lijkt wel mijn eigen stem, dacht hij. Hij luisterde.

'Het komt omdat brkstgkr,' zei de stem.

'Wat?' vroeg de eekhoorn.

'Brkstgkr.'

De eekhoorn kende dat woord niet en de stem was plotseling weer verdwenen.

De eekhoorn dacht diep na, maar hij kon nergens een verklaring voor vinden. Hij ging weer op zijn rug liggen.

De hemel was ondertussen niet veranderd. Maar de eekhoorn werd niet verdrietig meer. Hij besloot al zijn aandacht te richten op één ster. Het was geen grote ster, en ook geen erg fonkelende, maar het was wel een mooie ster die rustig hing te schijnen.

Terwijl de eekhoorn naar de ster keek kwam de hemel langzaam dichterbij. De maan lag na enige tijd al in het bos onder de eik, en enkele sterren gingen schuil achter struiken of grassprieten.

De ster waarnaar de eekhoorn keek was zeer dichtbij gekomen. De eekhoorn kon hem pakken. Hij strekte zijn hand uit en hield zijn adem in. Maar hij greep mis.

Toen werd hij weer verdrietig en verdween de hemel weer hoog in de lucht.

'Dat komt omdat...'

Weer was de stem er.

De eekhoorn had even het gevoel dat hij misschien wel met opzet had misgegrepen, maar hij wist het niet zeker. Hij lag in het
mos omhoog te kijken, in de warme, stille nacht, en nu eens was hij
verdrietig en dan weer verbaasd, en de sterren kwamen dichterbij
en stapten weer terug en hij had opnieuw het gevoel dat...

Zo lag hij daar, terwijl de eerste dauwdruppels al aan zijn staart
begonnen te hangen en een lichte nevel de sterren aan het gezicht
onttrok.

'DEZE HONING IS HEERLIJK,' ZEI DE MIER.

'Deze honing is afschuwelijk,' zei de hommel.

Ze zaten aan een lange tafel tussen de andere dieren. Er was iemand jarig, iemand anders had net een toespraak gehouden en nu mochten ze eindelijk gaan eten.

De mier nam nog een hapje en zei: 'Nee, je hebt gelijk, deze honing is afschuwelijk.'

De hommel nam ook nog een hapje en zei: 'Nee, jij hebt gelijk. Deze honing is heerlijk.'

'Onzin,' zei de mier. 'Ik heb helemaal geen gelijk. Jij hebt gelijk.'

'Helemaal niet,' zei de hommel. 'Jij hebt gelijk. Ik heb absoluut, hoe dan ook, hoegenaamd geen gelijk.'

'Dat zou je wel willen, hè,' zei de mier. 'Maar zo makkelijk gaat dat niet. Jij – hebt – gelijk.'

De hommel vloog op en gaf de mier een duw en riep: 'Jij hebt gelijk. Zo!'

De mier krabbelde overeind en trok de hommel aan een vleugel. De hommel draaide een voelspriet van de mier om en de mier greep de hommel om zijn middel en kneep zo hard als hij kon.

'Au,' gilden zij allebei. 'Maar jij hebt toch gelijk.'

De hommel kon nog net het tafelkleed vastpakken, zodat de beer, de karper, de lijster en de andere aanwezigen hun lekkernijen plotseling in beweging zagen komen en met het tafelkleed aan het eind van de tafel op de grond zagen vallen.

De mier raakte buiten adem en schreeuwde schor en met tussenpozen: 'Ik... heb... geen... gelijk...'

'Jawel,' gonsde de hommel wild en hij duwde de mier met een uiterste krachtsinspanning onder de tafel.

173

'Gezellig feest,' mopperde de beer, die alleen zijn lepel had kunnen redden, terwijl de karper teleurgesteld naar het lege water om hem heen keek.

Onder de tafel zetten de hommel en de mier hun gevecht voort. Geen van beiden wilden ze hun gelijk erkennen, hoeveel benen ook uit hun kom raakten en hoeveel stuifmeel ook uit hun rug getimmerd werd.

De andere dieren gingen somber en hongerig naar huis. De heerlijkste etensresten lagen kriskras door elkaar op de grond en niemand wist meer wie er wat vierde.

Laat in de nacht waren de mier en de hommel uitgeput en lagen ze naast elkaar op de grond. Met zijn laatste krachten sloeg de hommel toen een vleugel over de mier heen.

'Je zult het wel koud hebben,' zei de hommel.

'Nee, heel warm!' zei de mier, die vuurrood zag.

'Je hebt gelijk,' zei de hommel, maar hij liet zijn vleugel liggen.

De mier zei niets meer en sloeg zijn enige nog ongeschonden arm om de hommel heen. Hij wachtte tot de hommel sliep. Toen zei hij, heel zachtjes, terwijl hij even rilde: 'Jij ook.'

Het was een warme avond in het begin van de zomer waarop de vlinder zijn verjaardag vierde. De dieren zaten aan een lange tafel en wachtten op de taart die spoedig zou verschijnen.

'Hallo!' riep de beer, die ongeduldiger was dan ooit.

Plotseling ging het struikgewas open en verscheen de vlinder met een taart die zo licht was en zo luchtig dat hij zweefde. De vlinder hield hem stevig vast.

'O!' riepen alle dieren, terwijl ze de zoete geuren opsnoven die de taart vooruit kringelden.

'Ai!' riep de beer. Hij sprong overeind en liep naar de taart toe.

'Kijk uit,' zei de vlinder.

Maar de beer had zijn duim al met grote kracht in de zijkant van de taart geboord om een voorproefje te nemen. De vlinder liet de taart los en riep: 'Maar ik moet hem nog versuikeren!'

Het was te laat. De taart zweefde langzaam omhoog.

'Hola!' riep de beer en hij greep zich aan de zijkant vast. Maar de taart zweefde verder, schuin omhoog, tot boven de vijver. Daar bereikte zijn luchtigheid een evenwicht met het gewicht van de beer, die wild spartelend onder hem hing en niet meer durfde los te laten.

'Help!' riep hij, maar niemand wist hoe.

Het was windstil die nacht en de dieren leunden achterover in het gras en keken vol verwondering naar de taart, de beer en de maan, terwijl de vlinder stuifkoekjes ronddeelde die hij voor alle zekerheid had gemaakt.

Pas de volgende ochtend, toen de zon opkwam, smolt de taart en viel hij druipend, met de beer, naar beneden in de vijver. De beer kroop zwijgend aan de kant en holde vlug naar huis.

Toen de eekhoorn eens onder de wilg zat hoorde hij de houtworm boven zich mopperen: 'Nou ben ik alweer de weg kwijt... Ja hoor... moet ik natuurlijk weer helemaal terug.'

De eekhoorn had met hem te doen en klopte op de stam.

'Hallo houtworm,' zei hij.

'Wie is daar nou weer?' riep de houtworm.

'De eekhoorn. Je bent in de tweede zijtak van de derde zijtak na de splitsing van de eerste hoofdtak aan de kant van het water.'

'Wat zeg je nou weer?'

'Je bent in de...'

'Ik kan je niet verstaan. Praat toch wat steviger.'

'Je bent...' riep de eekhoorn.

'Nee,' zei de houtworm. 'Daar kan ik geen wijs uit. Kom eens tevoorschijn.'

'Ik ben al tevoorschijn,' zei de eekhoorn.

'Wel ja.'

'Wat zeg je?' vroeg de eekhoorn.

Maar er kwam geen antwoord. Daar schiet ik weinig mee op, dacht de eekhoorn. Het was stil in de wilg. De eekhoorn tuurde weer verder over het water.

Na een lange tijd hoorde hij de houtworm weer, nu in het puntje van de langste tak van de wilg, die laag over het water heen en weer bewoog in de wind.

'Waar ben ik nou weer terechtgekomen?' mopperde de houtworm. 'Je kunt ook nooit eens op stap gaan of er begint wel iets niet te kloppen. Wat is dit nou weer?'

De eekhoorn zag het hoofd van de houtworm tevoorschijn komen uit het puntje van de tak.

'Ik zie het al,' zei de houtworm. 'Lucht.'

'Hallo houtworm,' zei de eekhoorn.

'Wie is dáár nou weer?' vroeg de houtworm.

'Ik ben het, de eekhoorn.'

'Waarom zit je daar midden in de lucht? Kom je er niet doorheen?'

De eekhoorn zei niets.

'Denk eens wat harder na,' zei de houtworm. 'En wat is dat voor raar ding achter je?'

'Dat is de zon.'

'Wat is dat nou weer voor antwoord?' zei de houtworm.

De eekhoorn zuchtte.

'Zie je wel, dat krijg je van te veel lucht,' zei de houtworm.

De eekhoorn deed zijn ogen dicht, hoorde wat gekraak, deed zijn ogen weer open en zag hoe de houtworm vlak onder de bast van de lange tak naar de stam van de wilg terugholde. Hij hoorde hem nog mompelen: 'Gauw het hout weer in. Ik stik bijna. Ik wou dat ik ergens wijs uit kon.'

Toen verdween hij in de stam. Maar vlak boven de grond, daar waar de wilg het dikst was, hoorde de eekhoorn hem nog roepen: 'Wel ja. Nu weet ik het echt niet meer!'

Toen de snoek eens stroomopwaarts zwom kwam hij bij de waterval. Dat zal niet meevallen, dacht hij. Hij zette zich schrap en zwom met volle vaart naar boven. Eerst kwam hij nog wel vooruit, maar na een tijd werd hij moe en zwom hij steeds langzamer omhoog. Halverwege de waterval kon hij niet meer. Hij geeuwde en viel in slaap.

Toen hij de volgende ochtend wakker werd probeerde hij verder te zwemmen, maar hij was niet goed uitgerust en kwam niet vooruit.

De olifant liep langs de rivier te slenteren en hoorde hem zuchten.

'Moet ik helpen?' vroeg hij.

Hij stapte op de waterval af, slurpte hem in één keer op en spuugde hem een eind verder in de rivier. De snoek was daardoor in de lucht komen te hangen en viel naar beneden in de rivier.

'Nu ben ik nog verder van huis,' jammerde hij.

'Waar moet je heen?' vroeg de olifant.

'Daarheen,' zei de snoek en hij wees met zijn staartvin naar de top van de berg.

'O dat is vlakbij,' zei de olifant. Hij pakte de snoek met zijn slurf beet en slingerde hem bergopwaarts. Maar hij had zijn kracht onderschat. De snoek vloog over de berg heen, kwam in een wolk terecht, juist toen de wind opstak, en dreef met wolk en al terug tot boven de rivier. Daar begon het te regenen en viel hij in het water.

'Ik vind het erg!' riep hij.

De olifant stond te schuilen onder een struik en hoorde hem roepen. Hij rende naar de snoek toe en vroeg hoe het daar boven op de berg was geweest.

'Ik ben er niet geweest,' zei de snoek.

'O nee?' zei de olifant. 'Maar moet je er nog wel heen?'

'Ja natuurlijk,' zei de snoek.

De olifant tilde hem weer op, maar heel voorzichtig nu, en gooide hem zachtjes bergopwaarts. Het was een worp van niets en de snoek belandde in de populier die naast de rivier stond. Daar zat de spreeuw zich juist te beklagen.

'Wist ik maar waar ik goed voor was,' zei hij.

'Vraag dat liever aan de olifant,' zei de snoek, terwijl hij door het dak op de vloer voor de stoel van de spreeuw belandde.

'Ach snoek...' zei de spreeuw, terwijl hij zijn vleugels tegen elkaar sloeg. 'Wat kom jij onverwachts!'

De snoek hapte naar lucht en vroeg of hij even van de badkuip gebruik mocht maken.

Daar bood de spreeuw hem een kopje thee aan.

'Dat heb ik nog nooit gedronken,' zei de snoek.

In de loop van de avond vergat de snoek waarheen hij op weg was geweest en vergat de spreeuw zich af te vragen waar hij goed voor was. Ze hadden elkaar veel te vertellen en spraken af elkaar vaker te bezoeken.

'Bij jou of bij mij,' zei de spreeuw.

'Zo nu en dan,' zei de snoek.

'Zo aan het eind van de ochtend,' zei de spreeuw.

'Of 's middags,' zei de snoek. ''s Middags is ook goed.'

HET WAS EEN MOOIE AVOND EN DE DIEREN VIERDEN FEEST in het midden van het bos. Ze zaten aan tafel en wachtten tot het eten een aanvang zou nemen. De zwaan zat aan het hoofd van de tafel.

Als laatste verscheen de patrijs in hun midden.

'Ik heb de maan meegebracht,' zei hij. Onder een van zijn vleugels haalde hij de maan tevoorschijn.

'Ga maar gauw zitten,' zei de sprinkhaan.

'Waar zal ik hem neerleggen?' vroeg de patrijs.

De zwaan dacht even na en zei toen: 'Zet hem maar daar tegen die stronk aan.' Hij wees naar een knoestig stuk hout schuin achter hem.

De patrijs zette de maan daar neer en ging tussen de anderen aan tafel zitten.

'Mag ik hem even bekijken?' vroeg de mier, die de maan nog nooit van dichtbij had gezien.

'Beginnen we nog?' vroeg de beer.

'Ja hoor,' zei de zwaan, en de beer stortte zich op de schaal met zoete gevulde roomhoningkaneelkoeken.

De mier liep ondertussen om de maan heen, in gezelschap van de krekel.

'Hij is minder rond dan ik dacht,' zei de mier.

'Wat is hij bleek,' zei de krekel. Hij legde één poot op de rand van de maan en streelde hem even.

'Hij is helemaal koud,' zei hij zacht, 'maar ik vind hem wel mooi.'

Even later gingen ze weer aan tafel zitten en dachten ze aan de dingen die voor hen stonden: suiker, room, siroop en honing.

De maan lag tegen de knoest aan en wierp een flauw schijnsel om zich heen, dat in het niet viel bij het licht van de gloeiworm, die naast de zwaan aan tafel zat.

Later op de avond werd het feest vrolijk. De olifant ging per ongeluk op de maan zitten, zonder dat hij het in de gaten had. En de zwaluw liet twee sterren zien die hij in de lucht gevonden had. Hij liet ze glinsteren op de punten van zijn vleugels en gaf ze toen aan de zwaan, die ze aan een koordje om zijn hals hing.

Midden in de nacht ging iedereen zingen en dansen. Het bos trilde ervan en de bladeren vielen van de bomen en bedekten de maan. Toen de zon opging was er geen spoor meer van hem te bekennen. En er was ook niemand meer die aan hem dacht.

DE MIER EN DE EEKHOORN STONDEN OP HET STRAND. ZE waren al dagenlang op reis, en ook al beleefden ze niets, ze waren zeer tevreden over hun reis.

'Het is een bijzondere reis,' zei de eekhoorn.

De mier knikte.

De zon daalde boven de zee en de eekhoorn en de mier besloten een kuil te graven in het zand en daarin te gaan slapen.

'Wat mij betreft,' zei de eekhoorn, 'slapen we onder de blote hemel.'

Het was een warme dag en de lucht boven de zee trilde een beetje. Het woei niet en de zee lag er glad en roerloos bij.

Terwijl ze daar zo stonden en beiden hun eigen gedachten hadden begon de zon plotseling veel sneller te dalen.

'Kijk uit!' riep de mier.

De zon kwam met grote snelheid in de zee terecht. Het water spatte hoog op, siste en dampte, en leek wel te koken. Het was plotseling ook donker geworden en de sterren kwamen haastig tevoorschijn.

In de zee stak de haai zijn hoofd omhoog.

'Au!' brulde hij.

Even later zwom hij roodgloeiend het strand op. Niet lang daarna kwamen ook de dolfijn, de rog en de inktvis, sommigen met geschroeide vinnen of zwart geblakerde schubben, het strand op, terwijl de vliegende vis kermend over hun hoofden landinwaarts vloog.

'Verschrikkelijk,' zei de haai, terwijl hij het zweet van zijn voorhoofd wiste. 'Het is daar héét...'

De anderen konden geen woord uitbrengen en keken met grote ogen naar de koelte, boven hen, in de enorme zwarte lucht.

De eekhoorn en de mier liepen van de een naar de ander, streken een kromgetrokken kieuw glad of maakten een walmende tentakel schoon. Ze waren druk in de weer en dachten niet aan slapen.

Geleidelijk kwamen de dieren tot rust en kregen ze minder pijn. De zee lag er glad en roerloos bij en de maan scheen zoals hij meestal scheen.

Tegen de ochtend kwam de zon weer uit de zee tevoorschijn. Hij vloog met grote snelheid de lucht in. Het werd mild en licht op het strand. Nog half in slaap zochten de haai, de rog, de dolfijn en de inktvis het water weer op.

De eekhoorn en de mier groeven een kuil en probeerden te gaan slapen. Juist toen ze hun ogen sloten vloog boven hun hoofden de vliegende vis weer terug, zeewaarts.

'Eigenlijk,' zei de mier, 'weet je nooit precies wat je aan de zon hebt.'

Maar de eekhoorn hoorde hem al niet meer.

OP HET FEEST VAN DE KREKEL WAAR IEDEREEN IN EEN GROE-ne jas en met een rode muts op moest verschijnen zou de lijster een lied zingen.

Hij had lang geoefend en toen hij daar stond voor die grote rode en groene menigte bonsde zijn hart in zijn keel.

De krekel knikte en de lijster begon.

Hij sloeg een toon aan, maar zweeg meteen weer, want het was niet de goede toon. Toen sloeg hij een andere toon aan en nog een en nog een, maar telkens was het de verkeerde.

'Ik kan de juiste toon niet vinden,' zei hij ten slotte, met een neerslachtige stem. Alle dieren hielden even hun adem in en begonnen toen door elkaar te praten.

'Hij is weg.'

'Wie is weg?'

'Waarom zoekt hij niet achter zich?'

'Heeft hij hem thuis laten liggen?'

'Waarom hoeft hij geen rode muts te dragen?'

Vragen, vragen en geen antwoorden. De eekhoorn en de mier, die naast elkaar zaten, schudden hun hoofd.

'Hij kán niet weg zijn,' zei de mier.

'Is het soms de e?' riep de eekhoorn.

'Nee,' zei de lijster.

De olifant vroeg of het de u was en de sprinkhaan kwam met een hele rij tonen aan, terwijl de leeuwerik zelfs een volledig lied zong.

'Zit hij hier niet bij?' vroeg hij, toen het lied uit was.

'Nee,' zei de lijster.

De eerste toon van zijn lied was en bleef onvindbaar. En zonder zijn lied kon het feest niet verdergaan. De krekel vroeg ten slotte iedereen om maar naar huis te gaan. 'Helaas,' voegde hij daar nog aan toe.

Mopperend, hongerig en sloffend liepen de dieren naar huis. Alleen de lijster bleef achter. Door zijn tranen had hij de juiste weg toch nooit kunnen vinden. De krekel klopte hem op zijn schouder en zei: 'Geeft niets, hoor. Zal wel eens vaker gebeuren.'

Het werd koud en de krekel ging slapen. De lijster bleef in elkaar gedoken op een tak zitten en liet zijn gedachten gaan, waarheen ze maar wilden.

Tegen de ochtend vond hij de eerste toon van zijn lied plotseling terug. Het was alsof hij uit de lucht kwam vallen. Onmiddellijk zong de lijster zijn lied, dat mooier en warmer klonk dan welk lied ooit had geklonken.

Maar alleen de gloeiworm, die 's nachts vaak op was om bij zijn eigen schijnsel wat na te denken, hoorde hem. Het lied ontroerde hem zo dat hij een traan in zijn oog kreeg en daarmee zijn eigen licht doofde.

Hij viel meteen in slaap. Toen was er niemand meer die de lijster daar hoorde, jubelend, juichend, op een donkere tak.

Op een ochtend toen iedereen zijn gewone gang ging en de zon tussen de wolken door naar beneden scheen kwam de zandvlieg over het weiland het bos in gevlogen.

Hij was nog nooit in het bos geweest en kende alleen de woestijn en het rotsgebergte.

Het eerste wat hij in het bos zag was struikgewas. Hij pakte het op en verfrommelde het tot een propje. Toen zag hij de wilg. Hij trok de wilg uit de grond, kneep hem fijn, wrong hem uit en gooide hem ver weg.

De krekel stond toevallig in zijn deuropening en zag de wilg voorbij vliegen.

'Wat doet u daar?' vroeg hij.

De zandvlieg fronste zijn voorhoofd, stapte op de krekel af en duwde hem omver.

'Au,' riep de krekel. Hij stond op en rende zo snel als hij kon weg, luid sjirpend en jammerend.

De zandvlieg maakte korte metten met de populier en de linde, en liep toen naar de vijver. Hij keerde de vijver om. Het water stroomde weg en de kikker zat plotseling op de blote bodem.

'Ho,' riep de kikker.

Toen liep de zandvlieg op de rivier af. Hij probeerde de rivier al uit zijn bedding te tillen, toen de olifant, de mier en de reiger voor hem gingen staan.

'Wie u bent is uw zaak,' zei de reiger, 'maar u gaat wel te ver.'

De olifant pakte de zandvlieg bij een vleugel, maar de zandvlieg greep zijn slurf en slingerde hem over de rivier heen.

'Hé...' riep de olifant en zijn verbaasde getrompetter weerkaatste tussen de bomen van de overkant.

Daarna pakte de zandvlieg de reiger bij zijn snavel, terwijl de mier zich snel terugtrok. De reiger belandde in de top van de beuk en maakte daar de eekhoorn wakker.

De zandvlieg had de rivier inmiddels al opgetild. Het water stroomde naar alle kanten weg.

'Vlug,' zei de reiger tegen de eekhoorn.

'Vlug, vlug,' zei iedereen tegen iedereen. De dieren haastten zich naar elkaar toe, van elkaar vandaan, de lucht in, de grond door en zeiden steeds maar weer: 'Vlug, vlug.'

Toen de rivier rechtop stond en het water was weggestroomd strompelden de karper en de brasem door de modder in het rond, deden hun best om niet te vallen, hapten in de lucht en riepen: 'Vlug, vlug.'

De zandvlieg legde de lege rivier weer terug en begaf zich het bos in. Zijn oog viel op de beuk. De eekhoorn zag hem aankomen. Snel liet hij zich naar beneden zakken en verborg zich achter een struik. Hij pakte een stevige grasspriet.

Toen de zandvlieg langs hem liep stak hij de grasspriet naar voren. De zandvlieg struikelde en de eekhoorn sprong op zijn rug, bond vlug zijn twee vleugels aan elkaar vast en maakte een doosje van hem.

'Sperwer!' riep hij toen.

De sperwer daalde neer.

'Wil je dit doosje in de woestijn bezorgen?' vroeg de eekhoorn.

De sperwer nam het doosje op en vloog zo vlug mogelijk naar het achterste uiteinde van de woestijn. Naast de allerlaatste zandkorrel zette hij het doosje neer.

De hele dag waren de dieren in de weer om het bos weer heel te maken. Ze knepen het water uit het gras en lieten het weer in de vijver stromen. Ze zetten de wilg in elkaar en haalden het struikgewas uit de war, terwijl de olifant heel voorzichtig en beteuterd zijn verfomfaaide slurf recht streek en zich afvroeg waar je zoveel kracht kon kopen.

DE EEKHOORN LAG IN HET MOS EN LEUNDE MET ZIJN ELLE-boog op zijn staart. Hij keek om zich heen en alles wat hij zag was groen: de bladeren van de bomen, de struiken, het gras, het mos. Hij deed zijn ogen dicht, liet de zon tussen de takken door op zijn rug schijnen en dacht aan de lucht en aan de geur van honing en hars en beukennoten.

Toen viel hij in slaap.

De mier stootte hem wakker.

'Eekhoorn,' riep hij. 'Wakker worden!'

De eekhoorn sprong overeind.

'Wat is er?' riep hij.

'Niets,' zei de mier. 'Dat is het hem juist.'

De eekhoorn keek om zich heen en zag dat het bos verdwe-nen was. En boven hem was de lucht verdwenen en onder hem de grond. Hij snoof, maar hij rook niets meer. Hij luisterde, maar hij hoorde niets meer. Er floot geen wind, er kabbelde geen water, er kraakte geen tak.

'Wat gebeurt er?' riep hij. Maar hij zag de mier ook niet meer.

'Mier! Mier!' riep hij. Er kwam geen antwoord, en toen hij nog een keer riep hoorde hij zijn eigen stem niet meer. Vervolgens zag hij ook zijn staart en zijn vingers niet meer.

O, dacht hij, ik ben... Toen dacht hij zijn eigen gedachten niet meer.

Er was helemaal niets meer. Niets.

Heel geleidelijk en misschien pas na lange tijd, maar misschien ook heel plotseling, begon er iets te ritselen, bijna onhoorbaar nog.

Het was een grassprietje dat opdook uit het niets en zich strek-te. En een tijd later verscheen er een boterbloem en begon de geur van wilgenhout rond te zweven.

...hier, dacht de eekhoorn. Hij zag een haartje dat geleidelijk bij een staart begon te horen.

'O,' zuchtte hij.

Niet veel later was de wereld weer compleet en zat hij met de mier te praten.

'Dat was een verschuiving,' zei de mier.

De eekhoorn had nog nooit van een verschuiving gehoord.

'Dat is een ramp,' zei de mier. 'En heel zeldzaam,' voegde hij er op een gewichtige toon aan toe. 'Alles verschuift van iets naar niets. En daarna heel langzaam weer terug.'

Die avond liet hij de eekhoorn een boek met plaatjes van verschuivingen zien. De meeste bladzijden waren leeg of ontbraken. En toen hij de laatste bladzijde omsloeg viel het boek uit elkaar, blies de mier het van de tafel af en dwarrelde het naar de grond.

'Dat wij hier zitten is een wonder,' zei de mier. 'Maar dát is op zichzelf nu juist weer heel gewoon.'

De eekhoorn had honger en vroeg zich af of de mier iets in huis had, al was het maar een oude beukennoot.

Op een dag raakte de egel verward in de struik die onder de eik stond.

'Help,' riep hij. Hij wrikte, duwde, trapte, trok, draaide zich om, piepte, knarste, trok zijn stekels in, stak ze weer uit, floot en huilde, maar hij kwam niet los uit de struik.

De mier probeerde hem te helpen. Hij sloeg een tak tegen de achterste stekel van de egel aan. De stekel stak door de tak heen, en de mier begon te trekken.

'Help eens even,' riep hij tegen de eekhoorn. Even later trokken de mier, de eekhoorn, de kever en de spreeuw zo hard als ze konden aan elkaar, aan de tak en aan de egel.

'Au,' riep de egel. Hij had het gevoel dat hij de vorm van een grasspriet kreeg.

Heel langzaam trokken de dieren de egel achteruit. Maar het was niet de egel die losraakte uit de struik, maar de struik die losraakte uit de grond. En toen de eekhoorn, de mier, de kever en de spreeuw in volle vaart achteruit vlogen was het de struik die daar piepend rondliep met binnenin zich iets wat leek op de egel.

De dieren raakten snel gewend aan de struik. Ze wisten dat ze een ruime plaats voor hem moesten vrij houden op feesten, en dat lekkere hapjes via een touw de voorkant van de struik in getakeld moesten worden. Sommige huizen waren ook niet meer geschikt voor de struik om te betreden: hij vulde die huizen helemaal zodat niemand er meer in of uit kon.

Na enige tijd was iedereen de egel vergeten, en ook zelf dacht hij aan zichzelf als de struik, stelde zich voor als de struik en vond het interessant dat hij zoveel ruimte innam.

Soms bloeide hij of verschenen er plotseling bessen aan hem. Dan nodigde hij iedereen uit en mocht iedereen net zoveel van hem plukken als hij maar wilde. Soms rustte de vlinder op zijn kruin uit en spraken ze over het weer, waar de struik weinig weet van had, omdat zijn gevoel diep verborgen zat en niet toegankelijk was voor warmte en koude. En in de zomer ging de nachtegaal dikwijls 's nachts tussen zijn takken zitten. Dan trilde de struik van opwinding en ritselde hij. En iedereen vond dat de nachtegaal in de struik mooier zong dan waar dan ook.

SOMS KEEK DE EEKHOORN IN DE SPIEGEL NAAST ZIJN DEUR en wist hij niet wat hij denken moest van zichzelf. Dan bekeek hij zijn oren, zijn neus, de rimpels in zijn voorhoofd en zijn kin, maar hij zag altijd hetzelfde en wist nooit wat hij daarvan denken moest.

'Ik wil je iets vragen,' zei hij op een keer tegen zichzelf.

'Vraag maar,' antwoordde hij.

'Wist ik maar wat,' zei hij.

Zo keek hij lange tijd naar zichzelf. Toen zei hij opeens: 'Misschien moet ik je wel schrijven.'

'Ja!' antwoordde hij opgetogen.

Hij draaide zich om, ging aan zijn tafel zitten, schreef een brief aan zichzelf en gaf hem aan de wind mee.

De wind voerde de brief over het bos, over de zee, over de woestijn, over de zee terug naar het bos en bezorgde hem bij de eekhoorn.

De eekhoorn nam de brief aan, opende hem en las:

Beste eekhoorn,
  Ik weet niet hoe het met mij gaat.
  Jij?

De eekhoorn keek naar de brief en ging toen voor het raam zitten.

Het was een prachtige dag. De zon stond hoog aan de hemel en scheen op alle bomen, alle bladeren, alle takken. Er waren een paar kleine, sierlijke, witte wolkjes en de wind was achter het bos gaan liggen. De eekhoorn snoof de zomergeuren van het bos diep in zich op en zwaaide naar de zwaan in de lucht en naar de rups die zich traag langs een tak van de beuk naar beneden liet zakken.

Na lange tijd zo gezeten te hebben schreef hij een nieuwe brief aan zichzelf. De wind stak weer op en nam de brief mee, voerde hem weer over het bos, over de zee, over de woestijn, over de zee terug naar het bos en bezorgde hem tegen zonsondergang bij de eekhoorn. Ongeduldig maakte hij de brief open en las:

Beste eekhoorn,
Ik weet het ook niet. Maar als je straks naar buiten gaat en op het puntje van de dikke tak gaat zitten zal ik je iets zeggen.
Ik

De eekhoorn vouwde de brief zorgvuldig op en legde hem in de onderste la van zijn kast. Boven de kast hing de spiegel, maar het was inmiddels te donker geworden om nog iets in de spiegel te herkennen. De eekhoorn ging naar buiten om op het puntje van de dikke tak te horen wat hij te zeggen had. Zijn hart bonsde. 'Sst,' zei hij.

'Ach,' zei de mier tegen de eekhoorn, 'eigenlijk zou ik het liefst lucht willen zijn.'

Hij keek naar de eekhoorn, maar de eekhoorn zei niets.

'Luister je?' vroeg de mier.

'Ja,' zei de eekhoorn.

'Als lucht ben je onzichtbaar en overal. Moet je je eens indenken, eekhoorn. Dan was ik nu in de woestijn en boven de zee en tussen de toppen van de bomen en boven de wolken en bij de zon. Dan was ik warm en kon ik mezelf koelte toe blazen met de wind of wat regen dwars door mij heen laten vallen. Dan was ik heel blauw... ik wil eigenlijk altijd al blauw zijn.'

'Hm,' zei de eekhoorn. 'Ik weet niet of ik blauw zou willen zijn.'

'En 's nachts,' ging de mier verder, 'was ik zwart met glinsterende stippels en leunde ik over alle slapende dieren heen. Moet je je voorstellen, eekhoorn, dan zag ik hoe het nijlpaard sliep en de bij en de oorwurm. Heb jij de oorwurm wel eens zien slapen?'

De eekhoorn schudde van nee.

'Ik ook niet,' zei de mier. 'Ik vraag me wel eens af of hij op zijn zij slaapt of ergens in. Dát zou ik dan dus ook weten. En ik zou als kleine belletjes onder water kruipen, tussen het riet, en bij de algen, en de karper zien en het zeepaardje, en ik zou de inktvis eindelijk eens diep in zijn ogen kunnen kijken. Volgens mij, ik weet het niet, hoor, heeft hij eigenlijk gele ogen.'

De eekhoorn haalde zijn schouders op.

'En bovendien,' voegde de mier daaraan toe, 'zou ik dan misschien niet meer zo nieuwsgierig zijn, omdat ik alles zou weten. Want waar zou ik niet zijn?'

'Ik weet het niet,' zei de eekhoorn.

'Noem maar iets op,' zei de mier.

'Ik weet het echt niet,' zei de eekhoorn.

'Onder de grond? Daar zou ik ook zijn. Je hebt toch wel eens gehoord van spelonken en gangen?'

'Ja,' zei de eekhoorn.

'En ik zou helemaal geen licht meer nodig hebben. Want wat kunnen licht en donker de lucht schelen?'

'Niets,' zei de eekhoorn.

De mier zuchtte.

'Maar ja,' zei hij, 'ik ben nou eenmaal de mier. Alles aan mij is mier. Mijn voeten zijn mier. Mijn neus is mier. Mijn trek in honing is mier. Mijn nieuwsgierigheid is mier. Alles, alles mier.'

Hij zuchtte nog een keer diep en keek naar de eekhoorn. De eekhoorn sliep. Toen besloot de mier ook te gaan slapen. En even later sliep hij zoals alleen hij kon slapen, in de zon, in het gras, aan de oever van de rivier, laat in de middag.

Op een ochtend zag alles er anders uit. De eekhoorn keek uit zijn raam en zag dat de lucht groen was. Hij wreef zijn ogen uit, keek opnieuw, maar de lucht was groen, en de boom tegenover zijn huis was wit en glinsterde alsof hij van glas was.

De eekhoorn kleedde zich snel aan, waarbij hij merkte dat hij zes voeten had en geen twee, en maar een heel klein staartje. Hij liet zich uit de beuk naar beneden zakken en rende naar de mier.

'Mier! Mier!' riep hij.

'Ja,' hoorde hij achter de deur. Het was een donkere stem die daar sprak en toen de deur openging stond daar de mier met twee slurven in plaats van lippen, en slechts één oog, iets opzij van het midden onder zijn kin. Zijn neus was geel, maar verder was hij roze met hier en daar een vuurrode vlek.

'Wat is er met jou aan de hand?' vroeg de eekhoorn.

De mier haalde zijn schouders op, waarbij zijn ene schouder tot aan het plafond kwam, en de andere nauwelijks bewoog.

'Ik weet het niet,' zei hij met dezelfde lage stem.

'Laten we gaan kijken,' zei de eekhoorn.

Ze gingen naar buiten en troffen alles anders aan dan anders.

Het mos was geel, het bospad liep recht omhoog en eindigde in een wolk die rood was en naar hooi rook. De rivier stroomde naast zijn bedding en de karper had dunne rode benen waarmee hij over de oever waadde.

'Wie zou dit op zijn geweten hebben?' vroeg de eekhoorn.

Ze gingen iedereen na die ze kenden, stonden enige tijd stil bij de hagedis en de kolibrie, verwierpen de spin, sloten de tor uit en wisten uiteindelijk niemand te bedenken.

Tegen de middag kreeg de mier trek in boomwortel, waar hij nooit van had gehouden. Omdat enkele bomen op hun kop stonden kon hij meteen beginnen. De eekhoorn nam een hap aarde en dacht aan dingen waar hij nooit aan dacht: veters, knoesten, geknakte veren.

Ze kwamen veel dieren tegen die middag. Iedereen zag er anders uit, maar niet onherkenbaar. Zelfs de olifant met stekels, kleine roze oren, een snavel en honderd korte benen was de olifant, ook al zong hij een weemoedig lied en dreef hij op zijn rug in het water.

Tegen de avond was iedereen al gewend aan de veranderingen. De mier legde zijn slurven rond een wilgenwortel en kauwde luidruchtig, en de eekhoorn vertelde over een wandeling onder de zee door die hij nooit had gemaakt.

De maan verscheen boven het bos, blauw en langwerpig, en de hele hemel glinsterde, behalve de sterren die als zwarte vlekjes in de lucht hingen.

Die nacht droomde iedereen de vreemdste dingen. De eekhoorn droomde dat hij twee voeten had en een enorme staart en dat hij behaaglijk achteroverleunde en op een beukennoot knabbelde, terwijl de mier droomde dat hij aan een suikersoes likte en het nog lekker vond ook. Het stekelbaarsje droomde dat hij kon zwemmen. Wat leuk! droomde hij. Ik kan zwemmen! 'Stil!' zei de mol, die naast hem lag in de top van de populier. Hij droomde dat hij gangen groef onder de grond. Misschien ben ik wel op weg naar iets lekkers! droomde hij verbaasd.

DE VERJAARDAG VAN DE LEPELAAR WERD GROOTSER GEVIERD dan ooit, ook al wist niemand waarom. Er was meer honing en eikensap en notendrank dan op een gewone verjaardag. De lepelaar zat aan het hoofdeinde van de tafel en schepte zelf de borden en bekers vol met telkens nieuwe gerechten, en telkens klonken er weer kreten als Ah en O en Hm, daar op de open plek in het bos op een warme avond in het zachte licht van een halve maan.

Iedereen zat naast wie hij het liefste zat, zodat alles het beste smaakte.

Toen iedereen meer dan de helft van wat hij op zijn hoogst kon eten op had, tikte de lepelaar op zijn bord.

'Vrienden,' zei hij.

Langzaam kwam het gekauw en geslurp tot rust.

'Vanavond is er een bijzondere opvoering,' ging hij verder. 'Een opvoering zonder woorden. De tor zal dansen met de mier.'

'Maar dat is geen opvoering,' riep de brasem uit zijn waterkom.

'Zij zullen niet zomaar dansen,' zei de lepelaar. 'Zij zullen ontroeren.'

'Ontroeren?' riep de kikker. 'Is dat als je je lepel stilhoudt? Ha ha!'

Maar niemand lachte en de kikker zweeg beschaamd.

De gloeiworm doofde zich en daar, op een verhoging onder de eik, verlicht door de vuurvlieg die van een takje naar beneden hing, verschenen plotseling de tor en de mier. Ze glommen meer dan ooit. De tor was geheel in het zwart, maar de mier had hier en daar iets wits op zich gestrooid, stippeltjes die glinsterden in het schijnsel van de vuurvlieg.

'O,' riep iedereen.

Toen werd het stil en begon de nachtegaal in de struik naast de eik te zingen. De tor sloeg zijn arm om het middel van de mier en ze zweefden over de verhoging.

Nooit hadden twee dieren zo mooi gedanst, en nooit hadden zoveel tranen tegelijkertijd geblonken.

Maar het meest ontroerd was wel de eekhoorn, want af en toe keek de mier even naar hem. En dan dacht de eekhoorn aan de reis die ze zouden gaan maken en hoe gezellig die zou worden, en dan wist hij niet waarom, maar dan stroomden de tranen over zijn wangen.

Ze dansten lang, die twee. Toen de nachtegaal ten slotte zijn laatste noot had laten weerklinken stonden ze stil.

Niemand bewoog of zei iets of klapte, totdat de lepelaar, na een hele tijd, fluisterde: 'Ontroerd?'

Iedereen knikte, zelfs de kikker die wit was geworden van ontroering, en de brasem die in zijn eigen tranen zwom.

De tor liet zijn ogen fonkelen, terwijl de mier knikte en zijn lippen op een eigenaardige manier tuitte.

Toen liet de lepelaar een taart tevoorschijn komen die zo luchtig was dat je hem alleen maar kon vermoeden, maar niet kon proeven of zien.

'Zonde,' riep de beer. Maar de andere dieren riepen 'O' en besloten de verjaardag van de lepelaar nooit te vergeten.

Toen de mier en de eekhoorn op een keer door het bos wandelden stuitten ze op een zwart muurtje, dwars over de weg. Dat muurtje hoorde daar niet te staan.

Ze duwden tegen het muurtje, maar het gaf niet mee.

'We kunnen eromheen lopen,' zei de eekhoorn.

Maar om de een of andere reden vond de mier dat niet eerlijk. Hij nam een aanloop en probeerde in één keer boven op het muurtje te komen. Hij haalde het bijna, maar het muurtje was glad en hij gleed naar beneden.

'Au,' zei hij. De eekhoorn schudde zijn hoofd.

'Geef me eens een zetje,' zei de mier.

De eekhoorn tilde de mier op zodat hij boven op zijn hoofd kon staan.

'Ik ben er bijna!' riep de mier.

'Ja?' riep de eekhoorn, die niet makkelijk stond.

De mier sprong, maar weer kwam hij iets tekort. Hij viel boven op de eekhoorn en samen vielen ze op de grond.

'We zouden eromheen kunnen lopen...' stelde de eekhoorn opnieuw voor.

'Daar is het nu te laat voor,' zei de mier. 'Dan hadden we dat meteen moeten doen.'

De eekhoorn ging op de grond zitten. Maar de mier pakte een tak van de iep die daar stond. Hij bond de tak om zijn middel, liep zo ver mogelijk naar achteren en liet zich toen omhoog zwiepen.

Met een zware dreun kwam hij tegen de bovenkant van het muurtje aan, en gleed naar beneden.

'Het scheelde niets!' riep hij opgewonden.

'Ik loop eromheen,' zei de eekhoorn.

200 'Geen sprake van,' zei de mier. Hij sprong overeind en hield de eekhoorn tegen.

'Dat zou zonde zijn,' zei hij.

De eekhoorn ging weer zitten. De mier had inmiddels talrijke bulten en schrammen op zijn rug en zijn benen, maar hij ging weer druk aan het werk. Hij timmerde een ladder van takken en doornen. Het was geen mooie ladder, en hij was ook niet stevig, en toen de mier boven op de ladder stond en zijn voet al op het muurtje wilde zetten brak de ladder en viel de mier tussen de gebroken takken en doornen naar beneden. Hij lag daar bedolven onder de resten van zijn ladder, maar niet voor lang, want hij sprong overeind en kon de eekhoorn nog net bij zijn staart grijpen voordat hij om het muurtje heen was gelopen.

'O nee,' zei de mier. 'Dat nooit.'

Later die middag probeerde de mier nog een keer met volle vaart door het muurtje heen te lopen, en van twee boomstammen maakte hij nog een soort wip die hem over het muurtje heen moest werpen.

Tegen de avond gingen ze naar huis. De mier leunde zwaar op de schouder van de eekhoorn. Hij vertelde dat hij die avond wel een manier zou vinden. Hij had thuis nog een boek met honderd manieren om over muurtjes te komen of anders zou hij zelf wel iets verzinnen.

'Morgen lach ik om dat muurtje,' zei hij. 'Let maar op, eekhoorn!'

Maar de eekhoorn lette niet meer op en zeulde hem naar zijn huis, niet ver van het midden van het bos.

AAN DE RAND VAN HET BOS ONDER DE ROZENSTRUIK WOON-
de de das. Hij wist veel, maar niet waarom hij elke dag een ander
humeur had. De ene dag was hij goed gestemd en knikte hij vriendelijk naar de vier muren van zijn kamer en genoot hij van zijn
plafond. Maar de andere dag was hij somber en keek hij urenlang
naar zijn nagels en dacht hij aan zwarte dingen: de nacht, natte
aarde, gal, de tor, sommig stilstaand water, de kraai, de inktvis.

Op een keer was hij weer somber en had hij aan alle zwarte dingen gedacht die hij kende. Hij wist niets nieuws te verzinnen en
werd steeds somberder. Grommend liep hij naar buiten het bos in,
en schoot iedereen aan met de vraag of hij nog iets zwarts wist.

'Ik,' zei de merel.

'Ja, dat zie ik ook wel,' mopperde de das.

'Drop,' zei de worm.

'Ja ja.'

'Roet,' zei de spreeuw.

'Ach, dat weet ik toch allang.'

Hij zwierf het bos door, keek in alle struiken en holle bomen,
tussen al het gras, in alle kelken van alle bloemen, maar hij kon
niets zwarts ontdekken dat hij nog niet kende.

Midden op de middag stond hij op de open plek in het bos, zette
zijn handen aan zijn mond en riep: 'Wie weet er nog iets zwarts?'

De dieren fronsten hun voorhoofd en riepen een voor een: 'Ik
niet.'

Het was een treurige dag, waarop het ook nog regende.

Ten slotte nam de mier de das mee naar een hoek van het bos.

Daar liet hij hem een gat zien, in de grond, dat zo zwart was en
zo diep dat de das duizelig werd. Hij wankelde en viel voorover,
maar de mier greep hem nog net op tijd beet.

De das hield op met jammeren en staarde met grote ogen in de gitzwarte duisternis onder hem.

'Ja,' fluisterde hij. 'Dat is zwart.'

Zijn somberheid was onmiddellijk verdwenen en met verende passen liep hij door het bos naar huis.

Het was nacht geworden, maar het zwart van de nacht maakte geen enkele indruk meer op hem, en hij vond de tor, die in het donker lag te slapen in de schaduw van een rotsblok, nauwelijks nog zwart te noemen.

Thuis jubelde hij en zei hij tegen zijn vier muren: 'Ik heb nú toch iets zwarts gezien... daar hebben jullie geen weet van!'

De muren kraakten en lieten wat maanlicht door, waarin de das zich uitrekte, geeuwde en in bed stapte.

'Het valt niet mee,' zei de pad.

'Wat niet?' vroeg de vlieg.

'Als je iets niet weet,' zei de pad.

De vlieg zat zijn voelsprieten te poetsen, terwijl de pad achteroverleunde tegen de wilg.

'Wat weet je niet?' vroeg de vlieg terwijl hij één voelspriet tegen het licht hield.

'Waarom ik nooit boos ben,' zei de pad.

De vlieg stak de voelspriet weer naar boven en keek de pad van opzij aan. Hij wist dat de pad heel boos kon worden. Dan zwol hij langzaam op, werd rood of paars en brulde op een eigenaardige schorre manier. Iedereen die maar enigszins tijd had kwam hem dan bekijken, voelde aan zijn woedende vel, kneep in een kwade knie of snoof de geur van zijn razernij diep in zich op. Er was niemand die zo schitterend boos kon worden als de pad.

'Niemand legt mij ooit een strobreed in de weg!' kwaakte de pad verontwaardigd.

'Nou...' zei de vlieg.

'Wat bedoel je met nou...?' zei de pad.

'Volgens mij,' zei de vlieg, 'word je om het minste of geringste al kwaad.'

'Welk minste of geringste?' vroeg de pad.

'Elk minste of geringste,' zei de vlieg, 'en soms zelfs om niets!'

De pad stond op en werd iets groter.

'Zoals nu bijvoorbeeld,' zei de vlieg.

'Wat nu?' riep de pad, terwijl hij verschoot van kleur.

'Nu word je toch boos.'

'Ik word helemaal niet boos!' brulde de pad.

'Je bent nu heel boos,' zei de vlieg. 'Echt waar.'

'Niet!' schreeuwde de pad. 'Niet! Boos! Ik!'

Zijn kaken kraakten en zijn ogen schoten woedende vonken in het rond. De vlieg bekeek hem van alle kanten.

'Niet te geloven,' mompelde hij. 'Niet te geloven.'

De pad zwol nog steeds op en stampvoette ook. Zijn kleur was nu geel met rode strepen. Zelden nam hij die kleuren aan.

'O, o, o,' zei de vlieg.

Het was aan het eind van de middag en het begon te waaien. De wind maakte een sissend geluid in de buurt van de ogen van de pad. De vlieg genoot met volle teugen, terwijl de stem van de pad oversloeg en het ten slotte helemaal begaf.

'Kom,' zei de vlieg, toen de zon achter de horizon verdween, 'ik moet weer verder.' Hij klopte de pad op een van zijn ziedende schouders en vloog weg.

De pad bleef daar alleen achter. Pas toen het helemaal donker was nam zijn woede weer af.

'Het valt niet mee,' mompelde hij, toen hij zijn stem weer terug had, en hoofdschuddend liep hij naar huis.

MIDDEN IN HET BOS BOTSTE DE EEKHOORN TEGEN DE OLI-
fant.

'Wie van ons keek niet uit?' vroeg de olifant. Er verscheen een
bult op zijn hoofd.

'Ik zag jou lopen,' zei de eekhoorn.

'Dan is het mijn schuld,' zei de olifant.

De eekhoorn had een pijnlijke neus die hij voorzichtig betastte.
Ze gingen zitten in het gras onder de eik.

'Waar ga jij heen?' vroeg de olifant.

'Ik weet het niet,' zei de eekhoorn. 'Ik dacht daar net over na.'

De olifant schraapte zijn keel, deed zijn oren naar achteren en
zei: 'Ik ben op weg naar een geheime afspraak.'

'Een geheime afspraak?' vroeg de eekhoorn verbaasd.

'Ja,' zei de olifant. 'Een geheime afspraak.'

'Met wie?' vroeg de eekhoorn.

'Jaaaaaa...' zei de olifant. 'Als ik je dát vertel is het geen geheime
afspraak meer.'

'En wat ga je dan afspreken?'

'Ja, ja,' zei de olifant en hij glimlachte breed, 'jij probeert me in
een val te lokken, ha ha. Maar dáár trap ik niet in. Mijn afspraak is
geheim en verder zeg ik niets.'

'Goed,' zei de eekhoorn, 'dat hoeft ook niet. Trouwens, ik denk
dat ik het wel weet...'

'Wat weet je?' vroeg de olifant scherp.

'Ach...' zei de eekhoorn, terwijl hij aandachtig het puntje van
zijn staart bekeek.

Plotseling lachte de olifant luid.

'Aha,' zei hij, 'ik begrijp het al. Dat hoort er bij. Je probeert me
in een val te lokken. Daar heeft de tor mij nog zo voor...'

Hij zweeg. Er trok een zwarte wolk over zijn gezicht.

De eekhoorn bleef naar het puntje van zijn staart kijken.

'Ik heb dus een geheime afspraak met een ander,' zei de olifant effen. 'Hoor je dat?'

'Ja,' zei de eekhoorn.

'Zweer je dat dat zo is?'

De eekhoorn moest daar even over nadenken en zei toen: 'Ja. Jij hebt een geheime afspraak met een ander.'

'Laten we zeggen: met de wijnslak.'

'Laten we dat zeggen,' zei de eekhoorn.

De olifant zat er een beetje treurig bij. Zijn grijze rug was krommer dan gewoonlijk en in zijn slurf waren wel honderd rimpels te zien.

'Maar wát heb je dan voor geheime afspraak met de wijnslak?'

'Nee,' zei de olifant. 'Dat geheim krijg je nóóit te weten. Nooit.'

Het was lange tijd stil onder de eik. De zon scheen tussen de bladeren door naar beneden en het stof leek wel te dansen boven het struikgewas.

Niet ver van hen zat de vlinder, schijnbaar in gedachten verzonken, en boven hun hoofd vloog de valk op weg naar het weiland voorbij het bos.

'Eekhoorn,' zei de olifant.

'Ja,' zei de eekhoorn.

'Kun jij goed een geheim bewaren?'

'Ja hoor,' zei de eekhoorn, die zich probeerde te herinneren welk geheim hij de laatste tijd had bewaard. Het leek wel of de olifant zich ergens grote zorgen over maakte. Zijn voorhoofd zakte over zijn ogen en zijn slurf leek wel van was.

'Een geheim weegt niets,' zei de eekhoorn. 'Je hoeft het niet te verstoppen en als je het vergeet bewaar je het juist goed.'

'Als je het vergeet is het geen geheim meer!' riep de olifant.

'Juist wel,' zei de eekhoorn. 'Wat zou het dan zijn?'

'Dan is het niets,' zei de olifant en hij voegde daar heel zacht aan toe: 'en dat is ontzettend.'

Zijn gedachten leken zich wel in kronkels te wringen, en het was alsof er in zijn hoofd iets kraakte en scheurde, maar hij kon zich het geheim niet meer herinneren dat hij die middag met de tor zou bespreken.

'Het is weg,' mompelde hij.

Hij stond op, wankelde op zijn benen en zei: 'Kom, ik ga weer eens.'

Er zaten zoveel rimpels in zijn voorhoofd dat hij zijn ogen niet goed kon openhouden. Het bos weergalmde van de botsingen tussen hem en de bomen. Toen klonk er een plons.

Dat moet de rivier zijn, dacht de eekhoorn.

'IEDEREEN VAN BOORD EN IEDEREEN AAN BOORD!' BRULDE de leeuw. De eekhoorn stond aan de oever van de rivier en wilde met de veerpont overvaren.

De krekel, de lijster en de neushoorn gingen van boord. Toen stapten de eekhoorn, de kever, de rups, de eland en de lepelaar aan boord. De leeuw, die veerman was, keek iedereen vervaarlijk aan.

'Varen!' brulde hij.

Ze voeren de rivier op. Het was een mooie dag en de geur van bloesems en voorjaarsbloemen reikte tot ver over het water.

De rups hing nonchalant achterover tegen de reling, terwijl de kever op het dek zat en iets poetste in zijn gezicht. De lepelaar sliep en de eland keek droefgeestiger dan ooit.

'Hij heeft onlangs een groot verdriet meegemaakt,' zei de kever tegen de eekhoorn, 'zo groot dat hij er niet overheen kon komen. Toen is het bovenop hem gevallen. Als een soort pudding.'

'O ja?' vroeg de eekhoorn.

De kever knikte. 'Het blijft aan hem kleven.'

'Wat?' vroeg de eekhoorn.

'Het verdriet,' zei de kever.

De leeuw stond aan het roer. Zijn ogen schoten vonken die soms in het water vielen en sisten.

Toen ze halverwege de rivier waren pakte hij plotseling de rups beet en smeet hem overboord.

'Zo,' brulde de leeuw.

'Help,' riep de rups.

'Maar waarom doet u...' zei de eekhoorn, maar de kever fluisterde in zijn oor: 'Bemoei je er maar niet mee, zou ik zeggen.' De eekhoorn draaide zich naar de kever toe en zei: 'Maar hij verdrinkt misschien wel!'

'Verdrinken... verdrinken...' zei de kever. 'Dat is meteen weer zo'n groot woord. De oever kan verdrinken, het land, wat mij betreft de hele wereld, maar niet de rups. Hij kan het heel moeilijk krijgen, dat wel, maar verdrinken, nee, dat zou ik niet zeggen.'

'Help,' riep de rups. 'Help me toch!'

De leeuw wierp een woedende blik in zijn richting, brieste, gaf een ruk aan het roer en voer de andere kant op.

De eland zat wat aan zijn gewei te morrelen en de lepelaar leek nog steeds te slapen.

'Maar waarom...' begon de eekhoorn weer.

'Bemoei je er nou toch niet mee,' zei de kever. 'Misschien mag hij de volgende keer wel mee. Of misschien is de overkant toch niets voor hem.'

Niet lang daarna bereikten ze de overkant.

'Iedereen van boord en iedereen aan boord!' brulde de leeuw.

De eekhoorn stapte van boord. Hij ging op de oever staan en zag de rups in de verte nog zwemmen. Zo te zien zwom hij naar de andere oever terug.

'Wat is het hier toch mooi,' zei de kever, terwijl de eland omhoogkeek en naar wolken zocht in de enorme, blauwe lucht.

'WAKKER WORDEN,' RIEP DE MUS EN HIJ TIKTE DE MIER EN de eekhoorn, die in de schaduw van de eik lagen te slapen, op hun schouder.

'Hè... waarom... wie... hoe... o...' mompelden ze en ze wreven hun ogen uit.

'Ik wil jullie wat uitleggen,' zei de mus.

'Wat uitleggen?' vroeg de mier.

'Alles,' zei de mus. 'Het geeft niet wat. Wat jullie maar willen weten.'

'Maar ik wil niets weten,' zei de eekhoorn.

'Ik lag net te slapen,' zei de mier.

'Dát is nou bijvoorbeeld iets,' zei de mus, 'dat ik heel goed kan uitleggen. Jullie waren moe, het was warm, het liep tegen het eind van de middag, jullie gingen zitten, leunden achterover, en toen...'

'Ik bén moe,' zei de eekhoorn.

'Precies,' zei de mus. 'Dat klopt.'

'En ik ook,' zei de mier nadrukkelijk.

'Dat is toch geen bezwaar?' vroeg de mus.

'Mag ik verder slapen?' vroeg de eekhoorn.

'Dat is een hele goede vraag,' zei de mus. 'Kijk, er zijn twee mo-gelijkheden. Of...'

De mier begon luid te snurken, maar de mus legde een vleugel over zijn mond.

'Nu moet je even stil zijn,' zei hij, 'dan leg ik aan de eekhoorn uit hoe en of hij mag verder slapen.'

'Mus,' zei de eekhoorn. 'Wij zijn moe en wij willen nu met rust gelaten worden.'

'Noem maar op,' zei de mus.

'Noem maar op?' zei de eekhoorn. 'Ik wil niets opnoemen. Ik wil rust!'

'Noem maar op wat voor rust je wilt. Gemoedsrust, nachtrust, onrust? Ik zal ervoor zorgen.'

'Gewone rust!' riep de eekhoorn wanhopig. 'Ik wil met gewone rust gelaten worden!'

'Goed,' zei de mus.

Hij ging naast de eekhoorn zitten, trok zijn poten onder zich, stak zijn snavel tussen zijn veren en viel heel langzaam achterover, op zijn rug.

'Hij beweegt niet meer,' zei de eekhoorn, na enkele ogenblikken.

De mier sprong overeind en boog zich, samen met de eekhoorn, over de mus heen, luisterde aan zijn snavel en voelde met zijn vingers in het dons op zijn borst waar, volgens hem, altijd iets hoorde te kloppen, ook al wist hij niet precies wat. Maar hij voelde niets, er klopte niets. De mus lag roerloos op zijn rug.

'Ik begrijp er niets van,' zei de eekhoorn.

'Nee,' zei de mier en hij keek zo ernstig als hij, naar hij zich kon herinneren, nog nooit had gekeken.

Ze deden beiden een stap achteruit en krabden aan hun achterhoofd. Toen vloog de mus overeind.

'Was dat gewone rust of niet?' riep hij.

'Nee,' zei de eekhoorn. 'Dat was geen gewone rust. Dat was zeer ongewone rust.'

'O ja?' zei de mus. 'Zal ik jullie eens echte ongewone rust laten zien?'

'Nee,' zei de mier. 'Je hoeft ons niets te laten zien.'

'Kijk, ongewone rust...' begon de mus.

'Wat wil je van ons?' gilde de eekhoorn plotseling.

'Goede vraag! Goede vraag!' tsjilpte de mus, maar hij deed wel een stapje achteruit.

'Nou?' riep de eekhoorn. 'Nou?'

'Rustig maar,' zei de mier en hij sloeg een arm om de eekhoorn heen.

'Uitstekende vraag!' riep de mus, terwijl hij opsteeg van de grond. 'Wat ik daar niet allemaal over kan zeggen... Wat een goede vraag! Prachtig! Prachtig!'

Hij verdween achter een struik.

De eekhoorn en de mier hadden geen slaap meer. Zwijgend liepen ze naar huis, terwijl de zon achter het bos naar de horizon daalde.

Op een dag liep de eekhoorn door de woestijn. Hij had een verschrikkelijke dorst en dacht tevreden: ah, nu weet ik tenminste zeker dat dit de woestijn is. Maar niet lang daarna dacht hij: pffft, wat doe ik hier eigenlijk?

Aan het einde van de middag bereikte hij een spelonk. Daar ging hij in om wat koelte te vinden. Het was een donkere spelonk en in een hoek zat de kameleon aan een tafel.

'Welkom,' zei de kameleon vriendelijk.

'Ik ben gaar,' zei de eekhoorn.

'Dat komt goed uit,' zei de kameleon, 'dat zijn de mispels ook. Maar ga toch zitten.'

'Ik heb niet zo'n trek in mispels,' zei de eekhoorn.

'Nou,' zei de kameleon, 'dat is nou ook niet weer héél spijtig. Waar heb je dan trek in?'

'In water.'

'Wat leuk,' zei de kameleon. 'Dat kan. Hoe wil je het hebben? Kokend, sissend, als hagelsteen, als sneeuw, als ijspegel, ruisend of verdampt?'

'Gewoon.'

'Dat kan ook.'

De kameleon ging door een deurtje aan de achterkant van de spelonk en kwam even later terug met een bakje met één druppel water.

'Gewoon water,' zei hij en hij zette het bakje voor de eekhoorn neer.

'Is dat alles?' vroeg de eekhoorn, nadat hij de druppel had opgelikt.

'Wil je soms veel water?' vroeg de kameleon.

'Ja! Heel veel!' zei de eekhoorn.

'O, maar dat had ik niet begrepen...'

De kameleon ging weer door het deurtje de spelonk uit. Even later kwam hij terug, maar nu gezeten op een vloedgolf die door het deurtje de spelonk in stroomde en de eekhoorn onderdompelde.

'Heel veel water,' zei de kameleon, op de golf heen en weer deinend.

De eekhoorn stak zijn hoofd boven water en haalde diep adem.

'Smaakt het?' vroeg de kameleon.

'Heerlijk,' zei de eekhoorn. Hij dook weer onder water en begon te drinken. En hij dronk door tot hij de hele vloedgolf opgedronken had.

'Op,' zei hij toen.

'Nog wat?' vroeg de kameleon.

'Nee hoor,' zei de eekhoorn. 'Het was heerlijk.'

'Wil je dan iets anders?'

'Nee, ik ben tevreden.'

'Echt niet?'

'Echt niet.'

'Ook niet één ander iets?'

'Ook niet één ander iets.'

'Ook geen gestoofde beukennoot?'

'Ook geen... eh... nou ja... als je blijft aandringen.'

De kameleon verdween weer door het deurtje en kwam terug met een bord waarop een gestoofde beukennoot lag, in een sneeuwbed, met op de achtergrond een volle maan die aan een onzichtbaar koordje uit een grijsblauwe hemel naar beneden hing, terwijl om hem heen talloze sterren flonkerden.

'Eén gestoofde beukennoot,' zei de kameleon.

'O,' zei de eekhoorn. Hij glom van plezier.

'Wat is er eigenlijk achter dat deurtje?' vroeg hij toen hij de beukennoot op had.

'Het paradijs,' zei de kameleon. 'Wil je het zien?'

Hij gooide het deurtje wijd open.

'Het paradijs,' zei hij. 'Voilà.'

De eekhoorn zag een tuin met watervallen en palmen en overal zonnen die schenen, manen die een zacht schijnsel verspreidden, en wazige witte wolkjes.

Die avond betrad de eekhoorn het paradijs.

Ik moet goed opletten, dacht hij, want anders vergeet ik de helft.

'Heerlijk weer, hè?' zei de kameleon.

'Ja,' zei de eekhoorn.

Er woei een milde bries door het paradijs, en er viel een zachte regen, terwijl overal de zon scheen. Op enkele plaatsen sneeuwde het: onder een palm en tussen het riet langs een lichtblauw meer. En zo nu en dan flitste er een bliksemschicht.

'Mooi, hè?' zei de kameleon.

'Ja,' zei de eekhoorn. Hij liep achter de kameleon aan.

'Au,' zei hij opeens. Hij had ergens in getrapt.

'Een distel,' zei de kameleon. 'Wat jammer. Heb je je bezeerd?'

'Nee,' zei de eekhoorn, maar het viel hem wel tegen dat er distels waren in het paradijs.

Kort daarna struikelde hij over een onopvallend steentje en viel hij in een paar wuivende brandnetels, en niet veel later verlangde hij naar huis.

'Dat kan,' zei de kameleon. 'Om die hoek woon je.'

De eekhoorn sloeg een zeer scherpe hoek om en stond plotseling weer in het bos.

Ach, dacht hij, de mier gelooft me toch niet. Ik vertel maar niets. En toch heb ik dit meegemaakt! Of niet soms?

Hij ging naar huis. Het was al nacht en voor hij thuis was sliep hij al.

Ik wou, dacht de eekhoorn, dat ik weer eens gewoon, zonder opzet, uit de boom viel en verschrikkelijk schrok.

Hij deed een paar stappen naar voren, met zijn ogen dicht, maar hij viel niet.

'Hè,' zei hij, 'nu wil ik vallen en val ik niet. Al die stomme takken ook!' Hij holde nog een paar keer met gesloten ogen heen en weer, maar hij viel niet.

Ik geef het op, dacht hij. Hij draaide zich om, deed zijn deur open, gleed uit en viel dwars door de takken van de boom naar beneden.

'Au,' riep hij woedend, toen hij op de grond terechtkwam.

Hij hoorde een gebrom naast zich.

'Wie is daar?' vroeg hij, over zijn achterhoofd wrijvend.

'Ik ben het. Jouw boom.'

'Maar ik wist niet dat jij kon praten,' zei de eekhoorn.

'Dat kan ik ook niet,' zei de boom. 'Maar nu wel.'

De boom trok zijn wortels uit de grond, vouwde zijn takken op en liep weg.

'Hé,' riep de eekhoorn. 'Waar ga je heen?'

'Dat zie ik nog wel,' zei de boom.

De eekhoorn wilde hem achternagaan, maar hij was zo hard gevallen dat zijn voeten in de grond vastzaten en niet los te wrikken waren. Bedroefd zag hij de boom tussen de andere bomen verdwijnen.

De mier trof hem daar even later treurend aan.

'Ik zie het al,' zei hij. 'Gevallen.'

'Mijn boom is weg,' zei de eekhoorn.

De mier keek verbaasd naar de plaats waar de beuk had gestaan.

'Hij is weggelopen,' zei de eekhoorn.

'Waarom?' vroeg de mier.

'Ach... een geval van niets. Ik zei iets van zijn takken of zoiets.'

'O,' zei de mier, die er weinig van begreep, maar wel vermoedde dat de boom zwaarwichtige redenen had om zomaar weg te lopen.

'We moeten hem achterna,' zei hij. Hij trok de eekhoorn uit de grond en samen liepen ze door het bos, door de rivier, door het weiland langs het strand naar de woestijn, het spoor van de boom achterna.

Pas diep in de woestijn, niet ver van het einde van de wereld, vonden ze hem terug.

'Dag boom,' zei de eekhoorn en hij sloeg zijn ogen neer.
De boom knikte.

'Ik zal het nooit meer doen,' zei de eekhoorn.

'Dit is geen plaats voor jou, boom,' zei de mier.

'Nee,' ruiste de boom met een paar van zijn dorre bladeren.

'We hebben toch altijd goed samen gewoond?' zei de eekhoorn.

'Tamelijk,' zei de boom, terwijl hij met zijn langste tak een stukje kromgetrokken schors van zijn bast pelde.

'Ga je mee?' vroeg de eekhoorn. Hij gaf de boom een hand en de boom gaf hem een tak.

'Nou goed dan,' zei de boom.

Zo liepen zij naar huis. De mier volgde hen op de voet om van hun schaduw te profiteren. In het bos ging de boom weer op zijn oude plaats staan.

'Voorlopig zeg ik nooit meer iets,' bromde hij nog.

De mier ging naar huis en de eekhoorn klom heel voorzichtig naar boven en nam zich voor nooit meer te willen vallen.

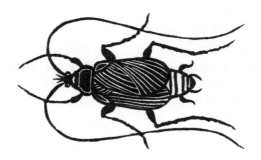

De eekhoorn en de mier wandelden over de heide. Het rook er naar milde heidehoning en de mier zei: 'Hier zou ik heel goed kunnen wonen.'

'Daar woont de kakkerlak,' zei de eekhoorn en hij wees een schamel hutje aan dat midden op de heide stond. Een smal modderig paadje leidde naar de voordeur.

De eekhoorn en de mier besloten de kakkerlak te bezoeken en klopten op de deur. Het was stil in de hut.

'Binnen!' riep de mier.

'Dat moet jij niet zeggen,' zei de eekhoorn. 'Dat moet hij zeggen.'

'Maar als hij het niet zegt dan moet ik het toch zeggen? Anders komen we nooit binnen,' zei de mier.

Hij duwde de deur open en stapte het bedompte hutje in.

'Maar als hij nu eens niet thuis is...' zei de eekhoorn.

'Daar komen we op deze manier achter,' zei de mier.

'Ik vind het rijkelijk brutaal,' zei de eekhoorn, maar hij volgde de mier en stapte de hut in.

Het was een somber huisje waarin de kakkerlak woonde. Er hing een mistroostige lamp aan een vermolmde balk, er stond een scheefgezakte tafel in een stoffige hoek en er lag een versleten deken op de hobbelige vloer. Op die deken lag de kakkerlak.

Toen de eekhoorn en de mier gewend waren aan het schaarse licht dat door de kieren viel zagen ze hoe triest de kakkerlak naar hen keek. Zijn lichaam was bezaaid met korsten, één oog hing scheef en het andere was ondeugdelijk, en zijn meeste poten waren geknakt of verbogen.

'Dag...' zei de eekhoorn schuchter.

'Ach,' zei de kakkerlak. 'Zie mij maar niet. Denk maar hoe ik eruit had kunnen zien. Geloof je ogen maar niet.'

'Mag ik gaan zitten?' vroeg de mier.

De kakkerlak maakte een flauw gebaar met een van zijn weinige nog bruikbare ledematen. De mier ging op de verveloze vensterbank zitten, die vermolmder was dan hij eruitzag, zodat de mier door het gebroken raam achteroverviel, in de brandnetels terechtkwam en even later weer naar binnen klom.

'Ach,' zei de kakkerlak. 'Denk daar maar niets van. Zie het maar over het hoofd.'

'Ik zie niets over het hoofd,' zei de mier.

'Nou ja,' zei de kakkerlak, 'onthoud het dan anders, mooier.'

Hij kromp in elkaar en verdween bijna geheel achter een dikke korst die het grootste deel van zijn buik bedekte.

De mier wilde weer gaan. Hij hield niet van de muffe geur die in het huis van de kakkerlak hing.

'Kom maar niet meer terug,' zei de kakkerlak. 'Denk maar dat ik ergens anders woon, in een kasteel of in een paleis.'

'Goed, zei de eekhoorn. Hij duwde de deur open, maar daardoor stortte de voorkant van het hutje in. De mier en de eekhoorn konden nog net naar buiten springen.

'Ik ben hier niet,' riep de kakkerlak uit de stoffige resten van vergaan hout en groezelig gruis achter hen.

'Ik zit op een troon, ik zwaai een scepter. Onthoud dat maar!'

De eekhoorn en de mier liepen de heide weer op en probeerden aan iets vrolijks te denken.

'Ik geef bevelen! Ik heers!' hoorden ze de kakkerlak nog roepen met zijn gebarsten stem.

'DAT TREFT,' ZEI DE PAD TOEN HIJ DE MIER EN DE EEKHOORN langs de rand van het bos zag lopen.

'Wat treft?' vroeg de mier.

'Dat jullie mij hier treffen,' zei de pad. 'Want ik sta op het punt om groot te worden.'

De pad zat op een paaltje. Hij droeg een oude, bruine jas die met groene lappen versteld was. De eekhoorn en de mier kenden hem goed en wisten hoe breedvoerig en opgeblazen hij soms kon doen.

'Ik ben veel te lang klein geweest,' zei de pad.

Hij hield zijn adem in of deed iets anders, en begon geleidelijk te zwellen.

'Hij groeit echt,' zei de eekhoorn.

'Sst,' zei de mier en hij deed een stap achteruit.

'Ik ben van plan,' zei de pad, terwijl hij even ophield met zwellen, 'om alles te vullen met mijn aanwezigheid.'

'Alles?' vroeg de eekhoorn.

'Alles,' zei de pad. 'De lucht. Het heelal.'

Hij zwol weer verder. Zijn hoofd kwam al tot de kruin van de berk die daar stond.

'Met mijn knie in de hemel!' riep de pad.

'Je knie?' vroeg de mier.

'Mijn knie,' riep de pad.

'En je hoofd dan?' vroeg de eekhoorn.

'Daar hebben we het dan al niet eens meer over!'

'Hoe doe je dat toch?' vroeg de mier.

'Gewoon inademen,' zei de pad.

De mier ademde diep in, werd paars, maar zwol geen millimeter op.

'En aanleg,' voegde de pad eraan toe. 'En karakter. En wilskracht. En besef.'

'Besef?' vroeg de mier.

'Ja. Vooral besef.'

'Besef waarvan?'

'Niet van iets. Puur besef,' riep de pad nog, alvorens zijn hoofd in een wolk verdween en zijn stem verloren ging in de ruimte.

Het werd stil daar aan de rand van het bos. De pad zwol vrijwel geruisloos op en de eekhoorn en de mier wisten niet wat ze moesten zeggen.

'Kijk eens,' zei de eekhoorn na een tijdje, 'dit lijkt wel zijn enkel.'

Hij pakte een reusachtige knobbel beet en liet hem aan de mier zien.

Plotseling begon het te onweren. Vreemde donderslagen weerklonken boven de wolken en bevingen golfden door de beide onderbenen, die als bomen in het veld stonden.

De mier en de eekhoorn renden weg. Het onweer hield weer even plotseling op als het begonnen was en er viel geen druppel regen.

De enkel verdween boven de wolken en niet lang daarna klom de eekhoorn op een grote teen en begon wat over de nagel rond te slenteren, terwijl de mier de andere grote teen bekeek.

'Hij kan toch niet nóg groter worden?' vroeg de eekhoorn.

'Hij kan altijd groter worden,' zei de mier. 'Altijd.'

De eekhoorn liet zich door een kloof aan de voorzijde van de teen naar beneden zakken en liep onder de zool van de pad door. Het was daar schaduwrijk en de eekhoorn keek naar het gewelf boven hem. Opeens meende hij dat hij een luikje zag. Hij pakte een tak en duwde tegen het luikje, dat misschien niet meer dan een los stuk vel was. Het luikje ging niet open. Hij porde harder.

Toen hoorde hij in de hoogste hoogten van het heelal een reusachtig gelach, dat de aarde deed beven en de bomen liet kraken, en dat gevolgd werd door de luidste knal die ooit had weerklonken.

Toen de mier en de eekhoorn weer bijkwamen hingen ze in een tak van een boom. De zon scheen, de lucht was schoon en blauw, en onder hen, aan de rand van het bos, zat de pad.

'Ik was bijna helemaal groot,' zei hij teleurgesteld. 'Op één klein hoekje van het heelal na.'

'Wat is er gebeurd?' vroeg de eekhoorn.

'Weer iets onbenulligs. Jeuk aan mijn voet. Zo gaat het altijd. Pijn in mijn oor. Honger. Een botsing.'

'Hoe is het in het heelal?' vroeg de mier.

Maar de eekhoorn zei: 'Ga nou maar mee.'

De pad begon opnieuw met zwellen. De eekhoorn en de mier liepen verder. Een tijd later werd het donker in het bos, alsof de zon was verduisterd. En weer een tijd later hoorden ze een ontploffing en ging de zon weer schijnen. Toen verlieten ze de rand van het bos en gingen op weg naar de rivier.

Op de laatste dag van het jaar zat de eekhoorn aan zijn tafel. Het vroor, sneeuwde, hagelde en de ene bloem na de andere verscheen op zijn raam. De eekhoorn las een boek over de woestijn en over warme rivieren. Soms rilde hij als de wind door een kier in zijn voorkamer blies.

Halverwege het boek zag hij een plaatje van de zwaluw die in het gras onder een palmboom zat. In de verte slenterde de leeuw tevreden geeuwend voorbij.

De zwaluw schreef een brief die de eekhoorn met enige moeite, als hij het boek ondersteboven hield, kon lezen.

'Het is hier heerlijk,' schreef de zwaluw, 'je hoeft je vleugels maar uit te slaan of al je veren worden warm en donzig, en je kunt zo overal in slaap vallen, al is het in de lucht, zonder deken... kom ook hierheen...'

'Onmogelijk!' riep de eekhoorn, terwijl hij opkeek van het boek.

'...je bent er zo...' las hij verder.

Toen probeerde hij zich in de brief te wringen. Maar midden in het papier, tussen twee regels, raakte hij in de lang uitgevallen lus van een g terecht en trok hij zich haastig terug. Hij streek zichzelf en het papier weer glad en las: '...tot gauw...'

Toen werd er op de deur, het raam en de muren gebeukt. Een plotselinge sneeuwstorm smeet de voordeur open. De eekhoorn sprong op en deed de deur weer dicht. Het boek was op de grond gewaaid. Toen hij het weer had opgeraapt en de sneeuw ervan af had geveegd zag hij de brief in het gras liggen. De leeuw was onder de palmboom in slaap gevallen. Maar de zwaluw was weg. Misschien, dacht de eekhoorn, is hij wel weggevlucht, vertrouwde hij mijn boek niet meer.

Hij sloeg zijn staart om zijn hals, blies in zijn handen en dacht aan de zomer en hoe het met de mier zou gaan.

'Fladderen,' vroeg de zwaan aan de vlinder, 'hoe doe je dat toch? Dat probeer ik nou zo vaak.'

Hij steeg op van de grond aan de oever van de rivier en probeerde te fladderen, maar het leek nergens op.

'Pas maar op,' zei de vlinder. 'Straks stort je nog neer.'

Mistroostig ging de zwaan weer zitten.

'Ik begrijp er niets van,' zei hij.

'En toch is het heel eenvoudig,' zei de vlinder. Hij fladderde even om de zwaan heen en ging op de top van een graspriet zitten.

De zwaan liet zijn hoofd in zijn veren zakken en keek somber naar de grond.

'Je moet eerst je gedachten laten fladderen, zwaan,' zei de vlinder. 'Dan pas jezelf.'

De zwaan zweeg. Hij wist niet of hij nu boos zou worden of verdrietig of onverschillig.

'Kijk,' zei de vlinder, 'je denkt aan honing, hm lekkere honing, en dan meteen daarna denk je aan boomschors en dan aan het nijlpaard en dan aan kroos, aan een krukje, aan zand, aan een schaar, aan rozen, het geeft niet wat, als je maar meteen aan iets anders denkt als je ergens aan denkt...'

'Dat kan ik niet,' zei de zwaan, wiens gedachten altijd statig waren alsof ze langs lange lanen schreden en slechts met vaste tussenpozen minzaam knikten naar oude herinneringen.

'Nee,' zei de vlinder. 'Maar je kunt het wel leren.'

En zo, op die warme, wolkeloze dag, aan de oever van de rivier, kreeg de zwaan les van de vlinder. Hij leerde van de hak op de tak te springen, rommelig te zijn, nooit iets zeker te willen weten, maar ook nooit iets over te slaan.

'Iets is niets,' zei de vlinder. 'Dát wel. Maar alles is wel alles.'

'En niets?' vroeg de zwaan.

'Dat zei ik net,' zei de vlinder. 'Dat is iets.'

Er vielen gaten in de gedachten van de zwaan, flarden raakten er los en woeien weg, en tegen het eind van de middag was niet een van zijn gedachten meer statig of recht. Met grote ogen keek hij om zich heen, zijn hart bonsde, en toen de vlinder hem opeens een duw gaf sprong hij op en fladderde hij rond, totdat hij op de grond viel.

'Au,' zei hij. Maar hij lachte.

'Zie je wel!' zei de vlinder. 'Nu kun je misschien nooit meer over de horizon verdwijnen of boven de wolken opstijgen, en ook zul je misschien nooit meer urenlang kunnen doorvliegen. Maar je kunt fladderen!'

De zon ging juist onder en samen fladderden ze rond door de dunne avondnevels. Ze doken onder een paardenbloem door, beschreven lussen tussen de takken van de wilg en wensten elkaar tenslotte geluk met alles.

'Wat was alles ook alweer?' vroeg de zwaan, terwijl hij een scherpe bocht nam en rakelings langs een klaproos scheerde.

'Alles,' zei de vlinder.

'O ja!' zei de zwaan. 'Hoe kon ik dat nou vergeten.'

DE VLIEG VLOOG TEGEN DE MUG AAN, MIDDEN IN DE LUCHT.

'Ik was in gedachten verzonken...' zei de vlieg en hij streek zijn vleugels recht.

'Ik ook! Wat toevallig!' zei de mug, die een bult op zijn voorhoofd had. 'In welke gedachten was jij verzonken?'

'In mooie gedachten,' zei de vlieg.

'Ik ook! Wat leuk!' zei de mug.

Ze gingen naast elkaar tegen een muurtje zitten, en de mug haalde een boek met gedachten tevoorschijn en begon het voorzichtig door te bladeren.

'Kijk,' zei hij, halverwege het boek, 'in díe gedachten verzink ik altijd.'

De vlieg bekeek die gedachten van boven naar beneden. Hij kende ze wel. Mooie gedachten waren het.

'Sla eens om,' zei hij.

De mug sloeg één bladzijde om.

'Ja!' zei de vlieg. 'Die gedachten. Daar verzink ik altijd in.' Hij wees een paar prachtige gekleurde gedachten aan en zoemde vergenoegd.

'Ja,' zei de mug, 'dat zijn ook mooie gedachten. Dat vind ik ook.'

Ze kropen dicht tegen elkaar en keken verder in het boek.

'Wat is dat voor gedachte?' vroeg de vlieg en hij wees een dikke kronkelige gedachte aan.

'Dat is een slechte gedachte,' zei de mug. 'Heb jij die nooit?'

'Nee,' zei de vlieg, aarzelend, 'zo'n gedachte kan ik me niet herinneren.'

'O,' zei de mug. 'Je wordt helemaal rood vanbinnen van die gedachte, als je hem lang genoeg hebt.'

226

'Nee,' zei de vlieg toen. 'Die gedachte heb ik nooit.' Want hij was nog nooit vanbinnen rood geweest. Dat wist hij zeker.

Zo bladerden zij verder en zagen nog talloze gedachten. Diepe gedachten, zware gedachten, een paar zwarte gedachten ('dat zijn noodlottige gedachten,' zei de mug, die het boek goed kende) en ook luchtige, lichtblauwe en rare gedachten.

'Ik wist niet dat er zoveel gedachten waren,' zei de vlieg, toen de mug de laatste bladzijde omsloeg.

'Ja,' zei de mug. 'En dit is nog maar deel één.'

Ze schudden hun hoofd, namen afscheid van elkaar en vlogen elk een andere kant op.

De avond viel, dunne witte nevels maakten zich los van de grond en begonnen rond te dwalen, tussen de bomen, alsof ze iets zochten. Het was midden in de zomer, midden in het bos.

'Niemand weet natuurlijk waar ik woon!' riep de egel en hij sloeg zichzelf voor zijn voorhoofd. 'Vandaar dat ik nooit post krijg!'

Hij zat in een hoek van zijn kamer onder de struik en dacht na over zijn eenzaamheid. Niet dat hij iemand wilde zien, maar hij wilde wel graag eens iets van iemand horen.

Plotseling wist hij wat hem te doen stond. Hij stak zijn stekels op en liep naar de berk, niet ver van de struik. Daar kraste hij in de bast, met een van zijn scherpste stekels:

Brieven voor mij gaarne hier bezorgen.
Egel

Een klein pijltje wees de plaats aan waar hij zijn post verwachtte: in het mos onder de berk.

Tevreden liep hij weer naar huis. Maar plotseling bedacht hij dat sommige briefschrijvers zichzelf graag uitnodigen zonder op een antwoord te wachten, of zelfs ongevraagd langskomen. En dat is mij te veel, dacht de egel. Ook al wist hij niet wat precies genoeg voor hem was.

Hij liep terug naar de berk en voegde een voetnoot aan zijn mededeling toe:

Alleen brieven, niet zelf komen.

En even later, toen hij al bijna thuis was, bedacht hij dat brieven vaak uitnodigingen bevatten voor verjaardagen en andere feesten. Hij holde terug naar de berk en schreef een nieuwe voetnoot:

Geen uitnodigingen.

Toen wreef hij zich tevreden in zijn handen, liep terug naar zijn huis en besloot om de volgende ochtend vroeg te gaan kijken of er al post was.

Die middag kwam de eekhoorn toevallig langs de berk en las de mededeling van de egel.

Ach, dacht hij, wat zou ik de egel graag eens opzoeken. Waar zouden we het allemaal niet over kunnen hebben... En wat zou het gezellig zijn als hij morgen op mijn verjaardag kwam!

Maar toen hij de voetnoten had gelezen wist hij dat daar niets van kon komen. Hij pakte een los stuk berkenbast, dacht lang na en schreef toen:

Beste egel,
  Hoi!
  Eekhoorn

Meer wist hij niet te bedenken, en hij vond het eigenlijk een brief van niets. Maar omdat hij hem toch beter vond dan geen brief legde hij hem in het mos onder de berk.

De volgende ochtend vond de egel hem daar.

Er sprongen tranen in zijn ogen toen hij hem las. Beste egel, las hij telkens weer, beste egel, beste egel. Ik ben een beste egel, dacht hij.

En om dat niet te vergeten prikte hij de brief aan de onderste stekel van zijn voorhoofd, zodat hij vlak voor zijn ogen hing en hij dus altijd kon lezen, als hij daar zijn twijfels over had, dat hij een beste egel was.

Wat is het heerlijk om post te krijgen, dacht hij die avond in zijn bed in zijn kamer onder de struik. En hij sliep in zonder zich te storen aan het feestgedruis dat van de verjaardag van de eekhoorn afkomstig was.

VER WEG IN DE OCEAAN, DICHT BIJ DE BODEM VAN EEN TROG, tussen een paar rotsen, woonde de potvis. Hij lag roerloos in het diepe water en keek voor zich uit. Hij had het gevoel dat hij iets niet uit het oog mocht verliezen, maar hij wist niet wat. Nog nooit had hij zijn ogen gesloten. Misschien kijk je maar één keer om je heen, dacht hij.

Hij lag daar helemaal alleen en kreeg zelden bezoek. Als hij er goed over nadacht kreeg hij eigenlijk nooit bezoek en was er zelfs nog nooit iemand bij hem langs geweest. Hij wist ook niet hoe iemand eruit zou zien. Een heel enkele keer zuchtte hij. Dan kwam er wat zand van de bodem los en werd het water om hem heen troebel. Dat vond hij een gevaarlijke toestand en dan zei hij tegen zichzelf: alsjeblieft, je mag alles doen, maar niet zuchten. Dan gingen er jaren voorbij tot hij zich plotseling zomaar vergat en weer zuchtte. Nu doe je het weer! zei hij dan tegen zichzelf, terwijl zandkorrels in zijn ogen prikten. En ik heb nog zo gezegd...

De potvis vermoedde dat hij daar eeuwig zou liggen.

Maar op een dag dwarrelde er een briefje naar beneden, dwars door de oceaan heen, met een steentje eraan, zodat het goed zonk. Het bleef voor de potvis op de bodem van de oceaan liggen.

Wat is dat nou? dacht de potvis. Een briefje! Daar heb ik nog nooit van gehoord. En ik weet niet eens of ik kan lezen. Hij maakte het briefje open en tot zijn geluk bleek hij te kunnen lezen. Hij las:

Beste potvis,
Ik weet niet zeker of je bestaat, maar ik nodig je wel uit voor mijn feest. Morgen op het strand. Als je bestaat, kom je dan?
De meeuw

De potvis was zo verbaasd dat hij diep zuchtte en even de hele wereld uit het oog verloor. Maar hij vond dat niet erg, want hij kon maar aan één ding denken. Een feest: daar ontmoet ik dus iemand! Hij vroeg zich af of hij iemand wel zou herkennen, als hij iemand zag, en of hij iets mee moest brengen, of iets aan moest doen.

Schuin voor hem lag een stuk koraal, rood en glanzend, en hij dacht dat iemand dat wel mooi zou vinden. Hij stopte het onder een vin en begon in de richting van het strand te zwemmen.

Hij keek nog één keer om. Ik vraag me af of ik hier nog terugkom, dacht hij. Want hij wist niet wat een feest was en hoe lang een feest duurde. Misschien gaat een feest wel nooit voorbij, dacht hij. Weet je wat, zei hij tegen zichzelf, we zien wel.

En uit de diepste diepte van de oceaan zwom hij naar het strand.

Vroeg in de avond kwam hij daar aan. Hij stak zijn hoofd boven de branding uit en zag dat het hele strand versierd was met algen, wier en schelpen, en met andere dingen die hij nog nooit had gezien. En hij zag de maan, hoog in de lucht, en de sterren. En voor het eerst deed hij even zijn ogen dicht. Hij wist niet waarom. Er rolde iets uit, langs zijn wangen. Vreemd, dacht hij. En wat bonst er zo in mij?

De meeuw zag hem. 'Potvis!' riep hij. 'Jij bent het!'

Hij vloog op hem af. Dat is dus iemand, dacht de potvis. De meeuw nam hem mee naar de rand van het water en liet hem plaatsnemen in een kuil. En die avond ontmoette hij de haai, de walvis en de rog, en de stern zag hij en de albatros, en laat op de avond zelfs de mier.

Ik moet dit goed onthouden, dacht hij, maar hij wist niet waarvoor. Midden in de nacht bereikte het feest zijn hoogtepunt en vroeg de meeuw of de potvis met hem wilde dansen.

'Dat is goed,' zei de potvis.

Ze maakten hun rug recht, en de potvis legde een vin op de schouder van de meeuw, terwijl de meeuw een vleugel om zijn middel sloeg.

Toen dansten zij, zwijgend en ernstig, op het maanovergoten strand, op de klanken van een langzame branding. Iedereen hield zijn adem in en dacht: zo is er nog nooit gedanst.

De meeuw en de potvis dansten het hele strand over, tot aan de duinen, en weer terug, langs het water, en ze besloten hun dans met een sprong die zo hoog was dat ze wel in de lucht leken te verdwijnen. Toen ploften ze weer op het natte zand neer. Misschien, dacht de potvis, ben ik wel gelukkig nu. Wat hem betreft mocht de tijd verder stilstaan, die nacht, midden op het strand op het feest van de meeuw.

OP EEN OCHTEND ZAT DE EEKHOORN OP DE TAK VOOR ZIJN deur naar de horizon te kijken. Het was koud en de eekhoorn wachtte ongeduldig op de zon.

Maar toen de zon boven de horizon verschenen was zag hij opeens dat iemand hem wegrolde.

'Hola!' riep de eekhoorn zo hard als hij kon.

De zandkrab, want hij was het, bleef staan en keek naar de eekhoorn.

'Ja?' zei hij.

'Wat doe je daar?' vroeg de eekhoorn.

'Ik neem de zon mee,' zei de zandkrab.

'De zon mee? Waarom? Dat gaat zomaar niet.'

'Hij is kapot. Ik moet hem repareren.'

'Waar?'

'Bij mij thuis.'

'Maar...' riep de eekhoorn nog, maar de zandkrab was al met zon en al achter de horizon verdwenen.

Het werd weer donker en koud. Weliswaar kwam even later de maan weer op en begon uit alle macht te schijnen, maar echt branden en stralen kon hij niet.

Er gingen enkele dagen voorbij. De maan scheen onafgebroken, maar iedereen kreeg ruzie met iedereen, barstte zomaar in snikken uit of beet op zijn nagels van verdriet.

'Zo gaat het niet langer,' zei de mier.

'Nee!' gilde de giraffe die nog nooit gegild had.

En toen er een nieuwe ochtend aanbrak zonder dat de zon tevoorschijn kwam, gingen de eekhoorn en de mier op weg om de zandkrab te vinden.

Ze zochten overal en vonden hem ten slotte in de woestijn, ach- 233 ter een rots. Daar had hij een werkplaats waar hij van alles repareerde: bliksemschichten, vloedgolven, hagelstenen, lava, orkanen en nog veel meer.

Hij zag de mier en de eekhoorn niet aankomen, verdiept als hij was in een gebroken donderwolk die hij probeerde te lijmen.

'Sst,' zei de mier.

'Daar ligt de zon!' fluisterde de eekhoorn.

Hij wees naar de zon die achteraf, naast de rots, tussen allerlei afval lag: stukken boomschors, graspollen, blikken, stoelpoten, snavels en matrassen. Hij zag er bleek uit en zat vol met smoezelige vlekken.

'Wat is hij mager!' fluisterde de eekhoorn.

De mier stapte naar voren, schraapte zijn keel en zei: 'Eh... zandkrab.'

De zandkrab keek op en zei: 'Hé, mier, wat gezellig. Was je toevallig in de buurt?'

'Nee,' zei de mier, 'ik was niet in de buurt, maar ik vroeg me af wat je eigenlijk met de zon van plan bent.'

'O de zon,' zei de zandkrab. 'Ja. Ik heb geprobeerd hem te maken. Maar het is onbegonnen werk. Hij is zo dun. Je hoeft maar naar hem te wijzen of hij scheurt al!'

'Maar wat moeten we nou?' vroeg de mier. 'Zo zonder zon...'

'Ik heb wel iets anders,' zei de zandkrab. 'Wel ja.' En hij haalde een soort groene knikker uit zijn zak, met dikke zwarte stekels eraan.

'Wat is dat?' vroeg de eekhoorn.

'Zomaar iets,' zei de zandkrab. 'Dat heb ik voor mijn plezier gemaakt. Misschien kun je het in de lucht hangen. Het is weer eens iets anders.'

'Dat ding in de lucht?' vroeg de mier.

'Ja,' zei de zandkrab. 'Er hangen zoveel rare dingen in de lucht. Weet je wat dit is?'

'Een vork,' zei de mier, terwijl de zandkrab een zilveren vork voor zijn gezicht hield.

'Precies,' zei de zandkrab. 'Een vork. Dit heb ik ook pas in de lucht gevonden. Hij was net bezig onder te gaan. Mooie vork, hè?'

De mier en de eekhoorn keken vol verbazing naar de vork die ze nooit aan de hemel hadden zien hangen.

'Hing hij echt in de lucht?' vroeg de eekhoorn.

'Ja hoor,' zei de zandkrab.

'Niet soms erachter?'

'Nee hoor, echt midden in de lucht. Ach, er hangt daar zoveel.'

'Wat betreft de zon, zandkrab,' zei de mier, 'we willen hem toch liever mee terug nemen. Dat groene ding, nee, dat zegt mij niks.'

'Neem maar mee, hoor,' zei de zandkrab. 'Maar ik weet niet hoe lang hij het nog doet. Het kan best zijn dat hij opeens uitgaat of niet meer boven de horizon uit kan komen.'

'Ja,' zeiden de mier en de eekhoorn.

Ze haalden de zon uit de afvalhoop en zeulden hem mee naar de horizon, wachtten tot het weer ochtend werd en legden hem toen heel voorzichtig neer. Toen liepen ze achteruit.

Even later begon de zon heel langzaam te rijzen en werd het weer licht en warm in het bos.

De mier en de eekhoorn sloegen elkaar op de schouders en overal in het bos werden ruzies bijgelegd, tranen gedroogd en woede en wanhoop vergeten.

Het werd een zachte dag, niet heel warm, maar wel heel mooi. En de hele middag lagen de mier en de eekhoorn op hun rug aan de oever van de rivier en lieten de zon op hun bleke wangen schijnen.

In een hoek van het bos onder de wilgenroos in een klein huisje van kiezelstenen en zwarte aarde bewaakte de tor geheimen.

De deur van het huisje zat altijd op slot en de ramen waren dichtgespijkerd. De geheimen lagen op lange planken. De tor had ze zorgvuldig onderverdeeld en apart gelegd. Op de bovenste plank lagen de valse geheimen. De tor liet ze daar met rust. Maar, zei hij dikwijls tegen zichzelf, het zijn niet de minste geheimen. De minste geheimen had hij allang de deur uit gegooid, op een gure ochtend. De wind had ze her en der laten neerdwarrelen. Ach, dacht de tor, wie weet heeft iemand er nog wat aan.

Op de tweede plank lagen de onoplosbare geheimen. Vaak stond de tor langs de enorme verzameling geheimen op die plank te kijken en elke dag werden er nieuwe onoplosbare geheimen bezorgd.

Spoedig, dacht de tor, heb ik geen plaats meer voor ze. En wat dan?

Hij brak zijn hoofd over die vraag, maar wist het antwoord niet.

Op de onderste plank lagen de geheimen die weldra ontrafeld zouden worden. De tor kon het niet laten telkens even met zijn vinger in die geheimen te porren. Wie, zei hij dan, glimmend van ongeduld, wie van jullie zal de eerste zijn?

Hij kon dat nooit raden. Maar plotseling, midden op een ochtend of ook wel 's nachts, als het woei en het huisje kraakte, dan hoorde hij een doffe knal en raakte een geheim ontrafeld. De tor sprong er dan op af, ook al moest hij uit het diepst van zijn slaap tevoorschijn komen, en bekeek de oplossing die daar dan opeens zichtbaar was. Ach ja, zei hij dan, ik had het kunnen weten.

Die woorden had hij geleerd van de hagedis die vóór hem de geheimen had bewaakt en af en toe nog wel eens langskwam.

'In mijn tijd,' vertelde de hagedis op een keer, 'had je nog heel grote geheimen.'

'O ja?' vroeg de tor. 'Wat is daarmee gebeurd?'

'Ik heb ze weggedaan,' zei de hagedis. 'Ze waren veel te groot. Ze pasten nergens in. Eén zo'n geheim en dan was meteen een hele plank vol.'

'Dat zou ik nooit hebben gedaan,' zei de tor.

'Wees maar blij,' zei de hagedis. 'Bovendien,' voegde hij daar fluisterend aan toe, 'waren het geen leuke geheimen!'

Maar de tor vond het zonde dat er geen grote geheimen meer waren en zei tegen de hagedis dat hij voortaan nergens meer tijd voor had, ook niet voor bezoek.

Zo zorgde de tor voor de geheimen. 's Ochtends stofte hij ze af, 's middags onderzocht hij nieuwe geheimen die van overal vandaan bezorgd werden en legde ze op de goede planken. En 's avonds waste hij zijn handen lang en zorgvuldig.

Hij deed zijn werk met plezier. Als iemand hem had aangeboden de waarheid te bewaken dan had hij daarvoor bedankt. Het enige wat ik ooit nog wel eens zou willen doen is niets, dacht hij.

De grootste zorg van de tor was dat hij vroeg of laat ruimte tekort zou komen of het werk niet meer alleen aan zou kunnen. Of dat hij nieuwsgierig zou worden, echt nieuwsgierig, met pijn en koorts. Dat zou verschrikkelijk zijn. Als hij daaraan dacht schudde hij zijn hoofd en was hij blij dat hij niet in de toekomst kon kijken.

Oᴘ ᴇᴇɴ ᴅᴀɢ ʜᴀᴅ ʜᴇᴛ ɴɪᴊʟᴘᴀᴀʀᴅ ᴇʀ ᴢᴏ ɢᴇɴᴏᴇɢ ᴠᴀɴ ᴅᴀᴛ hij grijs en log was dat hij de sprinkhaan aansprak en vroeg of hij met hem wilde ruilen.

'Ja, dat is goed,' zei de sprinkhaan. Het leek hem heerlijk om eens dik en tevreden te zijn en niet altijd op te hoeven letten of de wind je niet wegblies. En bovendien meende hij dat het nijlpaard veel meer taart, snoep en honing op kon dan hijzelf, en dat wilde hij graag eens meemaken.

Dus ruilden zij.

Het was een mooie dag. De zon stond hoog aan de hemel en af en toe vloog er iemand voorbij, de reiger, de zwaan of de adelaar.

'Hè, wat heerlijk,' zei het nijlpaard, terwijl hij zijn vleugels voorzichtig naar achteren vouwde en luchtig over het bospad danste. Wat gaat dat makkelijk, dacht hij. Hij nam een sprong en vloog zelfs over een struik heen. Toen ging hij in de zon zitten, onder de berk, spreidde zijn vleugels uit en liet de zon op zijn rug schijnen. Ik denk, dacht hij, dat ik voorlopig zo blijf.

Even later kwam de mier voorbij en zag hem daar zo zitten.

'Hallo, sprinkhaan,' zei de mier.

'Haha,' zei het nijlpaard. 'Ja, ik begrijp je vergissing, mier. Daar kun jij niets aan doen. Maar ik ben de sprinkhaan niet, ik ben het nijlpaard.'

De mier wreef zijn ogen uit, keek nog eens opnieuw, schraapte zijn keel en zei toen: 'O. Dus jij bent het nijlpaard...'

'Ja,' zei het nijlpaard, terwijl hij zijn voelsprieten introk en zijn groene jas probeerde dicht te knopen. 'De sprinkhaan en ik hebben namelijk met elkaar geruild.'

'O,' zei de mier nogmaals.

238 'Het is echt zo!' sjirpte het nijlpaard. 'Je moet me geloven, mier!'

De mier wist niet wat hij daarop zeggen moest en liep door. En plotseling werd het nijlpaard bevangen door een grote somberheid. Alsof hij midden in een wolk stond. Ik ben echt het nijlpaard, dacht hij. Ik zie er wel uit als de sprinkhaan en misschien denk ik ook wel als de sprinkhaan, maar ik ben het nijlpaard. Trouwens, wat een jas is dit. Gaat niet eens goed dicht. En die voelsprieten, wat moet ik daar eigenlijk mee voelen? Lucht? Het nijlpaard stak zijn voelsprieten in de lucht. Lucht, dacht hij, inderdaad. Maar dat kan ik ook wel zien. En wat heb ik trouwens aan lucht?

Het duurde niet lang of hij begon luid mopperend in de richting van de rivier te vliegen. Aan de rand van het bos botste hij bijna tegen de sprinkhaan, die daar met lange tanden stond te grazen.

'Dat ik dit nou lekker vind,' zei de sprinkhaan. 'Dat is toch verschrikkelijk.'

'Nou...' zei het nijlpaard. 'Het is mooi gras, hoor. Het is dat ik nu geen trek heb...'

Ze stonden elkaar met scheve blikken aan te kijken. Het nijlpaard zocht naar knopen om zijn jas mee dicht te doen, en de sprinkhaan krabde aan zijn romp en had het gevoel dat er nergens een eind kwam aan zijn vel.

'Eh...' zei het nijlpaard. 'Zullen we maar weer...'

'Ja, dat is goed,' zei de sprinkhaan.

Ze begrepen wat ze bedoelden, ruilden vliegensvlug weer om en schudden elkaar toen uitvoerig de hand.

'Dank je wel, hoor.'

'Dank je wel.'

Toen vloog de sprinkhaan weg en dook het nijlpaard met een tevreden duik in de rivier.

DE MOL EN DE EGEL ZATEN NAAST ELKAAR TUSSEN HET kreupelhout aan de rand van het bos.

Het was een kille dag en ze spraken over wat zij graag eens één keer in hun leven zouden willen doen, al was het maar één keer.

'Ik zou,' zei de mol, 'en dat meen ik, ik zou heel graag eens één keer al hollend mijn jas aandoen.'

Hij zweeg even, tuurde onder een paar takken door en ging verder: 'Terwijl ik roep: Ik kom! En in de verte zou iemand op mij wachten. Nou goed dan, mol, zou hij zeggen. Schiet op. Ik wacht al uren. Maar hij zou wachten.'

De egel luisterde aandachtig, zoals altijd wanneer het over de verte ging of over onbekenden.

'Maar of hij nou wacht of niet, egel, waar het om gaat is dat ik al hollend mijn jas zou aandoen.'

'Wat heb je voor een jas?' vroeg de egel.

'Een heel mooie,' zei de mol. 'Maar die jas doet er niet toe. Het gaat erom dat ik hem al hollend zou aandoen.'

'O,' zei de egel.

'Dus eerst een mouw, en dan tien passen later de andere mouw, en ondertussen waait de jas zo half achter me aan...'

'Ja ja,' zei de egel.

'Maar,' zei de mol en hij knikte somber, 'echt hollen kan ik niet. Op zijn hoogst een sukkeldrafje, dat is alles wat ik haal.'

'Ik kan ook niet goed hollen,' zei de egel.

'En op een sukkeldrafje mijn jas aanschieten: dat kán niet,' zei de mol. 'Dan vat ik nog liever kou.'

'Dus...?' vroeg de egel.

'Dus zal ik nooit al hollend mijn jas aandoen,' zei de mol.

'Ja,' zei de egel.

'Nooit,' zei de mol. 'Dat beloof ik je, helaas.'

Grijze wolken dreven door de lucht boven het bos en de mol en de egel verzonken in een diep gepeins.

'Ik wou dat het eens één keer heel gezellig was,' zei de egel even later.

'Maar dat kan toch?' zei de mol.

'O, zei ik dat hardop?' zei de egel. 'Dat was niet mijn bedoeling. Het was zomaar een gedachte. Nee hoor, ik heb niets gezegd.'

Hij trok zijn hoofd tussen zijn schouders terug. De eerste druppels van een reusachtige regenbui vielen naar beneden. En langzaam, zo snel als ze konden, sloften ze naar huis.

Maar toen de egel enige tijd later naar buiten ging om na te denken over de beslommeringen van de dag, zag hij plotseling de mol voorbijkomen. Het was meer dan een sukkeldraf, het leek wel hollen, terwijl hij bovendien een jas aanschoot.

Iets verderop viel de mol uitgeput om.

'Je bent helemaal buiten adem,' zei de egel.

'Het is gelukt,' hijgde de mol.

'Dat zou ik ook zo graag eens zijn,' zei de egel. 'Buiten adem.' En hij keek vol bewondering naar de mol die met een half aangetrokken jas breeduit op zijn rug naar lucht lag te snakken.

Op een wandeling naar de achterkant van het bos kwamen de mier en de eekhoorn bij een vervallen huis.

De mier klom op de rug van de eekhoorn en keek door het gebroken raam naar binnen.

'Wat zie je?' vroeg de eekhoorn.

'Allemaal stof,' zei de mier. 'Alles zit onder het stof.'

'Er heeft vast al lang niemand meer gewoond,' meende de eekhoorn.

'Laten we naar binnen gaan,' zei de mier en hij sprong op de grond.

Hij duwde de knop van de voordeur naar beneden en stapte over de drempel.

Het was donker binnen, oud en verlaten. De eekhoorn stapte achter de mier aan en knipperde met zijn ogen.

'Wie zou hier gewoond hebben?' vroeg hij.

'Sst,' zei de mier.

Ze keken in het rond en raakten gewend aan het donker. De mier nam een boek dat op tafel lag in zijn hand en blies het stof eraf.

'Kijk eens,' zei hij.

De eekhoorn keek en las: VERGEET BOEK.

'Wat is dat voor een boek?' vroeg hij.

De mier sloeg het boek open. Op de eerste bladzijde stond een inhoudsopgave. De hoofdstukken heetten: Verleren, Vertrekken, Verliezen, Verlaten, Vervallen, Verflauwen, Verbleken en Verdwijnen.

'Verdwijnen,' mompelde de eekhoorn. 'Laat dat eens zien.'

Hij pakte het boek beet en sloeg het op de laatste bladzijde open. Het leek wel alsof het boek daar het meest gelezen was.

De eekhoorn las: ...en ten slotte zal alles...

Er zat een scheur in die bladzijde alsof hij in grote haast was omgeslagen. De mier zei: 'Niet verder lezen!' en hij trok het boek uit de handen van de eekhoorn, sloeg het dicht en legde het op de grond in een hoek onder het stof.

De balken kraakten en het halfopen raam klepperde even.

'De wind,' zei de eekhoorn.

'Nee,' zei de mier. Het was windstil buiten.

'Wie zou hier hebben gewoond?' vroeg de eekhoorn.

'Ik denk,' zei de mier, 'dat hier nooit iemand heeft gewoond.'

De eekhoorn trok een zeer ernstig gezicht en stapte achter de mier aan naar buiten. Ze liepen het bos in.

'Niet omkijken,' zei de mier.

De eekhoorn keek om en zag dat het huis verdwenen was. Er stond een bloeiende rozenstruik. En een klein donker wolkje drong zich in de gedachten van de eekhoorn en bleef daar hardnekkig hangen.

Op een dag had de olifant genoeg van het bos. Altijd maar lopen, staan en weer lopen, dacht hij, nee, dat is eigenlijk niets voor mij. Ik ga vliegen.

Hij liep nog eenmaal door het hoge gras bij de rozenstruik, botste nog één keer tegen de beuk en riep toen, zwaaiend met zijn slurf: 'Tot ziens. Maar ik weet niet waar!'

De eekhoorn en de mier hoorden hem roepen en liepen op hem af.

'Waar ga je heen?' vroegen zij.

'Zien jullie die wolk?' vroeg de olifant en hij wees naar een klein wit wolkje. 'Daarachter ga ik verdwijnen. En dan zie ik wel verder.'

'Maar waar zijn dan je vleugels?'

'Vleugels?' vroeg de olifant. 'Denk je dat ik vleugels nodig heb? Heb je wel eens een stofje gezien, of een berkenblad? Hebben die soms vleugels?'

De mier en de eekhoorn zwegen.

'Nou dan,' zei de olifant.

Er waren langzamerhand veel dieren samengestroomd op de open plek in het bos. Ze keken allemaal even ongelovig.

De olifant wierp zijn slurf omhoog, nam een aanloop en vloog de lucht in, tot boven de bomen. Het was een schitterend gezicht, een grijze wolk met een slurf, die zich boven het bos verhief.

'Zien jullie wel?' hoorden de dieren nog heel zacht, ver boven zich roepen. En de zwaluw scheerde rakelings langs hem heen en vloog naar beneden om te vertellen dat hij het echt was, de olifant, die daar vloog.

Het was een prachtige dag. De geur van hars kringelde tussen de bomen door en alles bloeide wat maar bloeien kon. De dieren die hun hoofd konden schudden schudden hun hoofd. En de anderen mompelden: 'Niet te geloven.'

Toen hoorden ze een reusachtige klap, achter de bomen. Stof warrelde omhoog en even later klonk er een zwak en klaaglijk getrompetter.

Iedereen die kon knikken knikte. De mier riep: 'Ga mee!' en hij holde er met de eekhoorn op af.

Achter de bomen troffen ze de olifant aan, op de bodem van een gat in de grond. Hij zag er grauw en rimpelig uit, en zijn slurf was gebroken.

'Ach olifant...' zei de eekhoorn zacht.

'Daar achter die wolk,' kreunde de olifant, 'daar kon je niet verder. Maar dat wist ik toch niet?!'

'Nee,' zei de eekhoorn en hij klopte hem voorzichtig op een schouder. 'Dat kon jij niet weten.'

De olifant knikte en zuchtte toen zo diep dat alle bladeren in zijn buurt aan hun boom begonnen te ritselen.

De mier en de krekel zaten aan de rand van de rivier en spraken over voelsprieten, avonturen, verjaardagen, honing en de zon.

Het was een warme dag en nadat ze urenlang met elkaar hadden gesproken zwegen ze en deden ze hun ogen dicht.

Maar na een tijdje schraapte de krekel zijn keel. De mier meende dat de krekel iets wilde gaan doen, maar hij verstond hem niet goed. Voor alle zekerheid zei hij binnensmonds: 'Nee, liever morgen.' Dat kan nooit kwaad, dacht hij.

'Morgen?' vroeg de krekel. Hij deed zijn ogen open. 'Wat is dát nou weer?'

'Dat is de dag na vandaag,' zei de mier. 'Dus morgen.'

'Vandaag??' zei de krekel. 'Nooit van gehoord.'

'Weet je niet wat vandaag is?' vroeg de mier.

'Nee,' zei de krekel.

'Dat is nu,' zei de mier. 'Nu.' En hij tikte daarbij met zijn rechter voorpoot op de grond.

De krekel keek naar het kleine kuiltje dat onder de voorpoot van de mier ontstond en zei: 'Nu??? Het wordt steeds mooier.'

De mier keek om zich heen en zijn oog viel op de kikker die juist op een blad van de waterlelie naar de lucht zat te staren.

'Kikker,' zei de mier. 'Je moet ons helpen.'

'Aha,' zei de kikker. Hij vond dat het mooiste woord dat hij kende en hij gebruikte het alleen als het hem onverwachts inviel.

'Jij weet toch wel wat nu is?' vroeg de mier.

Nu heel voorzichtig zijn, dacht de kikker, terwijl hij vriendelijk knikte.

'Ja hoor,' zei hij. 'Ja.' Dat is vast het beste, dacht hij, terwijl hij haastig zijn herinneringen afzocht naar iets wat nu kon zijn. De maan vond hij, de waterval, kroos, feesten, de reiger, maar nu...

'Zie je wel,' zei de mier. 'Iedereen weet wat nu is. Iedereen.'

'Behalve ik,' zei de krekel. 'Wat leuk. Dan ben ik de enige. Dan moet je het me ook maar niet vertellen, mier.'

Hij stopte zijn vingers in zijn oren en holde met grote sprongen weg.

De mier bleef achter aan de oever van de rivier. De kikker verdween voor alle zekerheid maar onder de waterlelie en de zon ging langzaam en voorzichtig onder, achter het bos.

Toen het ten slotte helemaal donker was vroeg de mier zich af of hij eigenlijk wel zeker wist wat nu was. Het is wel iets eigenaardigs, dat nu, dacht hij. Misschien is het wel iets anders. Er kwamen rimpels in zijn voorhoofd. Toen stond hij vlug op om de eekhoorn op te zoeken. Laat ik maar aan honing denken, dacht hij. Dát is nooit iets anders.

MIDDEN IN HET BOS KWAMEN DE OLIFANT EN DE SLAK EL-
kaar tegen.

'Hallo olifant,' zei de slak.

'Dag slak,' zei de olifant.

Op dat moment begon het te regenen.

'Kom maar even binnen,' zei de slak.

'Graag,' zei de olifant en hij stapte het huis van de slak in. Het
was warm en donker daar binnen, terwijl de regen op het dak klet-
terde.

'Het is hier wel nauw,' zei de olifant.

'Ja,' zei de slak. 'Maar niet als ik alleen thuis ben.'

'Ik vraag me af,' zei de olifant die nauwelijks kon ademhalen,
'wat erger is: nat of nauw?'

'Ja,' zei de slak, 'wat zou eigenlijk erger zijn?'

'Heb je hier nergens een raam?' vroeg de olifant.

'Als ik kijken wil ga ik altijd naar buiten,' zei de slak.

De olifant knikte, maar het huis van de slak was net iets te klein
daarvoor. De wanden kraakten, barstten en vielen in scherven uiteen.

'Wat deed ik nou?' vroeg de olifant.

'Knikken,' zei de slak, terwijl de tranen in zijn ogen sprongen.

'Maar dat doe ik zo vaak...' zei de olifant. Maar toen sloeg hij
zijn ogen neer en zei: 'Het spijt me, slak.'

De slak keek zo verdrietig dat de olifant een brok in zijn keel
kreeg. Het was ook een treurig gezicht: de neergutsende regen, de
stukjes huis en de wanhopige slak.

'Kan ik iets lijmen?' vroeg de olifant. Maar de slak zei alleen
maar: 'Loop maar door, olifant.'

248   Toen de olifant doorliep riep hij hem nog na: 'Maar ik ben niet
boos!'

'Nee,' riep de olifant, vlak voordat hij niet oplette en met zijn volle gewicht tegen de beuk botste, en wel zo hard dat de eekhoorn boven in zijn huis met stoel en al omviel, terwijl hij juist even zat te slapen.

De avond viel en de slak zocht alle scherven van zijn huis bij elkaar. Met wat lijm maakte hij zijn huis weer heel. Maar in het dak liet hij een opening waar doorheen iemand voortaan zijn hoofd zou kunnen steken als hij wilde knikken.

Toen hij die nacht plotseling wakker werd zag hij door de opening een ster in de donkere lucht. En dan te bedenken, dacht hij, dat ik tot nu toe zelfs geen kier heb gehad. Hoe bestaat het! En hij schudde heel voorzichtig zijn hoofd, terwijl de ster hoog boven hem fonkelde.

Op een ochtend had de eekhoorn zo'n haast om te zien of zijn wenkbrauwen wel goed zaten dat hij tegen zijn spiegel botste. De spiegel viel en brak in honderd stukken.

Bedroefd keek de eekhoorn naar de scherven en zag overal verspreid delen van zijn staart, zijn neus, zijn tenen en zijn kin. Zo kan ik nooit zien of alles wel goed zit, dacht hij en hij liet de ekster komen.

'Mijn spiegel,' zei hij en hij wees naar de scherven.

'Ik zie het,' zei de ekster, die niets liever deed dan spiegels repareren. 'Hij is wel heel erg kapot.'

'Ja,' zei de eekhoorn.

De ekster raapte de stukken op en begon ze zo goed en zo kwaad als het ging weer aan elkaar te zetten.

Niet alle stukken pasten meer of kwamen op de goede plaats terecht. En toen de eekhoorn even later in de spiegel keek zag hij er zeer eigenaardig uit. Zijn voet zat achter zijn staart, zijn kin hing aan een elleboog en zijn ene oog stond recht onder zijn andere oog.

'Alles zit door elkaar!' zei hij.

'Je moet je ogen een beetje dichtknijpen,' zei de ekster. 'Dan valt het best mee.'

De eekhoorn kneep zijn ogen half dicht en keek in de spiegel. Maar hij leek nergens op.

'En waar is mijn linkeroor?' riep hij opeens. Hij bekeek de spiegel aan alle kanten, maar nergens vond hij zijn linkeroor.

'Zeker zoekgeraakt,' zei de ekster. Hij haalde zijn schouders op en zei: 'Kom, ik ga weer eens.'

'Hoe kan ik nou zien of mijn oor goed zit?' riep de eekhoorn nog.

Maar de ekster stond al in de deur, nam een aanloop en vloog weg.

Thuisgekomen haalde hij de scherf van de spiegel die één oor van de eekhoorn weerkaatste onder zijn vleugel vandaan. Heel voorzichtig plakte hij hem aan de andere scherven die al bijna een hele muur van zijn kamer bedekten.

'Prachtig,' mompelde hij.

Hij draaide zich om en om voor de reusachtige spiegel.

'Ik word steeds mooier!' kraste hij en hij genoot van zijn linker-oor, zijn slurf, zijn schubben, zijn twee stekels en zijn ene steeltje rechts op zijn enorme grijze hoofd.

Op een keer had de egel zoveel spijt van zichzelf dat hij al zijn stekels uit zijn rug trok.

'Er komt ook nooit iets van mij terecht!' riep hij, terwijl hij wit en bibberend onder de linde stond.

Het was een koude dag, laat in het najaar. De wind gierde door de kale takken van de bomen en de golven zwiepten hoog op in de rivier. De kraai zat diep in zijn veren gedoken in de eik, en de eekhoorn trok zijn staart stevig om zijn nek.

Zo stond de egel daar midden in het bos, met al zijn stekels in zijn hand.

'Ik had het kunnen weten,' zei hij, meer tegen zichzelf dan tegen wie dan ook. 'Ik had het moeten weten.'

De eekhoorn zag hem daar zo staan en riep vanuit zijn deur: 'Egel! Wat is er met jou gebeurd?'

'Iets wat ik had kunnen weten,' riep de egel terug.

'Wat had je kunnen weten?'

'Dat het zo ver met mij zou komen.'

'Hoe ver is het dan met je gekomen?'

De egel maakte een hulpeloos gebaar, terwijl er kleine rode stippeltjes op zijn witte vel verschenen en zijn lippen steeds blauwer werden. Maar hij zei niets. De eekhoorn liet zich uit de beuk zakken en ging naar hem toe.

'Ik betreur toch zoveel,' zei de egel toen de eekhoorn voor hem stond. 'En ik weet nog niet half wat!'

'Egel, egel,' zei de eekhoorn. 'Wat heb je gedaan? Zo kun je toch niet verder?'

'Nee,' zei de egel. 'Dat bedoel ik.'

Toen liet hij zijn hoofd zakken en keek hij alsof hij de grond in wilde kruipen.

'Zo ken ik je niet,' zei de eekhoorn.

'Zo zonder stekels?' vroeg de egel. 'Of zo moedeloos?'

'Zo beide,' zei de eekhoorn. 'En zo bedroefd.'

'Ja,' zei de egel. 'Zo ken ik mezelf al heel lang niet. En dat is verschrikkelijk.'

Het begon te sneeuwen en de eekhoorn vroeg de egel of hij met hem meeging, naar huis, om een beetje warm te worden.

'Goed,' zei de egel.

In het huis van de eekhoorn dronken ze zoete thee, terwijl een sneeuwstorm begon te razen. En toen het donker was vertelde de eekhoorn een treurig verhaal over een kiezelsteen, waar de egel tot zijn verbazing heel vrolijk van werd.

Later die avond stak de eekhoorn de stekels een voor een terug in de rug van de egel.

'Blijf vannacht maar hier,' zei hij.

'Dat had ik nooit gedacht,' zei de egel stralend. En voor hij in slaap viel, op de bank van de eekhoorn, zei hij nog: 'Misschien is het toch minder ver met mij gekomen dan ik dacht.'

'Welterusten,' zei de eekhoorn, die niet meer wilde weten wat de egel bedoelde.

'Zullen we ergens heen gaan?' vroeg de zwaluw, terwijl hij voor de eekhoorn en de mier landde.

De eekhoorn en de mier waren al lang nergens meer heen geweest en vonden het een goed idee.

'Ja,' zeiden zij.

'Stap dan maar op.'

Ze stapten op de rug van de zwaluw. De mier zat vooraan, de eekhoorn achteraan. Er was niet veel ruimte en het kostte de zwaluw grote moeite de lucht in te komen.

'Zijn we te zwaar?' vroeg de mier.

'Niet zo schommelen,' zei de zwaluw.

Ze stegen op en al spoedig waren ze ver weg. Als ze naar beneden keken konden ze niets meer herkennen. De wind suisde langs hun oren en de zon was groot en dichterbij dan ooit.

De eekhoorn boog zich naar voren naar de mier en vroeg: 'Waar gaan we heen?'

'Dat weet ik niet,' zei de mier.

'Vraag het dan eens,' zei de eekhoorn.

De mier boog zich naar voren en riep in het oor van de zwaluw: 'Waar gaan we heen?'

'Niet zo schreeuwen,' zei de zwaluw.

De mier ging weer rechtop zitten. De eekhoorn tikte hem op zijn schouder.

'Wat zei hij?' vroeg hij.

'Niet zo schreeuwen,' zei de mier.

'Schreeuwde je dan?'

De mier haalde zijn schouders op en zei: 'Vraag het hem zelf maar.'

'Dat is goed,' zei de eekhoorn. Hij probeerde eerst langs de mier naar voren te klimmen, maar dat lukte niet. Toen klom hij over de mier heen.

Toen hij boven op het hoofd van de mier stond en even nadacht sloeg de zwaluw juist rechtsaf.

'Kijk uit,' riep de mier.

'Wat is er nu weer?' vroeg de zwaluw. Maar de eekhoorn had zijn evenwicht al verloren en viel.

'Hij valt!' riep de mier en hij schudde de zwaluw aan zijn nek.

'Niet doen,' zei de zwaluw.

Met grote snelheid vloog hij door, de wolken in, steeds verder weg. Het duurde lang voordat hij ergens landde en zag dat de eekhoorn ontbrak.

De eekhoorn viel ondertussen naar beneden. Hij had geen tijd om ergens over na te denken, en met een harde klap kwam hij in het gras terecht, precies tussen de kraanvogel en zijn spiegel.

'Ga eens opzij,' zei de kraanvogel.

Maar de eekhoorn was te versuft om zich te verroeren.

'Hé, ik kan niets zien, ga toch opzij,' zei de kraanvogel opnieuw.

'Ik moet zo naar een feest, zit mijn kroon goed?'

De kraanvogel begon aan de eekhoorn te sjorren, maar daardoor viel de kroon van zijn hoofd. De eekhoorn rolde opzij en kwam op de kroon terecht.

'Nu lig je op mijn kroon!' schetterde de kraanvogel.

De eekhoorn opende zijn ogen en zag het opgewonden kale hoofd van de kraanvogel, die aan de kroon stond te rukken. Maar het ding was totaal verkreukt en verfomfaaid, en toen de kraanvogel hem op zijn hoofd zette gleed hij er meteen weer af.

'Je komt ook wel op een zeer ongelukkig moment uit de hemel vallen!' riep hij tegen de eekhoorn.

In de verte klonk een schreeuw.

'Het feest begint al!' riep hij. 'Wat moet ik nu? Moet ik me daar soms lopen te schamen? Door jou?'

'Ukhrtsd,' steunde de eekhoorn.

'Dat slaat nergens op,' zei de kraanvogel. 'Ach, mijn kroon, mijn mooie kroon.'

Er klonk weer een schreeuw uit de verte, nu met moeite herkenbaar als: 'Waar blijf je?'

'Het is jóúw schuld,' zei de kraanvogel. 'Dat zal ik zeggen.'

Toen rende hij weg.

255

De eekhoorn bleef liggen. Uren later vonden de zwaluw en de mier hem daar. De eekhoorn was nog niet in staat iets verstaanbaars te zeggen.

'Waar was je?' vroeg de mier.

'Wou je eigenlijk niet mee?' vroeg de zwaluw. 'Zeg het maar eerlijk.'

Even later vlogen ze weer verder. Maar ze vroegen niet meer waarheen. Ze wilden niets meer weten.

Op een dag zwom de walrus met trage slagen langs
de rivier de vijver in.

Het was windstil die dag, het water glinsterde in de zon en in
het riet rustte de walrus uit. Hij stak zijn hoofd boven water, keek
om zich heen en zag de kikker zitten.

'Neemt u mij niet kwalijk,' zei de walrus, 'maar komt het u hier
bekend voor?'

'Jazeker,' zei de kikker.

'Mij niet,' zei de walrus en hij wrong wat water uit zijn snor.

De kikker keek hem met grote ogen aan.

'Dat alles zegt mij niets,' zei de walrus en hij wees met een breed
gebaar om zich heen.

'Dat is riet,' zei de kikker, 'en dat is kroos.'

'En ik?' zei de walrus en hij keek de kikker met een sombere blik
aan.

'Nee,' zei de kikker. 'Ik weet niet wie u zou kunnen zijn.'

'De walrus,' zei de walrus.

'Ik ben de kikker,' zei de kikker.

Geruime tijd wisten ze niet wat te zeggen. Toen schraapte de
kikker zijn keel en vroeg: 'Bent u op weg ergens heen?'

'Nee,' zei de walrus. 'Ik zwom zomaar wat rond.'

'O,' zei de kikker.

'Ik ben bang dat ik te veel één kant heb aangehouden.'

'Zat u aan iets anders te denken?' vroeg de kikker.

'Misschien wel,' zei de walrus.

'Dat overkomt mij ook zo vaak,' zei de kikker. 'Dan ben ik rustig
aan het kwaken en dan denk ik aan iets anders en dan kwaak ik opeens de raarste dingen.'

'Ja,' zuchtte de walrus.

257

'Aan wat voor andere dingen denkt u zo in het algemeen?' vroeg de kikker. 'Ik meestal aan kroos of taart of vleugels.'

Bij het woord vleugels gleed er een schaduw over zijn gezicht en zweeg hij.

'Nee,' zei de walrus, 'als ik aan iets anders denk denk ik aan niets of hooguit aan de woestijn.'

'Aan de woestijn??' vroeg de kikker.

'Ja, bestaat die eigenlijk?' vroeg de walrus. 'Nu ik u toch ontmoet...'

De kikker haalde zijn schouders op, en zo praatten zij nog urenlang door.

Toen de zon onderging nodigde de kikker de walrus uit om bij hem te blijven slapen.

'Doet u nog iets aan geluid?' vroeg de kikker, toen ze die avond aan de soep zaten. 'Ik bedoel kwaken of krijsen of zoiets?'

'Ik geloof het niet,' zei de walrus.

'Ook niet piepen?' vroeg de kikker. 'Bijna iedereen piept wel.'

Maar de walrus schudde zijn hoofd.

'Vindt u het dan goed als ik u iets voorkwaak, speciaal voor u?' vroeg de kikker.

'Nee nee, ja natuurlijk,' zei de walrus, 'gaat uw gang.'

De kikker kwaakte een lang verhaal.

Daarna gingen ze nog even naar buiten en zwommen ze zachtjes met elkaar pratend door de vijver. Het water was zwart en klotste tegen hun flanken.

'Springt u wel eens?' vroeg de kikker.

'Nee,' zei de walrus. 'Ik geloof het niet.'

'Wat doet u dan wel?' vroeg de kikker.

'Ik weet het niet,' zei de walrus. 'Ik weet het echt niet.'

Ze zwommen terug naar huis.

'Bent u moe?' vroeg de kikker toen ze weer in zijn ondergelopen kamer tussen de rietpluimen zaten.

'Ja!' zei de walrus. 'Dat ben ik. Wat leuk dat u dat vraagt!'

Niet lang daarna sliepen zij, in het riet, onder de waterlelie, niet ver van de kant.

Op een dag besloot het nijlpaard om zich terug te trekken en in de lucht te gaan wonen. Hij had nog ergens een paar ladders liggen, timmerde ze aan elkaar vast en zette ze rechtop in het gras naast de rivier.

Hij besloot alleen het allernoodzakelijkste mee te nemen, dacht een tijd na en nam toen zijn bed, een krukje en een vork mee. Meer is vast niet allernoodzakelijkst, dacht hij.

Hij klom omhoog, wrong zich door een wolk heen en vestigde zich in de lucht.

Er waren daar geen muren, geen vloer, geen plafond, geen deur, geen dak en geen ramen. Maar daar heb je toch niets aan, dacht het nijlpaard. Hij zette het krukje neer, legde de vork eronder, schoof het bed ernaast en was tevreden.

Hij woonde zo hoog dat de zon altijd onder hem door scheen, terwijl er boven zijn hoofd verder niets meer was.

Soms, bij helder weer, konden de dieren in het bos hem zien zitten, op zijn krukje. Maar hij keek nooit terug en had het vermoedelijk goed naar zijn zin.

Soms wilde iemand wel eens bij hem langsgaan, maar dan riep hij naar beneden, langs de ladder: 'Het komt nu niet goed uit...' en ging de bezoeker onverrichter zake weer naar huis.

Maar toen hij jarig was besloten de mier en de eekhoorn echt bij hem op bezoek te gaan.

'Wat zullen we hem geven?' vroeg de eekhoorn.

De mier stelde voor om de vijver te geven.

'Volgens mij,' zei hij, 'wil hij best weer eens zwemmen.'

De eekhoorn was het met hem eens.

Ze liepen naar de vijver en zetten hem met kroos en al op de rug van de eekhoorn.

'Zit hij goed?' vroeg de mier.

'Ja,' kreunde de eekhoorn.

'Zullen we dan maar gaan?' zei de mier.

Even later klommen ze langs de ladder omhoog, de eekhoorn met de vijver op zijn schouders en de mier voorop.

Het was een mooie dag en ze hoefden niet één wolk te passeren.

'Zou jij daar wel willen wonen, mier?' vroeg de eekhoorn, toen ze een uur hadden geklommen en nog lang niet halverwege de lucht waren. Hij bleef even staan.

'Nee,' zei de mier.

'Waar zou jij wel willen wonen?' vroeg de eekhoorn.

'Nou,' zei de mier, 'ik zou wel wat hoger willen wonen. Zo'n beetje iets boven het gras, zodat je nog net je voordeur in en uit kan springen, maar wel helemaal los. Of op de zon.'

De eekhoorn zweeg. De vijver zakte steeds verder opzij en het leek hem verstandiger zwijgend te klimmen.

Maar even later zei hij toch: 'Hij is wel zwaar.'

'Wie?' vroeg de mier.

'De vijver.'

'Ja,' zei de mier. 'Dat dacht ik wel. Hij ziet er heel zwaar uit.'

'Ja,' zei de eekhoorn.

Zo klommen ze verder.

Vroeg in de middag kwamen ze bij het nijlpaard aan, die juist wat zat te dommelen.

'Gefeliciteerd met je verjaardag, nijlpaard,' zeiden de mier en de eekhoorn. Het nijlpaard schrok wakker en viel van verbazing achterover toen hij de mier en de eekhoorn zag. Hulpeloos hing hij op zijn rug in de lucht.

'We hebben een cadeautje voor je!' zei de mier.

Hij tilde de vijver van de rug van de eekhoorn en legde hem neer, niet ver van het krukje.

'O!' riep het nijlpaard. 'De vijver!' Hij krabbelde overeind, nam een aanloop en verdween meteen onder water.

'Dank jullie wel!' riep hij toen hij weer bovenkwam.

Hij begon opgewonden in het rond te zwemmen en na elke ronde riep hij: 'Mijn verjaardag! Mijn verjaardag!'

De mier en de eekhoorn gingen naast elkaar op het krukje zitten.

Ze rustten uit van hun tocht en knikten naar het nijlpaard telkens als hij voorbij zwom. Maar ze zaten tamelijk ongemakkelijk en na enige tijd vroegen ze zich af of er misschien taart was.

'Ik had gehoopt,' fluisterde de mier in het oor van de eekhoorn, 'op iets luchtigs. Met honing bovenop.'

'Ja,' zei de eekhoorn, 'dat zou lekker zijn. Luchtige beukennoten met honing.'

Maar er was nergens iets te bekennen en het zag er ook niet naar uit dat er nog iets tevoorschijn zou komen.

'Mijn verjaardag!' riep het nijlpaard nog steeds, terwijl hij rondzwom. Hij klom pas uit de vijver toen de mier en de eekhoorn van het krukje opstonden en aanstalten maakten om naar huis te gaan.

Hij bedankte hen uitvoerig, en breed glimlachend wuifde hij hen na toen ze langs de ladder naar beneden gingen. 'Ahoi!' riep hij nog.

Toen dook hij weer in de vijver. Een klein regenbuitje viel op de mier en de eekhoorn, en diep onder hen op de wereld.

Pas laat in de avond waren ze weer terug in het bos. Het nijlpaard lag toen al te slapen, met zijn hoofd tussen het kroos. Zijn bed was leeg, terwijl de maan voorzichtig over de rand van de vijver klom.

''s Ochtends, als ik wakker word,' zei de slak, 'dan heb ik altijd zo'n pijn aan mijn steeltjes.'

'O ja?' zei de giraffe. 'Wat grappig! Ik ook. Net alsof ze steken.'

'Ja,' zei de slak. 'Alsof ze in brand staan.'

'Alsof iemand hard aan ze trekt,' zei de giraffe.

'Ja,' zei de slak. 'Zo'n pijn is het.'

Ze knikten naar elkaar en waren trots op hun gemeenschappelijke ochtendkwaal.

'Kijk,' zei de giraffe, 'dat kan ik nou nooit eens uitleggen aan de mus.'

'Nee,' zei de slak. 'Of aan de schildpad. Hoewel ik het met hem wel over verbouwen kan hebben.'

'Verbouwen?' vroeg de giraffe. 'Wat is dat??' En hij zette zeer grote ogen op.

'Ja...' zei de slak met een trage, gewichtige stem, 'dat is heel moeilijk uit te leggen.'

De giraffe probeerde iets te bedenken wat ook heel moeilijk uit te leggen was, maar hij kon zo gauw niets vinden. Hij bromde iets en liep toen door.

De slak had kort tevoren uitvoerig met de schildpad gesproken. Ze woonden te klein, vonden zij. Zeker als er bezoek was, als het regende. De schildpad wilde wel een schuurtje met een afdak hebben. Maar hoe sleep ik dat mee? vroeg hij zich af. Of een vleugel, opzij. Dat leek hem ook wel wat.

De slak voelde meer voor een verdieping.

Die ochtend, na zijn gesprek met de giraffe, besloot hij meteen met de verbouwing te beginnen. Het was nog vroeg in de dag en het hoefde ook maar één verdieping te worden.

Aan het einde van de middag was de verdieping klaar. Er zat aan de voorkant zelfs een klein balkon aan. Voor als ik iemand in de verte wil zien aankomen, zei de slak tegen zichzelf en hij was zeer tevreden.

Ter ere van zijn verbouwing gaf hij die avond een feest. Een voor een mochten de dieren op het balkon staan en zwaaien naar de anderen, beneden.

'Hallo!' riepen de anderen dan terug.

Als een van de laatsten betrad de giraffe het balkon. Hij boog zich ver voorover en kwam met zijn nek bijna bij de grond. Hij wenkte de flamingo.

'Zullen we het over dansen hebben?' vroeg hij luid. 'Daar kan ik het nou nooit eens over hebben...'

Maar de slak hoorde hem niet. Hij deed juist de deur naar de benedenverdieping dicht. Hier, dacht hij tevreden, heeft nooit meer iemand iets te zoeken. Hier woon ik voortaan echt op mijzelf.

En terwijl buiten het feest nog luidruchtig druiste stapte hij in zijn bed.

OP EEN DONKERE DAG AAN HET EIND VAN HET JAAR WAREN alle dieren bijeen op de open plaats in het midden van het bos. Er blies een gure wind tussen de kale bomen door, en de meeste dieren hoestten of niesten of rilden luidkeels van de kou.

'Dit is nou barre koude,' zei de kikker, die trots was dat hij dat wist.

'Ja,' zei de vlieg, die naast hem stond te klappertanden.

'Laten we ons allemaal verstoppen,' zei de krekel.

'Maar wie moet ons dan zoeken?' vroeg de mus.

'Niemand,' zei de krekel. 'Maar we kunnen de wind vragen om naar ons te fluiten als het lente wordt. Misschien kan hij de eerste bladeren wel laten zeggen: "Kom maar tevoorschijn" en dan komen we allemaal tevoorschijn.'

'Goed!' huilde de wind.

De dieren keken elkaar treurig aan. Iedereen gaf iedereen een hand en ging zich toen verstoppen.

De snoek verborg zich onder het blad van de waterlelie en de roerdomp ging achter een grijs paaltje staan. De slak trok zich terug in het donkerste hoekje van zijn huis en de kraai verdween in zijn veren. De gloeiworm verborg zich in het duister, de beer had nog een oude honington waarin niemand hem zou kunnen vinden, met hier en daar nog wat honing op de bodem, en de eekhoorn ging in zijn kast zitten tussen twee flessen met beukennotensiroop.

Niemand wist waar iemand anders was. En iedereen wachtte op de lente.

Toch kon de eekhoorn het niet laten een heel klein briefje aan de mier te sturen. Tot zijn onuitsprekelijke genoegen kreeg hij op de allerlaatste dag van het jaar een briefje terug. Een felle sneeuwstorm blies het envelopje onder zijn voordeur door, liet het door zijn kamer dwarrelen en schoof het door een kier de kast in.

'Hallo eekhoorn!' schreef de mier en de eekhoorn prikte het briefje op de binnenkant van zijn kast en keek ernaar zolang het winter was en iedereen zich verborgen hield.

'Hallo mier,' zei hij zo nu en dan tegen het briefje. Zo ging de tijd sneller en minder saai voorbij.

OP EEN AVOND ZAT DE EEKHOORN OP DE TAK VOOR ZIJN deur. De maan scheen en een paar dunne nevelslierten kronkelden langzaam tussen de bomen door. De slak kroop door het gras onder de beuk. Hij was moe. Een druppel zweet rolde van zijn voorhoofd op de grond. Hij bleef staan om uit te rusten en om zich heen te kijken. Hoog boven hem zag hij de eekhoorn zitten.

'Hallo eekhoorn,' zei hij.

'Hallo slak,' zei de eekhoorn.

'Ik ga daarheen,' zei de slak. Hij wees met zijn hoofd naar de struik naast de beuk. 'Daar ben ik nog nooit geweest.' Hij zuchtte.

'Het is wel ver,' zei hij toen.

'Ja,' zei de eekhoorn.

'Ga jij ook ergens heen?' vroeg de slak.

De eekhoorn dacht even na en zei: 'Ik ga naar de maan.'

'O,' zei de slak. Hij gleed uit, botste tegen een graspriet, viel bijna om, verstuikte een van zijn steeltjes en mompelde: 'Let dan toch ook op!'

Naar de maan, dacht de eekhoorn, ik ga naar de maan?? Hoe kom ik daar nou bij? Hij was nog nooit op de maan geweest en hij wist ook niet hoe je er moest komen. Misschien door te springen, dacht hij. Maar dan wel met een heel lange aanloop. Misschien wel zo lang als van de beuk tot aan de andere kant van het bos. Of nog langer. Hij zag zichzelf al hollen, in volle vaart, langs de oever van de rivier, steeds harder en harder. Er moet een aanloop zijn die lang genoeg is, dacht hij. Maar hij wist dat niet zeker. Misschien was het wel onmogelijk om op de maan te komen. Hij herinnerde zich echter dat, volgens de mier, vrijwel niets onmogelijk was. Of zou de maan soms dat vrijwel niets zijn? Maar plotseling dacht hij: weet je wat, ik vraag het voor mijn verjaardag!

Tevreden wreef hij zich in zijn handen en viel in slaap. In zijn slaap viel hij van de tak naar beneden. Ach, wat dom toch, droomde hij terwijl hij met een harde klap op de grond terechtkwam. Met een pijnlijk gezicht sliep hij verder in het gras onder de beuk, niet ver van de slak die nog onderweg was en niet wist of hij de struik ooit zou bereiken.

Een paar dagen later, kort voor zijn verjaardag, kreeg de eekhoorn bezoek van de mier. Ze aten beukenbast met room en de mier vroeg wat de eekhoorn voor zijn verjaardag wilde hebben.

De eekhoorn wreef nadenkend over de buil op zijn achterhoofd en zei: 'Een beukennotenpudding, een stoep met een leuning, een brief van de inktvis, iets voor op mijn oren als het koud is en een bezoek aan de maan.'

'Goed,' zei de mier. Hij dacht even diep na, glimlachte toen, groette de eekhoorn en ging weer naar huis.

Als ik dat bezoek aan de maan toch eens kreeg... dacht de eekhoorn. Maar hij durfde het niet heel vurig te hopen en zette het zo gauw mogelijk weer uit zijn hoofd. Straks ga ik nog denken dat ik het echt krijg... dacht hij.

Niet lang daarna was hij jarig.

Het werd een groot feest, onder de beuk, in het midden van het bos. De sterren flonkerden, er was geen wolkje in de lucht, en groot en rond kwam de maan achter de bomen tevoorschijn.

Er waren meer dieren dan ooit op zijn verjaardag. Het lijkt wel of iedereen er is! dacht de eekhoorn. Hij kreeg tientallen beukennotenpuddingen, een stoep met een dikke leuning, een lange brief van de inktvis en verscheidene dingen voor op zijn oren als het koud was.

De kikker kwaakte een paar liedjes, de beer ging zich te buiten aan honingtaart en het nijlpaard probeerde voorzichtig wat te dansen met de vlinder.

Midden op de avond klapte de mier in zijn handen. Het werd stil. Alleen de beer vond het jammer opeens op te moeten houden met schrokken.

'Wacht even!' riep hij. Maar zijn mond was zo vol dat niemand hem verstond.

'En nu,' zei de mier, zonder zich aan de beer te storen, 'nu krijg je het cadeau van iedereen, eekhoorn.'

De eekhoorn begon te stralen en keek om zich heen. Wat zou dát kunnen zijn, dacht hij. Hij zag nergens iets staan of liggen. Maar er was wel iets! Dat wist hij zeker.

Toen zag hij dat de dieren, op een wenk van de mier, op elkaars schouders klommen. De krekel klom op de schouders van de neushoorn, de olifant op de schouders van de krekel, de kever op die van de olifant... Er ontstond een reusachtige toren midden in het bos. En bovenaan stond de mier, op de schouders van de leeuw. Met zijn ene hand hield hij, boven zijn hoofd, de maan vast.

'Klim maar gauw naar boven,' zei de beer, die op de schouders van de muis stond. Het viel hem niet mee om stil te staan, met uitzicht op de enorme kruidnageltaart waar hij nog maar net aan begonnen was.

'Nou,' zei de eekhoorn, 'daar ga ik dan.'

Hij begon te klimmen en heel voorzichtig stapte hij van het ene dier op het andere. Het was een lange tocht. Pas midden in de nacht stond hij naast de mier op de schouders van de leeuw.

'Hallo mier,' zei hij.

'Hallo eekhoorn,' zei de mier. 'Hier is de maan.'

Ze knikten naar elkaar. De ogen van de eekhoorn glinsterden.

Toen stapte hij op de maan.

'Hij is er,' riep de mier naar beneden naar de andere dieren.

'Hij is er!' riep iedereen.

'Kun je hem vragen wat hij ziet?' riep de beer. Hij hoopte dat er reusachtige gerechten op de maan zouden zijn die hij nog nooit had geproefd en die heel lekker waren.

'Wat ziet hij?' riepen de dieren boven de beer.

'Wat zie je?' vroeg de mier tenslotte.

'Nog niets,' zei de eekhoorn. 'Ik moet nog beginnen te kijken.' Hij zat in het stof op de rand van de maan en schudde zijn hoofd. Wat een cadeau, dacht hij, wat een mooi cadeau!

'Nog niets,' riep de mier naar beneden.

'Ook geen gebak?' riep de beer.

Maar bij het woord gebak kregen sommige dieren trek, krabden anderen zich achter hun oor en stortte de toren in. De dieren tuimelden naar beneden en landden in de rivier, in de takken van de bomen of op het mos.

De eekhoorn keek over de rand van de maan en zag nog net hoe de mier met een plons in de rivier verdween.

Hola! dacht hij. Het leek hem echter te ver om iets aardigs te roepen en iedereen te bedanken voor het cadeau.

Het was een heldere nacht en de maan scheen. De eekhoorn kon dus alles goed zien. Er waren overal om hem heen gele rotsen, heuvels van geel stof en grote zwarte stenen. Het zag er niet gezellig uit op de maan. Maar wel interessant, dacht hij.

Hij stond op en begon te lopen. Hij nam zich voor om zich over alles te verbazen. Als ik dát niet doe dan heb ik er niets aan, dacht hij. En dus verbaasde hij zich over de gaten in de maan, over de kloven, de hellingen, de scheuren, de dalen, de spelonken, de steile bergen en de schaduwen op de maan.

Na een tijd werd hij moe en ging hij tegen een rots zitten.

Ach, dacht hij, wat bijzonder is dit toch.

'Het is hier heel bijzonder!' riep hij. Maar hij begreep dat hij net zo goed niets kon roepen. Hij was alleen op de maan.

Weer een tijd later begon hij zich eenzaam te voelen. Hij gluurde over de rand van de maan naar het bos. Het zag er daar stil en verlaten uit. Iedereen slaapt natuurlijk, dacht hij. In zijn gedachten zag hij zijn huis voor zich: de nieuwe stoep met de leuning voor zijn deur, zijn tafel, zijn stoel, zijn lege bed. Wat ben ik nú eenzaam, dacht hij. Hij kon zich niet voorstellen dat iemand ooit zo eenzaam was geweest. Hij kreeg het koud, rilde even en riep: 'Er is nog nooit iemand zo eenzaam geweest als ik!'

Even was het stil. Toen klonk er een stem, van ver weg: 'Ho ho. Dat zou ik maar niet zo gauw zeggen.'

De eekhoorn sprong overeind. 'Wie is daar?' riep hij.

Hij holde in de richting van de stem. Hij moest daarbij om een paar donkergele rotsen heen en door een kleine woestijn van dik stof. Opeens zag hij iemand zitten, in de schaduw van een steen.

'Wie bent u?' vroeg de eekhoorn, terwijl hij nog hijgde.

'Ik ben de spektor,' zei de ander.

'De spektor??' vroeg de eekhoorn. Daar had hij nog nooit van gehoord.

'Ja,' zei de spektor. 'Kan dat niet?'

De eekhoorn keek hem met grote ogen aan.

'Heeft de mier wel eens van u gehoord?' vroeg hij.

Als de spektor echt bestond dan had de mier van hem gehoord, dacht hij. Anders bestond hij niet. Hij deed even zijn ogen dicht. Er kraakte iets in zijn hoofd. Maar het is wel zo, dacht hij.

'De mier...' zei de spektor. 'Dat weet ik niet. Maar ik heb nog nooit van hém gehoord. Dat weet ik wel.'

Nou ja, dacht de eekhoorn. Hij zit hier nu eenmaal en ik ook.
'Wat doe jij hier?' vroeg de spektor.
'Ik ben hier als cadeau voor mijn verjaardag,' zei de eekhoorn.
'En jij?'
'Ik ben voorbereidingen aan het treffen,' zei de spektor.
'Waarvoor?' vroeg de eekhoorn.
'Voor een feest.'
'O ja?' vroeg de eekhoorn nieuwsgierig.
'Ja.'
Ze gingen naast elkaar tegen de steen zitten. De spektor legde aan de eekhoorn uit dat hij daar woonde en zolang hij zich kon herinneren al voorbereidingen trof voor een feest. Maar hij wist niet of er ooit iemand zou komen.
'Kom jij?' vroeg hij.
'Heel graag,' zei de eekhoorn.
'Hè, hè,' zei de spektor. Hij slaakte een zucht van opluchting.
Hij sprong overeind en liet de eekhoorn al zijn voorbereidingen zien. In een vallei was een enorme zaal met honderden stoelen en tafels van steen en stof. De spektor had alles zelf gemaakt en versierd. Er stonden tientallen taarten en puddingen en emmers met zoet water en limonade langs de kanten.
'Wat voor taarten heb je?' vroeg de eekhoorn.
'Alle taarten,' zei de spektor, 'die je maar kan bedenken.'
'Ook beukennotentaart?' vroeg de eekhoorn.
'Als jij hem kan bedenken dan heb ik hem,' zei de spektor.
De eekhoorn fronste zijn voorhoofd en vroeg zich af hoe dat mogelijk was, maar hij wist dat je zulke dingen vlak voor een feest niet moest vragen.
'Wanneer begint het feest?' vroeg hij.
'Nu,' zei de spektor.
Hij wees de eekhoorn een mooie stoel aan en laadde de tafel voor hem vol met taarten en puddingen en glazen met allerlei soorten drank.
De eekhoorn vergat dat hij die avond al feest had gevierd en begon te eten. De taarten smaakten allemaal tamelijk eigenaardig.
Een beetje dor, vond hij, maar wel lekker. Er was ook een beukennotentaart bij die iets stoffigs had.
De spektor klom op een tafel en begon te zingen. Zijn stem werd weerkaatst door de bergen aan weerszijden van de vallei, zodat het na enige tijd leek alsof er een groot koor stond te zingen. Hij zong

liederen die de eekhoorn nog nooit had gehoord en die hem aan hagel en hittegolven deden denken, en aan sneeuwstormen. Maar een paar liederen waren ook vrolijk en gewoon.

Boven hun hoofden glinsterden de sterren. In de diepte was, nauwelijks zichtbaar, het bos. En hier, in de vallei op de maan, vierden zij samen feest, de spektor en de eekhoorn.

'Wat vieren we eigenlijk?' vroeg de eekhoorn tussen twee liederen in.

'Van alles,' zei de spektor. 'Noem maar op. Je kunt het niet bedenken of we vieren het.'

'O,' zei de eekhoorn. Zo'n groot feest, waarop alles werd gevierd, had hij nog nooit meegemaakt.

Later in de nacht blies de spektor grote gele en rode stofwolken de lucht in die zich naar alle kanten verspreidden. Onder zijn schild haalde hij glinsterende kometen met lange groene staarten vandaan, die hij omhooggooide en boven de eekhoorn liet zweven. Hij trok aan een touwtje waardoor er plotseling tientallen sterren uit de hemel vielen en in de grond naast de grote tafel sloegen. En hij liet de bergen naast de vallei rommelen en schudden.

Tegen de ochtend werd het bleker en killer op de maan.

'Het feest is bijna afgelopen,' zei de spektor. Hij vroeg of de eekhoorn genoeg had gegeten en wilde dansen.

'Ja,' zei de eekhoorn. 'Dat is goed.'

Ze dansten over de lange tafels tussen de restanten van de taarten en de dranken door.

'Wat dansen we?' vroeg de eekhoorn na een tijd. Maar voor de spektor antwoord kon geven zei hij zelf: 'Van alles, denk ik. We dansen vast van alles.'

De spektor knikte.

De eekhoorn moest plotseling aan de mier denken die volgens hem nog nooit van zo'n feest had gehoord. Of misschien ook wel. En hij dacht aan de egel en de schildpad en het vuurvliegje.

'Ken jij het vuurvliegje?' vroeg hij.

'Nee,' zei de spektor. 'Ik ken niemand.'

En terwijl ze verder dansten vertelde hij dat hij nog nooit iemand had ontmoet. Maar hij had wel gedacht dat áls hij iemand zou ontmoeten hij er zo zou uitzien als de eekhoorn.

'O ja?' vroeg de eekhoorn verbaasd.

'Ja,' zei de spektor. 'Precies zo.' Hij wees naar het puntje van een

271

oor van de eekhoorn. 'Zelfs dat puntje van je oor, eekhoorn, dat is precies zoals ik gedacht had dat het zou zijn. Precies zo.'

De eekhoorn greep naar zijn oor en probeerde zich te herinneren hoe het puntje daarvan eruitzag als hij 's ochtends in zijn spiegel keek. Maar hij wist het niet meer en schudde zijn hoofd van verbazing.

Ze gingen aan het hoofdeinde van de tafel zitten, naast elkaar, in diepe stoelen, en zagen de zon langzaam in de verte opkomen. Ze waren moe en heel lang zeiden zij niets.

Toen de zon al boven de bergen hing zei de spektor: 'Je moet maar weer gaan, eekhoorn.'

'Ja,' zei de eekhoorn, die dat ook al had bedacht maar nog niet had willen zeggen.

'Wat ga jij nu doen?' vroeg hij.

'Ik denk,' zei de spektor, 'dat ik nieuwe voorbereidingen ga treffen.'

'Waarvoor?' vroeg de eekhoorn.

'Voor het volgende feest,' zei de spektor. 'Maar ik denk dat er nooit meer iemand zal komen.'

'Nou,' zei de eekhoorn, 'zoiets weet je nooit.'

'Nee,' zei de spektor. 'Maar ik kan niemand meer bedenken.'

De eekhoorn zweeg.

Niet lang daarna zakte de maan achter de oceaan. De eekhoorn sprong in het water. De spektor stond op een rots en keek hem na.

'Dag spektor!' riep de eekhoorn. 'Dank je wel voor alles!'

De spektor zei niets, zwaaide ook niet en stond daar maar tot hij achter de oceaan uit het gezicht verdween.

Het was een mooie ochtend. De oceaan was blauw en glad.

Peinzend zwom de eekhoorn weg.

Algauw kwam hij de walvis tegen, met wie hij thee dronk in de baai aan de rand van de oceaan.

Hij vertelde over het feest op de maan. De walvis spoot van verbazing zijn fontein zo hoog de lucht in dat de albatros nat werd en riep: 'Hé! Wat doe je nou, walvis?'

'O pardon,' riep de walvis. 'Ik verbaas me net over een verhaal.'

'Oooo,' krijste de albatros en vloog doorweekt verder.

Laat in de middag was de eekhoorn weer terug in het bos. Hij ging meteen naar huis en probeerde te bedenken wat hij aan de mier zou vertellen.

Toen het donker werd verscheen de maan. De eekhoorn vond het steeds moeilijker worden wat hij moest vertellen. Om een of andere reden vind ik dat, dacht hij. Maar hij wist niet om welke reden.

Toen de mier langskwam, die avond, zei de eekhoorn: 'Ik heb niets beleefd op de maan, mier. Helemaal niets.'

'Nee,' zei de mier. 'Op de maan iets beleven, dat bestaat niet.'

De eekhoorn vroeg of hij trek had in notenhoning. Dat had de mier wel. En terwijl ze zorgvuldig smulden luisterden ze naar het ruisen van de wind in de top van de beuk.

Na een hele tijd vroeg de eekhoorn, tussen twee happen door: 'Ken jij de spektor eigenlijk?'

'Nee,' zei de mier. 'Die bestaat niet.'

'O,' zei de eekhoorn. 'Dat wist ik niet.'

De mier legde hem precies uit welke dieren wel bestonden. Het waren er heel veel en pas uren later noemde hij het laatste dier dat bestond (het pantoffeldiertje), bedankte de eekhoorn voor de notenhoning en ging naar huis.

De eekhoorn ging op zijn stoep zitten en schreef een brief.

Beste spektor,
Ik heb gehoord dat je niet bestaat.
Dat vind ik heel jammer voor je.
Maar je feest bestond wel. Dat weet ik zeker!
De eekhoorn

Hij gaf de brief aan de zomernachtwind mee. En de volgende ochtend stond hij al vroeg op om te kijken of er antwoord was van de maan. Maar hij wist niet of je post kon krijgen van iemand die niet bestond.

AAN DE RAND VAN HET BOS ONDER DE ROZENSTRUIK HAD DE hommel een winkeltje. Het was maar een klein zaakje, en een etalage en een toonbank waren er niet. Maar er was wel wat te koop. Het waren dingen waar bijna nooit iemand behoefte aan had: een dennennaald, een pluisje, een druppel water, een grassprietje, een stukje beukenschors, een verwelkt wilgenroosje en een paar stofjes. 'Soms,' zei de hommel als iemand hem vroeg of hij wel eens iets verkocht.

Op een dag gaf de luipaard een feest waarvoor hij alleen de keurigste dieren had uitgenodigd – dus niet de kakkerlak en de aardworm en de horzel, en ook niet het nijlpaard, de eekhoorn en de mier. Maar wel de wesp, de zwaan, de brilslang, de flamingo, de forel en de sprinkhaan.

Reeds vroeg in de middag van die dag stond de sprinkhaan voor zijn spiegel om te zien of hij er keurig genoeg uitzag. Hij schoof de panden van zijn jas iets dichter naar elkaar toe, trok zijn schouders wat naar achteren, poetste zijn voelsprieten voor de zoveelste keer en liet een voorname glimlach rond zijn lippen spelen.

En toch, dacht hij, terwijl hij zich voorstelde hoe hij het huis van de luipaard zou betreden, toch ontbreekt er nog iets aan mij, iets deftigs, iets...

Plotseling wist hij wat. Hij keek om zich heen, trok laden open, sprong op kasten, gluurde in vazen en ging met zijn vinger langs richels. Maar hij vond niet wat hij zocht.

Hij haastte zich naar buiten en vroeg het aan de zwaluw die op het laatste ogenblik nog uitgenodigd was en zijn jas stond te strijken. Maar de zwaluw kon hem niet helpen. De sprinkhaan holde naar de winkel van de hommel.

Hijgend stoof hij naar binnen.

'Ik moet een stofje hebben,' zei hij. Zijn voelsprieten trilden ge-jaagd.

'Een stofje...' zei de hommel nadenkend. 'Ik geloof wel dat ik er daar nog een van heb.'

Hij ging de sprinkhaan voor naar een hoek van de winkel waar een klein grijs stofje lag achter een bordje NIET HOESTEN.

De sprinkhaan bekeek het stofje aandachtig en zei toen: 'Hoewel ik aan een iets lichter stofje de voorkeur zou geven neem ik het toch. Hoeveel ben ik u schuldig?'

'Eens kijken...' zei de hommel. 'Dat is dan een fortuin.'

De sprinkhaan wist tot zijn spijt niet hoeveel een fortuin was. Bovendien had hij niets bij zich. Maar, dacht hij, ik ontmoet van-avond zoveel voorname dieren dat er vast wel iemand met een paar fortuinen bij is die er een aan mij zal willen geven.

'Morgenochtend krijgt u een fortuin,' zei hij.

'Dat is goed,' zei de hommel en hij vloog van plezier naar het plafond en terug.

De sprinkhaan nam het stofje mee en verliet de winkel.

Die avond betrad hij de zaal waar de luipaard zijn feest gaf. Even bleef hij in de deuropening staan en liet hij zijn blik over de aan-wezigen glijden: de flamingo zag hij, die beschaafd uit een venster staarde, en de gazelle, die zijn voorhoofd koelte toewuifde met een espenblad, en ook de zwaan zag hij, die zijn uiterste best deed om in gedachten te verzinken.

De luipaard verontschuldigde zich tegenover het edelhert en kwam op de sprinkhaan af.

'Sprinkhaan!' zei hij. 'Welkom. Welkom.' Hij stak een van zijn klauwen gastvrij uit.

De sprinkhaan knikte nauwelijks merkbaar. Hij hield zijn hoofd daarbij iets opzij. Toen sloeg hij met een luchtig gebaar het stofje van zijn schouder, terwijl hij mild en innemend glimlachte.

DE KREKEL WAS ZO NIEUWSGIERIG NAAR WAT HIJ NU EIGEN-lijk voelde, ergens binnenin zich, dat hij zich binnenstebuiten keerde om daar achter te komen.

Het was aan de rand van het bos, vroeg in ochtend. De lijster werd juist wakker en wist niet goed of hij nog droomde, en de leeuwerik viel bijna uit de lucht van verbazing, want daar, in het natte gras, in de milde ochtendzon, onder veel gehijg en gesjirp, duwde de krekel zijn binnenste naar buiten, terwijl zijn buitenste naar binnen verdween.

De lijster vloog naar beneden en even later kwam ook de mier uit het struikgewas tevoorschijn, waar hij naar zoethout had ge-zocht.

'Hoe bestaat het,' zei de mier.

'Hallo!' Plotseling hoorden ze heel zacht van binnen uit de bin-nenstebuiten gekeerde krekel een stem.

'Ben jij dat, krekel?' vroeg de mier.

'Ja,' zei de stem.

'Wat doe je daar?'

'Kunnen jullie mijn gevoel zien?'

'Je gevoel?'

'Ja. Jullie weten toch wel wat gevoel is...? Het moet daar ergens zitten.'

'Zie jij wat?' vroeg de mier aan de lijster.

'Nee,' zei de lijster. 'Waar moet ik op letten?'

'En mijn gedachten?' vroeg de gesmoorde stem.

Weer bekeken de mier en de lijster de binnenstebuiten gekeerde krekel, haalden hun schouders op en zeiden: 'Nee.'

'O,' zei de stem. 'Wat zien jullie dan wel?'

276   'Ja,' zei de mier. 'Hoe moet ik dat zeggen. Het lijkt nergens op.'

'Maar misschien is dat mijn gevoel wel!' zei de stem.

'Het ziet er eigenaardig uit,' zei de lijster.

'Zo kun je ook niet eten, krekel,' zei de mier. 'Ik zie je mond nergens.'

'Dat klopt,' zei de stem. 'Mijn mond is hier.'

'Heb je geen honger?' vroeg de mier.

Even was het stil. Toen zei de stem: 'Dat weet ik niet. Kijk eens.'

De mier en de lijster bekeken de binnenkant van de krekel nog eens nauwkeurig en de mier meende dat hij kon zien dat de krekel honger had.

'Ja, je hebt honger,' zei hij.

'O,' zei de stem. 'Wat nu?'

'Ik denk,' zei de mier, 'dat je je buitenstebinnen moet keren, krekel. Er zit niets anders op.'

'Dat denk ik ook,' zei de lijster.

De krekel vroeg nog een keer of ze heel goed wilden kijken of ze zijn gevoel zagen en ook bepaalde gedachten die hij soms zomaar tegen zijn zin had. Maar ze zagen niets. Toen keerde de krekel zich met veel gekraak en rumoer weer buitenstebinnen. De mier en de lijster hielpen hem met trekken en duwen.

'En toch,' zei de krekel, toen hij weer in het gras stond, zijn binnenste binnen en zijn buitenste buiten, 'toch hadden jullie mijn gevoel moeten zien. Want nu zit het weer hier.' Hij tikte op zijn borst. 'Hier.'

De lijster groette de beide anderen en vloog weg, terwijl de mier de krekel meenam naar een geheimzinnige plek onder de eik, waar een potje zachte harshoning stond dat de mier daar verborgen had voor een zeer speciale gelegenheid.

'Vreemd, hè, mier,' zei de krekel, terwijl hij een grote hap nam.

De mier knikte.

'Ik denk altijd dat mijn gevoel rood is,' zei de krekel, 'lichtrood. Dat denk ik. Maar ik zou dat zo graag eens zeker willen weten. Jammer dat jullie het niet konden vinden.'

De mier knikte en nam nog wat honing.

'WAT WIJ HOREN,' ZEI DE MIER TEGEN DE EEKHOORN, 'IS BIJ-na niets. Er is zoveel meer dat wij niet horen...' Hij strekte zijn armen wijd uiteen.

De eekhoorn zweeg. Hij had nooit nagedacht over wat hij niet hoorde. Het was een warme dag, midden in de zomer. Ze zaten naast elkaar in het gras aan de oever van de rivier.

'We moeten een oor maken, eekhoorn,' zei de mier, 'waarmee we alles kunnen horen. Echt alles.'

De eekhoorn was van plan geweest die dag niets te doen, maar hij zei dat hij het een goed idee vond.

Ze gingen meteen aan het werk. De mier gaf aanwijzingen en aan het eind van de middag was het oor klaar.

'Nou,' zei de mier. 'Wat wil je horen, eekhoorn?'

De eekhoorn kon zo vlug niet iets bedenken, maar na een tijd zei hij voorzichtig: 'Ik zou eigenlijk wel eens willen weten hoe laat het is onder de grond.'

Het was een vreemde vraag die af en toe zomaar bij hem opkwam en onbeantwoord weer verdween, net als de meeste andere vragen.

De mier legde het oor op de grond en begon te luisteren. Eerst hoorde hij geraas en gerommel en andere onbruikbare geluiden, toen hoorde hij twee stemmen.

'Weet jij soms hoe laat het is, worm?' vroeg de ene stem.

'Ja hoor, mol,' zei de andere stem. 'Acht over acht.'

'Zo zo,' zei de ene stem. 'Dank je wel.'

De mier sprong overeind en zei: 'Het is acht over acht onder de grond.'

'Acht over acht?' vroeg de eekhoorn. 'Wat is dát voor een tijd?'

'Tja,' zei de mier. Hij had ook nog nooit van die tijd gehoord. 'Maar het is wel een mooie tijd.'

Daar was de eekhoorn het mee eens.

De mier luisterde verder en ontdekte dat het aan de andere kant van de oceaan heel koud was, want hij hoorde de walrus daar klappertanden. En hij meende even later iemand op de zon te horen die 'Pffft. Wat een hitte!' zei, maar hij kon niet goed uitmaken wie dat was.

Terwijl ze daar zo naar van alles zaten te luisteren kwam de sprinkhaan voorbij. Hij zag het oor en vroeg of hij het ook even mocht gebruiken. Hij wilde graag eens iets uit de woestijn horen.

De mier en de eekhoorn vonden dat goed en de sprinkhaan zette het oor op zijn hoofd.

Heel ver weg hoorde hij de woestijnmuis en het zandvliegje met elkaar spreken.

'Wat vind jij eigenlijk van de sprinkhaan?' vroeg de woestijnmuis net.

De jas van de sprinkhaan werd plotseling wit en krap en de sprinkhaan riep: 'Hola! Wacht even! Ik hoor jullie wel!'

Maar in de woestijn kon niemand hem horen en het zandvliegje antwoordde: 'Ik vind hem zeer bedenkelijk.'

'Zeer bedenkelijk??' riep de sprinkhaan. 'Ik? Ik ben helemaal niet zeer bedenkelijk!'

Zijn jas werd vuurrood en kreukelig, en briesend sprong hij heen en weer.

De mier en de eekhoorn wisten niet dat hij kon briesen. Ze keken hem verbaasd aan. Het oor viel op de grond en de sprinkhaan greep de eekhoorn bij zijn keel en vroeg: 'Ben ik zeer bedenkelijk, eekhoorn?'

'Nee nee,' zei de eekhoorn, met een schrille stem. 'Volgens mij ben jij niet zeer bedenkelijk.'

Toen liet de sprinkhaan de eekhoorn los. Zijn jas werd weer groen en netjes. 'Zie je wel,' zei hij tegen zichzelf. 'Zie je wel.'

Maar hij wilde nooit meer iets door het oor horen.

'Ik heb genoeg gehoord,' zei hij en hij liep met grote stappen het bos in.

De mier en de eekhoorn luisterden nog een tijd verder. Ze hoorden de slak zachtjes snurken in zijn huisje aan de andere kant van het bos, ze hoorden de ijsbeer op een afgedreven ijsschots achter zijn oor krabben en ze hoorden de karper mopperen over de modderige algen op de bodem van de sloot.

Toen ze al heel veel hadden gehoord, werd het donker en gingen ze naar huis. Het oor lieten ze achter, in het gras onder de wilg. Het was te groot om mee te nemen. Ze besloten de volgende ochtend verder te luisteren.

'Ik ben blij dat we het oor hebben, eekhoorn,' zei de mier, toen ze langs het bospad liepen.

'Ja,' zei de eekhoorn. 'Het is een heel mooi oor.'

'Er is zoveel te horen, eekhoorn,' zei de mier. 'Daar heb je geen idee van!'

Toen zeiden ze niets meer. De maan verscheen. Dorre takjes kraakten onder hun voeten. Van ver weg kwam de geur van honing en zoete beukennoten op hen af.

'Wat doe je nou?' vroeg de eekhoorn.

'Doe ik iets?' zei de olifant, die bij de eekhoorn op bezoek was. Het was tot dan toe heel gezellig geweest.

'Ja,' zei de eekhoorn. 'Je verdwijnt.'

'Ik?? Waarin?'

'In die kist.'

'In die kist? Hoe kom je dáár nou weer bij??' riep de olifant, terwijl hij langzaam in de kist onder het raam van de eekhoorn verdween.

Het was avond en boven het bos hing groot en bleek de maan.

'Eekhoorn!' riep de olifant even later uit de kist.

'Ja,' zei de eekhoorn, die aan de tafel zat en peinzend zijn hoofd op zijn hand liet rusten.

'Hoe kom ik hier weer uit?'

'Ik trek je er wel uit.'

'Waarmee?'

'Met mijn hand.'

'Met je hand? Wat is dát nou weer voor een idee?'

De eekhoorn stak zijn hand in de kist, pakte een oor tussen twee vingers en trok de olifant eruit.

'Hè hè,' zei de olifant. 'Wat was ik verdwenen...'

De eekhoorn knikte. 'Wil je nog iets eten?' vroeg hij.

'Wat is er nog?' vroeg de olifant. Toen vloog hij plotseling door het plafond de lucht in.

'Eekhoorn!' trompetterde hij.

'Ja,' zei de eekhoorn.

'Waar ben ik nú weer?'

De eekhoorn keek door het gat in het plafond naar boven en riep: 'Je hangt aan de maan.'

'Aan de maan??'

Het was waar. De olifant hing aan de maan. Hij blonk, net als de maan zelf, alsof hij van goud was.

'Wat doe ik hier?' riep hij. 'Eekhoorn! Wat doe ik hier?'

De eekhoorn klom op zijn dak en haalde zo duidelijk mogelijk zijn schouders op zodat de olifant goed kon zien dat hij het niet wist.

'O,' riep de olifant nog en hij zuchtte uit de grond van zijn hart.

Niet lang daarna ging hij samen met de maan onder, in de verte, achter de woestijn.

AAN DE RAND VAN DE VIJVER VROEG DE MUIS AAN DE KIKKER:
'Eh... kikker... zou je mij kunnen leren kwaken?'

'Met alle plezier,' zei de kikker, die al lang hoopte dat iemand anders ook eens zou kwaken.

'Niet dat ik een hekel heb aan piepen...' zei de muis.

'Nee,' zei de kikker.

'Maar ik zou er graag iets bij doen,' zei de muis.

'Ja,' zei de kikker. Hij was ervan overtuigd dat kwaken het mooiste geluid was dat er bestond en hij dacht dat als de muis eenmaal kon kwaken hij wel nooit meer zou willen piepen.

'Zullen we meteen beginnen?' vroeg de muis.

'Ja, dat is goed,' zei de kikker.

En zo leerde de muis kwaken.

'Wat is dat moeilijk!' riep hij na een tijd.

'Ja,' zei de kikker. 'Moeilijk. Maar mooi. Ach, kwaken...'

Hij verviel in een dromerig gepeins, waarbij hij naar de verte staarde en de muis vergat.

'Hallo,' zei de muis. De kikker schrok op en ging verder met zijn les.

'Ach muis,' zei hij. 'Neem mij maar niet kwalijk. Maar als ik eenmaal aan kwaken denk...'

Aan het eind van de ochtend kon de muis een heel klein beetje kwaken. Maar die middag maakte hij geen vorderingen meer en tegen de avond zei hij: 'We moeten het hierbij maar laten, kikker.'

'Ja,' zei de kikker. Hij had eigenlijk op grotere vorderingen gehoopt en begreep nu pas goed hoe moeilijk kwaken was.

'Het is het moeilijkste wat er is, muis!' zei hij.

'Nog moeilijker dan tsjilpen?'

'Nog veel moeilijker,' zei de kikker. 'Maar als je kunt kwaken dan kun je ook alles kwaken. Vrolijk gonzen of iets luchtigs krassen of zielig brullen... dat bestaat toch niet? Maar kwaken, dan kun je alles, muis, alles.'

Ze namen afscheid van elkaar en gingen naar huis.

Die avond was het de verjaardag van de leeuwerik, en de muis had beloofd iets te doen.

Toen iedereen zat stapte hij naar voren en kwaakte een heel klein liedje, terwijl hij van zijn ene voet op zijn andere ging staan.

Dat had niemand verwacht. Een reusachtig applaus steeg op, terwijl de kikker in stilte een traan wegpinkte. Ook al had hij dat liedje zelf veel voller en welluidender gekwaakt.

Het was een prachtige verjaardag. Laat op de avond kwam er een taart overdrijven die niemand had verwacht en waaruit dikke druppels room naar beneden vielen. De meeste dieren probeerden te schuilen, maar de mier en de beer keken omhoog en hielden hun mond zo wijd mogelijk open.

De taart landde op het mos en was groot genoeg voor iedereen.

En terwijl de anderen nog zaten te eten trokken de kikker en de muis zich terug achter de esdoorn. De kikker probeerde aan de muis uit te leggen hoe je nog mooier kon kwaken, zodat iedereen omviel van bewondering, en hoe je iemand in slaap kon kwaken, en hoe je, als het nodig was, iemand kon wekken door vlak voor zijn oor iets snerpends te kwaken. Hij deed het voor. Maar de muis hield hem tegen en kwaakte: 'Maar ik ben al wakker! Klaarwakker!'

'Prachtig,' zei de kikker. 'Prachtig.'

DE ZON SCHEEN EN DE EEKHOORN EN DE MIER ZATEN IN HET gras aan de oever van de rivier. Boven hen ruiste de wilg, voor hen kabbelde het water, terwijl in de verte de lijster zong.

'Volgens mij,' zei de eekhoorn, 'ben ik nu gelukkig.'

De mier zweeg en kauwde op een grassprietje.

'Ik denk,' zei de eekhoorn, 'dat ik nooit gelukkiger kan zijn dan nu.'

'Nou...' zei de mier. 'En als er nu eens een honingtaart voorbij zou komen vliegen met een briefje erop: voor de eekhoorn en de mier...?'

'Ja,' zei de eekhoorn. 'Dan zou ik nóg gelukkiger zijn. Maar gelukkiger dan dán is onmogelijk.'

'Nou...' zei de mier. 'Als ik nu eens van plan was op reis te gaan en ik zou zeggen: eekhoorn, ik ga niet, ik blijf bij jou, goed?...'

'Ja,' zei de eekhoorn. 'Je hebt gelijk. Dan zou ik nog gelukkiger zijn...'

'En als de krekel vanavond een heel groot feest gaf, en als je nu plotseling een brief met een uitnodiging van de walvis kreeg, en als de zon vandaag niet meer onder zou gaan, en als alles rook naar verse beukennoten...?'

De eekhoorn zweeg. Hij keek naar het glinsterende water en dacht: dus ik ben eigenlijk helemaal niet zo gelukkig...

Hij keek schuin opzij naar de mier. Maar de mier had zijn ogen dicht, kauwde op het grassprietje en liet de zon op zijn gezicht schijnen.

Wat ben ik dan? dacht de eekhoorn. Als ik niet heel gelukkig ben... Het was alsof er een wolk voor zijn gezicht schoof. Hij wist geen antwoord op die vraag.

In de verte zweeg de lijster en begon de nachtegaal te zingen, zomaar, midden op de dag. Hé, dacht de eekhoorn, wat zijn dat? Hij voelde iets bewegen in zijn ogen. Tranen? dacht hij. Zijn dat tranen? Hij zuchtte diep, vouwde zijn staart onder zijn achterhoofd en keek naar de lucht. Ik zal maar niet meer denken, dacht hij. Maar hij wist dat dat heel moeilijk was.

Zo lagen zij daar naast elkaar in het gras aan de oever van de rivier, de mier en de eekhoorn.

'Wat liggen wij hier heerlijk, eekhoorn,' zei de mier na een hele tijd.

De eekhoorn zei niets.

'Ik heb nog nooit zo heerlijk gelegen,' zei de mier.

Ik wou, dacht de eekhoorn, dat ik eens één keer op een tak zat, met mijn knieën over elkaar en dat de mier beneden stond en naar boven riep: je hebt gelijk, eekhoorn, ik geef het toe, je hebt helemaal gelijk...

De zon zakte langzaam naar omlaag, de rivier kabbelde en in de verte zong de merel. De eekhoorn keek maar en luisterde maar en dacht verder niets.

Op een dag gaf de rups een feest tussen twee distels onder de eik.

Er was daar net genoeg plaats voor één gast om te staan, en alleen de eekhoorn kwam. Iedereen geeft wel eens een ongemakkelijk feest, dacht hij. Hij had pas een pot beukenbladmoes gemaakt en gaf die aan de rups.

'Dank je wel, eekhoorn,' zei de rups. 'Het wordt een leuk feest.'

'Ja,' zei de eekhoorn, die zo ging staan dat hij zich niet prikte.

Verroeren kon hij zich niet meer.

De rups hing boven hem aan een eikenblad.

'Wat vier je eigenlijk?' vroeg de eekhoorn.

'Mijn jas,' zei de rups.

'Je jas??' zei de eekhoorn. Hij probeerde omhoog te kijken, maar dat lukte hem niet.

De rups schrok en kromp ineen.

'Ja,' zei hij. 'Kan dat niet? Ik dacht dat je alles kon vieren.'

'Ja,' zei de eekhoorn. 'Dat dacht ik ook. Maar ik wist niet dat je ook je jas kon vieren.'

'O,' zei de rups, 'dan vier ik weer eens het verkeerde.'

'Nee nee,' zei de eekhoorn. 'Het kan best dat je je jas wel kan vieren. Ik weet zoveel niet.'

De rups zweeg.

'Wat voor jas is het?' vroeg de eekhoorn.

'Een blauwe,' zei de rups. 'Zal ik hem aandoen?'

'Ach nee,' zei de eekhoorn, die graag anders wilde gaan staan, maar niet wist hoe. 'Hou hem maar uit.'

De rups had zijn jas al half aangedaan, maar trok hem weer uit.

Wat een feest, dacht de eekhoorn. Er was niets te eten of te drinken, en niemand zong.

287

'Sta je goed?' vroeg de rups.

'Ja,' zei de eekhoorn. Maar zijn stem klonk benard.

Het was een tijdlang stil.

'Dat cadeau van jou, eekhoorn...' zei de rups.

'Ja,' zei de eekhoorn.

De rups zweeg verder. De eekhoorn dacht dat de rups nog iets had willen zeggen, maar was daar niet zeker van.

Het begon te regenen.

'Nu begint mijn feest pas goed,' zei de rups.

De eekhoorn had juist weg willen gaan. Maar nu moest hij wel blijven. Hij had nog nooit zo'n eigenaardig feest meegemaakt. Het enige is, dacht hij, dat ik het aan de mier kan vertellen. Hij wreef zich in zijn handen, maar prikte zich daarbij in zijn ellebogen.

'Dit feest is zo gezellig...' zei de rups. 'Ik weet niet hoe ik je dat moet uitleggen, eekhoorn.'

Niet lang daarna viel de rups in slaap. De eekhoorn hoorde hem zachtjes snurken. Heel voorzichtig stapte hij tussen de distels uit. Wat een feest, dacht hij. Maar het is vast ook heel moeilijk om je jas te vieren. Hoe zou ik mijn jas vieren? Of mijn oren?

Hij liep het bos in en hoe verder hij liep, hoe gezelliger hij het had gehad op het feest van de rups.

MIDDEN IN DE NACHT WERD DE EEKHOORN WAKKER.
Hij hoorde iemand lopen op zijn dak.
'Hallo!' riep hij.
Het lopen hield op.
'Is daar iemand?' riep hij.
'Ja,' zei een stem.
'Wie dan?'
Even was het stil, toen zei de stem: 'Zal ik het zeggen?'
'Ja.'
'De mol.'
'De mol?' zei de eekhoorn verbaasd.
'Ja, de mol. Raar, hè?'
'Ja,' zei de eekhoorn.
Hij dacht even na en vroeg toen: 'Wat doe je daar?'
'Ik vrees dat ik verdwaald ben,' zei de mol.
'O.'
'Zou dat kunnen?'
'Het is nacht,' zei de eekhoorn.
'O ja?' zei de mol. 'Is dit nu nacht?'
'Ja,' zei de eekhoorn. 'Het is midden in de nacht.'
'Dat wist ik niet,' zei de mol.
Het was enige tijd stil.
'Ik denk,' zei de mol toen, 'dat ik in plaats van vooruit omhoog
ben gekropen.'
'Dat zou heel goed kunnen,' zei de eekhoorn.
'Ja,' zei de mol.
'Maar hoe kom je nu weer onder de grond?' vroeg de eekhoorn.
'Dat weet ik niet.'
'Zal ik je helpen?'

'Goed.'

De eekhoorn stapte uit zijn bed en klom op het dak. Maar hij zag niets. Pas na lang rondtasten vond hij iets wat bij de mol leek te horen.

'Au,' zei de mol. 'Dat is mijn oor, denk ik.'

Toen vielen ze samen naar beneden en kwamen met een harde klap onder de grond terecht.

'Hé,' zei de mol. 'We zijn precies goed gevallen. Hier woon ik.'

De eekhoorn wreef over een bult op zijn hoofd.

'Wat is het donker hier,' zei hij.

'Maar het ruikt hier licht, vind je niet?' vroeg de mol.

De eekhoorn knikte en zei: 'Ja. Of liever schemerig. Het ruikt hier schemerig, vind ik.'

De mol ging de eekhoorn voor naar de zitkamer en duwde een krukje naar hem toe.

'Je zult wel trek in een kopje thee hebben,' zei hij.

Hij zette thee en schonk even later twee kopjes in.

Het was een eigenaardige thee en de eekhoorn probeerde door het donker in zijn kopje te kijken. Maar hij zag niets.

'Wat is het voor thee?' vroeg hij.

'Grondthee,' zei de mol.

'O,' zei de eekhoorn.

'Vind je hem te slap?' vroeg de mol.

'Nee nee,' zei de eekhoorn en hij dronk het kopje in één teug leeg.

'Hij is precies goed.'

Maar toen de mol hem nog een kopje aanbood, of iets anders, de eekhoorn hoefde maar te zeggen wat, toen bedacht de eekhoorn plotseling dat hij nog verder moest slapen.

'Ik was nog niet eens op de helft,' zei hij.

'Dat zou best waar kunnen zijn,' zei de mol.

De eekhoorn stond voorzichtig op en vroeg de mol of hij zijn hand wilde uitsteken zodat hij hem kon schudden.

'Hier,' zei de mol.

Ze schudden elkaar de hand.

'Wat ga jij nu doen?' vroeg de eekhoorn.

'Nog wat graven, denk ik,' zei de mol. 'Een gang of zoiets. Of zomaar wat rondkruipen. Ik bedenk wel iets.'

De eekhoorn klom door het gat in het dak van de mol naar buiten. Het was nog steeds midden in de nacht. De sterren flonkerden en in de verte zong de nachtegaal.

Even later stapte hij weer in bed en viel meteen in slaap, terwijl onder hem diep onder de grond de mol peinzend wat om zich
heen zat te graven.

'Springen,' zei de slak, 'ligt mij niet.'

'Nee,' zei de schildpad. 'Mij ook niet. Ik hou meer van wonen.'

'Ik ook,' zei de slak. 'Ik krijg nooit genoeg van wonen.'

Ze zaten naast elkaar aan de rand van de vijver en keken naar de kikker, die probeerde van het ene lelieblad op het andere te springen. Meestal mislukten zijn sprongen en viel hij in het water. Dan stak hij vlug zijn kop omhoog, keek om zich heen en zei: 'Dat was de bedoeling, hoor. Ik wilde niet óp dat blad terechtkomen, maar ervóór. Ik viel precies goed.'

De slak en de schildpad waren zijn enige toeschouwers en ze knikten af en toe naar hem om te tonen dat ze zijn bedoelingen begrepen.

'Vind jij wonen moeilijk?' vroeg de slak.

De schildpad dacht even na en zei toen voorzichtig: 'Nou, gemakkelijk vind ik het niet...'

'Nee,' zei de slak. 'Het is ook niet makkelijk. Hoe heb jij het eigenlijk geleerd?'

Wat een vragen, dacht de schildpad. Hij kreeg het warm onder zijn schild en vroeg aan de slak of ze het eerst nog ergens anders over konden hebben.

'Waarover dan?' vroeg de slak.

'Over onmerkbaar, bijvoorbeeld,' zei de schildpad. 'Onmerkbaar vooruitkomen.'

Daar wilde de slak het graag over hebben en hij vertelde de schildpad alles wat hij daarover wist.

De kikker had ondertussen een reusachtige sprong gemaakt naar een afgelegen lelieblad. Hij zwaaide naar de slak en de schildpad en kwaakte opgewonden: 'Die sprong was wél de bedoeling. Zagen jullie die? Wat een sprong!'

Hij zwol op van vreugde en wilde de sprong nogmaals maken. Maar zijn aanloop was vermoedelijk te kort en hij viel midden in de vijver op de neus van de snoek die toevallig even naar de lucht wilde kijken.

'Ik had je wel gezien, snoek!' zei de kikker.

'O,' zei de snoek en hij wreef met zijn staart over zijn neus.

De slak legde ondertussen aan de schildpad uit dat hij stilstaan, echt helemaal stilstaan, nog mooier vond dan onmerkbaar voor-uitkomen.

'Ook al zie je het verschil niet, schildpad,' zei hij.

'Ja,' zei de schildpad. 'Stilstaan is het mooist.'

De snoek verdween verongelijkt weer onder water en de kikker kroop op de oever en riep: 'Vandaag spring ik niet meer. Dank je wel voor de belangstelling.'

Hij maakte zijn rug recht en begon zachtjes wat in zichzelf te kwaken.

De zon verdween achter het bos en nevelflarden verzamelden zich en begonnen langzaam tussen de bomen door te kronkelen.

'Ik blijf hier vannacht wonen,' zei de slak, en hij dacht: wat ben ik toch blij dat ik zo goed kan wonen.

'Ik ga nog een ommetje maken,' zei de schildpad. Hij groette de slak en voetje voor voetje begon hij aan een ommetje naar de ach-terkant van de struik.

Hoofdschuddend keek de slak hem na. Toen ging hij naar bin-nen.

Op een donkere dag aan het eind van het jaar vergaderden de dieren op de open plek midden in het bos.

Toen iedereen wat had gezegd schraapte de tor zijn keel en vroeg: 'Wie van ons is er wel eens doodgegaan?'

De wind woei door de bomen, de zon was dof en iedereen zweeg.

'Niemand?' vroeg de tor.

De salamander stond op en vroeg: 'Echt dood? Niet alleen je staart of zo...?'

'Nee, echt dood,' zei de tor.

Het bleef stil. Niemand durfde om zich heen te kijken.

Ten slotte zei de tor: 'Dank jullie wel. Dat wilde ik alleen maar even weten.'

Er ontstond geroezemoes en iedereen stootte iedereen aan.

'Waarom wilde je dat weten?' vroeg de ekster.

'Voor alle zekerheid,' zei de tor. Toen draaide hij zich om en verdween in een struik.

Dieren die nog nooit hun voorhoofd hadden gefronst fronsten het nu, en de wind wakkerde aan en er was niets meer te vergaderen.

De mier en de eekhoorn liepen naar huis. De mier rilde, maar het waren geen gewone rillingen.

'Wat zijn dat voor rillingen?' vroeg de eekhoorn.

'Dat zijn huiveringen,' zei de mier.

'Huiveringen??' zei de eekhoorn. 'Daar heb ik nog nooit van gehoord.'

'Nee,' zei de mier. 'Die heb ik voor het eerst.'

De eekhoorn begon diep na te denken. Maar plotseling werd hij bang dat hij te diep zou nadenken en misschien wel niet meer te-

rug zou kunnen denken. En zo hevig als hij kon begon hij aan beukennoten te denken en aan dennenappels en aan de rivier en de
zon en de zomer. Hij stootte de mier aan en zei: 'Daar moet je ook
aan denken, mier, aan de zomer!'

Ik zal me niet verbazen, dacht de sprinkhaan. Wat ik ook doe: dat nooit. Hij zat op een grasspriet aan de oever van de rivier en keek tevreden om zich heen.

Het was een warme dag en in de verte vloog de reiger langzaam langs de oever weg, terwijl zo nu en dan de karper even zijn hoofd boven water stak.

De sprinkhaan streek een plooi in zijn jas recht en wilde juist een knoop losmaken, toen de jas in elkaar schrompelde, rood werd en in flarden van zijn lijf viel.

Dat is wel vervelend, dacht de sprinkhaan, maar het verbaast me niet.

Wit en mager zat hij op de grond naast de resten van zijn jas. Hij nam een sprong en kwam in de schaduw van de wilg terecht. Anders verbrand ik nog, dacht hij. Maar plotseling stortte de zon naar beneden, werd de hemel zwart en begon het te vriezen, terwijl een sneeuwstorm opstak en wild in het rond begon te blazen.

De kaken van de sprinkhaan bevroren, maar hij kon nog wel denken. Geloof maar niet dat ik me hierover verbaas, dacht hij. O nee. Niets daarvan.

Met heel veel moeite kreeg hij zijn lippen van elkaar en riep: 'Dit is de gewoonste zaak van de wereld!'

Op dat moment kwamen de eekhoorn en de mier voorbij, die zich buitengewoon verbaasden.

'Wat vreemd, mier!' zei de eekhoorn.

'Ja,' zei de mier. 'Dit is heel vreemd, eekhoorn.'

Ze baanden zich een weg door de sneeuw en zagen de sprinkhaan onder de wilg zitten, zonder jas, hevig rillend.

'Sprinkhaan!' riep de eekhoorn bezorgd.

'Hallo eekhoorn,' mompelde de sprinkhaan. Toen kon hij niets meer zeggen en viel hij om.

Niet lang daarna klom de zon weer omhoog en werd de lucht weer blauw. De sneeuw smolt en het was weer zomer.

De sprinkhaan opende zijn ogen en keek om zich heen.

'Wat doe jij hier?' vroeg de eekhoorn. 'Zo zonder jas.'

'O,' zei de sprinkhaan. 'Heel gewoon.' En hij legde aan de eekhoorn en de mier uit dat hij zich nergens meer over verbaasde.

'Dat is niet makkelijk,' zei hij. 'Maar wel mogelijk.'

En toen even later de wilg zich losmaakte uit de grond, glimlachte, op twee takken floot, wat rondliep, een slokje water nam en weer op zijn plaats ging staan, toen viel de mond van de eekhoorn van verbazing open, schudde de mier zijn hoofd en geeuwde de sprinkhaan.

'Niets bijzonders,' zei de sprinkhaan. 'Dat is nou niets bijzonders.'

'Hoe is je dat gelukt?' vroeg de mier, die zich ook graag over veel dingen niet meer wilde verbazen.

'Als ik je dat vertel,' zei de sprinkhaan, 'zou je vreemd opkijken, mier.'

'Dat is niet erg,' zei de mier.

Maar de sprinkhaan vertelde het niet. 'Dat is beter,' zei hij.

Even later namen de mier en de eekhoorn afscheid van de sprinkhaan die er nog steeds wit en eigenaardig uitzag. Er verschenen groene sterren in de lucht en het begon inkt en suiker te regenen.

Met grote ogen keken de mier en de eekhoorn omhoog. In de verte hoorden ze de sprinkhaan schamper lachen.

De eekhoorn vroeg zich af hoe het zou zijn als je je nooit meer verbaasde. Heel vreemd, dacht hij, heel vreemd.

OP EEN WARME NACHT IN DE LATE ZOMER HAD DE VUUR-
vlieg genoeg van verjaardagen, taarten en toespraken die hij avond
aan avond moest verlichten. Hij ging op reis.

Hij vloog het bos uit, stak het weiland over en kwam al spoedig
in de woestijn. Boven hem fonkelden miljoenen sterren, maar beneden op de reusachtige grond was hij alleen.

Alle zandkorrels leken op elkaar en halverwege de nacht raakte
de vuurvlieg verdwaald. Hij snikte en deed zijn lichtje uit.

'Ach,' zei hij. 'Wat ben ik nú eenzaam.'

Maar plotseling verscheen er een schaduw naast hem. De vuurvlieg deed snel zijn lichtje weer aan en zag dat het de vleermuis
was.

'Ik ben verdwaald,' zei de vuurvlieg.

'Ik ook,' zei de vleermuis.

'O wat verschrikkelijk,' zei de vuurvlieg.

'Ik ben altijd verdwaald,' zei de vleermuis.

De vuurvlieg zweeg en keek de vleermuis ernstig aan.

'Maar waar woon jij dan?' vroeg hij na een tijd.

De vleermuis krabde met zijn ene vleugel aan het puntje van
zijn andere vleugel.

'Dat weet ik niet,' zei hij.

'Maar je wóónt toch wel ergens?' vroeg de vuurvlieg.

'Ik denk het wel,' zei de vleermuis, bijna onhoorbaar.

'O,' zei de vuurvlieg. Van verbazing deed hij zijn lichtje uit en
dacht diep na.

'Jij woont dáár,' zei de vleermuis. Hij wees naar de verte, waar
de horizon al licht begon te worden.

'O dank je wel,' zei de vuurvlieg. Hij deed zijn lichtje weer aan

en begaf zich op weg.

'Ik hoop dat je je huis gauw zult vinden!' riep hij nog.

'Ja,' zei de vleermuis. Hij schoot omhoog, keek achter een rots-blok, gluurde in een spelonk, scheerde laag over het zand, maar hij wist dat hij het nooit zou vinden.

Op een dag had de eekhoorn zo'n honger dat hij omviel. Hij kwam op zijn rug terecht, in het gras, naast de rozenstruik, en keek omhoog.

De lucht was van een soort blauw dat heel zoet leek – niet om in te bijten, maar om langzaam op te zuigen. En boven de bomen hing de zon. Als je eerst goed op hem zou blazen, dacht de eekhoorn, dan is hij vast heel smakelijk. Het water liep hem in de mond.

Hij overwoog even om te proberen op te staan. Maar, dacht hij toen, als ik opsta heb ik nog steeds dezelfde honger en dan val ik dus weer om.

Er kwam een kleine wolk aandrijven, hoog in de lucht, en die zag er zo zoet en suikerachtig uit dat de eekhoorn kreunde en riep: 'O!'

De zwaluw, die niet ver van daar rakelings over boomtoppen aan het scheren was, hoorde O roepen.

'Wie riep daar O?' riep hij.

'Ik,' zei de eekhoorn.

De zwaluw maakte een scherpe bocht en streek vlak naast de eekhoorn neer.

'Hallo eekhoorn,' zei hij.

'Die wolk, zwaluw...' zei de eekhoorn.

De zwaluw keek omhoog en zag het kleine, onbeduidende wolkje.

'...die ziet er zo heerlijk uit...' ging de eekhoorn verder.

De zwaluw knikte en vloog recht omhoog. Hij begreep wat de eekhoorn bedoelde. Even later kwam hij terug met de wolk en legde hem op de buik van de eekhoorn, zodat hij tot boven zijn kin reikte.

De eekhoorn kon niet meer praten. Maar hij kon nog wel smullen, en hij had nog nooit zoiets heerlijks gegeten. Al snel was er geen spoor van de wolk meer te bekennen. De zwaluw tikte met de punt van een vleugel tegen de zijkant van zijn hoofd en vloog weg.

'Ik heb nog veel te doen' of 'Tot ziens' mompelde hij, het was in elk geval iets onverstaanbaars.

'Dank je wel!' riep de eekhoorn hem nog na.

Hij sprong overeind en klom in de beuk. Op de tak voor zijn deur ging hij zitten nadenken. Er was geen wolkje in de lucht meer te bekennen. Het was een warme dag en de eekhoorn vroeg zich af of je ooit zo hard op de zon kon blazen dat je je niet aan hem zou branden. Ik betwijfel dat, dacht hij.

En even later dacht hij: in elk geval heb ik voorlopig geen honger meer.

Hij deed zijn ogen dicht en dacht aan de mier. Zou de mier ook van wolken houden? dacht hij. Of alleen van donderwolken? Of van mist? En wanneer zou hij weer op reis gaan? En waarheen? En zou hij hem dan schrijven? Vragen, vragen, tot hij in slaap viel op een warme dag in de zomer, hoog in de beuk.

DE MIER EN DE EEKHOORN MAAKTEN EEN WANDELING NAAR de rand van het bos. De avond viel en ze gingen zitten in het gras onder een boom die ze niet kenden.

Het was een koude avond en af en toe regende het of viel er natte sneeuw die even op hun schouders bleef liggen.

Ze zeiden weinig tegen elkaar en namen zich voor nooit meer zo'n wandeling te maken. Waren we maar thuis, dachten ze. Maar ze zeiden dat niet. Ze rilden en kropen dicht tegen elkaar.

'Ik heb het zo koud...' zei de mier opeens, toen er weer een regenflard tegen hem aan sloeg.

De eekhoorn tilde zijn staart op, schudde hem uit en legde hem voorzichtig over de mier heen. Het puntje van de staart kwam precies tot het voorhoofd van de mier.

'Dank je wel,' mompelde de mier.

De eekhoorn dacht: als de mier mij nu vraagt of ik het koud heb, dan zeg ik: nee, want hij heeft niets om over mij heen te leggen...

Even later draaide de mier zich op zijn zij, onder de staart van de eekhoorn, en vroeg: 'Heb jij het niet koud, eekhoorn?'

'Nee,' zei de eekhoorn en hij probeerde zo onopvallend mogelijk te rillen.

'Als je het koud had,' vroeg de mier, 'zou je het dan zeggen?'

'Nee. Dan zou ik het niet zeggen.'

'Dus je zóú het nu koud kunnen hebben...'

O, dacht de eekhoorn, wat moet ik dáár nu op zeggen. Hij dacht even na en zei toen maar: 'Ik heb het in geen enkel geval koud, mier.'

De mier zweeg. Maar even later zei hij: 'Als ik iets opschuif kun jij ook onder je staart liggen.'

302   Daar had de eekhoorn nog niet aan gedacht.

Ze schoven en draaiden een tijdje heen en weer, en met veel moeite lukte het hun om allebei onder de staart te liggen. Maar ze mochten niet anders gaan liggen en ze hadden allebei één schouder die niet onder de staart paste.

'Sst,' zei de mier, toen de eekhoorn nog iets wilde zeggen.

Zo lagen zij daar en vielen zij in slaap. Midden in de nacht ging het nog hagelen. De eekhoorn schrok wakker en voelde de hagelstenen op zijn staart slaan.

'Au,' zei hij, zo zachtjes mogelijk, om de mier niet wakker te maken.

Toen viel hij weer in slaap en probeerde hij van warme dingen te dromen: de zon, borrelende pap, het gras langs de rivier in de zomer, sommige brieven en de woestijn.

Toen ze 's ochtends wakker werden scheen de zon en het duurde niet lang of ze herkenden de boom waaronder ze lagen.

'Heb je goed geslapen, mier?' vroeg de eekhoorn.

'Heel goed,' zei de mier. 'Bijna heerlijk.'

Toen de eekhoorn op een ochtend langs de rand van het bos liep zag hij een taart staan, tussen de seringen.

Een taart, dacht hij, en zomaar, op een gewone ochtend, wat heb ik daar trek in! Hij liep om de taart heen. Het was een beukennotentaart met room en rode suiker. Een zoete geur zweefde de eekhoorn tegemoet. Van wie zou hij zijn? dacht hij. Toen zag hij dat er een kaartje op de taart lag:

Deze taart is alleen voor wie
eigenlijk geen trek in taart heeft.

Ai, dacht de eekhoorn, dat is jammer. Hij zuchtte diep, aarzelde even, zei tegen zichzelf. 'Nee. Nee,' zuchtte nog eens en liep weg.

Een paar keer keek hij nog achterom. De taart leek wel te stralen tussen de seringen. Waarom heb ik toch ook altijd, altijd trek in taart... dacht de eekhoorn.

Terwijl hij verder liep dacht hij erover na hoe hij ervoor zou kunnen zorgen dat hij geen trek in taart had. Maar als ik geen trek in taart heb, dacht hij, dan heb ik ook geen trek in taart. Het duizelde hem en hij besloot aan andere dingen te denken. De rivier! dacht hij. De eekhoorn dacht zo vlug mogelijk achter elkaar aan de rivier, het water van de rivier, de golven van de rivier, het kabbelen van de rivier en het glinsteren van de rivier. Hij ging in het gras zitten. De rivier lag voor hem.

Even later stak de karper zijn hoofd boven water en begon een gesprek met de eekhoorn over regen, kroos, maanlicht en wat nat eigenlijk was. 'Nat is niets,' zei de karper.

De zon scheen en de eekhoorn luisterde. Maar plotseling riep hij: 'Ik heb helemaal geen trek in taart meer!'

Hij sprong overeind en holde weg. Verbaasd keek de karper hem na. 'Nou weet ik niet of hij het met mij eens is...' mompelde hij en dook mismoedig onder.

De eekhoorn holde naar de rand van het bos. Maar nog voor hij daar aankwam hield hij zijn pas in en zuchtte hij bedroefd. Ik heb wel trek in taart, dacht hij. Er is niets aan te doen.

Hij besloot toch nog maar even bij de taart te gaan kijken. Hij trof daar de mier aan die met een somber gezicht om de taart heen liep, soms een paar stappen terugdeed, zijn neus dichtkneep en met gesloten ogen op de taart afstormde. Maar vlak voor de taart bleef hij telkens staan en schudde hij zijn hoofd.

'Hallo mier,' zei de eekhoorn.

'Het is een zwarte dag, eekhoorn,' zei de mier. 'Dit is nou een zwarte dag.'

Op enkele passen van de taart stonden ze stil en zwijgend snoven ze de honinggeur op en keken naar de dikke room en de zoet gepoederde torens hoog boven hen in de top van de taart.

'Ik kan die taart niet meer zien, eekhoorn,' zei de mier, 'en toch...'

'Laten we maar weggaan,' zei de eekhoorn. 'Die taart is niet goed voor ons.'

'Ja,' zei de mier.

In gedachten verzonken liepen ze weg. Maar even later hoorden ze een luid gesmak, en toen ze omkeken zagen ze de olifant die met grote happen de taart opat.

'Heb je dat kaartje niet gelezen?' riep de mier met overslaande stem, trillend op zijn voeten.

'Ja,' zei de olifant. 'Ik heb ook eigenlijk helemaal geen trek in deze taart. Beukennotentaart... Afschuwelijk. Als er nou nog wat zoete boomschors in had gezeten. Maar niets daarvan. Alleen maar zoetigheid en beukennoten. Hu... wat een taart!'

En met lange tanden, af en toe een kreet van afschuw slakend, at de olifant de taart op, terwijl de mier en de eekhoorn van verre toekeken.

'Arme olifant!' gilde de mier.

'Eet smakelijk,' wilde de eekhoorn roepen. Maar hij bedacht zich en zweeg.

Op een ochtend werd de eekhoorn wakker en was iedereen weg.

De eekhoorn holde door het bos en riep: 'Waar zijn jullie?'

Maar er kwam geen antwoord en hij zag niemand. Hij keek in het huis van de mier: verlaten. Hij klopte op de deur van de tor: stilte. Hij tikte op het water van de rivier: niemand stak zijn hoofd omhoog. En er zong ook niemand meer in de bomen, er ritselde niemand meer in het gras en er vloog niemand meer voorbij.

De eekhoorn zocht overal. Als iedereen eens achter deze grasspriet zat, dacht hij bij elke grasspriet waarachter hij keek. Of nee, ze zitten vast achter de eik. Of in het riet. Hij liep van de ene plek naar de andere. Wanneer zouden ze echt onvindbaar zijn? dacht hij somber.

Aan het eind van de ochtend schreef hij een brief:

Aan iedereen
  Waar zijn jullie?
  Kom in elk geval terug!
  Eekhoorn

Maar het was windstil en de eekhoorn kon de brief niet versturen.

Hij werd heel verdrietig. Hij dacht aan de olifant, de karper, de krekel, de mus en vooral aan de mier. Mier, dacht hij, mier...

Ze moeten ergens zijn, dacht hij. Maar toen wist hij niet meer of dat wel zo zeker was. Misschien waren ze wel nergens.

Hij probeerde te bedenken wat dat betekende, maar in zijn hoofd knarste en piepte het en hij ging tegen de beuk in het gras zitten, midden in het bos. Hij bedacht dat hij nu alleen nog maar tegen zichzelf kon praten. Maar wat moet ik tegen mijzelf zeggen? dacht hij. Hij kon niets bedenken en hij werd bang dat hij alleen maar tegen zichzelf kon zwijgen. En de enige cadeaus die hij nog zou krijgen zou hij aan zichzelf moeten geven.

De zon scheen op zijn gezicht. Die is er tenminste nog, dacht hij somber. Maar toen verdween ook de zon en werd het nevelig om hem heen.

Zo zat de eekhoorn daar en het ene voorgevoel na het andere kwam in hem op. Het waren nare gevoelens die pijn deden in zijn hoofd en in zijn benen. Hij werd heel moe en viel in slaap.

Toen hij wakker werd was het middag. De zon scheen weer en hij hoorde het geruis van vleugels. Het was de reiger die overvloog.

'Reiger! Reiger!' riep de eekhoorn. Hij sprong overeind en zwaaide uit alle macht. Maar de reiger zag hem niet. Even later zag hij de egel de struik tegenover de beuk in gaan en hoorde hij de olifant in de verte tegen een boom botsen en Au roepen. Toen zag hij ook de mier.

'Mier, mier!' riep hij. Hij holde op de mier af. De mier strompelde.

'Dag eekhoorn,' zei hij, met een schorre stem.

'Waar was je?' vroeg de eekhoorn en hij klopte hem op zijn schouder.

'Dat weet ik niet,' zei de mier en hij schudde zijn hoofd.

En de vlinder, die met moeite achter hem aan fladderde, zei: 'Dat weten wij niet.'

De eekhoorn vroeg niet verder. Hij kon maar één ding denken: ze zijn er weer, ze zijn er weer!

Hij holde naar huis en haalde alles wat hij nog in zijn voorraadkast had naar buiten om met iedereen die voorbijkwam iets te vieren, het gaf niet wat. Hij schepte borden vol, schonk glazen in, klopte op schouders en vroeg iedereen om nooit meer te verdwijnen. Dat moesten ze beloven, allemaal.

Op zijn verjaardag kreeg de eekhoorn een cadeautje van de krekel.

'Het is een verrassing,' zei de krekel.

'Wat leuk,' zei de eekhoorn. 'Dank je wel.' Er zat een rood papiertje om de verrassing, met daaromheen een touwtje met een knoop erin. De eekhoorn begon aan de knoop te peuteren.

'Niet doen,' zei de krekel.

'Maar ik wil het openmaken...' zei de eekhoorn.

'Het moet een verrassing blijven,' zei de krekel.

'O,' zei de eekhoorn. Hij legde de verrassing op een stapel cadeaus achter hem. De neushoorn stapte naar voren, feliciteerde de eekhoorn en gaf hem een muts. En de olifant stond al te dringen met een blik beukennotenpoeder. De eekhoorn nam de cadeaus glimlachend in ontvangst en wees iedereen met een breed gebaar naar de tafels vol taarten en gebak.

Maar toen het feest afgelopen was en alleen de mier was achtergebleven, trok de eekhoorn de verrassing uit de stapel cadeaus en bekeek hem aan alle kanten.

'Wat zou erin zitten, mier?' vroeg hij. 'Wat denk jij?'

'Ik dénk dat ik het weet,' zei de mier. 'Maar als ik het zeg is het geen verrassing meer.'

'Nee,' zei de eekhoorn.

Hij zuchtte diep en legde de verrassing in zijn kast.

Hij probeerde hem meteen te vergeten. Maar telkens weer moest hij hem even bekijken. Ach, dacht hij, wat ben ik toch nieuwsgierig.

Als hij de krekel tegenkwam vroeg hij hem wanneer hij de verrassing mocht openmaken.

'Nooit,' zei de krekel dan.

Soms leek de verrassing wel te gloeien en een gat in zijn kast te branden, en soms droomde de eekhoorn dat er handen en voeten uit het papier staken, dat een stem van binnen uit de verrassing fluisterde: 'Help, help...' en dat de knoop in het touwtje in zijn handen werd geduwd. Dan schrok hij nog net op tijd wakker.

Ten slotte was de eekhoorn zo nieuwsgierig geworden dat hij zich geen raad meer wist. Hij pakte de verrassing uit zijn kast en rende ermee het bos in. De eerste die hij tegenkwam was de reiger, aan de oever van de rivier.

'Alsjeblieft,' zei de eekhoorn. 'Dit is voor jou, reiger.'

'Maar ik ben helemaal niet jarig!' riep de reiger.

'Het is een verrassing,' zei de eekhoorn. 'Alsjeblieft!'

'O,' zei de reiger en hij nam het pakje aarzelend aan.

De eekhoorn holde hard weg en ging achter de wilg staan om te zien wat de reiger deed.

'Zo zo,' mompelde de reiger. Hij schraapte zijn keel en stak zijn snavel in de knoop. Met een ruk vielen het touwtje en het papier op de grond.

'Een leunstoel,' zei de reiger.

Hij hield een zware eikenhouten leunstoel in zijn poot.

Verbaasd zette hij hem op de grond.

'Wat heb ik daar nou aan?' mompelde hij. Hij kon zich niet herinneren dat hij ooit gezeten had en hij had daar nu ook geen zin in.

De eekhoorn keek met grote ogen toe hoe de reiger de leunstoel in de rivier gooide, tussen het riet.

'Misschien wat voor jou, kikker!' riep hij. 'Het is een verrassing.'

Even later klonk er een tevreden gekwaak uit de diepte. Want de kikker hield van zitten en had al lang uitgezien naar een goede stoel.

De eekhoorn liep langzaam naar huis. Eigenlijk, dacht hij somber, ben ik nu heel opgelucht.

OP EEN DAG WILDE DE SLANG ZICH IN DUIZEND BOCHTEN wringen en vroeg de mier of hij wilde tellen. De mier zei wel dat dat goed was, maar hij had niet veel zin om tot duizend te tellen en toen de slang zich in drie bochten gewrongen had zei hij: 'Duizend.'

'Dat is vlug!' zei de slang. 'Zijn het er echt duizend?'

'Ja hoor,' zei de mier.

'Tel nog eens goed.'

'Een, twee...' telde de mier, 'brm, krm, snr, duizend. Het klopt precies.'

'Dat had ik niet gedacht,' zei de slang en hij maakte er van louter vreugde nog één bocht bij.

De mier zei dat hij weer eens verder ging en verdween om een hoek.

Die avond bezocht de slang het feest van de mug en iedereen keek vol bewondering naar zijn bochten.

'Hoeveel zijn het er?' vroeg het aardvarken dat niet verder kon tellen dan tot één.

'Duizend en één,' zei de slang.

'Zo zo,' mompelde het aardvarken.

De zwaan liep tamelijk jaloers om de slang heen en vroeg tenslotte of de slang misschien één bocht kon missen.

'Ja hoor,' zei de slang.

'Voor mijn hals,' zei de zwaan. Even later legde hij een bocht in zijn hals.

Ook de olifant kreeg een bocht van de slang, voor zijn slurf, en de giraffe kreeg er een voor zijn nek. Het feest werd steeds vrolijker.

De mug gonsde uitgelaten. Hij had nog nooit meegemaakt dat

iedereen zo tevreden was en zo zwierig danste. Zelfs de egel zweefde in de armen van de schildpad over het mos.

'Willen jullie ook een bocht?' vroeg de slang toen ze langs hem
dansten. 'Ik heb er genoeg.'

De egel schudde zijn hoofd, maar de schildpad bleef staan en
vroeg aan de slang wat je met een bocht allemaal kon doen.

'Je zou bijvoorbeeld,' zei de slang terwijl hij diep nadacht, 'je
schild in een bocht kunnen wringen.'

De schildpad wilde dat wel eens proberen en nam een bocht
aan. Ik bewaar hem, dacht hij. Voor straks. Na het dansen. En heel
voorzichtig legde hij weer een arm rond het middel van de egel en
danste verder.

De slang had toen geen bocht meer over. Ik heb er dus duizend
en één weggegeven! dacht hij, vol verbazing over zijn gulheid.

Kaarsrecht dronk hij zijn glas distelsap leeg. En toen het feest
voorbij was gleed hij in een rechte lijn naar huis.

Morgen, dacht hij toen hij in bed lag, zal ik me in tienduizend
bochten wringen. En voor hij sliep waren dat er al ontelbare of nog
meer.

DE MIER EN DE EEKHOORN KREGEN LES VAN DE ZWAAN. HET was aan de oever van de rivier, de zon scheen en ze zaten onder de wilg, in de schaduw van een laaghangende tak.

Het was de tweede les, maar van de eerste les hadden ze niets onthouden.

'Vandaag,' zei de zwaan, 'zal ik het hebben over voorbij.'

Dat vonden de mier en de eekhoorn een goed idee, want daar wisten ze weinig van.

De zwaan trok een ernstig gezicht en zei: 'Alles gaat voorbij.'

Het was even heel stil onder de wilg. Het water in de rivier glinsterde en er was nauwelijks wind.

'Wisten jullie dat?' vroeg de zwaan.

'Nee,' zeiden de mier en de eekhoorn. 'Dat wisten wij niet.'

'Ja,' zei de zwaan. 'Alles gaat voorbij. Noem maar iets op en dan zeg ik dat het voorbijgaat. Mier...'

'De wilg,' zei de mier.

'Ja,' zei de zwaan. 'Het is goed dat je dat zegt, mier. De wilg gaat voorbij.'

'De wilg??' vroeg de eekhoorn met grote ogen en hij wees omhoog.

'Waar gaat hij dan heen?' vroeg de mier.

'Ho ho,' zei de zwaan. 'Daar hebben we het niet over. We hebben het over voorbij en niet over waarheen. Dat komt pas in de laatste les.'

'Hoeveel lessen zijn er eigenlijk?' vroeg de eekhoorn.

'Ik weet het niet,' zei de zwaan. 'Ik heb ze nooit geteld.'

De eekhoorn zuchtte en de mier zei: 'En als ik nou denk dat de wilg nooit voorbijgaat?'

'Ja,' zei de zwaan. 'Dan moet je geen les bij mij nemen. Dan kun je beter naar de krekel gaan. Die geeft een heel ander soort les. Bij hem gaat niets voorbij.'

'Niets?' vroeg de eekhoorn.

'Niets,' zei de zwaan.

'Ook niet de ochtend?' vroeg de eekhoorn.

'Ook niet de ochtend. Volgens de krekel gaat er zelfs geen regenbui voorbij of hoofdpijn of een seconde.'

'Wat heb je nog meer voor lessen?' vroeg de mier.

'Nou, bij de krab,' zei de zwaan. 'Daar gaat alles door elkaar.'

'Alles?' vroeg de mier.

'Alles,' zei de zwaan. 'Volgens de krab kun je net zo goed met de nacht eten als met je vingers. Dat maakt geen verschil. Of...'

De mier zuchtte eens diep en keek de andere kant op.

De eekhoorn voelde dat er een dikke rimpel in zijn voorhoofd kwam.

De zwaan maakte zijn zin niet af en zei: 'Het is tijd. De les is voorbij.'

Zijn stem klonk onzeker.

'De volgende les is misschien morgen,' zei hij. Toen vloog hij op en verdween in de verte.

Zwijgend zaten de mier en de eekhoorn naast elkaar aan de oever van de rivier. De zon stond hoog aan de hemel. Soms stak de karper even zijn hoofd boven water, zei: 'Sst' en verdween weer.

De mier dacht aan de tijd, de zon, de lucht, de zomer, potten honing, verjaardagen, verdriet, mos, de geur van de den. Zou dat allemaal voorbijgaan? dacht hij. Of niets daarvan?

'En wij,' vroeg de eekhoorn opeens, 'zouden wij ook voorbijgaan?'

De mier dacht even na. Toen stond hij op, maakte een rare sprong in de lucht boven het gras, kwam op zijn rug neer en zei, zwaaiend met al zijn poten: 'Nee, wij gaan nooit voorbij. Wij niet!'

Vroeg in de ochtend op een dag midden in de zomer liep de olifant langs het strand en zag daar de oester liggen.

'Hallo oester,' zei hij. Hij klopte op zijn schelp.

Het bleef even stil, toen klonk een aarzelende stem: 'Ja...?'

'Ik ben het, de olifant,' zei de olifant. 'Mag ik even binnenkomen?'

'Binnenkomen??' vroeg de oester.

'Ja,' zei de olifant. 'Is dat zo raar?'

'Voor mij wel,' zei de oester.

'Maar op zichzelf is het niet raar,' zei de olifant. 'Of kom ik ongelegen?'

Weer was het een tijd stil. Toen deed de oester heel langzaam zijn schelp open. De olifant stapte meteen naar binnen.

'Zo,' zei hij. 'Daar ben ik.'

Hij keek om zich heen en vond dat de oester een prachtig huis had. De muren waren glanzend wit en het was heel koel binnen. Er stond een krukje in de hoek. Daar ging de olifant op zitten. Hij knikte tevreden.

'Ik moet je wel iets vertellen...' zei de oester, die in de tegenoverliggende hoek zat.

'Ga je gang,' zei de olifant.

'Ik weet me nooit te gedragen. Dat is echt zo, olifant. Heel even gaat het wel. Maar daarna gaat het altijd mis.'

'Nou,' zei de olifant, 'tot nu toe valt het best mee. Wat een gemakkelijk krukje is dit, oester.'

'Tot nu toe wel,' zei de oester somber. 'Maar straks vast niet meer. Zullen we dansen?'

'Dansen??' zei de olifant. 'Nu meteen? Hier?'

Het leek hem tamelijk nauw om te dansen en hij hoorde nergens muziek. Bovendien zat hij net makkelijk en had hij meer zin in een gesprek of iets lekkers.

Maar de oester trok hem al overeind en begon met hem te dansen. Met veel moeite deden ze twee passen om elkaar heen.

Toen trapte de oester op de slurf van de olifant.

'Au!' zei de olifant.

'Ik zei het wel,' zei de oester.

De olifant vroeg of hij weer mocht gaan zitten.

'Ik ben uitgedanst,' zei hij. Hij was toch al niet zo'n danser.

'Heb je je bezeerd?' vroeg de oester.

'Ach...' zei de olifant. 'Het is niets.'

Maar de oester wilde met alle geweld de pijnlijke plek op de slurf zien en er een zoen op geven.

'Zo,' zei hij. Het was een dikke, luidruchtige zoen.

'Kom,' zei de olifant met een vreemde stem. 'Ik ga weer eens, oester.'

De oester pakte hem bij zijn achterpoten, deed zijn schelp wijd open en slingerde hem op het strand.

'Hola!' riep de olifant.

'Zie je wel,' zei de oester, 'dat ik me nooit weet te gedragen! En het spijt me niet eens. Dat is nog het ergste, olifant! Niets spijt me, niets!'

Hij snikte en sloeg zijn schelp zo hard dicht dat de splinters in het rond vlogen.

De olifant holde zo vlug mogelijk het strand af. Het is dat ik liever niet huil, dacht hij. Hij wreef met zijn slurf in zijn ogen en zuchtte af en toe diep. Maar toen hij aan de rand van het bos de eekhoorn tegenkwam vertelde hij hem hoe gezellig hij bij de oester op bezoek was geweest.

'We hebben gedanst, eekhoorn. Een soort wals, volgens mij. Toen ik wegging kon ik niet meer op mijn benen staan!' zei hij opgetogen.

De eekhoorn schudde zijn hoofd en keek de olifant vol bewondering aan.

Op een warme zomeravond, niet lang voor de zon onderging, viel de zwaan in slaap, terwijl hij langzaam rondvloog boven het bos.

Eerst had niemand het in de gaten, maar toen de zwaan steeds langzamer vliegend in een wijde cirkel over de bomen zweefde keek iedereen omhoog.

'Hij slaapt,' zei de eekhoorn.

'Zwaan! Zwaan!' riep de mier. Maar de zwaan hoorde hem niet en vloog slapend verder.

'We moeten hem wekken,' zei de mier.

'Waarom?' vroeg de eekhoorn. 'Misschien slaapt hij wel heerlijk.'

'Nee,' zei de mier. 'Vliegend slapen is gevaarlijk. Help eens mee roepen.'

De eekhoorn zweeg. Maar toen de zwaan weer overkwam riep hij met de mier mee: 'Zwaan! Zwaan!'

Maar de zwaan sliep en vloog verder.

De mier vroeg de mus of hij misschien omhoog kon vliegen en in het oor van de zwaan kon roepen dat hij wakker moest worden.

'Dat is goed,' zei de mus en even later steeg hij op en vloog naar de zwaan toe. Hij ging vlak naast zijn oor vliegen en tsjilpte zo hard als hij kon: 'Hé! Zwaan! Word nou toch wakker! Hallo!'

Toen vloog hij terug, terwijl de zwaan verder sliep.

'Hoe slaapt hij?' vroeg de mier.

'Heel diep,' zei de mus. 'Heel heel diep. Ik heb nog nooit iemand zo diep zien slapen.' Hij schudde zijn hoofd. 'Kom,' zei hij toen, 'ik ga weer eens verder.'

'We móéten hem wekken, eekhoorn,' zei de mier.

'Misschien droomt hij wel iets moois...' zei de eekhoorn. Maar de mier wilde nergens van horen en vroeg de krekel, het hert, de slak en de tor of ze op elkaars schouders wilden gaan staan zodat hij daar bovenop kon klimmen om iets te krijsen waar de zwaan wel wakker van moest worden. Maar toen hij begon te krijsen hield iedereen zijn handen voor zijn oren en stortte het bouwsel in, terwijl de zwaan langzaam klapwiekend verder sliep.

'Eekhoorn,' zei de mier. 'Dit is verschrikkelijk.'

Ten slotte weefde de spin een draad recht omhoog, en niemand wist hoe, maar de olifant klom daarlangs en wachtte bovenaan, wankelend, tot de zwaan langskwam en trompetterde toen zo hard mogelijk in zijn oor: 'Zwaan! Zwaaaaaaaaan!'

Door het getrompetter raakte de zwaan uit zijn koers en vloog hij scheef verder. Maar wakker werd hij niet.

Teleurgesteld klom de olifant weer naar beneden.

'Het is vergeefse moeite,' zei hij tegen de mier.

De mier knikte. 'Dat denk ik ook.'

En terwijl de zon onderging en de zwaan begon te glinsteren in het avondlicht liepen de mier en de eekhoorn naar huis.

'Het is inderdaad vergeefse moeite,' zei de mier. En even later zei hij: 'Dat is nou vergeefse moeite, eekhoorn, echte vergeefse moeite,' en wreef zich in zijn handen. 'Dat is heel bijzonder, eekhoorn.'

De eekhoorn dacht aan de dingen waarvan de zwaan misschien droomde: beukennoten, verjaardagen, onverwacht bezoek.

En toen het helemaal donker was en hij in bed lag hoorde hij af en toe een zacht geruis als de zwaan weer langzaam slapend langs de top van de beuk vloog.

'VAL JIJ NOOIT OM?' VROEG DE EEKHOORN TOEN HIJ DE REI-
ger op één been in het riet zag staan.

'Nee,' zei de reiger. 'Ik kan niet omvallen.'

'Heb je het wel eens geprobeerd?' vroeg de eekhoorn.

'Ja, heel vaak,' zei de reiger. 'Maar ik kan het niet.'

'Volgens mij kan iedereen omvallen,' zei de eekhoorn.

'Maar ik niet,' zei de reiger.

Even was het stil. Toen zei de eekhoorn zachtjes: 'Ik weet zéker
dat je kunt omvallen.'

'Kikker,' zei de reiger en hij draaide zijn hoofd om in de richting
van de kikker die op een groot lelieblad zat. 'Kan ik omvallen?'

'Nee,' zei de kikker. 'Maar ik wel!'

Hij rekte zich uit, ging op één been staan, wankelde, glibberde,
riep 'Hola!' en viel achterover in het water.

Even later klom hij weer op het lelieblad en riep: 'En? Viel ik
niet schitterend?'

'Ja,' zei de reiger, 'schitterend. Ik kan dat niet.'

Maar de eekhoorn wilde hem niet geloven.

'Als je nou dat been waar je op staat eens omhoog gooit,' zei hij.
'Dan val je vast.'

'Ik kan dat been niet omhoog gooien,' zei de reiger.

'Waarom niet?'

'Het is onwrikbaar.' Hij fronste zijn wenkbrauwen en zei: 'Geloof me nou toch.'

'Wil je graag omvallen?' vroeg de eekhoorn.

'Heel graag,' zei de reiger. 'Heel heel graag.' Er gleed een traan
uit zijn oog langs zijn wang naar beneden.

De eekhoorn besloot de hulp van de mier en de andere dieren in
te roepen. Volgens de mier kon iedereen omvallen. 'Zelfs de wal-

vis,' zei hij. 'En de worm.' Hij wist dat zeker.

Algauw verzamelde zich een groot aantal dieren aan de oever van de rivier. Ze konden allemaal goed omvallen en ze wilden de reiger graag een dienst bewijzen.

De olifant had als eerste een idee. Samen met de neushoorn rende hij in volle vaart op de reiger af en botste tegen hem aan. Het was een harde klap. De neushoorn en de olifant vielen op hun rug in het water en spartelden beteuterd rond.

Maar de reiger stond daar nog, op één been, en zei alleen maar: 'Au.'

Daarna probeerden de andere dieren de reiger te laten omvallen. Ze kietelden hem, maakten onverwachte geluiden vlak achter zijn oren, vertelden hem zeer eigenaardige verhalen, lieten een dampende schubbentaart voor zijn snavel heen en weer bungelen en gingen zo hard mogelijk op zijn tenen staan. Maar de reiger viel niet om.

'Er zijn dagen,' mompelde de mol, die een gang onder de voet van de reiger groef, 'dat alles instort. Wat je ook doet.'

'Ja,' zei de mier. 'Zulke dagen zijn er.'

Toen de zon achter de horizon verdween, gaven de dieren hun pogingen op en gingen naar huis.

De reiger bleef alleen achter, in de schemering, tussen het riet, bij de oever van de rivier. Ik sta maar en sta maar, dacht hij bedroefd. En af en toe wierp hij een jaloerse blik in de richting van de kikker, die op het lelieblad heen en weer sprong en telkens moeiteloos uitgleed en omviel.

Op een ochtend schreef de eekhoorn een brief aan de mier.

Beste mier,
Ik wil je iets zeggen, maar ik denk dat ik het beter kan schrijven.
Daarom schrijf ik je.
Maar misschien kan ik het je toch beter zeggen.
Eekhoorn

De wind blies de brief naar de mier. Het was een mooie dag en niet lang daarna stapte de mier de kamer van de eekhoorn in.

'Hallo eekhoorn,' zei hij.

'Hallo mier,' zei de eekhoorn en hij wreef zich in zijn handen.

Even later aten zij honing, versuikerde beukennoten en zoet wilgenhout, en hadden ze het over dingen die de mier wist en die de eekhoorn nog niet wist of vergeten was.

In de verte zong de lijster. De zon scheen door het open raam.

Ten slotte schraapte de mier zijn keel en vroeg: 'Wat wil je mij eigenlijk zeggen?'

De eekhoorn dacht diep na, keek naar de vloer en naar het plafond, zuchtte diep en zei: 'Ik denk dat ik je dat beter kan schrijven.'

'Dat is goed,' zei de mier.

Die avond schreef de eekhoorn een nieuwe brief aan de mier. Hij schreef dat hij uiteindelijk toch beter kon zeggen wat hij wilde schrijven, maar dat het in elk geval niets bijzonders was.

Toen de mier die brief kreeg werd hij pas echt nieuwsgierig.

De boktor zat in een stoel voor zijn raam en zuchtte. Hij was moe en wilde juist een uurtje gaan slapen, toen er op zijn deur werd geklopt.

'Wie is daar?' vroeg hij.

'Ik,' zei een stem. 'De krekel.' De deur ging open, maar er kwam niets zichtbaars binnen.

'Waar bent u?' vroeg de boktor.

'Ik ben alleen maar de stem van de krekel,' zei de stem. 'De rest komt zo.'

De boktor zuchtte diep. Werk, dacht hij.

Even later kringelde de geur van de krekel door de open deur naar binnen, terwijl de wind zijn voelsprieten, kaken en lijf op het vloerkleed blies.

Kort daarna werd het plotseling onrustig in de kamer. Het waren de gedachten van de krekel, die een voor een naar binnen vlogen.

'Ik ben ontploft,' zei de stem.

'Wel ja,' zei de boktor.

'Kunt u mij maken?'

'Zeker,' zei de boktor.

Ik ben er altijd wel weer goed voor, dacht hij, als er iemand ontploft.

Even later zat de krekel weer in elkaar. Hij fronste zijn wenkbrauwen, trok zijn knieën tegen zijn kin en liet zijn jas even wapperen. Alles werkte.

Hij bedankte de boktor. Maar toch stapte hij somber de deur uit, want zijn vrolijke gedachten had de boktor ongemerkt achtergehouden. Die kan ik vandaag best gebruiken, dacht hij.

Toen de krekel uit het gezicht was verdwenen, klom de boktor op zijn tafel en met die gedachten in zijn hoofd maakte hij een klein dansje en riep 'Oho', wat hij nog nooit had geroepen en zover hij wist ook nog nooit door iemand had horen roepen.

Toen ging hij een uurtje slapen, in een stoel voor zijn raam.

DE EGEL WILDE HEEL GRAAG EENS IN DE LUCHT HANGEN. Net als de zon. Maar niet zo hoog. Dat vond hij niet nodig. Hij hoefde niet hoger te hangen dan de top van de beuk. Maar dan wel boven de open plek in het bos. Roerloos daar hangen en naar beneden kijken, dat wilde hij.

De mier had de egel eens verteld dat je, als je maar lang genoeg nadenkt en geduld hebt, alles kan.

En dus dacht de egel heel lang na, verzamelde al zijn geduld en wachtte.

Op een dag kon hij het.

Het was laat in de zomer. De bladeren verkleurden al, en er hing een zoete geur van hars en dennennaalden in het hele bos. De wesp vloog driftig door de rozenstruik en de mol bonkte tegen de onderkant van de grond. De eekhoorn was op weg naar de mier om met hem op reis te gaan of samen thuis te blijven. Plotseling zag hij de egel hangen.

'Egel!' riep hij verbaasd.

'Hallo eekhoorn,' zei de egel.

'Wat doe jij daar?'

'Ik hang hier.'

'Hangen? Maar dat kan toch niet?'

'Nee,' zei de egel. 'En toch hang ik.'

'Hang je aan een draadje?' vroeg de eekhoorn.

'Nee. Aan niets.'

'Zit je op iets onzichtbaars?'

'Nee. Ik hang.' Hij zweeg even en zei toen: 'Maar ik heb er ook heel lang over nagedacht.'

In de verte kraste de kraai en de wilde gans vloog hoog door de lucht tussen twee wolken door. Verder was het stil in het bos.

'Hang je makkelijk?' vroeg de eekhoorn.

'Nou... makkelijk... ach...' zei de egel. 'Dat hoeft niet. Daar heb ik ook niet over nagedacht.'

Hij hing tamelijk scheef en soms keek hij even benauwd naar beneden.

De eekhoorn ging op een steen zitten, schuin onder hem.

'Het is mijn liefste wens,' zei de egel zacht.

De eekhoorn knikte.

Lange tijd zaten en hingen zij daar in stilte.

Tegen het eind van de middag viel de egel naar beneden. Met een harde klap kwam hij op de grond terecht en kneusde een stuk of twintig stekels. Maar hij leek geen pijn te hebben.

'Ik heb heerlijk gehangen,' zei hij. 'Ik hing net als de zon, vond je niet, eekhoorn?'

'Ja,' zei de eekhoorn.

'Scheen ik ook?' vroeg de egel.

'Een beetje,' zei de eekhoorn.

'Ik denk,' zei de egel, 'dat uit de verte mijn stekels net stralen zijn.'

'Ja,' zei de eekhoorn.

'En misschien zijn van dichtbij de stralen van de zon net stekels.'

'Dat zou best kunnen,' zei de eekhoorn.

'Ik heb wel iets van de zon,' zei de egel. Maar hij zei dat meer tegen zichzelf dan tegen de eekhoorn.

De eekhoorn hielp hem om zijn stekels weer recht te zetten.

'Nu ga ik erover nadenken hoe ik onhoorbaar kan lopen,' zei de egel. 'Ik ritsel altijd zo.'

Hij liep weg en ritselde.

'Zie je, dát wil ik niet meer,' riep hij.

De eekhoorn groette hem en liep de andere kant op. Hij dacht na over nadenken. Waarom kan ik nooit lang nadenken, dacht hij. Wat ben ik ook voor iemand?

Toen struikelde hij, schraapte zijn keel en liep peinzend verder.

Op het feest van de kameel zat het vuurvliegje naast de aardworm.

Het vuurvliegje glom en zei: 'Weet je waar ik soms bang voor ben, aardworm?'

'Nee,' zei de aardworm.

'Dat ik opeens niet meer aanga.'

'O,' zei de aardworm. 'Ik moet er niet aan denken dat ik opeens wel aanga.'

Ze keken elkaar verbaasd aan. Het was ook een raar gesprekje en lange tijd zeiden ze niets.

Ten slotte vroeg het vuurvliegje: 'Zou je niet één keer willen aangaan, aardworm, al is het maar met een heel klein glimpje licht?'

'Nee,' zei de aardworm. 'Ik wou juist dat ik iets had waarmee ik alles kon uitdoen. Maar ja... hoe doe je iets uit?'

Hij wees naar de maan en zuchtte berustend. 'En dan heb ik het nog niet eens over de zon,' zei hij.

'Wat zijn wij verschillend, hè?' zei het vuurvliegje.

'Ja,' zei de aardworm.

Daarna dansten zij. Het vuurvliegje gloeide zo zachtjes dat het vrijwel donker was om hem heen, terwijl de ogen van de aardworm glinsterden, ook al vond hij dat erg en deed hij ze telkens dicht.

Het was een stille avond aan de rand van de woestijn. De kameel zat tevreden onder een rots zijn cadeaus te tellen. Een paar dieren stonden zwijgend nog wat taart te eten. Anderen waren in slaap gevallen.

De aardworm en het vuurvliegje dansten urenlang.

Maar toen de zon opkwam zei de aardworm: 'Kom. Ik ga weer

eens. Dag vuurvliegje.' Hij verdween in de grond.

'Dag aardworm,' zei het vuurvliegje.

Hij bleef nog een tijd nadenken.

Toen vloog hij weg, in de richting van het bos. Vol bewondering keek hij naar de zon die in de verte boven de bomen hing.

'IK MOET OP REIS, EEKHOORN,' ZEI DE MIER OP EEN OCH-tend.

Ze zaten op de tak voor de deur van de eekhoorn. De eekhoorn was nog maar net wakker en geeuwde nog.

'En je moet niet vragen of het echt moet,' zei de mier, 'want het moet.'

'Maar dat vraag ik helemaal niet,' zei de eekhoorn.

'Nee, maar je stond wel op het punt om dat te vragen, wees maar eerlijk.'

De eekhoorn zweeg.

'Het minste wat we kunnen doen,' zei de mier, 'is op een kalme manier afscheid nemen.'

'Ja,' zei de eekhoorn.

'Dus niet met gejammer en tranen en wat zal ik je missen en kom gauw terug en zo – daar heb ik toch zo'n hekel aan, eekhoorn, als je dat eens wist...'

De eekhoorn knikte.

'Als jij nou in de deuropening gaat staan...' zei de mier.

De eekhoorn ging in de deuropening staan.

De mier gaf hem een hand en zei: 'Nou, eekhoorn, tot ziens dan.'

'Dag mier,' zei de eekhoorn. 'Goede reis.'

Maar de mier was niet tevreden over het afscheid en bleef staan.

'Die brok in je keel, eekhoorn,' zei hij, 'die hoorde ik wel!'

Ze probeerden het opnieuw en nu zei de mier dat hij een traan zag blinken in het oog van de eekhoorn en vond hij 'Goede reis' niet goed.

'Je vindt het erg, eekhoorn, je vindt het heel erg, ik zie het wel!'   327

De eekhoorn zweeg.

'Doe toch kalm!' riep de mier.

Ze probeerden het nog een keer met 'Beste reis', en een keer zonder woorden, zonder elkaar aan te kijken. De eekhoorn deed zo kalm als hij nog nooit had gedaan. Maar de mier vond het niet goed.

'Zo kan ik niet op reis gaan,' zei hij verongelijkt. 'Terwijl het in feite moet. Echt moet!'

'Ja,' zei de eekhoorn.

Daarna zwegen zij en zaten in het licht van de opkomende zon op de tak voor de deur van de eekhoorn. Het bos rook naar dennenhout en in de verte zong de lijster.

Toen de eekhoorn op een ochtend zijn deur uit kwam zag hij de olifant zitten, op een kleine witte wolk, hoog in de lucht, boven de wilg.

'Eekhoorn!' riep de olifant en hij zwaaide met zijn poten en zijn slurf.

'Ja,' riep de eekhoorn terug.

'Hoe kom ik hiervan af?' riep de olifant.

'Ik denk dat je moet vallen,' riep de eekhoorn.

'Vallen??' vroeg de olifant.

'Ja.'

'Hoe gaat dat?'

'Ja...' riep de eekhoorn, 'hoe moet ik dat uitleggen...'

Het was een warme ochtend, de zon klom langzaam boven de bomen uit en de wolk werd snel kleiner.

'Kun je het niet voordoen?' riep de olifant met een benauwde stem.

'Dat is goed,' zei de eekhoorn en hij viel met veel geraas uit de top van de beuk naar de grond.

Met een grote bult op zijn achterhoofd en een gekneusde staart kroop hij overeind en keek omhoog.

'O,' riep de olifant, 'dát is dus vallen!'

'Ja,' kreunde de eekhoorn.

Toen liet de olifant zich ook vallen.

Maar hij viel niet zo goed als de eekhoorn, hij leek wel te dwarrelen, maar dan een heel vlug soort dwarrelen. Een eind voorbij de wilg vloog hij achterstevoren tussen het riet de rivier in.

Door zijn snelheid viel hij meteen door het water heen naar de bodem en kwam door het dak in het huis van de waterslak terecht.

'Had ik op je moeten rekenen?' vroeg de waterslak verbaasd, toen de olifant met een zware klap in zijn luie stoel viel.

'Nee, nee,' kreunde de olifant.

'Gelukkig maar,' zei de waterslak, 'want dan hoef ik dus niets in huis te hebben.' Hij wreef zich in zijn handen.

'Maar ik héb misschien wel iets in huis,' ging hij verder. 'Zal ik eens kijken? Waar houd jij van?'

En met een krachtige zwaai gooide hij de deur van een donker kastje open.

'Ik ben uit de lucht gevallen,' zei de olifant zacht. 'Van een wolk.'

'O ja?' zei de waterslak, terwijl hij zich vooroverboog in het kastje. 'Ik bedoel: zo zo!'

Even later zaten ze tegenover elkaar en aten zoete algen, terwijl ze af en toe een slokje troebel water namen.

De olifant legde zo goed mogelijk uit wat vallen was. De waterslak had daar nog nooit van gehoord.

'Lijkt het op drijven?' vroeg hij.

'In de verte,' zei de olifant. 'Heel in de verte.'

'Tsjonge tsjonge,' zei de waterslak. 'Dat zoiets mogelijk is.'

De olifant sloeg zijn knieën nog eens over elkaar, veegde een paar modderspatten van zijn slurf en zei: 'En dan heb ik het nog niet eens over vliegen, waterslak.'

'Nee,' zei de waterslak. 'Daar heb je het nog niet eens over.'

Hij schudde zijn hoofd en schepte het bord van de olifant nog eens vol.

Later die ochtend spraken ze nog over springen, dat volgens de olifant heel in de verte op schuifelen leek en ook wel op kabbelen.

'Kun jij kabbelen?' vroeg de waterslak.

De olifant dacht even na en zei toen, aarzelend: 'Nee, ik geloof het niet.'

'Ik ook niet,' zei de waterslak. 'Maar het is wel mijn liefste wens: zachtjes kabbelen, als ik dat nog eens zou kunnen...'

Er verschenen rimpels in het voorhoofd van de olifant en nog lang zaten zij zwijgend bij elkaar in het huis van de waterslak op de bodem van de rivier.

OP EEN DAG OPENDE DE KREKEL EEN WINKEL VOOR VERLANG-
lijsten – want de meeste dieren wisten nooit wat ze voor hun verjaardag moesten vragen.

De krekel zat op een stoel achter zijn toonbank en wachtte handenwrijvend op zijn eerste klant.

Het was de neushoorn die de volgende week jarig was en niet
wist wat hij wilde hebben.

'Aha!' zei de krekel.

Hij nam een stuk papier en schreef:

Verlanglijst van de neushoorn

Toen kwam hij achter de toonbank vandaan, liep een paar keer om
de neushoorn heen, mompelde wat in zichzelf, tilde een oor van
de neushoorn op, keek erachter en ging weer terug.

Op het verlanglijstje schreef hij:

Een grastaart

'Een grastaart?' vroeg de neushoorn.

'Ja,' zei de krekel. 'Die krijg je van mij. Van taai gras met boterbloemen en zoete klaver.'

'Goed,' zei de neushoorn. 'En met een paar distels erin, graag.'

De krekel dacht heel lang en diep na, kneep zijn ogen dicht,
schraapte zijn keel en schreef toen, onder de grastaart:

Van alles

'Wat is dat?' vroeg de neushoorn.

'Weet je dat niet?' vroeg de krekel.

'Nee,' zei de neushoorn.

'Nou,' zei de krekel, 'dat klopt dan precies. Want dat kun je niet weten. Daarom heet het van alles.'

Hij sprong van plezier op en neer, zodat zijn jas om hem heen wapperde.

De neushoorn nam de verlanglijst mee en liet hem aan iedereen zien – met een streep door de grastaart, want die kreeg hij al.

En een week later, op zijn verjaardag, kreeg hij een grastaart met distels van de krekel, en van de andere dieren van alles, waar hij heel blij mee was.

'ALS MIJN SCHILD GAAT LEKKEN, EEKHOORN,' VROEG DE schildpad op een dag, 'wat dan?'

'Nou...' zei de eekhoorn. 'Dan zien we wel weer. Het regent toch niet?'

'Nee, maar áls het gaat regenen en áls het dan lekt...'

'Je moet niet zo bezorgd zijn, schildpad,' zei de eekhoorn en hij klopte hem opbeurend op zijn schild.

De schildpad zuchtte.

'En als de grond onder mijn voeten verdwijnt,' zei hij, 'dan hang ik in de lucht. En wat dan?'

Dat wist de eekhoorn ook niet. En hij wist ook niet hoe het verder moest als de schildpad opeens niet meer kon schuifelen of de hele dag moest jammeren tegen zijn zin.

'Als dat toch gebeurt, eekhoorn,' zei de schildpad wanhopig, 'dat ik de hele dag moet jammeren...'

De eekhoorn probeerde zich dat voor te stellen en het leek hem niet leuk.

'Ben ik nu zwaarmoedig, eekhoorn?' vroeg de schildpad.

'Ja,' zei de eekhoorn, 'volgens mij ben je nu zwaarmoedig.'

'O ja?' zei de schildpad en hij glimlachte verbaasd. 'Ach, ik wist niet dat ik dat kon worden. Zo zo. Dus nu ben ik zwaarmoedig.'

Hij keek vrolijk om zich heen en maakte een geluid dat op knorren leek.

'Maar nu ben je het niet meer,' zei de eekhoorn.

'O nee?' vroeg de schildpad en zijn gezicht betrok.

'Nu weer wel.'

'O,' zei de schildpad. 'Wat is zwaarmoedig ingewikkeld!'

Zorgelijk fronste hij zijn voorhoofd.

De eekhoorn zei dat het inderdaad heel ingewikkeld was en dat hij het nog nooit geworden was.

333

De schildpad glom van trots, maar hij zorgde er tegelijk voor dat hij heel zorgelijk bleef kijken.

Op een ochtend liep de mier door het bos. Wat is mijn hoofd toch zwaar, dacht hij. Hij moest tijdens het lopen zijn hoofd met zijn rechtervoorpoot ondersteunen. Maar daardoor kon hij niet goed lopen.

Onder de wilg bleef hij staan en zuchtte.

Er lag daar een steen. Daar ging hij op zitten. Hij ondersteunde zijn hoofd met zijn beide voorpoten. Wat is het zwaar, dacht hij.

Ik weet wel hoe dat komt, dacht hij. Dat komt omdat ik alles weet. En dat weegt heel zwaar.

Het was een sombere dag. Af en toe regende het even. Zwarte wolken joegen door de lucht. De bomen kraakten en kreunden in de wind.

Het is maar goed dat ik alles weet, dacht de mier. Want als ik nóg meer zou weten, dan zou ik mijn hoofd helemaal niet meer kunnen tillen.

Met enige moeite schudde hij zijn hoofd en zag in zijn gedachten al voor zich hoe zijn hoofd door zijn voorpoten zou zakken en met een dreun op de grond zou vallen. Dan, dacht de mier, ben ik verloren.

Het komt natuurlijk, dacht hij, omdat ik zo verschrikkelijk veel denk. Ik denk ook over alles. Over honing, over stoffigheid, over de oceaan, over achterdocht, over regenflarden, over zoethout, noem maar op. En dat zit nu allemaal in mijn hoofd.

Zijn ellebogen werden moe en langzaam gleed hij van de steen af. Hij lag ten slotte op zijn buik met zijn kin op de grond. Zijn hoofd was nog iets zwaarder geworden.

Ik weet nu dus blijkbaar iets wat ik daarnet nog niet wist, dacht hij. Maar nu weet ik dan toch ook echt alles, hoop ik.

Hij merkte dat hij zijn hoofd niet meer kon schudden en ook

niet meer kon knikken. Zou ik nog kunnen glimlachen, dacht hij. Hij probeerde het en hij voelde een flauwe glimlach op zijn lippen verschijnen. Maar geeuwen kon hij niet meer, en ook niet fronsen en zijn tong uitsteken.

Zo lag hij daar in het midden van het bos op een sombere dag in de herfst.

Omdat hij alles wist, wist hij ook dat de eekhoorn die middag toevallig langs zou komen.

'Mier!' zei de eekhoorn verbaasd toen hij hem daar zo zag liggen. 'Wat doe jij daar?'

'Ik kan mijn hoofd niet meer bewegen,' zei de mier.

'Waarom niet?' vroeg de eekhoorn.

'Ik weet te veel,' zei de mier. Zijn stem klonk ernstig en bedrukt.

'Wat weet je dan te veel?' vroeg de eekhoorn.

'Ik weet alles,' zei de mier.

De eekhoorn keek hem met grote ogen aan. Hij wist zelf wel iets, meende hij. Maar hij had zo'n vermoeden dat hij veel meer niet wist dan wel wist. Daarom is mijn hoofd natuurlijk zo licht, dacht hij en zwaaide het moeiteloos heen en weer.

'Wat nu?' vroeg hij.

'Ik vrees,' zei de mier, 'dat ik iets moet vergeten.'

Dat leek de eekhoorn ook het beste. Maar wat moest de mier vergeten? De zon? De smaak van honingtaart? De verjaardag van de walvis? Zijn winterjas? De mier probeerde al die dingen te vergeten. Maar het maakte weinig verschil.

'Misschien moet je mij maar vergeten,' zei de eekhoorn ten slotte, heel voorzichtig.

'Jou?' zei de mier.

'Dat kan toch?'

De mier knikte. Hij sloot zijn ogen. En plotseling vloog hij omhoog, alsof hij een veertje was in een vliegende storm.

De eekhoorn deinsde achteruit. De mier verdween bijna uit het gezicht, boven de bomen. Toen viel hij weer op de grond.

'Ik was je echt vergeten, eekhoorn,' zei hij, terwijl hij met een pijnlijk gezicht over zijn achterhoofd wreef. 'Maar opeens dacht ik weer aan je.'

De eekhoorn keek naar de grond en zei: 'Het was ook maar een voorstel.'

'Ja,' zei de mier.

Hij zat op de grond. Maar door de klap was hij vergeten dat hij alles wist. En tot zijn verbazing stond hij plotseling op.

Even later liepen zij samen door het bos. Ze zwegen een tijdlang.

Toen zei de eekhoorn: 'Ik heb thuis nog een pot beukenhoning.'

'Ach,' zei de mier, 'dát wist ik niet!' Hij maakte een sprong in de lucht van plezier en holde alvast vooruit naar de beuk.

Het was winter. De krekel had het koud en dacht: ik zou wel eens een echte dikke jas willen hebben, zo'n jas waar je het altijd warm in hebt. Rillend liep hij door het bos, wadend door de sneeuw.

Hij ging naar de winkel van de wezel, die sinds enige tijd jassen verkocht. Voor de deur stond een reusachtige zwarte jas die tot aan de onderste tak van de eik reikte. Binnen hingen andere jassen: rode jassen, heel kleine jassen, jassen met honderd mouwen, houten jassen, glinsterende jassen.

'Ik wil die grote jas,' zei de krekel.

'Dat is goed,' zei de wezel.

Samen tilden ze de jas op en de krekel trok hem aan.

De jas was dik en zwaar en de krekel kreeg het eindelijk warm. Nu worden mijn wangen vast roodgloeiend! dacht hij opgetogen.

Hij groette de wezel en schuifelde voetje voor voetje weg, het bos in.

Even later kwam hij de eekhoorn en de mier tegen.

'Dag jas,' zei de mier.

De krekel keek door een knoopsgat en zei: 'Dag mier.'

'Wie is dat?' vroeg de eekhoorn verbaasd.

'De grote jas,' zei de mier.

'De grote jas??' vroeg de eekhoorn. 'Is die nieuw?'

'Nee,' zei de mier. 'Niet nieuw. Maar wel ongewoon.'

De krekel zei niets en liep nadenkend verder. Zo zo, dacht hij, ik ben dus de grote jas. Zo zo.

Het duurde niet lang of hij was vergeten dat hij de krekel was.

Wat een winter, dacht hij tevreden, en hij trok zijn kraag dicht, hoog boven zijn vroegere hoofd.

338   Maar toen het zomer werd kreeg hij het steeds warmer.

Op een middag hing hij breeduit, met zijn mouwen wijd uiteen, in het struikgewas in de schaduw van de beuk.

'Het is veel te warm voor jou, jas,' zei hij.

'Ja,' pufte hij.

Hij vroeg zich af waar de zomer vandaan kwam. Daar kom ik vast nooit achter, dacht hij. Hij droomde van waterjassen die je losjes over je schouders kunt slaan en die langs je rug naar beneden druipen.

Wat ben ik verhit, dacht hij en hij dacht met heimwee aan rillen, huiveren en klappertanden, en aan blauwe voelsprieten en bevroren vleugels. Hij deed zijn ogen dicht en zag een sneeuwstorm voor zich.

Met heel veel moeite hees hij zich uit de jas en legde hem op de grond neer, onder de beuk.

'Dag jas,' zei hij.

Toen vloog hij naar de rivier. Een bad, dacht hij, dát ga ik nemen.

OP EEN NACHT HOORDE DE EEKHOORN EEN GERUIS. ZIJN raam vloog open en de olifant zweefde naar binnen. Hij droeg een vuurrode muts.

'Olifant!' zei de eekhoorn verbaasd terwijl hij rechtop schoot in bed.

Maar de olifant zei niets, zweefde een paar keer de kamer rond, neuriede wat, keek even in de kast van de eekhoorn, klapperde luchtig met zijn oren, verschoof zijn muts en zweefde weer naar buiten. Als een pluisje.

Even later hoorde de eekhoorn een klap en Au en woei zijn raam weer dicht. Toen hij de volgende dag wakker werd, wist hij zeker dat hij alles had gedroomd.

Maar toen hij die middag de olifant tegenkwam en zijn droom vertelde, liet de olifant hem de buil op zijn hoofd zien en zei: 'Hier ben ik op gevallen, vannacht. Onder de beuk.'

'Maar was jij het dan echt??' vroeg de eekhoorn verbaasd.

'Ach, echt...' zei de olifant bescheiden, 'wat is nou echt... ik vind dat altijd zo'n ruim begrip...'

'En die muts,' vroeg de eekhoorn, 'die rode muts, was die dan echt?'

'Ach ja, die muts...' zei de olifant. Er kwam een milde glimlach op zijn lippen en hij keek langs de eekhoorn naar de verte. 'Dat is een heel verhaal...' zei hij.

De eekhoorn zweeg. Er stonden dikke rimpels in zijn voorhoofd en hij groette de olifant.

's Avonds deed hij zijn raam heel stevig dicht en zette er zijn kast tegenaan. Er zweefde niemand naar binnen die nacht.

VOOR ZIJN VERJAARDAG HAD DE INKTVIS EEN ZWARTE TAART gemaakt in een spelonk op de bodem van de oceaan.

Alleen de rog kwam en zaagde zwijgend zwarte hompen van de taart en at ze op.

'Hij is een beetje bitter, inktvis,' mompelde hij met volle mond.

'Ja,' zei de inktvis en hij keek hem donker aan.

Algauw hield de rog op met eten en vroeg: 'Wordt er nog gezongen?'

De inktvis knikte, strekte zijn vangarmen naar voren en zong een kwaadaardig lied dat bestond uit louter wanklanken. De rog vond het geen mooi lied, maar hij zei alleen dat hij weer eens verder ging.

'Dag rog,' zei de inktvis.

'Dag inktvis,' zei de rog.

De inktvis bleef alleen achter.

Mijn verjaardag is vergald, dacht hij. Er rolde een zwarte traan uit zijn oog.

Met tegenzin at hij de resten van de taart op. Toen wilde hij hard omhoog roepen: 'Waar zijn jullie?' maar hij bedacht zich en riep niets.

Ik bedenk me altijd, dacht hij, altijd. En hij dacht eraan hoe het zou zijn als hij zich eens één keer niet zou bedenken en het echt zou roepen, en iedereen zou antwoorden: 'Hier! Wij zijn hier!' en iedereen zou naar beneden komen... Misschien gaan we dan wel dansen, dacht de inktvis, diep en donker dansen...

Zwart en zwaarmoedig viel hij ten slotte in slaap in een trog op de bodem van de oceaan.

OP EEN OCHTEND WERD DE LEEUW ZO BANG VOOR ZICHZELF dat hij hard wegholde en zich verborg in het struikgewas onder de eik. Rillend zat hij daar in het donker en nam zich voor nooit meer te brullen of vervaarlijk te kijken.

Maar hij begreep dat hij wel een geluid moest maken. Iedereen maakte een geluid. Wat zal ik doen, dacht hij. Piepen? Of gonzen?

Hij kon niet zo vlug beslissen, hield zich heel klein, keek naar de grond en beefde telkens als hij zich herinnerde hoe hard hij had gebruld. Hu, dacht hij, dat nooit meer.

Die middag kwam de eekhoorn langs de eik en zag de leeuw zitten.

'Dag leeuw,' zei hij.

'Dag eekhoorn,' zei de leeuw. Hij bloosde en trok zijn manen voor zijn wangen.

Toen schraapte hij heel voorzichtig zijn keel en zei: 'Mag ik je iets vragen?'

'Ja,' zei de eekhoorn.

'Wat vind je beter bij mij passen? Piepen? Of gonzen? Of iets anders heel zachts?'

'Ga je niet meer brullen?' vroeg de eekhoorn verbaasd.

'Nee,' zei de leeuw verlegen.

'Tja,' zei de eekhoorn. 'Gonzen, gonzen... misschien dat piepen nog het beste is.'

'Dank je wel,' zei de leeuw. 'Dan ga ik piepen.'

Hij begon zachtjes te piepen en keek daarbij zo bedremmeld dat de eekhoorn het niet goed kon aanzien en doorliep.

Die avond verscheen de leeuw op de verjaardag van de tor. Hij bleef dicht bij de deur staan, in de schaduw, piepte zachtjes in zichzelf en wilde niet meer dan een kruimel taart. En toen de mier hem iets vroeg sloeg hij zijn ogen neer en zei dat hij niets wist en nog nooit ergens van had gehoord. Met gebogen hoofd sloop hij weer naar huis.

Zo leefde de leeuw verder, onopvallend en schuchter. Alleen in zijn slaap brulde hij nog wel eens luid en vervaarlijk. Dan trilde het struikgewas en schudden de bomen en schrok de leeuw angstig wakker.

'Help,' zei hij dan tegen zichzelf en verborg zijn hoofd onder zijn klauwen.

Sommige dieren dachten met heimwee terug aan de angst die hij had ingeboezemd. 'Ach, wat hebben wij gebeefd...!' zeiden ze en ze knikten en schudden hun hoofd.

De muis vond het niet prettig dat de leeuw ook piepte. Bovendien vond hij dat dat piepen nergens op leek. Maar toen hij dat op een keer tegen de leeuw zei, begon de leeuw te snikken. De muis zei vlug dat het hem speet en dat de leeuw toch wel aardig piepte.

'O ja?' zei de leeuw. 'Vind je dat echt?'

'Ja,' zei de muis.

'Dank je wel, muis,' zei de leeuw en het werd plotseling heel warm en de muis dacht dat hij smolt.

'Heb jij ook wel eens zo'n pijn in je angel, wesp?' vroeg de bij op een keer aan de wesp.

'Nee,' zei de wesp. 'Maar pijn in mijn middel heb ik helaas wel. Heb jij die niet?'

'Nee,' zei de bij. 'Pijn in mijn middel heb ik nooit.'

'O,' zei de wesp.

De dieren zaten bij elkaar aan de rand van het bos, naast de rivier, onder de wilg.

'Ik heb wel eens pijn in mijn snor,' zei de walrus. 'Een soort doffe pijn. Alsof mijn snor bonst. Zo'n soort pijn.'

'En ik heb soms schildpijn,' zei de schildpad. 'Vooral als ik op reis moet, 's ochtends vroeg.' Hij zweeg even. 'Het beste is om dan maar niet te gaan,' zei hij toen.

Het hert vertelde over de pijn in zijn gewei: 'Mijn hele gewei lijkt wel in brand te staan, als ik dat heb.'

De slak zei dat hij nogal eens kramp in zijn steeltjes had, en de kameel vertelde over onaangename tintelingen in zijn bulten.

Het nijlpaard zei: 'Ik heb hier pijn.' Hij deed zijn mond wijd open en wees naar binnen. Iedereen boog zich voorover om die pijn te zien, maar het was te schemerig en te ver om iets te kunnen onderscheiden.

'Dat is jammer,' zei het nijlpaard. 'Want het is wel een interessante pijn.'

'Ik heb nooit pijn,' zei de mier plotseling.

Het werd heel stil. Iedereen keek de mier met grote ogen aan.

'Pijn is onzin,' zei de mier.

De eekhoorn dacht aan de pijn die hij soms binnenin zich voelde – hij wist nooit precies waar. Het was een verdrietige pijn, vond hij. Zou die pijn ook onzin zijn? dacht hij.

Het was een warme dag. De rivier glinsterde en iedereen zweeg en dacht aan zijn pijn en vroeg zich af of die pijn wel echt was en geen onzin.

De zon daalde en de wind stak op. De rivier begon te kabbelen.

'Scheuten,' zei de mier na een tijd zachtjes, 'die heb ik wel eens. Als jullie dat pijn willen noemen, dan vind ik het goed.'

Toen de eekhoorn op een ochtend wakker werd hoorde hij een luid geklop op zijn muur.

'Wie is daar?' vroeg hij.

'Ik, de olifant,' zei de olifant.

Er ontstond een groot gat in de muur en de olifant stapte naar binnen.

'Waarom kom je dáár binnen?' vroeg de eekhoorn. 'En niet door de deur?'

'O pardon,' zei de olifant. 'Wat onhandig van me. Zal ik weer teruggaan?'

'Nee nee,' zei de eekhoorn.

De muur was kapot en koude wind blies langs hun voeten.

'Wil je een kopje thee?' vroeg de eekhoorn.

'Ja graag,' zei de olifant.

Hij kreeg een kopje, maar toen hij er met zijn slurf in wilde roeren, stootte hij het van de tafel.

'Hola,' riep hij. Hij wilde het kopje nog pakken, maar greep mis en pakte de tafel beet.

'Gered,' zei hij nog. Toen bemerkte hij zijn vergissing en liet de tafel weer los, die boven op het kopje op de grond viel en brak.

'Ach, wat spijt me dat,' zei de olifant en hij stootte verbouwereerd nog een kast en een stoel om.

'Ik moet maar weer gaan,' zei hij. Hoofdschuddend stapte hij dwars door de deur naar buiten.

'O pardon,' riep hij nog. 'Pardon!'

De eekhoorn had niets gezegd. Ik denk, dacht hij, dat hij er niets aan kan doen.

Tussen scherven en gaten zat hij op de grond. Dit is een goede gelegenheid om eens te verhuizen, dacht hij en hij wreef zich in zijn handen.

DE TOR LIEP DOOR DE STEPPE. HET WAS MIDDEN OP DE DAG en de lucht was blauw. Als hij op zijn tenen ging staan, zag hij overal om zich heen niets anders dan de steppe. De verte was zo ver weg dat hij hem niet kon zien.

Zou dit nu groot en onafzienbaar zijn? dacht hij. Maar er was niemand aan wie hij dat kon vragen.

Het was warm en de tor kreeg dorst. Wat zou het voor dorst zijn? vroeg hij zich af. Wat voor soorten dorst heb je eigenlijk? Hij wist dat niet. Maar toen hij zijn tong niet meer kon bewegen omdat hij aan zijn gehemelte plakte, dacht hij: dit is vast grote dorst. Hij keek naar de grond en dacht: misschien is dit wel onafzienbare dorst!

Hij zuchtte en sjokte moeizaam verder.

De zon stond recht boven hem. Hij moest op zijn rug gaan liggen om hem te zien. Maar daar was hij te moe voor, en hij ging zitten.

Mijn moeheid, dacht hij, is ook groot en onafzienbaar.

Hij probeerde alleen nog aan kleine dingen te denken, die hij goed voor zich kon zien. Want anders, dacht hij, worden mijn gedachten ook nog groot en onafzienbaar. En dat leek hem verschrikkelijk.

Eerst dacht hij aan een huis onder een struik, dat zo klein was dat niemand door de deur naar binnen kon. Hij zat in dat huis op een stoel voor het raam. Hij was zelf ook klein. Toen dacht hij aan een klein briefje dat onder de deur door werd geschoven en waarin alleen maar stond *Hallo tor*, verder niets, ook geen afzender, een klein, blauw briefje. En daarna dacht hij aan een kleine taart die voor hem op tafel stond, en aan een glas met één druppel koud water. De helft daarvan, dacht de tor, wat zou dat heerlijk zijn.

Midden in de steppe zat hij in het dorre gras en dacht aan de kleinste dingen die hij kon bedenken.

De zon ging onder en een rode gloed gleed over de enorme, lege vlakte om hem heen.

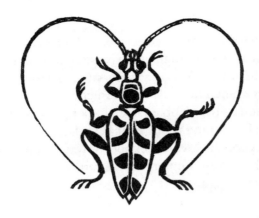

Op een ochtend vielen alle dieren plotseling omhoog. Ze vielen niet ver, maar toch een heel eind.

De olifant viel tot halverwege de linde, de snoek tot aan de pluimen van het riet, de schildpad tot de onderste tak van de eik en ver weg, in de oceaan, viel de walvis tot aan een dikke grijze wolk.

De mol en de aardworm vielen dwars door de grond omhoog tot in de rozenstruik en rilden van het zonlicht dat hen stak.

Iedereen bleef wel ergens hangen en keek verbaasd naar beneden.

De eekhoorn hing boven de top van de beuk, naast de mier die nog net op tijd een potje honing mee had kunnen nemen. 'Wij hangen hier wel goed,' zei de eekhoorn.

De mier hield het potje stevig tegen zich aan geklemd. Hij was bang dat de honing uit het potje omhoog zou vallen en misschien wel uit het gezicht zou verdwijnen.

'Ja,' zei hij. 'Voorlopig hangen wij hier goed.'

Aan de rand van het bos hing de neushoorn in de takken van de spar. Kleine naalden prikten in zijn neus en in zijn oren.

'Wie gaat hier eigenlijk over?' riep hij luid om zich heen.

Niemand wist dat. Maar de boktor, die wel vaker omhoog was gevallen, maar dan alleen, had een vermoeden dat hij het wist.

'Volgens mij niemand,' riep hij. Hij hing boven de populier.

'O,' riep de neushoorn misnoegd.

Het was nog vroeg in de ochtend. De zon klom boven de bomen uit en de meeste dieren glinsterden of glommen en draaiden langzaam in het rond in de wind of zweefden van de ene boom naar de andere.

Maar niet lang daarna viel iedereen plotseling weer naar beneden, de oceaan in of de grond in of door het water de bodem van de rivier in.

De eekhoorn en de mier vielen dwars door het dak van het huis van de eekhoorn en kwamen aan weerszijden van de tafel precies op twee stoelen neer. De pot honing viel iets langzamer en kwam even later tussen hen in op de tafel terecht.

De mier stond meteen op en keek in het potje. Hij knikte opgelucht en zei: 'De honing is ook naar beneden gevallen.'

'Dat komt goed uit,' zei de eekhoorn, want hij had nog niets gegeten en hij hield van honing, vooral van de beukenhoning die in dat kleine blauwe potje zat.

'WEET JIJ EIGENLIJK WEL ZEKER DAT JIJ DE SCHILDPAD BENT, schildpad?' vroeg de krekel op een ochtend aan de schildpad.

De schildpad keek hem beduusd aan en begon na te denken.

Na een tijd zei hij: 'Nee. Dat weet ik niet zeker.'

Somber gluurde hij onder zijn schild vandaan naar de krekel.

'Ik weet wel dat ik de krekel ben,' zei de krekel. 'Ik sjirp, dus ik ben de krekel.' Hij maakte een sprongetje van plezier.

Ik doe niets, dacht de schildpad. Maar dat is volgens mij niet genoeg om de schildpad te zijn.

De kikker had het gesprek gehoord en zei: 'Ik kwaak, dus ik ben de kikker.'

'Inderdaad, kikker, inderdaad,' zei de krekel. 'Jij kwaakt, dus jij bent de kikker.'

Ze sloegen elkaar op de schouders en keken de schildpad tamelijk meewarig aan.

Zou ik dan misschien niet de schildpad zijn? dacht de schildpad. Maar wie zou ik dan zijn...? Als ik nou eens denk: ik schuifel, dus ik ben de schildpad... Hij schuifelde wat heen en weer. Nee, dacht hij. Dat is niets. Er schuifelen er trouwens zoveel.

De schildpad voelde zich eenzaam en onzeker, terwijl de krekel en de kikker vrolijk wegliepen, elkaar op de schouders sloegen en zongen: 'Wij weten wie wij zijn!'

Toen klonk er opeens een geraas vanuit de top van de eik waaronder de schildpad stond. Het was de olifant, die daar bij zonsopgang naar toe was geklommen. Nu viel hij.

'Ik val...' kon hij nog roepen. Toen viel hij met een zware slag op de grond vlak naast de schildpad.

Dat is de olifant, dacht de schildpad somber. Dat staat vast.

Even later sloeg de olifant zijn ogen op. 'Hallo schildpad,' zei hij zachtjes.

'Weet je zeker dat ik dat ben?' vroeg de schildpad verbaasd. 'Weet je dat echt zeker?'

'Ja,' kreunde de olifant. 'Wie zou je anders zijn?'

'Dat weet ik niet,' zei de schildpad.

'Nou dan,' zei de olifant, en met een pijnlijk gezicht voelde hij aan de enorme bult op zijn achterhoofd.

De schildpad had de krekel en de kikker wel achterna willen hollen. Maar ja, dacht hij, als ik dat doe geloven ze helemaal niet dat ik de schildpad ben. En dus bleef hij stilstaan, in het gras, onder de eik, en zei zachtjes tegen zichzelf: 'Hallo schildpad. Hallo.'

Op een avond zaten de mier en de eekhoorn bij elkaar op de tak voor de deur van de eekhoorn.

De maan kwam op en ze aten zoete beukennoten en honing.

Lange tijd zeiden ze niets.

Toen vroeg de mier: 'Word jij wel eens moe van mij, eekhoorn?'

'Ik?' zei de eekhoorn. 'Nee hoor.'

De mier zweeg even en zei: 'Dat zou toch kunnen?'

'Nee,' zei de eekhoorn. 'Dat zou niet kunnen. Hoe zou ik nou moe van jou kunnen worden?'

'Nou,' zei de mier, 'dat zou wel kunnen. Je kunt van alles moe worden. Je wordt toch ook wel eens moe van beukennoten?'

'Van beukennoten...' zei de eekhoorn. Hij dacht diep na en kon zich niet herinneren dat hij ooit moe was geworden van beukennoten. Maar het zou kunnen, dacht hij.

'Maar van jou nooit!' zei hij.

'O,' zei de mier.

Het was lange tijd stil. Dunne nevels maakten zich voorzichtig uit de struiken los en slingerden langzaam tussen de bomen door het bos in.

'Ik word wel eens moe van mijzelf,' zei de mier toen. 'Word jij dat nooit?'

'Maar waar word je dan moe van?' vroeg de eekhoorn.

'Dat weet ik niet,' zei de mier. 'Het is zomaar moe. In het algemeen.'

De eekhoorn had daar nog nooit van gehoord. Hij krabde achter zijn oor en dacht na over zichzelf. En toen hij een hele tijd over zichzelf had nagedacht, werd hij tot zijn verbazing ook moe van zichzelf. Het was een raar gevoel.

353

'Ja,' zei hij. 'Nu ben ik ook moe van mijzelf.'

De mier knikte.

Het was een warme avond. In de verte riep de uil iets naar beneden en hoog in de lucht stond de maan, groot en rond.

De mier en de eekhoorn zwegen en rustten uit van zichzelf. Af en toe zuchtten zij, fronsten ze hun wenkbrauwen en aten een paar zoete beukennoten en een klein hapje honing.

Pas heel laat, toen de maan al bijna onderging, waren ze uitgerust en vielen ze in slaap.

DE EEKHOORN EN DE OLIFANT ZATEN IN HET GRAS AAN DE oever van de rivier.

Het was zo warm dat de olifant smolt. Een grijs stroompje siepelde door het gras.

Ho, dacht de eekhoorn, hij moet niet in de rivier stromen, want dan weet ik het niet meer.

Hij maakte vlug een dammetje waartegen de olifant aan stroomde. Zacht klotsend lag hij daar onder de brandende zon.

'Waarom is het ook zo warm?' vroeg de eekhoorn zich hardop af.

De olifant leek iets te willen antwoorden, maar de eekhoorn kon niets uit zijn gekabbel opmaken. Bovendien had hij het te warm om goed te luisteren. Ik denk, dacht hij, dat hij zich ook afvraagt waarom het zo warm is.

Hij ging in de schaduw onder de wilg zitten. Af en toe keek hij even naar de olifant. De zon scheen op zijn kabbelende lijf, en de waterjuffer scheerde rakelings over hem heen.

'Weet je wel waar je overheen scheert, waterjuffer?' vroeg de eekhoorn.

'Ja,' zei de waterjuffer. 'Over de olifant.' En ze bekeek zichzelf in het grijze water.

Pas tegen de avond werd het wat koeler. De eekhoorn zag hoe het water weer veranderde in een slurf, een romp en een paar oren.

'Hè, hè,' zei de olifant even later. 'Wat had ik het warm.'

De laatste druppels veranderden in zijn staart. Opgelucht sloeg de eekhoorn hem op zijn schouder.

'Hoorde je me klotsen, eekhoorn?' vroeg de olifant.

'Ja,' zei de eekhoorn.

'Dat was eigenlijk trompetteren. Ik trompetterde een liedje. Leek het niet een beetje?'

355

'Ja,' zei de eekhoorn. 'Een beetje leek het wel.'

'Het is heel moeilijk om te trompetteren als je gesmolten bent,' zei de olifant.

Dat wilde de eekhoorn graag geloven.

De zon ging onder. In de verte zong de lijster. Langzaam liepen ze naar huis.

DE EEKHOORN ZAT OP DE TAK VOOR ZIJN DEUR EN VOELDE zich moedeloos. Het was een eigenaardig gevoel dat hij wel vaker had als het slecht weer was of als er een hele dag niemand toevallig langskwam. De mier had hem verteld dat dat gevoel moedeloosheid heette.

Het was een grijze dag en de eekhoorn kon maar niet besluiten om naar binnen te gaan. Hij pakte een stuk berkenschors dat naast zijn deur lag en begon zomaar een brief te schrijven. 'Beste' schreef hij. Toen stopte hij. Beste wie? dacht hij. Hij kon niemand bedenken. Hij zuchtte en schreef verder.

Beste,
Ik wou dat ik eens

Meer schreef hij niet.

Dat heb ik altijd als ik me moedeloos voel, dacht hij. Dan weet ik niet wat ik wil.

Er stak een klein briesje op dat de brief uit zijn handen blies en tussen de bomen door weg liet waaien.

De eekhoorn zuchtte opnieuw. De lucht werd zwart. Er viel een dikke regendruppel op zijn neus. Dat dacht ik wel, dacht de eekhoorn en hij liet zijn schouders zakken.

Het ging niet echt regenen, maar het bleef wel donker en kil, en de eekhoorn werd steeds moedelozer. Ik denk, dacht hij, dat ik nog nooit zo moedeloos ben geweest. Dat gaf hem even een tevreden gevoel, maar niet lang.

Aan het eind van de middag woei er een brief voorbij, die achter een tak bleef hangen. Die is vast niet voor mij, dacht de eekhoorn somber. Maar hij pakte de brief wel en maakte hem open.

357

Beste,
   Ik wou dat ik ook eens

las hij.

Het was een kriebelig handschrift dat de eekhoorn nog nooit had gezien.

Hij hield de brief omhoog om erdoorheen te kijken, voelde aan alle letters en wist niet wat hij ervan moest denken. Het was geen brief van de walvis of de olifant of de pad of de zwaluw of de aardworm – dat kon hij wel zien.

Het is echt een brief van een onbekende, dacht de eekhoorn. Wat zou hij bedoelen? En wie zou die 'Beste' zijn?

Het was schemerig geworden. De eekhoorn schudde zijn hoofd. Ik wou, dacht hij, dat ik eens iets heel bijzonders bedacht. Hij keek om zich heen. En plotseling had hij het gevoel dat er nog iemand was, een onbekende, die ook wilde dat hij eens iets heel bijzonders bedacht.

Weer viel er een regendruppel op zijn neus. En nog een. Het begon echt te regenen. De eekhoorn stond op. Zou dit nu een verloren dag zijn? dacht hij. Hij besloot om binnenkort eens aan de mier te vragen wat een verloren dag precies was, en wat voor andere dagen je had.

Hij ging naar binnen. Maar toen hij in de deuropening stond draaide hij zich om en riep, zo hard mogelijk: 'Ahoi!'

Je weet nooit, dacht hij.

Even was het stil. Toen kwam er van heel ver weg, het leek wel van over de oceaan, een klein beverig stemmetje, dat riep: 'Ook ahoi!'

De eekhoorn knikte en voelde zich opeens veel minder moedeloos. Hij stapte zijn huis in en ging regelrecht naar zijn kast. Ik heb honger, dacht hij. Het was een prettig gevoel, want er stond een grote pot met beukennoten op de bovenste plank.

VROEG IN DE OCHTEND, TOEN DE EEKHOORN NOG IN BED lag, werd er op zijn deur geklopt.

'Wie is daar?' vroeg hij.

'Ik ben het,' zei een stem. 'De olifant.'

'Kom je op bezoek?' vroeg de eekhoorn.

Even was het stil. Toen vroeg de olifant: 'Wil je dansen?'

'Dansen?' vroeg de eekhoorn. 'Nu?'

'Is dat raar?' vroeg de olifant.

'Nou... raar...' zei de eekhoorn. 'Het is nog heel vroeg.'

'Dus je wilt het niet?' vroeg de olifant.

De eekhoorn dacht even na en vroeg: 'Waar wil je dansen?'

'Bijvoorbeeld hier, voor je deur,' zei de olifant.

'Maar daar is helemaal geen plaats!'

'Dan dansen we niet te ver uit elkaar,' zei de olifant.

'Dan vallen we zeker naar beneden.'

'O,' zei de olifant. 'Dus je wilt niet dansen.'

De eekhoorn stapte uit zijn bed. Even later legde hij zijn ene arm op de schouder van de olifant en sloeg zijn andere arm om zijn middel. De olifant zei dat hij tot drie zou tellen, schraapte zijn keel en telde tot drie. Toen maakten ze één danspas, verstapten zich en vielen naar beneden.

Versuft lagen ze naast elkaar in het natte gras onder de beuk.

'Vond je het een slecht idee, eekhoorn?' vroeg de olifant.

'Nee hoor,' zei de eekhoorn. Hij wreef over de buil op zijn hoofd en dacht aan die ene pas, die echt een heel mooie danspas was geweest.

'Denk je dat wij ooit afgelopen zijn, eekhoorn?' vroeg de mier op een keer.

De eekhoorn keek hem verbaasd aan.

'Nou, zoals een feest afgelopen is,' zei de mier. 'Of een reis.'

De eekhoorn kon zich dat niet voorstellen.

Maar de mier keek uit het raam naar de verte tussen de bomen en zei: 'Ik weet het niet, ik weet het niet...' Er verschenen rimpels in zijn voorhoofd.

'Maar hoe zouden we dan moeten aflopen?' vroeg de eekhoorn. Dat wist de mier niet.

'Als een feest is afgelopen gaat iedereen naar huis,' zei de eekhoorn. 'En als een reis is afgelopen wrijf je in je handen en kijk je of er nog een potje honing in je kast staat. Maar als wij zijn afgelopen...'

De mier zweeg. Hij maakte een raar geluid met zijn voelsprieten.

'Wat is dat voor een geluid?' vroeg de eekhoorn.

'Knakken,' zei de mier.

Daarna bleef het lange tijd stil.

De mier stond op en begon, met zijn handen op zijn rug, door de kamer heen en weer te lopen.

'Denk je erover na?' vroeg de eekhoorn.

'Ja,' zei de mier.

'Weet je het al?'

'Nee.'

De mier ging ten slotte weer zitten.

'Ik weet het niet,' zei hij. 'Ik weet vrijwel alles, dat weet je, eekhoorn...'

De eekhoorn knikte.

'Wat ik niet weet,' ging de mier verder, 'mag geen naam hebben. Maar of wij ooit aflopen...'

Hij schudde zijn hoofd.

De eekhoorn schonk nog een kopje thee in. De mier nam een onzeker slokje.

Op een ochtend kwam de wesp op bezoek bij de eekhoorn. Het was nog heel vroeg.

'Ik stoor toch niet?' vroeg de wesp.

'Nee nee,' zei de eekhoorn, die nog in bed lag. Storen leek hem iets heel treurigs – maar hij wist dat niet zeker, want nog nooit had iemand hem gestoord.

Haastig stond hij op, borstelde zijn staart en wreef zijn ogen uit.

'Ik kom zomaar,' zei de wesp.

'Gezellig,' zei de eekhoorn.

De wesp ging aan tafel zitten en de eekhoorn haalde vlug een pot beukennotenhoning uit zijn kast.

'Zo,' zei hij en hij zette een bord voor de wesp neer.

Ze spraken over onbelangrijke dingen. Daar sprak de eekhoorn het liefst over. Ook al vond hij sommige onbelangrijke dingen wel eens plotseling heel belangrijk, en vlak daarna niet meer.

Na een tijd zei de wesp met een gewichtige stem: 'Je vraagt je natuurlijk af waar de zon is, eekhoorn.'

'Nee hoor,' zei de eekhoorn.

'Jawel,' zei de wesp. 'Dat vraag je je wel af.'

De eekhoorn dacht even na en vroeg zich toen inderdaad af waar de zon was. Buiten natuurlijk, dacht hij. Hij liep naar het raam en keek naar buiten.

Het was donker in het bos. Wat vreemd, dacht de eekhoorn. Hij deed het raam open en hoorde allerlei stemmen om hulp roepen, terwijl een koude wind in zijn gezicht blies.

'Zie je wel dat je je dat afvraagt,' zei de wesp.

'Ja,' zei de eekhoorn. 'Waar is de zon?'

Even was het stil in de kamer. Toen haalde de wesp een doosje van onder zijn vleugels vandaan. Hij zette het op de tafel en maakte het open. De zon barstte naar buiten. Hij had opgepropt en verkreukeld in het doosje gezeten, en schoot meteen naar het plafond.

Daar bleef hij hangen, in een hoek van de kamer van de eekhoorn, en scheen naar beneden.

'Ik wilde hem al heel lang voor mijzelf hebben,' zei de wesp. 'Hier. Mijn angel. Die mag jij hebben.' Hij legde zijn angel op de tafel. 'Maar de zon is van mij alleen, voortaan.'

De eekhoorn hield een hand boven zijn ogen en keek schuin omhoog. De zon hing te schijnen, alsof het daar, tussen twee balken, de hemel was.

'Dat had je niet gedacht, hè?' zei de wesp.

'Nee,' zei de eekhoorn.

Het werd algauw heel warm in de kamer. Zweet gutste van het voorhoofd van de eekhoorn af, en de beukennotenhoning begon zachtjes te pruttelen.

'Pffffft,' zei de eekhoorn.

'Zal ik mijn zon weer opbergen?' vroeg de wesp.

'Ja,' kreunde de eekhoorn. 'Doe dat maar.'

De wesp vloog naar de zon toe. Maar net toen hij de zon wilde pakken, schoof de zon achter een balk langs naar het bovenraam en glipte naar buiten. Met grote snelheid vloog hij de lucht in.

'Ho!' riep de wesp. 'Niet doen!'

Maar de zon was al ver weg, boven in de hemel, en klom nog verder omhoog.

Langzaam vloog de wesp naar de tafel terug.

'Je weet niet hoe moeilijk het was om hem in dit doosje te krijgen, eekhoorn!' zei hij. Somber zoemend boog hij zich over de laatste honing op zijn bord.

'Nee,' zei de eekhoorn. Hij wiste zich het zweet van zijn voorhoofd.

De wind was gaan liggen en overal was er weer licht. De lijster begon te zingen, en ver weg koerde de duif.

'Het wordt een mooie dag,' zei de eekhoorn.

Plotseling haalde de wesp iets onder zijn vleugels vandaan en hield het vlak voor de eekhoorn.

'Wat is dat?' vroeg de eekhoorn, hoewel hij niets zag.

'Een onzichtbaar doosje,' zei de wesp. 'Wat daarin zit laat ik nooit zien.'

'De maan soms?' vroeg de eekhoorn.

De wesp schudde zijn hoofd. 'Iets veel groters,' zei hij. Hij stapte naar buiten, groette de eekhoorn en vloog weg.

'Je angel!' riep de eekhoorn. Maar de wesp hoorde hem niet meer.

De eekhoorn pakte de angel en bekeek hem goed. Toen stopte hij hem helemaal achteraan in de onderste la van zijn kast. Dan weet ik tenminste zeker dat ik hem nooit kan vinden als ik hem zoek, dacht hij. Want angels waren nergens goed voor, had de mier hem eens verteld.

OP EEN OCHTEND VIEL DE OLIFANT UIT DE WILG.

De eekhoorn kwam toevallig langs en zag hem op de grond zitten. De olifant wreef over een buil op zijn achterhoofd.

'Hoe valt dat eigenlijk, uit de wilg?' vroeg de eekhoorn.

'Hard,' zei de olifant. 'Maar uit de eik valt het harder.'

'En uit de populier?'

'Uit de populier... eerlijk gezegd weet ik dat niet,' zei de olifant.

Hij sprong op. De eekhoorn zei nog: 'Het was niet mijn be...'

Maar de olifant klom al in de populier en viel even later uit het topje naar beneden. Het was een zware dreun, die nog lang narommelde.

Bezorgd boog de eekhoorn zich over hem heen. Er verscheen een reusachtige buil op het voorhoofd van de olifant. Maar hij fluisterde: 'Geweldig, eekhoorn... dat valt geweldig...'

De eekhoorn trok hem overeind.

En terwijl de olifant op de schouder van de eekhoorn leunde, liepen ze langzaam verder.

De olifant legde uit waarom het zo bijzonder was om uit de populier te vallen.

'Het valt heel anders, eekhoorn, ik weet niet hoe ik dat moet zeggen... het lijkt nergens op...'

De eekhoorn knikte.

Toen zag de olifant de linde en vroeg: 'Is dat soms de linde?'

'Ja,' zei de eekhoorn. 'Dat is de linde.'

'Ik vraag me af hoe...' zei de olifant.

Maar de eekhoorn vond dat de olifant die dag genoeg gevallen was. Anders blijft er geen boom meer over voor morgen, dacht hij.

Hij vertelde hem dat hij nog zoete wilgenschors had, die nodig op moest. 'Anders bederft het,' zei hij.

'O,' zei de olifant en hij fronste zijn wenkbrauwen.

Even later zaten ze aan de voet van de beuk en aten zoete wilgenschors die nog net niet bedorven was, op een ochtend in de zomer.

MIDDEN IN HET BOS WAS EEN GAT IN DE GROND. OP EEN ochtend zaten de olifant, de eekhoorn en de schildpad aan de rand van dat gat.

De olifant schreef met grote letters het woord OMHOOG op een stuk boomschors. De schildpad probeerde op de rand van zijn schild te staan. En de eekhoorn trok een gele muts over zijn hoofd, die veel te klein was en telkens wegsprong.

'Laten we de lucht in klimmen,' zei de olifant, 'en verdwijnen...'

Hij was al bij de G en vroeg zich af of hij ook nog een pijl zou tekenen zodat iedereen zou weten waarheen dat bordje wees.

De schildpad stond eindelijk doodstil op de rand van zijn schild en fluisterde: 'Sst. Niet denken nu...'

Maar de eekhoorn legde de muts naast zich neer, rilde en zei: 'Laten we denken dat het zomer is.'

'Dat is goed,' zeiden de anderen. Ze hielden van de zomer en zouden wel willen dat het altijd zomer was.

'Ik denk dat het toevallig net een hittegolf is,' zei de olifant.

De schildpad wiste alvast het zweet van zijn voorhoofd en viel op de grond terug.

'Ik denk,' zei de eekhoorn, 'dat dit een zwembad is.' Hij wees naar het gat in de grond.

'Voorzichtig!' riep de olifant. Hij zwaaide naar de denkbeeldige zwemmers en probeerde snerpend op zijn slurf te fluiten. De schildpad meende aan de overkant van het gat, in de schaduw, de slak te zien die behoedzaam zijn steeltjes in het water stak.

Ze dachten dat ze badmeesters waren en dat iedereen daar zwom: de tor, de egel, de neushoorn, de leeuw en zelfs de mol, die uit de grond was gekropen. Ze dachten dat hij riep: 'Ik ben ge-

367

stoofd!' en dat hij met een rare plons in het water sprong.

'Ze willen duiken,' zei de schildpad.

Ze pakten een klein boomstammetje en legden het op de rand van het gat.

'Ze willen ook echte golven,' zei de olifant.

Ze haalden golven tevoorschijn uit het struikgewas en legden ze op de bodem van het gat.

'En ze willen dat het water glinstert,' zei de eekhoorn, en uit een klein kistje dat lang onder de grond verborgen had gelegen, haalde hij glinsteringen tevoorschijn en strooide ze over de golven.

'Ze zijn tevreden,' zei de olifant.

'Ja,' zeiden de anderen.

Ze letten goed op dat er niemand verdronk.

Het was een koude dag, en na een tijd verdween de zon achter donkere wolken.

'Nu gaan ze eruit,' zei de schildpad.

Ze fronsten hun voorhoofd, knikten en borgen de golven, de glinsteringen en het duikplankje weer op.

Toen bedachten ze dat het winter was en dat het begon te sneeuwen. Ze rilden en de olifant riep: 'Waarom denk ik niet altijd alleen maar wat ik wil?'

De anderen zwegen.

Na een tijdje schraapte de schildpad zijn keel en zei: 'Zullen we denken dat we jarig zijn?'

Even later dachten ze dat ze jarig waren en feliciteerden ze elkaar. En ze dachten dat er een reusachtige taart stond, tussen hen in, en dat het suiker sneeuwde, en dat ze smulden.

'Denken we nu dat we gelukkig zijn?' vroeg de schildpad voorzichtig.

'Ja,' zeiden de anderen. 'Dat denken we.'

Op een ochtend ging de mier op reis.

De eekhoorn keek hem na. Zijn hart klopte in zijn keel en na een tijdje riep hij, zo hard als hij kon: 'Mier! Kom terug!'

De mier was al in de verte en leek niet groter dan een stipje. Maar hij hoorde de eekhoorn wel.

Hij kwam terug en schudde zijn hoofd.

'Dat moet je niet roepen,' zei hij.

'Waarom niet?' vroeg de eekhoorn, die heel blij was dat de mier terug was, en honing en beukennoten voor hem neerzette. 'Als ik je daar in de verte zie, dan kan ik niet anders. Misschien vertrek je wel voorgoed!'

'Misschien wel,' zei de mier. 'Maar je moet het niet roepen. Anders kan ik niet goed op reis gaan.'

'Maar ik wil niet dat je op reis gaat,' zei de eekhoorn.

'En toch ga ik,' zei de mier.

De eekhoorn zuchtte diep.

De mier at een pot honing leeg en ging opnieuw op reis. Weer kwam hij in de verte en weer wilde de eekhoorn roepen dat hij terug moest komen. Maar hij beet op zijn tong, liet zijn hart maar bonzen en riep niets. Het stipje dat de mier nog was werd lange tijd niet kleiner, en het leek ook om te kijken. Maar dat kon de eekhoorn niet goed zien.

Hardnekkig zweeg hij.

Tot zijn verbazing werd het stipje even later weer groter en kwam de mier terug.

'Eekhoorn, eekhoorn...' zei hij en hij schudde zijn hoofd.

'Maar ik heb niet geroepen dat je terug moest komen,' zei de eekhoorn. 'Ik heb helemaal niet geroepen.'

'Maar je hebt het wel gedacht,' zei de mier.

De eekhoorn keek de mier met grote ogen aan.

'Ja,' zei hij aarzelend. 'Ik heb het wel gedacht.'

'Ik wist het wel!' riep de mier. 'Je moet het niet denken.'

De eekhoorn zweeg en zette alle honing en alle beukennoten die hij nog in zijn kast had voor de mier neer.

De mier at tot hij niet meer kon.

'Je mag het niet zeggen, je mag het niet denken en je mag het niet willen,' zei hij ten slotte, terwijl hij met moeite opstond.

De eekhoorn keek hem onzeker aan. Hij wist niet hoe hij dat niet moest willen. Hij had nog nooit iets wat hij heel graag wilde niet gewild. Maar hij wilde ook niet dat de mier boos op hem werd. Zijn hoofd leek wel te kraken.

De mier groette hem en ging weer op reis.

De eekhoorn keek hem na en dacht uit alle macht aan niets.

Niet ver van de beuk viel de mier om en bleef op zijn rug liggen.

'Ik moet even rusten,' riep hij en hij viel in slaap.

Het was een mooie dag en de eekhoorn ging voor zijn deur zitten en keek naar de mier, zonder iets te zeggen, te denken en te willen.

Laat in de middag werd de mier weer wakker. Hij rekte zich uit en herinnerde zich wat hij van plan was.

'Vandaag,' riep hij, 'zie ik van mijn reis af.'

'Dat is goed,' riep de eekhoorn.

De mier klom langzaam de beuk in.

Even later zaten ze samen binnen, in het huis van de eekhoorn, en zagen de avondnevels door het bos kronkelen. In de verte hoorden ze de merel zingen.

'Wat een dag,' zei de mier. De eekhoorn knikte en krabde zich achter zijn oor.

OP EEN AVOND ZATEN DE EEKHOORN EN DE MIER NAAST elkaar op de bovenste tak van de beuk. Het was warm en stil en ze keken naar de toppen van de bomen en naar de sterren. Ze hadden honing gegeten en gepraat over de zon, de oever van de rivier, brieven en vermoedens.

'Ik ga deze avond bewaren,' zei de mier. 'Vind je dat goed?'

De eekhoorn keek hem verbaasd aan.

De mier haalde een klein zwart doosje tevoorschijn.

'Hier zit ook al de verjaardag van de lijster in,' zei hij.

'De verjaardag van de lijster?' vroeg de eekhoorn.

'Ja,' zei de mier en hij pakte die verjaardag uit het doosje. En ze aten weer zoete kastanjetaart met vlierbessenroom, en ze dansten weer terwijl de nachtegaal zong en het vuurvliegje aan- en uitging, en ze zagen de snavel van de lijster weer glimmen van plezier. Het was de mooiste verjaardag die ze zich konden herinneren.

De mier stopte hem weer in het doosje.

'Daar stop ik deze avond bij,' zei hij. 'Er zit al heel veel in.' Hij deed het doosje dicht, groette de eekhoorn en ging naar huis.

De eekhoorn bleef nog lang op de tak voor zijn deur zitten en dacht aan dat doosje. Hoe zou die avond daar nu in zitten? Zou hij niet verkreukelen of verbleken? Zou de smaak van honing er ook in zitten? En zou je hem er altijd weer in kunnen krijgen als je hem eruit haalde? Zou hij niet kunnen vallen en breken, of wegrollen? Wat zou er trouwens nog meer in dat doosje zitten? Avonturen die de mier alleen had beleefd? Ochtenden in het gras aan de oever van de rivier, als de golven glinsterden? Brieven van verre dieren? En zou het ooit vol zijn, zodat er niets meer bij kon? En zouden er ook andere doosjes bestaan, voor treurige dagen?

Zijn hoofd duizelde. Hij ging zijn huis in en stapte in bed.

De mier lag toen al lang te slapen, in zijn huis onder de struik. Het doosje lag boven zijn hoofd, op een plank. Maar hij had het niet stevig genoeg dichtgedaan. Midden in de nacht schoot het plotseling open en een oude verjaardag vloog met grote snelheid naar buiten, de kamer in. En plotseling danste de mier met de olifant, in het maanlicht, onder de linde.

'Maar ik slaap!' riep de mier.

'O dat geeft niets,' zei de olifant en hij zwierde met de mier in het rond. Hij zwaaide met zijn oren en zijn slurf en zei: 'Wat dansen wij goed, hè?' en 'O pardon' als hij op de tenen van de mier trapte. En hij zei dat de mier ook best op zijn tenen mocht trappen.

De gloeiworm glom in de rozenstruik en de eekhoorn zat op de onderste tak van de linde en wuifde naar de mier.

Plotseling glipte de verjaardag het doosje weer in en even later werd de mier wakker.

Hij wreef zijn ogen uit en keek om zich heen. De maan scheen naar binnen en viel op het doosje op de plank. De mier stond op en duwde het deksel stevig dicht. Maar hij hield zijn oor nog wel even tegen het doosje en hoorde muziek en geritsel en gekabbel van golven. En hij dacht zelfs even dat hij de smaak van honing hoorde, maar hij wist niet zeker of dat wel kon.

Hij fronste zijn voorhoofd en stapte weer in bed.

DE TOR WAS MOE. DOF EN VERSCHROMPELD ZAT HIJ OP DE grond onder een steen. Wat ben ik moe, dacht hij.

Met sombere ogen keek hij onder de steen vandaan naar de lucht die er zwaar en ontredderd uitzag.

Hij viel om en kwam op zijn zij terecht. Hij probeerde weer overeind te komen, maar niet lang. Ach, laat ook maar, dacht hij.

Het werd donker.

De hele nacht lag hij op zijn zij en dacht aan zijn moeheid. Hij was te moe om te slapen.

Het begon te regenen en de steen gleed weg en schoof over de tor heen. Ook dat nog, dacht hij.

De volgende dag was het nog slechter weer. Het stormde en stortregende. De tor spoelde weg. Maar het deed hem weinig meer. Waarom zou het ook, dacht hij.

Hij botste tegen een rots en zakte ondersteboven in de modder. Wel ja, dacht hij.

Toen hoorde hij roepen: 'Tor! Tor!'

Ik word gezocht, dacht hij.

De stem stierf weg en de tor vroeg zich af wie hem geroepen had en waarvoor. Vast voor een of andere flauwekul, dacht hij.

Alles was zwart en stil om hem heen en duurde heel lang. Maar een enkele keer hoorde hij in zijn gedachten die stem nog roepen: 'Tor! Tor!'

Dat ben ik, dacht hij dan, terwijl hij steeds dieper wegzakte in de modder onder de rots.

Op een middag zat de olifant in het gras onder de berk. Het was aan het begin van de zomer, de zon scheen en de bladeren van de berk ruisten en ritselden. Hoe zou het eigenlijk met de egel gaan? dacht de olifant. Zal ik hem eens opzoeken? Hij dacht even na. Ik zou hem ook kunnen schrijven, dacht hij.

Hij knikte tegen zichzelf en besloot de egel een brief te schrijven. Hij pakte een stuk berkenbast, kneep één oog dicht en begon.

w

schreef hij.

Toen hield hij zijn slurf stil en las wat hij al had geschreven. Hij wilde schrijven: 'Beste egel'. Maar hij kende eigenlijk alleen maar de w. Hij wist wel dat er nog meer letters waren. Maar die andere letters leken hem onhandig en tamelijk onbruikbaar. Eerlijk gezegd, dacht hij, is één letter wel genoeg.

Hij knikte weer en schreef verder:

wwwww wwww
www wwwww www wwwwwwww www www
www
wwwwwww

Zo, dacht hij. Dat zal de egel een verrassing vinden, zo'n brief van mij.

Hij vouwde de brief op en gooide hem omhoog, en de wind blies hem tussen de bomen door naar het huis van de egel onder de struik, niet ver van de eik. De egel zat net buiten, in de zon, voor zijn deur en de brief kwam op zijn neus terecht.

Hola! dacht hij. Een brief!

Hij maakte hem open en las. Zijn hart bonsde.

Toen hij de brief uit had kneep hij zijn ogen dicht en dacht heel diep na.

Hij had nog nooit zo diep nagedacht. Zijn stekels gloeiden helemaal, zodat hij wel een rode distel leek.

Wie zou dat zijn, wwwwwww? dacht hij. Zou hij misschien ook stekels hebben? En zou hij soms denken dat ik wwww ben? Dat is toch echt een vergissing.

Hij wist dat de wind zich nooit vergiste en dat de brief in elk geval voor hem bestemd was.

Hij liep wat heen en weer voor zijn deur en las de brief opnieuw, en nog eens en nog eens, tot hij hem uit zijn hoofd kende.

Ik moet terugschrijven, dacht hij. Je moet altijd terugschrijven, altijd.

Hij boog zich voorover en schreef op een stuk schors:

Beste wwwwwww,
  Dank je wel voor je brief. Ik vind het heel leuk om post van je te krijgen. Maar ik ben niet wwww, maar egel.

Meer wist hij niet te schrijven. Hij zette zijn naam onder de brief, vouwde hem op en stuurde hem met de wind mee.

Even later kreeg de olifant die brief.

Die is van de egel, dacht hij. Maar hij maakte hem niet open. Lezen, met al die andere letters dan de w, daar hield hij niet van. Ik leg hem vanavond onder mijn hoofd, dacht hij. Dan hoor ik wel wat erin staat.

Aan het eind van de middag ging hij naar huis. De brief hield hij stevig opgerold in zijn slurf vast. Thuisgekomen nam hij een modderbad, at een groot bord struikgewas met suiker en stapte in bed. De brief legde hij onder zijn oor.

Midden in de nacht, toen hij diep in slaap verzonken was, hoorde hij plotseling een stem die in zijn oor fluisterde: 'Beste olifant. Ik maak het heel goed. Jij ook? Egel.'

De olifant knikte. Ja, droomde hij, ik ook, egel, ik ook.

Hij zuchtte diep, draaide zich op zijn andere oor en sliep verder.

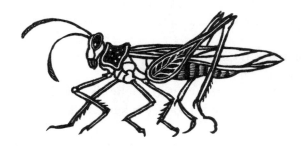

'Hoe hoog kan jij eigenlijk springen, sprinkhaan?' vroeg de kikker op een ochtend.

'O...' zei de sprinkhaan. 'Op zijn minst over die boterbloem.'

'Dat is niet hoog,' zei de kikker.

'Nou...' zei de sprinkhaan. 'Ik spring ook wel over de wilg.'

'Dat vind ik ook niet hoog,' zei de kikker. 'Daar stap ik overheen.'

De sprinkhaan fronste zijn wenkbrauwen en zei: 'Zie je die wolk? Daar spring ik met mijn ogen dicht overheen.'

'Ach,' zei de kikker, 'die wolk... Ik ben gisteren nog over de zon gesprongen.'

'Over de zon?' vroeg de sprinkhaan.

'Ja,' zei de kikker. 'En morgen spring ik over het heelal.'

'Over het heelal??' De sprinkhaan had nog nooit van het heelal gehoord, maar hij vermoedde dat het iets heel groots was.

'Vandaag neem ik mijn gemak ervan, sprinkhaan,' zei de kikker. Hij geeuwde en leunde achterover in het gras aan de oever van de rivier. Hij deed zijn ogen dicht.

De sprinkhaan ging terneergeslagen weg, en toen hij over een paardenbloem wilde springen lukte hem dat niet. Hij botste tegen de pluisjes aan, nieste en viel met zijn gezicht op de grond.

Na een tijdje stond hij weer op. Zijn voelsprieten waren gekneusd en somber sjokte hij verder.

Niet lang daarna kwam hij de slak tegen.

'Dag slak,' zei hij. 'Weet jij misschien wat het heelal is?'

'Jawel,' zei de slak. Hij stak zijn hoofd naar voren, zijn steeltjes stonden rechtop, hij kneep zijn ogen half dicht en zei: 'Het heelal, dat ben ik.' Hij gleed daarbij iets vooruit.

'Jij?' zei de sprinkhaan verbaasd.

'Ja,' zei de slak. 'Mijn huisje en ik, wij samen.'

'O,' zei de sprinkhaan. En hij dacht: nou, dat scheelt... Hij nam een aanloop en sprong over de slak heen. 'Dus nu sprong ik over het heelal heen?' vroeg hij.

'In zekere zin wel,' zei de slak. 'Maar ik vind het niet prettig dat je over mij heen springt. Ik heb liever dat je gewoon langs mij loopt.'

'O pardon,' zei de sprinkhaan.

'Ja,' zei de slak.

Ze groetten elkaar en gingen verder.

Toen de sprinkhaan even later de kikker weer zag, ging hij op enige afstand van hem zitten en riep: 'O ja, kikker, dat is waar ook, ik ben net nog over het heelal gesprongen. Daar is echt niets aan.'

De kikker keek verstoord op en zweeg.

'Maar je kunt beter gewoon langs het heelal lopen,' riep de sprinkhaan.

Toen de kikker dat hoorde dook hij het water in en verborg zich in de modder. Onder de modder kruipen, dát kan de sprinkhaan nooit, dacht hij. Of kwaken.

En even later nam hij een hapje zoetwaterwortel en dacht: ach, laat ook maar.

Toen de mier en de eekhoorn vijf beukennoten, drie borden room, een taart en twee puddingen hadden gegeten, zei de eekhoorn: 'Ik heb nog een klein potje honing.' Hij keek de mier aan, die bij hem op bezoek was. 'Zal ik dat maar bewaren?'

'Dat is goed,' zei de mier.

Ze konden zich niet goed meer verroeren en keken langdurig naar het plafond boven hun hoofd.

Maar na een uur vroeg de mier: 'Hoe groot is dat potje eigenlijk, eekhoorn?'

'Klein,' zei de eekhoorn en hij wees met twee vingers aan hoe klein.

'Ja,' zei de mier, 'dan kun je het beter bewaren.'

De eekhoorn knikte.

'Heb je het al lang?' vroeg de mier.

'Tamelijk,' zei de eekhoorn.

'Hoe lang bewaar jij zo'n potje meestal?' vroeg de mier.

'Dat ligt eraan,' zei de eekhoorn.

'Ik bewaar ze nooit lang,' zei de mier. Even zweeg hij, toen zei hij: 'Maar dat zegt natuurlijk niets.'

Een tijdje later vroeg hij wat voor honing het was, en weer later waarom de eekhoorn het eigenlijk wilde bewaren en voor wat voor gelegenheid.

'Dat weet ik niet,' zei de eekhoorn. 'Vind je dat raar?'

'Ja,' zei de mier. 'Dat heeft iets raadselachtigs.'

'O,' zei de eekhoorn.

Niet lang daarna vroeg de mier of hij het potje even mocht zien. De eekhoorn haalde het tevoorschijn.

De mier bekeek het langdurig. Af en toe knikte hij even veelbe- tekenend.

'Het is een gevaarlijk potje, eekhoorn,' zei hij, 'een heel gevaarlijk potje. Dat kun je wel zien. We moeten het óf nu opeten óf zo
goed opbergen dat we het vergeten. Anders delven we het onderspit.'

'Het onderspit?' vroeg de eekhoorn.

'Ja,' zei de mier. 'Zo heet dat. Het onderspit. En dat is niet
leuk!'

Hij keek heel ernstig en bezorgd.

Het potje zo goed opbergen dat ze het zouden vergeten – dat
was onmogelijk, meenden zij. En dus maakten ze het open en aten
de honing vliegensvlug op.

Pas daarna voelden zij zich weer veilig en gerust.

'ALS IK GENOEG VAN JE HEB, EEKHOORN,' ZEI DE OLIFANT OP een middag tegen de eekhoorn, 'dan til ik je boven mijn hoofd en slinger ik je over het hele bos heen de zee in.'

'O ja?' vroeg de eekhoorn.

'Ja,' zei de olifant. 'En dan moet je maar zien hoe je thuiskomt. En als je dan toch thuiskomt, dan pak ik je weer beet en slinger ik je weer over het bos, maar dan ook over de zee de bergen in zodat je in een spelonk blijft steken. En als je je dáaruit los weet te maken...'

De eekhoorn leunde met zijn ellebogen op de tafel en dacht aan de zomer en de oever van de rivier. De olifant zat tegenover hem, schuin op zijn stoel, met zijn knieën over elkaar, zwaaiend met alles waarmee hij kon zwaaien, zijn oren, zijn slurf, zijn voorpoten.

Maar toen hij verteld had waarnaar hij de eekhoorn daarna nog zou slingeren als hij genoeg van hem had, zweeg hij en dacht hij na.

Er stonden grote grijze rimpels in zijn voorhoofd.

'Wil jij nog thee?' vroeg de eekhoorn.

'Ja graag,' zei de olifant.

Even later dronken ze nog een kopje thee.

'Lekkere thee heb je,' zei de olifant.

'Het is wilgenthee,' zei de eekhoorn en hij tuurde in zijn kopje.

'Maar dat doe ik alleen,' ging de olifant weer verder, 'als ik genoeg van je heb, eekhoorn.'

'Ja,' zei de eekhoorn, die dat wel wist.

'En ik heb helemáal niet genoeg van je. En ik zal nooit genoeg van je hebben. Nooit. Dat is juist het bijzondere!' En weer zwaaide hij met zijn slurf, zijn voorpoten en zijn oren.

De eekhoorn dronk zijn kopje leeg en vroeg de olifant of hij nóg een kopje wilde.

'Ja graag,' zei de olifant. 'Heel graag. Heerlijke thee.'

'Vind je mij raar?' vroeg de octopus aan de eekhoorn.

De eekhoorn keek hem aan en aarzelde even.

'Nou ja, met al die armen en zuignappen...' zei de octopus. Zijn wangen werden grijs en hij sloeg zijn ogen neer.

'Nee hoor,' zei de eekhoorn. 'Ik vind je niet raar.'

'Ik ben ook niet raar,' zei de octopus zacht.

Nee, dacht de eekhoorn, ik vind hem niet raar.

Ze zaten op de bodem van de zee, niet ver van het strand. De octopus had de eekhoorn uitgenodigd om samen met hem thee te drinken.

De eekhoorn keek om zich heen. Iets verderop hing een zwarte wolk onder water, waaruit het regende. Dát is wel raar, dacht de eekhoorn.

'Sneeuwt het wel eens onder water?' vroeg hij.

'Ja hoor,' zei de octopus. 'Het doet hier alles.'

'Ook onweren?'

'Alles,' zei de octopus. Hij fronste zijn voorhoofd en sloeg een paar van zijn armen over elkaar.

De eekhoorn nam een slokje thee en dacht bij zichzelf: deze thee is lekker, eekhoorn, deze thee is heel lekker.

'Heerlijke thee, octopus,' zei hij.

'Vind je dat?' vroeg de octopus. 'Het is brakke thee. Mijn zoute thee is op.'

Het was een tijd stil. Af en toe kneep de eekhoorn zijn ogen dicht, haalde diep adem en nam een klein slokje.

De octopus leek in gedachten verzonken. Maar plotseling keek hij de eekhoorn aan en vroeg: 'Zou je met mij willen ruilen?'

Ruilen? dacht de eekhoorn. Met hem? Zodat ik de octopus ben en hier woon en van zoute thee houd? Er kwamen zweetdruppeltjes op zijn voorhoofd. Hij wist niet dat je onder water zweetdrup-peltjes kon krijgen, of dorst. Want hij kreeg opeens ook dorst. Als ik nee zeg is dat wel héél onaardig... dacht hij.

'Is er iets?' vroeg de octopus. 'Vind je mij toch raar?'

'Nee nee,' zei de eekhoorn. 'Ik vind je helemaal niet raar. Nee hoor.' Dat is echt waar, dacht hij bij zichzelf.

Hij stond op. 'O ja,' zei hij, 'dat is waar ook, ik was vergeten dat ik haast heb.'

'Haast?' vroeg de octopus verbaasd.

'Ja, haast,' zei de eekhoorn. 'Plotselinge haast.'

Hij nam afscheid van de octopus.

'Nou ja,' zei de octopus en hij tilde al zijn armen op om hem uit te zwaaien.

De eekhoorn liep langs de bodem van de zee in de richting van het strand.

'Je hebt niet gezegd of je met mij wilt ruilen,' riep de octopus hem nog na. Maar de eekhoorn vond dat hij al te ver weg was om dat te verstaan.

Op een ochtend zat de eekhoorn op de tak voor zijn deur en schreef een brief aan de mier.

Beste mier,
  Het stuk schors waarop ik
schrijf is maar klein, maar
toch wil ik je graag een br

Na het woord br was het stuk berkenschors vol. De eekhoorn kon zijn naam er ook niet meer onder zetten.

Hij las de brief een paar keer over en vroeg zich af wat de mier van de brief zou vinden. Zou hij wel begrijpen dat een br geen br is, maar een brief? dacht hij. Hij aarzelde. Maar hij vond het zonde om de brief niet te versturen en gooide hem in de lucht. En de wind voerde hem mee.

Even later las de mier de brief van de eekhoorn.

Toen hij hem uit had, pakte hij een klein stukje berkenschors en schreef.

Beste eekhoorn,
  Dank je wel voor je br

Hij zette zijn naam er niet onder en verstuurde hem meteen.

Niet lang daarna las de eekhoorn die brief. Zijn hart bonsde en er verschenen dikke rimpels in zijn voorhoofd. Hij wist dus dat het mijn brief was, dacht hij. Maar wat zou hij met je br bedoelen?

Misschien wilde hij wel schrijven: 'Dank je wel voor je brief, maar ik wil je nooit meer zien.' Of: 'Dank je wel voor je brabbeltaal, maar schrijf me voortaan een echte brief of anders niets.' Of: 'Dank je wel voor je brutale onzin.'

De eekhoorn kreeg het koud en rilde. En haastig zocht hij in al zijn laden en hoeken tot hij nog één, heel klein stukje berkenschors vond. Daarop schreef hij:

Mier, kom je langs? Eekho

Dat ben ik, dacht hij. Dat moet hij begrijpen. Maar hij voelde zich niet helemaal gerust. Want misschien bestond de eekhobor wel, of de eekhozewezel. Er zijn zoveel dieren die ik niet ken, dacht hij.

Even later woei er een klein snippertje berkenschors naar hem toe. Ah! dacht de eekhoorn.

Hij las het snippertje:

Ja. Mi

stond erop.

Dat is van hem, dacht de eekhoorn. Dat is van hem! En hij sprong op en haalde de grootste pot beukennotenhoning uit zijn kast en begon alvast een bord voor de mier vol te scheppen. Want het zou niet lang duren voor ze naast elkaar zouden zitten en elkaar duizend en één dingen zouden vertellen die je toch nooit kon schrijven.

Het was vroeg in de ochtend. De zon was net op en het bos was nog nevelig en nat. Het web van de spin glinsterde en de karper stak zijn mond boven water, midden in de rivier, en geeuwde.

De olifant stond onder de eik en dacht: zal ik naar boven klimmen?

Hij wist zeker dat hij, als hij eenmaal boven was, naar beneden zou vallen en terecht zou komen op de plaats waar hij stond.

'Wat moet ik daar boven doen?' vroeg hij zich hardop af.

'Niets,' zei hij. 'Dus moet ik ook niet gaan.'

Maar meteen daarna meende hij een stem te horen, van heel dichtbij, die zei: 'Ach, doe toch niet zo flauw. Klim toch naar boven.'

Hij kende die stem wel, maar hij wist niet precies wie er bij die stem hoorde. Het lijkt wel mijn stem, dacht hij. Maar ik ben het zelf niet.

'Hallo,' riep hij voor alle zekerheid.

'Ja?' zei de kikker, die in de modder had liggen slapen en net uit het water op een lelieblad klom. Hij zag de olifant staan.

'Was jij dat?' vroeg de olifant verbaasd.

'Ja hoor,' kwaakte de kikker opgewekt. Hij had heel goed geslapen, had hij net bedacht. 'Dat was ik en dat ben ik vast nog steeds.' Hij vond dat zo leuk van zichzelf dat hij omviel en weer onder water verdween.

Daar heb ik niets aan, dacht de olifant. Wat moet ik nu toch doen? Als ik niet ga, doe ik dan flauw? En wat is flauw eigenlijk?

Peinzend klom hij op de onderste tak van de eik. Dus ik ga toch naar boven, dacht hij. Ik wist niet dat ik dat al had besloten. Hij schudde zijn hoofd. Ik wil blijkbaar niet flauw zijn. Hij zuchtte en zette een voet op de volgende tak.

De eik was hoog en gestaag klom de olifant verder. Na een tijd-je dacht hij nergens meer aan. En toen hij op het laatste takje on-der de top wilde stappen was hij zelfs vrolijk, zwaaide hij met zijn slurf en riep hij: 'Ahoi.' En overal in het bos werden er dieren wak-ker en hoorden kort na elkaar 'Ahoi' en 'Ach...' en toen iets wat leek op een doffe klap.

IK BEN ONGELUKKIG, DACHT DE SCHILDPAD OP EEN OCH-
tend. Verbaasd trok hij zijn hoofd onder zijn schild en dacht: hoe
kom ik dáár nou bij? Ben ik ongelukkig? Ik ben helemaal niet ongelukkig. Volgens mij ben ik juist heel gelukkig.

Maar toen hij dat dacht voelde hij iets in zich knagen. Hij wist
dat dat de twijfel was. Het is nog maar de vraag, dacht hij, of ik gelukkig ben.

Hij stak zijn hoofd weer naar buiten en wou dat hij ergens anders aan dacht. Maar er was niets aan te doen. Het ene moment
dacht hij dat hij heel gelukkig was, en het andere moment dat hij
diep en diep ongelukkig was.

Zo dacht hij uren verder, terwijl hij zijn hoofd schudde over
zichzelf of instemmend knikte.

Tegen het eind van de ochtend wandelde de boktor langs de
struik waaronder de schildpad zat.

'Hallo boktor,' zei de schildpad.

'Hallo schildpad,' zei de boktor en hij bleef staan.

'Eh... boktor,' zei de schildpad voorzichtig, 'denk jij dat ik gelukkig ben?'

'Tja,' zei de boktor. Hij liep twee keer om de schildpad heen en
vroeg hem op zijn rug te gaan liggen en met zijn benen te sparte-
len.

Vervolgens tilde hij hem op en hield hem hoog boven zijn hoofd
in de richting van de zon. Hij kneep zijn ogen half dicht en dacht
diep na. De schildpad hield zijn adem in.

Toen zette de boktor hem weer neer en zei: 'Een beetje gelukkig. Je bent een beetje gelukkig.'

'O,' zei de schildpad. 'En ongelukkig?'

'Dat ben je ook een beetje. Ongeveer evenveel.'

De schildpad wilde hem nog iets vragen, maar de boktor zei: 'Nee nee. Ik heb haast. Dag.' En hij holde weg.

De schildpad zat voor zijn struik en dacht de hele middag na. Ik ben dus van allebei een beetje. Hoeveel is een beetje eigenlijk?

Hij wist wel dat hij soms een beetje honger had, of het een beetje warm had. Tamelijk warm. Zou tamelijk hetzelfde zijn als een beetje? vroeg hij zich af. En hij dacht aan verlepte paardenbloemen en oude berkenbladeren die hij een beetje lekker vond, maar ook een beetje bitter.

Toen de zon onderging deed hij zijn ogen dicht, trok zijn hoofd onder zijn schild, kroop een stukje achteruit en viel in slaap.

Die nacht droomde hij dat hij een wolk was, een inktzwarte wolk, en dat hij regende. Maar hij regende niet zacht of vriendelijk, maar hard en striemend. Op de grond zag hij de olifant die met grote ogen omhoogkeek en riep: 'Zo hard heeft het nog nooit geregend!'

De schildpad regende door tot er niets meer van hem over was. Toen werd hij wakker.

De zon kwam op. De lucht was blauw. En tot zijn geluk dacht de schildpad er niet meer aan of hij gelukkig was of ongelukkig, en hoe gelukkig of ongelukkig.

Hij stapte onder de struik vandaan en begon zijn schild te poetsen met een uitvinding die hij op zijn verjaardag van de krekel had gekregen en die bestond uit een tak, een borstel en een scharnier.

Nu glim ik, dacht hij even later. Hij wist dat bijna zeker. Stralend klom de zon boven het bos uit. De schildpad begon te wandelen. In de verte zag hij een boterbloem die hij nog voor de avond wilde bereiken.

DE NEUSHOORN HAD VOOR ZIJN VERJAARDAG EEN TAART gebakken die zo hard was dat niemand er een hap uit kon nemen. Somber zaten zijn gasten rond de taart.

'Ik had hem inderdaad iets anders moeten bakken,' zei de neushoorn met neergeslagen ogen. Hij had verder niets in huis.

'Ik heb nooit iets in huis,' zei hij zacht.

De specht probeerde in de taart te hakken, maar kneusde zijn snavel. De arend nam de taart mee de lucht in en liet hem van grote hoogte vallen. Maar er brak geen korrel van de taart af. Daarna stormde de bizon op de taart af, botste er met zijn volle gewicht tegenaan en viel achterover in het gras. Versuft bleef hij liggen.

De snoek nam de taart mee naar de bodem van de rivier. 'Misschien lost hij wel op,' zei hij.

Maar het was vergeefse moeite. De taart bleef hard en onaantastbaar. En teleurgesteld en hongerig gingen de dieren die avond naar huis.

De taart bleef midden in het bos staan. Als er iemand langs kwam leunde hij er wel eens tegen en herinnerde zich de verjaardag van de neushoorn. Of hij viel boven op de taart in slaap.

Je kon nog altijd ruiken dat het in feite een heerlijke taart was.

Toen de mier en de eekhoorn op een dag langs de taart liepen, zei de mier: 'Het is een monument geworden, eekhoorn.'

'Een monument waarvoor?' vroeg de eekhoorn.

Maar de mier luisterde niet naar hem en keek met ontzag tegen de taart op. En eerbiedig likte hij zijn lippen af.

'Heb jij dat ook wel eens,' vroeg de mier op een keer aan de eekhoorn, 'dat je geen honing meer kan zien?'

De eekhoorn dacht even na en zei toen: 'Nee. Dat heb ik nooit.'

'Ik wel,' zei de mier. 'Dan heb ik zo'n hekel aan honing... Als je me honing zou laten zien, dan zou ik hard weghollen, met mijn vingers in mijn oren.'

Ze zaten in de kamer van de eekhoorn. Buiten regende het.

'Dan zou ik net zolang hollen tot ik ergens was waar nooit honing zou kunnen komen,' zei de mier.

'Nee, dat heb ik nooit,' zei de eekhoorn.

'Dat is een groot geluk voor jou, eekhoorn,' zei de mier. 'Want het is iets verschrikkelijks, het is dan net of die honing krijst of met een scherpe nagel over je rug krabt, ik weet niet hoe ik dat moet zeggen...'

'Gewone honing?' vroeg de eekhoorn.

'Elke honing,' zei de mier.

'Heb je dat nu ook?' vroeg de eekhoorn.

'Nee,' zei de mier. 'Nu heb ik dat helemaal niet.'

'Dus nu zou je niet weghollen voor honing?'

'Nee,' zei de mier. 'Ik denk,' voegde hij eraan toe, 'dat ik nu zelfs dichterbij zou komen.'

'O,' zei de eekhoorn.

'Waarom vraag je dat eigenlijk?' vroeg de mier. Zijn ogen waren iets groter geworden.

'Ik herinner me opeens iets,' zei de eekhoorn. Hij liep naar zijn kast en haalde een pot kastanjehoning tevoorschijn. En terwijl ze daarvan smulden vertelde de mier dat hij één keer zelfs tot over de horizon was gevlucht voor een klein beetje, minder dan een notendopje, gewone honing.

'Tsjonge tsjonge,' zei de eekhoorn en hij schoof de honingpot weer naar hem toe.

Op een dag woei het zo hard dat de slurf van het hoofd van de olifant woei.

'Hola!' riep hij. Met moeite kon hij zijn oren bij zich houden. Zijn slurf verdween over de bomen in een wolk.

De olifant ging in een struik zitten en wachtte tot de storm voorbij was.

Aan het eind van de middag ging de wind liggen en kwam de olifant weer tevoorschijn. Treurig liep hij door het bos. Hij kwam nog meer dieren tegen die iets kwijt waren – een schild, een voelspriet, een steeltje – maar hij meende dat hij wel het zwaarst getroffen was van iedereen.

'Net een grijze homp,' zei hij met afgrijzen tegen zijn spiegelbeeld in de rivier.

Hij holde naar de boktor en klopte op zijn deur.

'Wie is daar?' vroeg de boktor.

'De grijze homp,' zei de olifant. Hij schaamde zich zo diep dat hij zijn oude naam niet meer durfde te noemen.

'Kom maar binnen, grijze homp,' zei de boktor. Hij zag er grauw en onevenwichtig uit. Hij legde aan de olifant uit dat het grootste deel van zijn verstand was weggewaaid.

Maar de olifant luisterde niet en vroeg of hij soms een slurf had.

'Ja,' zei de boktor en hij haalde een lang ding tevoorschijn en zette het op het gezicht van de olifant. Het was daarbinnen te donker om te zien wat het was.

'Dank u wel,' zei de olifant.

De boktor zuchtte en mompelde: 'Ik moet eerst nagaan welk deel van mijn verstand ik kwijt ben. Maar misschien kan ik dat niet eens nagaan omdat nagaan zelf erbij zit...' De overblijfselen van zijn verstand kraakten in zijn hoofd en hij zuchtte diep en langdurig.

De olifant holde naar de vijver en bekeek zich in het water. Hij zag dat er een soort zwarte snavel op zijn gezicht zat. Nu ben ik niet eens meer de grijze homp, dacht hij. Nu ben ik echt niets.

Niets ziet het water glinsteren, dacht bij somber en ging in het gras zitten.

Maar niet lang daarna viel er plotseling van alles uit de lucht: pluimstaarten, zilverschubben, kleine steeltjes, kuiven, reusachtige snavels, en ook een slurf.

'Mijn slurf!' zei de olifant.

En even later holde hij door het bos en riep tegen niemand in het bijzonder: 'Wie holt er hier? Nou? Wie? De olifant!'

En tevreden botste hij zo nu en dan in volle vaart tegen een boom.

'Ik wil hier niet meer wonen,' zei de egel op een ochtend tegen de eekhoorn.

Ze stonden voor de deur van de egel.

'Waar wil je dan wonen?' vroeg de eekhoorn.

'Daar,' zei de egel en hij wees omhoog.

'Waar?' vroeg de eekhoorn verbaasd.

'Daar, op het puntje van die tak.'

'Daar??' zei de eekhoorn. 'Daar kun je helemaal niet wonen, egel. Als het koud is, is het daar heel koud. Je kunt daar ook niets neerzetten of bewaren.'

'En toch wil ik daar wonen,' zei de egel.

'Het is daar heel wankel,' zei de eekhoorn.

'Ik wil ook wel eens wankel wonen,' zei de egel, 'en gevaar lopen. Ik loop nooit gevaar, eekhoorn, nooit.'

De eekhoorn zweeg.

'Wil je mij helpen verhuizen?' vroeg de egel.

Even later klom hij op de rug van de eekhoorn. Zijn meubels had hij verspreid over zijn lijf aan zijn stekels geprikt.

De eekhoorn droeg hem naar het puntje van de grote tak van de beuk en liet hem daar achter.

Het was een donkere dag in het midden van de herfst. De eekhoorn ging onder de beuk op de grond zitten. Als hij valt vang ik hem op, dacht hij. Maar toen bedacht hij dat hij de egel nog nooit had opgevangen en dat dat misschien niet zou meevallen.

De tak zwiepte heen en weer in de wind.

'Zit je goed?' riep de eekhoorn.

'Ja,' riep de egel terug. 'Maar lui zitten gaat niet. En achteroverleunen ook niet.'

'Waarom wil je daar ook wonen?' vroeg de eekhoorn.

'Zal ik het je eerlijk zeggen?' vroeg de egel.

'Ja.'

'Het was een opwelling.'

De eekhoorn zuchtte en dacht na over opwellingen. De mier had vaak opwellingen, hij zelf nooit. Hij keek naar de grond en vroeg zich af hoe hij aan opwellingen zou kunnen komen. Maar hij wist van de mier dat je ze nooit vindt als je ze zoekt.

Het ging harder waaien en de wind floot door de takken van de beuk. Vervaarlijk zwiepend vloog de egel van de ene kant naar de andere kant.

'Hola,' riep hij af en toe zachtjes.

'Ben je niet bang?' vroeg de eekhoorn.

'Nee,' zei de egel. 'Of een beetje.'

Onweerswolken verschenen aan de horizon en vroeg in de middag riep de egel: 'Nu heb ik hier genoeg gewoond.'

De eekhoorn zei niets, klom naar boven en hielp de egel van de tak af naar de grond.

Even later waren ze in het oude huis van de egel in de struik onder de beuk. De egel haalde zijn meubels van zijn stekels en zette alles weer op zijn plaats.

Het werd zo donker dat ze elkaar alleen nog tijdens een bliksemschicht konden zien. Op de tast haalde de egel twee suikerkoeken uit de kelder onder zijn huis. Die aten ze op.

'Ik heb wel gevaar gelopen, eekhoorn, vind je niet?' vroeg de egel.

'Ja,' zei de eekhoorn.

'Groot gevaar?'

'Tamelijk groot gevaar.'

'Ik heb dus tamelijk groot gevaar gelopen...' mompelde de egel, 'zo zo...' en tevreden krabde hij zich tussen twee stekels achter zijn oor.

DE SCHILDPAD WILDE HEEL GRAAG EENS EEN KEER BRULLEN.
Een jaar lang spaarde hij al zijn geluiden op. Hij zweeg, schuifelde zo zachtjes mogelijk, krabde zich onhoorbaar achter zijn oor en
zuchtte niet meer.

Op het feest van de hagedis, toen iedereen zat en net begon te
eten, sperde hij plotseling zijn mond open en brulde.

Hij brulde zo hard dat iedereen met stoel en al omviel. Taarten
vlogen weg en bleven in de toppen van de bomen hangen, en de
hagedis zag al zijn cadeaus in de wolken verdwijnen.

Daarna hield de schildpad zijn mond weer. Even was het heel
stil. Toen zei hij zachtjes: 'Dat was hard, hè?'

Hij zei het tegen niemand in het bijzonder. Maar de eekhoorn,
die vlak naast hem op de grond lag, dacht dat de schildpad het aan
hem vroeg en zei: 'Ja.'

Het feest was meteen voorbij. Haastig en in hun jassen wegge-
doken gingen de dieren weg, terwijl de hagedis somber onder een
paar dorre bladeren kroop.

Alleen de beer klom nog in de eik om daar verder te eten van
een honingtaart die aan een tak hing, en de pad vond het zonde om
naar huis te gaan zonder te dansen. Heel even danste hij, met zijn
ogen dicht, tussen twee gevallen stoelen.

De schildpad ging alleen naar huis.

Het was echt hard, dacht hij. Zijn ogen glinsterden.

Even verderop dacht hij: als je heel lang niet kijkt en je ogen
dichthoudt en ze opeens opendoet, zou je dan ook heel veel zien?

Het was nog vroeg in de avond. De zon scheen tussen de onderste takken van de bomen door. De schildpad nam zich voor om
nog lange tijd na te genieten. Wat was dát hard, dacht hij.

Op een ochtend keek de mier omhoog en zag de eek-hoorn op de tak voor zijn deur zitten.

'Hallo eekhoorn,' zei de mier.

'Hallo mier,' zei de eekhoorn.

'Wat ben je aan het doen?' vroeg de mier.

'Ik schrijf een brief.'

'Aan wie?'

'Aan jou,' zei de eekhoorn.

'Aan mij?' zei de mier verbaasd. 'Wat schrijf je dan?'

'Ik schrijf net,' zei de eekhoorn en hij las vervolgens voor: 'Hoe gaat het met je?' Hij keek op van de brief en vroeg: 'Hoe gaat het eigenlijk met je?'

'Dat schrijf ik je wel,' zei de mier.

De eekhoorn wist plotseling niet meer wat hij verder moest schrijven en kauwde op zijn pen.

'Ik weet niets meer te bedenken,' zei hij.

'Schrijf je dat?' vroeg de mier.

'Nee, dat denk ik.'

'Schrijf dan maar,' zei de mier terwijl hij diep nadacht, 'dat je nog een grote pot honing hebt die op moet en of ik langskom...'

'Kom je langs?'

'Schrijf het nou!' zei de mier ongeduldig.

De eekhoorn schreef het en zette zijn naam eronder. Hij gooide de brief in de lucht en de wind voerde hem mee en bezorgde hem bij de mier.

'Aha, een brief,' zei de mier en hij maakte hem open.

'Mijn brief!' riep de eekhoorn.

'Sst,' zei de mier. 'Ik lees.'

Hij las de brief, kauwde even op een grassprietje, fronste zijn wenkbrauwen, ging op zijn linkerachterpoot staan, krabde achter zijn oor en schreef toen een brief terug:

Beste eekhoorn,
  Dat is goed. Ik kom eraan.
  Mier

Toen de eekhoorn even later die brief net had opengemaakt en begon te lezen, stond de mier voor hem.

'Hier ben ik,' zei hij.

De eekhoorn vouwde de brief op en zei dat hij hem later wel zou uitlezen.

De mier knikte en even later schepte de eekhoorn beukennotenhoning op twee borden en zeiden ze allebei 'Zo zo' van louter tevredenheid.

'ALS JE NOU EENS PRECIES ACHTER MIJ LOOPT, OLIFANT,' ZEI de eekhoorn, 'dan bots je nergens meer tegenaan.'

'Dat is goed,' zei de olifant en hij liep achter de eekhoorn aan.

Een hele tijd ging het goed en iedereen keek vol verbazing naar de eekhoorn en de olifant die vlak achter elkaar van de ene kant van het bos naar de andere kant liepen. Ze liepen langs slingerende paden, maar ze botsten nergens tegenaan.

De zon scheen en de builen op het hoofd van de olifant slonken.

'Lopen we eigenlijk wel goed?' vroeg de olifant na een tijd. 'Moet ik niet af en toe ergens tegenaan botsen?'

'Maar je vindt het toch erg dat je overal altijd tegenaan botst?' vroeg de eekhoorn verbaasd.

'Ja, dat is zo,' zei de olifant.

Ze liepen een tijd verder en zeiden niets.

De olifant werd somber. Ben ik zonder botsen mijzelf nog wel? dacht hij. Hij wist nooit precies hoe hij zichzelf het meest was. Hij zuchtte diep.

Ten slotte hield hij het niet meer uit en sloeg plotseling rechtsaf.

Daar stond juist de eik, die hij niet had gezien. Hij liep met volle vaart, met zijn hoofd vooruit, tegen de stam van de eik.

Het hele bos dreunde van de klap.

'Au!' riep de olifant. 'Au! Au!' De buil op zijn voorhoofd was de grootste buil die hij ooit had gehad en hij jammerde luid, maar ook enigszins voldaan.

De eekhoorn ging in het gras naast hem zitten en zweeg.

'Het spijt me,' zei de olifant. 'Het spijt me echt.'

De eekhoorn zei niets en maakte met een teen een klein gaatje in de grond.

'Iets moet me toch spijten?' riep de olifant toen luid. Maar hij vond zelf ook dat hij iets heel raars riep.

'Ik heb een idee,' zei de vlieg toen hij zich met moeite had losgemaakt uit het web van de spin. 'Als jij nou daar boven in je web een klein gaatje maakt, net groot genoeg voor mij...'

'Tja,' zei de spin. Hij hield niet van gaten. Maar hij was ook bang dat de vlieg misschien weg zou gaan en nooit meer terug zou komen. 'Daar kan ik geen bezwaar tegen hebben,' zei hij.

'Ik zal het aan niemand vertellen,' zei de vlieg.

De spin maakte een gat in zijn web en telkens als de vlieg in de buurt was vloog hij daar doorheen.

'Hallo spin!' riep hij dan vrolijk.

En de spin knikte hem toe en zei aarzelend: 'Hallo vlieg.'

Maar de vlieg kon dat gat in het web van de spin toch niet goed geheim houden. En algauw vloog iedereen erdoor: de mug, de hommel, de zwaluw en zelfs de olifant, toen hij weer eens – hij wist zelf niet hoe – kon vliegen.

Ik heb niets meer aan mijn web, dacht de spin. Hij vouwde het op, stopte het in een doosje en ging met zijn poten over elkaar in een hoek van de struik zitten.

'Wat is er?' vroegen de dieren die hem zagen.

'Ik ben boos,' zei de spin. Of: 'Ik ben verdrietig.' Of: 'Ik ben getergd.' Al naar gelang hoe hij zich voelde.

'Waarom?' vroegen de dieren.

'Daarom,' zei de spin. Hij wist geen betere reden te bedenken.

Ik gá toch eens een web maken, dacht hij, dat zo mooi is dat niemand ook maar in de verste verte in de buurt durft te komen van ontzag. Ja, ontzag.

Maar die gedachte maakte hem tot zijn teleurstelling helemaal niet tevreden. En verdrietig en boos en af en toe getergd zat hij in een donkere hoek van de struik.

TOEN DE EEKHOORN OP EEN OCHTEND WAKKER WERD LAG
er een brief voor zijn deur.

Beste eekhoorn,
  Ik ben ziek.
  Mier

De eekhoorn kamde zijn haar, waste zijn oren en holde naar buiten, de beuk af, het bos door naar het huis van de mier.

De mier lag op zijn bed, onder een zwarte deken, met een kussen onder zijn hoofd, en keek ernstig naar zijn plafond.

'Heb je mijn brief ontvangen?' vroeg hij, toen de eekhoorn binnenkwam.

'Ja,' zei de eekhoorn.

'Ik ben ziek,' zei de mier.

De eekhoorn zweeg en knikte. De mier draaide zich op zijn zij, met zijn rug naar de kamer.

Het was een mooie dag. Zonlicht stroomde de kamer in.

'Waar ben je ziek?' vroeg de eekhoorn.

'Overal,' zei de mier. Hij keek naar de muur.

'Is het ernstig?'

'Nogal,' zei de mier. 'Ik mankeer iets.' Hij draaide zijn hoofd weer naar de kamer toe. 'Daarom heb ik je geschreven.'

'O,' zei de eekhoorn. Hij wist niet goed wat hij moest zeggen. En hij wist ook niet wat ziek was, of iets mankeren. 'Zal ik iets doen?' vroeg hij.

'Nou...' zei de mier. 'Je zou iets kunnen zeggen om mij beter te maken.'

'Wat dan?'

'Je zóú kunnen zeggen dat ik dapper ben.'

'Ben je dat dan?'

De mier zweeg even en antwoordde toen: 'Nou... een beetje dapper ben ik wel. Maar ik bedoel dat jij het moet zeggen.'

'Je bent dapper,' zei de eekhoorn.

'Ja...' zei de mier, 'dat is wel goed... maar je moet het anders zeggen... ik weet niet hoe ik dat moet uitleggen...' Hij keek daarbij heel ongelukkig en ziek.

Toen zei de eekhoorn, uit de grond van zijn hart: 'Je bent dapper, mier, heel heel dapper.'

'Ach...' zei de mier en hij glimlachte bescheiden onder zijn deken op het bed in de hoek van de kamer. 'Dat valt wel mee...'

De eekhoorn zweeg en ging op een krukje naast de mier zitten. Af en toe vroeg de mier hem om even zijn hoofd te schudden van verbazing en nog eens te zeggen dat hij, de mier, heel dapper was. Verder vroeg hij hem om suikerkorrels te raspen, honingraten te malen en room te stampen en alles op een bord te scheppen en naast het bed op de grond te zetten.

Zo ging de dag voorbij.

Aan het eind van de middag zei de mier: 'Ik mankeer al bijna niets meer.'

De eekhoorn keek hem opgetogen aan en raspte nog wat suikerkorrels en mengde die met zoete gelei. Daar aten zij samen van.

Daarna ging de eekhoorn naar huis. Peinzend liep hij door het schemerige bos en dacht erover na hoe het zou voelen als je iets mankeerde. Maar hij kon zich dat niet voorstellen. En vol bewondering voor de mier klom hij de beuk in, naar boven, naar zijn huis.

DE MUG WILDE EEN KORTE VERJAARDAG VIEREN. DE KORTSTE verjaardag die bestaat, dacht hij. Eén tel, dat is genoeg.

Verder wilde hij een heel klein cadeau krijgen. Bijvoorbeeld één korrel suiker. Of liever: een stukje van een korrel. En daar dan weer een stukje van. Meer niet, dacht hij.

Hij zocht een donker hoekje op, aan de rand van de rozenstruik, om zijn verjaardag te vieren.

Hij bakte een taart die zo klein was dat hij zijn ogen er vlakbij moest houden om hem te zien. Maar toen hij even zuchtte woei de taart weg. Hij was te klein om hem te gaan zoeken.

De volgende ochtend was het zover.

Nu ben ik jarig, dacht de mug.

Maar voor hij had kunnen bedenken wie hij zou uitnodigen – hij rilde bij de gedachte aan iedereen, en zelfs bij de gedachte aan het vuurvliegje of de waterjuffer – was zijn verjaardag alweer voorbij.

Eigenlijk heb ik niets gevierd, dacht hij. Minder is niet mogelijk.

Hij knikte en gonsde tevreden.

Toch besloot hij het volgende jaar een iets langere verjaardag te vieren. Nog wel kort, maar niet zo kort, dacht hij. En hij nam zich voor dan een taart te bakken met een ketting eraan, en twee suikerkorrels te vragen, of misschien wel honderd of een berg. En waarom zou hij niet iedereen uitnodigen?

Zijn vleugels werden rood van opwinding en hij vloog met volle vaart de rozenstruik in, een paar seconden na zijn verjaardag.

TOEN DE MIER WEER EENS EEN VERRE REIS MAAKTE ZAT DE eekhoorn voor zijn raam en dacht aan hem.

Plotseling begon hij te rillen en dacht: bestaat de mier eigenlijk wel?

Hij ging aan zijn tafel zitten en verborg zijn hoofd in zijn handen.

Misschien heb ik de mier wel verzonnen... dacht hij. Zijn gedachten werden zwart en hij was bang dat hij zo verdrietig zou worden dat hij zich nooit meer zou kunnen verroeren.

Nog net op tijd sprong hij op, liep naar buiten, klom langs de beuk naar beneden en holde het bos in.

Al snel kwam hij de krekel tegen.

'Krekel,' zei hij buiten adem, 'heb jij wel eens van de mier gehoord?'

De krekel stond stil en er verscheen een peinzende uitdrukking op zijn gezicht.

'De mier...' mompelde hij, 'heb ik daar wel eens van gehoord... Hoe zei je ook alweer?'

'De mier,' zei de eekhoorn. 'De mier.'

'De mier,' herhaalde de krekel bedachtzaam. 'De mier. De mier...'

Toen schudde hij zijn hoofd.

'Nee,' zei hij. 'Daar heb ik nog nooit van gehoord.'

'O,' zuchtte de eekhoorn. 'Dan heb ik hem misschien verzonnen.'

'O ja?' vroeg de krekel nieuwsgierig. Hij was gek op verzinnen.

Maar de eekhoorn liep vlug verder en vroeg hetzelfde aan de tor, de zwaluw, de olifant en de mus. Maar niemand had van de mier gehoord. 'Nee,' zeiden zij. 'De mier... Nee. Helaas.' Ze hadden van de desman, de kneu, de gnoe, de muskusos en de narwal gehoord, maar niet van de mier.

Aan het eind van de middag liep de eekhoorn naar huis. Zijn voeten leken wel van modder, en hij kon nauwelijks meer in de beuk klimmen. Somber bleef hij voor zijn voordeur zitten, terwijl de laatste stralen van de zon langs zijn wangen gleden.

Ik heb hem dus verzonnen... dacht hij. Dus ik heb ook zijn voelsprieten en zijn tenen verzonnen, en dat hij honing het allerlekkerste vindt dat er bestaat... En dat ik hem mis, dat heb ik dus ook verzonnen...

In zijn gedachten zag hij zijn verzinsel lopen. En samen zaten ze aan de oever van de rivier, hun armen om elkaars schouders. Even later hoorde hij zijn verzinsel zelfs tegen hem praten en hem iets ingewikkelds uitleggen waar hij niets van begreep.

Zo viel hij in slaap, voor zijn deur, op een warme avond in de zomer.

Ver weg, in de woestijn, wiste de mier de zweetdruppels van zijn hoofd, terwijl hij zo hard mogelijk holde, op weg naar het bos, naar de eekhoorn. Als hij mij maar niet vergeten is, dacht hij en hij holde nog harder. 'Ik kom eraan!' riep hij. 'Eekhoorn!'

BOVEN DE TAFEL VAN DE EEKHOORN HING EEN LAMP.

Soms kwam de olifant op bezoek en vroeg of hij even aan die lamp heen en weer mocht slingeren.

De eekhoorn vond dat altijd goed.

Dan slingerde de olifant, flapperend met zijn oren, heen en weer – zo hoog dat hij zelfs tegen het plafond botste en de lamp vervaarlijk kraakte.

Telkens als hij laag over de tafel heen kwam, riep hij: 'Eekhoorn!' en zwaaide hij naar de eekhoorn.

De eekhoorn zwaaide terug en hoopte dat zijn lamp het zou houden.

Daarna aten ze zoete boomschors en spraken over de oceaan of over dieren die vaak jarig waren en anderen die dat nooit waren.

'Wij zijn vrienden, hè, eekhoorn?' vroeg de olifant soms.

'Ja,' zei de eekhoorn.

'Speciale vrienden?'

'Speciale vrienden.'

Dan zuchtte de olifant diep en keek door het raam naar buiten over de toppen van alle bomen waar hij zo vaak en zo hard uit was gevallen.

Aan het eind van zo'n middag zei de olifant: 'Kom, ik ga weer eens.'

Dan groetten ze elkaar, en altijd, altijd zei de eekhoorn dan te laat 'Pas op' en stapte de olifant mis en viel hij dwars door de takken van de beuk naar beneden en riep hij 'Ai' en even later 'Het geeft niets, hoor' en 'Dag' en riep de eekhoorn zo hard als hij kon: 'Dag olifant! Tot gauw!'

'Ja!' riep de olifant dan ten slotte nog terug.

HET WAS WINTER EN AL HEEL LANG HAD DE EEKHOORN NIE-
mand gezien. Hij zat voor zijn raam en keek naar de sneeuw die
tussen de takken van de beuk naar beneden viel.

Hij schonk zichzelf een kopje thee in.

Het was een warm, dampend kopje en de eekhoorn dacht: eigenlijk is thee heel aardig.

Hij wou dat hij een klein gesprekje met de thee kon voeren. Volgens de mier, dacht hij, kun je overal mee praten. Zelfs met de
lucht.

Weet je wat, dacht hij, laat ik het eens proberen. Hij schraapte
zijn keel en zei: 'Hallo thee.'

Even was het stil, toen hoorde hij een zachte, zilverachtige stem
uit het kopje die zei: 'Hallo eekhoorn.'

De eekhoorn viel bijna van zijn stoel, maar bleef nog net zitten.

'Hallo thee,' zei hij weer en hij begon een gesprek met de thee.

Ze spraken over geuren, over kringelende dampen en over de
winter. De thee wist veel.

Ten slotte vroeg de thee of de eekhoorn hem wilde opdrinken.
'Voor ik koud ben,' zei hij.

De eekhoorn aarzelde even en zei: 'Dag thee.'

Toen dronk hij de thee op.

Daarna was het stil. 'Maar,' had de thee nog gezegd, 'zo nodig
kom ik weer terug, eekhoorn.'

De eekhoorn zette het lege kopje neer en zuchtte. Hij keek naar
de sneeuw op de takken van de bomen, en naar de donkere wolken die door de lucht trokken. Daar zou ik ook wel eens mee willen
praten, dacht hij, met de wolken. Wat zou ik daar graag eens mee
willen praten. Maar niet nu. Nu ga ik slapen, dacht hij. Hij stapte
in bed en viel in slaap.

407

Beste slak,
  Mag ik u vragen om een keer met mij te dansen, en wel boven op uw huisje? Een paar passen maar? Dat is mijn liefste wens.
  Ik zal heel voorzichtig dansen, zodat we niet door uw dak zullen zakken. Dat beloof ik.
  Maar zoiets weet je natuurlijk nooit helemaal zeker.
  De olifant

Beste olifant,
  Dank u wel voor uw brief.
  Later wil ik vast wel een keer met u dansen, op mijn dak. Dat weet ik bijna zeker.
  Ik denk dat ik heel goed kan dansen.
  Maar voorlopig komt het me helaas niet zo goed uit.
  De slak

OP EEN DAG IN DE WINTER SCHREEF DE EEKHOORN EEN BRIEF
aan de mier:

Beste mier,
  Mier mier mier mier mier
  mier mier mier mier
  beste mier
  mier mier mier mier
  beste mier
  beste mier
  mier.
  De eekhoorn

Het was een vreemde brief en de eekhoorn wist niet waarom hij
hem geschreven had. Maar hij trok hem een jas aan en zette hem
een muts op, want het was koud, legde hem uit hoe hij moest gaan
en deed de deur open.

De brief stapte voorzichtig naar buiten, klom langs de beuk naar
beneden, liep door de sneeuw en tikte op het raam van de mier.

'Wie is daar?' vroeg de mier.

'De brief,' zei de brief.

'De brief?' zei de mier en verbaasd deed hij zijn deur open.

'Ik ben voor u,' zei de brief. Hij maakte een kleine buiging en
nam zijn muts af.

De mier bekeek hem van alle kanten en maakte hem toen voorzichtig open.

'Ik zal je maar lezen,' zei hij.

'Dat is goed,' zei de brief.

Toen de mier de brief uit had wreef hij in zijn handen en zei: 409

'Ga zitten, brief, ga zitten. Wat wil je hebben?'

'Nou...' zei de brief aarzelend. 'Dat weet ik eigenlijk niet.'

'Iets zoets?' vroeg de mier.

'Dat is goed!' zei de brief en hij ritselde van plezier.

De mier nam zijn pen en schreef iets zoets boven aan de brief en na enig nadenken ook nog iets warms onder aan de brief. Zelf nam hij honing.

De brief knisperde van plezier en zijn hoeken krulden om.

Lange tijd zaten ze bij elkaar, terwijl de mier af en toe opstond en iets aan de zijkanten van de brief schreef.

Toen het donker werd nam de brief afscheid. Het sneeuwde en langzaam waadde hij door de sneeuw terug naar de beuk, klom naar boven en schoof zichzelf onder de deur van de eekhoorn door.

'Zo,' zei de eekhoorn. 'Je bent weer terug.'

'Ja,' zei de brief, en terwijl de eekhoorn zich over hem heen boog vertelde de brief hem alles wat hij bij de mier had meegemaakt en ten slotte ook wat de mier van hem, de eekhoorn, vond.

'Wat dan?' vroeg de eekhoorn.

'Lees maar,' zei de brief.

De eekhoorn las en toen hij de brief uit had vroeg hij hem of hij hem onder zijn kussen mocht leggen.

'Dat is goed,' zei de brief.

Buiten stormde het, het huis van de eekhoorn kraakte en de sneeuw viel in steeds dichtere vlokken. De wereld werd witter en witter.

Maar de eekhoorn en de brief wisten daar niets van. Ze sliepen en droomden van woorden en zoete inkt.

Aan de onbekende die over het water gaat

Geachte onbekende,

Van de zalm heb ik gehoord dat u bestaat. Hij zegt dat u iemand bent. Maar hij weet niet hoe u eruitziet en hij weet ook niet wat u allemaal nog van plan bent met het water.

Ik ben de karper.

Misschien kent u mij. Misschien bent u zelfs wel op mijn verjaardag geweest. Er waren zoveel dieren. Als u op mijn verjaardag bent geweest hebt u mij misschien iets horen voordragen. Of was u toen al weg?

Als u er nog was, vond u het dan mooi?

Ik schrijf u om u te zeggen dat ik heel blij ben met het water.

Als u daarover gaat dan dank ik u.

Wel zou het soms iets harder mogen stromen, met van die luchtbelletjes erin, en kleine draaikolken. Ik houd van draaikolken. Kleine draaikolken, tenminste.

Kunt u daarvoor zorgen?

U mag trouwens best ook weer eens een overstroming geven. Langs een boom omhoog zwemmen, dat is zo heerlijk... Als u dat eens wist, dan liet u het wel altijd overstromen. Maar misschien weet u dat wel, maar is het niet makkelijk, dat overstromen. Ik weet zelf ook dingen die niet makkelijk zijn en die ik toch graag wil. Springen bijvoorbeeld. De lucht in springen. Ik ben benieuwd of u dat kunt. Misschien weet u wel een goede manier daarvoor. Als dat zo is hoor ik dat graag van u.

Maar dat bevriezen, 's winters, waarom doet u dat? Wat hebt u daaraan? Wilt u dat laten!

De karper hield even op met schrijven en dacht na. Toen schreef hij weer door:

411

Neemt u mij niet kwalijk dat mijn humeur mij even ontglipte, maar ik weet niet of u zelf wel eens vastgevroren in uw water hebt gezeten. Dat is verschrikkelijk!

Nu ga ik weer zwemmen.

U mag zich trouwens best eens bekend maken. Of alleen aan mij, als u dat prettiger vindt. Ik kan zwijgen, daar kunt u op rekenen. Maar u mag ook onbekend blijven.

Vindt u het goed dat ik u nu groet?

Dan groet ik u.

De karper

Eekhoorn,

Ik ga weg en ik kom nooit meer terug.

Je denkt natuurlijk: ja ja, dat zegt hij altijd.

Maar nu is het echt zo!

IK KOM NOOIT MEER TERUG.

Als je hier was zou je zien hoe ik deze brief schrijf.

Met grote vastberadenheid.

Zo heet dat.

Met grote vastberadenheid deel ik je mee dat ik wegga en nooit meer terugkom.

Mijn besluit staat vast.

Als deze brief af is vertrek ik. Als je deze brief leest ben ik al ver weg.

Als je me nog iets mee wilt geven voor onderweg, dan moet dat nu. Anders is het te laat. Honing of zoiets. Maar niet zo'n grote pot. Die kan ik toch niet dragen. Alleen als het roomhoning is, daar mag wel een grote pot van, want van zo'n pot kan ik twee kleinere potten maken. Of een kistje met gestoofde suiker, dat mag ook. In elk geval moet het zoet zijn.

Voor ik vertrek kom ik nog wel even langs om het op te halen. En als het toch te groot is om mee te nemen, dan is dat niet erg. Dan eten we er net zoveel van op tot het klein genoeg is. Te klein is erger. Want wat dan?

Maar daarna, eekhoorn, daarna ga ik toch weg.

Tot straks,

De mier

AAN DE RAND VAN DE WERELD WOONDE DE SNEEUWUIL.

Het was daar koud en guur en er kwam nooit iemand langs.

De sneeuwuil woonde op de onderste tak van een bevroren boom. Hij zat stil en dacht na.

Hij bewoog zich nooit.

Denken is al meer dan genoeg, vond hij.

Alleen zijn ogen knipperden af en toe en dat stoorde hem. Want telkens als ze knipperden vergat hij wat hij dacht.

Nu ben ik alweer de draad kwijt, dacht hij dan mismoedig.

Hij dacht en dacht, maar kon niets tegen het knipperen bedenken. En er kwam ook nooit iemand langs aan wie hij iets kon vragen.

Ik moet een brief maken, dacht hij. Voor iemand. Maar hij wist niet hoe je een brief moest maken. Moet je een brief roepen? dacht hij. Of moet je hem krabben? Of graven?

Hij dacht lang na, knipperde af en toe even, raakte de draad kwijt en begon opnieuw te denken.

Mompelen komt er nog het dichtstbij, dacht hij ten slotte. Hij voelde dat hij weer moest knipperen en mompelde vlug een brief:

Beste iemand,
Ik wil niet meer knipperen.
Help.
De sneeuwuil

Toen knipperde hij.

De orkaan die daar altijd woei ving zijn woorden op, sleurde ze mee en smeet ze door de deur in het huis van de boktor.

'Als ik het niet dacht,' zei de boktor.

De volgende dag stond hij rillend en met ijspegels aan zijn oren voor de sneeuwuil.

'Hebt u die brief gemompeld?' vroeg hij.

De sneeuwuil knikte. 'Ja,' zei hij.

'Kon u hem niet schrijven?' mopperde de boktor.

'Ach...' zei de sneeuwuil. 'Schrijven... dat is het dus.'

De boktor zuchtte en sperde de ogen van de sneeuwuil zo wijd open dat hij ze nooit meer kon sluiten en zeker nooit meer met ze kon knipperen.

'Nog iets anders?' vroeg hij. 'Rode veren? Een slurf?'

De sneeuwuil schudde zijn hoofd.

'Kom,' zei de boktor. 'Dan ga ik weer.'

De sneeuwuil bedankte hem en de boktor verdween in de grimmige duisternis.

Het was midden in de winter en het had nog nooit zo hard gevroren en gestormd. Tevreden zat de sneeuwuil op de onderste tak van de bevroren boom en keek om zich heen. Ik knipper niet meer, dacht hij. Nu vergeet ik dus nooit meer wat ik denk. En hij dacht maar en dacht maar, steeds weer nieuwe dingen, mooiere dingen, waarvan hij er niet één vergat.

OP EEN OCHTEND, VROEG IN DE ZOMER, WOEI ER EEN KLEIN briefje onder de deur van de eekhoorn door.

Eekhoorn,
   Ik ben op weg naar jou.
   Maar ik ben verdwaald.
   De olifant

De eekhoorn las het briefje een paar keer, dacht diep na en schreef toen:

Olifant,
   Waar ben je verdwaald?
   De eekhoorn

Het was een eigenaardige vraag, dacht hij. Maar hij wist niets beters te bedenken en verstuurde zijn brief.
   Niet lang daarna kwam er een brief terug:

Eekhoorn,
   In een boom.
   De olifant

Toen de eekhoorn die brief had gelezen keek hij uit zijn raam en zag de olifant boven op het topje van de eik staan wankelen. Vlug schreef hij:

Olifant,
   Wacht even. Ik kom eraan.
   De eekhoorn

Maar die brief bereikte de olifant pas halverwege de eik en hij las hem vlak voordat hij met een enorme klap op de grond terechtkwam.

Even later sloeg hij zijn ogen op en telde met zijn slurf de builen op zijn hoofd. Eén, acht, honderd, telde hij er. Door zijn val was hij te suf om goed te tellen.

De eekhoorn boog zich over hem heen.

'Ik was op weg naar jou,' fluisterde de olifant.

'Ja,' zei de eekhoorn. Hij ging naast de olifant in het gras zitten.

'Ik wilde...' kreunde de olifant. 'Wil je met me dansen?'

De eekhoorn zweeg.

'Wil je niet?' vroeg de olifant en hij duwde zijn gezicht in de grond.

'Ja,' zei de eekhoorn. 'Ik wil wel.' Heel voorzichtig trok hij de olifant overeind.

Ze sloegen een arm om elkaars middel en begonnen te dansen.

Het was eigenlijk meer zwaaien dan dansen, want de olifant kon zijn voeten niet optillen. Maar hij was wel heel gelukkig en riep af en toe vrolijk 'Au!'

DE EEKHOORN ZAT AAN ZIJN TAFEL EN WILDE EEN BRIEF schrijven. Maar hij wist niet aan wie.

Beste

schreef hij alvast. Toen dacht hij diep na en legde zijn pen neer. Het begon zachtjes te waaien. Het raam stond open en het lege, witte papier ritselde ongeduldig. Ja ja brief, dacht de eekhoorn, ik bedenk zo wel iemand voor je.

Hij fronste zijn wenkbrauwen en dacht opeens: zou je eigenlijk ook een brief aan een brief kunnen schrijven?

Het was een vreemde gedachte. Het was net zoiets als op je schouder tikken als je slaapt en zeggen: eekhoorn... niet slapen...

Zijn gedachten knarsten en struikelden over elkaar.

Volgens de mier, dacht hij, kun je aan iedereen een brief schrijven, zelfs aan de regen of aan een hittegolf of aan de nacht.

Hij pakte zijn pen weer en schreef:

Beste brief,
Ik ben de eekhoorn. Maar dat weet je natuurlijk wel.
Het is heel raar jou te schrijven, want je wordt steeds groter terwijl ik schrijf. En als ik opnieuw begin ben je opeens weer heel klein.
Dus hoe je precies bent weet ik nooit. Trouwens, wat is precies?

Hij hield even op met schrijven. Het is wel een rare brief, dacht hij. Hij kneep zijn ogen dicht. Hoe moet ik hem eigenlijk versturen? En hoe zou de brief zichzelf lezen? Opgevouwen? Of juist gladgestreken? En terugschrijven, kan een brief een brief terugschrijven?

Het kraakte steeds harder in zijn hoofd. Alsof er zware kisten van de ene kant naar de andere kant werden gesleept.

Vlug zette hij zijn naam onder de brief.

Het begon harder te waaien en plotseling schoot de brief aan de brief omhoog, vloog even in het rond en ontplofte.

Het was geen harde knal, maar de eekhoorn viel wel bijna met stoel en al achterover.

Honderden snippers dwarrelden neer en vielen op zijn schouders en zijn rug en op de tafel en op de grond. Overal lagen snippers. En elke snipper was zo klein dat er niet eens één letter op paste.

De eekhoorn knikte en dacht: dat komt door mij.

De wind was gaan liggen.

Zou hij boos zijn geweest? dacht de eekhoorn. Of zou hij van vreugde uit elkaar zijn gesprongen omdat iemand hem eindelijk eens schreef?

Hij stond op en liep door zijn kamer heen en weer. Voorzichtig stapte hij over de snippers.

'Dag brief,' zei hij zachtjes.

De snippers ritselden en verschoven iets. Even dacht de eekhoorn dat ze met zijn allen 'Dag eekhoorn' zeiden. Maar dat bestaat niet, zei hij tegen zichzelf. Er zijn dingen die echt niet bestaan. Dat wist hij zeker.

Beste eekhoorn,

Op je verjaardag is er vast wel een grote taart. Zou ik voor één keer die taart helemaal alleen mogen opeten?

Bij voorkeur een honingtaart.

Iedereen mag kijken.

Ik zal hem zó mooi en gulzig opeten als nog nooit is vertoond.

Iedereen zal klappen en juichen, dat beloof ik je.

Daarna mag alles gewoon verdergaan (feliciteren, cadeaus uitpakken, dansen, afscheid nemen, zeggen dat het heel gezellig was, vragen wie er binnenkort jarig is enzovoort).

Het is maar een wens, eekhoorn.

De beer

Beste beer,

Dat is goed. Maar dan maak ik wel twee taarten.

De eekhoorn

Beste eekhoorn,

Dank je wel voor je brief. Maar als ik dan eenmaal aan het eten ben en iedereen klapt en juicht, neem je me dan niet kwalijk als ik die andere taart ook meteen opeet?

Iedereen zal in de lucht springen van bewondering voor mij, dat weet ik zeker. En ze zullen toch kwaken, fluiten, sissen...

Dan wordt het echt een onvergetelijke verjaardag. En als je drie taarten maakt helemaal. Dat weet ik zo zeker, eekhoorn, drie grote taarten. Als het allemaal honingtaarten zijn, dan vier.

De beer

Brieven? Ik? Nooit krijg ik brieven, dacht de mol, nooit.

Verongelijkt groef hij een gang door de donkere aarde.

Gewoon eens even de groeten of zo, dacht hij. Of een uitnodiging voor iets onder de woestijn. Of onder het ijs. Nooit.

Woedend bonkte hij tegen de grond.

Maar er kwam geen antwoord.

Er is maar één iemand die mij wil schrijven, dacht hij. En dat ben ik zelf.

En zo, in het donker, diep onder de grond, schreef hij zichzelf de ene brief na de andere.

Beste mol,
  Hartelijke groeten.
  De mol

of:

Beste mol,
  Ik mis je.
  De mol

Als hij een brief had geschreven verborg hij hem ergens onder de modder, vond hem een tijd later toevallig terug en las hem. Soms kreeg hij tranen in zijn ogen.

Dank je wel, mol, dacht hij dan. Of: ik mis jou ook, mol. Of: je bent altijd welkom, mol, altijd.

Soms vierde hij feest met de afzenders van al zijn brieven. Dan holde hij van de ene kant naar de andere kant in zijn donkerste gangen en zalen.

Dan danste hij ook.

Maar of ik echt gelukkig ben... dacht hij, al dansend met zichzelf.

Aan het eind van een van die feesten ging hij in een hoek zitten en schreef een brief aan zichzelf, waarin stond:

Je moet op reis, mol.

Hij knikte en ging op reis. Naar boven. De geheimzinnige lucht in. Hij hield zijn adem in, zag het licht al door de grond heen schijnen en klom langzaam verder.

Die avond bracht hij een onverwacht bezoekje aan de eekhoorn. Ze dronken zwarte thee en de mol vertelde over zijn feesten, diep onder de grond. Grote, donkere feesten zonder een sprankje licht. Vol verbazing schudde de eekhoorn zijn hoofd. De mol roerde in zijn kopje en hoopte dat de tijd nu eindelijk eens stil zou staan.

OP EEN OCHTEND WERD DE SCHILDPAD WAKKER EN MERKTE
tot zijn schrik dat hij haast had.

'Hola,' riep hij. Maar voordat hij iets kon doen was hij al op weg.
Met grote snelheid schuifelde hij vooruit en tegen de middag was
hij al een heel eind verder.

Hij jammerde en snikte en sprak zichzelf af en toe ernstig toe,
maar het hielp niets. Hij had haast. Ten einde raad schreef hij een
brief aan de slak:

Geachte slak,
   Tot mijn grote verdriet heb ik haast.
   Wat moet ik doen? Vlug!
   De schildpad

Aan het begin van de avond dwarrelde een langzame, nette brief
voor zijn neus neer:

Dierbare schildpad,
   Wat een tragedie voor u.
   Haast is zo wreed.
   Strijd tegen hem en versla hem, vouw hem op tot hij een onbeduidend
propje is.
   Stop hem vervolgens in de grond.
   Blijf vooral kalm. Als u en ik onze kalmte zouden verliezen,
   wat dan?
   De slak

De schildpad vouwde zijn haast zo kalm mogelijk op. Laat in de
avond was hij daarmee klaar.

Hij stopte het onbeduidende, maar nog wel rusteloze propje in de grond.

Inderdaad, dacht hij, nu heb ik geen haast meer.

Hij bleef die nacht staan waar hij stond. Hij deed zijn ogen dicht en hij zuchtte zelfs niet meer. Hè hè, was het enige dat hij nog dacht.

De volgende dag schuifelde hij heel kalm terug naar de eik waaronder hij woonde.

Eigenlijk, dacht hij, moet ik de slak bedanken. Maar niet te vlug. Pas over geruime tijd.

En kalm en bedaard vergat hij dat hij ooit haast had gehad.

OP EEN OCHTEND IN DE WINTER KREEG DE EEKHOORN EEN brief

Het was een zwarte brief. Hij had nog nooit zo'n brief gezien. Hij fronste zijn wenkbrauwen en las:

Dit is een sombere mededeling.
  Alles gaat mis.

Meer stond er niet. Er stond ook geen afzender onder. Maar er stond ook niet boven dat hij aan de eekhoorn was gericht.

De eekhoorn ging in zijn stoel zitten. Hij wist dat de wind zich nooit vergiste.

Hij las de brief nog een paar keer, maar elke keer begreep hij hem minder.

Toen trok hij zijn dikke jas aan en ging naar de mier.

Het sneeuwde en het bos kraakte van de vorst. Rillend van de kou klopte hij bij de mier aan en liet hem de brief lezen.

'Ja,' zei de mier. 'Dat is een sombere mededeling.'

'Wat is dat, misgaan?' vroeg de eekhoorn.

'Misgaan...' zei de mier peinzend. 'Ja...'

Hij probeerde aan de eekhoorn uit te leggen wat misgaan was. Het werd een lang en ingewikkeld verhaal en toen de mier was uitgesproken had de eekhoorn het gevoel dat er een zware steen op zijn rug lag en dat hij nooit meer onder die steen uit zou kunnen komen. Maar wat misgaan was wist hij nog niet.

'Laten we maar iets zoets drinken,' zei de mier. 'Zolang het nog kan.'

'Zolang het nog kan??' vroeg de eekhoorn verbaasd, want hij begreep niet wat de mier daarmee bedoelde.

'Ja,' zei de mier. 'Zo heet dat.'

'O,' zei de eekhoorn.

Ze dronken iets zoets en zwegen.

De wind loeide door de bomen.

Toen de avond viel zei de mier: 'Je moet maar gaan, eekhoorn.'

'Ja,' zei de eekhoorn.

Door het donkere bos liep hij naar huis. Zolang het nog kan loop ik naar huis, dacht hij. Het was een vreemde, donkere gedachte en zijn knieën knikten. Zolang het nog kan knikken ze, dacht hij.

Urenlang zat hij die avond voor zijn raam. Nu ben ik vast mistroostig, dacht hij, terwijl hij naar de duisternis keek.

Maar aan het eind van de avond woei zijn deur plotseling open en vloog er een brief naar binnen, in een stijf bevroren envelop, bedekt met sneeuw.

De eekhoorn veegde de sneeuw van de brief, brak hem open en las:

Dit is een vrolijke mededeling.
  Alles gaat toch goed.

Het was een eigenaardige brief. Maar de eekhoorn klom op zijn tafel en zei tegen zichzelf: 'Nu ben ik de olifant' en slingerde aan de lamp heen en weer, tot hij met lamp en al viel en tegen alle dingen die toen braken riep: 'Dat geeft niets, hoor!'

Beste eekhoorn,

    Als je het goedvindt wil ik op je verjaardag een klein toespraakje houden.

    Ik heb namelijk iets uitgevonden wat evenwicht heet.

    Heb jij daar wel eens van gehoord?

    Het evenwicht, zo heet het.

    Ik denk dat iedereen het heel interessant zal vinden.

    Ik stel me voor dat ik die toespraak houd vanuit het topje van de beuk, met iedereen onder mij, op de begane grond.

    (Ik zal het niet lang maken.)

    De olifant

Beste olifant,

    Dat is goed. Maar ik wil liever dat je die toespraak houdt in de speciale stoel die ik voor je heb gemaakt, en die aan het hoofdeinde van de tafel zal staan. Anders kunnen sommige dieren je niet verstaan. En dat zou zonde zijn.

    De eekhoorn

Beste eekhoorn,

    Nee nee. Het moet uit het topje van de beuk. Want ik wil mijn woorden illustreren. Zo heet dat. In een stoel illustreren, dat gaat niet.

    Ik zal wel hard schreeuwen en me zo ver mogelijk vooroverbuigen. Als jij dan zorgt dat iedereen recht onder mij staat, dan kan iedereen mij verstaan.

    O eekhoorn, dat evenwicht, dat is toch zoiets interessants!

    De olifant

Het was lente.

De zon scheen en alle vogels zongen. Zelfs de kraai en de ekster zongen, en de specht en de boomklever, tussen het tikken en hameren door.

Het schrijvertje zat aan de rand van het meer en dacht: het is vandaag veel te mooi weer om te schrijven.

Hij knikte tevreden. Maar stilzitten kon hij niet. Weet je wat, dacht hij, ik ga gewoon wat op het water krassen.

Hij stapte op het water en kraste van de ene kant van het meer naar de andere kant.

De zwaluw vloog hoog over hem heen en keek verbaasd naar beneden.

'Wat staat daar?' riep hij.

'Niets!' riep het schrijvertje. 'Ik kras maar wat.'

'O,' riep de zwaluw en hij vloog weer door.

Nu ben ik dus eigenlijk het krassertje, dacht het schrijvertje vrolijk en hij kraste met lange krassen door. Ronde krassen, dikke krassen, kromme krassen. Ik zou altijd wel door kunnen krassen, dacht hij.

Even later bleef de torenvalk boven het meer staan en keek aandachtig naar beneden.

Na een tijdje knikte hij en riep: 'Ja. Dat vind ik ook.'

Meteen vloog hij geruisloos en met snelle slagen weg.

Dat vind ik ook? dacht het schrijvertje. Dat vind ik ook?? Maar er staat helemaal niets! Ik kras maar wat!

Hij vloog naar de kant en ging tussen het riet zitten. Straks denken ze allemaal nog dat er wat staat, dacht hij. Maar er staat niets. Ze weten toch wel wat niets is?

Voor alle zekerheid liep hij weer het water op en schreef met grote letters onder de krassen die er nog stonden:

Hier staat niets.
   Het schrijvertje

Niet lang daarna vloog de torenvalk weer over, bleef in de lucht staan, keek aandachtig naar beneden en riep: 'Ja. Dat wist ik al.'

Het schrijvertje zat verscholen tussen het riet. Als hij tanden had gehad dan had hij ze geknarst, en bijna had hij zijn vleugels verfrommeld.

Hij haalde diep adem en blies uit alle macht over het water. Alle krassen en woorden verdwenen in grote golven die tegen de oevers sloegen en het riet heen en weer lieten zwiepen.

Zo, dacht het schrijvertje. Dat is andere taal.

Hij klom boven op een rietpluim, deinde heen en weer en nam zich voor de hele dag woedend te zijn.

Na een paar oefeningen wreef hij zich woedend in zijn voorpoten en schoten er woedende vonken uit zijn ogen in het rond.

Nu ben ik echt woedend, dacht hij, en woedend en tevreden keek hij over het glinsterende meer.

Op een middag zaten de dieren aan de oever van de rivier. De zon scheen, het was zomer en ze hadden het over honing en over de verte en over verjaardagen van dieren waar nog nooit iemand van had gehoord.

Het begon zachtjes te waaien. De wilg ruiste en er verscheen een reusachtige brief in de lucht, die de hele hemel bedekte.

De zon verdween achter de brief en alle dieren sprongen overeind en keken omhoog.

Ze lazen:

Beste iedereen!

Meer stond er niet. Er stond ook geen afzender op.

Het waren de grootste letters die ze ooit hadden gezien. De zwaluw vloog omhoog, scheerde rakelings langs de brief en kwam weer terug.

'Dat uitroepteken aan het eind,' zei hij buiten adem. 'Zien jullie dat?'

'Ja,' zei iedereen.

'Dat is groot...'

'Zo groot als de maan?' vroeg de tor.

'Groter.'

'Groter dan wat dan ook?' vroeg de mier.

'Nog groter.'

De dieren schudden hun hoofd. De zwaluw wilde nog vertellen hoe groot de B was en de n, maar de dieren waren te verbaasd om te luisteren.

Het ging harder waaien en de brief woei weg. Langzaam verdween hij over de horizon. De zon kwam weer tevoorschijn en de rivier begon te glinsteren.

Lange tijd zaten de dieren zwijgend in het gras. Maar toen begonnen ze te praten en vroegen zich af wie die brief had geschreven. En zouden zij iedereen zijn? Als zij niet iedereen waren wie was dan wel iedereen? En was iedereen eigenlijk wel best? Zou er niet ergens één iemand zijn die niet best was? Maar dan was iedereen niet meer iedereen. En dat uitroepteken... Zou het soms heel bijzonder zijn dat iedereen best was? Of was de brief misschien geschreven door iemand die eigenlijk heel hard had willen roepen dat hij iedereen best vond? Maar waarom vond hij dat dan? En waarom riep hij niet?

Het was een duistere brief, daar waren ze het over eens, en het was vast een heel ingewikkeld iemand die hem geschreven had.

Ze konden niet bedenken wie dat zou kunnen zijn. Want wie is er allemaal ingewikkeld, vroegen ze elkaar. En wie niet? Ze keken elkaar onzeker aan.

Er ontstonden golven in de rivier en het stekelbaarsje stak zijn kop boven water, keek met glinsterende ogen naar de dieren en zei: 'Hebben jullie die brief gezien?'

'Ja.'

'Die was van mij.'

'Van jou??'

'Ja.'

'Maar hoe heb je hem dan geschreven?'

'Jaaaa...' zei het stekelbaarsje en hij verdween weer onder water.

Even later stak de karper zijn kop boven water en zei: 'Ja. Hij was echt van hem, hoor, die brief. We hebben hem samen nog in de lucht gegooid.' Hij dook de diepte weer in.

De zon ging onder en de dieren gingen naar huis. De eekhoorn en de mier liepen samen door het bos.

Er stonden diepe rimpels in het voorhoofd van de mier. Hij zei tegen de eekhoorn dat hij op een keer een brief zou schrijven van één letter die groter was dan de hele hemel en die op de aarde zou vallen en ook nog zoet zou zijn, zodat iedereen hem kon opeten. Maar hij zou nooit opraken, zo groot zou hij zijn.

'Dat ga ik doen,' zei hij. Hij knikte en liep met steeds grotere passen verder.

De eekhoorn holde achter hem aan en riep: 'Dat is goed!'

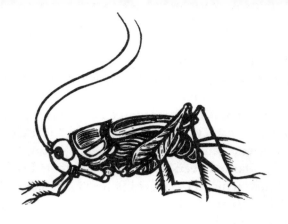

Beste kikker,

Hartelijk dank voor uw lessen in kwaken. Ik heb het nu helemaal onder de knie. Iedereen zegt dat ik niet meer van u te onderscheiden ben.

Komt u zelf eens langs om het te horen? Dan kunnen we samen wat kwaken. Dan zorg ik dat ik jarig ben en een taart heb. Dan vieren we het samen. Al mijn buren zijn inmiddels verhuisd.

Misschien kunnen we samen ook eens op reis gaan. Naar de maan of zo. Samen kwaken op de maan. Lijkt u dat niet wat?

Hebt u overigens ook zo'n pijn in uw kaken? Toen ik nog sjirpte had ik dat nooit.

Kwaken is zwaar.

Wat ik trouwens niet goed weet: hoe moet je zachtjes kwaken, en hoe laat je gekwaak wegsterven, zo heel zachtjes wegsterven, zodat iedereen tranen in zijn ogen krijgt en aan iets heel moois moet denken, zoals de zomer?

O wat is alles toch raar en ingewikkeld! (Deze laatste regel schrijf ik en kwaak ik tegelijk! Kunt u dat ook? Ik kan ook al slapen en kwaken, en eten en kwaken, en in de lucht springen en kwaken, tegelijk.)

Uw dankbare leerling,
De krekel

Dieren,
  Wie viert er vandaag zijn verjaardag?
  Als dat niemand is, wie wil hem dan alvast vooruit vieren?
  Als dat ook niemand is, wie wil er dan iets anders vieren en mij uit—
nodigen voor taart en gebak?
  Als dat nog steeds niemand is, wie wil er dan zomaar een taart bak-
ken (wel met honing en room en zoete gelei en gesmolten suiker) en
vragen of ik langskom om hem op te eten?
  Als dat niemand is, wat dan?
  Weten jullie wat te gronde is? Dat ga ik.
  Help mij.
  De beer

Die middag was iedereen jarig, vierde zijn verjaardag vast vooruit, vierde iets anders of bakte zomaar een taart. De beer holde van
de een naar de ander tot hij niet meer kon en puffend en steunend
onder de wilg ging liggen en in het licht van de ondergaande zon
langzaam in een diepe slaap verzonk.

Aan de rand van het bos in een huisje onder de rozen-struik woonde de bladluis. Hij schaamde zich. Hij wist niet waarvoor, maar hij schaamde zich altijd, zolang hij zich kon herinneren.

's Ochtends als hij wakker werd bloosde hij als hij eraan dacht dat hij het was die daar in bed lag. En als hij uit bed stapte zei hij: 'Het spijt me.'

Alles speet hem: elke stap die hij zette, elke gedachte die in zijn hoofd opkwam, elk verlangen dat hij ook maar één tel koesterde. Hij had zijn ramen en deuren zorgvuldig dichtgetimmerd. Want als er iemand naar binnen zou kijken en hem zou zien, wat zou hij dan van hem denken? Niets goeds!

Op een ochtend zat hij achter zijn dichtgetimmerde raam toen hij iemand langs hoorde lopen. Het was de eekhoorn.

Hier woont de bladluis, dacht de eekhoorn, dat is waar ook. Hij probeerde naar binnen te kijken. Maar hij zag niets.

Ik moet nodig eens bij hem op bezoek, dacht hij. Maar niet meteen. Dan schrikt hij misschien.

'Bladluis!' riep hij. 'Ik ben het. De eekhoorn. Zal ik morgen bij je op bezoek komen?'

Hij wachtte even, maar er kwam geen antwoord.

'Morgenochtend?' riep hij nog en liep weer door.

De bladluis zat in het donker te beven. Op bezoek, bij hem: nog nooit had hij zich zo diep geschaamd. 'Het spijt me!' riep hij, toen de eekhoorn hem allang niet meer kon horen.

Die middag schreef hij een brief:

Geachte eekhoorn,
   Niet komen. Alsjeblieft, alsjeblieft.
   De bladluis

Hij duwde de brief door een gat in de muur en dacht: hij zal het wel een schandelijke brief vinden, en dat is het ook!
   Een paar uur later kwam er een brief terug:

Beste bladluis,
   Goed. Ik zal niet komen. Maar ik wil je wel iets geven. Je bent vast wel eens jarig. Wat wil je hebben?
   De eekhoorn

De bladluis ging onder zijn stoel in een hoek van zijn kamer zitten. Met verwarde haren en bijna paars van verlegenheid las hij de brief keer op keer.
   Misschien, dacht hij, vindt hij mij toch niet raar. Maar hij heeft mij ook nog nooit gezien! dacht hij daar meteen achteraan. Ik moet iets vragen, dacht hij. Dat moet. Anders gaat hij natuurlijk voor mijn deur staan roepen: 'Schaam je! Schaam je!' Net zolang tot ik mijzelf verfrommeld heb.
   Die avond liep hij in zijn duistere kamer heen en weer. Wat is het toch erg om mijzelf te zijn! dacht hij.
   Pas laat in de avond schreef hij de eekhoorn terug:

Beste eekhoorn,
   De geur van honing wil ik wel.
   Maar alleen de geur.
   De bladluis

De volgende ochtend werd hij vroeg wakker, en hij stond al op het punt om zich, zoals elke ochtend, te schamen voor zichzelf, toen plotseling de geur van honing door zijn schoorsteen naar binnen kringelde.
   Toen bloosde hij en golven van schaamte sloegen over hem heen. Maar het was een ander soort schaamte dan zijn gewone dagelijkse schaamte. Vreemd, dacht hij. Wat zou dit voor schaamte zijn? En met zijn ogen dicht, de geur van honing voorzichtig opsnuivend, dacht hij verbaasd aan zichzelf.

DE EEKHOORN ZAT IN ZIJN HUIS BOVEN IN DE BEUK. HET regende en het was winter. Stormvlagen bliezen tegen zijn raam en de mier was op reis.

De eekhoorn leunde op zijn tafel en zei, met een diepe zucht, zonder iets speciaals te bedoelen: 'Ja ja.'

De tafel kraakte. Het was maar een klein en gewoon geluid, maar toch leek het wel of de tafel iets terug wilde zeggen. De eekhoorn verstond: 'Ach... tja...' Het waren trage, aarzelende woorden van iets wat altijd zweeg.

Eigenlijk denk ik nooit aan hem, dacht de eekhoorn. Ik zeg nooit iets tegen hem, neem hem nooit mee op reis, vier zijn verjaardag nooit, geef hem nooit iets cadeau, vraag nooit wat hij lekker vindt. Hij staat hier maar.

De eekhoorn zuchtte. Eigenlijk moet ik eens iets voor hem doen, dacht hij. Maar wat?

Na lang nadenken besloot hij de tafel een brief te schrijven.

Hij pakte een stuk berkenschors, legde het op de tafel en begon te schrijven:

Beste tafel,
Kan ik iets voor je doen?

Hij legde zijn pen neer. Wat kan ik hem nog meer schrijven? dacht hij. Zou ik hem iets kunnen vertellen? Maar volgens mij weet hij alles wat ik weet.

Hij dacht diep na, maar hij kon niets bedenken en schreef ten slotte met grote letters zijn naam onder de brief.

'Voor jou,' zei hij. Hij schoof de brief naar het midden van de tafel.

Toen smeet de storm het raam wijd open, greep de brief, gooide met een enorme klap de tafel om, zodat hij wel vijf keer op en neer stuiterde, en sloeg het raam met een reusachtige dreun weer dicht.

Versuft en met verwaaide haren zat de eekhoorn op zijn stoel. De tafel lag op zijn zij in een hoek. De brief was weg.

Na een tijd stond de eekhoorn op en zette de tafel weer overeind. De la lag op de grond en de eekhoorn zag dat daarin een briefje lag met omgekrulde hoeken, dat hem niet bekend voorkwam. Hij maakte het open en las:

Beste eekhoorn,
  Dat was geen vallen, hoor, dat was dansen.
  Voor jou.
  Omdat je aan me hebt gedacht.
  Meer hoef je niet te doen.
  Je beste tafel

De eekhoorn vroeg zich niet af hoe de tafel dat briefje geschreven kon hebben. Hij legde zijn hoofd op zijn voorpoten, en zijn voorpoten op de tafel, en sliep zo in.

Beste mus,

Het regent en zal ik je eens wat vertellen? Het houdt nooit meer op met regenen.

Het zal altijd, altijd blijven regenen. Noem maar een dag, mus, zo ver mogelijk weg. Op die dag zal het nog steeds regenen. En de dag erna ook.

Ik weet dat.

Tot nog toe kwam de zon altijd weer tevoorschijn. Maar nu niet meer.

Je zal hem nooit meer zien, mus. En stof om in te baden evenmin.

Modder zal er zijn. Blubber. Let maar op.

Heb je wel eens van striemen gehoord? Zo zal het blijven regenen, mus: striemend.

Wat hoor ik daar? Sissen?

Aha. Het regent nu zelfs al op de zon, mus. De zon is bezig uit te gaan, achter de wolken. Dat sist. Ja ja, mus.

Pas maar op, als er straks een nat rond ding naar beneden plonst.

Kijk maar uit dat hij niet op je doorweekte kop valt. Jij altijd met je zorgeloze getsjilp. Alsof alles vanzelf spreekt!

De kraai

Beste kraai,

Ik heb je brief gekregen. Dank je wel!

Ik heb hem eerst laten drogen en toen gelezen. Heel interessant!

Ik vind het altijd leuk om post van je te krijgen. Neem me niet kwalijk dat ik toch even heb getsjilpt van plezier.

Als ik omhoogkijk kan ik je net zien zitten, weet je dat? Op de onderste tak van de eik.

Je veren glanzen in de zon.

Ik vind dat je heel mooi krast. Treurig, maar dat is juist zo mooi.
De mus

ALS DE SCHILDPAD ONDER ZIJN SCHILD LAG EN DE EEK-
hoorn kwam langs, dan deed hij net alsof hij sliep en antwoordde
niet als de eekhoorn op zijn schild klopte. Dan dacht de eekhoorn
even na, krabde achter zijn oor en schreef op het schild:

Hallo schildpad,
  Hoe gaat het ermee?
  De eekhoorn

De schildpad voelde dan wat er op zijn rug stond en riep terug:
  'Goed. Heel goed!'
  Hij was er trots op dat hij brieven kon voelen. Want lezen kon
hij eigenlijk niet.
  'Hoe voel je die brief dan?' vroeg de krekel op een keer toen de
schildpad hem tijdens een kleine wandeling tegenkwam en hem
had verteld wat de eekhoorn die ochtend had geschreven.
  'Ja...' zei de schildpad. 'Dat is een heel verhaal. Ik heb een jaar
nodig om dat te vertellen.'
  'Een jaar?' vroeg de krekel. Hij had nog nooit van een jaar ge-
hoord.
  'Ja,' zei de schildpad onzeker. Hij wist ook niet goed wat een
jaar was, maar hij meende wel dat het iets langs was. 'Een jaar en
een stok,' zei hij. 'Die heb ik nodig.'
  'O,' zei de krekel. Hij vroeg verder niets en keek naar de grond.
  Lange tijd zaten zij zo naast elkaar.
  'Ik kan een brief ruiken,' zei de krekel opeens.
  'O ja?' zei de schildpad verbaasd.
  'Ja,' zei de krekel. Hij stak zijn neus in het struikgewas, snoof en
zei: 'Hier staat: Geachte krekel. Wij slaan u zeer hoog aan. Ieder-
een.'

De schildpad zette grote ogen op en stak zijn neus ook in de struik.

'Ik ruik rozen,' zei hij verbaasd.

'Ja. Maar die staan er niet,' zei de krekel.

'Maar ik ruik ze wel,' zei de schildpad.

De krekel stak zijn neus weer in het struikgewas, snoof en zei: 'Nu ruik ik: Geachte schildpad. De krekel heeft gelijk! Maar hij moet nu gaan. De axolotl.'

'De axolotl?' vroeg de schildpad met grote ogen. 'Is die hier?'

'Nee natuurlijk,' zei de krekel. 'Het is zijn brief. Als hij hier was zou hij toch niet hoeven te schrijven? Maar nu moet ik gaan. Dat heb ik geroken.'

De schildpad knikte en met een paar sprongen was de krekel verdwenen.

Langzaam schuifelde de schildpad naar huis. Hij was tevreden. Een brief voelen vond hij al meer dan genoeg. Diep in zijn hart hoopte hij dat hij ook eens een brief van de walvis zou voelen of van de neushoorn. Of dat hij een brief zou voelen waarin iemand aanbood hem te leren zingen. Luidkeels zingen, daar verlangde hij wel eens naar.

Laat in de avond was hij thuis en niet lang daarna sliep hij onder zijn schild in het stille donkere bos.

Beste eekhoorn,
  Vandaag wil ik je mijn herinneringen schrijven.
  De herinneringen van de mier.
  Mijn eerste herinnering is aan honing.
  Ik voer in een bootje over honing.

De mier legde zijn pen neer en dacht: wat raar, dat herinner ik me helemaal niet. Hij dacht even na en besloot toch door te schrijven. Laat ik me dat maar wel herinneren, dacht hij.

Ik kwam bij een strand van suiker en de giraffe stond daar, boog diep voor mij en zette mij op een stoel van sukade. Overal vandaan kwamen dieren aangelopen (de neushoorn, de beer, de tor en jij ook, eekhoorn, je bent dat misschien vergeten, maar jij was daar ook bij) en riepen: 'Mier! Mier!'
  Ik knikte.
  Ze zetten taarten voor mij neer, en puddingen.
  De zon ging onder voor mij, en de maan kwam op, en het regende honing.
  Ik hield een toespraak en iedereen viel om van verbazing (jij ook, eekhoorn) en holde weg om nog meer taarten, puddingen, suiker, zoete noten, gelei en gebak te halen. Ze bouwden er een paleis van voor mij en ik

Steeds meer herinnerde de mier zich. Hij schreef urenlang door, tot het donker werd en hij honger kreeg. Als laatste zin schreef hij toen:

Dit is het eerste deel van de herinneringen van de mier.
  De mier

Eigenlijk is het een boek, dacht hij. En dus voor iedereen.

Hij wierp zijn herinneringen in de lucht. De wind wist er niet goed raad mee en blies ze naar alle kanten. Ze vielen ver weg neer, in de oceaan, in de woestijn, in de sneeuw van de pool en op de maan en de sterren.

De mier zat ondertussen thuis en keek voorovergebogen en met gefronste wenkbrauwen naar zijn laatste korrel suiker, die zo klein was dat hij bang was om hem in zijn mond te stoppen. Want hij vreesde dat hij niets zou proeven.

Mier zijn is eigenlijk iets heel tegenstrijdigs, dacht hij. Hij wist niet zeker of dat wel waar was, maar hij vond het wel een mooie gedachte, en peinzend leunde hij achterover in zijn stoel voor zijn raam.

Beste eekhoorn,

Voor mijn verjaardag wil ik maar één ding. Ik heb daar heel lang over nagedacht en ik weet ook niet hoe je aan dat cadeau kan komen. Maar toch vraag ik het.

Het is de zekerheid dat de zon 's ochtends altijd weer opgaat. Als ik 's nachts in het donker thuis zit en niet kan slapen, dan is het soms zo donker dat ik niet kan geloven dat hij weer opgaat.

Is dat een raar cadeau? Denk je dat je daaraan kunt komen? Wil jij dat geven? Het moet wel de goede zekerheid zijn. Niet die van de maan, of die van de winter.

Meer wil ik niet. En ik wil ook niet dat er verder nog iemand op mijn verjaardag komt. Drukte stoort altijd zo.

Maar ik maak wel een taart. Voor jou.

Een beukennotentaart, is dat goed?

De egel

De volgende dag kwam de eekhoorn op de verjaardag van de egel.

Hij had na lang zoeken die zekerheid gevonden.

In het struikgewas onder de eik pakte de egel met trillende vingers het cadeau uit.

'Is dit nu die zekerheid?' vroeg hij met glinsterende ogen.

Het was maar een klein, onooglijk cadeautje. Het had zo weg kunnen waaien of iemand had er per ongeluk iets op kunnen zetten en dan had niemand het terug kunnen vinden.

'Ja,' zei de eekhoorn.

De egel bekeek het cadeautje heel lang en borg het toen voorzichtig op tussen zijn scherpste stekels zodat niemand er ooit bij zou kunnen.

'Zo,' zei hij. 'Laat het vannacht nu maar donker zijn, eekhoorn.'

De eekhoorn knikte en ging in het gras zitten, naast de beuken-notentaart. De egel ging aan de andere kant zitten. Zo vierden ze feest.

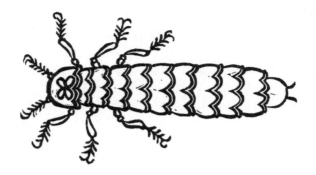

Op een nacht schreef de gloeiworm een brief aan de nachtvlinder. Ze moesten elkaar maar weer eens ontmoeten, wilde hij schrijven, om samen na te denken over de schemering en de donkere dingen om hen heen.

Maar toen hij gloeide en wilde lezen wat hij had geschreven las hij:

Dfgrngolkldb,
  Blstrhplostlegrgrgrpr grhjk
  ghkltuotaerjbj !?;;gho
  Gnrstpkljbnmrtst

Heb ik dat geschreven? dacht hij. Hij wilde zijn brief verscheuren. Ik schrijf nooit meer in het donker, dacht hij. Maar als hij gloeide kon hij niet schrijven en als hij schreef kon hij niet gloeien. Met lezen was het net omgekeerd, dacht hij somber. Hij greep de brief aan twee kanten beet, maar de wind trok de brief uit zijn handen en blies hem weg door het donkere bos.

Nog voor de zon opkwam kreeg hij een klein briefje terug.

Hij begon te gloeien en zag dat het een blauw briefje was, dat rook naar honing en hars.

Hij las:

Krstglrbrtrd,
  Dfg <<>>brlrb!
  Bnmmnmn &

Zijn hart bonsde.

Hij dacht heel diep na en opeens wist hij dat het een brief van de nachtvlinder was, die schreef dat hij de volgende avond zou komen, na zonsondergang, op de onderste tak van de vlier, dat hij zwarte honing zou meenemen, als hij, de gloeiworm, tenminste ook iets zou meenemen, en dat ze het zouden hebben over de duisternis en hoe je over de duisternis heen kon kruipen en hoe er soms licht dwars door de duisternis heen stak.

Dat staat er, dacht de gloeiworm en hij gloeide vurig.

Toen kwam de zon op en besloot hij te gaan slapen. Die avond zou hij de nachtvlinder weer zien!

Hij verborg zich in het struikgewas, voelde zijn hart bonzen en viel in slaap.

WANNEER KRIJG IK EINDELIJK EENS POST, DACHT DE MUS.
Niemand denkt aan mij.

Somber tsjilpend zat hij in het gras onder de linde. Het was een mooie dag en plotseling kreeg hij een idee. Ik ga lesgeven in brieven schrijven, dacht hij. Dat ga ik doen.

Hij sloeg zijn vleugels uit en vloog door het bos en over de rivier en langs het strand en vroeg iedereen die graag brieven wilde schrijven bij hem les te nemen.

De volgende dag zaten tientallen dieren die niets liever wilden dan eindelijk eens een brief te schrijven, op de open plek in het midden van het bos. De dromedaris was er, de kever, de ijsvogel, de hop en zelfs de leguaan.

Iedereen kreeg een pen en een stuk berkenschors.

'We beginnen,' zei de mus en hij sprong voor de klas heen en weer. Zijn leerlingen hielden hun pen stevig vast en luisterden aandachtig.

'We gaan een brief aan mij schrijven,' zei de mus. '"Beste mus". Schrijf dat maar op.'

Alle dieren bogen zich voorover en schreven met langzame, onwennige letters: 'Beste mus'.

De mus schraapte zijn keel en ging verder: 'Schrijf daaronder: "Hoe gaat het met jou?"'

Alle dieren schreven: 'Hoe gaat het met jou?'

'Dat is zo'n mooie vraag...' zei de mus. 'Die mogen jullie nooit vergeten. In geen enkele brief. En daaronder schrijven jullie...'

De mus hield even op en dacht na. O jee, dacht hij. Hij krabde met een punt van een vleugel achter zijn oor. Toen zei hij: '"Zal ik eens een taart voor je bakken?" Ja. Schrijf dat maar op. Dat is een prachtige zin. "Zal ik eens een taart voor je bakken?" Op zo'n zin moeten jullie zuinig zijn. En dan daaronder: "Dan kom ik hem straks brengen." Schrijf dat maar op.'

De dieren schreven: 'Zal ik eens een taart voor je bakken? Dan kom ik hem straks brengen.'

'En daaronder zetten jullie allemaal je naam,' zei de mus.

Tevreden sprong hij heen en weer.

Toen bleef hij staan. 'Maar,' zei hij, 'je mag nooit onzin schrijven in een brief. Dus als je schrijft dat je voor iemand een taart gaat bakken, dan moet je hem ook echt bakken. En als je schrijft dat je hem straks komt brengen, dan moet je hem straks ook echt komen brengen.'

De dieren knikten ijverig en deden hun best om alles zo goed mogelijk te onthouden.

De mus legde nog uit hoe je een brief in de lucht moest gooien en hoe de wind hem altijd, altijd bezorgde.

De dieren gooiden hun brief in de lucht, bedankten de mus en gingen naar huis.

De mus fladderde langzaam in de warme zonneschijn naar zijn huis aan de voet van de linde. Dat was een nuttige les, dacht hij.

Toen hij nog maar net thuis was werden alle brieven bij hem bezorgd.

Tientallen brieven. Hij werd eronder bedolven.

'Van mijn leerlingen,' zei hij trots tegen zichzelf.

Even later kwamen zijn leerlingen een voor een bij hem langs met de taarten waar ze het in hun brieven over hadden gehad. Het waren er te veel voor de mus alleen, en samen met zijn leerlingen at hij ze op.

Het was een lange, vrolijke avond in het begin van de zomer.

Toen de schemering viel was er geen kruimel meer over. De mus stond op en schreef met grote letters in het zand:

Beste leerlingen,
  Dank jullie wel.
  Jullie meester, de mus

'Kijk,' zei hij. 'Dat is een bedankbrief.'

De dieren knikten. Ze waren vol bewondering voor de mus, en gingen naar huis.

Op het feest van de neushoorn zaten de beer en de mier naast elkaar. Voor hen stond een taart. Met een breed gebaar trok de beer de taart naar zich toe en begon te eten. Na een tijdje vroeg de mier: 'Mag ik ook een stukje?' De beer stak een nieuw stuk in zijn mond, keek de mier aan en probeerde iets te zeggen. Maar zijn mond was te vol. Hij pakte een stuk papier en schreef:

Mijn mond is te vol.
Wat zei je?

De mier riep: 'Mag ik ook een stukje?'
De beer at gestaag door en schreef terug:

Als je iets wilt vragen
schrijf het dan maar.
Mijn kaken malen
oorverdovend.
Ik versta helaas niets.

De mier pakte een stuk papier en schreef:

Mag ik ook een stukje?

De beer nam een reusachtige hap, dacht even na en schreef toen:

Waarvan?

De mier begon te knarsetanden en schreef:

Mag ik eindelijk ook eens
  een stuk van deze taart?

De beer stopte juist het laatste stuk taart in zijn mond, mompelde binnensmonds: 'Hm, heerlijk', at zijn mond leeg en riep naar de neushoorn: 'Wat was dat voor taart, neushoorn?'

'Zoetgrastaart,' riep de neushoorn.

'O,' zei de beer.

Toen draaide hij zich opzij en vroeg verbaasd: 'Wilde jij óók een stukje?'

Maar de mier was al opgestaan en stond somber in een hoek achter een tak van de wilg naar de grond te kijken.

De beer zuchtte en zakte langzaam en krakend door zijn stoel.

Geachte boktor,

Zoudt u zo vriendelijk willen zijn mij eens anders in elkaar te zetten? Ik zit namelijk niet goed in elkaar.

Als ik goed nadenk klopt er niets aan mij: alles zit óf op de verkeerde plaats óf doet maar wat. Voelsprieten, tenen: noem maar op.

Ik zou ook graag eens een dunnere jas willen hebben. Mijn huidige jas belemmert mij namelijk bij het vliegen. Hebt u mij ooit hoog zien vliegen? In de wolken?

Ik niet.

En ten slotte ben ik niet tevreden over mijn gedachten. Ik zou wel eens iets heel anders willen denken. Maar wat? Ja, als ik dat wist, dan dacht ik het wel.

Mag ik mij morgen in de loop van de ochtend bij u vervoegen, zodat u eens zelf kunt zien wat u voor mij kunt doen? Het geeft niet hoe ik eruit kom te zien. Als het maar anders is.

De krekel

P.S. *Een voorstel van mijn kant is om één voelspriet weg te laten, en één oog op mijn staart te zetten en het andere oog te vervangen door een oor. Ik hoor namelijk nooit genoeg, vind ik. Een oor op een heel lange steel, dat lijkt mij ook wel wat. Dan zou ik mijzelf eens van afstand kunnen horen sjirpen. Ik hoor mijzelf nooit goed! En ik hoor liever dan dat ik zie. Maar ik laat dat graag aan u over.*

Nog iets: ik wil liever de krakel heten. Kan dat meteen ook? Ik wil heel graag dat iedereen die mij tegenkomt naar mij kijkt en zegt: 'Hallo krakel, hoe gaat het met jou?' Dan wil ik op kunnen kijken uit mijn nieuwe gedachten en kunnen knikken en zeggen: 'Goed, heel goed!' En dan wil ik opstijgen en sjirpend de lucht in vliegen, tot bij de zon. Dat wil ik.

Alvast: De krakel

Op een ochtend zat de eekhoorn aan zijn tafel en wilde een brief aan de mier schrijven. Maar hij wist niet goed hoe hij moest schrijven wat hij wilde schrijven.

Hallo mier,

begon hij. Maar dat was niet wat hij bedoelde.
   Hij legde de brief op de grond en begon opnieuw.

Beste mier,

schreef hij. Maar dat leek er nog veel minder op.
   Boven een nieuwe brief schreef hij:

Dag mier,

boven een volgende:

Mier!

en toen:

Mier

en:

O mier

en:

Vriendelijke mier,

en:

Mier, mier...

Zo schreef hij de hele ochtend door, en steeds dieper zuchtte hij. Er moet een begin zijn, dacht hij, dat precies past bij de mier. Hij wist dat zeker. Maar hij kon er niet op komen.

Steeds groter werd de stapel brieven op de grond om hem heen.

Ten slotte stond de eekhoorn op, waadde door de brieven en opende zijn deur om buiten op de grote tak voor zijn huis na te denken.

Maar toen hij naar buiten stapte sloop de wind naar binnen, sleurde de brieven uit zijn kamer en blies ze in een kleine wervelstorm naar de mier.

Het was een mooie dag en de mier zat juist voor zijn deur in de zon aan de verte te denken.

Plotseling werd hij bedolven onder de brieven van de eekhoorn. Ze reikten tot ver boven zijn hoofd. Met moeite baande hij zich een weg uit de reusachtige stapel naar buiten en begon ze te lezen.

Pas laat in de avond, in het licht van de maan, had hij ze allemaal uit.

Even bleef hij stil zitten en keek naar het schemerige struikgewas.

Toen legde hij de brieven voorzichtig op elkaar, zodat ze tot aan de rand van zijn dak reikten, klom langs de zijkant van zijn huis omhoog, ging bovenop ze liggen, trok de brief met 'Beste mier' als een deken over zich heen, en viel in slaap.

De maan scheen en toen de mier zich omdraaide ritselden de brieven. De mier knikte in zijn slaap en mompelde: 'De mier, dat ben ik.'

De houtworm boorde zich een weg door de eik. Het was een ernstig en zwaar werk en halverwege de ochtend bleef hij even staan en dacht: ik wou dat ik de kraai was. Want krassen leek hem veel eenvoudiger dan boren. Hij blies wat hout van zijn schouders en boorde mopperend verder.

Langgeleden had de kraai hem eens verteld dat boren zijn lot was.

'Mijn lot is krassen,' had de kraai gezegd. 'Het jouwe boren.'

'O,' had de houtworm gezegd.

Na een tijdje bleef hij weer staan en wiste zich het zweet van zijn kaken.

'Brieven krijg ik hier ook nooit,' mompelde hij. Het was heel stil, midden in de eik.

'Wordt er hier nog post bezorgd?' riep hij. Het bleef stil.

'Nee natuurlijk,' zei hij schamper.

Hij had zin om de hele eik in één keer dwars doormidden te boren. Woedend, met op elkaar geklemde kaken, begon hij weer recht voor zich uit te boren.

Maar plotseling stond er een brief vlak voor zijn neus.

'Een brief!' riep de houtworm. Hij veegde de molm van zijn kaken en opende de envelop. Hij las:

Beste houtworm,
  Kom je straks op mijn verjaardag?
  De meikever

Verbaasd bleef de houtworm even staan. Maar toen boorde hij dwars door de brief heen. 'Verjaardag...' mompelde hij. 'Verjaardag... Ik moet boren!'

Hij boorde zo verwoed dat hij in de schors van de eik terecht-kwam en met grote snelheid naar buiten vloog, de lucht in, en een eind verder in het gras viel.

'Hola!' riep hij. 'Wat gebeurt er?'

Hij wreef zich over zijn hoofd.

'O wat leuk dat je meteen gekomen bent,' zei een stem. Het was de meikever die daar juist zijn verjaardag begon te vieren. De houtworm was zijn eerste gast.

Hij trok de houtworm overeind. Maar de houtworm keek somber om zich heen en stikte bijna in de lucht.

'Ik heb zoete molm voor je,' zei de meikever.

'O ja?' zei de houtworm.

De meikever knikte en nam de houtworm mee naar een dikke stronk.

'Daar,' zei de meikever.

De houtworm begon onmiddellijk te boren en na een tijd kwam hij bij de zoete molm aan.

Buiten hoorde hij het feestgedruis. Er werd gezongen en gedanst.

'Dans je ook?' vroeg de meikever en hij klopte op de stronk.

'Wat??' riep de houtworm.

'Dans je? Dat hoort bij vieren.'

'Ja,' zei de houtworm. 'Ik dans ook.'

Hij maakte een onhandige danspas, verloor zijn evenwicht, kwam ondersteboven met zijn hoofd in de molm te staan en dacht: ik hoop maar niet dat dansen ook mijn lot is.

Terwijl hij daar op zijn hoofd in de zoete molm stond dacht hij aan alles wat ook zijn lot zou kunnen zijn: overrompelen, ineenzijgen, aanwakkeren, opstrijken, nagalmen, vermurwen en nog veel meer dingen waarvan hij nooit wist wat zij precies betekenden. De hele dag vermurwen... dacht hij. Dat zou mijn ondergang zijn. Hij wist ook niet precies wat dat was, zijn ondergang, maar hij wist wel dat het iets onaangenaams was. Hij bedacht dat hij eigenlijk heel blij moest zijn met boren. Want daar was hij goed in. Dat wist hij zeker.

'Ja ja!' riep hij. 'Boren!' Maar de meikever was alweer teruggegaan naar zijn andere gasten en niemand hoorde de houtworm of dacht aan zijn lot.

De krekel schreef een briefje:

Ik ben weg,

hing het op zijn deur en was weg.

Toen hij weer terugkwam zag hij nog net het briefje wegwaaien.

Wat raar, dacht hij. Ik was echt weg. Hij wist niet waar hij was geweest.

Toen schreef hij:

Ik ben even in de woestijn,

en hij wandelde midden in de woestijn.

Wat raar! Wat raar! dacht hij.

Toen hij even later weer terug was dacht hij diep na, schreef:

Er staat hier een enorme taart,

en zat voor een enorme taart.

Alles wat ik schrijf gebeurt dus! dacht hij. Hij deed zijn mond open. Maar nog voor hij één hap had kunnen nemen had een voorbijganger, die sprekend op de beer leek, de hele taart al opgegeten.

Toen schreef de krekel:

Alleen ik, de krekel, eet de taart die nu
voor mij staat helemaal op.

457

Voor de zekerheid schreef hij er nog onder:

Niemand anders.

Helemaal alleen at hij de taart die plotseling voor hem stond op. Maar hij vond dat wel saai en bovendien vond hij het eigenlijk ook niet zo'n lekkere taart.

Nu heb ik nergens meer zin in, dacht hij, toen de taart op was. Hij kon zich niet herinneren dat hij dat ooit eerder had gedacht.

Somber keek hij naar de grond en dacht: het enige wat ik nog kan doen is sjirpen. Hij begon te sjirpen. Maar zijn gesjirp klonk vals en tamelijk droefgeestig.

Hij dacht even na, schreef:

Ik sjirp altijd zuiver en meeslepend,

en sjirpte zuiver en meeslepend, de hele dag door. Er kwam geen eind aan.

Tegen de avond was hij uitgeput en was het bijna huilen wat hij deed, bijna geen sjirpen meer. Maar toch was het nog sjirpen, en nog altijd zuiver en meeslepend.

Toen schreef de krekel dat hij geen briefjes meer schreef en hing hij niets meer op zijn deur. Brieven zijn gevaarlijk, dacht hij. In zijn gedachten zag hij brieven met geweien, die op hem afstormden, brieven met stekels, brieven met vlijmscherpe tanden. Angstig kroop hij in een hoek van zijn huis.

'Maar ik denk dat alleen maar!' riep hij. 'Ik schrijf dat niet!'

Toen verdwenen alle brieven uit zijn gedachten en was hij alleen.

In stilte, in het maanlicht, bakte hij een kleine, maar heel vriendelijke taart en at die langzaam en voorzichtig op.

Op een ochtend werd de pad wakker en voelde dat hij woedend was.

Hij dacht diep na, maar hij kon geen reden voor zijn boosheid bedenken.

Des te erger, dacht hij. Zomaar woedend, dat is de ergste woede die er bestaat!

Zonder dat hij er iets aan kon doen schoten zijn ogen vonken, stampte hij op de grond en brulde hij: 'Boos! Ik ben boos!'

Er was niemand in de buurt, en de salamander en de wezel die naar hem toe op weg waren en hem hoorden brullen herinnerden zich plotseling allebei dat zij thuis nog iets doen moesten.

De woede van de pad was groot en indrukwekkend. Volgens mij, dacht hij, terwijl hij driftig met zijn poten in de lucht sloeg en gaten in de grond blies, ben ik nog nooit zo boos geweest.

Hij vond het jammer dat niemand dat zag.

Met razende vingers schreef hij een brief:

Dieren,

Ik ben nú toch boos... jullie móéten dat zien!

Als jullie komen kunnen jullie terugdeinzen, bleek wegtrekken, van schrik verstijven... noem maar op.

Ik ben zo ontzettend boos! Kom vlug!

De pad

De brief zwol op, gloeide, woei als een vuurbol omhoog en kwam sissend in de rivier neer.

Daar las de snoek hem.

De pad... dacht hij en hij knikte. Hij verscheurde de brief met zijn tanden en liet de dampende snippers wegdrijven.

Pas tegen de avond werd de pad iets minder boos, kromp en kon zijn voorhoofd weer aanraken zonder zich te branden. Hij schraapte zijn keel en schreef een nieuwe brief.

Dieren,
  Nu hoeven jullie niet meer te komen.
  Wéér hebben jullie mijn woede niet gezien.
  Wat zijn jullie eigenlijk voor dieren?
  Jullie weten niet eens wat boos is, echt boos, verschrikkelijk boos.
  Dat is heel erg.
  Ik kan daar nu helaas niet boos om worden.
  Maar wel verdrietig.
  Dat ben ik nu.
  De bedroefde pad

Teleurgesteld, moe en eenzaam, maar niet boos, ging de pad slapen, tussen de boterbloemen, aan de oever van de rivier. Hij droomde van zoete woede, vuurrode, dampende woede, woede die langzaam tussen je vingers omhoogkringelt, muffe woede, bleke woede, en nog veel meer soorten woede. Van sommige soorten had hij zelfs nog nooit gehoord.

Bomen,

Ik ben nu uit jullie allemaal wel eens gevallen en uit sommige van jullie wel tien keer. Ik ben helemaal blauw en langzamerhand ook één grote buil. Als iemand zou zeggen: 'Dag blauwe buil met slurf en oren', dan zou ik omkijken en knikken. Als ik nog knikken kon.

Zijn jullie ook niet wanhopig?

Trouwens, zouden jullie eigenlijk niet eens uit mij kunnen vallen? Zou dat niet eerlijk zijn?

De olifant

De brief van de olifant woei langs alle bomen in het bos en alle bomen daarbuiten, zelfs langs de bevroren poolwilg en de dorre kurkboom aan de rand van de woestijn, waar de olifant op reis eens uit was gevallen.

De bomen ruisten en bogen zich naar elkaar, zo ver als zij konden.

Die avond deden ze wat de olifant vroeg. Een voor een klommen ze in hem en vielen, zodra ze zijn hoofd hadden bereikt, met luid geraas en gekraak naar beneden, kneusden hun kruin en lagen tussen hun bladeren op de grond.

Het was helemaal een eigenaardige avond. Op het feest van de tor at de taart plotseling de beer op en leunde zoet en geurig achterover. Iets verderop zwom de waterval in het maanlicht langs de zalm naar boven en onder de rozenstruik kroop het huisje voorzichtig in de slak. Het bos wierp zijn schaduw over de maan en in de top van de beuk stapte het bed in de eekhoorn, fronste zijn deken en viel in slaap. En ondertussen viel de ene boom na de andere uit de olifant.

Pas de volgende ochtend was alles weer gewoon.

461

De zon was nog maar net op toen de olifant onder de eik stond en naar boven keek. De eik had zijn kruin net weer recht gezet en zijn takken weer alle kanten uit gestoken.

'Ik ken het daar,' mompelde de olifant. 'Dunne takken. Twijgen.'

Hij voelde aan zijn achterhoofd. Het was glad en effen. De laatste buil was zojuist verdwenen.

Gelaten haalde hij zijn schouders op en begon te klimmen.

DICHT BIJ DE BODEM VAN DE RIVIER ZEI DE SNOEK TEGEN DE karper: 'Zal ik jou eens een brief schrijven?'

'Dat is goed,' zei de karper.

'Wat zal ik schrijven?' vroeg de snoek.

'Nou...' zei de karper. 'Begin maar met Beste karper.'

De snoek schreef:

Beste karper,

'En verder?' vroeg hij.

'Ach,' zei de karper. 'Dat is wel voldoende.'

'Voldoende??' zei de snoek. 'Dat is niets!'

'Niets?' zei de karper en zijn vinnen werden rood. 'Is Beste karper niets?'

'Nee,' zei de snoek.

'Geef hier die brief,' riep de karper en hij rukte de brief uit de vinnen van de snoek.

'Het is niets!' gilde de snoek en woedende luchtbelletjes kringelden door het water naar boven.

De karper nam de brief mee naar het riet in de bocht van de rivier. In de diepte tussen twee stengels las hij hem en knikte tevreden.

Verongelijkt zwom de snoek even later voorbij en hoorde de karper lezen. Telkens als hij de brief uit had zuchtte hij diep en begon weer opnieuw bij Beste.

'Krijg ik nog antwoord?' vroeg de snoek.

'Daar moet ik over nadenken,' zei de karper zonder van de brief op te kijken, en binnensmonds mompelde hij: 'Deze brief bevat een grote kern van waarheid. Nu weet ik het.'

'Nadenken, nadenken...' zei de snoek. 'Je kunt toch ook schrijven: Beste snoek?'

'Misschien,' zei de karper. 'Maar dat is toch ingewikkelder dan jij denkt, snoek.'

Hij zwom vlug weg en verdween uit het zicht van de snoek.

Somber liet de snoek zich naar de bodem van de rivier zakken en dacht na over eenzaamheid en duisternis. Zo nu en dan wenste hij de karper van harte de lucht in. Terwijl hij aan het denken was schreef hij met een vin in het zand:

Beste snoek,
Je bent een beste snoek.
Iedereen

Dat is pas een brief, dacht hij verbaasd. Hij las hem en vergat de karper, die nog steeds zijn brief zat te lezen, tussen het riet, voorbij de bocht in de rivier.

Op een ochtend besloot de tor de wereld op te tillen.

Dat is weer eens wat anders, dacht hij.

Hij haalde diep adem en tilde de wereld op.

Alle dieren werden door elkaar geschud, alle bomen kraakten en ruisten, de rivier stroomde leeg en enorme golven sloegen over het strand.

'Hola!' riep iedereen. 'Wat gebeurt er?'

De tor hoorde het geroep wel, maar hij zweeg. De wereld optillen en tegelijk praten, dat was te veel voor hem.

Zachtjes schommelde de wereld op zijn zwarte schouders heen en weer.

De dieren renden en vlogen naar de open plek in het bos en vroegen elkaar wat er aan de hand was. Niemand wist het.

Ze stuurden de zwaluw uit om te kijken wat er gebeurde. De zwaluw vloog rakelings onder de wereld door en zag de tor die de wereld juist iets omhoog sjorde.

Buiten adem kwam hij terug en zei: 'Het is de tor. De tor heeft alles opgetild.'

'De tor??' vroeg iedereen verbaasd. Ze liepen naar de rand van de wereld, leunden ver voorover, maar konden hem net niet zien.

Toen riepen ze uit honderden kelen tegelijk: 'Tor! Tor!'

Maar de tor hoorde ze niet. Hij was in slaap gevallen met de wereld op zijn schouders.

Ze besloten hem een brief te schrijven:

Beste tor,
  Zet alsjeblieft de wereld weer neer!
Iedereen.

De brief woei op en vloog in een boog om de wereld heen. Toen de tor wakker werd vond hij hem voor zijn voeten, en las hem.

Dat is goed, dacht hij. Hij zette de wereld neer, rekte zich uit en besloot een eindje te gaan wandelen.

Wat ik nu nog kan doen weet ik echt niet, dacht hij.

Maar toen verscheen de zon tussen de wolken en herinnerde hij zich dat hij altijd nog van plan was om iets met de zon te doen. Al was het maar hem eens doormidden knippen en van twee kanten laten schijnen, of hem groen schilderen. En ik zou hem ook eens een schop kunnen geven, dacht hij, recht omhoog, zodat hij niet meer onder kan gaan. Maar vandaag niet, dacht hij. Morgen.

Hij legde zijn voorpoten op zijn rug. Zo'n schop leek hem het beste. Tevreden wandelde hij door het struikgewas, aan de rand van het bos.

Op een dag lag er een brief midden in het bos.

'Hé,' zei de krekel. 'Misschien is die brief wel voor mij.'

Hij pakte de brief. Maar de brief begon te grommen, sprong de lucht in, duwde de krekel omver en viel weer neer.

'Hola,' zei de krekel, terwijl hij het stof van zijn jas sloeg.

Hij deed een paar stappen achteruit en keek naar de brief.

Even later kwam de kikker langs en zag de brief.

'Aha,' zei hij. 'Een brief!'

'Kijk maar uit,' zei de krekel.

'Kijk maar uit?' zei de kikker. 'Kijk er maar in.' Hij moest hard lachen om zijn grapje. Hij pakte de brief en hield meteen op met lachen, want de brief gaf hem een enorme stomp op zijn kaak, zodat hij achteroverviel en versuft bleef liggen.

'Nou nou,' kreunde hij. 'Dat is niet gezellig.'

'Het is een gevaarlijke brief,' zei de krekel.

Algauw stonden er veel dieren om de brief heen. Ze keken nieuwsgierig naar de bleke envelop. Maar niemand durfde hem te pakken.

'Wat is hier aan de hand?' vroeg de olifant die een kleine middagwandeling maakte.

'Een gevaarlijke brief,' zeiden de dieren. De kikker wees naar zijn opgezwollen kaak en kwaakte verontwaardigd.

De olifant stapte naar voren.

'Niet doen!' riepen de dieren.

Maar de olifant was niet bang. Er ontstond een enorme worsteling. Stof woei op, snippers dwarrelden rond en één oor van de olifant vloog weg.

Ten slotte had de olifant de brief in een onwrikbare greep. Zijn hoofd zat vol builen en schrammen.

Hij scheurde de brief open en las. De dieren hielden hun adem in.

'Aha!' zei hij na een lange tijd, toen hij de brief uit had.

'Wat staat erin?' riep iedereen.

De olifant glimlachte en mompelde in zichzelf. Waarom heb ik dat niet eerder geweten? Hij liet de brief op de grond vallen.

'Het was wel een sterke brief,' kwaakte de kikker.

'Sterk, sterk...' zei de olifant. 'Een beetje weerbarstig.'

Hij keek omhoog. 'Maar wel heel nuttig,' zei hij.

Hij stapte naar voren en zette zijn voet op de onderste tak van de eik. 'Dus eerst deze voet,' mompelde hij, 'en dan die.'

De dieren weken achteruit.

De olifant klom omhoog en zwaaide daarbij met zijn overgebleven oor. 'Daartegen is geen bezwaar,' zei hij.

Halverwege de eik bleef hij even staan en riep naar beneden: 'Het is eigenlijk geen brief. Het is een gebruiksaanwijzing.'

De meeste dieren wisten niet wat dat was en de kikker kwaakte: 'Wel een ongezellige gebruiksaanwijzing.'

De olifant klom verder.

Toen hij bij de top van de eik kwam ging hij op één been staan, stak zijn slurf omhoog, riep: 'Zo moet dat dus!' en viel niet.

De dieren schudden hun hoofd van verbazing en gingen met gespitste oren en af en toe omkijkend naar huis.

Pas laat in de avond, toen de maan hoog aan de hemel stond en iedereen sliep, viel de olifant.

'Dat stond er niet bij!' riep hij, terwijl hij dwars door de takken en bladeren viel. Toen kwam hij met een enorme klap op de grond terecht.

Beste mol,
    Ik houd van het donker en van modder en van grond.
    En van porren. Daar houd ik nog het meeste van.
    Porren in de grond.
    En jij?
    De worm

Beste worm,
    Ik houd van grove grond, van donkere modder
    en van stof. Maar het meest houd ik van sloffen,
    van ondergronds door het donker sloffen.
    De mol

Beste mol,
    Zullen wij gaan samenwerken? Wat vind je?
    Zou dat gezellig zijn?
    Samen in het donker in de grond porren en door het stof sloffen?
    En als we moe zijn even dansen, samen?
    De worm

Beste worm,
    Wat voor dansen ken jij? Ik ken alleen de grondwals.
    De mol

Beste mol,
    Dat is goed. Dan doen we die. De grondwals,
    in het donker, in een stofwolk, onder de grond.
    Wij samen.
    De worm

Niet lang daarna dansten ze, in het donker, op doffe muziek die diep uit hun hart kwam. En als ze hadden kunnen gloeien en van licht hadden gehouden, dan hadden ze gegloeid en vol bewondering naar elkaar gekeken. Maar ze gloeiden niet. Ze dansten. Met hun ogen dicht.

Op een dag schreven de ijsbeer en de krokodil elkaar een brief. Het waren brieven waarin zo weinig stond dat de wind moeite had ze te bezorgen. Midden in de lucht botsten ze tegen elkaar en vielen in snippers op de grond.

De krekel en de egel zaten met elkaar te praten, toen de snippers om hen heen neerdwarrelden.

'Wat is dat?' vroeg de egel.

De krekel raapte een paar snippers op en las: 'este' en 'mee?' en 'krok'.

'Ah,' zei hij, 'geheimtaal. Dit is nou geheimtaal, egel.' Hij liet de snippers aan de egel zien.

De egel had nog nooit van geheimtaal gehoord en de krekel legde hem uit wat dat was.

Toen hij was uitgesproken raapte hij alle snippers bij elkaar.

'Zo,' zei hij. 'Nu zal ik je laten zien wat er staat, egel. Vast een enorm geheim.'

Hij probeerde de snippers aan elkaar te passen, verschoof ze, mompelde iets, krabde zich achter zijn oor, verschoof ze opnieuw en wreef bedachtzaam langs een voelspriet.

'Wat staat er?' vroeg de egel nieuwsgierig.

'Sst,' zei de krekel. 'Hou je mond! Het is toch geheim?!'

Ten slotte draaide hij zijn rug naar de egel toe en zei: 'Ik ben klaar.'

'Wat staat er?' vroeg de egel.

'Er staat: "Egel, bak vandaag nog een taart voor de krekel."'

'Staat dat er echt?' vroeg de egel verbaasd.

'Ja. Raar, hè?'

'Maar wie heeft dat geschreven?'

'Geschreven... geschreven...' zei de krekel. 'Bij geheime brieven

471

mag je dat nooit vragen. Maar goed. Hier staat het: Niemand.'

'Niemand?' vroeg de egel.

'Ja,' zei de krekel. 'Dat is nu typisch iets van een geheime brief. Die worden altijd geschreven door Niemand.'

'Maar wie is Niemand?'

'Ja... dát is geheim. Daar gaat het nou net om.'

'O,' zei de egel.

'Ik zou wel doen wat er staat,' zei de krekel.

'Mag ik hem ook lezen?' vroeg de egel.

Maar op dat moment viel de brief weer in snippers uit elkaar.

'Ai,' zei de krekel. 'Dat is jammer. Nou ja. Ik heb hem tenminste voorgelezen.'

De egel krabde zich tussen zijn stekels.

'Als jij nou gaat bakken, dan kom ik zo terug,' zei de krekel en hij sprong weg.

Er zit niets anders op, dacht de egel. Dit wordt dus een geheime taart.

Maar kort daarna, toen hij nog maar net met bakken begonnen was, viel er een brief uit de hemel in het gras voor de voeten van de egel. De egel las:

Beste egel,
  Dit is echt een geheime brief
  Geloof de krekel niet.
  Geloof niemand.
  Niemand

De egel knikte en zweeg. Misschien had ik dit al vermoed, dacht hij. Maar hij bakte toch een geheime taart. Anders ruikt de krekel onraad, dacht hij. Hij vouwde de brief zorgvuldig op en verborg hem tussen zijn stekels.

Toen de krekel een tijdje later achteloos sjirpend terugkwam, met zijn vleugels op zijn rug, aten ze die taart samen, in het diepste geheim, op. Het was een heerlijke taart en ze zeiden geen van beiden wat ze wisten of vermoedden.

O zwaan,
  ik wou dat ik een brief kon schrijven
  die zo sierlijk was
  als jij,
  die zo'n schoon aangezicht paarde
  aan zulke smetteloze vleugels,
  en die langzaam opsteeg in de ochtendstond
  en barmhartig over het water zweefde.

Toen hij dat had geschreven legde de zwaan zijn pen neer en las de brief over. De laatste regel was wel wat eigenaardig, vond hij. Maar hij wilde zo graag eens barmhartig zweven, al was het maar op papier.

Hij wist niet wat hij verder zou schrijven en dacht een tijd na over wie die brief aan hem geschreven kon hebben. De antilope, de bidsprinkhaan, het zeepaardje? Hij koos ten slotte voor de sabeltijger en schreef met elegante letters onder de brief:

De sabeltijger

Hij wierp de brief met een krachtige zwaai van zijn vleugels omhoog.

Sierlijk vloog de brief nog even rond in het ochtendlicht, met langzame slagen van het papier, en verdween in de verte.

De zwaan keek hem na en sloot zijn ogen.

Een tijd later zweefde de brief weer terug. Barmhartig, dacht de zwaan, nu zweeft hij echt barmhartig... Hij moest oppassen dat hij niet omviel of in vervoering een knoop in zijn hals legde die hij er niet meer uit zou kunnen halen.

473

De brief landde voor zijn voeten. De zwaan raapte hem voorzichtig op. Voor mij, zei hij zacht. Hij las hem, beefde van geluk en verborg hem onder een vleugel zodat hij hem de volgende dag opnieuw kon sturen, en de dag daarna weer, telkens weer.

Toen vlijde hij zich neer aan de oever van de rivier. Zijn oogleden zakten sierlijk toe, terwijl zijn vleugels glinsterden in het licht van de langzaam omhoogklimmende zon.

Weet je wat, dacht de olifant, als ik hier beneden nu eens een briefje leg zodat ik het van bovenaf kan lezen. Dan kan mij niets gebeuren.

Hij wreef in zijn voorpoten, schreef met grote letters:

je mag niet vallen

legde het briefje onder de kastanjeboom en klom naar boven.

Maar toen hij halverwege was, verscholen tussen de bladeren, liep de krekel onder de kastanjeboom door. Hij las de brief.

Ach... dacht hij, eindelijk...! Hij was al heel lang op zoek naar het woord Niet. Nergens had hij al, en Niemand en Nooit en Niets. Maar Niet nog niet.

Hij wreef zijn voelsprieten over elkaar, keek om zich heen, zag niemand en scheurde het woord Niet uit het briefje.

Hij wilde niets liever dan dat woord op zijn voordeur hangen, voor zijn naam. niet de krekel zou er staan. Binnen zou hij luidkeels sjirpen en door een kier in zijn muur naar buiten kijken naar de voorbijgangers. 'Niet de krekel?' zouden ze zeggen. 'Niet de krekel?? Maar wie sjirpt er dan?' Ze zouden op de deur kloppen en roepen: 'Wie sjirpt er?' Hij zou niets zeggen en niet opendoen, en alleen maar nog luider sjirpen. Verbouwereerd zouden ze zijn. Verbouwereerdheid, daar hield de krekel van. Rimpels in voorhoofden, aarzelingen en verbouwereerdheid.

Vrolijk vloog hij naar zijn huis, met het woord Niet onder een vleugel.

Toen de olifant ten slotte zwoegend en hijgend, na lang klimmen, in de top van de kastanjeboom was aangekomen en bijna viel herinnerde hij zich zijn briefje. O ja, dacht hij, dat is maar goed ook... Hij keek naar beneden en las.

'Wat?' riep hij verbaasd. Hij las de woorden drie keer over. 'Maar het mocht toch niet...??' zei hij toen.

Hij wankelde.

Het mag dus, dacht hij gelaten. Met enorm geraas viel hij uit de top van de kastanjeboom naar beneden.

De eekhoorn vond hem even later, met naast hem zijn brief. Voorzichtig legde hij de gekneusde slurf recht. De olifant sloeg zijn ogen op en kreunde: 'Nu begrijp ik nooit meer iets, eekhoorn.'

'Nee,' zei de eekhoorn en hij ging in het gras naast de olifant zitten.

DE MIER EN DE EEKHOORN WANDELDEN IN EEN DONKER EN afgelegen deel van het bos. De lucht was grijs en ze waren beiden in gedachten verzonken.

De eekhoorn zakte plotseling in een gat dat vol lag met oude bladeren. Hij duwde de bladeren opzij. Tot zijn verbazing lag er op de bodem van het gat een brief. 'Een brief!' zei hij.

De mier boog zich voorover, pakte de brief en veegde hem schoon. Hij schraapte zijn keel en las:

Beste mammoet,
Het is bijna tijd. Weet je dat?
De holenleeuw

Het was een oude, omgekrulde, vergeelde brief met eigenaardige, droefgeestige letters.

'Wat zijn dat voor letters?' vroeg de eekhoorn.

'Oerletters,' zei de mier.

Daar had de eekhoorn nog nooit van gehoord.

'Dit is een oerbrief, eekhoorn,' zei de mier en hij keek heel ernstig.

De eekhoorn fronste zijn voorhoofd en vroeg: 'Wat zou de holenleeuw bedoelen?'

'Nou, wat er staat, natuurlijk,' zei de mier. 'Het was toen bijna tijd.'

'Maar als het toen bijna tijd was, wat is het dan nu?' vroeg de eekhoorn.

'Het is nu al lang tijd,' zei de mier. 'Al láng.'

'Al lang tijd?' vroeg de eekhoorn.

'Ja,' zei de mier ongedurig. 'Dat betekent dat het nu altijd tijd is. Sinds toen.'

De eekhoorn kreeg een eigenaardig duizelig gevoel in zijn hoofd en hij wist dat hij beter maar niets meer kon vragen. Maar toch vroeg hij: 'Wat heb je dan nog meer dan tijd? Ik bedoel, wat was er dan toen de holenleeuw die brief schreef?'

De mier liep met grote passen heen en weer en zei: 'Toen was er nog geen tijd. Nu wel. Nu is er niets dan tijd.' Hij wees met zijn voorpoten naar alle kanten.

'Ik zie niets,' zei de eekhoorn.

'Dat bedoel ik ook!' riep de mier en hij sprong omhoog en verdween tussen de laaghangende takken van de oude boom die daar stond.

Eén ogenblik leek hij echt verdwenen te zijn. De eekhoorn hield zijn adem in. Het was heel stil in het bos. Voor zijn voeten lag de brief.

Toen plofte de mier op de grond, stond op, sloeg wat stof van zich af en zei: 'Kom.'

Hij stopte de brief weer onder de bladeren.

'Hij is niet aan ons gericht,' zei hij.

'Nee,' zei de eekhoorn.

Zwijgend liepen ze urenlang verder, onder de grijze lucht, in het verlaten bos.

Geachte dieren,
Hierbij deel ik u mede dat ik vanaf heden al mijn werkzaamheden een halt toeroep.
Ik doe het niet meer.
Iedereen breekt maar doormidden, wil twee slurven, andere gedachten, een kelder, ogen op zijn stekels, één schub, nieuwe vleugels, noem maar op, en ik ben er altijd weer goed voor.
Vanaf heden ben ik dicht.
De boktor

Beste boktor,
Dank u wel voor uw rondschrijven.
Toch wil ik u nog iets vragen. Die twee steeltjes op mijn hoofd, wat heb ik daar eigenlijk aan? Kan ik daar niet iets voor in de plaats krijgen? Desnoods iets tegen het stoten. Want ik stoot me altijd!
De giraffe

Beste giraffe,
Voor u maak ik een uitzondering. Ik zal uw steeltjes vervangen door een helm en uw nek aanzienlijk inkorten.
Die vlekken op uw lijf, zal ik die dan meteen maar rood verven?
En als u wilt kan ik u in één moeite door ook laten tsjilpen.
Is dat goed?
En wilt u slagtanden? Kan ook nog.
Maar daarna doe ik niets meer. Voor niemand. Nooit.
De boktor

Hierbij deel ik u mede dat de taart die ik voor mijn verjaardag heb gebakken is mislukt.
  Komt u dus maar niet.
  Indien u mij toch iets wilt geven: dan graag iets bemoedigends.
  Ik ben de wanhoop nabij.
  Het aardvarken

De dieren zagen grote rookwolken boven het bos uit komen en hadden kort daarvoor een langdurig gerommel en enkele ontploffingen gehoord.

Ze keken elkaar aan.

'Ja ja,' zeiden ze, 'taarten...'

Ze schudden hun hoofd en dachten aan het aardvarken en zijn wanhoop. Iedereen maakte iets bemoedigends en stuurde het hem of legde het voor zijn deur.

Terwijl de walmen van zijn zwartgeblakerde taart nog om hem heen hingen pakte het aardvarken zijn cadeaus uit, bekeek ze en snikte lang en heftig.

Toen droogde hij zijn tranen. Heel langzaam sloop zijn wanhoop weg, verdween in het struikgewas en, later die avond, achter de horizon. Bemoedigende gedachten, die hij van de eekhoorn had gekregen, verschenen in zijn hoofd. En voordat hij in bed stapte, die avond, danste hij zelfs nog even, op zijn koude vloer, en zei tegen zichzelf. 'Hallo aardvarken. Hallo hallo.'

Misschien, dacht hij, toen hij even later zijn deken over zijn hoofd trok, moet ik vaker iets laten mislukken. Maar voor hij verder kon denken over die vreemde gedachte die nog het meest leek op het kraken van een holle boom in een storm, vielen zijn ogen toe en sliep hij.

VER WEG, AAN DE RAND VAN DE OCEAAN, WOONDE DE NAR-
wal. Hij woonde daar eenzaam en koud en dikwijls verbeet hij zich
van verdriet.

Het liefst wilde hij iemand uitnodigen om eens langs te komen.
Maar hij wist niet hoe dat moest.

Op een dag zwom hij met aarzelende slagen de oceaan over tot
hij bij de albatros kwam.

'Dag albatros,' zei hij.

'Dag narwal,' zei de albatros.

'Weet jij misschien hoe ik iemand kan uitnodigen om eens bij
mij langs te komen?'

'Per brief,' zei de albatros en hij sloeg zijn vleugels uit. 'Per
brief.'

'O,' zei de narwal en hij zwom de hele oceaan weer over terug naar huis, terwijl hij dacht: ik moet dus een brief schrijven.

Maar toen hij thuiskwam herinnerde hij zich dat hij niet kon
schrijven.

'Ach,' zei hij, 'dat was ik helemaal vergeten...!'

Hij verbeet zijn schaamte, rustte een tijd uit en zwom toen terug
naar de albatros en vroeg of hij hem wilde leren schrijven.

'Voor die brief?' vroeg de albatros.

'Ja,' zei de narwal.

'Dat is goed,' zei de albatros. 'Zullen we meteen beginnen? De
eerste letter die je moet leren is een B. Als je die kan schrijven kom
je maar weer terug.' Met grote slagen van zijn vleugels schreef hij
een B in de lucht.

Moeilijk, dacht de narwal, moeilijk! Hij zwom de oceaan over,
leerde de B met zijn tand in het schuim van de branding te schrij-

ven en zwom weer terug. De albatros leerde hem toen de e en de zomer daarna de s.

Ten slotte kon de narwal Beste schrijven.

Beste Beste Beste

schreef hij, drie keer achter elkaar. Zo is het wel duidelijk, dacht hij.

Hij was heel moe geworden. Een dikke traan rolde over zijn wang naar beneden, want hij kon zijn verdriet plotseling niet meer verbijten.

Ik laat het hier maar bij, dacht hij. Hij wist dat een echte brief langer moest zijn, maar hij geloofde niet dat hij nog meer kon leren.

Hij prikte de brief op zijn deur en nam zich voor nooit meer de oceaan over te zwemmen.

Somber lag hij in het donkere water van zijn huis en dacht aan beste onbekenden die hem misschien zouden willen opzoeken als ze wisten dat hij bestond. Maar hij wist niet hoe je 'onbekenden' schreef.

Op een dag zwom de walvis voorbij en zag de brief op de deur hangen. Beste Beste Beste, las hij.

Wat zou hij daarmee bedoelen? dacht de walvis. Hij gluurde door het raam naar binnen. Maar de narwal lag in het donker in een hoek in zwart, oud water. De walvis... dacht hij. Als ik die eens had kunnen schrijven... Beste walvis... Maar hij verbeet zich en maakte geen geluid.

Zeker niet thuis, dacht de walvis, die in het donker niets kon onderscheiden. Jammer, dacht hij. Hij fronste zijn wenkbrauwen en zwom verder.

DE OLIFANT WAS OP BEZOEK BIJ DE EEKHOORN.

Het was aan het begin van de winter.

De olifant had lange tijd aan de lamp heen en weer geslingerd, was een paar keer gevallen en weer opgestaan en zat ten slotte wilgenthee te drinken aan de helft van de tafel die nog heel was. De eekhoorn zat op een stoelpoot en likte aan een zoete beukennoot.

Lange tijd waren ze stil.

'Nu zijn we toch heel tevreden?' vroeg de olifant.

De eekhoorn knikte.

Plotseling verscheen er een donkere wolk op het gezicht van de olifant.

'Ik moet zo weer gaan,' zei hij.

'Ja,' zei de eekhoorn.

Het was even stil.

'Ik vrees,' zei de olifant, 'dat ik weer ga vallen.'

De eekhoorn zei niets. Hij kon zich niet herinneren dat de olifant ooit anders naar huis was gegaan.

'Maar ik wil niet meer vallen!' riep de olifant. Hij sloeg met zijn rechtervoorpoot de halve tafel en zijn kopje doormidden.

Somber ging hij op de grond zitten.

'Ik val altijd. Altijd!' zei hij.

De eekhoorn wilde hem heel graag helpen en dacht diep na.

'Als ik je eens verstuur?' zei hij toen.

'Verstuur?'

'Als brief.'

'Als brief??' zei de olifant.

Maar de eekhoorn greep al een pen en schreef met dikke letters op de buik van de olifant:

483

Beste olifant,
    Hoe gaat het met jou?

Hij hield even op met schrijven. Waar slaat dát op? dacht hij. Ik weet heel goed hoe het met hem gaat.

Hij kraste 'Hoe gaat het met jou?' weer door.

'Au,' zei de olifant.

'Goede reis,' schreef de eekhoorn, met voorzichtige letters. Meer is niet nodig, dacht hij. Hij schreef zijn naam zachtjes onder de brief, niet ver van de navel van de olifant.

De olifant probeerde te lezen wat er op zijn buik stond, maar de eekhoorn deed de deur open en duwde hem naar buiten.

'Ho!' riep de olifant.

Maar de wind greep hem al beet en blies hem weg.

'Dag olifant,' riep de eekhoorn. 'Tot gauw!'

'Dag eekhoorn,' riep de olifant. 'Dat is goed!'

De wind gooide de olifant hoog de lucht in en blies hem over het bos, over de rivier, naar zijn huis.

Laat in de avond werd hij daar bezorgd.

Midden in de nacht, toen de eekhoorn nog bezig was zijn stoelen en zijn tafel weer in elkaar te zetten, woei er een klein briefje onder zijn deur door:

Beste eekhoorn,
    Ik ben heel goed naar huis gewaaid.
    Dank je wel.
    Ik ben niet gekreukt.
    Je vriend de brief

Tevreden viel de eekhoorn even later in slaap, tussen de resten van zijn bed.

Bestaat dat: niets weten?

schreef de eekhoorn op een dag aan de mier.
   De mier dacht heel lang na, maakte een kleine sprong in de lucht, krabde achter zijn oor en schreef terug:

Ja. Alles bestaat.

Even later kreeg hij een nieuwe brief van de eekhoorn:

*Ook niet meer weten dat de zon schijnt
en dat het zomer is en dat de olifant in de verte
uit de wilg valt: bestaat dat?*

Ja.

schreef de mier terug.

*En óók niet meer weten dat je het meest van alles
van honing houdt en van zoete beukennoten en
van suiker?*

schreef de eekhoorn niet lang daarna.
   'Ja!' riep de mier. 'Ja! Ja!' Hij kneep zijn ogen stijf dicht, bonkte met zijn vuisten tegen zijn hoofd en schreef:

Ja! Dat bestaat ook!

En ook niet meer weten dat je heel graag wilt
dat een speciaal iemand (niet zomaar iemand)
toevallig eens langskomt: bestaat dat?

schreef de eekhoorn onmiddellijk daarna.

Maar toen de mier die brief wilde beantwoorden knakte zijn pen, scheurde zijn papier en brak zijn tafel doormidden. Zijn deur vloog open en een windvlaag sleurde hem mee, door het bos, naar de beuk, naar het huis van de eekhoorn.

'O,' zei de eekhoorn verbaasd, toen de mier naar binnen woei en op de grond neerplofte. 'Ik wist niet dat je zou komen.'

'Nee,' zei de mier. 'Ik ook niet.' Hij streek zijn jas recht en kuchte even. 'Ik denk dat het toevallig is.'

'Ik weet wel,' zei de eekhoorn, 'wat er in mijn kast staat.' Eén moment had hij het gevoel dat dat het enige was wat hij altijd zou weten, ook al wist hij dat hij het heel vaak vergat.

De mier ging alvast aan tafel zitten.

Even later aten zij gesuikerde rozenbottels en beukenhoning en spraken over de dingen waarover zij altijd spraken, gewone dingen en ingewikkelde dingen en niets in het bijzonder.

AAN DE RAND VAN DE WERELD IN DUISTERNIS EN BITTERE koude woonde de pinguïn.

Hij woonde stil, saai en verlaten.

Op een dag besloot hij, ten einde raad, maar eens een feest te geven.

Hij nodigde iedereen uit. Hij hakte honderden kleine ijsschotsen uit de bevroren zee en schreef in de sneeuw die op het ijs lag:

Beste dieren,
   Morgen vier ik feest. Komen jullie allemaal?
   De pinguïn

Hij gooide de brieven in de lucht en de gierende wind voerde ze mee.

Maar toen ze dicht bij het midden van de wereld kwamen smolten ze en vielen in de oceaan.

De volgende dag kwam er niemand. Alleen de ijsbeer kwam even. Hij had haast en gaf een ijspegel cadeau.

'Dank je wel,' zei de pinguïn. Wat moet ik dáármee? dacht hij. Zijn hele huis hing al vol met ijspegels. De ijsbeer at wat zoet ijs, mompelde een paar kille woorden en ging weer weg.

'Gezellig!' riep de pinguïn hem nog na. Maar de ijsbeer keek niet om.

De wind loeide en treurig keek de pinguïn over de verlaten ijsvlakte om hem heen.

Aan het eind van de middag schreef hij nieuwe brieven:

Dieren,
  Waar blijven jullie? Tot het donker is vier ik nog feest.
  Haast je!
  De pinguïn

Weer voerde de storm zijn brieven mee, en weer smolten ze en vielen in onleesbare druppels in de oceaan.

Toen het donker werd stond de pinguïn voor zijn deur in de sneeuw. Tranen rolden langs zijn wangen, vielen op zijn bevroren voeten en sprongen weg.

'Hebben jullie soms iets tegen mij?' huilde hij, zo hard als hij kon.

Maar de wind huilde harder en zijn woorden verdwenen in de nacht.

MIDDEN IN DE NACHT STOND DE MIER OP EN DACHT: IK GA een brief schrijven aan de eekhoorn. Maar geen gewone brief, dacht hij, maar een ondoorgrondelijke brief, een brief waarvan de eekhoorn achterover zal vallen, een sidderende brief.

Hij liep door zijn kamer heen en weer en dacht aan het ondoorgrondelijke dat hij zou schrijven. Gedachten stormden door zijn hoofd, met de vreemdste en schitterendste woorden en zinnen.

Ach, ach, dacht hij, wat zit er toch veel in mijn hoofd!

Hij legde heel voorzichtig zijn twee voelsprieten tegen zijn slapen. Het trilt daar, dacht hij. Het denkt daar koortsachtig! Hij schudde zijn hoofd van verbazing. Voorzichtig! dacht hij toen. Niet schudden! Straks schud je nog alles door elkaar. En als je koortsachtige gedachten door elkaar schudt, wat dan?

Af en toe rilde hij even.

Het was een donkere nacht.

Maar toen de zon opkwam had hij nog steeds geen ondoorgrondelijke brief geschreven. Hij werd moe, kreeg slaap en had ook wel trek in iets zoets.

Nou ja, dacht hij, dan maar iets minder ondoorgrondelijks. Maar hij zal zich nog wel verbazen! En achterovervallen ook! Ook al zal hij misschien niet héél hard terechtkomen.

Hij pakte een stuk berkenschors en schreef, in het bleke ochtendlicht dat door zijn raam naar binnen viel:

Eekhoorn,
Ergens kom je nóóit achter!
De mier

Als hij deze brief een paar keer heeft gelezen, dacht de mier, dan valt hij óf achterover, met stoel en al, óf hij komt aanhollen en roept al van ver: 'Mier! Mier! Waar kom ik nooit achter?' Dan zal ik hem uitleggen wat ik bedoel. Maar ook als hij dat dan begrijpt, blijft er toch nog iets over waar hij nooit achter komt. Dat kan niet!

Hij opende zijn deur en een zachte windvlaag nam de brief mee.

Hij ging zijn kamer weer in, keek in zijn kast, schraapte met een voorpoot over de bodem van een oud potje, proefde dat daar eens honing in had gezeten en stapte weer in bed.

Nu ga ik diepzinnig slapen, dacht hij. En algauw sliep hij, zacht snurkend, terwijl het zonlicht over de muren van zijn kamer gleed.

ZOMAAR, OP EEN OCHTEND, BAKTE DE EEKHOORN EEN KLEI-
ne taart van beukennoten en honing. Op de taart schreef hij, met
letters van gesmolten suiker:

Beste mier,
  Hoe gaat het met jou?
  De eekhoorn

Ach, dacht hij, het is maar een aardigheidje. Hij haalde zijn schouders op, maar hij was wel trots op zijn aardigheidje. Bovendien,
dacht hij, is het een verrassing. Want de mier was niet jarig en er
was verder ook niets te vieren, zover de eekhoorn wist. Het is dus
een onverwacht aardigheidje, dacht hij.

Toen de taart af was gooide hij hem van de tak voor zijn deur de
lucht in. 'Want het is een brief!' riep hij, in de hoop dat de wind
hem zou horen. 'Een verrassingsbrief. Voor de mier.'

De wind stak op en nam de warme, geurende brief mee.

Laat in de middag kreeg de eekhoorn antwoord. Het was een
dikke brief van room en gestoofde kastanjes, met letters van eikenhoning:

Beste eekhoorn,
  Het gaat heel goed met mij.
  En met jou?
  De mier

De eekhoorn zette de brief voor zich op tafel neer. Met mij, dacht
hij, gaat het ook heel goed. Héél goed zelfs. Hij knikte en langzaam, letter voor letter, at hij de brief op. 491

Heerlijk, dacht hij, toen hij de brief uit had. En met een tevreden gebaar veegde hij het vraagteken, dat aan zijn neus was blijven hangen, weg.

Op een ochtend, aan het begin van de zomer, kreeg de eekhoorn een brief. Hij maakte hem open en las:

Fiegti eekhoorn,
  Sjnlasjtrofj drasjbr.
  Kolantviti brschtr.
  Gmrosj

De eekhoorn begreep er niets van, bekeek de brief aan alle kanten en liet hem die middag aan de mier zien.

De mier fronste zijn voorhoofd, las de brief, hield hem boven zijn hoofd tegen het licht, krabde aan het puntje van zijn neus en las hem opnieuw.

'Weet je wat er staat?' vroeg de eekhoorn.

'Nog niet,' zei de mier, terwijl hij zijn ogen half dichtkneep.

De eekhoorn vroeg hem of hij moest terugschrijven, ook al wist hij niet wie de gmrosj was en waar hij woonde. De mier dacht even na en zei: 'Nee. Niet terugschrijven. Zeker niet terugschrijven.'

De volgende dag kreeg de eekhoorn weer een brief.

Fiegti eekhoorn,
  Grnabakalusj spljok bnochsj tro!
  Aachsjtrum, drnlauuat!!
  Gmrosj

Hij liet hem weer aan de mier zien. De mier las hem met gefronste wenkbrauwen.

'Dit is een slechte brief, eekhoorn,' zei hij, toen hij hem uit had.   493

Hij wees de eekhoorn de woorden aan die volgens hem slecht en kwaadaardig waren.

'Wie zou de gmrosj zijn?' vroeg de eekhoorn.

'Ik denk,' zei de mier, 'dat het een onguur iemand is.'

De eekhoorn zei niets.

'Het is maar goed dat je hem niet hebt teruggeschreven,' zei de mier, terwijl hij de brief ruw opzijschoof.

De dag daarna kwam er weer een brief van de gmrosj:

Fiegti eekhoorn,
  Aouluchnsjt? Iouluchnsjt? Eou?
Sjt. Sjt. Krgnr!
Gmrosj

De mier kwam al vroeg bij de eekhoorn op bezoek.

'Heb je weer een brief gekregen?' vroeg hij.

'Ja,' zei de eekhoorn.

'Laat eens zien.'

De eekhoorn gaf hem de brief. De mier las hem en verscheurde hem.

'Het is een gevaarlijke brief, eekhoorn,' zei hij. 'Je had hem niet moeten lezen. Je moet brieven van de gmrosj verscheuren, voor je ze leest, anders...'

'Wat anders?' vroeg de eekhoorn.

'Het is beter dat je dat maar niet weet,' zei de mier.

De volgende dag kreeg de eekhoorn weer een brief van de gmrosj. Hij las hem en stopte hem daarna in zijn kast onder wat stoffige rommel. Toen de mier kwam aanhollen en vroeg of hij nog een brief had gekregen schudde hij zijn hoofd en zei: 'Nee.'

'Misschien is de gmrosj verstandig geworden,' zei de mier.

De eekhoorn zette wat honing op tafel en zwijgend aten ze die op.

De hele zomer kreeg de eekhoorn elke dag een brief van de gmrosj. Hij legde ze allemaal in zijn kast en zei daar niets van aan de mier. Hij dacht veel aan de gmrosj. Hoe zou hij eruitzien? Wat zou hij bedoelen? Zou hij ook een keer op bezoek willen komen? Maar dan zou de mier wel op reis moeten zijn... Soms stonden er dikke rimpels in het voorhoofd van de eekhoorn.

Een paar keer vroeg de mier hem nog of hij iets had gehoord van de gmrosj. Maar de eekhoorn zei altijd: 'Nee.'

Op een dag, in het begin van de herfst, kwam er geen brief van de gmrosj, en de dag daarna ook niet.

Elke ochtend, heel vroeg, ging de eekhoorn op zijn tenen op de tak voor zijn deur staan om te zien of er misschien toch nog een brief zou komen. Maar er kwam nooit meer een brief van de gmrosj.

Soms, als het vroor of regende en de mier ver weg was, haalde de eekhoorn de brieven van de gmrosj uit zijn kast en las ze een voor een. Hij probeerde dwars door het papier heen te kijken om te begrijpen wat er stond. 'Gmrosj,' fluisterde hij, 'gmrosj gmrosj...', en dikwijls zuchtte hij, zonder precies te weten waarom.

Aan de rand van het bos in de plataan verkocht de uil brieven.

Hij had zeldzame brieven, vrolijke brieven, zachte brieven en venijnige brieven, brieven die niet te onderscheiden waren van een regenbui of onweer of een boterbloem, brieven die konden sissen, brieven met voelsprieten en schubben, scherpe brieven waarmee je taarten kon aansnijden, brieven die brulden, brieven die konden dienen als deur, brieven die bloeiden en verwelkten en nog veel meer brieven.

Maar er kwam zelden iemand langs om een brief te kopen, en soms verkocht hij alleen een halve brief of een stukje van een brief.

Dan vroeg hij: 'Wilt u een stuk met Beste of een stuk met Tot gauw?' Met zijn snavel sneed hij dan een stuk uit een brief en verkocht het.

Vaak kwam er een hele dag niet één klant. Dan maakte hij kleine stapeltjes met 'Hoe gaat het met jou?' en 'Met mij gaat het goed', want die verkocht hij nogal eens aan haastige klanten. Of hij schreef lange, ernstige brieven aan niemand in het bijzonder en legde ze in laden in een kast. Die brieven verkocht hij niet, maar las hij zelf, in de winter, als er dik sneeuw rond de plataan lag.

Roerloos en met dichtgeknepen ogen dacht hij urenlang na over elk woord dat hij schreef.

Als ik echt zou schrijven wat ik denk, dacht hij vaak, dan zóú ik toch dingen schrijven...

Maar hij wist niet wat hij dan zou schrijven. Want wat denk ik? dacht hij. Hij wist dat nooit.

Meestal sliep hij met dikke rimpels in zijn voorhoofd in.

Boven zijn bed hing een zin uit een brief die hij langgeleden in het bos had gevonden. Die zin las hij elke ochtend als hij wakker werd. Elke ochtend was hij weer benieuwd naar wat er precies stond.

Er stond in kleine, scheve letters:

Met mij gaat het tamelijk goed.

Als hij dat gelezen had knikte hij en kneep zijn ogen even stijf dicht. Tot zijn verbazing was hij het bijna altijd met die woorden eens.

LANGZAAM VOER DE OLIFANT OP EEN VLOT DAT HIJ ZELF had gebouwd, naar zee. De karper, de snoek, de brasem en de zalm zwommen achter hem aan.

Iedereen wist het: de olifant ging naar zee. Op zijn vlot, zonder mast, zou hij midden op zee blijven wonen.

'Het is de enige manier,' had hij tegen iedereen gezegd en iedereen had geknikt. Het was de enige manier om nergens meer in te klimmen en nergens meer uit te vallen.

'Op zee is toch echt niets?' had hij gevraagd aan dieren die verstand hadden van de zee.

'Nee, echt niets,' hadden ze gezegd.

'Ook niet één boom? Eén boom die daar per ongeluk staat?'

'Nee.'

De olifant had diep gezucht en met zijn slurf een paar zware tranen van zijn wangen geveegd.

Hij had een kist met zoete schors bij zich, en de lijster had hem leren fluiten zodat hij iets te doen had op zee.

Het zag zwart van de dieren langs de kant. 'Dag olifant!' riepen ze. Ze schreeuwden, zwaaiden en klommen op elkaars schouders.

'Dag iedereen,' zei de olifant en hij knikte naar iedereen.

De meeuw vloog hoog boven hem en de kikker sprong in het water en probeerde naar hem toe te zwemmen.

'Een laatste groet!' kwaakte hij.

'Dag kikker,' zei de olifant.

De eekhoorn was op zijn dak geklommen en tilde zijn lamp hoog boven zijn hoofd zodat de olifant hem nog één keer kon zien.

De lamp schitterde in het zonlicht.

'Olifant!' riep de eekhoorn. 'Olifant!'

De olifant keek en zag de lamp.

'Dag eekhoorn!' riep hij en hij slikte even toen hij dacht aan alle keren dat hij aan die lamp had geslingerd.

Tegen de avond bereikte hij de zee en dreef langzaam weg.

De dieren hoorden niets meer van hem. Sommigen vergaten hem of meenden dat hij nooit had bestaan. Anderen misten hem en dachten elke dag aan hem.

Op de ochtend van zijn verjaardag, een tijd later, kreeg de eekhoorn een brief van hem:

Beste eekhoorn,
  Gefeliciteerd met je verjaardag.
  Woon je nog boven in de beuk,
  helemaal bij de top?
  En heb je die lamp nog?
  De olifant (op zee)

Toen de eekhoorn die avond zijn verjaardag vierde miste hij de olifant meer dan wie of wat dan ook. Even, heel even, meende hij hem ver weg, voorbij het bos, tussen de sterren te zien, wuivend en roepend: 'Ik ben er!' vlak voordat hij viel. Maar dat kon niet. Dat wist de eekhoorn. Hij zuchtte, schraapte zijn keel en vierde zijn verjaardag verder.

OP DE LAATSTE DAG VAN HET JAAR, TOEN HET KIL EN DONker was in het bos, schreven de dieren een brief aan de zon.

Ze hadden er lang over nagedacht wat ze de zon zouden schrijven en zochten de voorzichtigste woorden uit die zij kenden.

'Het is een smeekbrief,' zei de mier. 'Een hartelijke smeekbrief.'

Ze zetten er bijna allemaal hun naam onder. Alleen de mol, de aardworm, de nachtvlinder en de vleermuis hadden hun bedenkingen en zouden liever het omgekeerde hebben geschreven.

Met zijn honderden gooiden ze de brief omhoog, en de ijzige wind blies hem de lucht in, dwars door de laaghangende wolken heen.

Rillend zaten ze bij elkaar te wachten op antwoord en bliezen op hun voelsprieten of sloegen hun vleugels over elkaar.

Aan het eind van de middag kwam er plotseling een klein gaatje in de wolken. Een zonnestraal schoot naar beneden en langs die zonnestraal gleed een brief. Met grote ogen keken de dieren toe.

De brief plofte op de grond en de mier stapte naar voren en maakte hem open.

Alle dieren leunden op elkaars schouders, zelfs de slak leunde, en het nijlpaard en de spin, en zelfs op de schouders van de egel leunden ze – en lazen:

Beste dieren,
  Dat is goed. Tot gauw.
  De zon

Toen slaakten ze een zucht van opluchting, knikten naar elkaar, schudden elkaars vleugels, vinnen, voelsprieten en poten, wensten elkaar het allerbeste en gingen naar huis.

De meeste dieren maakten die avond nog een paar kleine danspassen, op de vloer voor hun bed, zongen zachtjes: 'Tot gauw, tot gauw...', kropen onder een dikke deken en vielen in slaap.

DE VERJAARDAG VAN DE SECRETARISVOGEL

Op een ochtend kreeg de eekhoorn een brief.

Beste eekhoorn,
  Morgen ben ik jarig. Ik vier
  mijn verjaardag schriftelijk.
  Zal ik je een schriftelijke taart sturen?
  De secretarisvogel

De eekhoorn dacht diep na en schreef terug:

Beste secretarisvogel,
  Dat is goed. Als je maar wel
  precies opschrijft hoe hij smaakt.
  De eekhoorn

De volgende ochtend kreeg de eekhoorn een brief van de secretarisvogel, waarin hij precies beschreef hoe zijn taart smaakte.

Het was een dikke brief, en de wind moest hard blazen om hem onder de deur van de eekhoorn door te duwen.

Toen de eekhoorn uren later de laatste bladzijde uit had knikte hij en schreef aan de secretarisvogel dat het een heerlijke taart was geweest. 'Ik heb woord voor woord gesmuld,' schreef hij. 'Vooral die gestoofde kastanjes, die tussen haakjes stonden, vond ik heerlijk.'

Hij stuurde de secretarisvogel een kleine, schriftelijke tafel, als cadeau, en een warme, handgeschreven muts voor de winter. Hij wist dat de secretarisvogel graag zo schriftelijk mogelijk leefde.

Die avond schreven ze nog een wals aan elkaar, waar ze helemaal duizelig van werden, en legden toen hun pennen neer.

Dag eekhoorn, dacht de secretarisvogel.

Dag secretarisvogel, dacht de eekhoorn.

Op een middag klopte de eekhoorn op de deur van de kraai.

'Ja?' zei de kraai.

'Ik ben het, de eekhoorn,' zei de eekhoorn. 'Gefeliciteerd.'

'Waarmee?' vroeg de kraai.

'Met je verjaardag.'

Het was even stil. Toen zei de kraai: 'Maar ik wil helemaal niet jarig zijn.'

'Maar je bent het wel.'

'Heb je dat bordje niet gezien?'

'Nee. Wat staat daarop?'

'Heden niet jarig.'

'O,' zei de eekhoorn. Hij had nergens een bordje gezien. 'Ik heb wel een cadeau bij me,' zei hij aarzelend.

'Maar ik wil niets,' zei de kraai. 'Wat is het?'

'Een muts.'

'Ik wil geen muts.'

Het was lange tijd stil. De kraai leek niet van plan te zijn de deur open te doen en de eekhoorn wist niet goed wat te zeggen.

Als de kraai op zijn verjaardag niet jarig is, dacht hij, wat is hij dan? Hij kneep peinzend in zijn neus en duwde met een teen in de grond.

'Ik wil niets zijn,' zei de kraai plotseling. Zijn stem was schor en zacht. 'Dat wil ik al heel lang.'

'Niets?' vroeg de eekhoorn verbaasd.

'Ja,' zei de kraai. 'Niets.'

De eekhoorn zweeg. Hij zat op de stoep voor de deur van de kraai en keek naar de grond. Hij probeerde te bedenken hoe het was om niets te zijn. Maar dat lukte hem niet.

Het was een donkere dag. Af en toe regende het heel hard, en dan was het opeens weer droog en scheen de zon.

'Kraai,' zei de eekhoorn na een tijd. Hij wilde de kraai nog iets vragen. Hij klopte op de deur. 'Kraai...'

Er kwam geen antwoord.

Misschien zit hij nu wel onder zijn tafel, dacht de eekhoorn. Of in een la in zijn kast.

Hij wachtte nog een tijd en besloot toen om maar naar huis te gaan.

'Dag kraai,' zei hij. Het bleef stil in het huis van de kraai.

Langzaam en in gedachten verzonken liep de eekhoorn weg.

Niet ver van het huis van de kraai zag hij het bordje: HEDEN NIET JARIG. Het was scheefgezakt en stond half verscholen achter een struik. Het was een heel oud bordje.

Alles zijn, dat kan, dacht de eekhoorn. De mier is alles. Hij stond even stil. Tenminste, dacht hij, ik kan niets bedenken wat de mier niet is. Hij liep weer verder. Maar niets? Niets zijn leek hem het moeilijkste en verdrietigste wat er bestond. En hij wist niet of iemand dat ooit kon zijn.

Na lang oefenen en veel pech had de pad geleerd om in de toekomst te kijken.

Op een ochtend zat hij handenwrijvend in het gras onder de wilg.

De eekhoorn zag hem daar zo zitten.

'Hallo pad,' zei hij. 'Wat zie je er vrolijk uit.'

'Ja,' zei de pad, 'ik ben morgen jarig en ik krijg prachtige cadeaus.'

'Jarig?' zei de eekhoorn verbaasd. 'Maar je bent gisteren net jarig geweest. Weet je dat niet meer?'

Het was even stil. O jee, dacht de pad, zou ik nu niet meer in het verleden kunnen kijken? Hij fronste zijn wenkbrauwen en keek in de richting van het verleden. Maar hij zag niets. Nou ja, dacht hij, daar is niets meer aan te doen, vrees ik.

Hij schraapte zijn keel en keek zo scherp mogelijk in de toekomst. Ah, dacht hij, daar heb je mijn verjaardag.

'Ja hoor,' zei hij, 'ik ben morgen echt jarig.'

De eekhoorn haalde zijn schouders op en liep door.

De pad keek in de toekomst rond, loerde in alle hoeken en gaten en zag dat alleen de aardworm op zijn verjaardag kwam, met als cadeau een kussen waar je heel gemakkelijk op kon zitten.

Mooi, dacht hij. Zo'n kussen wou ik net hebben. Hij wreef zich in zijn handen.

Die middag ging hij voor alle zekerheid bij de aardworm langs en zei dat hij de volgende dag jarig was en dat hij heel graag een lui kussen wilde hebben.

'O,' zei de aardworm, die zelden op verjaardagen kwam. 'Een lui kussen. Dat is goed.'

De volgende dag zat de pad voor zijn huis en zag de aardworm aankomen. Hij zeulde een lui kussen met zich mee.

'Gefeliciteerd, pad,' zei hij.

'Dank je wel, aardworm,' zei de pad.

Ze vierden de verjaardag van de pad.

De pad leunde tegen zijn cadeau en probeerde de aardworm uit te leggen hoe je in de toekomst kon kijken. Maar de aardworm zag de zon en een groot vuur, hij hoorde enorme dreunen boven zijn hoofd en zijn deur werd ruw opengerukt.

'Nee,' zei hij. 'Dat hoef ik allemaal niet te zien. Dank je wel, pad.'

'Het is heel moeilijk om goed te kijken,' zei de pad. 'Dat is waar.'

Daarna dansten ze en dronken iets modderigs.

Toen de aardworm weer naar huis was ging de pad op het luie kussen zitten, in een hoek van zijn kamer. Hij knikte tevreden. Af en toe wierp hij even een blik in de toekomst. Maar daar gebeurde niet veel. Hij zag zichzelf jarenlang op zijn kussen zitten en in zijn handen wrijven. Tevreden deed hij zijn ogen dicht.

Op een dag was het bos jarig.

Daar hadden de dieren zich lang op verheugd.

'Ja, bos,' zeiden ze, 'dat wordt een groot feest!'

Het bos liet de bomen alvast ruisen en de struiken alvast ritselen van plezier.

'Waar moeten we het eigenlijk vieren?' vroegen de dieren elkaar. Er was niet één plek waar ze het konden vieren, want dan zouden alle andere plekken tekortkomen. Dus vierden ze het in het hele bos.

Ze hingen slingers en lampionnen in alle bomen, ze zetten tientallen taarten van turf en zachte modder neer en ze goten zoete siroop in de rivier, zodat hij rood werd en de wilg zich gulzig over hem heen boog.

Hun cadeaus legden ze overal in het bos neer: nieuw mos, een paar kronkelige beekjes, bosbessen en een reusachtige opvouwbare hoed die het bos kon opzetten bij striemende regen.

'Alsjeblieft, bos. Gefeliciteerd, bos. Van harte, bos,' klonk het van alle kanten.

Het bos kraakte van plezier.

Zelfs de kameel was gekomen, en de walvis en de albatros.

Die middag was het bos vol met alle dieren die bestonden. Iedereen danste met een boom en fluisterde iets vrolijks in een struik. En de olifant probeerde sierlijk van de top van de ene boom naar de top van de andere boom te springen. Dat lukte telkens bijna.

De lijster en de merel zongen samen een vrolijk lied en de schildpad liet zijn schild glimmen zoals het nog nooit had geglommen.

Laat in de middag begon het te waaien en kwamen er brieven

met gelukwensen van de steppe, van de oceaan, van de bergen en zelfs van de woestijn, die het bos feliciteerde en schreef dat hij binnenkort eens langs zou komen. 'Ik kom wel bij jou, woestijn, ik wilde toch allang eens die kant op,' schreef het bos meteen terug.

Het was een mooie dag en het bos schudde zijn kruinen zachtjes heen en weer, ruiste, ritselde, stak hier en daar een tak in een taart, en was gelukkig zoals alleen een bos op zijn verjaardag gelukkig kan zijn.

'Iedereen is vroeg of laat jarig, eekhoorn,' zei de mier. 'Iedereen.'

Ze zaten naast elkaar op de tak voor het huis van de eekhoorn. De zon scheen en ze probeerden te bedenken welke verjaardag ze nog nooit hadden gevierd.

Plotseling kwam er een zwarte wolk voor de zon.

'De regen ook?' vroeg de eekhoorn.

'De regen?' vroeg de mier verbaasd.

'Ja,' zei de eekhoorn.

De mier moest heel diep nadenken. Toen zei hij: 'Ja, de regen ook.'

'Maar hoe viert hij zijn verjaardag dan?' vroeg de eekhoorn.

'Nou...' zei de mier en hij dacht weer diep na. Hij kneep zijn ogen stijf dicht, ging op zijn linkervoorpoot staan, toen op zijn rechterachterpoot, en zei: 'Vallend. Hij viert hem vallend.'

'O,' zei de eekhoorn.

'Hij laat zoete druppels vallen,' zei de mier, 'en een gestoofd buitje.'

'Een gestoofd buitje??' vroeg de eekhoorn.

'Ja hoor,' zei de mier. 'En als hij een mooi cadeau krijgt, dan klettert hij en spat hoog op.'

'Van wat voor cadeaus zou hij houden?' vroeg de eekhoorn.

'Nou...' zei de mier en hij dacht weer heel diep na. 'Van greppels houdt hij, met oude bladeren erin, en van rul zand, en van platte daken, en van het voorjaar...' De mier kneep zijn ogen dicht en zweeg.

De eekhoorn probeerde zich voor te stellen hoe hij met het voorjaar onder zijn arm naar de regen toe zou lopen en hem zou feliciteren en zijn cadeau zou geven en hoe de regen dan het voorjaar zou uitpakken en uitgelaten in de lucht zou gooien. Zou hij mij bedanken? dacht hij. Maar hoe zou de regen iemand kunnen bedanken? Hij kon zich dat niet voorstellen. De mier kan zich dat wel voorstellen, dacht hij. Die kan zich alles voorstellen. Die kan zich zelfs honingtaarten voorstellen die fluitend in bomen klimmen en naar beneden vallen, vlak voor je voeten, als je ze dat vraagt.

Het was een tijd stil.

'Beukennoten kunnen ook jarig zijn,' zei de mier opeens, terwijl hij peinzend de lucht in keek.

'O ja?' vroeg de eekhoorn.

'Ja,' zei de mier. 'Vooral zoete beukennoten. Die kunnen heel goed jarig zijn. En hun liefste wens is om op hun verjaardag opgegeten te worden.'

'Ach...' zei de eekhoorn en hij schudde zijn hoofd van verbazing.

'Toevallig,' zei de mier, 'heel toevallig zijn ze vandaag jarig, wist je dat?'

'Nee,' zei de eekhoorn. Hij stond op en vroeg zich af waarom hij niet eerder had geweten dat zijn zoete beukennoten die dag jarig waren. Dan had hij hun verjaardag die ochtend al gevierd. Maar ja, dan hadden we nu niets meer te vieren, dacht hij. Hij ging vlug naar binnen en haalde al zijn jarige beukennoten met een feestelijk gebaar uit zijn kast.

DE VERJAARDAG VAN DE KREEFT

Op een avond werd er op de deur van de eekhoorn geklopt. De eekhoorn deed open.

In de deuropening stond de kreeft, in een lange, rode jas, met een tas in een van zijn scharen.

'Woont u hier?' vroeg hij.

'Ja,' zei de eekhoorn.

'Staat u mij toe dat ik hier mijn verjaardag vier?' vroeg de kreeft. 'Ik ben namelijk op reis en heb elders geen gelegenheid hem te vieren.'

'O,' zei de eekhoorn. 'Dat is goed.'

De kreeft deed zijn jas uit. Hij droeg een oranje kostuum, met hier en daar iets wits. Hij schoof een stoel naar achteren en ging aan tafel zitten. Zijn tas zette hij naast zich op de grond.

Hij mompelde: 'Heb ik mijzelf al gefeliciteerd? Nee? Nou, gefeliciteerd dan.' Toen keek hij om zich heen.

De eekhoorn schraapte zijn keel en vroeg: 'Hoe wilt u uw verjaardag vieren?'

'Laat u dat maar aan mij over,' zei de kreeft. Hij keek even over zijn elleboog naar de eekhoorn en zei: 'Blijft u daar maar staan.'

De eekhoorn bleef in de deuropening staan.

'Het liefst heb ik dat u zwijgt,' zei de kreeft.

Hij haalde een pakje uit zijn tas, legde het op tafel en keek er nieuwsgierig naar. 'Wat zou het zijn?' vroeg hij en hij trok zijn wenkbrauwen op. Hij glimlachte en zei: 'Maak maar open.' Hij maakte het pakje open. Er zat een vuurrode das in.

De kreeft knikte tevreden en knoopte de das om zijn hals.

'Dank je wel, kreeft,' zei hij. 'Daar ben ik heel blij mee. Staat hij mij goed? Hij staat je heel goed.'

Toen pakte hij een kleine, lichtblauwe taart uit zijn tas, nam er een paar happen uit en stopte de rest weer terug in de tas.

'Heerlijk,' mompelde hij en tevreden blies hij een enkele kruimel van zijn mond.

Hij leunde achterover, deed zijn ogen dicht en bleef een tijd lang zo zitten.

'Dat was gezellig,' mompelde hij toen en deed zijn ogen weer open.

De eekhoorn stond nog steeds bij de deur en zei niets.

'Zo,' zei de kreeft. Hij stond op en liep naar het raam. De maan kwam net boven de bomen uit, en niet ver van de beuk viel de olifant toevallig juist uit de top van de eik. 'Ach...' riep de olifant verbaasd, met zijn slurf en zijn oren zwaaiend. Er klonk een harde dreun.

'Een mooi uitzicht hebt u hier,' zei de kreeft.

De eekhoorn zweeg, want hij dacht dat de kreeft dat nog steeds het liefst had.

De kreeft trok zijn jas weer aan en stapte langs de eekhoorn de deur uit.

'Nu ga ik mijn reis voortzetten,' zei hij. 'Ouder en voldaan. Ik groet u.'

Hij gleed langs de stam van de beuk naar beneden. Hij keek niet meer om en verdween in het struikgewas.

Op zijn verjaardag kreeg de leeuw van de krekel verdriet cadeau, een grote doos vol.

De leeuw pakte het cadeau uit en begon meteen te snikken.

'O,' riep de krekel, 'ik heb me vergist...' Hij sloeg zijn voorpoten voor zijn ogen en ging plat op de grond liggen.

Hij was met twee dozen op stap gegaan: één met een glimmende groene jas voor de leeuw en één met oud verdriet om weg te gooien in de rivier. Maar hij had per ongeluk de doos met de groene jas weggegooid.

Het was te laat. De leeuw zat huilend in een hoek, onder de eik, en vroeg al zijn gasten om maar weg te gaan en zijn verjaardag te vergeten. Het was groot verdriet dat de krekel hem had gegeven. 'Ik ben ontroostbaar,' huilde de leeuw, 'o wat ben ik ontroostbaar...'

De krekel keek hem met grote ogen aan en zei: 'Het spijt me, leeuw, het spijt me...'

Het was wel groot, maar ook zachtaardig verdriet en de leeuw schudde zijn manen, zuchtte diep en sloeg met zijn staart een paar tranen van zijn wang. 'Jij kan er ook niets aan doen, krekel,' snikte hij, 'niemand kan er iets aan doen, niemand...'

Waarom ben ik toch ook zo dom, dacht de krekel, toen hij even later langs de rivier naar huis liep. Hij wist het niet. Als ik het wist dan was ik het niet, dacht hij. Hij fronste zijn wenkbrauwen. Maar als ik het niet was, dan kon ik het ook niet weten, dacht hij toen. Hij bleef staan, dacht even heel diep na en liep toen ernstig verder.

In een bocht van de rivier zwom de zwaan, met een dikke, groene jas aan.

'Die kwam zomaar langsdrijven!' riep hij naar de krekel. 'Zwierig, hè?'

De krekel keek naar de grond, kneep zijn mond stijf dicht en liep door.

'Nu nog een muts!' riep de zwaan opgetogen. 'Een rode muts met pluimen. Die vraag ik voor mijn verjaardag. Dán zal ik toch mooi zijn...'

Voortaan, dacht de krekel, terwijl hij het struikgewas instapte, verscheur ik mijn verdriet meteen als het over is. Nog een geluk dat ik de doos met woede niet bij me had, want die moet ik ook nog weggooien... als ik die per ongeluk aan de leeuw had gegeven...

Thuisgekomen pakte hij zijn doos met oude woede, maakte hem open, verscheurde de woede in duizend snippers en stopte die een voor een in de grond.

Als iemand zo'n snipper vindt wordt hij misschien wel boos, dacht hij, maar nooit erg boos, en zeker niet woedend.

DE VERJAARDAG VAN HET HERT

Op de verjaardag van het hert, vroeg in de lente, regende het zo hard dat alle cadeaus van het hert wegspoelden.

'Hola,' riep hij en hij wist nog net de hoed tegen te houden die hij van de egel had gekregen.

De taarten die hij had gebakken veranderden in pap. Druipend van de regen slurpten de dieren ze op.

De olifant probeerde te dansen met de kikker, maar gleed uit en sleepte de kikker met zich mee, de modder in. 'Het was wel een dappere poging, vond je niet?' vroeg hij.

De kikker knikte en glimlachte breed, want modder en regen deerden hem niet.

De lijster wilde iets zingen. Maar toen hij zijn snavel opende stroomde hij meteen vol water. 'Het is geen doen,' gorgelde hij. Het klonk eigenaardig en hij ging weer zitten.

Langzaam liep het bos helemaal onder water.

'Ho! Ho maar!' riep de neushoorn omhoog. Hij zwaaide vervaarlijk met zijn hoofd heen en weer. Maar het bleef doorregenen.

'Zou het eigenlijk altijd kunnen blijven regenen?' vroeg de eekhoorn aan de mier.

'Ja,' zei de mier. 'Dat kan. Dat kan heel goed.'

Maar toen ze nog maar net hun hoofd boven water konden houden klom de salamander tegen de regen in omhoog.

'Wat ga je doen?' riepen de dieren boven het geruis van de regen uit.

'Eens kijken wat er aan de hand is,' riep de salamander.

Even later hield het plotseling op met regenen. Een paar tellen later viel de salamander met een plons in het water naast de populier.

'Hoe heb je dat gedaan?' vroegen de dieren.

De salamander veegde zijn ogen schoon en zei: 'Toen ik bovenkwam zei ik: "Nu heeft het genoeg geregend", en toen hield het meteen op en viel ik naar beneden.'

'Tegen wie zei je dat?'

'Dat kon ik niet zien, door de regen,' zei de salamander.

Het water zakte en de zon scheen nog even tussen de bomen door voor hij onderging.

De dieren waadden naar huis.

Overal in het bos kwamen ze de cadeaus voor het hert tegen: in het struikgewas, onder het lage kreupelhout en tussen de takken van de bomen.

'Deze keer is het nog opgehouden met regenen,' zei de mier tegen de eekhoorn, terwijl ze langzaam over de open plek in het bos liepen. 'Maar het had kunnen doorregenen, eekhoorn, dat had gekund!' Hij keek de eekhoorn zo doordringend mogelijk aan.

Maar de eekhoorn keek in het rond of hij de pot beukenschors zag die hij aan het hert had gegeven en die hij voor het laatst had zien dobberen tussen de takken van de wilg. Want hij wilde hem heel graag opnieuw geven.

De spin kreeg op zijn verjaardag een nieuw web cadeau.

'Alsjeblieft, spin,' zeiden de dieren, die het met zijn allen hadden gemaakt.

Het was een groot web, met stevige, brede draden waarop je elkaar makkelijk kon passeren.

'Je oude web is altijd zo wiebelig,' zei de olifant, 'en zo nauw, hoe moet ik dat zeggen...'

De spin zweeg en bekeek het web.

De dieren hingen het voor hem op, tussen de populier en de linde.

De olifant was de eerste die erop stapte. Met lange passen liep hij naar het midden van het web en zwaaide naar iedereen.

'Wat een web!' riep hij.

Even later volgden de andere dieren. De vlieg vloog naar het hoogste punt van het web, liet zich langs een draad naar beneden glijden en vloog er opgetogen weer af.

'Het is een prachtig web,' riep hij. 'Eindelijk, spin!'

In het midden van het web was een soort plein. Sommige dieren dansten daar. Andere zaten op hun gemak ergens op een draad en lieten hun voeten bungelen. Er waren draden genoeg voor iedereen. En als twee dieren elkaar passeerden knikten ze vriendelijk en groetten elkaar.

'Het is het mooiste web dat er bestaat, spin,' zei de mug, die gonzend heen en weer draafde. 'En helemaal niet kleverig! Wat heerlijk voor je, spin!'

Maar de spin zei niets en zat in een hoek van zijn oude web. En toen iedereen weer naar huis was brak hij het nieuwe web af,

vouwde het op en stopte het onder de grond onder de braamstruik. Voor mijn verjaardag was het wel aardig, dacht hij. Maar
verder niet. Hij hield van zijn oude web met zijn dunne, kleverige
draden en rafels, waarop niemand anders dan hij kon lopen. Vooral dat naar beneden glijden van de vlieg had hem gestoord, en dat
dansen. Hij hield niet van dansen, hij hield van roerloos zitten, af
en toe alleen even zijn knieën buigen en denken aan de schemering en de herfst. Daar hield hij nog het meest van: denken aan de
herfst.

DE VERJAARDAG VAN HET VUURVLIEGJE

Ik wil, dacht het vuurvliegje op een avond, dat de zon ondergaat, dat de maan niet opkomt, dat de sterren verdwijnen achter dikke wolken, dat niemands ogen glinsteren of gloeien, dat het heel stil is, dat ik jarig ben, dat iedereen om me heen zit en zijn adem inhoudt, dat niemand zich verroert, en dat ik dan opeens aanga...

Ze zouden allemaal 'Oooo...' roepen, dacht hij, en hem bewonderen.

Eigenlijk, dacht hij, zou ik dát voor mijn verjaardag moeten vragen: bewondering. Want ze mogen ook iets anders bewonderen: mijn vleugels, mijn gedachten... Maar mijn lichtje is natuurlijk wel het bijzonderst, dat bewonder ik zelf ook...

Hij was bijna jarig.

Hij pakte een stuk berkenschors en schreef:

Verlanglijst voor mijn verjaardag
Bewondering.
Het vuurvliegje

Iets anders wilde hij niet.

Hij dacht heel diep na, knipperde af en toe even met zijn lichtje en dacht dan weer verder. Maar hij stuurde zijn verlanglijst aan niemand. Want als het geen goede bewondering is, dacht hij, als het bijvoorbeeld luide bewondering is, of muffe bewondering, of van die heel zoete bewondering... Hij huiverde bij de gedachte aan alle soorten bewondering die niet goed waren. Het waren er zoveel: woeste bewondering, bange bewondering, bittere bewondering, duistere bewondering – het waren er meer dan hij wist, dat wist hij zeker.

Niet lang daarna vierde hij zijn verjaardag, helemaal alleen.

Het was donker, die dag, het regende ook, en pas laat op de avond ging het vuurvliegje rechtop zitten en deed zijn lichtje zo vurig mogelijk aan.

De vlierbessen waartussen hij zat glansden en het was alsof er een warme gloed om hem heen hing. Als een jas, dacht hij, als een fluwelen jas. Dat is het. Nu draag ik dus een fluwelen jas. Hij schudde zijn hoofd van bewondering voor zijn lichtje, dat mooier scheen dan ooit. Pas na lange tijd deed hij het weer uit.

Hij rilde even. Maar ik heb het niet koud, dacht hij. Dat bestaat niet.

Toen viel hij in slaap.

DE VERJAARDAG VAN DE TOR

De tor vierde zijn verjaardag het liefst somber en zwartgallig.

Vrolijkheid lag hem niet en van gezelligheid kreeg hij pijn in zijn neus.

Op zijn verlanglijst stonden droevige wensen: geknakte wilgentakken, een bedorven stoel, een bosje versleten bloemen. En hij vroeg iedereen om tijdens het vieren ernstig te kijken, zijn wenkbrauwen steeds gefronst te houden en nergens om te lachen. Treuren was nog het beste wat ze konden doen.

Hij was ook alleen jarig als het koud was en regende.

Op een dag was het zover.

Zwijgend en met gebogen hoofd begaven de dieren zich op weg naar de tor. Regen striemde alle ruggen.

De tor stond voor zijn deur. Somber wensten de dieren hem geluk.

'Wat een nare dag, tor,' zeiden ze.

'Wens me maar zo min mogelijk,' zei de tor. 'En zeker geen geluk.'

Daarna zaten ze buiten, in het koude, natte gras, en aten de resten van een aangebrande taart uit een grijs verleden. De kikker kwaakte iets vals, en de krekel en de kever dansten, terwijl ze elkaar op de tenen trapten en 'au' riepen. Het leek nergens op – dat had de tor het liefst.

De vlinder snikte luid en langdurig en de tor keek hem bedroefd en teleurgesteld aan.

Tegen de avond hield het op met regenen en brak de zon door.

'Ik ga naar binnen,' zei de tor, bang dat iemand toch vrolijk zou worden.

De dieren gingen naar huis. Zwaar en somber sjokten ze door het dampende bos. De tor wuifde hen nog na, uit zijn deuropening, met een zwart zakdoekje dat hij van de kraai had gekregen. Maar niemand keek om.

En nu? dacht de tor, terwijl hij naar binnen ging en naar zijn doorgezakte stoel keek. Ik weet het niet, dacht hij toen, en hij kon zich niet herinneren dat hij ooit iets anders had gedacht.

DE VERJAARDAG VAN DE KARPER

Op een ochtend kreeg de snoek een brief:

Beste snoek,
  Ik ben morgen jarig,
  maar ik nodig je niet uit.
  Ik hoop dat je dat niet erg vindt.
  De karper

De snoek las de brief en wist niet goed wat hij ervan denken moest.

De volgende dag zwom hij rond in de buurt van het huis van de karper. Hij zag de tonijn, de brasem, het stekelbaarsje, de rog en nog veel meer gasten.

Toen de karper hem zag riep hij: 'Dag snoek! Je hebt mijn brief toch wel gekregen?'

'Ja,' zei de snoek.

'Dan is het goed!' riep de karper boven het feestgedruis uit.

Er werd gedanst, gegeten en gelachen. Het water van de rivier kolkte wild in het rond.

Telkens als de karper de snoek zag riep hij: 'Het is gezellig, snoek, gezéllig...!'

'O,' riep de snoek dan terug.

'Je vindt het zeker wel verschrikkelijk dat ik je niet heb uitgenodigd?' vroeg de karper een tijd later, buiten adem, toen hij langs kwam zwieren in de vinnen van de baars.

De snoek dacht even na wat hij het beste kon terugzeggen en zei toen: 'Nee hoor.'

'We genieten, snoek, we genieten toch...' riep de karper, weer uren later, toen de schemering al viel.

Pas laat in de avond ging iedereen naar huis en zwom de snoek terug naar de bocht van de rivier, waar hij woonde, dicht bij de bodem, tussen het riet.

Hij had het hele feest gezien.

Die nacht kon hij niet slapen. Urenlang keek hij door het donkere water omhoog naar de hemel. De sterren dansten in het water en de maan zwom behoedzaam rond.

Toen de zon opkwam en het water van de rivier begon te glinsteren schreef de snoek een brief:

Beste karper,
Ik ben morgen jarig.
Ik nodig alleen jou uit.
De snoek

De volgende dag kwam de karper op zijn verjaardag.

'Wat aardig van je, snoek! Wat aardig!' riep hij al van ver.

Hij gaf de snoek een lange, zwarte jas voor in de winter, als het vroor en keek om zich heen. Er was verder niemand.

Daarna lagen ze tegenover elkaar in het donkere water tussen het riet.

De snoek had niets te eten. 'Helaas,' zei hij. 'Daar ben ik niet toe gekomen.'

'Dat geeft niet,' zei de karper.

De snoek vertelde dat hij last van zijn vinnen had en niet kon dansen.

'Dat geeft ook niet,' zei de karper.

Het was even stil. 'Wat vind je van zingen?' vroeg de snoek toen.

'Ach...' zei de karper. 'Wat zal ik zeggen...'

'Ik vind zingen verschrikkelijk,' zei de snoek. 'In één woord verschrikkelijk.'

'O,' zei de karper.

Een tijdje later vroeg de snoek: 'Vind je het een mooi feest?'

'Ja,' zei de karper.

'Heel mooi?'

'Ja, heel mooi.'

De snoek zei dat hij eigenlijk schor was en het liefst zo min mogelijk zei, en de karper keek af en toe achter zich en hoopte dat er onverwacht toch nog iemand zou komen. Maar er kwam niemand meer.

'Hoe lang duurt je verjaardag nog?' vroeg hij, toen de zon alweer begon te dalen.

'Ik weet het niet,' zei de snoek. 'Maar hij is in elk geval nog niet op de helft.'

Toen het donker was zonk de karper langzaam naar de bodem.

'Ik kan niet meer,' mompelde hij.

'Maar mijn verjaardag is nog niet voorbij!' riep de snoek. 'Nog lang niet!'

Half op zijn zij, met zijn gezicht naar beneden, bleef de karper in de modder steken. 'Ik kan niet meer,' mompelde hij af en toe nog. 'Ik kan niet meer.'

Midden in de nacht greep de snoek hem beet en droeg hem naar zijn huis.

'Wat een verjaardag!' fluisterde de karper.

'Ja,' zei de snoek.

Daarna zeiden ze niets meer en geloofden dat ze vrienden waren.

DE VERJAARDAG VAN ALLES

'In het donker vliegen, hoe doe je dat toch?' vroeg de eekhoorn aan de vleermuis.

Het was op een warme avond in de zomer. Ze zaten naast elkaar op de grote tak voor de deur van de eekhoorn. Ze dronken kastanjesap en aten zoete honingkorrels.

De vleermuis fronste zijn wenkbrauwen, spitste zijn lippen, vouwde zijn oren op en zei: 'Hoe doe ik dat... Hoe doe ik dat... Daar moet ik even over nadenken.'

'Dat is goed,' zei de eekhoorn. Hij leunde achterover en keek naar de verte, waar de zon juist was ondergegaan en waar kleine rode wolken langzaam langs de horizon schoven. Hij dacht aan reizen en thuisblijven en dingen die altijd gebeuren en dingen die nooit gebeuren.

Na een tijd schraapte de vleermuis zijn keel en zei: 'Ik denk nog steeds na, eekhoorn.'

'Ja,' zei de eekhoorn.

Hij ging naar binnen om nog wat zoets te halen, een klein potje beukennotenhoning dat hij heel lang had bewaard en dat hij alleen op een bijzondere avond wilde opeten.

Toen hij terugkwam en weer ging zitten zei de vleermuis: 'Ik ben nog steeds aan het nadenken. Vind je dat niet erg?'

'Nee hoor,' zei de eekhoorn.

Nadenken vond hij nooit erg en tijd had hij genoeg. Misschien, dacht hij, heb ik daar nog wel het meeste van: tijd.

Maar toen hij dat dacht kwamen er rimpels in zijn voorhoofd. Want hoeveel tijd had hij eigenlijk? En hoeveel tijd kon je hebben?

527

Hij dacht heel diep na. Zou je meer tijd kunnen hebben dan beukennoten? Of meer tijd dan trek in honing? Of misschien zelfs meer tijd dan vragen?

Hij nam een grote hap beukennotenhoning, kneep zijn ogen dicht, wachtte even en zei zachtjes, maar heel duidelijk tegen zichzelf: 'Dit, eekhoorn, is het allerheerlijkste wat er bestaat.' 'Ja,' fluisterde hij terug. 'Dat weet ik.'

De maan kwam op en hoog in de lucht flonkerden de sterren. Het was een warme avond. De eekhoorn en de vleermuis zaten dicht naast elkaar. In de diepte, in het gras, sjirpte de krekel. Het klonk een beetje droevig, maar ook heel mooi.

Misschien, dacht de eekhoorn opeens, is dit wel de avond van de allermooiste dag die er bestaat. Misschien is het nu wel de verjaardag van alles.

Hij krabde voorzichtig even achter zijn oor.

Dat zou kunnen, dacht hij toen. Dat zou echt kunnen. Je weet het nooit!

Hij zuchtte en probeerde in het donker in het lege potje beukennotenhoning te kijken.

Toen zei de vleermuis: 'Ik weet het niet.'

'O,' zei de eekhoorn.

De maan verdween achter een langgerekte grijze wolk.

'Dag eekhoorn,' zei de vleermuis en hij vloog plotseling weg, het donker in.

'Dag vleermuis,' zei de eekhoorn. Maar hij wist niet of de vleermuis hem nog hoorde.

DE VERJAARDAG VAN HAAS

Op de verjaardag van de haas zaten de dieren rond een grote witte taart.

Ze zouden net allemaal een stuk krijgen, toen de olifant met grote snelheid uit de lucht viel en midden in de taart terechtkwam. De room spatte naar alle kanten.

De olifant klom overeind en riep: 'Hé! Ho! Wie deed dat? Wat is dit?'

Verwilderd keek hij om zich heen. Boven hem strekte zich de grote blauwe hemel uit.

'Ik zat in het gras...' riep hij, 'zomaar... en opeens viel ik naar beneden... ik klom niet eens ergens in... ik dácht niet eens aan klimmen...'

Waar zijn vel niet wit was van room was het rood van woede.

'Dit is heel erg!' schreeuwde hij en hij zwaaide met zijn slurf en zijn oren. 'Dit is toch verboden? Streng verboden?!'

'Mijn taart...' mompelde de haas.

'Mijn taart?' riep de olifant. 'Mijn taart?' en hij gaf met zijn slurf een paar harde klappen op de resten van de taart. Hij wist niet wat hij verder zeggen of denken moest. Opnieuw spatte er room in het rond.

Toen stapte hij de taart uit en ging verslagen op de grond liggen. De dieren zwegen en keken hem met grote ogen aan.

De haas zette de taart zo goed mogelijk weer in elkaar en gaf iedereen een stuk.

De olifant wilde niets. Hij stond op en liep weg. 'Ik deed niets...' riep hij nog, 'helemaal niets... wat kan ik nog meer doen...?'

Na afloop van de verjaardag liepen de eekhoorn en de mier naar huis. De eekhoorn keek af en toe vragend naar de mier. Maar de mier keek naar de grond. Hij dacht zo hard na als hij maar kon, zodat zijn hoofd knarste en piepte, maar hij kon niet bedenken waarom de olifant zomaar uit de lucht was gevallen.

Toen ze bijna bij de beuk waren viel opeens, met een enorme dreun, het nijlpaard naar beneden, op het gras, voor de beuk. Er ontstond een krater in de grond en kreunend klom het nijlpaard daar even later uit.

'Ik zwom...' fluisterde hij verbijsterd. 'Ik zwom... ik zwom gewoon een rondje...'

Heel omzichtig klommen de eekhoorn en de mier tegen de beuk op en gingen het huis van de eekhoorn in. Ze deden de ramen en de deur zorgvuldig dicht. Maar of dat zou helpen wisten ze niet.

Af en toe klonk er een zware dreun, ergens ver weg of dichtbij.

'Zou dit nu oorlog zijn?' fluisterde de eekhoorn.

'Nee,' zei de mier. 'Maar wel zoiets.'

DE VERJAARDAG VAN DE EENDAGSVLIEG

Op een dag vroeg de eekhoorn aan de mier: 'zou dat kunnen, nooit meer jarig zijn?'

De mier fronste zijn voorhoofd en dacht heel diep na.

'Ik weet het niet,' zei hij toen ernstig, want hij wist het echt niet.

De eekhoorn wilde het heel graag weten en vroeg het aan iedereen. Maar niemand wist het.

Nooit meer jarig... Sommige dieren rilden of keken somber naar de grond.

Aan het eind van de middag kwam de eekhoorn de eendagsvlieg tegen.

'Ja,' zei de eendagsvlieg, op de vraag van de eekhoorn.

Hij liet de eekhoorn een brief zien, waarin stond dat hij, de eendagsvlieg, nooit jarig werd en dat daaraan niet te tornen viel. 'Anders geloof je me niet,' zei hij.

De eekhoorn las de brief en zei niets.

'Wat ik wel word weet ik niet,' ging de eendagsvlieg verder. 'Maar jarig nooit meer.'

Er kwamen tranen in zijn ogen en hij vloog weg.

De eekhoorn voelde een eigenaardig soort verdriet dat hij nog nooit had gevoeld, langs zijn knieën omhoog kruipen. Het lijkt wel een plechtig verdriet, dacht hij.

Het werd koud en de wind stak op.

Die nacht droomde de eekhoorn van sombere taarten die plotseling uit elkaar vielen in duizenden stukjes die zo klein waren dat je ze niet kon opeten. En een stem zei in zijn droom: 'Nooit meer taart.' Hij wilde net 'Wat dan?' roepen en zijn armen ten hemel heffen toen hij wakker werd.

De zon scheen al door zijn raam naar binnen en de wind blies net een brief onder zijn deur door.

De eekhoorn ging aan zijn tafel zitten en las:

Eekhoorn,
Ik heb me bedacht. Ik word toch
wel weer jarig. Ik weet nog niet hoe,
maar ik word het wel. Kom je ook?
De eendagsvlieg

De eekhoorn liep naar het raam en riep: 'Ja!' En hij schreef dat ook in een brief.

Er valt overal wel aan te tornen, dacht hij. Maar hij wist dat niet zeker.

De wind stak op en nam de brief van de eekhoorn mee, het bos door, over de rivier, naar het taaie gras, waartussen de eendagsvlieg woonde.

DE VERJAARDAG VAN DE HOUTWORM

Op zijn verjaardag wandelde de houtworm door een tak van de wilg. De weg werd smal en plotseling kon hij niet verder. Hij probeerde zich om te draaien of achteruit te lopen. Maar dat lukte niet meer.

Ai, dacht hij, ik zit klem. Hoe moet dat nu met mijn verjaardag?

Hij besloot te gaan roepen.

'Help,' riep hij. 'Ik ben jarig!'

Niemand hoorde hem.

'Ik ben jarig! jarig!' gilde hij.

Maar er was niemand in de wilg die hem hoorde.

Na een tijd werd hij schor en verdrietig. Ik vrees, dacht hij, dat ik weer eens helemaal alleen mijn verjaardag zal moeten vieren.

Hij bleef stil zitten en vierde in zijn gedachten feest. Hij at grote stukken denkbeeldige houttaart, dronk zelfverzonnen schorssap, stelde zich een wervelende danspas voor en kreeg een prachtig bedachte eikenhouten stoel cadeau, met dikke leuningen waar hij doorheen kon hollen, en poten waarin hij in alle rust op zijn hoofd kon staan.

Aan het eind van de middag zuchtte hij en dacht: nou, dat is dan het eind van mijn verjaardag. Maar op dat moment hoorde hij getrippel buiten.

'Hallo,' riep hij, met zijn schorre stem. 'Ik weet niet of je het weet, maar ik ben jarig.'

'Wie is daar?' riep de specht, want die liep over de tak.

'De houtworm,' zei de houtworm, 'die helemaal alleen zijn verjaardag viert.'

'Ik kom,' zei de specht. Hij maakte vlug een gat in de tak, en even later zat hij tegenover de houtworm, midden in het hout. 'Gefeliciteerd, houtworm,' zei hij.

'Dank je wel,' zei de houtworm. 'Wil je wat molm?'

Hij gaf de specht wat molm en vertelde hem dat hij als cadeau heel graag een grote eikenhouten stoel wilde hebben. 'Met dikke leuningen en van die hele zware poten,' zei hij. 'Onwrikbare poten.'

'Die krijg je,' zei de specht. 'Die krijg je, houtworm. Let maar op.' En opgetogen sloeg hij de houtworm op zijn schouder.

Ze zaten lange tijd bij elkaar en de houtworm vond dat hij een heel gezellige verjaardag vierde – heel druk ook, want meestal kwam er niemand.

Tegen de avond hielp de specht de houtworm dieper het hout in.

'En die stoel, die krijg je nog,' zei de specht. 'Dat beloof ik je.'

'Goed,' zei de houtworm. Hij sloeg een hoek om en met zwierige happen groef hij zich een weg naar het midden van de wilg.

DE VERJAARDAG VAN DE SPRINKHAAN

Midden in het bos was de spitsmuis een winkeltje begonnen. Hij
verkocht verjaardagen.

Als er iemand binnenkwam wreef hij in zijn handen en riep:
'Goedemorgen! Wat voor verjaardag wenst u?'

'Wat heb je allemaal voor verjaardagen?' vroegen zijn klanten.

'Nou, eens kijken...' zei de spitsmuis. 'Ik heb kalme, rimpelloze
verjaardagen, verjaardagen op zee, verjaardagen met onverwachte gasten, rommelige verjaardagen, hele eenzame verjaardagen en
woeste verjaardagen.'

'Geef mij maar zo'n woeste verjaardag,' zei de sprinkhaan op
een ochtend.

'Deze?' vroeg de spitsmuis en hij wees op een ruwe, kakelbonte
verjaardag.

'Ja, die,' zei de sprinkhaan.

Met die woeste verjaardag onder een vleugel stapte hij tevreden
het winkeltje uit.

Maar het was een ondoordachte aankoop, want die verjaardag
was zo woest dat de sprinkhaan na afloop ervan verkreukeld en ondersteboven op de grond lag. Zijn groene jas was aan flarden ge-
scheurd, tafelpoten, stoelleuningen en gebroken glazen lagen om
hem heen, terwijl op de plaats van zijn neus een stuk verkruimelde
taart de lucht in stak. In de verte hoorde hij de laatste verjaardags-
gasten nog zingen en tegen bomen botsen.

De eekhoorn steunde op de schouder van de giraffe.

'Wat een verjaardag,' zei hij.

'Ja,' kreunde de giraffe die één oor en één steeltje kwijt was en
met zijn hoofd vlak bij de grond liep.

'Weet jij eigenlijk wat voor verjaardag het was?' vroeg de eekhoorn.

'Nee,' zei de giraffe.

Ze kwamen langs het winkeltje van de spitsmuis. Handenwrijvend stond de spitsmuis voor zijn deur.

'Zijn jullie op de verjaardag van de sprinkhaan geweest?' vroeg hij.

'Ja,' zeiden de giraffe en de eekhoorn.

'En?' vroeg de spitsmuis. 'Was het een woeste verjaardag?'

'Ja,' zei de giraffe, 'nu je dat zegt: een woeste verjaardag, dat was het!'

De spitsmuis knikte tevreden. Zijn klanten kregen waar voor hun geld. Voor hij hem had verkocht had hij die verjaardag nog vlug even opgepoetst en extra woest gemaakt.

'Willen jullie soms ook een verjaardag?' vroeg hij.

Maar de giraffe en de eekhoorn wilden geen verjaardag. Ze wilden rust, kalme rust, en die verkocht de spitsmuis niet.

DE VERJAARDAG VAN DE ZANDVLIEG

Op een ochtend bezorgde de wind een brief bij de eekhoorn.
  Nieuwsgierig maakte de eekhoorn hem open en las:

Verlanglijst
  Een korrel suiker.
  Niet op de deur kloppen. Niet dansen.
  Niet zingen. Niet vieren.
  Ook niet toevallig langskomen.
  Suikerkorrel neerleggen en meteen weggaan.
  Niet méér geven en ook niet iets anders.
  Niet roepen: 'Gefeliciteerd, zandvlieg.'
  Niet wachten op: 'Dank je wel.'
  Niet ergens mee verrassen.
  Niet achter een boom blijven gluren of
  ik naar buiten kom.
  Niet boos zijn.
  De zandvlieg

Dat is duidelijk, dacht de eekhoorn, toen hij de verlanglijst uit
had. Hij pakte een korrel suiker en ging op weg.
  Van overal vandaan zag hij dieren komen.
  'Waar gaan jullie naartoe?' vroeg hij.
  'Naar de zandvlieg,' zeiden ze. 'En jij?'
  'Ik ook.'
  In de buurt van het huis van de zandvlieg begonnen ze vlugger
te lopen. Ze legden hun suikerkorrel neer en holden weer weg.
  Er was niemand die achter een boom bleef gluren of riep: 'Ge-   537
feliciteerd, zandvlieg.'

Toen de zon onderging lag er een enorme berg suikerkorrels voor het huis van de zandvlieg.

De maan kwam op en de berg glinsterde en glansde.

Naar alle kanten spiedend glipte de zandvlieg laat op de avond zijn deur uit en haalde de suikerkorrels een voor een naar binnen. Hij verborg ze in zijn kast, onder zijn vloer en op zijn kleine, donkere zolder.

Toen stapte hij in bed, trok zijn deken over zich heen, wreef in het donker zijn voelsprieten over elkaar en fluisterde: 'Dank jullie wel.'

DE VERJAARDAG VAN DE ZIJDERUPS

Toen de zijderups jarig was gaf hij een slaperig feest onder de moerbeiboom aan de voet van de bergen, waar hij woonde.

Het was op een warme avond in de zomer.

Alle dieren mochten komen, maar alleen als ze moe waren en geeuwden en hun ogen niet konden openhouden. Van wakkere gasten hield de zijderups niet.

'Welterusten, zijderups,' mompelden de dieren. 'Hartelijk welterusten.'

Ze gaven hem saaie cadeaus, die de zijderups niet uitpakte en vermoeid uit zijn handen liet glippen. 'Als ik er maar niets aan heb,' zei hij tegen iedereen.

Zijn gasten aten dorre taarten, dronken slappe limonade, mompelden dat ze liever afzagen van dansen en vielen geeuwend tegen elkaar aan in slaap.

De kikker kwaakte een eentonig en slaapverwekkend liedje, maar kon het toch niet laten af en toe even, tussendoor, te vragen: 'Mooi, hè?' Dan schrok iedereen op of viel om, keek lodderig om zich heen, mompelde 'Waar ben ik?', haalde zijn schouders op, rekte zich uit en sluimerde weer verder.

Het duurde niet lang of het kwaken van de kikker veranderde in een soort knarsend gapen. Even later sliep hij ook.

De beer probeerde uit alle macht nog wat meer taart te eten, maar hij kon zijn mond niet meer openhouden en viel teleurgesteld met zijn hoofd in een grijze taart in slaap.

Iedereen dommelde, knikkebolde, geeuwde en gleed langzaam op de grond.

Zo had de zijderups zich zijn verjaardag gewenst.

539

Nog voor het feest was afgelopen snurkte iedereen zacht en regelmatig, in het gras, onder de moerbeiboom, aan de voet van de bergen. Zelfs de springmuis snurkte, en de wandelende tak en de hyena.

De maan sliep bleek en rond op de horizon, de sterren flonkerden traag en loom, en de stilte heerste.

En tussen de kussens, de dekens en de dromen die hij van de dieren had gekregen sliep de zijderups, jarig en tevreden, op een avond in de zomer.

DE VERJAARDAG VAN DE MEREL

Op de verjaardag van de merel zat de wesp naast de beer.

'Beer...' zei hij.

'Ja,' zei de beer, met volle mond.

'Weet je...'

'Ja...'

'Ik wil iets.'

'O ja?'

'Ja.'

'Wat dan?'

'Jou steken.'

'O ja?' zei de beer en hij stopte een nieuw stuk taart in zijn mond.

'Ja,' zei de wesp. 'Niet hard, hoor. Maar ik wil het wel.'

'O,' zei de beer. 'Doe het toch maar niet. Neem jij geen taart, wesp?'

'Nee,' zei de wesp.

Hij keek somber naar zijn lege bord. Wie zou ik wel mogen steken, dacht hij. Niemand natuurlijk. Helemaal niemand.

Hij zuchtte en schoof zijn stoel achteruit. En plotseling stak hij de beer en vloog haastig weg.

'Au!' riep de beer. Hij liet een enorm stuk honingtaart uit zijn mond vallen en greep naar zijn nek.

De wesp was op een tak van de eik gaan zitten.

'Het spijt me!' riep hij. 'Het spijt me, beer!'

'Ja ja,' zei de beer, terwijl hij het stof van zijn taart sloeg.

Waarom wil ik toch altijd steken? dacht de wesp. Het liefst zou hij net als iedereen gezellig op bezoek gaan en een kopje thee drinken en over niets in het bijzonder praten. En als ze zouden vragen: 'En, wesp... steek je nog?' zou hij willen zeggen: 'Nee, ik steek niet meer, o nee zeg, steken... nee hoor, dat nooit meer...' Maar telkens stak hij weer.

Soms werd hij daar zo ongelukkig over dat hij zichzelf stak en 'au' riep en hard wegvloog. Steken is verschrikkelijk, is afschuwelijk, is ontzettend, zei hij vaak 's avonds voor het slapengaan duizend keer tegen zichzelf, telkens in een andere volgorde en met een andere stem. Maar dat hielp nooit.

En terwijl de beer hem allang weer was vergeten en het feest van de merel vrolijk verderging zat de wesp somber op de tak van de eik na te denken. Ik moet steken, dacht hij. Dat is het. Het moet. Maar waarom steken? Waarom moet ik nooit kwaken? Of kronkelen? En waarom wil er nooit iemand met mij ruilen?

Maar hij was bang dat hij misschien wel nooit een antwoord op die vragen zou krijgen. Schuin onder zich zag hij de olifant die net opstond om met de eekhoorn te gaan dansen. De wesp keek naar de grijze oren en de grote, grijze rug. Nee, zei hij tegen zichzelf, nee, wesp, nee, nee.

DE VERJAARDAG VAN DE HORZEL

De horzel vierde een kleine, grimmige verjaardag.

Alleen de eekhoorn kwam.

'Geef maar hier,' schreeuwde de horzel, toen de eekhoorn naar binnen stapte. Hij rukte het pakje uit de handen van de eekhoorn.

'Wat is het?' vroeg hij.

'Het is...' begon de eekhoorn.

'Ach laat ook maar,' zei de horzel en voor hij het had uitgepakt verscheurde hij het en gooide de stukken uit zijn raam.

'Zeker een cadeautje,' zei hij schamper.

De eekhoorn stond nog in de deuropening en strekte zijn hand uit om de horzel te feliciteren. Maar de horzel zei: 'Doe je mond open.'

De eekhoorn deed zijn mond open en de horzel propte een stuk taart naar binnen.

Het was de rest van een kwaadaardige taart die de horzel jaren geleden gebakken had om eens en voor altijd van taarten af te zijn.

'Slik door!' gilde hij.

De eekhoorn slikte het stuk taart in één keer door en zei tegen zichzelf dat het ook wel eens hagelde en dat hij ook wel eens pijn in zijn staart had en ook wel eens zomaar zonder reden verdrietig was.

Hij veegde de bittere kruimels van zijn mond.

De horzel greep hem beet, vouwde hem dubbel, gooide hem in de lucht, ving hem op en smeet hem in een hoek.

'Dat is dansen,' zei hij. 'Feestvieren.' Hij opende zijn mond en zei:

543

'Grwgr grwgr grwgr
Snwgr snwgr snwgr
Schrmfst schrmfst schrmfst
Tsjmklfst tsjmklfst tsjmklfst enzovoort'

Hij hoestte en zei: 'En dat is feestelijk toezingen.'

De eekhoorn stond voorzichtig op. Hij had een dikke bult op zijn gezicht.

De horzel pakte hem om zijn middel, duwde met één poot zijn deur open en slingerde hem naar buiten.

'Voorbij,' zei hij en hij trok zijn deur weer dicht.

De aardworm besloot zijn verjaardag alleen met zichzelf te vieren, onder de grond, tussen de wortels van de berk.

'Zo, aardworm,' zei hij. 'Gefeliciteerd.'

'Dank je wel, aardworm,' zei hij terug, met een iets zwaardere stem. Hij probeerde ernstig en tegelijk feestelijk te klinken, en keek tevreden om zich heen in de duisternis.

'Wil je een stuk taart, aardworm?' vroeg hij.

'Wat is het voor taart, aardworm?'

'Veentaart, aardworm.'

'Ja graag, aardworm.'

Hij sneed voor zichzelf een stuk veentaart af en begon te eten.

'Heerlijk, aardworm.'

'Zeg dat wel, aardworm.'

Hij at een tijd in stilte.

'Zo, aardworm,' zei hij, toen hij het stuk op had. 'Wil je nog iets?'

'Nee, dank je wel, aardworm. Ik wil liever even wachten.'

'Natuurlijk, aardworm, natuurlijk.'

Even zat hij zwijgend op de grond in het midden van zijn kamer.

Toen stond hij op en begon te dansen.

'Wat dans je heerlijk, aardworm,' zei hij.

'Vind je dat, aardworm? Vind je dat echt?'

'Nou en of, aardworm.'

De aardworm hield van zijn naam. Stel je voor dat ik olifant heette, dacht hij, of kabeljauw... Zo, kabeljauw, wat dans jij heerlijk... Hij rilde bij die gedachte. Nee, aardworm was de mooiste naam die er bestond, vond hij.

Tot zijn verdriet moest hij plotseling een hele tijd aan de kabel-jauw denken en viel hij telkens, al dansend, om. Pas na een grote slok zoet aardwater danste hij weer vrolijk en mooi en dacht hij weer alleen aan zichzelf.

'Wat een verjaardag, aardworm,' zei hij.

'Ja, aardworm.'

Toen hij een tijd met zichzelf had gedanst ging hij zitten. Hij keek naar de duisternis, knikte een paar keer naar links en rechts en stond toen weer op.

'Kom, aardworm,' zei hij. 'Ik ga weer eens.'

'Dat is goed, aardworm.'

'Dank je wel voor het feest, aardworm.'

'Ach...' zei hij verlegen. 'Ik ben blij dat je er was, aardworm.'

Hij liep zijn voordeur uit, sloeg een hoek om en kwam door zijn achterdeur weer naar binnen.

'Zo,' zei hij.

Hij keek om zich heen in het donker, wreef in zijn handen en dacht: dat was dat.

Vlug at hij de resten van de veentaart, de modderpudding en het grondgebak op. En hij nam zich voor nooit meer een ander soort verjaardag te vieren.

DE VERJAARDAG VAN DE SCHILDPAD

Op zijn verjaardag kreeg de schildpad een paar vleugels cadeau.

'Kijk nou eens,' zei hij. Hij trok ze meteen aan. De zwaluw legde hem uit hoe ze werkten en de schildpad steeg op.

Hij vloog laag over het gras, om de beuk heen, en toen over de hoofden van zijn gasten. 'Wat vlieg ik heerlijk!' riep hij.

'Wel iets hoger, schildpad!' riepen de dieren, terwijl ze plat op de grond gingen liggen.

'O ja?' riep de schildpad. Maar toen hij terugkwam vloog hij het gewei van het hoofd van het hert af, en de room van de top van al zijn taarten.

'Was dat rakelings?' riep hij.

'Ja!' riepen de dieren, met hun neus op de grond.

Zo zo, dacht de schildpad trots, ik kan dus al rakelings vliegen.

De zwaluw vloog met de schildpad mee en legde hem uit hoe hij hoger moest vliegen. Maar óf de schildpad verstond hem niet goed óf hij deed iets verkeerd, want plotseling kwam hij met grote snelheid ondersteboven achter de beuk vandaan vliegen.

'Hola!' riep hij. 'Ik zie de lucht!'

Hij maakte een fluitend geluid en vloog het dak van het huis van de slak af.

'Wat raar!' riep hij. 'Ik vlieg op mijn rug!'

De zwaluw legde hem nog eens uit hoe hij hoger moest vliegen, en hoe met zijn buik naar beneden. De schildpad knikte. 'Nu begrijp ik het,' zei hij.

Plotseling vloog hij met grote snelheid recht omhoog de lucht in en verdween in de wolken.

'Hé...' hoorden de dieren hem nog roepen. 'Ik dacht toch...'

547

Toen hoorden ze niets meer.

Ze stonden op, klopten het stof van hun vel of hun veren, en keken omhoog. Er was geen spoor van de schildpad meer te bekennen.

Ze schepten hun borden vol en begonnen op hun gemak te eten.

Maar niet lang daarna kwam de schildpad in volle vaart recht naar beneden vliegen.

'Ga ik nu landen?' riep hij.

Voor de dieren hem antwoord hadden kunnen geven vloog hij met een zware klap tegen de grond. Versuft bleef hij liggen. Er zat een deuk in zijn schild en zijn vleugels waren gebroken.

'Dat was dus landen,' mompelde hij. 'Dat is dus anders dan ik had gedacht...'

Toen stond hij op, keek naar de dieren en zei: 'Ik heb echt gevlogen...'

En hij wist al hoe zijn verlanglijst voor zijn volgende verjaardag eruit zou zien:

Verlanglijst
  Vleugels
  Vleugels
  Vleugels
  Vleugels
  De schildpad

DE VERJAARDAG VAN DE BRUINVIS

De eekhoorn zat aan de oever van de rivier. Het was een mooie dag en tevreden leunde hij achterover en keek naar de kleine, glinsterende golven.

Plotseling stak de walrus zijn hoofd boven water.

'Goedemorgen,' zei hij.

'Goedemorgen,' zei de eekhoorn.

'Bent u soms de bruinvis?' vroeg de walrus.

'Nee,' zei de eekhoorn. 'Ik ben de eekhoorn.'

'Ach...' zei de walrus. 'Maar bent u vandaag wel jarig?'

'Nee,' zei de eekhoorn. 'Ik ben vandaag niet jarig.'

'Ai,' zei de walrus. Hij dacht even na. Toen haalde hij een grijze pot onder een van zijn vinnen vandaan.

'Hebt u dit soms op uw verlanglijst staan?' vroeg hij.

'Wat is het?' vroeg de eekhoorn.

'Zure algen op zout water,' zei de walrus.

'Nee,' zei de eekhoorn. 'Dat staat niet op mijn verlanglijst.'

De walrus fronste zijn wenkbrauwen en keek de eekhoorn even doordringend aan.

'U zegt wel vaak nee...' zei hij.

'Ja,' zei de eekhoorn, met spijt in zijn stem. 'Dat is zo.'

'Ik ben van de andere kant van de oceaan gekomen,' zei de walrus. Hij zweeg even en keek de eekhoorn aan. 'Zoudt u mij geen plezier willen doen en wél jarig zijn, vandaag?' zei hij toen.

'Dat is goed,' zei de eekhoorn.

'Gefeliciteerd!' riep de walrus. 'Hartelijk gefeliciteerd! Alstublieft!' Hij gaf de eekhoorn de pot met algen.

'Dank u wel,' zei de eekhoorn.

'Maar komt u toch in het water,' zei de walrus, 'dan kunnen we het echt vieren.'

De eekhoorn stapte in de rivier en probeerde tussen het riet te staan. Hij moest zijn hoofd achterover houden en op zijn tenen staan, zodat het water niet voorbij zijn kin kwam. Ik heb natuurlijk niets om aan te bieden, dacht hij. Of zal ik dit...?

'Wilt u wat algen?' vroeg hij en hij hield de grijze pot boven zijn hoofd.

'Graag,' zei de walrus. Hij nam een grote hap. 'Ach, wat doet me dat goed. Zure algen in het zout... Maar neemt u zelf toch ook iets.'

'Nee,' zei de eekhoorn. 'Ik bewaar het liever.'

'Bewaren?' vroeg de walrus verbaasd. 'Waarvoor?'

'Voor een andere gelegenheid,' zei de eekhoorn.

'Een andere gelegenheid??' vroeg de walrus. 'Wat is dát voor gelegenheid?'

De eekhoorn zweeg. Hij ging even gemakkelijk staan en verdween korte tijd onder water.

De walrus drong niet op een antwoord aan en begon te zingen. Hij zong een lang en zwaarmoedig lied, waarbij hij met zijn hoofd op het water sloeg, en zei toen: 'Kom... ik moet nog helemaal terug. Gisteren was ik ook al op een verjaardag. Van de haai. Die had een paar steeltjes boven op zijn hoofd en woonde in een eigenaardig rond huisje onder een struik. Die was eerst ook niet jarig.'

Hij zwom langzaam weg en zwaaide nog een keer naar de eekhoorn.

'Dag bruinvis,' riep hij. 'Het was heel gezellig!'

'Dag walrus,' riep de eekhoorn. 'Dat vond ik ook.' Hij rekte zich uit en zwaaide terug.

De zon stond hoog aan de hemel en het water van de rivier glinsterde en kabbelde zachtjes. De eekhoorn klom op de kant en schudde zich uit. De pot met zure algen zette hij naast zich neer. Hij leunde achterover, deed zijn ogen dicht, zuchtte één keer heel diep en viel toen in slaap.

DE VERJAARDAG VAN DE NACHTPAUWOOG

Als ik jarig ben, dacht de nachtpauwoog, dan bak ik taarten die nog nooit iemand heeft gebakken en dan nodig ik alleen heel bijzondere dieren uit die nog nooit iemand heeft uitgenodigd.

Hij zat op een tak van de rozenstruik in de schemering en dacht na.

Als ik geen bijzondere verjaardag vieren kan vier ik liever niets, dacht hij.

Maar plotseling fronste hij zijn voorhoofd en dacht: bijzondere dieren vinden misschien wel niets bijzonder, misschien zijn ze daarom juist bijzonder... Hij zag de smaragdhagedis al voor zich: noem je dát een bijzondere taart, nachtpauwoog. Hij hoorde hem al schamper lachen en zag hem minachtend zijn schouders ophalen over zo'n gewone taart.

Het was een onverdraaglijke gedachte. Wat een gewone verjaardag! zouden ze roepen: de coelacant, de ocelot, de scarabee en de opossum. Misschien zouden ze wel verbaasd zijn dat die verjaardag zo gewoon was...

De nachtpauwoog kneep zijn ogen stijf dicht. Lange tijd stonden zijn gedachten stil en deden ze geen pijn. Maar toen het helemaal donker was en de maan achter dikke wolken verdween, kon hij ze niet meer stilhouden. Roerloos zat hij in de rozenstruik. Niemand had aan hem kunnen zien dat hij dacht. Maar hij dacht.

Toen zijn verjaardag aanbrak had hij niemand uitgenodigd en geen taart gebakken. Maar hij had wel iets bedacht. Iets bijzonders. Vroeg in de ochtend kneep hij zijn mond stijf dicht, schreef op een van zijn vleugels 'Aan niemand', vouwde zich in vieren en gooide zichzelf in de lucht.

551

Zo, dacht hij toen. Ik vier mijn verjaardag als brief. En niemand, niemand weet wat er in mij staat.

De wind greep hem onmiddellijk beet en blies hem recht omhoog.

Hoog boven de bomen woei de nachtpauwoog in het rond, van de ene kant van het bos naar de andere kant en weer terug. Want waar woonde niemand? Soms schoot hij ver omhoog, als de wind woedend werd en hem desnoods op de zon wilde bezorgen, want daar woonde zeker niemand. Dan weer zweefde hij laag over het struikgewas, als de wind moedeloos was, en moe.

Dit is een hele bijzondere verjaardag, dacht hij. Volgens hem had nog nooit iemand zich op zijn verjaardag in vieren gevouwen en aan niemand verstuurd. Als ze zeggen: o ja, zo'n verjaardag... die heb ik zo vaak gevierd... dan geloof ik ze niet, dacht hij. Dubbelgevouwen misschien. Maar niet in vieren!

Al wervelend en rondtollend glimlachte hij, en toen het avond werd viel hij hoog boven de bomen tevreden in slaap.

DE VERJAARDAG VAN DE KEVER

Op de verjaardag van de kever viel de olifant uit de wilg, schrokte de beer en nam de vlinder een klein slokje honingwater. Het vuurvliegje ging aan en uit, de kikker kwaakte iets nieuws, de mier legde iets uit aan de eekhoorn en de boktor repareerde een voelspriet van de sprinkhaan, die bij het dansen was gebroken.

Plotseling zei de kever: 'Weet je... ik wou dat iedereen eens iets anders deed.'

Hij keek verlegen om zich heen. 'Dat kwam zomaar in mij op,' voegde hij er zachtjes aan toe.

Even was het stil. Toen ging de kikker op één poot staan, met zijn kop tussen zijn schouders, en zei: 'Zo? Bedoel je dat?'

'Ja,' zei de kever aarzelend. 'Zo.'

De olifant sprong overeind en begon een web te weven tussen de takken van de wilg, terwijl de beer luidkeels sjirpte. De sprinkhaan trok zijn jas uit en groef een gang de grond in. De mol trok die jas aan, sloeg voorzichtig een stofje van zijn schouder en brulde vervolgens vervaarlijk.

Hoog in de lucht vloog het nijlpaard met lange slagen van zijn poten bedachtzaam in het rond.

Het werd een drukke en ingewikkelde verjaardag.

Alleen de schildpad wist niet wat hij anders moest doen. Ik doe al niets, dacht hij. Wat kan ik dan anders doen?

Verdrietig deed hij zijn schild af, legde het ondersteboven op de grond en ging erin zitten.

Verbaasd bleven de dieren staan en keken naar hem.

'Wat doe jij nu?' vroegen ze. 'Wie doe je na?'

De schildpad wist zich geen raad met de belangstelling, ging op zijn hoofd staan en riep: 'Niemand! Ik doe niemand na!'

De kever klapte het hardst van iedereen. 'Dat bedoel ik nou!' riep hij. 'Dat is nou wat ik bedoel!'

Maar toen de schildpad die nacht thuis onder zijn schild lag kon hij niet slapen. Wat heb ik gedaan, dacht hij, wat heb ik gedaan... op mijn hoofd, op de onderkant van mijn schild... ik heb zelfs nog nooit op mijn tenen gestaan... of op één been... en nu meteen op mijn hoofd...

Hij wou dat hij het zich niet meer kon herinneren. Want dan was het niet gebeurd, dacht hij.

Hoog in de lucht schommelde de maan heen en weer, alsof hij niet helemaal de maan was. En de sterren verwisselden van plaats en vlogen af en toe in een cirkel rond. Maar tegen de ochtend ging de zon op, groot en rood, zoals hij altijd opgaat.

Toen sliep de schildpad eindelijk in.

DE VERJAARDAG VAN DE NEUSHOORN

Toen de beer naar de verjaardag van de neushoorn ging was hij bang dat hij niet genoeg taart zou krijgen. Hij rilde bij die gedachte.

Hij dacht diep na en maakte toen iets wat leek op een arm, met een soort hand aan het eind.

Zo, dacht hij, nu kan mij niets gebeuren.

Hij ging naar het huis van de neushoorn, terwijl het ding opgevouwen onder zijn arm zat.

Hij kreeg een plaats tussen de hommel en de kever, aan het eind van de tafel.

Dat dacht ik wel, dacht hij. De grootste taart stond aan het hoofdeind, voor de neushoorn.

De neushoorn hield een klein toespraakje en iedereen klapte. Toen hij weer ging zitten en iedereen een stuk taart wilde nemen stak de beer zijn uitvinding uit en greep naar de grote taart. Hij greep echter mis, en even later lag de neushoorn op het bord van de beer.

'O,' zei de beer. 'Dat is een vergissing.'

'Een vergissing?' vroeg de neushoorn verbouwereerd. 'Wat voor soort vergissing?'

De beer kon niet goed uitleggen wat voor soort vergissing het was. 'Er zijn zoveel soorten vergissingen,' zei hij.

'Dat is waar,' zei de neushoorn. Hij stapte van het bord van de beer af en liep terug naar het hoofdeind van de tafel.

'Dat was heerlijk, hè, hommel,' zei de kever ondertussen, terwijl hij de laatste kruimel van de taart die voor hen had gestaan van zijn mond veegde.

555

'Heerlijk, kever, heerlijk,' zei de hommel. 'Net genoeg voor ons tweeën.'

De beer knarsetandde en probeerde zijn uitvinding weer op te vouwen, maar hij wist niet meer hoe dat moest. Al doende greep de hand van het ding de kikker beet, die meende dat dat bij het feest hoorde en dat hij hoog boven de tafel voor iedereen moest kwaken.

'Wat leuk! Wat leuk!' kwaakte hij opgetogen en doordringend.

De beer stond op, mompelde iets en ging naar huis.

De uitvinding legde hij over zijn schouder.

'Wat bijzonder!' kwaakte de kikker, terwijl hij bungelend, hoog boven de grond, in het bos verdween.

DE VERJAARDAG VAN DE BOKTOR

'Wanneer ben jij eigenlijk jarig?' vroeg de eekhoorn op een dag aan de boktor. Hij kon zich niet herinneren dat de boktor ooit jarig was geweest.

'Dat zou ik moeten opzoeken,' zei de boktor.

'Het lijkt me heel gezellig om op jouw verjaardag te komen,' zei de eekhoorn. 'Als je me tenminste uitnodigt.'

'Ja,' zei de boktor.

De eekhoorn was op weg naar de rivier. Het was in de zomer, de zon scheen en in de verte zong de lijster. De eekhoorn groette de boktor, keek naar de lucht en liep weer verder.

De boktor zat op een krukje voor zijn deur. Hij dacht heel vaak aan zijn verjaardag. In zijn gedachten was hij wel tien keer per dag jarig. De ene keer kreeg hij schitterende cadeaus, de andere keer zag hij dieren die hij nog nooit had gezien en die hem hartelijk feliciteerden. Soms zag hij uitbundig dansen in zijn gedachten. Of hij snoof de geur van de heerlijkste taarten, puddingen, honingraten en zoete wortelen diep in zijn gedachten in zich op. Die gedachten zweefden altijd om hem heen als kleine witte wolkjes.

Echt jarig zijn, dat wilde hij niet.

Echt is zo ingewikkeld, dacht hij. Denken is veel makkelijker.

Zo zat hij voor zijn deur en bedacht de mooiste verjaardagen. Soms leek het zelfs of die verjaardagen konden praten en vleugels hadden en konden vliegen en met glinsterende ogen naar hem keken en wuifden.

Maar zijn echte verjaardag vierde hij nooit. Misschien later eens, dacht hij. Misschien wordt echt later wel makkelijk. Maar dat vond hij zo'n ingewikkelde gedachte dat hij vlug aan een kleine verjaardag dacht, met de eekhoorn en de krekel en de schildpad. Ze aten gestoofde honingkoek en de krekel sjirpte een klein liedje. De zon ging onder en achter hem lagen zijn cadeaus. Die moest hij nog bedenken. Kleine cadeaus, maar wel heel mooie cadeaus.

Hij wreef zich in zijn handen en leunde tevreden achterover, op zijn krukje, voor zijn deur.

DE VERJAARDAG VAN DE BEER

Geachte dieren,
  Ik ben volgende week jarig. Ik wil dat jullie allemaal komen en alle-maal een grote taart meenemen die ik lekker vind, dus geen algentaar-ten of zoute grindtaarten of van die hele luchtige taarten waar niets in zit. Ik wil alleen grote, zware taarten, anders hoeven jullie niet te ko-men.
  Als cadeau wil ik een mond die zo groot is dat ik de taarten in één hap kan opeten. Anders duurt het te lang.
  De beer

De dieren gingen meteen aan het werk. Zoete geuren rezen om-hoog, en aan de oever van de rivier bouwden de specht en de kre-kel een enorme mond.

Toen de beer jarig was zat hij in een gemakkelijke stoel op de open plek midden in het bos. Tussen de bomen door zag hij de eer-ste dieren al aankomen.

'Waar is mijn cadeau?' riep hij ze tegemoet.

'Hier,' riepen de specht en de krekel terug. Ze liepen naar hem toe en legden hun cadeau voor hem neer.

'Gefeliciteerd, beer,' zeiden ze.

De beer zette de enorme mond meteen op zijn gezicht en vroeg: 'Hebben jullie ook taarten?'

'Ja,' zeiden de specht en de krekel. 'Alsjeblieft.' Ze gaven hem twee reusachtige honingtaarten die ze nauwelijks konden optillen. De beer deed zijn mond open en at in twee happen de taarten op.

'Waar zijn de andere gasten?' vroeg hij toen.

'Hier,' zeiden de andere dieren, die van enige afstand hadden staan toekijken. 'We komen er al aan.'

Ze liepen langzaam naar de beer toe. Iedereen had een reusachtige taart bij zich. In een onafzienbare rij liepen ze langs de beer, zeiden: 'Van harte gefeliciteerd, beer', gaven hem de taart en zagen hoe de beer de taart in één hap opat.

In het gras op de open plek bleven ze wachten tot iedereen aan de beurt was geweest.

'Zo,' zei de beer, toen hij de laatste taart had doorgeslikt. 'Dat was een mooie verjaardag.' Hij leunde achterover in zijn stoel, deed zijn ogen dicht en begon tevreden te snurken.

Besluiteloos stonden de dieren om hem heen. Er was niets te eten. En als ze zouden gaan zingen of dansen zouden ze de beer misschien weer wakker maken. Maar ze waren wel blij dat de beer tevreden was.

Na een tijdje gingen ze weer naar huis. Ze groetten elkaar en zeiden dat ze in elk geval niet meer zo'n grote zware taart hoefden te torsen. Sommigen huppelden zelfs.

Niet lang daarna kregen ze weer een brief van de beer, waarin hij schreef dat hij weliswaar niet jarig was, maar toch graag nog eens zo'n feest wilde geven. Een cadeau hoefden ze niet mee te brengen, dat had hij al. Maar wel taarten. Grote taarten.

DE VERJAARDAG VAN DE RANSUIL

Op een ochtend kreeg de eekhoorn een brief.

Eekhoorn,
  Ik heb gisterenavond mijn verjaardag gevierd.
  Er was niemand. Was jij soms verhinderd?
  De ransuil

Ach, dacht de eekhoorn en hij sloeg zich voor zijn hoofd. Maar dat
hielp niet, want hij wist helemaal niet dat de ransuil jarig was geweest. Hoe kan ik ook alles weten? dacht hij. Hij wist dat niet en
schreef aan de ransuil terug:

Beste ransuil,
  Het spijt me dat ik er niet was.
  Nog wel gefeliciteerd.
  De eekhoorn

Kort daarna kreeg hij een briefje terug:

Beste eekhoorn,
  Maar heb je wel aan mij gedacht?
  De ransuil

De eekhoorn ging aan zijn tafel zitten en dacht heel diep na. Wat
moest hij nu terugschrijven? Hij had niet aan de ransuil gedacht
op de dag dat de ransuil jarig was. Maar als hij dat terugschreef
zou de ransuil misschien boos worden of verdrietig, of zich onbe-

langrijk voelen. Misschien kwijnt hij dan wel weg, dacht de eekhoorn. Hij had eens van de mier gehoord dat dat gebeurde als iedereen je vergat. Dat nooit, dacht hij. Wegkwijnen was volgens hem iets verschrikkelijks.

Hij beet op zijn pen, kneep zijn ogen dicht, sperde ze wijd open, keek omhoog, krabde achter zijn ene oor en toen achter zijn andere oor en schreef terug:

Beste ransuil,
  Ik denk heel veel aan je.
  De eekhoorn

Hij had tenslotte de hele ochtend aan de ransuil gedacht. En toen de brief onderweg was dacht hij: hoe zou het nu met de ransuil gaan, wat zou de ransuil vandaag doen, zou de ransuil het mooi weer vinden, zou de ransuil ook van beukennotenhoning houden...? Hij besloot in de toekomst heel vaak aan hem te denken en dat ook dikwijls te schrijven.

Hij ging naar zijn kast en keek of hij nog zoete beukennoten had. Waarom zou het eigenlijk helpen als je aan iemand denkt? dacht hij. Dat moet ik eens aan de mier vragen, dacht hij. Hij had geen zoete beukennoten meer, zuchtte en ging voor zijn deur zitten.

Zou de ransuil nu niet bedroefd zijn? dacht hij. En zou hij nu aan mij denken? Wat zou hij eigenlijk van mij vinden?

'Ik ben bijna jarig,' zei de reiger op een ochtend tegen de kikker.

'O ja?' zei de kikker, die een eindje verderop aan een rietstengel heen en weer zwaaide.

'Ja,' zei de reiger, 'en ik ga het op een hele bijzondere manier vieren.'

'O,' zei de kikker. 'Hoe dan?'

'Nou...' zei de reiger, 'dat houd ik nog geheim. Maar ik nodig alleen jou uit, kikker.'

'Ach,' zei de kikker en hij dook in het water.

Hij zwom weg en dacht na. Hij was wel nieuwsgierig naar de bijzondere manier waarop de reiger zijn verjaardag wilde vieren. Zou de reiger mij misschien vragen of ik iets wil kwaken? dacht hij. Dat wil ik wel. Hij kende nog iets heel moois, wat hij nog nooit had gekwaakt. En wat zouden we eten? dacht hij. Wat voor taart zou er zijn? Een watertaart met kroos? Of iets modderigs? Waar zou de reiger eigenlijk van houden?

De kikker fronste zijn voorhoofd. Hij wist niet zeker waar de reiger het meest van hield, maar plotseling herinnerde hij zich dat hij ook heel nieuwsgierig was naar de verte. Die moet ik toch echt eens van dichtbij zien, dacht hij. En terwijl hij nadenkend knikte en in zijn hals krabde zwom hij verder.

Op de ochtend van de verjaardag van de reiger was de kikker zo nieuwsgierig naar de verte dat hij al voor zonsopgang vertrok.

Hij liet een briefje voor de reiger achter:

Beste reiger,
Gefeliciteerd met je verjaardag, maar

ik moest dringend op reis (naar de verte).
De kikker

De reiger las het briefje en keek treurig uit over het riet en de rivier daarachter, die zachtjes kabbelde. Het werd een schrale verjaardag zo. Hij had met de kikker willen dansen en hij had hem plechtig willen beloven dat hij hem na zijn verjaardag nooit meer zou opeten.

Hij trok zijn schouders omhoog en zuchtte.

Zo stond hij roerloos en verdrietig urenlang zijn verjaardag te vieren tussen het bleke riet.

's Avonds laat kwam de kikker thuis. De verte was hem tegengevallen. Hij had hem van heel dichtbij bekeken, met zijn neus erbovenop. Maar iets bijzonders had hij niet gezien. Er is eigenlijk niets aan, vond hij. Maar hij was toch blij dat hij was gegaan.

DE VERJAARDAG VAN DE DAS

Aan de rand van het bos, onder de elzenstruik, woonde de das.

Op een ochtend werd er een pakje bij hem bezorgd.

Voor mij? dacht hij verbaasd. Hij las wat er op het pakje stond:

Voor de das
  Hierin zit je verjaardag.
  Die was je vast vergeten.
  Gefeliciteerd.
  De eekhoorn

Ach... dacht de das. Dat is waar ook! Hij was helemaal vergeten dat hij die dag jarig was. Hij had het ook zo druk. En hij vergat altijd al meer dan hij onthield.

Hij maakte het pakje open. Zijn verjaardag kwam tevoorschijn, met feestgedruis, de geur van notentaart, gezang van de lijster, gestamp van dansende voeten, stemmen die riepen: gefeliciteerd, das... en nog veel meer.

Vlug maakte hij het pakje weer dicht.

Ik heb het te druk, dacht hij. Ik heb het veel te druk. Het is trouwens ook niet zo'n geschikte dag, eigenlijk.

Hij stopte het pakje in een la in zijn kast en bouwde verder aan zijn huis dat nooit af mocht komen.

Ik maak het een andere keer wel open, dacht hij, als het mij uitkomt. Dat vond hij een mooie gedachte: als het mij uitkomt maak ik het open. Hij maakte twee eigenaardige, zwierige danspassen, zong: 'Als het mij uitkomt, o als het mij eindelijk toch eens uitkomt...', schraapte zijn keel en ging weer aan het werk. 565

De volgende ochtend liep de eekhoorn langs de elzenstruik en zag de das.

'Dag das,' zei hij.

'Dag eekhoorn,' zei de das.

'Hoe was je verjaardag?' vroeg de eekhoorn.

'Daar moet ik nog aan beginnen,' zei de das.

'O,' zei de eekhoorn verbaasd. Hij dacht even na. 'Wanneer begin je er dan aan?'

'Als het mij uitkomt!' riep de das. Hij ging even losjes op één been staan. 'Wat ben ik blij dat je dat vraagt!'

De eekhoorn zweeg, keek even naar de lucht, die groot en zwart boven het bos hing, zei toen dat hij maar weer verderging en groette de das.

De das liep naar zijn kast, pakte zijn verjaardag, maakte hem heel voorzichtig aan één kant open zodat hij net bij een notentaart kon, nam een hap, veegde zijn mond af, maakte het pakje weer dicht, stopte het in zijn la terug en ging weer aan het werk.

Zo komt het me nog het beste uit, dacht hij tevreden, terwijl hij een nieuwe kamer met uitzicht op de grond begon te graven. Bovendien, dacht hij even later, gaat mijn verjaardag zoveel langer mee. Hij knikte en kneep zijn ogen stijf dicht. Ach, wat ben ik nú tevreden, dacht hij.

DE VERJAARDAG VAN KIKKER

'Wat wil je voor je verjaardag, kikker?' vroeg de muis.

De kikker zat op een lelieblad aan de oever van de rivier. Hij keek de muis ernstig aan.

'Ik heb maar één wens,' zei hij, 'en dat is oorverdovend kwaken.'

'Hoe ziet dat eruit?' vroeg de muis.

'Nee,' zei de kikker, 'dat ziet er niet uit, dat hoort eruit.' Hij lachte vrolijk, want hij vond dat heel leuk.

'O,' zei de muis. 'Waar kun je dat krijgen?'

'Tja,' zei de kikker, 'als ik dát wist...' Peinzend schudde hij zijn hoofd en keek over het water naar de verte.

'Kom,' zei de muis, 'ik ga weer eens.'

De kikker hoorde hem niet. In zijn gedachten kwaakte hij oorverdovend – zo oorverdovend dat de wilg omviel en het riet knakte en het water van de rivier angstig wegstoof. Toen was het weer stil. Gedachten zijn geen kunst, dacht de kikker en hij haalde zijn schouders op. Echt oorverdovend kwaken, dát wil ik. Maar hoe kom ik daaraan?

Somber liet hij zich in het water plonzen.

De muis ging ondertussen op zoek naar oorverdovend kwaken. Hij vroeg het aan iedereen.

'Zeg olifant, heb jij soms wat oorverdovend kwaken?'

'Nee,' zei de olifant onzeker, 'volgens mij heb ik dat niet.'

'Zwaan, weet jij soms waar ik oorverdovend kwaken kan kopen?'

'Ach nee,' zei de zwaan, 'wat spijt me dat nu, maar dat weet ik niet.'

'Hallo zwaluw, heb jij soms ergens oorverdovend kwaken gehoord?'

'Nergens,' riep de zwaluw, hoog in de lucht. 'Helemaal nergens.'

Niemand kon de muis helpen.

Sommige dieren meenden dat oorverdovend kwaken iets ge-
vaarlijks was, dat je beter niet kon tegenkomen. Andere dachten
dat je het zelf moest maken van oud lawaai, maar wisten niet hoe.

De muis had de moed bijna opgegeven en was al van plan de
kikker voor zijn verjaardag een stuk gewone honingkaas te geven,
toen hij de boktor tegenkwam.

'Boktor,' zei hij, 'weet jij misschien hoe ik aan oorverdovend
kwaken kan komen?'

'Ik heb nog wel wat liggen,' zei de boktor.

Hij ging de muis voor naar zijn schuurtje met rumoer. De muis
stopte zijn oren dicht. Tussen oud geloei, luidruchtig gekreun,
schelle kreten, stoffig kabaal, verouderde gillen, gepiep, gebrul en
schor gelach haalde de boktor wat oorverdovend kwaken tevoorschijn.

'Het is niet veel,' zei hij.

'Het is vast genoeg,' zei de muis.

De boktor pakte het zorgvuldig in.

'Dank je wel,' zei de muis en hij nam het mee.

Niet lang daarna was de kikker jarig. Het was een kalme verjaardag, vroeg in de avond, in het riet langs de rivier. De meeste dieren waren er al toen de muis verscheen. Een berg saaie cadeaus lag
achter de kikker op de modderige oever.

'Gefeliciteerd, kikker,' zei de muis.

'Dank je wel,' zei de kikker.

'Dit is je cadeau,' zei de muis. 'Pak het maar uit.'

De kikker pakte het cadeau uit en wilde net zeggen: 'Wat is
het?', toen er een oorverdovend kwaken losbarstte dat zo luid was
dat iedereen omviel of ondersteboven de lucht in vloog.

De rivier werd wit van schuim en ontzetting, en het hele bos
leek wel in het rond te tollen.

Plotseling was het weer stil. De kikker had de geruisloze resten
van zijn cadeau neergelegd.

De dieren stonden op, sloegen het stof van hun schouders en
hun rug en keken elkaar zwijgend aan. De kikker ging in een hoekje, achter een rietpluim zitten.

'Dit was het,' kwaakte hij zachtjes tegen zichzelf. 'Dit was het nou.'

DE VERJAARDAG VAN DE MUS

Onder de populier gaf de mus les in jarig zijn.

Voor het gemak was hij zelf jarig en deed hij alles voor.

De dieren die les kregen brachten cadeaus voor hem mee en de mus deed voor hoe je die cadeaus moest uitpakken, hoe je blij met ze moest zijn en hoe je ze vriendelijk knikkend achter je op de grond moest zetten.

Toen de dieren dat hadden geleerd kregen ze les in taart eten.

De mus legde uit welke taarten de beste waren: kruimeltaarten en taarten met veel suikerkorrels en honingsnippers.

De dieren maakten die taarten thuis en brachten ze naar de les mee. De mus deed voor hoe je die taarten moest aansnijden en hoe je de stukjes een voor een in je snavel of je mond moest doen.

Taart eten was moeilijk, volgens de mus, en er waren veel lessen nodig voor hij bij het opeten van laatste restjes, het tevreden achteroverleunen en het aflikken van je snavel of je mond kwam.

Daarna kregen de dieren les in dansen en zingen. Dat moesten ze zelf doen. De mus keek toe en deed voor hoe je daarbij beleefd en onopvallend in slaap kon vallen.

In de laatste les legde de mus uit hoe je een eind aan een verjaardag moest maken. 'Kom, nu moeten jullie gaan,' zei de mus en de dieren herhaalden dat in koor.

Hij had veel leerlingen en iedereen vond dat hij heel goed lesgaf.

Tegen de winter had hij genoeg van verjaardagen en taarten en hing hij een briefje op zijn deur dat hij nergens meer aan deed, behalve aan vakantie.

DE VERJAARDAG VAN DE OEROS

'Weet je wie er vandaag jarig is?' vroeg de mier aan de eekhoorn.

'Nee,' zei de eekhoorn.

'De oeros,' zei de mier.

'De oeros??' vroeg de eekhoorn. Daar had hij nog nooit van gehoord.

De mier legde hem uit dat de oeros in het verre verleden leefde. Hij wist de weg daarheen.

Ze liepen naar de rand van het bos en kropen door een lange donkere gang naar het verre verleden. Plotseling werd het licht en zagen ze de oeros, tussen een paar rotsblokken.

'Dat is hem,' zei de mier. De oeros leek in gedachten verzonken.

'Hallo oeros,' zei de mier.

De oeros keek op en zag de mier en de eekhoorn.

'Wie zijn jullie?' vroeg hij.

'De mier en de eekhoorn,' zei de mier. 'We komen op je verjaardag.'

'De mier en de eekhoorn? En mijn verjaardag? Wat is mijn verjaardag?'

'Tja...' zei de mier. 'Wat is je verjaardag...' Ze stonden wat onhandig tegenover elkaar tussen de rotsen. 'Is hier verder niemand?' vroeg de eekhoorn.

'Jawel,' zei de mier. 'Kijk, daar heb je de mammoet en de holenbeer.'

De eekhoorn zag dieren die hij nog nooit had gezien en die somber en een beetje schraal voor zich uit staarden in de schaduw van een rots.

'Vraag eens of hij misschien iets anders viert,' fluisterde de eek-hoorn.

'Vier je misschien iets anders, oeros?' vroeg de mier.

'Vieren?' vroeg de oeros. 'Hoe gaat dat?'

'Nou, met taart en...' begon de mier.

'Taart?' zei de oeros. 'Wat is dat nou weer?' Hij draaide zich om.

'Hebben jullie wel eens van taart gehoord?' riep hij naar de mam-moet en de holenbeer. Maar die schudden langzaam hun sombere en onherbergzame hoofd.

'Laten we maar gaan,' fluisterde de eekhoorn.

'Nou, dan gaan we maar weer,' zei de mier. 'Nog een gezellige dag.'

'Een dag?' zei de dinosaurus. 'Wat is een dag nou weer?'

'Kom mee,' fluisterde de eekhoorn. Hij trok de mier mee. Hij vond het daar guur en tamelijk ongemakkelijk.

'Nog een prettige oertijd dan!' riep de mier over zijn schouder.

'Dank je wel!' riep de oeros hem na.

De mier en de eekhoorn verdwenen in de smalle donkere gang en kropen naar het heden terug.

'Je kunt beter nu jarig zijn,' zei de eekhoorn, toen ze weer in zijn huis waren, boven in de beuk. De mier knikte.

'Hij wist volgens mij niets,' zei de eekhoorn.

'Nog niets,' zei de mier.

De eekhoorn beet in een gebrande beukennoot en dacht net zo-lang aan het heden tot hij niet meer wist wat het was.

DE VERJAARDAG VAN DE ZANDMUIS

Ver weg, aan de achterkant van de woestijn, woonde de zand-muis.

Op een dag maakte de eekhoorn een wandeling door de woestijn en kwam langs zijn huis. 'Zandmuis' stond er met kleine, kriebe-lige letters op de deur.

O, dacht de eekhoorn, hier woont hij dus.

De eekhoorn was nog nooit bij hem op bezoek geweest. Hij klopte op de deur en zei: 'Zandmuis! Bezoek!'

Het was stil binnen. De eekhoorn legde zijn oor tegen de deur. Even leek er iets te ritselen. Toen kwam er een briefje onder de deur door:

Wie bent u?
De zandmuis

'Ik ben het,' zei de eekhoorn. 'De eekhoorn.'

Na enige ogenblikken stilte kwam er opnieuw een briefje onder de deur door:

De eekhoorn. Wie bedoelt u daarmee?
De zandmuis

Wie bedoel ik daarmee?? dacht de eekhoorn. Wie bedoel ik met mijzelf...? Hij dacht diep na, maar wist niet wat hij daarop moest antwoorden.

'Doe de deur eens open,' zei hij.

573

Er kwam weer een briefje onder de deur door:

De deur open. Wat bedoelt u daarmee?
  De zandmuis

'Dan kan ik binnenkomen,' riep de eekhoorn.
  Maar meteen kwam er een nieuw briefje:

Binnenkomen. Wat bedoelt u dáár nu weer mee?
  De zandmuis

De eekhoorn zuchtte diep. Hij weet niets, dacht hij. Hij fronste zijn voorhoofd. Misschien weet hij wel helemaal niets... Zou dat kunnen?
  Hij ging voor de deur van het huis van de zandmuis zitten.
  Het was heel warm in de woestijn en de eekhoorn had graag iets willen drinken. Straks is hij nog jarig, dacht hij, en heeft hij van alles in huis en weet hij dat niet eens...
  'Je bent jarig!' riep hij voor alle zekerheid. 'Ik kom je feliciteren! Gefeliciteerd, zandmuis! Doe eens open!'
  Maar voor hij was uitgesproken kwam er al een briefje onder de deur door:

Jarig. Wat bedoelt u dáár nou opeens weer mee?
  De zandmuis

De eekhoorn las het briefje en stond op. Ik ga maar weer, dacht hij. Hij wilde 'Dag zandmuis' zeggen, maar hij zei niets, want hij vermoedde dat de zandmuis niet wist wat hij met 'Dag' bedoelde.
  Hij wiste zich het voorhoofd af en liep de gloeiende woestijn weer in, op weg naar het bos.
  Toen hij een eindje had gelopen blies de verzengende woestijnwind een briefje voor zijn voeten neer:

U hebt nog niet één antwoord
gegeven op al mijn vragen.
  De zandmuis

De eekhoorn gooide het briefje in de zinderende lucht, klom op een heuveltje van zand en riep: 'Nee!! Dat heb ik niet!! Op al uw vragen!!'

Zijn stem sloeg over, maar niemand hoorde hem. Toen begon hij te hollen, laat in de middag, dwars door de woestijn, naar het bos.

DE VERJAARDAG VAN DE WEZEL

De wezel vond alles moeilijk, maar vooral zijn verjaardag.

Overal in zijn huis lagen boeken waarin stond hoe je je verjaardag moest vieren: hoe je de deur moest opendoen voor je gasten, hoe je 'dank je wel' moest zeggen als je een cadeau kreeg, hoe je moest roepen 'en nu... dansen!', wat voor taarten je wel en wat voor taarten je niet moest bakken, en nog veel meer. De wezel had die boeken allemaal al vaak gelezen, maar hij wist nooit of alles wat erin stond wel waar was. Hij wist maar één ding zeker: een verjaardag kwam altijd terug.

Op een dag was het weer zover. Handenwringend stond hij vroeg in de ochtend midden in zijn kamer. Het gaat mis, mompelde hij, het gaat natuurlijk mis... Hij had de verkeerde taarten gebakken, de verkeerde dieren uitgenodigd, de verkeerde cadeaus op zijn verlanglijst gezet. Ik weet het zeker! dacht hij. Nee, ik weet het helemaal niet zeker, dacht hij toen. Dat is het hem juist!

Hij pakte een boek waarin stond wat er op verjaardagen allemaal mis kan gaan. Het was een dik boek en hij kende het uit zijn hoofd. Hij bladerde erin en bekeek de plaatjes met mislukte taarten, boze gasten en onverwachte keelpijn. Hij legde het boek weer neer en zuchtte. Of het echt misgaat, dacht hij, dát weet ik niet. Dat is het hem juist.

Hij liep door zijn kamer heen en weer. Niet heen en weer lopen, dacht hij. Hij stond stil. Niet stilstaan, dacht hij.

Zo ging de ochtend voorbij.

In het begin van de middag keek hij uit zijn raam. De eerste gasten kwamen er in de verte juist aan. De wezel leunde naar buiten, zwaaide met zijn armen en riep: 'Mijn verjaardag gaat niet door!'

'O,' zeiden de dieren, draaiden zich om en liepen terug.

'Ja, hij gaat toch door!' riep de wezel even later.

Een paar dieren hoorden hem nog en gingen weer naar hem toe. Maar toen ze voor zijn deur stonden zagen zij een briefje waarop stond:

Mijn verjaardag gaat niet door.
De wezel. Helaas.

Ze haalden hun schouders op en liepen weg. Maar toen ze nog niet ver weg waren hoorden ze de wezel roepen: 'Hij gaat wel door! Wel!'

Alleen de beer ging nog terug. Hij klopte op de deur, maar de wezel deed niet open. Hij lag onder zijn bed, in het stof. Ik wil niet jarig zijn, dacht hij, waarom ben ik ook jarig...

Hij hoorde de beer op het raam tikken en nog een paar keer hard op de deur bonzen. Hij hoorde hem roepen dat hij desnoods zonder verjaardag ook wel taart wilde eten.

De wezel antwoordde niet en de beer slofte ten slotte weg.

De wezel snikte. Hij wilde heel graag jarig zijn, echt jarig zijn. Eigenlijk wilde hij niets liever dan dat. Dat was het hem juist.

Hij kroop onder zijn bed uit. Op de tafel stonden zijn taarten. Het was alsof ze hem met grote, zoete ogen aankeken. In een hoek stond een lege kist waar hij alle cadeaus in had willen doen.

'Ik ben onmogelijk,' zei hij tegen zichzelf. Toen gaf hij zich een draai om zijn oren, struikelde en riep: 'Ik ben helemaal niet onmogelijk! Dat is het hem juist.'

Hij bleef op de grond liggen.

Het werd donker. Ik ben nog steeds jarig, dacht hij. Hij wou dat hij 'Help!' kon roepen, of alleen maar 'Help' kon denken.

Hij kroop maar weer onder zijn bed.

Steeds moeilijker en zwaarder werden de gedachten die in zijn hoofd rondstampten en stommelden en overal tegenaan trapten. Alsof ze waren opgesloten en wilden ontsnappen. Maar ze ontsnapten nooit.

DE VERJAARDAG VAN DE OLIFANT

Op een middag wandelde de eekhoorn door het bos, toen plotseling met veel geraas de olifant uit de top van de eik viel. 'Hallo olifant,' zei de eekhoorn.

'Hallo eekhoorn,' fluisterde de olifant. 'Ik ben gevallen.'

'Waarom klim je toch ook altijd in bomen?' vroeg de eekhoorn.

'Niet om te vallen,' huilde de olifant. 'Als je dat soms denkt.'

Hij zat op de grond en voelde aan zijn achterhoofd. Toen zei hij: 'Het gaat wel weer', stond op en strompelde weg.

Maar even verderop bleef hij staan en keek om.

'Weet je waarom ik in die boom klom?' vroeg hij.

'Nee,' zei de eekhoorn.

'Omdat ik daar, helemaal bovenin, mijn verjaardag ga vieren. Ik wou vast even kijken waar iedereen het beste kan staan.'

'Daar??' vroeg de eekhoorn.

'Het is mijn verjaardag,' zei de olifant en hij liep door.

Een paar dagen later vierde de olifant zijn verjaardag boven in de eik.

Er kwamen heel veel dieren, ook dieren die nog nooit boven in een boom waren geweest, zoals de kabeljauw, de neushoorn, de haai en de schildpad.

Ze stonden ongemakkelijk op bladeren en takjes, riepen telkens 'Ho' als de wind hen heen en weer bewoog en aten kleine stukjes taart.

Maar na een tijd werden ze vrolijk.

'Ach,' zei de snoek zorgeloos, 'we zitten hier ten slotte ook niet dagelijks... vind je niet, slak?'

578   'Nee,' zei de slak, 'dagelijks... nee... ik kom hier nooit.'

De lijster begon te zingen en de neushoorn sloeg zijn arm om het middel van de pad en zette een wals in. Het ging!

De dieren klapten en stampten op de takken. De olifant sprong op en wilde roepen: 'Wat een leuk feest!' Maar hij kwam niet verder dan 'Wat...', stapte mis en viel naar beneden.

Toen viel iedereen van schrik ook naar beneden: de neushoorn, de pad, de haai, het hert en alle andere dieren. En alle cadeaus voor de olifant vielen, en al zijn taarten en zijn schalen met zoete schors. Zelfs de lijster en de zwaluw, die nog nooit waren gevallen, vielen uit de top van de eik naar beneden.

Iedereen viel bovenop iedereen.

Onderop lag de olifant. Eerlijk gezegd, dacht hij, had ik hier wel een beetje rekening mee gehouden. Maar het was niet mijn bedoeling. Dat niet!

Toen iedereen was opgekrabbeld en was weggestrompeld en weggeglibberd, ging de olifant voor de eik staan, gooide zijn slurf omhoog en zei eerst 'au' en toen, heel langzaam, bijna zingend: 'Weet je wat ik heb gedaan? Ik heb mijn verjaardag boven in een boom gevierd...'

Hij voelde aan de buil op zijn voorhoofd, probeerde te glimlachen en maakte een diepe buiging voor de eik.

DE VERJAARDAG VAN DE HOMMEL

Op een ochtend werd de hommel wakker en dacht: ben ik vandaag niet jarig? Hij wist dat niet zeker.

Het was een mooie dag, de zon scheen en voor alle zekerheid besloot hij maar dat hij jarig was en nodigde iedereen uit. Ik weet zoveel niet zeker, dacht hij, dat toch zo is.

Die middag vierden de dieren de verjaardag van de hommel. Ze zaten tussen de varen en de braamstruik op het groene mos. Ze aten honingtaart, praatten over duizend dingen en dansten in de warme zonneschijn.

Aan het eind van de middag, toen alle taart op was en de eerste gasten alweer naar huis gingen, zei de krekel: 'Maar ben jij eigenlijk niet morgen jarig, hommel?'

'O ja!' zei de hommel. 'Dat is waar ook! Morgen ben ik jarig. Ach, wat heb ik me weer eens vergist...'

Hij keek verlegen om zich heen, wreef over zijn voelsprieten, trok zijn schouders wat omhoog en zei: 'Komen jullie morgen ook?'

'Dat is goed,' zei iedereen.

De volgende dag was het nog mooier weer. De zon straalde en de bomen ruisten zacht. Er kwamen nog meer dieren op de verjaardag van de hommel, midden in het bos, tussen de varen en de braamstruik. En er was nog nooit ergens zoveel honing en zoveel taart geweest.

Ze dansten en zongen en de hommel kon nauwelijks over zijn cadeaus heen kijken.

De volgende ochtend werd hij laat wakker. Zijn hoofd gonsde luidruchtig en hij wist zich maar weinig te herinneren van de vorige dag. Was ik soms jarig? dacht hij. Maar wanneer dan? Hij fronste zijn voorhoofd en dacht diep na. Het gegons in zijn hoofd werd nog luider en ruwer. Of zei er iemand dat ik morgen jarig was? dacht hij. Morgen?

Hij klom uit zijn bed, keek in zijn spiegel en schudde zichzelf door elkaar, maar hij kon zich niets meer precies herinneren.

Voor alle zekerheid vierde hij zijn verjaardag toen maar opnieuw, in de zon, op het groene mos tussen de varen en de braamstruik.

Er waren veel dieren die hem opnieuw feliciteerden en nog een cadeau gaven. Ze konden zich ook geen van allen meer herinneren wanneer de hommel precies jarig was. Misschien is hij wel altijd jarig, dachten sommigen. Dat zou nog het makkelijkste zijn, meenden ze.

Op zijn verjaardag kreeg de hagedis van de slang tijd cadeau.

'Alsjeblieft, hagedis,' zei de slang.

'Ah, wat aardig,' zei de hagedis. 'Die wil ik heel graag hebben.' Hij pakte de tijd uit en bekeek hem.

Het was vroeg in de avond. De zon scheen tussen de onderste takken van de bomen door en de tijd glinsterde en fonkelde in de handen van de hagedis.

'Wat een prachtige tijd,' zei hij.

'Ja,' zei de slang. 'Hij is net nieuw.'

De beer had lang staan wachten met zijn cadeau en zag achter de rug van de hagedis een taart staan. Hij snoof, schraapte zijn keel en zei: 'Nu ik.'

Hij duwde de slang opzij. De slang gleed tegen de hagedis aan en de hagedis liet de tijd vallen.

'Nee!' riep hij nog. Toen viel de tijd in stukken op de grond.

De zon ging vliegensvlug onder en de maan schoot de lucht in, tot boven het bos. De bomen ruisten met vlugge, hoge tonen, en voordat de beer één hap had kunnen nemen hadden de andere dieren de taart al naar binnen geschrokt.

Iedereen holde door elkaar, struikelde, viel en raakte buiten adem. Maar ze dachten ook dat ze daar al jaren waren en konden zich het begin van de verjaardag niet meer herinneren.

Alleen de boktor verloor zijn kalmte niet. Hij raapte de stukken van de tijd op en plakte ze aan elkaar.

Iedereen ging weer zitten.

'Hij is niet zo sterk meer, nu,' zei de boktor.

'Hij was al niet zo sterk,' zei de slang, die droefgeestig tussen het gras lag.

De hagedis bekeek zijn tijd. Hij voelde aan de aan elkaar ge-
lijmde barsten en hij zag dat er een paar stukken ontbraken, die
de boktor niet meer had kunnen vinden. Maar het was toch een
mooie tijd, die hij goed zou kunnen gebruiken.

'Ik weet niet hoe lang hij zal meegaan,' zei de boktor.

'Lang genoeg,' zei de slang.

De hagedis knikte, legde de tijd voorzichtig naast zich neer, in
het gras, en vierde geduldig en behoedzaam, maar af en toe wel
met horten en stoten, de rest van zijn verjaardag.

DE VERJAARDAG VAN HET NIJLPAARD

Tijdens zijn verjaardag sliep het nijlpaard.

De dieren vierden zijn feest op hun tenen. Heel voorzichtig legden ze hun cadeaus neer en gingen aan tafel zitten. Geruisloos aten ze de taarten die klaarstonden.

Ze hoorden het nijlpaard regelmatig en tevreden ademhalen en ze fluisterden in elkaars oren: 'Niet smakken.'

Daarna dansten de dieren die onhoorbaar konden dansen en nooit op elkaars tenen trapten.

De olifant zat langs de kant en keek verdrietig naar de eekhoorn, die met de vlinder danste. Ik kan wél onhoorbaar dansen... dacht hij. Maar de dieren gebaarden hem stil te blijven zitten en ook niet wat rond te lopen.

De lijster ging op de onderste tak van de esdoorn zitten en wenkte de dieren om zich heen. Heel zachtjes zong hij een liedje dat de dieren alleen konden horen als ze hun oren vlak bij zijn snavel hielden.

Daarna gingen ze allemaal naar huis. Ze knikten nog even in de richting van het nijlpaard en slopen weg.

'Wel een kalme verjaardag,' fluisterde de eekhoorn.

'Sst,' fluisterde de mier. 'Ja.'

Het nijlpaard werd pas wakker toen de olifant, op zijn tenen, heel voorzichtig lopend, met een enorme dreun tegen de eik opbotste en 'au' riep.

Het nijlpaard stak zijn hoofd omhoog en zei: 'Waar ben ik?'

Er kwam geen antwoord. Er klonk alleen nog drie keer, zo zacht mogelijk: 'au.'

584 Het nijlpaard keek om zich heen en zag de stapel cadeaus, in een

hoek, onder de esdoorn, en de resten van taarten op zijn lange tafel. Toen herinnerde hij zich weer dat hij jarig was.

'Waar zijn jullie?' riep hij.

Alleen de olifant hoorde hem nog.

'Ik ben hier!' riep hij. 'Ik heb een bult op mijn hoofd!'

Een bult, dacht het nijlpaard, daar heb ik niets aan. Hij ging op
de grond zitten en begon zijn cadeaus uit te pakken.

Er was een rode trui bij met vier lange mouwen.

'Wat mooi,' zei het nijlpaard.

Hij trok de trui aan en danste even op zijn achterbenen in het
rond, in de schemering, aan het eind van zijn verjaardag.

DE VERJAARDAG VAN HET AARDVARKEN

De beer kwam te laat op de verjaardag van het aardvarken.

'Het was maar een korte verjaardag,' zei het aardvarken.

'Wat nu?' vroeg de beer.

Dat wist het aardvarken niet.

De beer had een zwaar cadeau bij zich, dat hij over grote afstand met zich mee had gezeuld, maar hij kon dat niet meer geven.

'Nee,' zei het aardvarken, 'dat gaat niet meer.'

'En feliciteren?' vroeg de beer.

'Nee,' zei het aardvarken, 'dat kan ook niet meer.'

Somber keek de beer om zich heen.

'Was het gezellig?' vroeg hij.

'Ja,' zei het aardvarken. 'Heel gezellig. Iedereen was er. Behalve jij.'

De beer zuchtte.

'Was er taart?' vroeg hij toen.

'Een hele grote,' zei het aardvarken.

'Is daar niets van over?'

'Nee, niets.'

Het was even stil.

'Heeft iedereen taart gehad?' vroeg de beer toen.

'Ja,' zei het aardvarken.

'Vroegen ze nog: komt de beer niet?'

'Ja, dat vroegen ze wel,' zei het aardvarken.

'Waren ze niet verbaasd dat ik er niet was?'

'Heel verbaasd.'

'Wat zeiden ze?'

586 'We zijn heel verbaasd dat de beer er niet is.'

Het was een tijd stil. De beer keek naar de grond.

'Wie heeft het laatste stuk van die taart gegeten?' vroeg hij toen.

'De kikker,' zei het aardvarken.

'De kikker!' riep de beer. 'De kikker!' Hij sprong in de lucht en keek woedend om zich heen. Toen stond hij weer stil, duwde zijn voet in de grond, dacht na en zei: 'Ik ben dus te laat.'

'Ja,' zei het aardvarken.

De beer trapte tegen een grasspriet.

'Wat was het voor taart?' vroeg hij.

'Honingtaart,' zei het aardvarken.

De beer kreunde en kneep even zijn ogen dicht. 'Dat laatste stuk, dat de kikker heeft opgegeten, was dat een groot stuk?' vroeg hij toen.

'Ja,' zei het aardvarken. 'Dat was een groot stuk.'

De beer werd rood, stampte op de grond, schudde zijn hoofd briesend heen en weer en stond weer stil.

'Als ik op tijd was gekomen,' riep hij, 'dan had ik die hele taart alleen opgegeten.' Hij zwaaide met een vuist. 'Dat verzeker ik je, aardvarken!'

Het aardvarken zweeg.

De beer liet zijn arm zakken en krabde met zijn voet aan zijn achterhoofd.

'Hij is dus helemaal op,' zei hij.

'Ja,' zei het aardvarken.

Toen ging de beer, zonder verder nog iets te zeggen, weg. Het cadeau voor het aardvarken (een enorme, stenen muts) zeulde hij weer met zich mee en hij dacht: als ik jarig ben komt iedereen te laat, iedereen, hoe vroeg ze ook komen! Let maar op!

Het aardvarken keek hem nog een tijd na en ging toen zijn huis in.

DE VERJAARDAG VAN DE NACHTEGAAL

De nachtegaal vierde zijn verjaardag achter een muur.

Ik zie er onooglijk uit, dacht hij. Hij verborg zijn hoofd in zijn veren en vond zichzelf niets.

Als hij iemand aan hoorde komen riep hij: 'Gooi je cadeau maar over de muur.'

Zijn gasten riepen: 'Gefeliciteerd, nachtegaal!', gooiden hun cadeaus over de muur en wachtten tot de nachtegaal ze had uitgepakt.

'Hm,' zei hij telkens. 'Ja, dat is wel een goed cadeau. Dank je wel.'

Hij gooide voor iedereen een taart over de muur terug. Tegen de avond zat de nachtegaal aan de ene kant van de muur, tussen al zijn cadeaus, en zaten de dieren met zijn allen aan de andere kant.

'Is mijn verjaardag gezellig?' riep hij.

'Ja hoor,' riepen de dieren terug en ze veegden de kruimels van hun snavels en monden. 'We wachten,' zeiden ze zachtjes tegen elkaar. Hun ogen glinsterden.

Toen het helemaal donker was begon de nachtegaal te zingen. De dieren zaten doodstil te luisteren. De nachtegaal zong over de zon die langgeleden nog vleugels had en langzaam klapwiekend door de hemel vloog en nooit daalde, en hij zong over de maan die toen nog 's nachts door de rivier zwom.

De dieren bogen hun hoofd. Het lied van de nachtegaal leek wel te leven en over de muur heen te klimmen en vlak boven hun hoofd rond te zweven. Ze zagen de vleugels van de zon voor zich, en hoe hij ze een keer ergens had laten liggen en ze niet meer kon vinden en altijd maar bleef zoeken, elke dag opnieuw, hoog in de hemel, en in het donker, onder de wereld. Vurig en wanhopig. Maar hij vond ze nooit. En ze zagen de maan, die de rivier uit zwom, de lucht in, om 's nachts de zon te helpen. Steeds hoger zwom hij, zo licht was hij.

Plotseling was het lied uit.

'Zo,' zei de nachtegaal. 'Nu is mijn verjaardag voorbij. Dag.'

Hij vond zichzelf weer niets en verborg zijn hoofd weer in zijn veren.

De dieren bedankten hem en liepen even later zwijgend naar huis. Ze zuchtten af en toe en hoopten dat de nachtegaal vlug weer jarig was of iets anders wilde vieren. Maar dat weet je nooit, dachten ze en schudden hun hoofd.

DE VERJAARDAG VAN DE NACHTVLINDER

Op een avond vloog de nachtvlinder door het bos. Raar, dacht hij, maar er is vast niemand die weet dat ik jarig ben.

Het was een warme avond en hoog boven het bos hing de maan. In de verte riep de uil iets en de rivier stroomde langzaam en glinsterend langs de rand van het bos.

Ik zal het toch eens aan iemand vragen, dacht de nachtvlinder.

Hij kwam de krekel tegen.

'Krekel,' zei hij, 'weet jij dat ik jarig ben?'

De krekel stond stil, dacht even na en zei toen: 'Nee, dat weet ik niet.' Hij liep weer verder.

Zie je wel, dacht de nachtvlinder.

Hij vroeg het ook aan de neushoorn.

'Nee,' zei de neushoorn. 'Dat spijt me zeer, maar dat weet ik niet.'

De nachtvlinder knikte tegen zichzelf. Maar als ze het niet weten, dacht hij, zouden ze het dan misschien wel dénken?

Hij vroeg het aan de tor, die in gedachten verzonken juist uit de rozenstruik tevoorschijn kroop.

De tor keek op. Er stonden dikke rimpels in zijn voorhoofd.

'Nee,' zei hij. 'Het is heel vreemd misschien, maar dát denk ik nu toevallig net niet.'

Toen wist de nachtvlinder het zeker. Niemand denkt dat ik jarig ben. Niemand denkt het en niemand weet het.

Hij vouwde zijn vleugels op en ging tussen twee bladeren van de eik zitten.

Behalve ik, dacht hij toen. Ik denk het en ik weet het dat ik jarig ben.

Hij deed zijn ogen dicht en dacht heel diep na over zijn verjaardag. In zijn gedachten werd er een groot vuurwerk boven het bos afgestoken. De dieren vroegen: 'Voor wie is dat?' en sommige zeiden: 'Ik denk dat het voor de nachtvlinder is' en andere riepen: 'Dat weten wij zeker! Voor de nachtvlinder!'

Uit de lucht vielen dikke honingkorrels neer, precies in elke open mond. In de gedachten van de nachtvlinder kneep iedereen zijn ogen dicht en smulde, en toen ze hun ogen weer opendeden begonnen ze te dansen.

Toen sliep de nachtvlinder in. Het was al bijna ochtend. Dunne nevels zweefden door het bos, wikkelden zich om de struiken heen en maakten zich weer los en zweefden verder. De horizon werd langzaam rood.

DE VERJAARDAG VAN DE EGEL

Op een ochtend dacht de egel: eigenlijk heb ik vandaag helemaal niets te doen. Hij keek om zich heen, krabde zich tussen zijn stekels en dacht: zou ik mij nu vervelen?

Dat is heel goed mogelijk, dacht hij. Hij wist wel ongeveer wat zich vervelen was, maar niet precies.

Weet je wat, dacht hij, ik tel tot drie.

Als hij tot drie telde gebeurde er altijd iets bijzonders, had hij gemerkt: de wind stak op en bezorgde een brief, of de mier kwam toevallig langs, of er viel een taart uit de lucht.

De egel telde: 'Een, twee, drie.'

Toen hij klaar was met tellen was hij jarig. Ach, dacht hij, dát is een verrassing... Hij schudde zijn hoofd van verbazing.

Hij had natuurlijk niets in huis en hij vermoedde dat niemand wist dat hij jarig was. Hij was het ook zo plotseling geworden... Maar hij begon zijn verjaardag toch maar meteen te vieren.

'Gefeliciteerd,' zei hij. 'Dank je wel.' Of moet ik zeggen: dank mij wel? dacht hij.

Hij keek om zich heen.

Ik zal maar wat gaan zingen, dacht hij. Aan taarten en cadeaus hoef ik niet te denken. En aan dansen ook niet.

Hij schraapte zijn keel en zong een klein, schor liedje. Hij zwaaide daarbij met zijn stekels heen en weer.

Het was wel een vrolijke verjaardag, vond hij. In elk geval een heel bijzondere. Tevreden feliciteerde hij zich opnieuw en begon weer te zingen.

Aan het eind van de middag viel hij in slaap en begon onmiddellijk te dromen.

Hij droomde dat er honderden egels op hem afkwamen. Allemaal egels! droomde hij verbaasd. Het hele bos was vol met egels. Ze schuifelden, vlogen door de lucht, dreven op hun rug in de rivier, kropen uit de grond en vielen uit de bomen. En ze kwamen allemaal naar hém toe... Een zee van stekels...

Hij klom op een boomstronk en riep: 'Egels! Welkom! Welkom! Wat ben ik blij dat jullie er zijn! Eindelijk...'

Hij kon niet verder spreken.

Alle egels gooiden een klein rood petje de lucht in en riepen: 'Hoera! Leve de egel!'

Toen schrok hij wakker en zat hij alleen, in het gras, voor zijn huis. Er bloeiden kleine rode bloemen aan de struik boven zijn hoofd, die heen en weer zwaaiden in de lucht.

Wat een droom, dacht hij. Honderden egels... Terwijl er maar één egel is! En dat ben ik!

Hij leunde achterover en keek naar de zon die juist achter de bomen verdween.

Ik... dacht hij en hij schudde zijn hoofd.

DE VERJAARDAG VAN DE BIZON

De bizon vierde zijn verjaardag aan de rand van het bos.

'Ik wil alleen grote cadeaus,' riep hij zijn gasten tegemoet.

De dieren kwamen een voor een naar zijn verjaardag toe en gaven hem grote cadeaus: enorme winterjassen, stoelen die ze met zijn tienen moesten dragen, bevroren struikgewas, een kam die tot aan de wolken reikte. Maar telkens zei de bizon: 'Dit is niet groot genoeg. Neem maar weer mee.'

Iedereen ging, gebukt onder zijn cadeau, weer weg.

Aan het eind van de middag was de bizon alleen. Hij riep: 'Heeft er dan niemand een groot cadeau voor mij over?'

'Wil je soms grote honing?' riep de beer, van ver weg. Hij wilde toch wel heel graag de verjaardag van de bizon vieren.

'Nee,' riep de bizon terug.

Het was een kille dag en de bizon ging op de grond zitten en dacht eraan wat hij met zijn verjaardag zou doen. Als ik hem niet kan vieren dan zal ik hem maar betreuren, dacht hij. Hij fronste zijn wenkbrauwen en probeerde te wanhopen.

Plotseling vloog de bij op hem af.

'Gefeliciteerd, bizon,' zoemde hij. 'Is dit groot genoeg?'

Hij gaf een klein pakje aan de bizon.

'Wat is dit?' vroeg de bizon verbaasd.

'Een kleinigheidje,' zoemde de bij.

'Maar ik wil geen kleinigheidjes!' riep de bizon. 'Ik wil iets groots!'

'Pak toch maar uit,' zei de bij.

De bizon zuchtte en pakte het cadeautje uit.

594   'Oooooo...' loeide hij toen.

Het was de steppe. Met hoog en golvend gras, een reusachtige blauwe hemel en wazige, met sneeuw bedekte bergen in de verte.

De bizon sprong op het cadeau en begon te draven. Hij wilde de bij nog bedanken. Maar in de wijde omtrek was er niemand meer te bekennen.

Urenlang draafde de bizon voort en nóg was hij in het midden van zijn cadeau.

Toen de zon onderging bleef hij pas staan. Achter zich hoorde hij plotseling zoemen: 'Kom, ik ga weer eens.'

'Bij!' riep de bizon. Hij keek om zich heen. Maar de bij was nergens te zien. Overal om hem heen strekte de steppe zich uit.

Niet lang daarna begonnen de sterren te flonkeren, de een na de ander. Net zolang tot het er ontelbaar veel waren. De bizon keek omhoog en dacht: nu ben ik gelukkig. Het was laat op de avond van zijn verjaardag, ergens, ver weg, in zijn reusachtige cadeau.

DE VERJAARDAG VAN DE RELMUIS

Op de ochtend van zijn verjaardag stond de relmuis in de keuken van zijn huis.

Ik moet iets bakken, dacht hij. Maar wat?

Hij kon er niet op komen wat het was.

Een stoel? dacht hij. Nee, dat is het niet. Een hoed? Een berg?

Met diepe rimpels in zijn voorhoofd liep hij heen en weer.

Het was te laat om het nog aan iemand te vragen, want de relmuis woonde afgelegen en zijn gasten waren vast al onderweg.

Ten slotte bakte hij een neus. Hij wist dat hij iets anders moest bakken, maar een neus kwam er misschien nog het dichtste bij, meende hij.

Het was een grote, rode neus.

Toen de neus klaar was zette hij hem op zijn tafel, voor zijn huis.

Het was in de zomer. De zon scheen en de relmuis zette stoelen en banken rondom de tafel. Hij keek tamelijk zorgelijk, want hij vermoedde dat hij iets niet goed had gedaan.

Aan het begin van de middag kwamen zijn gasten.

'Dag relmuis!' riepen ze al van verre. 'Gefeliciteerd!'

'Dank je wel!' riep de relmuis terug.

'Waar is je taart?' vroeg de beer, die aan kwam hollen en zijn cadeau op de grond achter de relmuis gooide.

'Ai!' zei de relmuis. 'Dát was het! Nu weet ik het weer!'

Hij legde uit dat hij vergeten was wat hij moest bakken en toen maar iets gebakken had wat volgens hem leek op wat hij vergeten was.

De dieren stonden even later rondom de enorme neus.

'Is hij eetbaar?' vroeg de tor.

'Nee,' zei de relmuis. 'Het is een gewone neus.' Want hij was ook vergeten dat het iets eetbaars moest zijn.

De beer loerde even door de twee neusgaten naar binnen en snoof aan de neus. Hij rook niets zoets.

'Wat nu?' vroeg de relmuis. Hij trok wat haar uit zijn hoofd, want hij meende dat hij dat hoorde te doen.

'Nou,' zeiden de dieren, 'we kunnen in elk geval gaan dansen.'

De beer ging even naar de keuken van de relmuis om te zien of hij misschien nog iets anders vergeten was, iets eetbaars. Maar er was niets.

De dieren begonnen te dansen. De merel en de lijster floten en zongen, en de neus stond rood en glimmend op de tafel, tussen iedereen in.

Pas toen het donker werd en de sterren aan de hemel glinsterden zeiden de dieren: 'Kom, we gaan weer eens.'

'O ja,' zei de relmuis. 'Dat is waar ook.'

De dieren gingen weg en de relmuis bleef alleen achter. Hij ging aan het hoofdeinde van de tafel zitten tegenover de neus.

Wat een verjaardag! dacht hij. Taart, dacht hij toen, dát moet ik morgen opschrijven...

Hij legde zijn hoofd op zijn armen, terwijl de neus hoog boven hem glansde in het licht van de opkomende maan.

DE VERJAARDAG VAN DE PINGUÏN

Toen de pinguïn zo lang alleen was dat hij niet meer wist of er nog wel iemand bestond, besloot hij zijn verjaardag te vieren. Dan kom ik daar tenminste achter, dacht hij. Want als er niemand meer is ga ik ook niet meer denken. Daar krijg ik het toch maar warm van. Trouwens, dan is er ook niets meer om over te denken.

Hij nodigde iedereen uit. Als er iemand bestaat, dacht hij, dan nodig ik hem dus in elk geval uit.

Hij schreef honderden brieven:

Beste...
Morgen vier ik mijn verjaardag.
Als je nog bestaat ben je welkom.
De pinguïn

en stuurde die overal heen.

Ik hoop wel dat er nog iemand bestaat, dacht hij. Dat zou wel gezellig zijn.

Hij wist dat het een warm feest moest worden en stookte de volgende dag grote vuren op het ijs. Hij bakte warme taarten, zette warme tafels neer met warme stoelen eromheen, hing warme jassen op voor als iemand het toch nog koud had en maakte warme gordijnen, die hij overal ophing tegen de ijskoude stormen die rondom zijn huis woedden.

Toen hij klaar was riep hij, zo hard als hij kon: 'Klaar! Kom maar!'

Maar er kwam niemand.

De pinguïn zat op de rand van een tafel en wachtte. Hij riep af en toe nog, boven de storm uit: 'Kom maar!' Maar er kwam niemand.

Nou, dacht hij toen, dan bestaat er dus niemand meer. Dan ben ik helemaal alleen.

Hij deed de vuren uit en begroef de taarten, de tafels, de stoelen en de gordijnen onder het ijs.

Nu ga ik ook niet meer denken, dacht hij. Dit is dus mijn laatste gedachte.

Hij ging op een kleine heuvel van sneeuw staan, waar de wind zo hard en zo koud mogelijk tegen hem aan kon blazen.

Maar toen hij daar een tijdlang roerloos en gedachteloos stond woei er een klein briefje tegen zijn voeten.

Hij raapte het op en las de dunne, bibberige letters:

Pinguïn,
   Ik ben nog onderweg.
   Koud!
   De

Meer stond er niet.

Er is iemand onderweg! dacht de pinguïn. Hij wist niet wie de De was, en de brief zag er bleek en bevroren uit. Maar er bestond iemand.

Hij stapte van de sneeuwheuvel af, keek om zich heen, zag de reusachtige witte leegte en begon weer hevig te denken. Na een tijdje dacht hij zelfs zo hard dat hij begon te gloeien en de sneeuw rondom hem smolt.

'Ho!' riep hij toen. 'Ho!'

'Als je echt niet jarig wilt zijn, dan ben je het ook niet,' zei de mier op een ochtend tegen de eekhoorn. Ze zaten aan de tafel in het huis van de eekhoorn, hoog in de beuk.

'Dat kan niet,' zei de eekhoorn.

'Dat kan wel,' zei de mier. 'Ik wil bijvoorbeeld nooit jarig zijn en dus ben ik het ook nooit.'

'Maar...' zei de eekhoorn en hij dacht diep na. 'Maar je hebt toch wel een verjaardag?? Iedereen heeft toch een verjaardag?'

'Ach,' zei de mier, 'als ik een verjaardag zie aankomen die voor mij is bestemd, dan grijp ik hem beet en slinger ik hem ver weg.'

De eekhoorn zweeg.

'Vanochtend zag ik er een aankomen...' zei de mier.

'Maar dan ben je vandaag jarig!' riep de eekhoorn. 'Dat wist ik niet! Gefeliciteerd!'

'Nee,' zei de mier. 'Ik ben vandaag dus niet jarig.'

Maar de eekhoorn was al opgesprongen en naar zijn kast gegaan. Hij pakte een reusachtige pot honing die hij speciaal voor de verjaardag van de mier had bewaard, en die ergens achteraf op de onderste plank stond.

'Gefeliciteerd, mier!' riep hij nog een keer, over zijn schouder heen.

'Maar ik bén niet jarig,' zei de mier. 'Hoe vaak moet ik dat nog...'

'Alsjeblieft,' zei de eekhoorn, die niet naar hem luisterde, want hij wist dat het soms het beste was om niet te horen wat de mier zei. Hij duwde de pot honing in de armen van de mier.

Een cadeau ontvangen vond de mier, na enig nadenken, niet erg, en dansen wilde hij even later ook wel.

'Daar heb ik geen bezwaar tegen,' zei hij.

Ze dansten tussen de tafel en het bed, in de kamer van de eekhoorn. De zon scheen naar binnen. Het was een mooie dag in het najaar.

'Ik heb mijn verjaardag in zee gegooid,' zei de mier, na een tijd, al dansend.

'O,' zei de eekhoorn.

'Misschien heeft de walvis er wat aan. Of iemand anders. De haai of de tonijn.'

'Ja,' zei de eekhoorn.

'Het was een grijze verjaardag.'

'O,' zei de eekhoorn.

Nadat ze gedanst hadden aten ze honing. Maar niet van het cadeau. Ze aten eikenhoning, die de eekhoorn nog had.

'Omdat ik niet jarig ben heb ik ook geen taart,' zei de mier.

'Nee,' zei de eekhoorn. 'Maar dat geeft niet.'

Toen de eikenhoning op was dansten ze weer. Daarna aten ze beukengelei, die de eekhoorn onder een plank in de vloer had bewaard. Vervolgens dansten ze weer.

Pas laat in de avond ging de mier naar huis. Hij hield de pot honing in zijn armen, en hij had een groene muts op die de eekhoorn hem ook nog had gegeven.

Langzaam liep hij door het bos. De maan scheen en hier en daar viel er een blad van een boom. De mier dacht na. Er stonden dikke rimpels in zijn voorhoofd.

Midden in de nacht stond hij weer onder de beuk en riep naar boven: 'Eekhoorn! Eekhoorn!'

De eekhoorn sliep al en schrok wakker.

'Ja,' riep hij. Hij deed zijn raam open en keek naar beneden.

'Ik heb taart,' zei de mier.

'Waarvoor?' vroeg de eekhoorn.

'Zomaar,' zei de mier. 'Dat kan ook. Zomaar.'

Hij klom naar boven.

Het was maar een kleine taart, die de mier vlug had gebakken, maar hij rook wel heel lekker.

Ze gingen aan tafel zitten en aten langzaam en zorgvuldig.

Ze namen steeds kleinere hapjes.

'Het was een verstandig besluit van me om mijn verjaardag weg te gooien,' zei de mier na een tijd. Hij klonk een beetje schor. Zo

601

klonk hij anders nooit.

'Ja,' zei de eekhoorn. 'Heel verstandig.'

Daarna zeiden ze weer niets en zaten tegenover elkaar en hoopten dat de tijd plotseling zin kreeg om stil te staan. Want als hij
echt stil wilde staan, dan kon hij dat. Dat wisten ze.

'Ik ga op reis,' zei de eekhoorn tegen zichzelf in de spiegel in de hoek van de kamer.

Hij kamde zijn staart en vouwde zijn oren zorgvuldig langs zijn achterhoofd.

'Of laat ik eigenlijk ook maar niet gaan,' zei hij vervolgens. Zijn staartharen vielen weer alle kanten op en zijn oren klapten voorover en bleven half omgekruld langs zijn voorhoofd liggen.

Hij ging aan de tafel zitten. Wat een onzin, dacht hij bij zichzelf, om nu niet op reis te gaan. Hij maakte zijn rug recht en stond op het punt om te vertrekken, toen hij op het allerlaatste moment bedacht: maar ik kan net zo goed thuisblijven.

Een uur later zat hij op de luie tak voor zijn deur. Hij leunde behaaglijk achterover en zei tegen zichzelf: 'Wat een opluchting dat ik nu zeker weet dat ik niet op reis ga.'

Hij krabde eens aan zijn nek en voelde toen ook jeuk aan zijn linkervoet. En er kriebelde iets op zijn rug. 'Maar ik kan toch niet zomaar thuisblijven? Nee. Ik, ga, op, reis. Punt. Uit.'

Die middag lagen de mier en de eekhoorn op hun buik in het gras langs de oever van de rivier. Ze leunden op hun ellebogen en kauwden allebei op een blaadje zuring. 'Ik zou hier wel de hele zomer kunnen liggen,' zei de eekhoorn.

'Ik niet,' zei de mier. 'Ik ga straks op reis.'

'O,' zei de eekhoorn. 'Dat ben ik trouwens ook van plan.'

'Maar als je het me eerlijk vraagt...' zei de mier.

'Ik weet wat je zeggen wilt,' viel de eekhoorn hem in de rede.

'...kun je net zo goed thuisblijven, als je me laat uitpraten. Al dat gereis...'

Ze tuurden over het gladde water, waar de libel soms even hun aandacht trok met enkele nieuwe passen die hij die ochtend van de zwaluw had geleerd.

Nu eens stonden ze op, maakten aanstalten om te vertrekken, zeiden elkaar vaarwel, spraken af elkaar ver weg te ontmoeten, op een avond, onder een boom, dan weer gingen ze liggen en begrepen niet hoe iemand het ooit in zijn hoofd kon halen om op reis te gaan.

Op een dag werd het donker in het bos. De dieren
rilden en huiverden en lieten hun hoofd tussen hun schouders
zakken. Het was nog nooit zo donker geweest.

'Donker! Donker!' riepen ze en ze werden boos, trokken bomen
en struiken uit de grond en trapten met opzet op elkaars tenen,
vleugels en staart.

'Au!' krasten, kwaakten, loeiden en brulden ze, en ze holden
door elkaar tot het zo donker was dat ze elkaar niet meer konden
zien en tegen elkaar botsten.

Grote builen verschenen op hun hoofd, en hun gedachten waren donker en kil.

'Hu!' riepen ze. 'Wanneer wordt het weer licht?'

Sommige dieren meenden dat het nooit meer licht zou worden.
Ze wisten het zeker! riepen ze. En als iemand vroeg: 'Waarom?'
dan gilden ze: 'Omdat het zo is!'

Het was zo donker dat zelfs de mol onder de grond tegen de
muren van zijn hol botste en somber begon te mopperen.

Maar plotseling, tegen het einde van het jaar, verscheen er een
lichtje.

'Wie is daar?' riepen de dieren verbaasd.

'Ik...' zei een stem.

'Wie ben je?'

'Dat... eh... weet ik niet,' zei de stem. 'Ik kan mezelf niet goed
zien.'

'Waar kom je vandaan?' vroegen de dieren.

'Tja...' zei de stem, 'wist ik dat maar... volgens mij kom ik nergens vandaan... waar zou ik eigenlijk vandaan kunnen komen...?'

De dieren zwegen en keken met grote ogen naar het onbekende
lichtje.

605

Maar opeens zag de eekhoorn wie het was.

'Je bent het vuurvliegje!' riep hij. 'Ik zie het!'

'O!' zei het vuurvliegje. 'Ben ik nu het vuurvliegje... ach... dat wist ik niet.' En hij dacht: zo zo... ik ben dus het vuurvliegje... en hij knikte verwonderd in zichzelf.

De dieren gingen om hem heen staan en het vuurvliegje verlichtte ze allemaal: de tor, de kever, de olifant, de kikker, het nijlpaard, de mier en iedereen.

De dieren lieten de warme gloed over hun gezicht glijden en het speet hun dat ze met opzet op elkaars staart, tenen en vleugels hadden getrapt.

'Kun je nóg harder branden?' vroegen sommigen.

'Nóg harder?' vroeg het vuurvliegje verbaasd, en hij brandde nog iets harder. Het hele bos werd licht en warm.

De dieren waren zo blij dat ze besloten een verjaardag te vieren, ook al was er niemand jarig.

'Gefeliciteerd!' riepen ze en ze grepen elkaars hand, poot of vleugel en schudden die. 'Dank je wel!' En alles wat ze elkaar cadeau konden geven gaven ze elkaar cadeau.

Niet lang daarna dansten ze, terwijl het vuurvliegje op een tak van de beuk zat.

'Niet uitgaan, hoor!' riepen de dieren omhoog.

'Nee,' zei het vuurvliegje. Hij wist niet eens hoe dat moest.

Zou ik hier altijd blijven? dacht hij. Maar wat is altijd eigenlijk... is dat hetzelfde als nu...? Er verschenen rimpels in zijn voorhoofd en heel voorzichtig haalde hij zijn gloeiende schouders op.

OP EEN DAG WAS DE KEVER PLOTSELING, HEEL ONVERWACHT, jarig.

Het was tegen het eind van de ochtend. De zon scheen en de kever zat in het gras voor zijn deur en keek naar de wilg die over de glinsterende golven van de rivier hing. Wat raar... dacht hij. Ik ben zomaar jarig...

Hij kneep in zichzelf om te voelen of hij echt jarig was.

Ik ben het echt, dacht hij. Nou, gefeliciteerd dan maar.

Hij ging zijn huis in en begon haastig taarten te bakken.

Maar toen de taarten af waren en dampend om hem heen stonden en hij iedereen wilde gaan uitnodigen, was hij opeens niet jarig meer.

Wat raar... dacht hij.

De hele middag zat hij alleen thuis, in zijn kamer, met de gordijnen dicht, zijn taarten op te eten. Anders bederven ze, dacht hij.

Toen alles op was voelde hij een golf van teleurstelling over zich heen spoelen dat hij niet jarig was en dus ook niets kreeg. Of nee, dacht hij, het is meer een motregen van teleurstelling. Hij rilde en had het koud. En hij had zoveel taart gegeten dat hij niet goed kon opstaan om tussen zijn gordijnen door te kijken en te zien of het al avond was.

Ik moet toch eens aan iemand vragen hoe dat nou precies zit met verjaardagen, dacht hij.

Maar daar kwam niets van en niet lang daarna werd hij opnieuw overvallen door zo'n onverwachte verjaardag die na een paar uur al voorbij was, zodat hij alles alleen moest opeten.

Verbaasd en zwaarmoedig leefde hij verder.

'Ik voel me zo mismoedig, eekhoorn...' zei de kraai op een ochtend tegen de eekhoorn.

Ze zaten naast elkaar in het gras aan de rand van het bos.

De eekhoorn zweeg.

'En jij?' vroeg de kraai.

'Ik niet,' zei de eekhoorn. Hij wist niet precies wat mismoedig was, maar hij geloofde niet dat hij het zich voelde.

'Ach, wat jammer,' kraste de kraai. 'Altijd voel ik me alleen mismoedig. Waarom toch?' Hij stak zijn snavel in de lucht en keek met mismoedige ogen omhoog. 'Ik zou me zo graag eens samen met iemand mismoedig voelen.'

Hij zuchtte diep.

In de verte holde het hert voorbij.

Ze zwegen lange tijd.

'Kun jij ook niet mismoedig worden?' vroeg de kraai toen. 'Al is het alleen maar vandaag?'

'Hoe moet dat dan?' vroeg de eekhoorn.

'O, dat is heel makkelijk,' zei de kraai. 'Je moet de moed opgeven.'

De eekhoorn fronste zijn voorhoofd en probeerde de moed op te geven. Maar dat had hij nog nooit gedaan. Hij leunde onhandig tegen de iep die daar stond.

'Ik kan het niet,' zei hij.

'Je moet ook je schouders laten zakken,' zei de kraai. 'En je hoofd.'

De eekhoorn liet zijn schouders en zijn hoofd zakken.

'Dat is al veel beter,' zei de kraai.

De eekhoorn voelde een eigenaardig dof gevoel in zijn hoofd.

Misschien is dat het wel, dacht hij. Hij keek naar de kraai.

'Heel goed,' zei de kraai.

Mismoedig stonden ze naast elkaar in het gras aan de rand van het bos. Af en toe kraakte er iets in het struikgewas en er dreven zwarte wolken voorbij.

'Ik ben blij dat jij nu ook mismoedig bent,' zei de kraai. 'Anders is het altijd zo saai.'

De eekhoorn dacht aan zware, sombere taarten op langdradige verjaardagen, die toch op een of andere manier heel lekker waren. Hij liet zijn schouders nog iets verder zakken.

'Wat ben je nú mismoedig!' kraste de kraai en opgetogen en wanhopig sloeg hij een zwarte vleugel om de eekhoorn heen.

OP EEN DAG LIEPEN DE EEKHOORN EN DE OLIFANT DOOR
het bos. De zon scheen en ze hadden het over boomschors, motregen en bemoeizucht.

Onder de eik bleef de olifant staan.

'Denk je dat ik door de eik heen kan lopen?' vroeg hij.

'Nee,' zei de eekhoorn. 'Hij is te dik.'

'Dik is geen reden,' zei de olifant. 'Mist is soms heel dik. En
molmsoep.'

'Maar hij is ook te groot,' zei de eekhoorn.

'Te groot...' zei de olifant schamper. 'De woestijn is groot. En
de lucht. De lucht is nog veel groter... en daar lopen jij en ik dwars
doorheen, eekhoorn!'

'Hij is te zwaar,' zei de eekhoorn.

'Dat is ook geen reden,' zei de olifant.

'Waarom niet?' vroeg de eekhoorn.

Dat kon de olifant zo gauw niet bedenken, maar het was geen
reden, dat wist hij zeker.

De eekhoorn zweeg.

'Dus,' zei de olifant, 'kan ik dwars door de eik heen lopen.'

Hij nam een aanloop en liep in volle vaart tegen de eik op.

De eik trilde tot in zijn wortels. Versuft lag de olifant aan zijn
voet.

De eekhoorn boog zich over hem heen. De olifant sloeg zijn
ogen op.

'Het is niet eerlijk,' mompelde hij.

Even later strompelde hij naast de eekhoorn verder door het
bos.

'Er moet een reden zijn,' kreunde hij. 'Dat moet!'

De eekhoorn zei niets meer.

'Ik ga net zolang denken tot ik een reden weet,' riep de olifant. 'En als ik geen reden kan bedenken dan probeer ik het nog een keer en dan loop ik wel dwars door de eik heen. Let maar op!'

Zijn ogen glinsterden in zijn gezwollen hoofd.

Langzaam liepen zij verder.

De mier en de eekhoorn en nog een paar dieren zaten aan de oever van de rivier toen er een reusachtige taart voorbijdreef.

Het was een witte taart, met verdiepingen, er droop room af en overal glinsterden suikerkorrels en blauw glazuur in de zon. Zoete geuren kringelden van de taart af en zweefden naar de oever.

Het was een prachtige taart. Langzaam dreef hij voorbij.

De dieren waren allemaal opgestaan en naar de rand van het water gelopen. Sommigen klommen op elkaars schouders. Anderen zwaaiden naar de taart of juichten hem toe.

Achter de taart stak de karper zijn hoofd boven water en zei, buiten adem: 'Onder water is hij nog veel groter! Ik ga gauw weer kijken!'

Hij dook weer onder water.

Ten slotte verdween de taart om de bocht in de rivier.

De meeuw vloog hem achterna en vertelde een paar uur later dat de taart naar zee was gedreven en achter de horizon de oceaan op voer.

'Wie zou die taart eigenlijk hebben gemaakt?' vroeg de eekhoorn.

'Die taart is niet gemaakt,' zei de mier. 'Zo'n taart ontstaat.'

'Ontstaat?' vroeg de eekhoorn.

'Ja,' zei de mier. 'Sommige dingen ontstaan.'

'Hoe is hij dan ontstaan?' vroeg de eekhoorn.

'Zomaar, zei de mier, terwijl hij met gefronst voorhoofd van de ene voet op de andere sprong.

Zomaar, dacht de eekhoorn, wat is zomaar ook maar weer...

Maar de mier stak plotseling zijn hoofd in de grond, zodat de eekhoorn hem niets meer kon vragen.

612 Niet lang daarna ging iedereen naar huis.

De eekhoorn liep door het bos en dacht na over zomaar en wat er zomaar zou kunnen ontstaan. Zouden beukennoten zomaar kunnen ontstaan? dacht hij. En verjaardagen? En de verte?

Hij keek heel ernstig en wist de antwoorden op zijn vragen niet.

Die avond, in bed, keek hij naar zijn plafond en dacht diep na. Het was bijna helemaal donker en plotseling zag hij daar een enorme pot beukennotenhoning ontstaan, die langs het plafond zweefde en zich precies boven zijn hoofd op zijn kop draaide en de honing in zijn mond liet stromen.

Maar hij kon net niet proeven of het lekkere honing was, want op dat moment sliep hij in. Ach, wat jammer, dacht hij nog, ergens, in het begin van zijn slaap.

Op een ochtend toen de zon nog maar net op was en dauwdruppels nog op het gras en op het web van de spin en op de pluimen van het riet glinsterden, werd iedereen plotseling woedend.

Iedereen sloeg iedereen, krabde en beet iedereen en schold iedereen uit.

Niemand wist waar die woede vandaan kwam.

'Uit de lucht,' zei de wesp, terwijl hij de kikker in zijn wang stak.

'Onzin,' zei de kraai en hij smeet hem omver. 'Woede komt uit de grond.'

Maar die woorden maakten de aardworm nog razender dan hij al was en hij trok de kraai aan zijn poten omlaag een donker gat in.

'Woede hoort erbij,' zei de krekel.

'Waarbij?' brulde de leeuw en hij slingerde de krekel aan een voelspriet over zijn hoofd in het rond. Maar de mier greep zijn manen en trok er zo hard aan dat de leeuw kermde van pijn en razernij.

De woede was zo groot dat de olifant de eik uit de grond trok, terwijl de eik zelf, met zijn grootste takken, de olifant de lucht in zwiepte.

De mus rukte de steeltjes van het hoofd van de giraffe, terwijl de panter de veren van de mus een voor een brak. De karper duwde de snoek de kant op en het nijlpaard probeerde de hommel door midden te bijten.

'Hang toch even stil!' riep hij.

Er werd snerpend gegild en doordringend 'Hu' geroepen van ellende. De oceaan ziedde en de inktvis spoot kokende inkt in het oog van de haai, terwijl de egel zich met heel veel moeite op de onderste tak van de wilg hees om zich boven op de vlinder te laten vallen.

En plotseling was de woede weer weg. De ochtend was nog niet eens voorbij. De zon scheen nog laag over de toppen van de bomen.

Iedereen zweeg en dacht: ach, wat erg, wat spijt me dat...

Als de schaamte een soort mist was geweest dan had niemand een hand of een vleugel voor zijn ogen kunnen zien.

Met gebogen hoofd sjokten en fladderden de dieren door het bos of zwommen langzaam stroomafwaarts in de rivier.

Als ze elkaar tegenkwamen groetten ze elkaar verlegen, sloegen hun ogen neer, liepen in zichzelf mompelend het struikgewas in of verborgen zich in de modder, ergens achteraf.

Pas laat in de avond durfde de olifant een klein briefje te schrijven aan de eekhoorn, waarin hij vroeg of hij heel even op bezoek mocht komen.

'Dat is goed,' mompelde de eekhoorn en hij schreef dat met dunne, bedeesde letters aan de olifant terug.

Toen de olifant op bezoek was duurde het heel lang voor hij aan de lamp van de eekhoorn durfde te slingeren, en nog veel langer voor hij met zijn armen zwaaiend in volle vaart, met lamp en al, door de muur vloog en 'Hola' riep en naar beneden viel.

Het was een vreemde dag.

'Wanneer kom je eindelijk eens bij me op bezoek?' vroeg de mol op een keer aan de struisvogel.

'Morgen,' zei de struisvogel.

'Dat is goed,' zei de mol.

De volgende ochtend stak de struisvogel zijn hoofd door de deur van de mol.

'Kom binnen,' zei de mol. 'Kom binnen.'

'Ik ben al binnen,' zei de struisvogel.

'Maar waar is dan de rest van je?' vroeg de mol.

'Ach... de rest van mij...' zei de struisvogel. 'Mijn hoofd vind ik altijd wel genoeg. Mijn rest is tamelijk onhandig.'

'O,' zei de mol. Hij vroeg zich af waar het hoofd van de struisvogel moest zitten. Hij wist niet of een hoofd wel kon zitten. Mijn hoofd ligt wel eens op tafel, dacht hij, maar nooit op een stoel. Hij bood de struisvogel zijn tafel aan.

'Ik blijf liever zo hangen,' zei de struisvogel. Zijn hoofd zweefde door de kamer heen en bekeek alles nauwkeurig.

'Wat een mooi schilderij,' zei hij. Hij bekeek een schilderij van zwarte grond bij nacht, dat in een hoek van de kamer hing.

'Ja,' zei de mol. 'Dat heb ik van de aardworm.'

Hij vond het eigenlijk een ongelukkig bezoek.

'Had je je meer van mijn bezoek voorgesteld?' vroeg de struisvogel, die zag hoe somber de mol keek.

'Ja,' zei de mol. 'Ik had je helemaal verwacht.'

De struisvogel zweeg. Er gleed een traan langs zijn wang.

'Ach, ik ben ook zo'n onmogelijk iemand,' zei hij. 'Als je dat eens wist, mol...'

De mol betreurde onmiddellijk dat hij somber keek en begon te zingen. En hij vroeg aan de struisvogel of hij misschien als begeleiding iets wilde snateren.

Dat vond de struisvogel goed. En zo zongen en snaterden ze in het donkere huis onder de grond, de mol en het hoofd van de struisvogel.

Tussen twee liederen door aten ze iets zwarts wat de mol had bewaard voor een bijzondere gelegenheid.

Daarna viel de mol in slaap, in een hoek van zijn kamer. De struisvogel wilde ook wel slapen, maar hij wist niet goed waar hij zijn hoofd moest leggen. Laat ik alleen maar dromen, dacht hij. Hij droomde van de steppe en van de blauwe lucht, waar zijn hoofd helemaal alleen doorheen suisde. Het was een vreemde droom.

Pas laat in de avond werd de mol weer wakker en was de droom van de struisvogel ergens aan de rand van de steppe plotseling af-gelopen. De mol rekte zich uit en de struisvogel trok zijn hoofd weer door de deur omhoog de lucht in.

'Ik ga,' zei hij.

De mol knikte en wuifde hem na.

'Dag struisvogel,' riep hij.

'Dag mol,' riep de struisvogel.

De hemel was bezaaid met sterren.

'IK WOU DAT IK JOU WAS, EEKHOORN,' ZEI DE RUPS.

'Mij?' vroeg de eekhoorn verbaasd.

'Ja,' zei de rups. 'Dat lijkt me zo heerlijk...'

Ze zaten hoog in de eik, op een middag, in de zomer. De zon scheen en ze leunden achterover tegen de dikke schors.

Wat raar, dacht de eekhoorn. Hoe zou hij mij kunnen zijn? En als hij mij is ben ik dan hem? Met net zo'n jas? En net zoveel poten?

Zijn gedachten raakten in de war, hij zakte onderuit, gleed opzij en viel naar beneden.

'Als ik jou was viel ik nu naar beneden!' zei de rups. Zijn stem klonk teleurgesteld.

'Wat?' riep de eekhoorn al vallend.

'Dan viel ik nu!' riep de rups.

Maar door het lawaai van de bladeren en de krakende takken hoorde de eekhoorn hem niet meer.

De mier liep toevallig juist voorbij en zag de eekhoorn vallen.

'Pas op!' riep hij nog.

Toen de eekhoorn zijn ogen opende zag hij de mier.

'De rups...' stamelde hij. 'De rups wilde mij zijn... ik bedoel...'

De mier knikte en hielp de eekhoorn overeind.

'Die buil valt mee,' zei hij, terwijl hij de reusachtige buil op het voorhoofd van de eekhoorn bekeek.

De rups gluurde van hoog in de eik naar beneden.

'Ik wou dat ik zo'n buil had!' riep hij.

'Dat wou je helemaal niet,' kreunde de eekhoorn. 'Zoiets kun je niet willen.'

'Jawel! jawel!' riep de rups.

'Sst,' zei de mier tegen de eekhoorn. Hij legde aan de eekhoorn uit dat de rups een eigenaardige manier van denken had en dat dat niets gaf en dat iedereen wel eens iets anders wilde zijn, al was het maar de rivier of de horizon, of de blauwe hemel, die zou hij zelf wel eens willen zijn, of de motregen, de motregen op een warme dag in de zomer. Maar toen hield hij verder zijn mond want de eekhoorn zei dat het hem duizelde.

'Ik wou dat het mij duizelde!' riep de rups.

'Luister maar niet naar hem,' zei de mier.

'Ik wou dat ik niet naar mijzelf hoefde te luisteren!' riep de rups nog, terwijl hij in een eikenblad hapte.

Langzaam liepen de mier en de eekhoorn naar huis. Toen ze bijna bij de beuk waren bleef de eekhoorn staan en zei: 'Mier...'

'Ja?' zei de mier.

'Zou jij mij eigenlijk wel eens willen zijn?'

'Nou...' zei de mier. Hij dacht even na, tuitte zijn lippen, kneep zijn ogen half dicht, krabde achter zijn oor en zei toen: 'Soms.'

'Ik ook,' zei de eekhoorn en hij was blij dat hij er zo over dacht.

De mier keek hem even peinzend aan, maar zei verder niets. Even later aten ze beukennoten en honing, boven in de beuk, en knikten af en toe tevreden naar elkaar.

HET NIJLPAARD WILDE NIETS LIEVER DAN EINDELIJK EENS iemand beter maken. Hij had nog nooit iemand beter gemaakt.

Maar tot zijn verdriet mankeerde niemand iets.

'Mankeer jij echt niets, egel?' vroeg hij.

'Nee,' zei de egel. 'Niets.'

'Is er ook niet iets met je stekels? Heb je niet één stekel die pijn doet? Of heb je niet ergens een zeurend gevoel, al is het maar een heel klein gevoel?'

'Nee,' zei de egel, terwijl hij al zijn stekels en gevoelens naging. 'Ze zijn allemaal gezond.'

Het nijlpaard vroeg vervolgens aan de olifant of hij misschien geen slurfkoorts had.

'Slurfverhoging is ook goed,' zei hij erbij.

Maar de olifant zei dat zijn slurf het heel goed maakte.

De krekel had geen last van voelsprietontsteking, de karper had geen kou op zijn kieuwen, de reiger geen snavelkramp en de giraffe – zover hij wist – nooit aanvallen van bleke steeltjes.

'Bleke steeltjes...' zei hij. 'Nee... Die heb ik nog nooit gehad. Ik heb helemaal nog nooit wat gemankeerd, volgens mij.'

De mug, die het nijlpaard aan het begin van de avond tegen-kwam, leed niet aan gonszucht of een rood waas voor zijn ogen, de kameel, die op bezoek was bij de pad, niet aan branderige bulten, terwijl de mol nooit duistere vermoedens had waar hij graag van af wilde.

In de schemering ging het nijlpaard in de modder zitten, aan de oever van de rivier. Alles was grijs en somber om hem heen. Hij fronste zijn wenkbrauwen en dacht diep na.

Zou ik soms aan vergeefsheid lijden? dacht hij. Grijze vergeefs-heid?

Wolken joegen door de lucht.

Maar wie zou mij dan beter kunnen maken? dacht hij. Hij stond op en keek om zich heen. Er was nergens iemand te bekennen. Niemand? dacht hij. Of zou ik mijzelf soms beter moeten maken...?

Even aarzelde hij, toen holde hij in volle vaart de rivier in.

Het water klotste, spatte hoog op en sloeg in grote golven over de kant.

Lange tijd bleef het nijlpaard onder water.

De maan kwam tussen de wolken tevoorschijn en de rivier begon te glinsteren.

In de verte zong de nachtegaal.

Toen het nijlpaard tenslotte weer bovenkwam zag hij de maan en de sterren, overal in de reusachtige lucht, en hij voelde zich niet grijs meer, en ook niet vergeefs.

Hij keek om zich heen en fluisterde: 'Ik heb mijzelf beter gemaakt... ik heb mijzelf dus beter gemaakt...'

Alleen het riet kon hem horen. Maar dat was genoeg.

Het hert liep langs de rand van het bos. De zon scheen en aan de oever van de rivier zag hij de mier en de eekhoorn zitten. Ze zagen hem niet. Ze spraken zachtjes met elkaar.

'Hebben jullie het over mij?' vroeg het hert.

De mier en de eekhoorn keken op.

'Nee,' zeiden ze. 'Nee. Daar hebben we het niet over.'

'O,' zei het hert en hij liep door.

Een eindje verder zag hij de tor en de krekel, die elkaar iets in het oor fluisterden.

'Hebben júllie het soms over mij?' vroeg het hert.

De tor en de krekel schrokken en zeiden: 'Nee, nee hoor.'

'Maar denken jullie dan aan mij?' vroeg het hert.

'Nee, wij denken ook niet aan jou, hè tor,' zei de krekel.

'Nee,' zei de tor. 'Dat doen wij niet. Denken aan jou.'

'O,' zei het hert en liep verder.

'Zullen wij het over jou gaan hebben?' riep de krekel hem na. 'Wil je dat?'

'Ach nee,' zei het hert en met gebogen hoofd, zodat zijn gewei over de grond schraapte, liep hij het bos in.

Onder de beuk werd die middag feest gevierd. Het hert snoof de geur van wilgentaart op, hoorde zingen en zag dieren met reusachtige cadeaus zeulen.

'Vieren jullie soms iets voor mij?' riep hij van enige afstand.

'Nee,' riepen de dieren terug. 'Wij vieren iets anders.'

Even later, niet ver van daar, zag hij de lijster, die op een laaghangende tak van de esdoorn zat en een brief schreef.

'Schrijf je aan mij?' vroeg het hert.

'Nee,' zei de lijster. 'Ik schrijf niet aan jou.'

'O,' zei het hert. Hij stond stil en kneep zijn ogen dicht. Even bleef hij zo staan.

Toen begon hij te hollen. Hij holde in volle vaart dwars door het bos. Stof warrelde op, struikgewas kraakte, de grond dreunde.

Bij de vijver, aan de andere kant van het bos, kwam hij pas tot stilstand.

Hij hijgde en voelde dat er tranen in zijn ogen stonden.

Hij boog zich voorover en keek in de vijver om zijn tranen te zien, want hij wist niet wat voor tranen het waren: grote? glinsterende? Maar toen hij zich diep boog viel zijn gewei af. Het viel in het donkere water en verdween.

'Ach!' riep het hert.

Het water werd langzaam weer glad en het hert zag zichzelf, met zijn gladde, glimmende, lege hoofd. Wat een jammerlijke verschijning, dacht hij bitter.

De egel woonde onder de braamstruik naast de vijver en zag het hert daar staan. Maar hij herkende hem niet.

Hij schraapte zijn keel en vroeg: 'Wie bent u?'

'Ik ben de jammerlijke verschijning,' zei het hert, zonder op te kijken.

'De jammerlijke verschijning??' vroeg de egel.

'Ja.'

De egel schudde zijn hoofd van verbazing, en draafde toen, zo snel als hij kon, het bos in. En hij vertelde aan iedereen die hij tegenkwam wie hij aan de rand van de vijver had gezien.

Algauw sprak iedereen over niets anders. De een wist nog meer van de jammerlijke verschijning te vertellen dan de ander. Sommigen beweerden dat hij het bijzonderste dier was dat er bestond, terwijl anderen zeiden dat hij onder de grond kon vliegen en nog veel meer kon waarvan niemand wist dat het mogelijk was.

Halverwege de middag ontving de jammerlijke verschijning een brief:

Geachte jammerlijke verschijning.
Wij zijn zeer vereerd dat u zomaar in de buurt bent.
Wij willen graag een feest voor u geven. Met taart.
Onder de eik. Komt u?
Iedereen

De jammerlijke verschijning stond nog aan de rand van de vijver, las de brief en dacht diep na.

Af en toe vloog iemand over hem heen, de zwaluw of de zwaan, 623 en riep naar hem: 'Dag jammerlijke verschijning!' terwijl de olifant speciaal voor hem in de kastanjeboom klom om vanaf het bovenste takje met zijn voorpoten en zijn slurf naar hem te wuiven.

Maar voor de jammerlijke verschijning had kunnen besluiten of hij naar het feest zou gaan dook de karper uit de rivier op. Hij had het gewei tussen zijn vinnen.

'Dit heb ik gevonden,' zei hij. 'Wat zou het zijn?'

'Dat is mijn gewei,' zei de jammerlijke verschijning. 'Geef maar hier.'

Hij pakte het gewei en zette het op zijn hoofd.

'Nu zie ik het,' zei de karper. 'Jij bent het. Het hert.'

'Ja,' zei het hert.

Hij knikte naar de karper en liep het bos in. Onder de eik zag hij een grote feestelijk versierde stoel en enorme dampende taarten die op lange gedekte tafels stonden. Iedereen stond op zijn tenen en tuurde naar de verte.

'Wachten jullie soms op iemand?' vroeg hij.

'Ja,' zeiden de dieren. 'Wij wachten op de jammerlijke verschijning. Heb jij hem soms gezien?'

'Nee,' zei het hert. Hij zuchtte diep en krabde aan zijn gewei. Toen draaide hij zich om en zei: 'Ja. Ik heb hem wel gezien.'

'Waar is hij?' vroegen de dieren. 'Wij geven een feest voor hem.'

'In de lucht,' zei het hert. 'Opgelost.'

'Opgelost??' vroegen de dieren. Daar hadden ze nog nooit van gehoord.

'Ja,' zei het hert.

'Zie je wel,' fluisterden sommige dieren, die meenden alles van de jammerlijke verschijning te weten.

Het hert liep verder en verdween tussen de bomen, terwijl hij dacht aan de lucht en oplossen daarin. Daar heeft niemand van gehoord, dacht hij. Behalve ik. En wel tien keer zei hij tegen zichzelf: behalve ik, behalve ik, behalve ik...

Toen niemand hem meer kon zien of horen bleef hij staan, knikte tevreden, ging in het gras zitten en viel in slaap, met zijn rug tegen de linde.

OP EEN OCHTEND LIEPEN DE EEKHOORN EN DE MIER DOOR het bos.

'Waar gaan we eigenlijk heen?' vroeg de eekhoorn.

'Naar de verte,' zei de mier.

'O,' zei de eekhoorn.

Het was een mooie dag en ze liepen het bos uit, de verte in.

'De wereld is zo groot, eekhoorn...' zei de mier.

'Ja,' zei de eekhoorn.

'En hoe verder je loopt hoe groter hij wordt,' zei de mier.

De eekhoorn zweeg.

'Dus eigenlijk,' ging de mier verder, 'als je maar altijd doorloopt is hij oneindig groot.'

De eekhoorn knikte, maar hij wist niet wat oneindig was en hij geloofde niet dat iemand altijd zou kunnen doorlopen. Hij dacht zo diep mogelijk na. Als ik ga zitten, dacht hij, zou de wereld dan weer kleiner worden? En als ik dan altijd blijf zitten?

Hij vond dat een ingewikkelde gedachte en besloot alleen nog maar om zich heen te kijken.

Ze liepen door een onafzienbare vlakte. Zo nu en dan passeerden ze een rotsblok, en boven hun hoofd zeilde soms een klein wit wolkje door de reusachtige blauwe lucht.

Urenlang liepen ze door.

Toen stonden ze plotseling voor een muur.

Het was een grote, hoge muur. Er groeide klimop tegen en de stenen waren brokkelig en verweerd.

Ze liepen een eind langs de muur. Er was nergens een gat of een poort, en er kwam ook geen eind aan de muur.

'We kunnen niet verder,' zei de eekhoorn.

'Maar we kunnen er wel overheen,' zei de mier. 'Kijk uit.'

Hij stapte op de schouders en het hoofd van de eekhoorn en klom op de muur.

'Wat is er aan de andere kant?' vroeg de eekhoorn.

Het was lange tijd stil. Toen zei de mier: 'Niets.'

'Maar wat zie je dan?' vroeg de eekhoorn.

'Niets.'

'Maar als je naar beneden kijkt zie je dan geen grond?'

'Nee.'

'En lucht? Je ziet toch wel lucht?'

'Nee. Ook geen lucht.'

'Is het er dan donker?'

'Nee,' riep de mier. 'Het is er niets.'

Het was even stil. De eekhoorn dacht na.

'Is het er soms heel oud?' vroeg hij toen. 'Of grijs?'

'Nee,' zei de mier. 'Ook niet.'

'Kun je er iets horen?'

'Nee,' zei de mier. 'Niets.'

'Is het er dan helemaal stil?'

'Nee.'

'Maar als je niets hoort dan is het toch stil?'

'Ja,' zei de mier. 'Dat dacht ik ook. En toch is het niet stil. Het is niets.'

'Maar dat kan niet,' zei de eekhoorn.

'Nee,' zei de mier.

De eekhoorn dacht een tijd na.

'Waar ruikt het naar?' vroeg hij toen.

'Het ruikt niet,' zei de mier.

De eekhoorn zweeg en dacht weer een tijd na.

'Als je kon vliegen kon je er dan overheen vliegen?' vroeg hij toen.

'Waar overheen?'

'Daar overheen.'

'Er is geen daar. Dat zeg ik je toch. Er is niets.'

'Kun je je dan niet aan de andere kant naar beneden laten zakken?'

'Er is geen andere kant! Er is maar één kant. En nu moet je niets meer vragen!'

De mier stapte weer op het hoofd van de eekhoorn en sprong op de grond.

Ze gingen met hun rug tegen de muur in het gras zitten.

Een hele tijd zwegen ze. Toen zei de eekhoorn: 'Wat hebben we ver gelopen.'

Hij keek over de enorme vlakte die zich uitstrekte tot het bos, dat niet groter was dan een klein zwart puntje op de horizon.

De mier zei niets. De eekhoorn kon zien dat hij nadacht. Het was alsof hij ergens niet op kon komen. Er stonden dikke rimpels in zijn voorhoofd.

Even later begon de mier een gat te graven onder de muur door.

Driftig vloog de grond omhoog. Maar toen hij midden onder de muur was kon hij niet verder graven.

'Ik kan niet verder,' hoorde de eekhoorn hem roepen.

'Waarom niet?' riep de eekhoorn terug.

'Er is niets meer te graven.'

'Is er geen grond meer?'

'Nee.'

'Wat is er dan?'

Even was het stil. Toen klonk er een zacht en aarzelend 'Niets'.

De mier kroop terug en ging naast de eekhoorn staan. Hij sloeg de aarde van zich af.

'En toch moet er een andere kant zijn,' zei hij. 'Dat moet!'

'Waarom moet dat?' vroeg de eekhoorn.

'Dat moet!' schreeuwde de mier. 'Dat moet!' Hij stampte op de grond en liep woedend heen en weer. 'Er moet iets zijn!'

'Wat dan?' vroeg de eekhoorn.

'Iets!!' De stem van de mier sloeg over en leek wel omhoog te vliegen. Zijn gezicht zag er rood en verwilderd uit en zijn voelsprieten zaten in de war.

'Niets is verschrikkelijk,' schreeuwde hij. Toen kneep hij zijn ogen dicht en zei: 'Nee. Niets is niet verschrikkelijk. Niets is niets.'

'Dat is dus nóg erger,' zei de eekhoorn voorzichtig.

'Nee!!' gilde de mier. Hij ging op zijn hoofd staan en zwaaide met zijn poten in het rond. 'Dat is niets!!'

De eekhoorn zweeg en keek naar de grond. Hij drukte het puntje van zijn staart tegen zijn neus.

Als daar niets is, dacht hij, dan is hier dus alles. Hij keek naar de lucht en de vlakte en het bos in de verte en de mier naast hem. Dat is dus alles, dacht hij. Meer is er niet.

Hij knikte en was tevreden over wat er was. Meer hoeft er ook niet te zijn, dacht hij.

Maar de mier liep rood en voorovergebogen heen en weer. Zijn gezicht was vol rimpels en hij zei voortdurend, maar wel steeds zachter: 'Er moet iets zijn. Dat moet. Dat moet.'

De eekhoorn kreeg honger en zei: 'Laten we maar teruggaan.'

De mier zuchtte heel diep, keek nog één keer vertwijfeld naar de muur, zei nog één keer 'Er moet iets zijn', en liep toen voor de eekhoorn uit de vlakte in.

Zwijgend liepen ze in de richting van het bos.

Na een tijd keek de eekhoorn even om. De muur was al niet meer dan een dunne zwarte streep.

Toen het donker was kwamen ze in het bos aan.

'De wereld valt me tegen,' zei de mier.

De eekhoorn zei niets.

'Weer iets wat me tegenvalt,' ging de mier verder en hij schudde zijn hoofd.

De eekhoorn dacht aan dingen die hem soms tegenvielen, zoals bedorven honing, staartpijn en onleesbare brieven.

Laat in de avond zaten ze in het huis van de eekhoorn, boven in de beuk, en aten rode stroop en hadden het over verjaardagen, over taarten, over de zon, over de geur van dennenhars, over de kraanvogel en over de zomer. Over alles hadden ze het, behalve over de wereld en over niets.

631